高职高专"十四五"规划学前教育专业新标准实践型示范教材

总主编　蔡迎旗

湖北省社会科学基金后期资助项目（编号2020108）和
深圳市爱阅公益基金会2022年度资助项目阶段性成果

儿童文学原理与应用

主　　编 ◎ 尹国强（华中师范大学）
副主编 ◎ 邵明星（琼台师范学院）
　　　　　古丽白尔·吾买尔（新疆警察学院）
　　　　　孟凡雨
　　　　　陈　延
参　　编 ◎ 王思颖　肖　斐　陈柏雯　潘田芷
　　　　　杨　雪　杨瑜涵　章里浅卓　李梓怡
　　　　　杜皓然　张佳鑫　张别韵　荣一民

华中科技大学出版社
http://press.hust.edu.cn
中国·武汉

图书在版编目(CIP)数据

儿童文学原理与应用/尹国强主编．—武汉：华中科技大学出版社，2023.10
ISBN 978-7-5680-9418-4

Ⅰ．①儿… Ⅱ．①尹… Ⅲ．①儿童文学理论-高等学校-教材 Ⅳ．①I058

中国国家版本馆 CIP 数据核字(2023)第 187290 号

儿童文学原理与应用
Ertong Wenxue Yuanli yu Yingyong

尹国强　主编

丛书策划：周晓方　周清涛	
策划编辑：李承诚　袁文娣	
责任编辑：吴柯静	
封面设计：廖亚萍	
责任校对：张汇娟	
责任监印：周治超	

出版发行：华中科技大学出版社（中国•武汉）　　电话：(027)81321913
　　　　　武汉市东湖新技术开发区华工科技园　　邮编：430223

录　　排：华中科技大学惠友文印中心
印　　刷：武汉科源印刷设计有限公司
开　　本：889mm×1194mm　1/16
印　　张：19.25
字　　数：500千字
版　　次：2023年10月第1版第1次印刷
定　　价：59.90元

本书若有印装质量问题，请向出版社营销中心调换
全国免费服务热线：400-6679-118　　竭诚为您服务
版权所有　侵权必究

高职高专"十四五"规划学前教育专业新标准实践型示范教材

编写委员会

总主编

蔡迎旗　华中师范大学早期教育学院院长，教授，博士生导师
　　　　教育部高等学校幼儿园教师培养教学指导委员会委员
　　　　中国教育学会学前教育专业委员会副理事长
　　　　学前教育"国培计划"首批专家和学前教育师范类专业认证专家

副总主编

（按照姓氏拼音排序）

邓艳华	衡阳幼儿师范高等专科学校	徐丽蓉	江汉艺术职业学院
刘丽伟	华中师范大学	杨冬伟	湖北工程职业学院
罗春慧	湖北幼儿师范高等专科学校	杨　龙	郑州幼儿师范高等专科学校
唐翊宣	广西幼儿师范高等专科学校	杨素苹	武汉城市职业学院
王任梅	华中师范大学	叶圣军	福建幼儿师范高等专科学校
王先达	福建幼儿师范高等专科学校	尹国强	华中师范大学

编委

（按照姓氏拼音排序）

陈启新	三峡旅游职业技术学院	苏　洁	湖北幼儿师范高等专科学校
董艳娇	安阳师范学院	孙丹阳	铜仁幼儿师范高等专科学校
段　为	湖北艺术职业学院	谭学娟	江汉艺术职业学院
俸　雨	武汉商贸职业学院	田海杰	烟台幼儿师范高等专科学校
郝一双	湖北商贸学院	王　梨	常州幼儿师范高等专科学校
焦　静	福建幼儿师范高等专科学校	王　淼	湖北商贸学院
焦名海	深圳信息职业技术学院	王任梅	华中师范大学
李　卉	华中师范大学	王　雯	华中师范大学
李志英	三峡旅游职业技术学院	王先达	福建幼儿师范高等专科学校
廖　凤	湘南幼儿师范高等专科学校	闫振刚	郑州升达经贸管理学院
刘翠霞	湖北工程学院	杨　洋	三峡旅游职业技术学院
刘凤英	湘南幼儿师范高等专科学校	尹国强	华中师范大学
刘丽伟	华中师范大学	张　娜	华中师范大学
刘　艳	三峡旅游职业技术学院	赵倩倩	湖北三峡职业技术学院
欧　平	衡阳幼儿师范高等专科学校	郑艳清	湖北幼儿师范高等专科学校

网络增值服务

使用说明

欢迎使用华中科技大学出版社人文社科分社资源网

1 教师使用流程

（1）登录网址：http://rwsk.hustp.com（注册时请选择教师用户）

注册 > 登录 > 完善个人信息 > 等待审核

（2）审核通过后，您可以在网站使用以下功能：

浏览教学资源　建立课程　管理学生　布置作业　查询学生学习记录等

2 学员使用流程

（建议学员在PC端完成注册、登录、完善个人信息的操作）

（1）PC端学员操作步骤

① 登录网址：http://rwsk.hustp.com（注册时请选择普通用户）

注册 > 完善个人信息 > 登录

② 查看课程资源：（如有学习码，请在个人中心-学习码验证中先验证，再进行操作）

首页课程 > 课程详情页 > 查看课程资源

（2）手机端扫码操作步骤

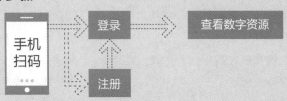

手机扫码 → 登录 → 查看数字资源
　　　　　　注册

summary 内容提要

面向"童心"的文学，具有明显的童本性、文艺性和教育性，不仅多维助力孩童发展，也能成为成人的心灵归宿。小小的儿童文学闪现着人类文明演进的智慧，在东西方呈现差异与共融的发展脉络。本教材服务于对儿童文学和教育倾心的师范生、幼儿园教师、家长等，融合教育学和文学双重学科立场，梳理儿童文学概念和原理，从体裁形式、主要母题和艺术特征三方面带领读者深入儿童文学浩瀚宇宙，展现儿童诗歌、童话、故事和图画书等不同形式作品中蕴含的人类永恒的爱、成长、自然和想象，并揭示儿童文学中最重要的节奏、叙事、幽默和荒诞等艺术技巧。同时，聚焦家庭和幼儿园两重场域，深入剖析儿童文学的融合与应用，让文学陪伴充实而幸福的童年。

总　序

人生百年,立于幼学。学前教育是我国学校教育制度的基础、国民教育体系的重要组成部分和重要的社会公益事业,关系到我国千万名儿童的健康快乐成长和无数家庭的和谐幸福,我国各级政府高度重视,社会各界高度关注。推动学前教育普及、普惠和高质量发展已成为我国学前教育事业改革与发展的未来方向。

幼儿园教师是决定幼儿园保育与教育质量的关键因素,是我国构建现代化、高质量学前教育体系的根本保障。当前,我国学前教育事业发展的薄弱环节是幼儿园教师队伍的建设,当务之急是补足配齐幼儿园教师。高质量的幼教师资来源于高水平的学前教师教育,为顺应我国学前教育事业发展的迫切需求,我国颁布了《教师教育课程标准(试行)》《幼儿园教师专业标准(试行)》《新时代幼儿园教师职业行为十项准则》《学前教育专业师范生教师职业能力标准(试行)》等多部法规,对我国幼儿园教师教育课程、幼儿园教师专业素养、职业道德与行为、职业能力与岗位适应等进行规范与引导,以努力提升我国学前教师教育的整体质量与水平。

当前,我国幼儿园教师起点学历已由中专提升为专科层次。在职幼儿园专任教师中专科及以上学历比例超过了90%,其中近八成是专科学历。高职高专在我国幼儿园教师人才培养中具有举足轻重的地位,是我国学前教师教育的主力军。

职业教育是我国国民教育体系和人力资源开发的重要组成部分,是培养多样化人才、传承技术技能、促进就业创业的重要途径。我国各级各类职业教育院校守正创新、锐意改革,大力提升职业教育办学质量和适应性,而职业教育课程与教材是提高职业教育办学质量和适应性的关键所在。华中科技大学出版社计划出版的"高职高专'十四五'规划学前教育专业新标准实践型示范教材",正好回应了我国学前教育事业发展之所急和职业教育事业发展之所需。本人受邀作为本套教材的总主编,深感荣幸且责任重大。经过与出版社深度沟通、市场调研和全国学前专业相关院校教师专家的研讨,本套教材试图实现以下六个方面的创新与突破。

第一,坚持立德树人,创新教材理念。本套教材以培养高素质专业化幼儿园教师为目标,坚持教材的思想性和先进性,把社会主义核心价值体系有机融入教材,精选对培养优秀幼儿园教师有重要价值的课程内容,将学前教育领域的前沿知识、教育改革和教育研究最新成果充实到教学内容中,加强中华优秀传统文化的渗透与融入,实现课程思政一体化,立德树人,德技并修。本套教材注重引导学习者树立正确的儿童观、教师观、教育观和长期从教、终身从教信念,塑造未来教师的人格魅力;加强职业道德教育和职业态度与行为的养成;着力培养学习者的社会责任感、创新精神和实践能力。

第二,分层分类设计,优化教材体系。本套教材从"教育信念与责任、教育知识与能力、教育实践与体验"三个维度,按照国家《教师教育课程标准(试行)》对幼儿园教师教育课程的要求,设计了"人文素养与思政类、保教理论与实践类、教师技能与艺术类"共三个层次47本教材,分别着重培养学习者的人文科学素养与师德理念、幼儿园保育与教育职业能力以及幼儿园教师教育素养与艺术素养;强化教育实践环节,加强职业技能训练内容,编写教育见习、实习和研习手册,提供名师优秀教学案例;坚持育人为本,促使学习者"德、才、能、艺"全面发展,人才培养目标从促进就业、创业转变为促进人的全面发展和专业职业的可持续发展。

第三,"课、岗、证、赛"并重,精选教材内容。本套教材的大纲与内容、拓展练习与教学资源库,均依据我国幼儿园教师职前和职后教育、幼儿园教师职业与岗位准则、幼儿园教师资格制度、幼儿园教师职业技能大奖赛等方面的相关法规,实现"课、岗、证、赛"一体化。每本教材坚持职前教育和职后培训贯通设计。在全面夯实学习者专业知识与能力的基础上，注重学习者职业道德与能力的培养和从业态度与行为的养成教育。另外，教材注重课前、课中与课后的整体设计，课前预习相关学习资源，课中精讲关键知识点，课后链接"课、岗、证、赛"相关练习，以利于学习者巩固所学内容并学以致用，提升学习者的专业与职业综合素质以及职业与岗位适应能力，实现终身学习和毕生发展。

第四，以生为本引导学习，完善教材体例。本套教材从"教"与"学"两个角度设置教材体例，使其符合学习者的学习、内化直至实践应用的规律，具有启发引导性，也充分考虑了教材面向的主体——高职高专学生的学习特点，内容编排由浅入深，理论与实践并重，努力做到"教师好教，学生好学"；注重培养学习者对学前教育学科知识的理解和感悟，设计模拟课堂、情境教学、案例分析、技能训练、教学竞赛等多样化的教学方式，增强学习者的学习兴趣，提高学习效率，使其实现学习能力、实践能力和创新能力的三重提升。

第五，数字技术强力支撑，丰富教材形式。本套教材注重将信息技术作为基础条件与支撑，构建丰富多彩、高质量的电子资源库，努力实现课程与教学资源的共建共享；实现"互联网＋教育"和教材形态的多样化与电子化，将纸质媒介和电子媒介相结合，创设数字化的教育教学情境。教材中穿插大量数字资源二维码，引导学习者在课前和课后拓展学习海量专业知识，培养学习者的数字化教育能力和数字化学习能力，做新时代高素质的数字化教育者和学习者。针对幼儿园管理与保教的特点，本套教材尤其注重提升学习者的信息素养和利用信息技术进行保育与教育、安全风险防控和质量管理的能力。

第六，"校、社、产、教"多元合作，确保教材质量。为确保教材质量，特聘请全国开设学前教育专业的高职高专院校、本科高校推荐遴选教学经验丰富、有影响力的专家和一线骨干教师担任每本教材的主编和副主编，拟定教材编写体例，给出教材编写样章，同时参与审定大纲、样章，总体把控书稿的编写进度与品质。参与的作者分别来自高校、行业领域和实践一线，来源广泛而多元，实现了"校、社、产、教"不同领域人员的协同创新与深度合作。

当然，以上六个方面只是本人作为总主编对这套教材的美好期待与设想，这些想法能否真正得以实现和彰显，有赖于所有参编人员和编辑的共同努力，也有待广大读者的审读与评判。在本套教材编写的过程中，我们参阅、借鉴和引用了国内外大量学术成果和教研教改案例。科研成果为本套教材提供了学术滋养,而实践经验与案例展示了当前我国学前教育改革与发展的生动样态,在此一并表示感谢。书中如有疏漏和不妥之处,敬请各位读者批评指正。

最后,我谨代表本套教材的所有编委和作者,衷心感谢本套教材的策划者——华中科技大学出版社人文社科分社社长周晓方,周社长对学前教育充满热情和信心,为本套教材的编写、出版和发行倾注了大量心血;还要感谢本套教材的策划编辑袁文娣和其他各位编辑及相关工作人员。我们基于教材的首次合作渐趋默契和融洽。让我们携手共进,继续为我国学前儿童的福祉和学前教育事业的健康可持续发展奉献智慧与力量!

武汉桂子山·华中师范大学教育学院

2023 年 5 月

前言

我国著名儿童文学作家和教育家陈伯吹先生早在20世纪90年代就旗帜鲜明地提出:"一所师范大学理应都要设置'儿童文学'的课程,而且它是一门重要的、不可或缺的课程,特别在它的中文系、教育系。"儿童文学因其本身鲜明的童本性、文艺性和教育性,天然地适宜作为家庭和幼儿园重要的教育教学资源,理所应当成为我国各大中专院校学前教育系开设的专业课程。但从学科分类角度来看,儿童文学作为文学下属学科,研究者多基于文学的视角来构建儿童文学的教材内容体系,虽成果丰硕但总体偏重"文学性"而弱于"学前教育性"。基于此,本书试图构建学前教育视角下的儿童文学内容框架,一方面梳理整合儿童文学作为一种文学类型的基本原理,另一方面侧重儿童文学在学前教育话语范畴中的实际应用,希望以一种交叉融合的学科立场为学前教育专业的儿童文学课程建设出一份力。

从意义的角度而言,本教材有四个层面的探索价值。首先,在我国近年来学前教育大发展的政策导向中,大量中国优秀传统文化故事、原创图画书等儿童文学作品纷纷涌现,为本教材编写提供了充足养分,也与学前教育迈向高质量、本土化的前进方向相契合;其次,在学术价值上,从学前教育视角来构建儿童文学的内容框架,能够有力推进儿童文学与学前教育的学科融合,促进复合型人才的培养;再次,在文化价值上,教材中对儿童文学原理的分析,以及对经典的和新发的儿童文学作品的遴选剖析,有助于提高大众儿童文学品位,促进儿童文学精品的传播;另外,在社会价值上,教材中面对家长和教师群体如何应用儿童文学提出指引,能够帮助儿童生命中的"重要他人"提高儿童文学理论素养和实践能力,提升家庭教育和学前教育的实际效益。

本教材主要面向学前教育及相关专业的大中专院校师生,以及对儿童文学感兴趣的家长和幼儿园教师。内容分为六个单元,第一单元是儿童文学的基本原理,包括儿童文学的内涵、外延、特性、类型及功能等;第二单元是以历史发展的纵向脉络梳理了中外儿童文学发展史以及隐藏在作品背后的儿童观演进;第三到第五单元分别从体裁形式、基本母题和艺术表现三个角度对儿童文学进行了特征分析,分别介绍了韵文体、叙事体和图画体三类体裁样式,爱、成长、自然和想象四类核心母题,韵律、叙事、幽默和荒诞四类艺术手法;第六单元则深入介绍了在家庭中和教育机构中如何理解与应用儿童文学。全书凸显儿童文学的基本理论逻辑,又融入大量优秀儿童文学作品赏析和应用案例;既帮助读者厘清思维进路,又便于上手实际操作。

本教材基于多年教学经验与阅读心得,主要内容框架来自编者自2015年起陆续在西南大学、重庆文理学院、重庆人文科技学院和华中师范大学等高校学前教育系讲授"儿童文学"课程的教学实践积累。教学过程中,编者学习并参考了国内外数十本儿童文学专著和教材,并结合自身儿童文学创作经验逐步构建了如此一套课程体系。本教材也是集体努力的结晶。在逐步成稿的过程中,一些高校教师、研究生和本科生参与了整理、编写和校对。具体包括:李梓怡(第一单元第一课)、杨雪(第一单元第三课)、王思颖(第二单元第一课)、陈延(第二单元第二课)、肖斐(第二单元第三课)、陈柏雯(第三单元第一课)、杨瑜涵(第三单元第二课)、荣一民(第三单元第三课)、潘田芷(第四单元第一、二课)、章里浅卓(第四单元第三、四课)、张佳鑫(第五单元第一、二课)、杜皓然(第五单元第三、四课)、孟凡雨(第六单元第一课)、张别韵(第六单元第二课);孟凡雨、张立园、刘小芳、张禧妍、何雨丹、刘灿、石倩璎也参与了后期整理。这些可敬可爱的学友们为此教材的整体成型都付出了辛苦的汗水。全教材经由尹国强、孟凡雨和陈延修订完善,蔡迎旗审核后定稿。华中科技大学出版社人文分社的周晓方社长、周清涛社长和袁文娣编辑都为教材的策划、编辑和出版投入了大量精力,他们敬业的精神和专业的能力让人敬佩。

在教材付梓之日，想起曾经拜读过的儿童文学相关著作，周作人、叶圣陶、蒋风、方卫平、刘绪源、曹文轩、王泉根、梅子涵、朱自强、彭懿、郑渊洁……先生们对儿童文学的真知灼见指引着后辈前行的道路；也想起读大学时教授我们"儿童文学"课的李静老师，她不仅打开了我关于儿童文学的理论视角，还不断地鼓励我创作作品；更想起这些年走过的全国各地的幼儿园的老师和孩子们，他们在中华大地的一个个角落，用儿童文学作品开展各式各样的游戏和阅读活动。相信儿童文学事业会越来越好，因为她是朝向阳光、朝向未来、朝向希望的永远年轻的事业。

2023 年 3 月

目 录

第一单元　儿童文学的基本原理　1

第一课　儿童文学的含义与特性　1
一、儿童文学的含义　2
二、儿童文学的特性　5

第二课　儿童文学的主要类型　9
一、以价值立场划分类型　9
二、以年龄和体裁划分类型　11

第三课　儿童文学的基本功能　13
一、面向儿童发展的功能　13
二、面向成人发展的功能　17

第二单元　儿童文学的历史流变　26

第一课　儿童文学理论原点的演进　26
一、儿童观概述　27
二、儿童观的历史演变　32
三、法律公约下的现代儿童观　39

第二课　外国儿童文学的发展脉络　44
一、外国儿童文学的孕育期　44

		二、外国儿童文学的萌发期	48
		三、外国儿童文学的发展期	51
		四、外国儿童文学的成熟期	54
		五、外国儿童文学的多元期	58
	第三课	中国儿童文学的发展脉络	61
		一、中国儿童文学的蕴藏期	61
		二、中国儿童文学的萌发期	68
		三、中国儿童文学的创立期	70
		四、中国儿童文学的发展期	71
第三单元	儿童文学的体裁形式		77
	第一课	韵文体儿童文学	77
		一、儿歌的基本原理	78
		二、儿童诗的基本原理	94
		三、儿歌与儿童诗的异同	106
	第二课	散文体儿童文学	110
		一、童话的基本原理	110
		二、寓言的基本原理	115
		三、儿童故事的基本原理	118
		四、儿童小说的基本原理	123
	第三课	图文体儿童文学	127
		一、绘本的概念与类别	127
		二、绘本的历史发展	130
		三、绘本的基本特征和文图特点	134
		四、绘本对幼儿发展的作用	139
第四单元	儿童文学的基本母题		146
	第一课	爱的母题及其意蕴	147
		一、爱与儿童文学	147

		二、儿童文学中爱的类型与表现	148
		三、爱的母题儿童文学与儿童教育	155
	第二课	**成长母题及其意蕴**	156
		一、成长与儿童文学	157
		二、儿童文学成长母题常见类型与体现	157
		三、成长母题儿童文学与儿童教育	169
	第三课	**自然母题及其意蕴**	172
		一、自然与儿童文学	173
		二、儿童文学中自然母题的体现	175
		三、自然母题儿童文学与儿童教育	180
	第四课	**想象母题及其意蕴**	182
		一、想象与儿童文学	182
		二、儿童文学中想象母题的体现	183
		三、想象母题儿童文学与儿童教育	185

第五单元	**儿童文学的艺术特性**		190
第一课	**韵律艺术及其表现**		190
	一、多维视角下的韵律		190
	二、节奏韵律与儿童发展		192
	三、韵律在儿童文学中的体现		193
第二课	**叙事艺术及其表现**		204
	一、叙事理论与儿童文学		204
	二、儿童文学叙事的基本理论话语		207
	三、儿童文学叙事的具体表现		210
第三课	**幽默艺术及其表现**		214
	一、幽默与儿童文学		214
	二、儿童文学中幽默的表现手法		217
	三、儿童文学倡导的幽默品格		219

第四课	荒诞艺术及其表现	221
	一、荒诞与儿童文学	221
	二、儿童文学中荒诞的表现手法	223
	三、儿童文学倡导的荒诞品格	225

第六单元　儿童文学的教育应用　　232

第一课	儿童文学的家庭应用	232
	一、亲子共读的内涵、价值与类别	232
	二、亲子共读的观念误区与操作困境	240
	三、高效亲子共读的条件准备和实施策略	245
	四、家庭亲子共读的外部助力	255
第二课	儿童文学的园所应用	259
	一、儿童文学资源的获取与甄别	259
	二、儿童文学在幼儿园教学中的应用	260
	三、儿童文学作品的改编与创作	269
	四、教师对儿童文学的深度研讨	271

参考文献　　275

数字资源目录

1-1 知识延伸	幼儿文学创作的四大标准	6
1-2 知识延伸	受蔽的儿童与儿童的发现 & 发现儿童与发现儿童文学	10
1-3 知识延伸	皮亚杰的认知发展阶段理论	12
1-4 拓展阅读	《活了一百万次的猫》	13
1-5 拓展阅读	《夏洛的网》(节选)	14
1-6 拓展阅读	《男生贾里》(节选)	15
1-7 拓展阅读	《日子》(节选)	15
1-8 拓展阅读	《窗边的小豆豆》(节选)	17
1-9 拓展阅读	《花自己的钱就是不一样》	17
1-10 拓展阅读	《是谁嗯嗯在我的头上》	18
1-11 拓展阅读	《海的女儿》(节选)	19
1-12 拓展阅读	《爱心树》	20
1-13 拓展阅读	麦兜系列故事之一《这是爱》	20
1-14 拓展阅读	金子美铃诗作四篇	21
1-15 拓展阅读	《一片叶子落下来》	21
1-16 拓展阅读	《阿雏》(节选1)	22
1-17 拓展阅读	《阿雏》(节选2)	22
2-1 知识延伸	我国儿童权利的法律保障	41
2-2 知识延伸	儿童参与阶梯	42
2-3 拓展阅读	《狮子与海豚》	47
2-4 拓展阅读	《眼睛里的火星》	53
2-5 拓展阅读	《虎媪传》	63
2-6 拓展阅读	《愚公移山》	64

2-7 拓展阅读 谜语8则	66
2-8 拓展阅读 《叶限》	67
2-9 拓展阅读 启蒙读物节选	68
2-10 拓展阅读 近代儿童诗节选	69
2-11 拓展阅读 《无猫国》(节选)	70
2-12 拓展阅读 《小白船》(节选)	71
2-13 拓展阅读 《宝葫芦的秘密》(节选)	72
2-14 拓展阅读 《圆圆和圈圈》	73
3-1 拓展阅读 《野牵牛》	87
3-2 拓展阅读 《买布打醋》	90
3-3 拓展阅读 《砍蚊子》	93
3-4 拓展阅读 《太阳的工作》	106
3-5 知识延伸 了解中外著名童话作家	115
3-6 拓展阅读 《揠苗助长》	116
3-7 拓展阅读 《东东西西打电话》	119
3-8 知识延伸 了解中外著名儿童小说家信息	127
3-9 知识延伸 了解夸美纽斯	130
3-10 拓展阅读 《野兽出没的地方》	132
3-11 拓展阅读 《老鼠娶新娘》	134
3-12 拓展阅读 《鳄鱼怕怕,牙医怕怕》	137
4-1 拓展阅读 《猜猜我有多爱你》	152
4-2 拓展阅读 《逃家小兔》	159
4-3 拓展阅读 《分享秘密》	164

4-4 拓展阅读	《嘘,这是秘密》	165
4-5 拓展阅读	《爷爷变成了幽灵》	167
5-1 拓展阅读	《长腿七和短腿八》	200
5-2 拓展阅读	《鼠小弟的小背心》	200
5-3 拓展阅读	《好饿的小蛇》	202
5-4 拓展阅读	《好饿的毛毛虫》	209
5-5 拓展阅读	《小老虎的大屁股》	213
5-6 拓展阅读	《漏》	219
5-7 拓展阅读	《卡夫卡变虫记》	229
5-8 思考与练习	《小偷罢工》	231
6-1 拓展阅读	《我爸爸》	234
6-2 拓展阅读	《蚯蚓的日记》	234
6-3 拓展阅读	《母鸡萝丝去散步》	246
6-4 拓展阅读	《不想飞的鹰》	262
6-5 拓展阅读	《我的幸运一天》	265
6-6 拓展阅读	《子儿,吐吐》	266
6-7 拓展阅读	《彩虹色的花》	267

第一单元 儿童文学的基本原理

◇ **学习目标**

1. 明晰儿童文学的概念、特性、主要类型以及划分依据。
2. 理解儿童文学对当今儿童和成人的发展性意义,能够运用原理评析某部作品的价值。
3. 培养对儿童文学的亲切感,喜欢儿童文学作品。

◇ **情境导入**

工作中,幼儿园要设置儿童图书室或阅读角,身为教师的我们该如何挑选合适的图书?从哪儿选?选多少?选什么样的?怎么搭配和摆放?……你会怎么处理这些问题?放学后,幼儿家长满怀期待地向你打听,怎么给孩子选购图书,在家里该怎样陪孩子读书,你能不能迅速地给出令家长满意而信服的解答?周末,你走进书店的儿童专区,看到一群可爱的孩子,或站着,或躺着,或笑着,或闹着,翻看着不同的儿童读物,你会不会好奇现在的小孩儿都喜欢看什么,他们喜欢看的是不是就一定适合他们看呢?这些问题时常困扰老师们,而要解答这些问题,需要我们深入儿童文学领域,了解儿童文学是什么,这个概念包含哪些内涵,与一般的儿童读物相比,它又有着哪些独特之处。这些问题是我们认识儿童文学的起点,也是我们跨入儿童文学宇宙的门槛。

第一课 儿童文学的含义与特性

概念是我们认知结构中最基本的构筑单位,是个体知识的基本单元。明晰了概念,才能提升我们对事物的认识层次,将自我的感性认识上升到具有一定普遍意义的理性认识。因此,要进入浩瀚的儿童文学宇宙,我们首先就要对儿童文学这个特定的概念进行理性认识,明晰儿童文学的基本含义和主要特性，从而划定认识范畴，让我们的讨论和学习更具目标感和针对性。

一、儿童文学的含义

考察儿童文学，既应该看到它在文学这个规定系统中与成人文学共有的普遍规律，又应该看到它区别于成人文学而自具一格的特殊规律。我们更重视后者，即儿童文学相对于成人文学来说所独具的内涵。

（一）儿童文学的概念

走进广阔无垠的儿童文学宇宙，永远绕不开一个最为核心的问题：儿童文学是什么？古往今来许多作家、教育专家、文化理论家和文学批评家都曾尝试为"儿童文学"创建准确的定义。角度不同，解释和理解也不同，以下是一些常见的界定。

以读者为中心的定义：这种定义将儿童文学看作是专为儿童创作的文学作品，主要是基于读者的年龄段和认知能力来进行创作。例如，该定义认为儿童文学的主要特征是语言简单、情节易懂、情感表达直接等。

以文学类型为中心的定义：这种定义将儿童文学看作是一种文学类型，主要是根据作品的形式和风格来进行创作。例如，该定义认为儿童文学的主要特征是使用富有想象力的语言，通过图像化的表达方式来传达主题等。

以社会角色为中心的定义：这种定义将儿童文学看作是一种教育工具，主要是通过文学作品来传递价值观和教育意义。例如，该定义认为儿童文学的主要特征是通过故事情节来传递道德、文化等方面的教育信息。

以创作目的为中心的定义：这种定义将儿童文学看作是一种具有特定目的的文学创作，主要是为了满足儿童的文学欣赏和阅读需求。例如，该定义认为儿童文学的主要特征是创作的目的是娱乐、启发和教育儿童，而不是满足成人的文学需求。

不同学者对"儿童文学"概念的不同解释、各种定义的重点略有不同，但都强调儿童文学是专为儿童创作的一种文学形式，并且通过不同的角度来解释儿童文学的特点和意义。在此，我们用一种简单的方法来理解"儿童文学"这种抽象性定义，即先将合成词"儿童文学"一分为二，还原为"儿童"和"文学"，再融合分析。

1. 儿童

"儿童"是指人类成长发育过程中处于幼年阶段的个体。

从内涵上来说，儿童包括了生理、心理、社会、文化等多个方面的特征。如生理方面：儿童身体构造和器官功能都在成长发育中，包括身高、体重、骨骼、神经系统等都处于不断发育状态；心理方面：儿童的认知、情感、意志、道德等方面都处于不断变化发展的阶段。他们通常比成年人更易受到环境的影响，也更容易受到情绪的波动和情绪失控的影响；社会性方面：儿童通常依赖于家庭和其他成年人的照顾和支持；社会交往方面：他们还没有完全具备独立思考和自我决策的能力，需要成年人的指导和帮助；文化方面：儿童的文化认知和价值观通常是在家庭和社会的传统文化中形成的，这种文化认知和价值观在很大程度上影响了儿童的成长发展。

从外延上来说，儿童的范围是有限的，包括了生物学上的年龄、社会法律上的年龄、心理学上的发展阶段等多种因素。例如，根据联合国的定义，儿童是指 18 岁以下的人类个体。根据不同国家和地区的法律法规，儿童的年龄界定可能会有所不同，但大多数国家和地区的界定都是在 0—18 岁之间。

总体来说，"儿童"这个概念既包括了一系列内在特征，也具有一定的年龄限制，这些特征和限制对于儿童的成长发展和社会保护具有重要的意义。

2. 文学

根据《现代汉语大词典》，"文学"是指"以语言文字为工具，形象化地反映客观现实、表现作家心灵世界的艺术"。

从本质上讲，文学是一种艺术形式，通常用语言表达，通过创造性的方式传达思想、情感、意象和故事。文学的本质表现在其创造性和表达性上，它可以通过语言的力量来探索人类的经验和情感。文学可以引起读者的情感共鸣，唤起读者的思考和想象力，以及引导读者对自己和世界的认知。文学的本质还表现在其多样性和变化性上。文学作品可以以许多形式出现，如小说、诗歌、戏剧、散文等，每种形式都有其独特的创作方式和表达方式。此外，文学也是一种反映时代和文化的艺术形式，随着时间的推移和社会变化，文学的主题、风格和表达方式也会发生变化。

从内涵与外延上看，文学是一个非常广泛的概念，它可以指代各种不同的文学形式、文学作品以及文学创作方式，可以从多个角度进行解释。

从体裁形式而言，文学通常包括诗歌、小说、戏剧、散文等文学形式。这些文学形式不仅仅是语言文字的运用，更是一种表现个体或群体生活的文化表达方式。文学作品通常包含了人类生存、情感、理性、价值观念等方面的表达和思考，它们可以以文字为媒介，通过描绘、抒发和反思来呈现作者和读者之间的交流和思想碰撞。因此，文学作品往往涉及人性、社会、历史、文化等多个领域。文学也可以分为不同的流派和类型，例如现代主义、后现代主义、浪漫主义、自然主义、现实主义等。这些流派和类型各有其特点，反映了不同的时代、文化和社会背景下的文学创作风格和思想倾向。此外，文学还可以按照语言、国别、主题等进行分类，例如中文文学、英文文学、儿童文学、科幻文学等。文学还可以从创作和阅读的角度来解释。文学创作需要作家具备一定的文学素养和创作技巧，同时也需要灵感、情感和想象力的加持。文学作品的阅读则需要读者有一定的文学鉴赏能力和理解能力，同时也需要理解作品背后的历史和文化背景。因此，文学也是一种教育和启迪人类思想的艺术形式。

总的来说，文学是一种多元的、包罗万象的艺术形式，它不仅是语言文字的运用，更是一种人类情感、思想和价值观念的表达和交流方式。

3. 儿童文学

将"儿童"与"文学"概念放在一起，并将"儿童"置前，"文学"置后，结合上述两个概念的本质，就可以将"儿童文学"理解为"面向儿童的某种艺术形式"。其中，"文学"作为一种类属，"儿童"作为一种指向。

多数关于儿童文学的定义都是采用此种逻辑，只是对文学如何"面向"儿童的理解有所差异。我国《现代汉语词典》定义"儿童文学"为"为少年儿童创作的文学作品。具有适应少年儿童的年龄、智力和兴趣等特点"①。美国国家图书馆将"儿童文学"定义为"为娱乐或指导儿童而编写和创作的作品。包含所有艺术类、文学类和非小说类的作品"。《世界儿童文学事典》则更进一步地定义"儿童文学"为"根据儿童的心理特征和审美需要，专为儿童创作、编写的或者为他们所喜爱又适合他们阅读和欣赏的文学作品"②。

作为"面向"儿童的文学类型，儿童文学有其内在属性，这些属性也是我们把握一部作品是否归属于儿童文学的基本依据，基本分为以下几个方面。

年龄定位：儿童文学通常按照读者的年龄段进行定位，如分为幼儿文学、儿童文学、青少年文学等不同的类别。

语言表达：儿童文学的语言表达应该符合儿童的语言认知水平，使用简单明了的语言，避免使用生僻词汇和复杂的句子结构。

内容主题：儿童文学的内容主题应该符合儿童的生活经验和心理需求，能够引发他们的好奇心和想象力，以及提高他们的道德和价值观念。

图文形式：儿童文学通常会采用插图、图表等方式来辅助讲述故事和表达思想，这有助于儿童的理解和记忆。

情节结构：儿童文学的作品通常具有鲜明的故事性和情节性，能够吸引儿童的注意力和阅读兴趣，培养他们的想象力和创造力。

（二）儿童文学与相近概念辨析

概念之间的联系与区别是我们把握问题的关键，决定着我们是否能够精准地识别一个问题，因此有必要明确与儿童文学相近的几个概念。

1. 儿童文学与儿童读物

儿童文学是面向儿童读者的文学作品，具有一定的文学价值和审美意义，通常由专业作家创作。这些作品包括儿童文学经典作品、儿童诗歌、儿童小说、儿童剧本等，它们的文学特点是语言简洁生动、情节紧凑有趣、人物形象鲜明、具有启发性和教育意义等。

儿童读物则是以儿童为目标读者而编写的，包括启蒙读物、益智读物、图画书等多种类型的书籍，其主要特点是针对儿童阅读习惯和认知能力进行设计，语言简单易懂，内容通俗易懂，图文并茂等，旨在满足儿童的阅读需求，提高儿童的阅读兴趣和阅读能力。

儿童文学和儿童读物是密切相关的，二者具有一些共同点，如目标读者相同，儿童文学和儿童读物都是为儿童读者而设计的，用于满足他们的阅读需求和兴趣；内容通常都简单易懂，儿童文学和儿童读物的语言和故事情节简单，使儿童读者更容易理解和接受；都有教育和启迪作用，儿童文学和儿童读物不仅可以带给儿童快乐的阅读体验，同时也可以传递一些价值观、知识和启示。但二者也存在一些区别。儿童读物一般是广义上的概念，包括了所有适合儿童阅读的书籍，侧重于内容的表达和传播，不仅包括文学作品，还包括其他各种形式的儿童读物，可以说，儿童文学是儿童读物的一部分。儿童文学注重的是内容和创作，具有一定的文学性和艺术性。

---

① 中国社会科学院语言研究所词典编辑室. 现代汉语词典 [M]. 5版. 北京：商务印书馆，2005.
② 蒋风. 世界儿童文学事典 [M]. 太原：希望出版社，1992.

2. 儿童文学与儿童教育

儿童文学和儿童教育都是与儿童有关的概念，但它们有着不同的关注点和目的。儿童文学是指专门面向儿童创作的文学作品，目的是让儿童得到审美体验、娱乐和启示；而儿童教育则是指在儿童的成长过程中，为了促进其全面发展而进行的教育活动。

尽管两者有着不同的目的和方式，但是儿童文学和儿童教育之间也存在联系。儿童文学可以作为儿童教育的一种手段，通过文学作品中的故事情节、人物形象等元素，帮助儿童获取知识和情感体验、培养思维能力，从而达到教育的目的。同时，儿童教育也可以为儿童文学提供主题、素材和实践基础，使得儿童文学更加贴近儿童的生活、思维和情感体验。

二 儿童文学的特性

英国学者彼得·亨特在其著作《国际儿童文学百科全书》中，对儿童文学进行了这样的描述："儿童文学是一种文本体裁，一门专业学科，一种兼具教育性和社会性的工具，一项国际业务以及一种文化现象。"[①] 他着重表达了儿童文学本身具有的鲜明多样性。领域的交叉与学科的跨越，使儿童文学不断突破学科领域，在不同地区及文化背景下，呈现出多种特性。概括来说，儿童文学最主要的特性在于其明显的童本性、文艺性和教育性。

（一）儿童文学的童本性

1. 童本性的内涵

儿童文学的童本性是儿童本位立场的体现，指的是作品所呈现的内容、情节和语言等要符合儿童认知和理解的特点和需求。这种童本性应该是由作品中的内容、情节和语言等共同构成的，能够真正吸引儿童的兴趣，让他们能够从中获得愉悦、认知和成长。

2. 童本性的体现

具体来说，童本性包括但不限于以下几个方面。

内容适合儿童：儿童文学应该以儿童为主要读者对象，内容应该符合儿童认知能力和阅读兴趣，不涉及过于成人化、暴力、血腥、恐怖、低俗等不适宜儿童阅读的内容，作品的主题、情节、人物和环境等应该能够满足儿童的需求，包括儿童的情感需求、认知需求和好奇心等。

语言简单易懂：儿童文学语言应该简单、生动、富有想象力，并且易于理解和模仿，避免使用复杂难懂的词汇和句式，但同时也要有足够的文学价值，使儿童在阅读中能够感受到文学的魅力。

形式吸引儿童：儿童文学应该采用适合儿童的形式，如漫画、图画书、动画片等，同时要注重排版、插图、字体等细节的设计，以吸引儿童的注意力和阅读兴趣，结构也应该简单明了，具有逻辑性和可读性。

要判断一部儿童文学作品是否具备童本性，需要考虑以上几个方面，并结合具体作品的情况进行综合评估。此外，还需要考虑作品的情节是否符合特定年龄段的儿童心理和认知水平，是否具有积极向上的教育意义，是否有利于培养儿童的人生观、价值观等方面。以幼儿（3—6岁）文学为

---

① HUNT P. International companion encyclopedia of children's literature [M]. New York: Routledge, 2004.

例，如表 1-1 所示。

表 1-1 幼儿特点、幼儿文学特点及示例

幼儿特点	幼儿文学特点	幼儿文学示例
认知："人之初"	重启蒙	《大和小》
具体形象思维	重直观	《鳄鱼怕怕 牙医怕怕》
主客二元结构	重对比	《狼外婆》
好奇心强	重探索	《一个黑黑、黑黑的故事》
情绪性	重趣味	《颠倒歌》
自理能力弱	重共读	见本书第六单元

1-1 知识延伸
幼儿文学创作的四大标准

（二）儿童文学的文艺性

1. 文艺性的内涵

儿童文学的文艺性是指作品在表现内容、情节、语言、形式等方面具备的艺术性和文学价值。与成人文学相比，儿童文学更注重读者的年龄特点和心理需求，但这并不意味着儿童文学可以牺牲文艺性。

2. 文艺性的体现

具体来说，儿童文学的文艺性体现在以下几个方面。

主题：作品主题是否丰富多彩，能否引发读者深思？儿童文学的主题必须与儿童生活相关，但是优秀的儿童文学作品不仅要表现儿童生活的方方面面，还要通过深入挖掘主题，探究人生哲理，引导儿童思考，提升作品的文学价值。

情节：作品的情节是否生动、有趣，能否吸引读者？儿童文学的情节要富有想象力，富有启发性，而且还要具有艺术性。好的儿童文学作品要有令人意想不到的结局，或让人意犹未尽的悬念，或适度的伏笔与铺垫等，使得读者能够沉浸在作品的情节之中。

语言：作品的语言是否精练、形象，是否具备文学美感？儿童文学的语言必须简洁、明晰，易于理解，但是又不能过于平淡无奇。好的儿童文学作品语言精练、形象生动，适当运用修辞手法，让读者能够感受到文字的美感。

形式：作品的形式是否合理、整体协调，是否具备艺术感染力？儿童文学的形式可以多样化，如小说、散文、诗歌等，但是作品的结构要合理，整体协调，具备艺术感染力。

儿童文学的文艺性是评判一部儿童文学作品是否成功的重要标准。优秀的儿童文学作品不仅能

够满足儿童的心理需求，还能够启发他们的思维，促进他们的成长。

一部好的儿童文学作品应当做到不俯视、不仰视，而是平视儿童——尊重儿童，平等地对待儿童，站在儿童的角度思考并借由作者自己的知识和经验帮助他们开阔视野、形成正向积极的价值观，这才是儿童文学，乃至文学所应具备的品性。例如：在《一百个孩子的中国梦》中，作者董宏猷在了解大量的孩子们的梦想后创作出了这部儿童文学作品，孩子们喜欢这位"大胡子叔叔"，愿意和他分享自己的梦想，而作者被孩子们的梦想所打动，用自己的知识将这些梦编织得更加美；在《梦想是生命里的光》中，作者舒辉波以 10 年为界，追踪采访了多个贫困的儿童家庭，在此过程中，他始终坚守朋友的立场，不越界、不指责、不评论，始终怀有赞赏和担忧面对这些孩子的生活①……儿童文学应始终保有纯洁的文艺性，避免因为市场而带来的浮躁，让孩子们在本该充满童趣的文学世界中感染更深远的人文情怀，而非过早地沾染上成人世界的繁杂。

（三）儿童文学的教育性

1. 教育性的内涵及体现

儿童文学的教育性是指通过阅读儿童文学作品，儿童获得知识、经验、价值观和思维能力的过程。它具体体现在以下几个方面。

传授知识和技能。优秀的儿童文学作品能够帮助儿童掌握各种知识和技能，如历史、地理、科学、文化等方面的知识，以及语言表达、思维逻辑等方面的技能。

培养情感和态度。儿童文学作品能够引导儿童形成正确的情感和态度，如培养爱、善良、勇敢、坚韧、助人为乐等良好品质，同时也能够防范恶习和不良情感的影响。

增强思维能力。优秀的儿童文学作品能够激发儿童的好奇心、想象力和创造力，促进儿童的思维发展，培养儿童的逻辑思维、批判思维等多方面的能力。

增进人际交往。通过阅读儿童文学作品，儿童可以了解和感受到不同人的思想和情感，学习与他人交往的方法和技巧，从而更好地融入社会。

要判断一部作品是否具备教育性，可以从以下几个方面入手：观察作品的主题和内容是否具有教育意义，是否可以引导儿童掌握知识和技能、培养情感和态度、增强思维等方面的能力；观察作品的语言是否适合儿童阅读，是否能够引起儿童的兴趣和共鸣，以及是否具有足够的可读性和可理解性；观察作品的作者是否具有教育背景或教育经验，是否有足够的专业知识和经验，以及是否能够把复杂的知识和思想转化为适合儿童理解和接受的形式；观察作品的评价和反响，了解读者的反馈和评价，以及作品是否受到教育机构和专家的认可和推崇。

2. 教育性发挥的尺度

在儿童文学发展过程中，儿童文学曾一度陷入是娱乐至上还是教育至上的争论，人们认为：过于娱乐儿童的儿童文学作品可能会忽略教育的目的，只追求故事情节的有趣和好玩，这样的作品可能会过分强调幽默、轻松和消遣，忽略了对儿童的认知、情感和道德方面的启发；而过于说教儿童的儿童文学作品可能会把教育目的放在首位，强行灌输价值观念和道德准则，让故事情节变得平淡乏味和缺乏想象力，这样的作品可能会让儿童感到沉闷和压抑，难以引起他们的兴趣和想象力。儿

---

① 纳杨. 儿童文学：文学性与市场性统一［N］. 人民日报海外版，2017-08-23.

童文学教育性展现的尺度，就成为一个关键问题。

20世纪20年代初，商务印务馆曾出版过一本《各省童谣集》（第一集），由朱天民编写，内收16个省或地区的203首歌谣，我们在其中可以看到以下几首歌谣。

乌鹊叫，

客人到。

有得端来哈哈笑。

无得端来嘴唇翘。

注云："使小孩知道接待宾客，须要十分周到。"

小老鼠，

上灯台，

偷油吃，

下不来。

吱吱，

叫奶奶，

抱下来。

注云："将老鼠作比，意思要儆戒小儿不可爬得很高。"

鹞儿放得高，

回去吃年糕。

鹞儿放得低，

回去叫爹爹。

注云："这首歌谣，大约是鼓励儿童竞争心。"

大姑娘，

乘风凉，

一乘乘到海中央。

和尚捞起做师娘，

麻筛米筛抽肚肠。

注云："劝年少女子不可无事出外游玩。"

书中收录的童谣丰富多彩，但作者的"注"则令人啼笑皆非。这是一定历史时期里教育至上观念在儿童文学上的表现。《简明不列颠百科全书》中论及，儿童文学发展中的一个突出特点是，教育和娱乐这两种力量的平衡不断变动而引起创作方法的冲突。

虽然教育性和娱乐性常被视为两种相反的性质，但未必总是敌对的。因此，在儿童文学教育性上，需要理性把握一定的尺度。具体可以从以下几个方面考量。第一，基于儿童的认知水平和心理特点来编写作品，使得故事情节生动有趣、引人入胜，同时又能够启发儿童的思考和想象力，让他们从中汲取知识和经验。第二，把握好故事情节的节奏和张力，让故事情节紧凑有力，吸引儿童的注意力，并让他们在阅读中感受到情感上的冲击，从而更好地接受教育的内容。第三，着重培养儿童的道德素养和价值观念，但也要避免在作品中强调某些特定的道德标准，给儿童留下过于严肃、教条的印象；相反，应该通过具体的情境和生动的人物形象来启发儿童的道德意识和判断力。第四，在编写作品的过程中，应该注重儿童的参与性和互动性，让他们在阅读中有机会表达自己的想法和观点，同时也能够从中获得更多的启示和体验。

第二课　儿童文学的主要类型

浩繁的儿童文学可以依据一定的视角进行归类，而这种归类的视角是多元的。视角不同，类别就不同。以下是几种常见的分类视角及相应类别。

以儿童文学作品立场分类，可以划分为儿童本位的儿童文学和非儿童本位的儿童文学；以儿童文学作品面向的儿童年龄段分类，比较常见的划分为0—3岁、3—6岁、6—9岁、9—12岁、12—14岁的儿童文学等；以儿童文学形式分类，如散文、诗歌、寓言、童话、图画书等；以文学流派分类，结合作品的风格和特点，可分为现实主义、浪漫主义、幻想主义、科幻等；以儿童文学作品的主题进行分类，有亲情、友情、爱情、成长、探险、神话等；以出版形式进行分类，有绘本、连环画、小说、读物、文库等。这些分类视角可以互相结合，形成多个层次的分类方式，以更全面地展现儿童文学的多样性和丰富性。

一　以价值立场划分类型

根据儿童文学是否在创作时就坚守儿童本位的价值立场，可以将儿童文学划分为儿童本位的儿童文学和非儿童本位的儿童文学。

（一）儿童本位的儿童文学

儿童本位的儿童文学是从现代儿童观念出发创作的儿童文学。最早可以追溯到西方14世纪的文艺复兴运动——文艺复兴倡导人的天性、尊严和权利。该时期的教育思想集大成者，17世纪捷克教育家约翰·阿摩斯·夸美纽斯提出"种子论"，认为在儿童身上"自然地播有知识、道德和虔诚的种子"①，这是儿童身上与生俱来即拥有的。1658年，夸美纽斯出版了世界上第一部为启蒙期儿童编写的看图识字教材《世界图解》，它有明确的编写指导思想，即泛智论、自然适应性原理、直观性原理以及系统性原理②，用图画的方式向儿童介绍世界，体现出一种新的洞察力：儿童读物应属于一个特殊的门类，因为儿童不是缩小的成人。③ 大约一个世纪以后，法国启蒙思想家、教育学家让·雅克·卢梭在其著作《爱弥儿》一书中提出："儿童不是小大人，他具有独立的不同于成人的生活与世界。"④ 儿童作为独立个体，同样享有人的尊严与权利。其后，美国实用主义教育家约翰·

---

① 夸美纽斯. 大教学论［M］. 北京：教育科学出版社，1999.
② 杨佳，杨汉麟. 夸美纽斯和他的《世界图解》［J］. 教育研究与实验，2019（1）：74-78.
③ 韩进. 认识中国儿童文学：勿以娱乐性排斥教育性［N］. 中华读书报，2013-06-12.
④ 卢梭. 爱弥儿［M］. 李平沤，译. 北京：商务印书馆，1994.

杜威基于夸美纽斯和卢梭的"儿童中心说"教育思想的基础提出"儿童本位论"教育思想，其中提到了"在整个教育中，儿童是起点，是中心，而且是目的""必须站在儿童的立场上，并且以儿童为自己的出发点"。

伴随"儿童的发现"不断普及和发展，文学受其影响逐渐形成"儿童文学的发现"。在此之前，纵观人类文学史，人类社会早期并未有成人和儿童世界的严格区分，因而儿童文学与成人文学在人类由野蛮进入文明的漫长岁月里几乎具有完全的一致性。成人的神话传说以及魔幻型的民间故事，如欧洲的女巫、精灵等，我国的后羿、女娲等，同样作为儿童能够接受的文学内容而存在，这种一致性是在一系列如文艺复兴、宗教改革、工业革命等的历史大转型时期，由农业文明进入工业文明才逐渐分裂开来的。①

1-2 知识延伸
受蔽的儿童与儿童的发现 & 发现儿童与发现儿童文学

（二）非儿童本位的儿童文学

非儿童本位的儿童文学则是从成人的心理世界出发，但艺术趣味接近儿童的心理状态，美国儿童文学作家司各特·奥台尔曾说，"那些被分类为'为儿童所作的书'的作品其实不是为儿童所写的"。

一方面，非儿童本位的儿童文学产生的初衷是源于强烈的"为了孩子"的责任与渴望，也因而在写给孩子的书里装了满满的"大人腔"。② 这也暗示着在非儿童本位的儿童文学的创作、出版与发行背后所含藏的是一个属于成人的游戏。一部书是否适合给孩子看，是否是"写给孩子们的书"，是由成人决定的——成人作家创作，包括父母、老师和校所图书管理员等在内的成人读者购买，成人文学批评家决定着它是否适合给儿童阅读以及是否给这部作品贴上特定的文学类型标签，而这一切都是基于成人对"什么样的书适合儿童阅读"的理解。加拿大学者佩里·诺德曼在他的著作《隐藏的成人：定义儿童文学》中提到，"儿童文学是出版商希望孩子们阅读的作品，而不是孩子们自己想读的"。

另一方面，非儿童本位的儿童文学产生的初衷源于作者在创作时跳出既定的成人文学意识形态的束缚，摒弃成人世界的规则与教条，用孩子的视角去更加深入地探索自我，通过不符合常理的"幼稚问题"来审视、反思成人世界。③ 从非儿童本位的儿童文学中可以看出的是儿童文学与成人文学的融合趋势。例如，在《爱丽丝漫游奇境记》中，通过主人公爱丽丝掉进兔子洞后在奇幻仙境中遇到一个又一个毫无条理又充满荒诞意味的人物、问题以及事件，在有趣的无厘头中明确自我认知

① 王泉根. 中国儿童文学概论 [M]. 长沙：湖南少年儿童出版社，2015.
② 翌平. 儿童性：儿童文学批评的坐标原点 [N]. 文学报，2020-11-02.
③ 桑霓. 儿童文学，究竟是什么？[N]. 新京报，2022-03-05.

从而找到自己存在的意义——"爱丽丝，你不能总是为了别人而活着，决定权在你自己手里，因为当你走出来面对那些怪兽，你就得战斗！"而在其天马行空又妙趣横生的剧情中隐藏着诸多成人视角下方能意会的充满人生哲理与智慧的双关的语言，比如书中著名的"红皇后假说"——"你必须不停地奔跑，才能留在原地"，再比如公爵夫人的回答"凡事都有寓意，只要你肯去找"。无独有偶，"哈利·波特"系列小说从主人公哈利·波特的视角展开了一个仿佛现实世界另一面的巫师世界，其中存在着许多折射现实世界的元素，比如"巫师"（会魔法的人）与"麻瓜"（不会魔法的人）的种族冲突、"纯血巫师"与"非纯血巫师"之间的阶级冲突等。哈利·波特和他的伙伴们在一次又一次惊险非凡的冒险中收获了珍贵的友谊，在不断反抗"黑巫师"反派伏地魔的过程中打破各式各样的规则并展现了非凡的勇气，在直面人性的黑暗后依旧保有对光明正道的追求，与其中或懦弱而虚伪、或勇敢而伟大的成人角色行为形成呼应和比照。有趣的是，不同年龄、不同背景、不同性格的每一个人都能从"哈利·波特"这一系列儿童文学作品中找到自己，每一次读都会有新的体会。英国作家弗朗西斯·斯帕福德曾谈到幼儿文学，他如是说："这些书成了我们自我认知过程的一部分。那些对我们意义最为重大的故事融入了我们真正成为自己的过程。"非儿童本位的儿童文学中包含着成人对于回归童年的渴望，包含着成人对自我认知的探索，包含着成人对成人世界意识形态压迫个人的反思与反抗。

二 以年龄和体裁划分类型

儿童文学的分类方式比较多样，以年龄和体裁形式为根据，也可以划分儿童文学的常见类型。

（一）不同年龄阶段的儿童文学类型

从年龄阶段来划分，儿童文学一般被划分为几个层次，分别是：幼儿文学（3—6岁），童年文学（6—12岁）以及少年文学（12—18岁）。苏霍姆林斯基的《大和小》是典型的幼儿文学作品：

有一天，刚出生几天的小牛在院子里散步，发现大兔子带着小兔子在散步。

小牛不认识，就上前问："你是谁啊？"

兔妈妈说："我是兔妈妈。"

小牛："啊，你这么小，就当妈妈了啊！"

兔妈妈："是啊，你看这一群就是我的兔宝宝。那你是谁啊？"

小牛："我是才出生几天的小牛。"

兔妈妈："啊，你才出生几天就这么大啊！"

小牛："啊，这个世界上还有好多事情好奇怪啊！"

这一作品反映了幼儿文学认知启蒙的特点，告诉我们：接纳别人，悦纳自己；了解自己，认识世界，创造无限。

儿童文学对儿童读者的年龄阶段进行划分的依据在哪里？一是基于我国现行的学段，3—6岁对应幼儿园阶段，6—12岁对应小学阶段，12—18岁对应中学阶段，18岁为我国成年的法定年龄。二是基于瑞士儿童发展心理学家让·皮亚杰的"认知发展阶段理论"——把儿童从出生至2岁左右称为"感知运动阶段"，2岁至7岁左右为"前运算阶段"，7岁至11岁左右为"具体运算阶段"，11

岁及以后为"形式运算阶段"。儿童文学作品的受众划分即反映着随着年龄的增长,儿童的认识水平也在突飞猛进地发展着,具体如表1-2所示。

表1-2 儿童年龄、学段、文学类别及认知发展阶段一览

年龄	0—3岁	3—6岁	6—12岁	12—18岁
学段	/	幼儿园	小学	中学
文学类型	幼儿文学	童年文学	少年文学	
认知发展阶段	主要为感知运动阶段	主要为前运算阶段	主要为具体运算阶段	主要为形式运算阶段
认知发展阶段说明	协调感、知觉和动作活动,靠感觉动作的手段来适应外部环境	儿童将感知动作内化为表象,建立了符号功能,可凭借心理符号进行思维	儿童的认知结构由前运算阶段的表象图式演化为运算图式	儿童思维发展到抽象逻辑推理水平

1-3 知识延伸
皮亚杰的认知发展阶段理论

(二)不同体裁形式的儿童文学类型

文学体裁是作家为了整理、组织、物化生活,感受与生命体验的需要,在长期的艺术实践过程中创造发展起来的。它一旦形成和确立之后,又成为一种审美规范,制约着作品内容的表达和创作素材的取舍、整理。文体一旦形成和确立之后,就具有了相对的独立性,不同文体之间特色明确,不会引起混淆,例如小说与诗歌、诗歌与散文。虽然文体具有一定的发展性,随着创作实践会产生新的变化,但属于该文体的基本特征总是相对稳定的。

儿童文学作为文学的一种,其体裁样式带有文学体裁的普遍性,同样也具有其自身的特殊性,包括其划分标准和特征。

从文本形态和艺术手法等角度,可以把儿童文学文体分为韵文体、散文体、叙事体、幻想体、科学体和多媒体六个类别。

韵文体儿童文学是指以韵文手法创作的儿童文学作品,主要包括儿歌和儿童诗两类体裁。韵文体儿童文学讲究语言声韵的整齐形式,在叙事、抒情、状物的同时,往往也提供了某种语言形式的游戏。

散文体儿童文学是指以广义的散文手法创作的儿童文学作品。这是一个覆盖面很广的范畴,儿童散文、儿童生活故事、儿童报告文学、儿童传记文学等非韵文体的儿童文学作品,都可归入其中。

叙事体儿童文学包括儿童小说和故事等种类,重在事件和情节的叙述。幻想体儿童文学则增加

了更多想象和虚构的元素，包括童话和寓言等类别。科学体儿童文学包括科学文艺、科幻小说等科普类作品，在阅读的乐趣中，儿童能够掌握更多科学知识，锻炼科学思维。多媒体儿童文学则充分调动了儿童的感官，在阅读图画书、影视、动画、戏剧等作品的过程中，儿童得到视觉、听觉等多重享受。

这其中，儿歌与儿童诗构成了韵文体儿童文学的主要部分，其他文体则主要呈现为散文体的样式，但其中又有复杂的交叉，比如图画书的文本就兼有韵文和散文的双重体式。具体如表1-3所示。

表1-3 儿童文学的常见文体

儿童文学的文体类型	所包含的儿童文学种类
韵文体	儿歌、儿童诗
散文体	儿童散文、儿童生活故事、儿童报告文学、儿童传记文学
叙事体	儿童小说、故事
幻想体	童话、寓言
科学体	科学文艺、科幻小说、科普作品
多媒体	图画书、儿童影视、动画、儿童戏剧

1-4 拓展阅读
《活了一百万次的猫》

第三课 儿童文学的基本功能

儿童文学在提供精神产品的过程中，传导着知识经验和价值观。儿童从作品中获得信息、引发情感并承传文化，同时悄无声息地与当今数字新媒介发生着双向互动。对于身为儿童家长或教师的成人来说，儿童文学也在实践中深刻影响着这些成人，不仅让他们更加理解与亲近当下的儿童，也推动他们更加理解与亲近自己的童年。

一、面向儿童发展的功能

文学的陪伴和守护能为儿童的成长提供有益的帮助，我们从传统阅读环境和新媒体阅读环境两个角度来讨论。

（一）传统阅读环境下儿童文学的功能

一般而言，儿童文学对儿童发展性的促进体现在情感熏陶、知识积累和文化传递等方面。

1. 培养良好道德观念

道德观念即道德的主观方面，反映历史上变化着和发展着的道德关系，即人们在道德活动中产生的各种关系以及如何处理这些关系的行为准则。与一般的反映不同，道德观念包含特殊的道德论证，反映的并不只是行为本身，而是包含着行为的品格和价值。[①] 道德观念是精神层面的指引，汤致琴指出，人们通过把握道德来形成自己关于责任和义务的观念，确立自己的道德理想，保持社会和个人的健康发展。[②] 所以，应该在儿童时期就形成良好的道德观念。

文学具有道德重建、道德教育和批评的功能，儿童文学作为文学的一种，同样具有道德教育功能。在故事《夏洛的网》中，威伯和夏洛苦乐参半的友谊，其中宣扬的合作、帮助、奉献等优秀品质，都是儿童正确道德观念的重要组成部分。

1-5 拓展阅读
《夏洛的网》（节选）

威伯作为一只即将被杀掉的猪，在它迷茫无助的时候，夏洛能够给它帮助和支持。威伯面对死亡时害怕不已，夏洛耐心地鼓励它，轻快地告诉它："你不会死的，我会来救你。"从一方面来说，许多儿童遇见困难时，都希望能被这样一个朋友拯救；从另一方面来说，许多儿童也希望自己有这样的勇气去拯救朋友。所以，这样的故事能够给儿童以启迪，帮助儿童学会勇敢、合作等优秀品质。

2. 丰富早期阅读经验

早期阅读是指0—6岁儿童凭借变化着的色彩、图像、文字或凭借成人形象的读讲来理解读物的活动过程。[③] 儿童文学作为早期阅读内容的主要部分，以纸质和电子产品为主要呈现方式，它能够帮助幼儿丰富、扩展早期阅读经验，成为一个熟练的阅读者。从理解能力上看，熟练的阅读者能够运用已有的常识理解文本的字面意思，从文本中得出正确的推论。[④]

比如儿童文学故事《男生贾里》《女生贾梅》，贾里和贾梅的故事不仅能引起儿童的共鸣，更能丰富儿童的早期阅读经验。有读者评论它们：像一束照进封闭小屋的阳光，温暖夺目，经世多年，看过许多书，也忘了很多书，却每每说起这两本书时，嘴角就不由得翘起，那种温馨可爱的感情充斥心房，仿佛一个个年轻活泼的身影就在奔跑。

① 林崇德. 心理学大词典 [M]. 上海：上海教育出版社，2003.
② 汤致琴. 当代中国家庭道德教育研究 [D]. 武汉大学，2013.
③ 张明红. 关于早期阅读的几点思索 [J]. 学前教育研究，2000（4）：17-18.
④ [美] 斯诺，[美] 布恩斯，[美] 格里芬. 预防阅读困难：早期阅读教育策略 [M]. 胡美华，潘浩，张凤，译. 南京：南京师范大学出版社，2006.

1-6 拓展阅读
《男生贾里》(节选)

这个故事片段高潮迭起，精彩纷呈，不仅能调动儿童阅读的兴趣和注意力，更能引导他们去理解故事背后的含义，理解词语的意义、文本大意和文本推论。贾里好意帮助妹妹，但是却因为无意之举让妹妹丢掉了一个很重要的机会，连贾里的朋友都觉得妹妹会生气很久，也有很多儿童读者有同样的情绪。但是妹妹并没有生气，她的原话是："我不会不睬你的，也不会跟任何人提这事，因为你是好心，我懂。"读者们也能明白故事背后传递给我们的价值观：好心好意令人心安。

3. 传承和创造人类文化

文化会通过人类总结的经验代代传承，但是文化传承的基础是人们对文化的适应与认同。文化适应是指对某个文化的身份认同感，或者是个人受其所处的文化影响，而对该文化产生的一种认同感。①

有研究者提出，儿童在阅读中能够感受到什么是好、什么是坏，什么是被社会允许和鼓励的、什么是被社会禁止和排斥的。通过阅读，儿童对文本中发出的各种文化信号进行理解，并加以吸收与反馈，从而逐渐适应文化世界并对其自发传承。儿童逐渐适应这些规则，进行社会化的转变。②儿童文学作为儿童接触最多的文学载体，它本身就携带着人类文化的精华，儿童在阅读中感受和适应其携带的文化规则，从而进行进一步文化适应与文化传承，实现文化的积淀与创造。

在文学故事谢倩霓的《日子》中，父母非常重视子女的学习和教育，他们排除万难为田蓝和哥哥创造学习机会，揽下所有的辛苦和委屈。

1-7 拓展阅读
《日子》(节选)

这个文学故事中传递出"读书改变命运"的观念，父母很有远见，自己多辛苦一点，也要给孩子创造学习的机会。这种以眼前的辛苦换取未来的生存方式，就这样一代代传承下来，其中承载着中国人压抑而又从不放弃的性格，也承载着父辈们默默无言的爱与付出，更承载着中国人自古就信奉的"读书"法则。③

---

① 郑素华. 儿童文化引论 [M]. 北京：社会科学文献出版社，2015.
② 尹国强. 儿童数字化阅读研究 [D]. 西南大学，2017.
③ 齐亚敏. 中国当代儿童文学关键词研究 [M]. 北京：中央编译出版社，2015.

(二)数字阅读环境下儿童文学的功能

数字媒介与当代儿童文学的发展正发生着千丝万缕的联系。数字媒介是与印刷媒介相对的概念,它包括了电视、电影、电脑、手机等出现于印刷媒介之后的各种现代媒介。对儿童文学来说,这种现代媒介环境共同构成了对传统印刷媒介环境的冲击,进而影响到儿童文学创作、传播和接受的各个层面,使之呈现出与印刷时代完全不同的景观,而且不断衍生出新的媒介形态。这不仅宏观上改变了儿童所处的阅读环境,也在微观上影响了每个儿童的阅读生活。

数字媒介同时带来了积极和消极两方面影响。从积极方面看,数字媒介大大丰富了儿童的学习生活和闲暇生活,激发了他们的主动性与创造性,也有助于在实践中提升儿童的媒介知识和媒介素养。从消极方面看,数字媒介对儿童生活世界带来的消极影响具体表现在:第一,消解了原有教育主力的权威,当大量裹挟在温和表皮下的不良信息进入儿童视野时,他们的分辨能力较弱,会盲目相信网上传播的所谓"知识",家长和教师等原有教育主力经年累月树立的教育权威形象,在儿童沉迷大众传媒的过程中慢慢动摇;第二,增加了沉浸娱乐消遣的概率,诸多调查显示,由于数字媒介的便利性,儿童更自由更个性化地接触数字媒介,其目的更多是出于娱乐消遣,如玩游戏、听音乐和聊天,而不是传统意义上的阅读,这些声像皆备的娱乐形式给儿童带来的短暂的快乐和刺激感,容易让儿童沉溺其中;第三,强化了消费导向的阅读体验,消费主义作为一种生活方式和价值观念,它的迅速传播依赖于数字媒介的作用偏向①,儿童也深受影响。据不完全统计,自2014年始,"熊孩子"瞒着家长进行网络消费的情况逐渐增多,这种情况在手机游戏、网络直播爆发式增长后更有进一步增长的趋势。数字媒介平台的增多为儿童打造了更多消费陷阱,网络上以儿童为消费对象的商品越来越多,在面对商家诱惑时,儿童不知不觉就会陷入消费陷阱当中。

在此背景下,站在传统教育立场上,纯粹的儿童文学能够为儿童撑起一把伞,为儿童回归日常生活世界提供一定的发展性意义,避免儿童成为纯粹的"数字儿童"。

1. 重塑教育主力权威作用

教育权威在儿童未成年之前扮演引导者和价值观的建构者这一角色,儿童如果在成长期间缺乏这些角色的引导,容易在思想上出现偏差,形成扭曲的价值观。所以,儿童文学与家庭教育、学校语文教育紧密结合,成为亲子阅读的重要内容,并在和谐家庭和家庭阅读文化建设中发挥不可忽视的作用。② 当家庭教育和学校教育越重视儿童文学,儿童文学重塑家长和教师在儿童心中教育权威形象的作用就越强。

在文学故事《窗边的小豆豆》中,小豆豆因淘气被原学校退学后来到巴学园,小林校长却常常对小豆豆说:"你真是一个好孩子呀!"在小林校长的爱护和引导下,一般人眼里"怪怪"的小豆豆逐渐变成了一个大家都能接受的孩子,而且不仅是她,所有儿童的童年本真都得到了呵护与保存。

---

① 邓礼红. 试论中国儿童文学及其教育价值[J]. 文学教育(上), 2021 (11): 144-145.
② 王泉根. 现代中国儿童文学主潮[M]. 重庆: 重庆出版社, 2000.

1-8 拓展阅读
《窗边的小豆豆》（节选）

儿童是纯粹的，他们的世界里没有"正常"与"奇怪"的区别，校长正是认识到这一点，面对所有看似"奇怪"的孩子，他都能够发现这些孩子的美好与童年本真。这才是我们应该从儿童文学故事中学到的启发，孩子是一个奇迹，他们本身就与众不同，我们不能用成人和世俗的眼光去看待他们。在快节奏的数字时代，对待儿童，我们依然需要耐心地观察与发现。

2. 帮助儿童抵御过度消遣

尹建莉在《好妈妈胜过好老师》中提出："阅读的意义不仅在于让孩子具有良好的语言文字能力，还在于与它能丰富孩子的心灵世界。"[①]儿童文学具备真实、持续的特征，能引导儿童利用好碎片化时间，醉心于文学作品，抵御以短视频为代表的大众传媒。

另外，家长竞争意识的增强使得他们更倾向于鼓励儿童花时间在阅读上，父母能直接干涉阅读的有无、阅读时间、读物的类型等，他们能在第一时间以高效的方式帮助儿童抵抗大众传媒带来的娱乐诱惑。所以，家长也能通过儿童文学帮助儿童抵御外界不良信息的危害，还给儿童一个纯粹的、充满阅读的童年。

3. 减小消费主义负向诱惑

儿童陷入消费主义陷阱往往是在不够理智、情绪冲动的情况下发生的。儿童文学内容具有表述直观、寓意深刻的特点，它疏散着儿童对互联网商品的消费冲动。当儿童把大量的时间和精力放在文学作品上时，接触互联网和以互联网为媒介送到儿童面前的商品的次数便会减少，也会大大减少冲动消费的次数，从而摆脱互联网消费的陷阱。

1-9 拓展阅读
《花自己的钱就是不一样》

二 面向成人发展的功能

安徒生在《我的童话人生》中说："我用我的一切感情和思想来写童话，但同时我也没有忘记成年人。当我在为孩子写一篇故事的时候，我永远记住他们的父亲和母亲也会在旁边听，因此我也得给他们写点东西，让他们想想。"马克·吐温在创作《汤姆·索亚历险记》时也说："我的

---

① 尹建莉. 好妈妈胜过好老师[M]. 北京：作家出版社，2014.

书是为青少年朋友们写的,但是,我希望成年人也会喜欢它,但愿这本书能够使他们愉快地回忆起童年的生活,联想起他们童年的感受、想法和谈话,回忆起他们当年向往和经历的种种离奇的事情。"

从上述两位儿童文学作家的话里,可以看到作家们创作儿童文学的初衷不仅是为了给儿童带来快乐,也为了帮助成年人找回自己,给予抚慰。神宫辉夫也曾说:"儿童文学一般是成人以儿童为读者对象创作的文学。"作为读者的儿童一般被认为是从婴幼儿至中学生,不过,在文化意义上,成人内心的"儿童"也可成为读者。儿童文学的"儿童"是指内含着可能性向上成长的人,并不特别局限于年龄。

(一) 曾经世界的回望与理解

每个成年人曾经都是儿童,随着时光推移与年岁增长,许多成年人或许感受不到童年里的纯粹乐趣了,但儿童文学提供了这样一种空间,在这个世界里,成年人回望孩童的天真烂漫和成长痕迹,加深对儿童世界的理解。

1. 清澈透明的纯粹乐趣

儿童文学本身带有趣味性特征,这种趣味性往往带有幽默的成分。幽默是儿童文学的经典品质。与成人文学中幽默常常作为一种叙述技巧和策略的情况不同,儿童文学的幽默是童真的自然流露,没有刻意雕琢之感。由于面向儿童,还具有荒诞式的幽默、稚拙式的幽默。比如全球知名的小猪麦兜曾说:"我的志愿是做一个校长,每天收集了学生的学费之后就去吃火锅。今天吃麻辣火锅,明天吃酸菜鱼火锅,后天吃猪骨头火锅。陈老师直夸我:麦兜,你终于找到生命的真谛了。"听起来非常幽默、高效的表述方式,能给成年人带来快乐,增添阅读趣味。再如儿童绘本《是谁嗯嗯在我的头上》,语气诙谐幽默。

1-10 拓展阅读
《是谁嗯嗯在我的头上》

这个绘本故事语言诙谐、情节简单,但是极富幽默感。我们成年人在阅读这个绘本时,依然会被逗得发笑。小鼹鼠刚刚出门,头上就被拉了一坨屎,它的心情很不好,气冲冲地问是谁嗯嗯在了它的头上,经过一番询问,它终于找到了"罪魁祸首"——大狗,小鼹鼠也爬到大狗的屋顶上嗯嗯在它的头上报复回来。这个故事不带有任何目的,它传达出的是纯粹的乐趣,而这种纯粹的乐趣可能正是成年人所需要的。

2. 游戏世界的自由释放

成人面临着更多外部环境的束缚,游戏冲动受到压抑,而儿童文学中满含自由气息的游戏空间能够为他们提供一个释放的场所,他们可以在此找回童年生命力的自由释放。席勒曾说,游戏状态是一种克服了人的片面和异化的人性状态,是人性自由与解放的真实体现。儿童文学中的想象能带给成人读者在惯常成人文本中较少感受到的天马行空般的思维飞翔的美妙感觉。[①]

许多儿童文学作家认同儿童文学带给成年人自由释放的价值。金波曾说,"当我为孩子们写作时,我面前便出现了许许多多神情各异的孩子。我希望了解他们的内心世界,那里才是儿童诗的王国。有时,我又找到了我童年的自己,他从过去的岁月里走向当今孩子的世界,他们交谈着,游戏着,也静静地倾诉着。于是我得到诗。"郑渊洁提到,"一有了要写童话的念头,我就觉得很兴奋,有一股压抑不住的创作欲望,好像就要见到一个久别的亲人似的。这是我后来也写其他体裁的作品时所没有的。大概是童话又把我带回童年去了,引起我许多美好的联想"。叶君健认为,"世界上许多伟大的作家和诗人大多数总要写些儿童文学作品。我想,这不仅是因为他们愿意为自己的童年留下一点痕迹,为下一代的儿童赠送一点有意义的纪念,同时也是因为有某些思想和感情,只有通过儿童文学的形式才能表达出来。"

比如让人忍俊不禁的《吹牛大王历险记》和《海的女儿》。《吹牛大王历险记》描写一个名叫敏希豪生的男爵,自称是世界上顶诚实的人,他以机智和侃大山闻名于世。他曾在俄国军队服役,参加过俄土战争。回到德国后,便从自己的经历出发,运用夸张和幻想,创造出一个个怪异的冒险故事。他很有口才,讲起来口若悬河、滔滔不绝。[②]《海的女儿》介绍了一个对外界充满好奇、单纯可爱的女孩形象。

1-11 拓展阅读
《海的女儿》(节选)

《海的女儿》中塑造的主人公的形象是非常丰满的,她对外界充满好奇,她敢于尝试,在面对困难的时候,她选择放手与成全,这对于成年人来说也是一个值得关注的课题。这篇童话也在鼓励人们释放内心的自由。

(二)当前世界的慰藉和陪伴

作为群居动物,越长大越孤单的体验却常常笼罩着成年人,行走世间需要足够的力气和勇气,人们需要协力同行。儿童文学可以像一个陪伴者,给予成人绵延的快乐和支持。

1. 心灵之旅的亲切抚慰

美国心理学家马斯洛提出人的需要有多个层次:生理需求、安全需求、归属与爱的需求、尊重的需求、自我实现的需求等。归属和爱是人类共同的精神需求之一,当这种需求得不到满足,人就会觉得不安、悲凉和无所归依。儿童文学不仅能给儿童心理上的寄托,也能给成年人一种情感抚慰。从某种意义上来说,儿童文学就像一份"故园图",展示了人生的种种亲切面目:童年所在的地方、所相遇的人、所经历的心情、生命曾经的状态……成人读者可以在儿童文学中和它们一一重

---

① 李荣秀. 儿童文学的成人阅读[D]. 上海师范大学, 2013.
② 邢汝惠. 名篇导读童话故事[M]. 北京: 北京教育出版社, 2004.

逢，并在这个过程中获得类似于"归乡"的情感慰藉，使孤独不安的心灵获得某种依托和宁静。

儿童绘本《爱心树》中，大树不断地为小男孩提供树枝、树干，直至生命的最后，再也不能为小男孩提供任何东西。

1-12 拓展阅读
《爱心树》

这个故事寓意丰富，成年人读完之后，能强烈地感同身受，大树是不断给儿女提供支持的父母，小男孩是不断向父母索取的子女，这是众生的缩影。成年人会在这个故事里学习如何爱自己，如何对待父母，如何教养子女。类似的作品还有很多，如《背井离乡的365天》《爷爷有没有穿西装》《随风而来的玛丽阿姨》等，这些儿童文学都能引起成年人情感上的共鸣。

2. 静谧时光的温情陪伴

梭罗在《瓦尔登湖》中写道："这世上，每个人都是一座孤岛，离得再近也无法连成一片陆地。"每个人都有孤独的时刻，成年人尤其如此。那么在人生这种孤独的旅程里，儿童文学带着独有的浪漫与温暖，可以陪伴着成年人度过人生中许多孤独的时刻。麦兜系列故事之一《这是爱》里有这样一个故事：麦唛得到了一粒十分珍贵的猪兜兰花种子，即将跟朋友分享的时候发现种子不见了，他们返回去寻找，没有找到，但是朋友依然每天去种子丢失的草地整理杂草。无心插柳柳成荫，麦唛丢失的猪兜兰花种子在朋友无心的照料下悄然长大。

1-13 拓展阅读
麦兜系列故事之一《这是爱》

麦唛得到了很珍贵的种子，想分享给好朋友看，但是被好朋友不小心弄丢了，他没有发泄怒火，而是说："算了吧"，没有让这件事影响生活中其他的事情，这样的人物形象符合社会中很多成年人的内心世界：保持心态乐观，即使眼前的机会丢失了，也要过好当下的生活。殊不知，机会在自己日复一日的努力里重新出现，只有向前看，才会有新的转变。

好朋友麦兜弄丢了麦唛的种子，他认为种子可能已经进入了泥土里，就时常去照料这片土地，不放弃一丝一毫的可能性。终于，他等到了种子开花。他和麦唛两个人都很开心，这份友谊也因为猪兜兰花的种子而变得更加珍贵。

（三）未来世界的信仰和责任

优秀的儿童文学有时也非常深刻，即使它的语言和逻辑看起来比较浅显，但清澈的溪水下也蕴含着湖海般的博大。一些儿童文学作品所蕴含的深刻道理，往往也能滋养成年人乃至人的一生。

1. 坚守美好的有力支撑

成人文学和儿童文学中都有对于苦难、丑恶等不美好境地的展露和表述，前者在肯定生命的美好的同时更倾向于对现实无常与无奈的披露，而后者在不忽视苦难的同时更注重对美好的开掘与守护。儿童文学作为一种美的艺术，能帮助儿童体验世界的种种美好情感，减轻或消除现实生活中产生的紧张、焦虑、猜疑、不安等负面情绪，让儿童的心灵在纯真、美好的呵护中健康成长[1]，例如史铁生的《命若琴弦》、马基德·马基迪的《天堂的颜色》、蒂埃里·勒南《走进生命花园》等。再如日本诗人金子美铃，虽然生活非常不幸，但她的诗作里更多的是对生活的温暖描写。

1-14 拓展阅读
金子美铃诗作四篇

金子美铃的诗里带着"眼泪""亏心事""摇不出好听的声响"等消极的词语，这从侧面告诉我们生活中存在着苦难，我们面对苦难要有一颗平常心，还要去发现生活中的美好，就像《我、小鸟和铃铛》里说的那样："我们不一样，我们都很棒。"这句诗要告诉我们的就是，虽然成年人的生活充满了艰辛和意外，但是我们依然能够笑对生活，发现属于自己的幸福。

阿尔贝特·史怀泽在《敬畏生命》里说道："我们应该达到的成熟，是我们不断磨砺自己，变得日益质朴、日益真诚、日益纯洁、日益平和、日益温柔、日益善良和日益富有同情感。"柳田邦男重视儿童绘本对成年人心灵的洗涤，他在《绘本之力》中说道："人到了后半生，更应该总是把儿童绘本等放在身边，慢慢地、用心地阅读。在只顾工作的奔忙中遗忘了的那些珍贵的东西——幽默、悲伤、互助、别离、死亡、生命，会像烤画一样浮现出来。"绘本《一片叶子落下来》就是讲述了这样一个故事，它在尝试抚慰所有曾经历生离死别的孩子，与不知该如何解释生死的大人。

1-15 拓展阅读
《一片叶子落下来》

这个故事以对话的形式告诉我们，要理性看待死亡。我们不能因为生命终将要逝去而变得消极懈怠、浑浑噩噩，即使是为了太阳和月亮、为了秋天的色彩、为了四季的轮回，我们也要认真地、积极地度过这一趟生命旅程。我们相信这样的绘本，洗涤净化成年人的力量会更大。

---

[1] 邓礼红. 试论中国儿童文学及其教育价值[J]. 文学教育（上），2021（11）：144-145.

2. 承担责任的积极鼓励

在当代大量的儿童文学作品中,边缘化的少年儿童占了相当一部分的比例,这些边缘化的儿童有性格特别的另类孩子,有流浪儿,甚至还有很多犯罪者。[①] 儿童在成长中出现各种问题,一个重要原因是成年人没有认真履行养育职责,缺席儿童的成长过程,没有承担成年人应有的责任,这些情况是成年人的失职表现。儿童文学以独特的方式告诉成年人,要勇于承担对儿童的教养责任,如果逃避教养责任,或者轻视教养儿童这份任务,儿童在成长过程中就会出现各种各样的问题,这是所有人都不愿看到的。曹文轩的小说《阿雏》就向我们展示了这样的不良少年形象,他的父母在一次意外中死去,村子里的人把这件事当作茶余饭后的谈资,时不时还有人笑几声,对待孤儿阿雏漠不关心,甚至冷嘲热讽。阿雏在这样的环境里长大,他逐渐成为一个"行为恶劣"的孩子。

1-16 拓展阅读
《阿雏》(节选1)

故事写到这里,阿雏已经变成一个性格顽劣的少年,失去了父母,村子里的人也没有给他温情,作为一个儿童,他没有得到村里成年人的关爱和照顾,成为大家眼里的"问题少年"。但是事情的发展,却更加悲哀。

1-17 拓展阅读
《阿雏》(节选2)

故事的最后,阿雏为了救村里的孩子,失去了自己的生命。这样的结局,令人遗憾又心酸,像阿雏这样善良的儿童,失去双亲已经是一个巨大的打击,但是村子里的人反而变本加厉,对阿雏父母的死没有丝毫惋惜,肇事者大狗父亲甚至对自己舍下阿雏父亲的行为沾沾自喜,把这件事宣扬给村子里的人听,这严重伤害了阿雏,阿雏开始变得顽劣。但他是一个本性不坏的孩子,做不出严重的报复行为,最后为了救大狗性命,丢掉了自己的生命。

儿童成长过程中出现的行为问题一直被广为关注,例如儿童离家出走、霸凌同学、虐待小动物等行为问题。他们没有得到来自成年人的照顾和关爱,非常容易在心理上出现问题。这需要我们成年人承担起照顾和守护儿童的责任,给他们一个宽松、和谐、有爱的生长环境,减少这类行为问题

---

① 齐亚敏. 中国当代儿童文学关键词研究[M]. 北京:中央编译出版社,2015.

的出现。

对于教师这一特殊的成人群体来说，儿童文学更是发挥着独特价值。在幼儿园的教学过程中，教师对于儿童文学的掌握及理解将对幼儿关于文学的认知和态度产生重要影响，这也就意味着教师儿童文学素养的高低将直接影响幼儿文学素养的培养，该影响甚至会贯穿其成长的整个过程。① 借助儿童文学培养和提高幼儿园教师的文学素养，可以陶冶个人情操，丰富文学知识；充实自我能力，提升教学水平；提供丰富的课程资源，创设良好的育人环境，让高尚的人格影响儿童，让智慧的思想鼓励儿童，让仁爱的情感包容儿童。

◇ 单元小结

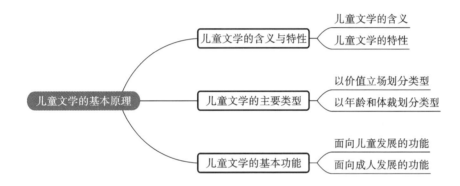

思考与练习

一、简答题

1. 儿童文学的含义？
2. 儿童文学有哪些特性？
3. 儿童文学对儿童发展有什么作用？

二、论述题

请阅读以下故事，结合材料论述儿童文学对成人世界的意义。

大海退潮后，无数小鱼留在海滩的许多沙坑里，水很少，太阳出来就会晒干。一个小孩东奔西跑地把小鱼一条条扔回海里。大人见了，嘲笑道："小鱼这么多，哪里救得完，你这样做谁在乎？"小孩边扔边回答："这条小鱼在乎！""这条小鱼在乎！""这条小鱼在乎！"

三、材料分析题

请根据儿童文学的特性，分析下述儿童文学作品。

---

① 潘洋. 幼儿园教师的幼儿文学素养研究 [D]. 西南大学，2014.

《女儿与诗》（节选） 文/王春花	儿童文学作品赏析
我惊叹女儿的想象。 有时她会慌慌张张拉我向厨房："妈妈，快！" "怎么了？" "你看锅哭了！" 锅里的水开了，水溢出锅外。 看到天空下雨，她会点点下巴，忧心忡忡地说："天又出汗了。"月亮没出，她说："月亮吃饭去了。" 傍晚，我和女儿到野外吹风，女儿在黄昏的背景下，周身镀上了一层眩目的金黄，胭红的月亮高挂西天。 "快看，红月亮。"我希望看到女儿的惊奇。 "如果用枪打下来，摸摸一定烧手。"女儿肯定地说。我说："这个问题，妈妈没试过。" 家里喂了个小狗睡觉呼呼噜噜，女儿给小伙伴认真地介绍说："这是条男狗，像我爸，睡觉也打呼噜。"	（请写下你的思考）

《总统梦》文/谌容	儿童文学作品赏析
"胖胖，快起来！" "天还没亮呢！" "你昨晚保证了，早晨起来把作业做完呀！" "嗯——嗯，人家刚做了个梦……" "别说梦话了，快穿衣服，看你爸打你！" "妈，我真的做了个梦嘛！" "好，好，好孩子，听妈的话，快点，抬胳膊！" "我梦见呀，我当了总统了！" "算术不及格，还当总统呢？伸腿儿！" "不骗您，我还下了一道命令呢？我……" "伸脚丫儿！" "管学校的大臣跪在我面前，我坐在宝座上，可威风啦！我命令：给老师的孩子作业留得多多的！"	（请写下你的思考）

实践与实训

实训一： 选择一个喜欢的儿童文学作品，分享阅读感悟。

目的： 感受儿童文学对成人读者的意义，树立正确的儿童文学观，涵养人文底蕴。

要求： 以小组为单位，自由讨论交流自己喜欢的儿童文学作品，可从内容、感悟、教育价值或其他方面进行分享。

形式： 小组合作。

实训二： 请为下面的儿童文学作品设计一个语言领域活动的教案。

颠倒歌

咬牛奶，喝面包，
夹着火车上皮包。
东西街，南北走，
出门看见人咬狗。
拿起狗来打砖头，
又怕砖头咬我手。

形式： 小组合作。

第二单元 儿童文学的历史流变

◇ **学习目标**

1. 掌握儿童观的概念和结构,领会法律公约下现代儿童观的科学内涵。

2. 了解中国和外国儿童文学发展的基本脉络及各发展阶段的背景、特征与标志性作品。

3. 能够以历史的思维和发展的态度分析事物,树立科学的儿童文学观和教育观,并努力将科学的理念灵活运用于教育实践。

◇ **情境导入**

设想一个场景:书店里,不同的家长带着孩子来选购图书,一位孩子的家长对他说:去吧,选一选你喜欢的书;而另一位孩子的家长则说:你别动,我来给你挑几本适合你的书……不同家长在孩子选书问题上的不同行动,隐含着家长看待孩子的不同观念。这种观念深层次影响着成年人对待儿童的态度和行为。本单元我们将深入洞悉这种被称作"儿童观"的观念,并梳理在它的影响之下中外儿童文学发展路径的不同。

第一课 儿童文学理论原点的演进

儿童文学是一种为儿童生命健康成长服务的特殊的文学类型。其创作主体多是成年人,而接受主体是儿童,这就构成了儿童文学与生俱来的交互性,同时也提出了一个根本性文化问题,即儿童观问题。儿童观不仅在哲学领域制约着人们对儿童的认识,同时也在教育学和文学等多领域提供了有意义的镜鉴。我们考察世界儿童文学的发展史,就会清晰地看到,儿童观深层制约着儿童文学发展,决定着儿童文学发展方向。儿童观即儿童文学的理论原点,整个儿童文学史就在这只无形而有力之手的牵引下发生演变。

一 儿童观概述

对儿童观的了解，要从其概念出发，明晰其含义与结构、形态与功能，并分析其发展演变的影响因素。

（一）儿童观的含义与结构

儿童观的内涵即其本质属性，而儿童观的结构指的是儿童观的内在框架体系。

1. 儿童观的内涵

"儿童观"是个复合词，由"儿童"和"观"构成，"儿童"是与成人相对应的童年自主生命体，而"观"即观念、看法或态度。

儿童观是人们对儿童的总的看法和基本观点，是人们在哲学层面上对儿童的认识，同时也是儿童文学、教育学等学科的出发点。[①] 从哲学观念层面来讲，儿童观是成年人对儿童心灵、儿童世界的认识和评价，充分表现出成年人与儿童之间的人际关系。从儿童文化观念层面来讲，儿童观是人们对于儿童的根本看法和态度，是成年人如何看待和对待儿童的观点的总和，主要涉及儿童的地位与权利、儿童期的意义、儿童的特质与能力、儿童生长发展的形式和成因、教育同儿童发展之间的关系等诸多问题。

儿童观就是人们对儿童的认识、评价以及与儿童相关的一系列观念的总和，既包含对儿童个人状况的看法，也包括对儿童社会角色定位的看法。个人状况层面的儿童观主要关注儿童身体的成长发育、情感与心理；社会角色定位层面的儿童观主要关注儿童与他人的关系和对别人的价值。研究儿童观既能丰富人们对儿童的科学认识，也可以为教育学、儿童文学等研究提供有意义的镜鉴。持什么样的儿童观，也决定着儿童文学作家的创作姿态。

2. 儿童观的三维结构

分析儿童观的结构是帮助我们从整体上把握儿童观的重要步骤，可从三个维度来整体解构儿童观。

第一，自然构面，即儿童是自然的存在。

儿童维持其生命一般能力的形成和发展是一个自然的、有规律的过程，是儿童自身生命成长的结果，并非完全是成人所使然。儿童作为独立的个体，一方面有其自身生理发展的规律，不是成人个体的客观附属物；另一方面，儿童又具有对外部世界和周围事物的依赖性，要从周围环境中获得食物、照料、安慰等生存要素。所以，剥夺儿童所必需的生存要素以及摧残儿童等行为都会对其独立性、完整性造成损害，同时，对儿童进行过多保护也有害其生存发展规律。儿童有不愿受束缚、受摆布的天性，无视儿童的天性和能力，把儿童看作是与小动物基本无异的生物体，显然是错误的；反之，过高地估计儿童的能力，把儿童视作"小大人"，让儿童过早地经受生活和学习的压力，也会对儿童的发展造成损害。

第二，社会构面，即儿童是社会的存在。

儿童是社会的希望和未来，由于儿童的出现和存在，社会才得以延续和发展。作为社会的存

---

① 刘晓东. 儿童教育新论 [M]. 南京：江苏教育出版社，2008.

在，一方面，儿童应该享有相应的社会地位和权利。我国历年来所颁布的一系列法律、法规、政策等都明确了我国儿童所应享有的地位和权利，国家把儿童看作民族振兴的希望，号召全社会关心儿童，并形成了专门负责儿童工作的管理体系和网络，切实要求全社会共同保障儿童的生存权、受保护权、发展权和参与权。在国际社会中，联合国也在保障儿童地位和权利方面做出了不懈努力，并分别于1959和1989年通过了《儿童权利宣言》和《儿童权利公约》，这两个国际文件对全球儿童地位和权利的保障起到了重要的推动作用。可以说，一个国家有关儿童的法律、政策、制度的完善与执行状况，是衡量这个国家儿童地位、权利是否得到切实保障的重要依据。另一方面，儿童需要有利于其成长发展的社会环境和社会文化气氛。各种社会场所、社会机构、社会成员应与儿童保教部门和保教人员密切配合，积极建立联系与合作，共同创造并不断优化社会环境。

第三，精神构面，即儿童是精神的存在。

儿童作为不断发展中的个体，精神世界在支撑儿童大脑发育、调节儿童行为方面具有重要作用。只有了解儿童丰富的内心世界，才能切实尊重作为精神存在的儿童。儿童虽然初涉人世，但却有着丰富的情感；儿童虽然时常表现出他们的稚嫩和脆弱，但却有其独立的人格，并在形成自己的个性；儿童经常处于被照料的状态，但却有其需求和愿望，尤其不能忽略的是儿童也需要尊重、公平和精神安慰。然而，儿童的精神世界却经常被家长或其他成人所忽略，尤其是在落后、专制的社会中，儿童的精神世界一直处于被压抑的状态。成人无视儿童的愿望和需求，以自己认定的准则和规范来压制儿童，并时常行使其惩戒的特权。

现实情况中有两种现象值得深思。一种现象是部分儿童失去了勇敢表达自己内心的机会，或者儿童所表露的精神世界没有得到成人的重视和感悟，更加严重的是有的儿童经常生活在被责骂、恐吓、侮辱中，他们应有的自主性、独立性严重缺失，人格被肆意践踏，这时的儿童成了压抑的精神存在。另一种现象是儿童获得了充分的自由、自主和自尊，可以不受成人的影响，干自己想干的事情，所谓为所欲为，成人则是有求必应。这实际上是成人错误地制造了一种使儿童过分膨胀自我、认为自我至上的精神环境。儿童的自主性背离了个体心理发展的规律和作为社会一员所必须依循的准则，这种精神存在发生了异化。

（二）儿童观的形态与价值

儿童观表征着教育者所持有的核心价值取向，反映在影响儿童发展的整体环境和文化之中。儿童观通常表现为三种形态：学术理论形态、大众意识形态和社会主导形态。

1. 儿童观的三种形态

第一，学术理论形态的儿童观。学术理论形态下的儿童观具体指哲学、心理学、教育学、人类学、社会生态学等学术领域的研究人员所持有的儿童观，其主要特点是多元性和系统性。

学术理论形态下的儿童观往往是多元性的。相比社会主导形态的儿童观，这种儿童观并不具有法律效应；且因为不同学术领域中研究人员所采用研究方法的不同、个人生活中习惯经验的不同以及背景文化的差异性，不同学术领域中研究人员所持有的儿童观也各不相同。例如哲学是人们对世界的总的认识，这种认识实际上也反映了人类对自身的认识，人类对自身认识的变化也会导致儿童观发生改变。如中国儒家哲学和道家哲学、西方历史上的观念论、实在论和实用主义哲学等，不同哲学观念下的儿童观存在很大差异。在心理学领域，华生的行为主义将儿童看作"可塑的儿童"；

弗洛伊德的精神分析理论将儿童看作"欲望的儿童";马斯洛的人本主义心理学则将儿童看作"有特殊需要的儿童"。在教育学领域,不同的教育家提出了形形色色的儿童观,如卢梭、赫尔巴特、杜威、王阳明、陶行知等都有相关论述。

学术理论形态下的儿童观还具有一定的系统性,有些学术理论形态下的儿童观甚至可以成为社会主导形态儿童观的主要来源,例如儒家学说的儿童观成为中国整个封建社会儿童观的主导。但一些不符合统治阶级意识形态的儿童观通常被斥为异端,如卢梭虽然提出了"顺应儿童自然"这种进步的儿童观,但在天主教控制下,这种儿童观遭受了严重压制。

第二,大众意识形态的儿童观。大众意识形态下的儿童观具体指广大国民对于儿童的根本认识和态度,这是一种最具实际意义的儿童观,其主要特点是差异性和不系统性。大众意识形态儿童观的形成会受到学术理论形态儿童观的影响,但更主要的还是受社会主导形态儿童观的影响,同时社会文化传统、风俗习惯对大众意识形态儿童观形成也具有潜在影响。

在大众意识形态的儿童观中,根据人们的儿童观之牢固程度和功效,可以区分为以下两种具体的儿童观[①]:①形式儿童观或理念儿童观。这是指能从理论上或观念上把握儿童观,并用儿童观分析和指导一些儿童生活和学习中出现的问题。理念儿童观经过一定的学习都能获得,对于家长、教师等直接与儿童相关的人员来说,获得一定的形式儿童观或理念儿童观是十分必要的。②实质儿童观或功效儿童观。这是指不仅能从观念和理念上掌握一定的儿童观,而且具有足以使这种儿童观得以贯彻的内在素养和技能。这是把握儿童观的实质环节,因此单有形式儿童观或理念儿童观是远远不够的。

第三,社会主导形态的儿童观。社会主导形态下的儿童观具体是指一定社会中居统治地位和支配地位的人们所认定的儿童观,这种儿童观往往由国家政权以法律、政令、规章等形式加以正式确认,通过文化、教育等形式向普通民众宣扬。其主要特点是一元性、法律性和简约性。

例如,在中国古代封建社会中,统治阶级大多以儒家学说作为维护统治的思想武器,儒家思想逐渐成为封建社会的官方意识形态。它提倡"君君、臣臣;父父、子子"的封建伦理道德观念,强调作为子女要绝对服从父亲的权威,在人格上完全依附于父亲,所以封建家长对子女有生杀予夺的大权。在古希腊,同为城邦国家的斯巴达和雅典,它们虽然都以"培养最好的公民"作为教育目的,但斯巴达人认为儿童属于国家所有,儿童的教育和成长应由国家负责,教育就是要把儿童培养成身体健壮、能忍耐艰难困苦的战士;而雅典人则主张将儿童培养成为身心和谐发展的人,强调对儿童的教育应兼顾个性与公民性两方面的要求。一般来说,社会主导形态下的儿童观往往是一元性的,即一个国家不会认可两种或两种以上相互矛盾的儿童观,因为这不符合意识形态统治的需要。

三种形态的儿童观是相互关联的。学术理论形态的儿童观在三种形态里有着不可或缺的作用,其往往是大众意识形态和社会主导形态下儿童观的引领者和纠正者,是理论来源,且与时代发展方向相适应。大众意识形态下的儿童观是学术理论形态和社会主导形态儿童观的具体表现,且直接作用于儿童个体本身。社会主导形态的儿童观往往是学术理论形态和大众意识形态儿童观的混合,糅合了各种形态之下儿童观发展的精华部分,并通过法律、政令等形式,让学术理论形态和大众意识形态下的儿童观以法律条例的形式得到一定的保障。

---

① 虞永平. 论儿童观[J]. 学前教育研究,1995(3):5-6.

2. 科学儿童观的重要意义

儿童观深层决定着包含儿童文学在内的诸多领域的价值走向,对儿童发展起制约作用,因此,现代的、科学的、儿童本位的儿童观具有特殊的历史使命。

第一,启蒙普罗大众。朱自强先生曾用盗火的普罗米修斯来比喻周作人对于中国儿童文学的贡献,尤其是他倡导的儿童本位的儿童观,对中国儿童文学产生了重要影响。对于今天的中国民众来说,儿童观依然需要启蒙。一百年前,鲁迅先生曾经在《我们现在怎样做父亲》中说,中国的父母对于孩子应该"健康地生产、尽心地养育、完全地解放",但这样的观念在今天的中国父母的心中仍未普及。陈志武曾经就"中国父母生养孩子的目的"这一问题做过一项调查,结果发现大多数父母生养孩子并不是出于爱,更多是为了养老,或者完成家族的传宗接代。所以,以儿童文学中人性的、现代的、科学的、儿童本位的儿童观启蒙民众,还是一个漫长的旅途,也有着特别重要的意义。

第二,保护儿童天性。正如蒙台梭利所说:儿童本身是一颗包蕴了未来一切可能的种子,如果有相容的环境,这颗种子就会发芽并茁壮成长。[1] 儿童文学是孩子们的恩物,优秀的儿童文学作品中所呈现出的儿童观,像适宜的阳光、雨露与肥料一样,能激发孩子天性种子的生长,起到保护儿童天生的好奇心和想象力,让儿童成长得更健康、更合乎天性的作用。

第三,滋养儿童心灵。文学有其自身的审美功能,儿童文学对儿童性格的培养与塑造更是有着特殊的作用,对于僵化与压抑的学校教育也有着修正与补充的作用。正如郑渊洁所说:"狭隘的教育意义的童话像药,孩子得了病,吃上一片;然而发展少年儿童想象力的童话却像是营养品,经常给孩子吃,能使他们体格健康,不生病。"对儿童的任何影响最终都会影响到人类自身,因为一个人的教育是在他心灵的敏感和秘密时期完成的。而学校教育总有许多不完善之处,如应试教育带来的恶性循环,不利于儿童天性的发展和创造力的保护。以科学的儿童观为原点创作的优秀儿童文学作品,能进一步滋养儿童的心灵,让他们获得爱的教育。

(三) 儿童观演变的影响因素

儿童观作为一种意识形态的观念,在形成和演进的过程中受到诸多因素影响。人类历史发展过程中政治、经济、文化和科学的演变等诸因素,相互联系并综合作用,对儿童观的演进产生影响。

1. 社会政治经济制度

教育历来是受制于政治经济制度而存在和发展,儿童教育及其观念的演进作为整个教育中的一部分,也必然受到政治经济的影响。根据马克思主义政治经济学的观点,社会发展最根本的动力是生产力与生产关系的矛盾。人作为生产关系中的重要因素之一,在自然和社会中的地位也受到生产力、生产关系的制约,人的观念包括儿童观也是如此,而生产力和生产关系又通常以当前社会的政治经济制度形式表现出来。

在不同的社会类型中,人在政治经济制度中的地位是不同的,因此社会对儿童的看法也不同。例如在奴隶社会,奴隶的一切包括自身都属于奴隶主,奴隶被看作是"会说话的工具"。儿童作为小奴隶也没有人身自由,有时会连同他的父母一起被主人当作财物同别的奴隶主进行交换或转让,

---

[1] 蒙台梭利. 童年的秘密[M]. 北京:人民教育出版社,2005.

可以任意鞭笞、杀戮，甚至当作祭品和殉葬品。即使在奴隶主的家庭，儿童也被看作是父亲的私有财产。在资本主义社会，人身开始摆脱对封建地主的依附关系，资本主义生产倾向于依靠有一定文化知识基础的劳动者，再加上进步的资产阶级启蒙思想家对自由、平等和博爱观念的呼吁，因此资本主义时代儿童观就发生了变化，开始关注儿童的受教育权利，并逐步把受教育作为儿童的一项基本权利。

2. 宗教教义

儿童观的变化和发展，难免会受到整个教育环境变化的影响。宗教作为其中的重要一部分，对人类的文化和生活有着巨大影响，尤其对于有着普遍宗教信仰的国家和民族来说。在这些国家和民族中，宗教不仅仅是一种文化，还逐渐成为人们社会生活的重要组成部分。世界三大宗教基督教、伊斯兰教和佛教都有关于人的发展的相关理论。

西方国家多信仰基督教，基督教对西方儿童观形成的影响是巨大的。基督教禁止杀害婴儿，它认为杀害婴儿无异于犯谋杀罪，这就有力遏制了西方古代杀婴习俗的蔓延。但大多数基督教派在儿童道德本质问题上的主要立场还是"儿童天性倾向为恶"。那些并不真正赞成"原罪说"的基督教徒一般也认为人是倾向于不道德行为的。① 到了中世纪，天主教会更是极力宣扬"原罪说"，禁锢人欲，造成了中世纪儿童观世界的黑暗。文艺复兴极大地冲击了天主教近千年的神学禁锢，一些新兴的儿童观也在社会上流传开来。不过即使在21世纪，我们也可以找到基督教影响儿童观的痕迹。

在中国传统文化中，儒家"天人合一"的思维模式使得迷信鬼神的宗教意识难以发达，"超越"问题通常是以世俗方式解决的。因此，从印度传入的佛教，从西亚传入的伊斯兰教以及中国土生土长的道教及其文化，始终没有主宰过中国古代社会的生活和思想，但我们依稀可以在佛教和伊斯兰教的训诫中发掘出影响信教民众儿童观的因素。佛教宣扬"不杀生"的训诫会促使人们善待婴儿，减少了杀婴和弃婴等行为的出现。相比之下，伊斯兰教在《古兰经》中对于儿童教养的训诫比较多。《古兰经》还劝告父母要爱他们的子女，照顾他们的需要。

3. 科学研究和文明普及

千百年来人类文明进化的历史其实也是一部人类对自然和社会不断探索和研究的历史，在这一过程中产生了许多学科，其中生物学、心理学、人类学和社会学等学科都涉及"人"的问题。它们的研究范式、内容以及研究结果都会影响到人类对"人"这一主体的认识，包括对儿童的认识。

有人认为，科学研究主要通过两种途径对儿童观的形成产生影响。第一，科学研究在认识世界时产生的一些具体结论中会蕴含着普适的概念以及相应的思维方式和解释方式。例如胚胎学中"发展"的概念演变会对儿童观的演变产生重要影响；第二，科学研究会以其特有的方法直接研究儿童，而不仅仅满足于间接地影响儿童观。② 就实际情况而言，难以具体地分析各种科学研究对儿童观形成的影响，下面以心理学的研究为例具体阐述。

心理学的研究对象是发展变化的。在哲学心理学时期，基本上以灵魂或心灵作为研究对象。科学心理学时期不同的心理学派分别研究了意识、意动、行为、潜意识、儿童的认识、人的本性及潜

---

① 中央教育科学研究所比较教育研究室. 简明国际教育百科全书：人的发展［M］. 北京：教育科学出版社，1989.

② 刘晓东. 儿童教育新论［M］. 南京：江苏教育出版社，1998.

能等问题。无论如何，它是研究人的科学，通过对人的灵魂、心灵、意识和行为等研究改变着人类对"人"的看法，当然也包括对儿童的看法。有些心理学派直接以儿童的心理为研究对象，例如以皮亚杰为核心的日内瓦学派以研究儿童的认知发展为主要内容。

二、儿童观的历史演变

儿童观作为一种价值观念，和人类文明的演进相关。胡适曾说："看一个国家的文明，只需考察三件事：第一看他们怎样待小孩子……"儿童观问题从根本上来说是人类社会对人类自身不成熟的幼体的生存和发展持什么看法的问题。由于人类社会文明参差多样、状态不一，东西方文明发展的路径和形态也大相径庭。我们将整体从西方和东方两个文明角度梳理儿童观的发展演进。需要说明的是，此处东西方是文化意义上的东西方。中国是东方文明的主要发源地，我们主要探讨中国儿童观的演进。

（一）西方儿童观的演进

儿童的发现，受西方文明发展所推进，所以我们首先梳理西方儿童观的演进，大致可分为古典时期、中世纪、过渡时期和近现代时期几个阶段。

1. 古典时期儿童观

在"发现儿童"之前，"儿童"的概念尚未形成，"小大人"是儿童的代名词。西方原始社会实行公养公育，儿童的教育与生活相结合，人们并没有意识到儿童与成人的本质区别，因此也没有特定的儿童观。由于文化和生产力发展水平的限制，儿童与成人共同劳动，没有学习特定文化知识的需求。儿童和成人穿同样的衣服，被视作社会的未来成员，一旦发生战争，儿童也会同成人一样奔赴战场。

进入奴隶社会，由于生产力发展水平的提高和战争的需要，儿童出生后就要接受审核，身体强壮的儿童才被允许存活下来，以保证成为强壮的公民。在古代希腊的斯巴达城邦，儿童出生后由长老检查体格，不合格的就被抛弃，这实际上剥夺了儿童的生存权利。在这种"早熟"的儿童观念下，儿童被视为缩小版的成人，和成人的区别只是身高和体重的不同而已。儿童被期待像成人一样去行动，以成人的标准被要求，成为童工、童农或童商。另外灌输式的方法让儿童被动地接受知识教育，比如伦理纲常、宗教神学等，所传授的内容超越了孩子的接受能力，呈现出的是一种压迫、扭曲的教育状态。

到了柏拉图的时代，他认为应该格外重视对儿童的教育，应对儿童施予不同于其他阶段的教育，让他们学习音乐、讲故事等，并且提出了强迫儿童受教育的主张，这是把儿童与成人进行区别的开始。之后的亚里士多德继承了柏拉图的教育哲学思想，他最早明确地提出体育、德育和智育的划分，而且也最早根据儿童的身心发展特点提出按年龄划分教育阶段的主张，在儿童的不同发展阶段都有特定的任务，这是科学儿童观的萌芽。

2. 中世纪儿童观

中世纪的文化教育中渗透着神学的性质，文化科学的发展被遏制，一切都为宗教神学服务。基督教的"原罪说"是该时期典型的儿童观。儿童一生下来，就充满罪恶，卑贱无知，成人应该对他们严加管制和约束，使儿童能不断地赎罪。人生的目的是赎罪，教育就是帮助儿童尽快赎罪的手段。儿童体内的各种毒素是儿童犯罪的根源，容易导致一些错误行为，而严酷的纪律则会减轻，甚至消除这些行为，因此施行体罚、责骂和鞭打儿童是应该的。自然而然地，儿童除了是小大人外，还具有原罪，被视为邪恶和固执的化身。"原罪说"认为只有对儿童进行"畏神"的教育才能使儿童得到救赎。

"原罪说"扼杀了儿童活泼的天性，在中世纪基督教学校中，儿童被要求严格地按照刻板的作息方法进行学习，完全没有游戏和自由活动的时间。儿童被迫枯燥地重复读书、劳动和唱赞美诗等活动，若有违规行为，还要遭受体罚。在这种思想的影响下，父母和教会联合起来，企图引导儿童走向"光明"和"新生"。该阶段呈现给儿童的教育内容开始渐渐从生活中分离出来，以禁锢人们的思想，实现教会的统治。

3. 过渡时期儿童观

卢梭是真正意义上西方儿童观的奠基者，从他开始西方儿童观才逐渐走向现代化。18世纪法国资产阶级启蒙运动中，自然主义教育家卢梭发表了一系列关于儿童问题的见解，教育小说《爱弥儿》是其儿童教育思想的集中体现。卢梭自称《爱弥儿》一书构思了20年，撰写了3年之久。全书以小说为体裁，虚构了出身名门的孤儿爱弥儿和他未来的妻子苏菲的教育，详细讲述了儿童各阶段生理和心理发展的自然进程，论述了如何培养适合于未来理想社会的新人。把儿童看作儿童，尊重儿童的人格与尊严，是《爱弥儿》的核心观点，也是卢梭儿童观的基本思想，具体包含以下三方面内容。①

首先，卢梭认为儿童的本性是纯洁无瑕的，既没有原罪，也不是白纸一张。《爱弥儿》开篇的第一句话便是："出自造物主之手的东西，都是好的，而到了人的手里，就变坏了。"这就是说儿童生下来便是善与纯洁的，一切的罪恶与错误都是由不良的后天环境所造成的。卢梭深信人性本善，越接近原始状态的人，心地越善良，所以在他眼中，乡下人、小孩、土著、古人都比城里人、大人、文明人、现代人的心地更善良。

其次，卢梭认为要给儿童应有的地位，尊重儿童，爱护儿童的天性。卢梭激烈地批判旧儿童观中把儿童当作成人，完全按照成人的标准对待儿童的看法。他认为"大自然希望儿童在成人之前更要像儿童的样子，如果打乱了这个次序，就会造成一些早熟的果实，长得既不丰满也不甜美，而且很快就会腐烂，我们将造成一些年纪轻轻的博士和老态龙钟的儿童。儿童是有他特有的看法、想法和感情的，如果想用我们的看法、想法和感情去代替他们的看法、想法和感情，那简直是最愚蠢的事情"。卢梭主张儿童有儿童的地位，儿童是与成人完全不同的独立存在，必须把儿童当儿童看待。同时，卢梭认为儿童期有其独立存在的价值，而不是成人的准备期。"他长大为成熟的儿童，他过完了青年的生活，但他不是牺牲了快乐的时光才达到他这种完满成熟的境地的，恰恰相反，他们是齐头并进的。在获得他那样年纪该有的理智的同时，也获得了他的体质许可他享有的快乐和自由。"

最后，要按照儿童的天性自然而然地进行教育。卢梭明确地提出成人要做的不是按照成人的准则去教育儿童，而是要仔细辨别儿童真正的需要。"当一个孩子想走的时候，我们就不应该硬要他待着不动；当一个孩子想待在那里的时候，我们就不应当逼着他去走。只要不用我们的错误去损害

---

① ［法］让-雅克·卢梭. 爱弥尔［M］. 李平沤，译. 北京：商务印书馆，2006：5.

孩子的意志,他是绝不会做没有用处的事情的。只要他愿意,就让他跑跑跳跳、吵吵闹闹就好了。"成人不仅要尊重儿童的天性,还要在教育的时候将儿童放于中心位置来考虑儿童的利益。卢梭批评许多成人考虑自己的利益比考虑儿童的要多,指出有些教师把一套易于表现的本领教给学生,以便随时拿出来向别人炫耀展示,这些都是不利于儿童健康发展的教育,儿童在接受教育时,只能处于绝对的中心位置,成人要将儿童的利益放在第一位。

卢梭的儿童观倡导以儿童为本位,击中了旧儿童观以成人为本的种种弊病,被视为西方儿童观发展的分水岭,点燃了西方儿童观变革的火炬。卢梭的教育思想加深了人类对儿童的认识,人类的历史发展到卢梭这个时代,儿童才真正从成人中彻底剥离出来,因此卢梭被誉为"发现儿童之父"。

4. 近现代儿童观

如果说18世纪法国教育家卢梭开启了西方现代儿童观的大门,那么20世纪时,美国实用主义教育家杜威则为西方现代儿童观的发展奠定了坚实基础。卢梭在《爱弥儿》中呼吁儿童应有儿童的地位,把儿童当作儿童来看待,几个世纪后杜威接过了他的呐喊,用他更有力的观点阐述了被后世称为典范的"儿童中心论"。

杜威主张教育的重心要从教科书、教师或任何别的地方转移到儿童上来。他认为学校旧教育的重心在教师、教科书以及其他任何地方,唯独不在儿童自己即时的本能和活动之中。早在《我的教育信条》这本纲领性著作中,杜威就明确指出:"唯一的真正教育是通过对儿童能力的刺激而来的。"在杜威看来,儿童身上潜藏四种本能,即"语言和社交的本能""制作的本能""研究和探索的本能""艺术的本能"。他反对传统的"教师中心论",认为学校生活的组织应该从儿童出发,一切活动都是为了儿童。杜威的儿童观以儿童为中心,并且以儿童的成长作为教育目的,同时又不主张对儿童放任自流,杜威认为教师应该与儿童一起合作。

杜威时代的儿童观越来越建立在科学的心理学发展的基础之上,他所倡导的"儿童中心论"的儿童观,是对"教师中心论"的一次反动,把儿童从教育的"后台"边缘推至"前台"中心,让儿童成为教育活动的主角,这无疑具有极大的积极意义。

20世纪初,意大利进步教育家蒙台梭利认为:"教育的首要条件就是向儿童提供环境,以保证大自然赋予他们的能力能够得到充分的发展。"教育应该遵循自然的法则进行,激发儿童的潜能。她指出,儿童是重建文明和国家的重要力量,儿童能通过与环境的相互作用获得文化,形成自己的心理和个性,所以成人需要向他们提供环境,满足他们的需要,激发他们向周围学习的兴趣。成人应向儿童学习,在儿童的世界中接受洗礼,抛弃世俗的罪恶和丑陋。蒙台梭利还重视发展儿童的感官,强调"有准备的环境",认为儿童能在其中获得良好的发展。

从蒙台梭利开始,儿童教育强调为儿童创造良好的环境,这一观点正是现代科学儿童观的要素之一。在蒙台梭利、皮亚杰、马修斯、雅斯贝尔斯等人的推动下,儿童几近成为一种宗教、一种神话,他们呼吁"以儿童为师""向儿童学习",把对儿童的崇拜推向极致。

(二)中国儿童观的变迁

中国儿童观有其独特的变迁轨迹,截然不同于西方儿童观循序的演进。

1. 古代儿童观

从夏商至公元1840年,古代中国的文化经历了诞生、发展和传承的漫长历程。家国情怀是每个中国人引以为傲的文化基因，儒家的仁爱思想对古代中国儿童观的形成影响深远，儿童难以成为独立的个体，而是纠缠在家、家族、国家和民族的关系中，进而形成了中国古代社会的儿童观。

古代中国文化中对儿童的"爱"主要体现为"慈""亲""仁爱"三种行为。所谓"慈"，《左传》中说"慈者爱，出于心，恩被于物也""慈谓爱之深也"。许慎的《说文解字》中说"慈，爱也""上爱下曰慈"。所谓"亲"，《礼记》记载为"故人不独亲其亲，不独子其子"。所谓"仁爱"，《诗经》《尚书》皆有记载，至孔孟进一步完善并成为封建社会重要的道德标准。古代中国对儿童的"爱"与"亲"既包含对于家庭或家族内的儿童，也有对家庭外的困境中的儿童的施舍、救济与互助，这既是封建社会稳定的根基，又是各种善行的思想原动力。在实施的主体上，除了父母，还有"国"（慈幼局、举子仓）、"家"（亲属收养）、"宗族"（义庄、义学）、"宗教"（寺庙、道观、圣母会等）等，但大多数都是针对孤儿、弃儿、病儿等弱势儿童的救助，从最初提供生活物资（主要为米粟、衣物、医疗、住宿、肉、帛等），发展为疾病救助、免费上学、职业培训、婚姻嫁娶等全面的帮助。当然，古代中国对儿童的"爱"也同样存在溺爱，史书记载齐景公爱庶子荼，自己衔绳做牛，让荼牵着走，公触地而齿折。这种对儿童非理性的顺从与迎合，从古至今从国君到百姓皆有之。

古代中国文化中对儿童的冷漠与忽视则主要表现在对不同性别儿童的区别对待上。中国古代，男女儿童地位差异较大，大部分的时间里，重男轻女是社会的主流思想。男子有祭祀祖先、赡养父母和传承香火的职责；在财产继承上，男子单系继承，女子则少有机会，即便有也是间接继承的方式。① 在社会制度和思想上，从西汉的"三纲五常"到明清的"贞洁烈女"，女性社会地位在大部分时间里远低于男性，儿童时期亦是如此，女童读书的机会和时间明显少于男童。男童被寄予"齐家治国平天下"的人生理想，女童被认为处于"女憧憧，妇空空"的状态是合理的。

古代中国家庭和家族对儿童的期望主要有两个，一曰"成才"，二曰"成人"，与之对应的则是人才观和成才观，这决定了对儿童的评价标准。人才观是指儿童要成为什么样的人，成才观是指如何成才，即成才的途径。何为"成才"？在古代，光宗耀祖是家庭和家族对儿童的期盼，也是儿童（尤其是男童）的责任和义务。"士、农、工、商"的社会等级划分使得"学而优则仕"，参与官方的人才选拔（例如察举制、科举考试）是进入上层社会的首选路径，刻苦读书是备受推崇的成才方式。在这样的观念影响下，古代儿童的童年多苦读而少嬉游，"玩"被认为是不学无术和偷懒的表现，这使得儿童过早开启了读书生涯，少有童年的无忧和快乐。

总体来看，古代社会的儿童尤其是女童处于封建等级制度底层，人格与个性遭遇严重的漠视和摧残。古代中国成人对儿童的期望是变成"小大人"，即在童年能表现出大人的行为道德和超越正常年龄的智慧。

2. 近代儿童观

近代中国是指 1840 年至 1949 年的中国。在政治、经济、思想巨变的时代背景下，这一时期的儿童观发生了剧烈变化，一方面是对传统儿童观的反思与批判，另一方面则是对外来思想的借鉴和改造。

相比于以"小大人"为特点的古代中国儿童观，近代中国社会对儿童的特点和价值给予更多的

---

① 邢铁，高崇. 宋元明清时期的妇女继产权问题 [J]. 河北师院学报（社会科学版），1996 (1)：45-50.

承认和尊重,留洋于世界各国的教育精英们带来了截然不同的儿童思想,提倡保护儿童的自由和个性,当时的教育家大都提倡"做中学"的教育方式。师从杜威的陶行知带来了美国的"儿童中心"思想,认为儿童是有价值的,并提出了即知即传的"小先生制",提倡人人皆可为老师。他还提出"生活教育"理论,这符合儿童学习和成长的特点。留学美国哥伦比亚大学的教育家陈鹤琴则提出"活教育"理论,并开展了儿童心理和教育的实验和研究,主张让儿童动手、动脑,走出学堂,走进自然和社会。自 1912 年之后,《教育学》《教育通论》和《教育原理》等教育类教材中,多涉及与"儿童"有关的章节,可见,对儿童的重视程度在多个层面均有很大提升。孩子作为理想、希望、未来的美好意象,被视为光明、洁净、快乐、无邪与希望,"祖先崇拜"变为"幼者崇拜"。

家庭关系的变革也是儿童观转变的一种体现,这种转变是由父母"恩"到父母"爱"的转变,是由"儿女是私产"到"儿女是责任"的转变。正如鲁迅所说,"所生的子女,固然是受领新生命的人,但他也不永久占领,将来还要交付子女"。新文化运动对封建思想和封建礼教进行猛烈抨击,家庭中的大家长制和以"孝"为核心的家庭伦理关系也日渐松动,虽然家长的权威仍在,但是儿童的话语权在增强,有了自己的想法和行动,儿童变得更加自由和独立,常见的"独立行为"有在新式学堂中学习、参加革命、抵制包办婚姻等,儿童挣扎的结果反过来加强了这种自由和独立。

3. 现当代儿童观

随着社会主义新中国的建立,社会制度的改革也带来了儿童观的变化。在过去的 70 多年中,政治和经济的变化促使儿童观发生了剧烈的变革,具体可分为以下五个时期。

国家需求高于个人需求时期。这一时期,新制度刚刚建立,同时伴随着对旧社会原有制度和做法的废除和改造。儿童观由关注儿童的个性、特点和尊重儿童转变为儿童应服从于国家政治、军事和经济发展的需要,教育的工具性和政治性特征突出,儿童是国家的财产,"无产阶级""生产劳动"等词语成为儿童成长的目标和内容,儿童个体的需求较少被纳入考虑,更多强调的是其政治属性和社会属性。

儿童观的异化时期。社会动荡时期是新中国发展史上的特殊时期,学校大都荒废,各级教育普遍中断,政治斗争深入家庭当中。儿童被卷入政治活动,成为一个革命群体,明显呈现了儿童角色的错位与"成人化""政治化"的取向,政治属性和社会属性得到延续和强化。儿童的生存环境堪忧,儿童的需求和特点难以获得满足和关注。

儿童观的回归时期。伴随着政治斗争结束,国家回归到发展经济的道路上,高考恢复,各级学校也陆续恢复教学,儿童回归教育、回归学校、回归家庭。儿童身上的政治属性减少,作为人的生物属性重新成为主要关注对象。1980 年,国家提出了培养"四有新人"的目标。1979 至 1989 年之间,国家通过召开全国托幼工作会议及颁布条例、规程等方式,引导社会重新关注儿童的特点、主动性和创造性,并进一步提出发展儿童个性的要求,儿童观开始进入恢复期。

儿童观的发展时期。1991 年,中国加入《儿童权利公约》,这标志着我国的儿童政策重新与国际接轨,儿童的生存权、发展权、受保护权、参与权等基本权利再次进入社会和家长的视野,中国开始了探索、学习和改变。伴随着经济的快速发展、对外交流的普及、家庭收入的增加以及独生子女政策的推行,更多的家庭将精力放在对儿童"养"和"育"的探索上。出于对未来生存竞争的恐慌,以及让孩子"赢在起点""不能落后"的想法,这一时期家长大都延续了传统的严格管教的做法,更专注于孩子的"学"。同时,也有很多家长通过读书、参加培训等多种途径丰富传统的育儿方式，儿童观呈现出交织与变革、纷繁与杂乱的局面。

中国特色儿童观创立时期。经过将近20年的社会经济发展，中国儿童观加速与国际接轨。政府层面采取了一些行动，为儿童发展创造更好的环境。《中国儿童发展纲要》等一系列儿童相关政策的颁布，使儿童的权利进一步获得保障。在加强帮扶弱势儿童群体的同时，很多政策开始覆盖城乡全体儿童。这一时期的中国家长、教师开始讨论"尊重""平等""权利""保障""儿童身心特点"等话题，个性、自由、自主也已不是新鲜词语，儿童观正在经历从"儿童特色""儿童需求"向"儿童本位""儿童保障"的转变。

中国儿童观的变迁总体呈现三个趋势，分别是文化影响力的此消彼长、对儿童成长期望的裂变以及儿童政治属性的变革与价值体现。这些规律既反映了人的多重属性，又印证了历史发展的必然性和稳定性。

（三）典型儿童观解析

不管是西方还是东方，都曾出现过一些典型的儿童观，代表着其所处时代的面向儿童的某种价值取向，有必要对其进行明晰。

1. 儿童是小大人

在原始社会，由于当时的生产力水平极端低下，人们的自我意识水平还没有发育到认识人类自身的水平，所以根本不存在"人"的观念，也就更谈不上对儿童的认识了，儿童仅仅被看成是未来社会的成员，被视为身体上比成人矮小的"小大人"而已。在此后相当长的一段时期内，成人们会自觉或不自觉地把儿童看作缩小的成人，以成人的标准来要求孩子，其本质就是尚未发现儿童期的特殊意义与价值，尚未发现儿童与成人的本质区别。真正"小大人"儿童观的出现肇始于西欧的中世纪。基于当时落后的经济条件，客观上不允许儿童长期地依赖成人，所以社会期待他们各方面像成人那样行动，早日独立生活。中世纪的下层人中，儿童与成人是混同在一起的。在儿童断奶后不久，一旦到了被认为可以摆脱母亲、保姆而独自行动的年龄时，就立即进入广大的成人社会。他们与成人共同劳动和游戏，老人和儿童看起来都一样。在"小大人"儿童观影响下，成人觉得孩子幼稚、无知，是亟待学习成人世界规则的人。他们希望孩子快速长大，于是加紧催促儿童成长，儿童的特点、儿童期的意义完全被忽视。这在教育中的表现就是：儿童教育越来越背离儿童的天性，远离儿童的生活，他们没有时间去探索、游戏、幻想和梦想，只有急急忙忙地学习、成长，儿童失去了本该幸福快乐的童年。

2. 儿童是有原罪的

中世纪西方教会人士鼓吹"原罪论"，儿童被自然而然地认为是生来有罪的（图2-1），被视为是邪恶的化身，只有对儿童进行"畏神"的教育才能拯救儿童。[1] 在这个理念的影响下，学校和家庭都加入到拯救儿童的行动中来，儿童出现不良行为，就要遭到体罚，甚至殴打。这一时期的儿童观远远背离科学儿童观的宗旨，教育脱离儿童的身心发展规律和社会发展规律。

3. 儿童是一块白板

"白板说"的源头是亚里士多德在《论灵魂》中使用的一个比喻。在亚里士多德看来，人们的

---

[1] 李敏. 西方教育思想史上儿童观的变迁 [J]. 学理论, 2011 (20): 165-166.

图2-1　中世纪的肖像画中儿童只是一个小型的成年人，没有刻画出具有鲜明个性的儿童形象

灵魂犹如一张白纸，认识是由于受外界事物刺激才产生的，感官接受了事物的可感觉的形式，正如蜡块接受图章的印迹一样。① 英国教育家洛克在《教育漫话》一书中提出著名的"白板说"，认为儿童的天性就像是一块没有痕迹的白板或一块柔软的蜡块，教育者可以随心所欲地涂写和塑造。这种儿童观强调，儿童刚出生的时候，他的心灵就如同一块白板，可以被任意塑造成各种各样的东西，比如像一张白纸，可以在上面画任意的图画；又像一个空空的容器，可以把各种知识经验任意填塞进去而不考虑儿童的需要。"我敢说我们日常所见的人中，他们之所以或好或坏，或有用或无用，十分之九都是他们的教育所决定的。人类之所以千差万别，便是由于教育之故。""白板说"主张儿童自由，聘请专门的教师对儿童进行个别指导，以免让儿童遭受社会不良风气的影响。

洛克的"白板说"，彻底否定了中世纪儿童的"原罪说"，提出儿童的发展依赖教育和环境。但是洛克将儿童的发展仅仅看作消极被动地接受外界刺激的结果，完全忽视了儿童自身的主观能动性，忽略了遗传和生物因素对人的发展的影响。他的"绅士教育"也体现出为资产阶级培养统治人才的目的，并不是真正为了促进儿童的发展。

4. 儿童是花草树木

在这种儿童观中，儿童开始被看作具有独立价值的实体，儿童拥有自己的生长需要。其次这种儿童观提出不应该用成人的标准要求儿童，倡导倍加珍惜童年的生活，尊重儿童自身所具有的纯洁美好、独立平等的自然本性。另外儿童的生长发育有一定的自然法则，像花草树木一样，教育者就像园丁，活动室就像促进儿童逐渐成熟的花园。每个儿童的成熟都有其内部时间表，应该在恰当的时间学习完成合适的任务，儿童的成长过程至少和习得的经验一样重要。但是，此观点重"生理"而轻"心理"，弱化了儿童情感、态度发展的需要，也轻视了儿童的主动性。

5. 儿童是私有财产

这是家族主义观念在儿童身上的映射。持有这种观点的人认为，儿童是父母婚姻的结晶，产生于母体，归父母所有，是父母的隶属品；子女是父母光耀门楣的工具；父母可以左右儿童的命运，

---

① 王彩霞. 洛克"白板说"对儿童教育的启示［J］. 理论观察，2012（3）：10-11.

控制儿童的生活，决定儿童的一切事情，让儿童唯命是从，把儿童培养成为他们认为最理想的人。尤其男童被看作家庭的希望、传宗接代的工具。即便人们开始重视、关心儿童，但有些地方儿童仍然被视为家庭和家族的附属品、父母的私有财产，没有独立自主的人格和地位，儿童与其抚养人之间的关系只是一种依附关系。例如，"老子打儿子"被认为是天经地义的，是家庭的私事，别人无权干涉。

6. 儿童是国家的资源

与个人主义相对，集体主义、国家主义在看待儿童上持有的观点是认为儿童是国家最宝贵的财富，是国家潜力最大的资源、未来的兵源和劳动力。对儿童进行有效的教育，就是对未来进行最有价值的投资，而且这种投资利国利族，多投资才能获得高产出。

7. 儿童是发展中的主体

这种观点认为，人类的童年期长于动物的童年期，这为儿童以后的发展奠定了良好基础。儿童在体力、智力、情感、社会性、道德等诸多方面都不同于成人，他们是正在发展中的人。不能因为儿童弱小、需要保护，就轻视他们，使其被动发展。儿童是有能力的、积极主动的权利主体，应有主动发展自己潜能的机会，在出生、成长、发育的过程中，成为自主的行动者，能表达自己的主张和意见，充分行使自己的权利。

8. 儿童是数字原住民

21世纪以来，数字儿童的概念兴起，用来指代那些在数字化时代成长的儿童，他们的成长环境和生活方式都被数字科技所渗透和影响。这一代儿童在出生后就身处数字科技的环境中，从小就接触各种数字化设备和媒体，包括智能手机、电视、平板电脑、游戏机等。

2001年，美国教育家马克·普伦斯基提出"数字原住民"和"数字移民"的概念，用于描述数字技术使用能力的差异和数字时代教育的挑战。"数字原住民"是指那些与数码设备一起长大的儿童，他们在数字技术使用方面具有天生的能力和娴熟的技能；"数字移民"则是指那些在数字时代之前出生的人，他们的数字技能比数字原住民要差一些，需要通过学习和适应来适应数字时代的变化。

相比以前时代的儿童，数字儿童通常有以下特征。第一，与数字技术密不可分：数字儿童成长于数字时代，从小接触各种数字设备和媒体，包括电视、电脑、平板、手机等，对数字技术的接触和使用非常普遍，习惯了数字化的信息获取、交流和娱乐方式。第二，学习方式独特：数字儿童的学习方式与传统教育方式有所不同，他们更习惯通过网络搜索、在线学习、游戏等方式获取知识和信息，同时他们更乐于自主学习和探索。第三，社交方式多样：数字儿童通过社交媒体和网络社区等渠道与他人沟通和交流，这使他们的社交方式和传统的面对面交往方式有所不同，此外，数字儿童还更容易接受和适应跨文化和跨国际交流。第四，观念开放：数字儿童在接触到更广泛、多元的信息和文化背景时，更容易接受和理解不同的观点和思想，比传统儿童更具有开放的思想和接纳不同文化的意识。第五，健康风险：数字儿童可能面临睡眠不足、缺乏锻炼和过度使用数字设备等健康风险，需要注意保护和引导。数字儿童问题日益成为学术界、教育界所关注的核心话题。

三 法律公约下的现代儿童观

联合国《儿童权利公约》是第一部有关保障儿童权利且具有法律约束力的国际性约定，于1989

年 11 月 20 日第 44 届联合国大会第 25 号决议通过。我国于 1991 年 12 月批准《儿童权利公约》，并颁布了《中华人民共和国未成年人保护法》及以十年为一阶段的《中国儿童发展纲要》，从此奠定了法律公约下的中国现代儿童观法理基石。

（一）法律公约的原则和内容

《儿童权利公约》是儿童权利保护的宪章，是迄今为止获得最广泛批准的人权条约之一，其中以儿童独立的权利主体地位为中心，以儿童的最大利益为出发点，树立了儿童权利保护的基本原则（图 2-2）。

1. 基本原则

无歧视原则。 指对任何儿童无论其出身、背景如何，都要平等地对待，要求公约所列的所有权利都适用于全体儿童。所谓全体儿童，是指不同性别、民族、种族、国家、宗教信仰、居住期限、文化程度、经济条件等的所有儿童。在现实中，儿童可能会受到各种各样的歧视，例如对女婴的歧视、对农村儿童的歧视、对成绩较差儿童的歧视、对艾滋病儿童的歧视等，这些歧视对儿童的身心发展带来了不利影响。联合国国际儿童权利委员会认为，仅仅在立法上反对歧视是不够的，为了预防和根除歧视性的文化习俗、偏见和倾向，确保所有儿童真正有机会实际享有他们的权利，一些预先性、主动性的措施往往是必要的。

儿童最大利益原则。 指针对有关儿童的问题应以儿童为本位，从其根本利益、长远利益出发分析问题、解决问题。这一原则的标准是能够使儿童在健康和正常的状态下，增加发展身体、心智、道德、精神和社会方面的机会和便利，涵盖了儿童作为人在健全的人类环境中依据其能力可以发展的方方面面。儿童最大利益原则强调，无论对儿童采取何种措施，应当优先考虑儿童的利益最大化。就全体儿童而言，在进行立法或进行其他规范、调整时，应当考虑大多数儿童的最大利益。儿童作为为数众多的个体组合，对其最大利益的考虑对于个体可能失去实际意义；就儿童个体而言，对其进行的保护性活动或采取的保护性措施，都应当首先考虑该儿童利益的最大化。《儿童权利公约》赋予了儿童最大利益原则以法律条文的效力，为解决保护儿童问题与其他问题之间的冲突提出了合理解说，并从儿童作为个体权利主体的角度，把儿童的最大利益宣布为儿童的一项权利，本质上是儿童主体的权利理念的体现，其在保护儿童权利中的重要意义是毋庸置疑的。

尊重儿童权利与尊严原则。 指每一个儿童都享有生存发展的权利，任何危害儿童身心健康发展的行为都是违反公约的，是损害儿童尊严的，应当采取一切措施，包括立法、行政等手段来促进儿童的健康成长。儿童拥有独立且完整的人格，必须尊重儿童的人格尊严。人格既是一个社会学概念，又是一个法律概念。从社会学意义上说，人格是指个人的尊严、价值和道德品质的总和；从法律意义上说，人格是一种受法律保护的权益，包括人身自由、生理活动能力的安全、主体人身专有标识的安全等，也包括主体获得良好的社会评价、公民的尊严、婚姻家庭关系中的人身利益、公民的个人生活秘密和其他各种权益。凡是涉及儿童生存与发展的问题都要认识儿童、了解儿童、尊重儿童、造福儿童，而不是伤害儿童。

尊重儿童意见原则。 指应确保有主见能力的儿童有权对影响到其本人的一切事项自由发表自己的意见，对儿童的意见应按照其年龄和成熟程度给予适当的处置。即在进行影响儿童利益的行为时，应当征求有自己理解能力的儿童的意见，并充分尊重其按照自己意见所做出的选择。尊重儿意见就是尊重儿童的参与权,是保障儿童享有参与社会活动的权利,让儿童积极主动地参与到关系自身权利的各种活动中去,儿童才能真正地成长和发展。虽然儿童正处于发展之中,但作为一个独立的个体,他们有自己的感情和对待事物的意见,他们在表达自己的需要时是最有发言权的。给予儿童适当的支持和尊重,他们将可能做出合理的、负责任的决定。这不仅是他们基本的权利,也是他们成长和发展的基本需要。因此在儿童能力允许的范围内,在所有影响儿童权利的事项上,都应当倾听和尊重儿童的意见。

2-1 知识延伸
我国儿童权利的法律保障

图 2-2　中国参与世界儿童日全球庆祝活动,北京奥林匹克公园里的奥林匹克塔亮起"点亮儿童未来"

2. 主要内容

儿童权利是一项特殊的人权,之所以特殊,是因为儿童权利需要考虑儿童特殊的身心需求。《儿童权利公约》共 54 条,实质性条款共 41 条,其中被提到的儿童权利多达几十种,如姓名权、国籍权、受教育权、健康权、医疗保健权、受父母照料权、娱乐权、闲暇权、隐私权、表达权等。但其最基本的权利可以概括为以下四种。

一是生存权。儿童作为人的基本权利,受法律的保护。它的要求是:任何个人和组织都不得剥夺儿童的生命,不得侵犯儿童生存的权利,全社会都必须为保护儿童的生存和发展提供适合的条件。具体来说,生存权又涵盖了儿童的生命权、健康权和生活保障权,其中生命权指儿童与生俱来的拥有生命的权利;健康权指儿童享有可达到的最高标准的健康和医疗关怀的权利,如享有医疗、保健和康复设施的权利;生活保障权指儿童享有获得足够的食物、拥有一定的住所以及获得其他生活基本保障的权利。

二是受保护权。在《儿童权利公约》里包括三部分内容：反对一切形式的儿童歧视；每一个儿童都将得到平等对待；保护儿童一切人身权利及关于处在危机和紧急情况下的儿童保护、脱离家庭的儿童保护。受保护权强调每个儿童都有免受歧视、虐待和忽略的权利。孤儿、难民等困境中的儿童应受到社会的特殊保护。儿童受保护权的落实主要在于两方面：一是所有儿童都应该受到保护，这是因为儿童弱小，更容易受到伤害，同时由于儿童年龄的限制，其生理和心理都处在发展阶段，需要外部提供良好的环境和条件；二是处于困境下的儿童应受到特殊保护。例如残疾儿童、面临自然灾害和突发事件的儿童、受剥削的儿童和吸毒儿童。

三是发展权。儿童拥有充分发展其全部体能和智能的权利，即每个儿童都有受教育权（包括正规教育和非正规教育）和获得体能、智能、精神、道德和社会发展的权利。在《儿童权利公约》里，发展权主要指信息权、受教育权、娱乐权、思想和宗教自由、个性发展权等，其主要宗旨是保证儿童在身体、智力、精神、道德、个性和社会性等诸方面均得到充分的发展。

四是参与权。每个儿童都有参与适合自己年龄的家庭生活和社会、经济、文化与政治事务的权利。儿童有权利就所有影响他们生活的事项发表自己的意见，成人要听到他们的意见并根据他们意见的成熟程度在政策制定中给予考虑。参与权不仅是一项人权，更是儿童的成长和发展过程中的一个基本需求。"尽管他们是儿童，但他们也有参与的权利。他们与成人同样是独立的社会个体，是积极主动的权利主体，拥有发表意见和参与活动的权利。任何涉及儿童的事情，均应听取儿童的意见。"

上述《儿童权利公约》规定的儿童享有的四项基本权利以及我国关于儿童发展的相关法律、纲要和政策共同构成了儿童权利框架。

2-2 知识延伸
儿童参与阶梯

（二）现代儿童观的基本内涵

时代的发展与教育的现实需求都要求我们转变儿童观，从全新的视角认识儿童，理解儿童。科学的儿童观以儿童身心发展的基本规律为出发点，以社会发展的需要和对未来一代的期待为引导，是科学地开展儿童工作的前提。

1. 儿童是独立的个体

儿童是一个独立、独特的个体。所谓独立，即不依附于成人，也不隶属于成人；所谓独特，即儿童是不同于成人的群体，有其特有的身心发展规律和发展特点。因此儿童作为独立的社会人，具有与成人一样的基本权益，享有社会赋予的地位与权利。早在17世纪30年代，捷克教育家夸美纽斯就提出：儿童是无价之宝，是任何事物都无法与之相比拟的宝物，我们要像尊重上帝那样来尊重儿童。瑞典教育家爱伦·凯在《儿童的世纪》一书中也提倡人们要热爱儿童、尊重儿童、保护儿童的各项合法权利、培养儿童的个性。

每个儿童都有独立的生命权，不是父母或者家庭的私有财产，更不能被他人随意剥夺生命或任意处置。每个儿童自出生起就有获得姓名和国籍的权利，并且还有得到父母或者其他监护人照料的权利。每个儿童都还享有接受教育的权利，且有权获得均等和公平的教育机会，儿童的这些权益都要受到国家和政府的尊重与保护。除此之外，不同性别的儿童都应享有均等的教育机会和相同的权利，应受到平等的对待。

2. 儿童是发展中的个体

儿童是一个完整的社会人，享有法律规定的一切基本人权。同时，儿童作为一个处于发展初始阶段、尚未成熟的个体，需要成人为其提供适宜的照顾和保护，使其免受歧视和伤害。加之儿童对环境有很强的吸收性心智，因此成人要提供适宜儿童发展的机会和环境，最大限度地促进儿童认知、情感、社会性和人格的全面和谐发展。值得注意的是，成人对幼儿的成长不可操之过急，更不能拔苗助长，每个幼儿都有其自然的成长速率，成人只需顺应儿童的成熟规律即可。应该用动态的、发展的眼光看待幼儿，即使幼儿在某些方面的表现暂时还没有达到成人的预期，也不应过分焦虑，只需为儿童营造适宜其发展的物质和精神环境，静静陪伴儿童成长。

3. 儿童是富有差异的个体

儿童是富有差异的个体，意指每个儿童都是各不相同的。虽然儿童的发展有一些基本规律，也表现出一些共性，如身心发展都遵循顺序性、阶段性和不平衡性，但同时也会表现出一定的个体差异性。《3-6岁儿童学习与发展指南》中提出，每个儿童在沿着相似进程发展的过程中，各自之间又存在差异性，切忌用一把"尺子"衡量所有儿童。首先，不同儿童之间的发展水平存在差异；其次，不同儿童各自发展的速度存在差异。究其原因，主要是三个方面：第一，先天的遗传素质；第二，后天的生活环境，包括物质环境和精神环境；第三，教育以及家庭教养方式。以上三个因素可导致儿童在性格、气质、生活习惯、兴趣爱好等方面存在差异。

成人应为儿童提供多样化的选择，满足不同儿童的个性需求。对儿童个性的尊重和自由发展的支持，是创造性发展的前提。当儿童有机会利用有趣且契合自身发展水平的方式发展时，其坚持性和主动性也会增强。成人要充分理解和尊重每个儿童在发展过程中的差异性，打破统一的标准和模式，维护儿童自由选择的基本权利，支持和引导他们向更高水平发展。

4. 儿童是能动的个体

儿童天生好奇，求知欲旺盛，喜欢模仿，在教育过程中他们不是消极被动的接受者，而是积极主动的学习者，他们有自己的思想、见解和个性。儿童的发展除了受遗传、环境、教育和家庭教养方式等因素的影响，关键还在于其自身主观能动性。儿童自身主观能动性在其发展过程中起着积极作用，任何教育效果只有通过儿童主体的吸收、转化才能生效。每个儿童都是独立的生命实体，有自己的兴趣和需要，也有自己的认知结构和心理状态，总是会主动地对外界刺激加以选择，接受自己需要的东西，具有无限的创造力。例如在游戏活动中，儿童会通过自己的动作改变玩具的状态。但儿童只有在感兴趣的活动中才会主动探索，因此成人要激发儿童兴趣，引导儿童主动参与。儿童是外部世界的探索者，是活动的主体，只有让儿童在活动中充分发挥主动性和创造力，才能使儿童得到真正的发展。

5. 儿童是完整的个体

所谓完整儿童是指身心全面和谐发展的儿童，其发展是身体、认知、情感、社会和人格多方面的整体性的发展。成人要认识到儿童身心各方面的发展是一个有机整体，要为儿童提供参加文化、艺术、娱乐和休息活动的机会，使儿童获得最充分的发展。同时，要注重健康、语言、社会、科学和艺术五大领域的协同发展、相互渗透、融会贯通，避免孤立地只偏重某一领域的发展。

总的来说，我们在提高儿童地位的同时，也要正视儿童期的特殊性和儿童成长的独特需求，树立正确的儿童观，为儿童的长远发展而努力。作为成人应认识到，儿童的发展是一个持续、渐进的过程，成人应尊重儿童的人格和权利，尊重儿童身心发展的规律和学习特点，尊重儿童间的个体差异，肯定幼儿的能动性，并重视幼儿学习品质的培养，为儿童提供健康、丰富的生活和活动环境，使其在快乐的童年生活中获得有益的经验。

张以庆导演的纪录片《幼儿园》记录了在中国武汉一所寄宿制幼儿园中一个小班、中班、大班在14个月里的生活。以下例子来自纪录片中小班的某一个日常教学镜头。

老师：请你像我这样做。（老师拍肩）

孩子们：我就像你这样做。（孩子们跟着拍肩）

老师：小朋友们手放好。（伴随钢琴音乐）

孩子们：老师我们手放好。（伴随钢琴音乐）

"幼儿园小班的一堂课"不是一堂普通的唱歌、算术或英语课，而是每个孩子进幼儿园都必须要上的第一堂课。在这堂课里，每个小朋友要学会的就是学着和老师做同样的事情，拍肩、踢腿，甚至要学会听着钢琴信号起立或坐下。刚刚进入幼儿园的小朋友被要求的第一件事情就是服从老师的指令。而在老师的儿童观中，幼儿就是可以随意塑造的"物"，教师的一切指令幼儿都要无条件服从。在这些教师眼中，只有听老师话的儿童才是好儿童，而教育就是教育者施加影响、改造受教育者的过程，教师是教育活动的主体，学生是接受教育、被教师认识和塑造的对象，是教育活动的客体。"物化"儿童的后果便是学生在教育教学活动中只能居于从属、被认识、被塑造、被控制的地位。

第二课　外国儿童文学的发展脉络

与成人文学相比，儿童文学作为一个独立存在的文学门类，其自觉发展的历史并不久远，然而儿童文学最早的源头却可以追溯到全部文学的起始处，神话、故事、歌谣，这些最早出现的文学形态，也是儿童文学得以生长的最初的摇篮。

根据不同历史阶段的外国儿童文学的特点，可以将其发展脉络分为五个时期，分别是孕育期、萌发期、发展期、成熟期和多元期。

一　外国儿童文学的孕育期

外国儿童文学的孕育期大致是从远古时期至14世纪。

（一）孕育期时代背景

外国文学的起源可以追溯到古印度文学、古希腊文学、古阿拉伯文学、古罗马文学和古希伯来文学，并且在其漫长的发展历史中带有浓厚的宗教色彩。从公元前 12 世纪开始，以古希腊为代表的西方文明逐渐繁荣，为后世留下了古代神话、史诗等熠熠生辉的文学作品，并借雕塑、音乐、戏剧等丰富的文艺形式，表达个体对世界、自然、生命的思考，充分发扬"人"的自我意识，认为"人是万物的尺度"。古罗马文化则实现了对古希腊文化的继承与发展。直到古希伯来时期，基督教文学作为一种新的文学形式登上了世界文化史的舞台。基督教文化强调"神"的崇高，压制人的世俗欲望。

西欧的中世纪前期，基督教在经济、政治、文化教育领域占据着独尊地位，文化教育由教会垄断，以《圣经》为主要教材，教育具有浓厚的神学化色彩和专制性，目的是训练僧侣、封建官吏和骑士，对平民进行宗教教育，以维护封建主的统治。教会宣扬"原罪说""禁欲主义"，宣扬人生来就是有罪的，必须克服欲望、皈依上帝、洗涤罪恶。在儿童观方面，基督教教义以"原罪说"为依据，鼓吹"性恶论""预成论"，忽视儿童的身心发展，把儿童看作缩小的成人，采取严厉的训诫措施和高压的体罚手段，抑制儿童的天性。而中世纪后期市民阶层产生、王权和教权斗争加剧等社会变化，动摇了基督教的绝对统治地位，有利于世俗性文化的发展。但总体来看，这个时期的儿童精神世界并未得到正确的认识，"童年"概念尚且模糊，更谈不上专门为儿童创作的文学作品的诞生。

（二）孕育期儿童文学特征

儿童文学孕育于民间故事、寓言和歌谣。虽然这一时期并无专门为儿童创作的文学作品，并未产生真正意义上的儿童文学，人们自发创作的文学作品受众并非儿童，但这并不代表完全没有陪伴着儿童成长的文学读物。这些文学作品以民间故事、寓言、歌谣等形式呈现，有些作品因为其刺激荒诞的创作手法，加之既与儿童生活经历和认知经验相关，又能打破日常生活限制的故事内容，往往能够引起儿童的兴趣，受到儿童的喜爱。能被孩子们理解接受并喜爱的一些经典读物，为儿童文学的萌芽提供了蓝本，儿童文学就在这些优秀的文学作品中不断孕育和发展。这一时期儿童读物的常见题材或来自古代神话和宗教故事，或来自民间传说、冒险传奇、动物故事和寓言故事，经过经年的积累与完善，不断吸收精华，相应地抛却与时代价值观不相适应之处，在越来越符合统治者的意志与社会主流观念的同时，又寄托了底层民众的普遍愿望。

这一时期广为流传的故事、寓言等读物，大多带有明显的教育性和劝诫意图。例如古希腊的《伊索寓言》，跌宕起伏的精彩情节背后，到处蕴含着为人处世的道理，在故事的末尾总会加上哲理性的启发或警示，借以升华主题。并且，这一时期的儿童读物倾向于宣扬善有善报、恶有恶报的观念，道理来源于现实却又超越现实。故事往往以皆大欢喜的圆满结局收尾，满足了读者的主观期待。

（三）孕育期标志性作品

外国儿童文学孕育期的标志性作品主要有古印度的《五卷书》、古希腊的《伊索寓言》、古阿拉伯的《一千零一夜》和法国的《列那狐的故事》等。

1. 古印度《五卷书》

古印度的寓言童话集《五卷书》，成书时间不明，包括《绝交篇》《结交篇》《鸦枭篇》《得而复失篇》《轻举妄动篇》五个篇章。相传，古代印度的一位国王希望群臣设法让自己的三个儿子变得聪明，这时一位婆罗门向国王保证自己有办法在短时间内让王子们变得聪慧而出众。这位婆罗门广泛收集古印度文明创造的大量民间故事、寓言和童话，并以此为基础加以修改和完善，最后汇集成《五卷书》这样一部巨著。《五卷书》的译本流行于亚欧各国，为后世留下了宝贵的文学思想财富。

《五卷书》里的很多篇章都将动物作为主人公，每一卷都有一个基干故事贯穿首尾，其间又插入生动的短篇故事和诗歌，每个小故事之间具有一定的联系。在艺术手法上，《五卷书》一改传统刻板的说教方式，语言通俗易懂，常用设置悬念、比喻、拟人等手法，产生通俗而幽默的艺术效果，具有丰富的幻想色彩和极强的可读性。虽说《五卷书》的诞生以传授治国安邦之道的"统治术"为初衷，却也同样适用于广大平民从中感悟为人处世的道理。书中并没有生硬的教条，但大大小小的故事和诗句无处不体现着深刻的哲理和思想。《五卷书》赞扬团结互助的精神，通过智谋获取利益，其内容凝结了广大劳动者的智慧和思想情感，忠实地反映了人民的生活状况。譬如以下这一段关于人的描写：

一个人被比自己强的人所攻击，如果他希望幸福长久保持，他就应该学习芦苇的办法，暂时弯一下，千万不要学蛇的样子。谁要是学芦苇的办法，他就会一步一步地繁荣滋长；谁要是学蛇的样子，他能够得到的只有死亡。一个聪明人应该像乌龟一样缩起来，甚至忍耐着挨揍。①

这段内容把人比作"芦苇""乌龟""蛇"，以故事性的情节和通俗的比喻告诉读者做人应该能屈能伸，懂得收敛控制自己的野心和欲望，灵活应对不同的状况，并学会在复杂的局势中保全自己。《五卷书》之所以能够获得儿童的喜爱，除了极强的可读性和鲜明的艺术效果之外，其选用的主题也十分贴近基层人民大众和儿童的现实生活，颇具儿童情趣，是历史上不可多得的伟大艺术成就之一。

2. 古希腊《伊索寓言》

《伊索寓言》相传为生活在公元前7世纪至公元前6世纪的伊索所著，其中包括古希腊、古印度的民间故事，总共有三百五十多篇。14世纪初，东罗马帝国的僧侣学者普拉努德斯搜集整理了当时听到的和陆续发现的古希腊寓言抄本，编订成了希腊文的《伊索寓言》。此后数百年间流传于世、现今我们家喻户晓的《伊索寓言》，大都是从这个版本发展而来的。

伊索诞生于古希腊，是古希腊著名的哲学家、文学家，被称为"世界四大寓言家"之一。母亲去世后，他四处游历，因此学会了许多关于动物的知识，收集了许多民间故事。渐渐地，越来越多的人喜欢听伊索讲故事，也惊异于伊索的聪慧和才华。

《伊索寓言》大多以动物之间的故事或对话为题材。三四百个小故事之间相互独立，情节通俗生动，语言凝练，篇幅短小精悍，而又包含哲理。阅读下列故事，感受《伊索寓言》独特的叙事风格和语言特点。

---

① 季羡林. 五卷书[M]. 北京：人民文学出版社，2001.

2-3 拓展阅读
《狮子与海豚》

3. 古阿拉伯《一千零一夜》

《一千零一夜》是一本古老的阿拉伯民间故事集，从公元8世纪开始，流传于民间，到公元16世纪前后最终被编订成书。传说古阿拉伯的一个国王山努亚每天娶一个女子，过夜之后就杀掉。宰相的女儿山鲁佐德自告奋勇地进宫，每天晚上给国王讲一个故事，却不讲结尾。国王为了第二天能够听到故事的结尾，就迟迟没有杀掉山鲁佐德。她一直讲到了第一千零一夜，感动了国王，于是这些故事被记录下来，成了《一千零一夜》。《一千零一夜》故事繁多，情节曲折，人物形象鲜明，幻想色彩浓厚。其中包括广为人知的《阿里巴巴与四十大盗》《阿拉丁与神灯》《渔夫与魔鬼》等，对后世文学产生了深远的影响。高尔基赞誉其为"人民口头创作中最壮丽的一座纪念碑"。《一千零一夜》在欧洲各种译本版本众多，故事的篇幅也不尽相同。

在当代学术界，对《一千零一夜》的研究出现了一些新的角度，值得我们思考和探究。譬如，有的研究从《一千零一夜》的故事文本中，探寻阿拉伯文化同中国文化的碰撞。《一千零一夜》以《天方夜谭》之名传入中国，以其诡谲神秘的故事色彩和独特的叙事风格，被认为可与中国的《聊斋志异》相媲美。"天方"即中国对阿拉伯的代称，也体现了对阿拉伯的鲜明印象。在《一千零一夜》的故事中，中国作为一个象征性的地域符号，经常被提及。其中卡麦尔与布杜尔公主的故事、阿拉丁神灯的故事，当中的主人公都有中国人。在大部分故事里，作为东方古国的中国遥远而神秘、广阔而富饶，那里蕴藏着丝绸、黄金等奇珍异宝和赏心悦目的女子；中国人也大多被塑造为温和而充满善意的形象。然而在一些篇章里，《一千零一夜》又对中国的传统文化、宫廷礼仪和婚姻习俗等方面产生了较大的误读①，体现出古阿拉伯人对中国形象的复杂性理解。

若从美学的角度鉴赏《一千零一夜》，则不难发现这本古老故事集中蕴含着大量的美学和幻想元素，并以独特的组合方式呈现在世人面前，极具生动的文化艺术内涵。比如神奇的道具"飞毯"、会移动的物体、锁在瓶子里的恶魔、阿拉丁神灯、所罗门封印、使用魔法的仙女与巫师等，种类繁多，数不胜数。还有大量以动物为主角的故事嵌套在各色故事之中②，带领读者进入奇异诡谲的幻想世界，体现了古阿拉伯文化与丰富想象力的充分融合。《一千零一夜》也明显受到波斯和印度文化的影响，特别是受古印度《五卷书》的影响很大，其中的一些灵感来自《五卷书》中的寓言，其他方面，譬如以动物作为主人公，用比喻、夸张等通俗的方式阐明道理等，都有一定相似之处。

4. 西欧《列那狐的故事》

《列那狐的故事》诞生于西欧12世纪前后，正是中世纪政治文化发展的鼎盛时期，基督教占据

---

① 林丰民. 阿拉丁是个中国人——《一千零一夜》的中国形象与文化误读[J]. 国外文学，2020（4）：109-116，156.

② 宗笑飞. 论《一千零一夜》的嵌套结构形式[J]. 上海交通大学学报（哲学社会科学版），2021，29（5）：51-58.

统治地位，教会鼓吹禁欲主义。而长篇动物故事诗《列那狐的故事》则体现着市民阶层道德价值观念的巨大转变，寄托了平民的世俗诉求。这部作品起源于法国民间，以聪明而狡猾的狐狸为故事主人公，描写它的日常生活以及与其他动物的纷争，提倡以智慧和计谋战胜愚蠢和强权的压迫，趣味中体现着哲理，幽默中隐含着讽刺，揭露并讽刺统治阶级和教会的丑陋形象，呼吁人们追求现世的幸福，被誉为"伟大的禽兽史诗"。

《列那狐的故事》首先在法国、德国等欧洲国家广泛流传，"列那"一词甚至成为狐狸的形象代词，已经深入人心。在近代，各国作家把《列那狐的故事》改编成可读性更强的散文、绘本，推广到了全世界。

二 外国儿童文学的萌发期

外国儿童文学的萌发期大致是从14世纪到17世纪。

（一）萌发期的时代背景

14至17世纪的欧洲正是封建社会解体、资本主义萌发的阶段。文艺复兴标志着思想和文学的重大转折。在意大利的城市中，人们重新发现了古代希腊和罗马文化中充满人性光辉的思想。意大利的思想家、文学家首先挖掘和研究其中人性的美，并借此抨击基督教会对人性的压制，表达对现世生活的强烈渴望和对人性的追求，掀起了一场轰轰烈烈的思想解放运动，并很快由意大利传播到欧洲其他各国，产生了广泛而深刻的影响。

文艺复兴所推崇的人文主义讲究崇拜现实、以人为中心，反对教会的文化专制和禁欲主义，代之以个性自由，重视人的尊严和价值。著名的文学作品如但丁的《神曲》、薄伽丘的《十日谈》、拉伯雷的《巨人传》、蒙田的《随笔集》和塞万提斯的《堂吉诃德》等，像璀璨的繁星般闪烁。值得注意的是，虽然人文主义者猛烈地抨击教会的腐败，但他们并不反对宗教本身，仍是上帝的虔诚信徒。

随后，17世纪形成并繁荣于法国并逐渐扩展至整个欧洲的古典主义思潮，则代表了新兴资产阶级同封建贵族的妥协。代表人物有法国的高乃依、拉辛和莫里哀，德国的高特舍特等。古典主义文学在文艺复兴全面解放人性的思想基调上，更加重视理性与秩序，呼吁适当控制个人欲望，宣扬理智应胜于情感，个人应服务于国家和王权。在文学艺术创作上，表现为制定了一套严格的规范和标准，例如戏剧创作要遵守"三一律"，即情节、时间、地点必须保持"整一"，人物塑造类型化、刻板化、性格单一化，只追求"普遍人性"。在一些儿童文学作品中，这些特点体现得尤为明显。

总之，14世纪至17世纪的欧洲处于从中世纪过渡到近代的转变时期。新与旧不断地交织冲突，作为封建制度在意识形态上的支柱，基督教教会的地位和影响仍是强大的。

（二）萌发期儿童文学特征

这一时期西欧出现了很多风靡一时的儿童读物。这些文学作品受到人文主义思想的指引，在对古代希腊罗马文化进行继承和创新的同时，具有更加浓厚的世俗精神，关心人的现世生活，注重的是今生而非来世。譬如《小癞子》就把目光从神转向世俗生活中的底层人，描绘出广大人民群众真实的生活。但是由于这一时期基督教仍然具有重要的地位，人文主义思想萌发的同时，人们并不否定神，也不反对宗教本身，此时的思想观念仍然带有一定的宗教色彩，譬如夸美纽斯的《世界图解》虽然在教育观念和方式上体现出极强的革新精神，但仍带有明显的宗教性。

很多著名的文学作品仍然并非专门为儿童创作，但因形式和内容的特殊性和趣味性受到儿童的喜爱。流浪汉小说《小癞子》《堂吉诃德》等文学作品，前者以第一人称讲述小癞子的流浪生活，朴实生动之中充满儿童稚气；后者刻画了一位"骑士"悲剧色彩浓厚的冒险经历和心路历程。这些当时新兴的文学作品集深刻的思想性和浓厚的艺术性于一体，不仅为成人留下了宝贵的精神财富，也为儿童创造了天马行空的世界。

由民间改编的儿童读物体现出鲜明的儿童意识，有力地推动了后世儿童文学的独立创作。随着文艺复兴运动中"人"的发现，人们也逐渐开始发现儿童、关注儿童，要求热爱儿童、相信儿童，重视儿童的人格、自由和兴趣，尊重儿童的全面发展，形成了鲜明的人本主义儿童观。人们已经意识到儿童有阅读和受教育的需要，关心儿童的作家和学者特意改编民间文学，使之适合儿童的偏好和阅读的习惯。最有代表性的当属贝洛创编的《鹅妈妈的故事》。在这本童话集中，贝洛对《睡美人》《小红帽》《灰姑娘》等故事进行了通俗化的改写，使之受到了儿童的广泛喜爱。这一时期的儿童文学脱胎于民间文学的母体，没有形成独立的文学门类，而是在民间文学中继续汲取养分。但这些由民间故事改编而来的儿童读物已经具备了比较自觉的儿童读者意识和文学意识，为儿童文学的独立创作奠定了重要基础。

（三）萌发期标志性作品

外国儿童文学萌发期的标志性作品主要有夸美纽斯的《世界图解》、西班牙出版的《小癞子》、夏尔·贝洛的《鹅妈妈的故事》等。

1.《世界图解》

夸美纽斯是17世纪捷克著名的教育家，是传统教育背景下新教育的开拓者。夸美纽斯指出了儿童独有的价值，提倡遵循儿童的内在生长顺序和自然规律。他还提出"泛智论"，呼吁应该把一切知识交给一切人，同时反对强制灌输的教育方式，提倡遵循直观教学原则。

《世界图解》也被译作《图画中见到的世界》或《宇宙奇观》，以图画和文字相结合的方式编排，全书共150课正文，有大小插图187幅。《世界图解》可以作为一部幼儿看图识字课本，是世界上第一本图文并茂的书籍。它诠释了夸美纽斯的教育理念，预示着教育思维和观念上的创新。

《世界图解》涉及各个领域的知识，可谓包罗万象。在自然领域，包括宇宙、陆地、海洋、动植物等方面的知识；在社会生产生活领域，又介绍了政治、法律、文化、军事、交通、教育等各方面的情况；还包括对人类本身肉体和精神的描述和阐释。教育内容避免了大量的经文、圣诗等神学色彩的训诫，从宗教回归自然，围绕着儿童的真实生活经验创编内容。儿童通过学习这些知识开阔视野，为实际生活做准备，学会热爱生活、敬畏生命。这一部如同幼儿百科全书般的著作，正是对夸美纽斯泛智论的生动诠释，闪耀着科学民主化思想的光辉。

除了教给儿童全面而丰富的知识，夸美纽斯还重视直观教育。由于年幼的儿童尚不能用抽象的、理性的思维理解事物，也难以建构事物之间的道理和逻辑，所以教导应该通过感性知觉来进行，应注重儿童的感官特别是视觉的作用。用生动直观的画面和语言来引导儿童，让他们感受到快乐而不是压迫，则自然可以达到教育的目的。《世界图解》以其"儿童的"教育立场，引发了由"成人的"向"儿童的"之时代转变，体现了儿童从"消极的弱小者"到"积极的重建者"的身份转变。①

虽然夸美纽斯和他的诸多著作体现了教育观念的革新，但不可避免地具有时代局限性。譬如，在夸美纽斯的著作中，人们经常会发现大量诸如"上帝""基督教""虔诚"等带有宗教色彩的词语。在维护儿童尊严、重视儿童地位的同时，他也认为："上帝这样热情洋溢地拥抱儿童，为要使他们成为显示上帝光荣的一种奇妙的工具……对于我们的理解力来说，自然不是立刻就能明白的。但是精通万事万物的上帝却知道。"② 夸美纽斯并不反对宗教本身，坚定地相信上帝的存在，认为人生的终极目标是来世，他的儿童观无疑具有一定的时代局限性。即便如此，他在《世界图解》中却从教育、文化、政治等各方面，重塑了儿童的地位，其对后世启发性的重大影响是不可忽视的。

2.《小癞子》

《小癞子》（原名《托尔美斯河的小拉撒路》），作者不详，于16世纪中期在西班牙出版。这个故事以第一人称讲述了一个穷苦流浪儿的遭遇，从一个底层人的角度来观察社会上的种种现象，用诙谐幽默的语言讽刺社会现实，是流浪汉小说的开山之作。

《小癞子》生动地反映了16至17世纪欧洲的社会状况。主人公拉撒路身份卑微，父亲是个小偷。因为家庭，他过早地进入了社会，流浪在底层，几经辗转，前后跟随了八个主人，开启了一段段曲折的旅途，经历了数不胜数的苦难、欺骗、压迫，尝尽辛酸和悲苦，从善良乐观变得世俗麻木，他却仍然要挣扎着活下去。《小癞子》之所以成为全世界儿童喜爱的文学作品，一个重要的原因是其中的人物形象被塑造得鲜活而朴实。拉撒路作为一个不起眼的流浪汉，有着鲜明的人格特征。一方面，为了满足生理需要，他可以放弃道德约束，可以为了吃饱肚子去偷、去骗，对主人卑躬屈膝，且并不以此为耻。他瞧不起爱慕虚荣的上层人物，对传统道德设下的条条框框嗤之以鼻，追求内心的自由。另一方面，拉撒路身上也有着单纯、质朴的一面，譬如虽然他的第三个主人穷困潦倒，拉撒路也依然愿意忠心地服侍他。

不仅如此，《小癞子》的语言质朴通俗，又不乏幽默生动；故事精彩，又充满着儿童稚气。小说用第一人称讲述主人公的流浪生活，并加入诸多传奇冒险元素，充分满足了儿童的好奇心和探索欲望。譬如小癞子因为瞎子的虐待，和瞎子"斗智斗勇"；小癞子被教士误当成蛇，遭到毒打等。在故事主题方面，《小癞子》一改英雄贵族故事的文化传统，以新奇的视角和叙事方式，为小读者带来别样的体验。

《小癞子》在短时间内就被翻译成多个版本，流传到各个国家，影响了后世文学创作。17世纪西班牙作家塞万提斯的《堂吉诃德》，就是在《小癞子》的基础上继承与发展的典例，同样成为备受儿童和成人喜爱的作品。

3.《鹅妈妈的故事》

夏尔·贝洛是17世纪法国著名的诗人、作家，他凭借出众的才华和对生活的种种感悟，在文

① 陈乐乐."新儿童"的诞生：重思《世界图解》中的儿童立场［J］.早期教育（教育科研），2020（4）：2-7.
② 任钟印.夸美纽斯教育论著选［M］.任宝祥等，译.北京：人民教育出版社，2005.

学领域做出了很大贡献。《鹅妈妈的故事》用通俗流畅的语言对民间文学进行了改编，收录了《灰姑娘》《小红帽》《林中睡美人》《小拇指》《蓝胡子》《穿长靴的猫》《仙女》等至今我们耳熟能详的篇章，贝洛也被称为"儿童文学得力的催生婆"。

贝洛童话的题材来源于欧洲及东方国家的传说，来自民间的故事素材经过贝洛精心的创编，具有更强的趣味性和可读性。作为文艺革新派的代表，贝洛一改古典主义的文学风格，从民间挖掘故事，走进平民百姓的真实生活。很多故事的主人公都是来自民间的小人物，《小红帽》讲述的便是一个普通的小姑娘看望外婆的故事。

贝洛童话的故事情节引人入胜，以丰富的想象和奇幻的元素吸引了小读者的兴趣。仙女、巫婆、妖精等元素在故事里频频出现，惊心动魄、化险为夷的情节也十分具有特色。当主人公遇到危难时，仙人或王子的出现往往能够化解危机，正如《仙女》中的小女孩，在家里受到虐待之后遇上了拯救她的仙女；又如《灰姑娘》中身世悲苦的主人公最终遇上了王子，过上了幸福的生活。贝洛的故事往往以曲折的情节、圆满的结局为主要特色，用生动简洁而又波澜起伏的文字描绘出美好的场景，因而深受儿童喜爱。而且，故事大都以"从前""古时候"为开场白，极具代入感和吸引力，这种开场方式已经成为童话故事喜闻乐见的生动标志。贝洛的童话还具有高度的人民性，表达了对善良、勇敢、忠诚等美好品质的歌颂。

贝洛童话在受到赞誉的同时，其不足和局限之处也很明显：故事往往没能指出通往理想的现实途径，主人公总是借助强大的外力脱困。人物的性格塑造有时难以摆脱扁平化、单一化的特点。作品也总是以大团圆作为结局，似乎已经成为童话的范式，这也说明贝洛还没有完全克服古典主义的影响。

当代对贝洛童话的研究也出现了一些新视角。譬如有学者从17世纪相关史实入手，说明并论证了贝洛童话的直接落点是作者的政治企图，其目标受众并非儿童，而是法国路易十四统治末期上流社会的贵族女性，贝洛童话从根本上来看并不是"儿童的"，而是"贵族的""成人的"[1]。后世对贝洛童话的评价众说纷纭，研究者们也以更加开放的观点看待贝洛童话，但贝洛童话对儿童文学做出的巨大贡献，是在任何时代都毋庸置疑的。

三 外国儿童文学的发展期

外国儿童文学的发展期大致时间是18世纪。

（一）发展期的时代背景

18世纪的欧洲，资本主义迅速发展，资产阶级同封建保守势力的政治斗争日益高涨。资产阶级的启蒙思想家从自然法则的高度，宣扬自由、平等、博爱的思想，提倡以理性和科学知识武装人们的思想，肯定人自我情感的合理性。启蒙运动具有强烈的反封建、反教会性质，对封建制度进行了更加全面彻底的批判，为资产阶级的革命做好了思想准备。

随着欧洲思想、文化、政治等多个领域的革新，西方的科学、教育和艺术都有了很大的飞跃，

---

[1] 章文. 为成人而作的贝洛童话 [J]. 国外文学，2020（1）：134-143，160.

其中文学的革新与变化更是空前的。这一时期的文学作品表现出建立开明君主制、发展工商业、自由竞争等强烈的政治经济诉求。内容上，出现了诸多以市民阶层或平民作为主人公的文学作品，描绘平民的日常生活，体现了平等、自由的观念，具有鲜明的民主性。思想上，启蒙文学家拓宽了作品的深度和广度，反映了对"理性"和呼唤和崇拜，进一步宣扬个人自由，主张回归自然。体裁上，突破了诗歌或戏剧等常规的艺术形式，出现哲理小说、抒情小说、书信体、对话体等多种体裁，更具灵活性和创新性。法国作家伏尔泰的哲理小说就将讽刺与幽默结合在一起，具有强烈的批判性，推动了19世纪以后现实主义文学的发展。创作手法上，启蒙文学尝试着打破古典主义的限制，其思想内涵远远超越了古典主义范畴，开启了新的文学风气，促进了西方文学的繁荣。

这一时期的儿童观也得到了很大的进步。洛克在《教育漫话》中提出"白板说"，把儿童的心灵比作白纸或蜡块，全靠后天的经验在上面留下印记，后人也沿袭了这一思想。这种"外铄论"的观点重视儿童后天经验和教育的作用，具有一定的进步性。伟大的启蒙思想家卢梭则推动了"尊重人权"向"尊重童权"过渡，再一次解放了思想，扭转了成人中心和社会本位的儿童观，使儿童拥有了真正意义上的独立的人格。

（二）发展期的儿童文学特征

发展期出现了专门为儿童写作的作家，也出现了专门为儿童创作的文学作品。为了推动资本主义的发展，培养有文化的下一代劳动者，劳动教育和儿童教育越来越受到重视，英、法等国涌现出了一批专为儿童写作的作家，专门为儿童创作的文学作品应运而生。儿童文学逐渐脱离民间文学的母体，摆脱了成人文学附庸的地位。虽然专门为儿童创作的经典文学作品数量不多，但儿童文学已经逐渐成为一个独立的文学门类。此时的儿童文学富含鲜明的哲理性和思辨性，表达了启蒙作家在政治、经济上的诉求，以及饱含其对参与现实斗争、维护自身权利的渴望。譬如卢梭的《爱弥儿》基于一定的哲学理论，对教育、宗教和社会问题进行思考和评价，体现出强烈的思辨性；斯威夫特的《格列佛游记》通过主人公游历的遭遇与见闻，以讽刺和荒诞的手法揭示当时英国社会的种种现状，体现了作者对社会问题深入的分析和犀利的批判。

在创作形式上，儿童文学作品也开始打破古典主义文学的限制，展现出表现手法和艺术形式上的创新。一些经典作品如《敏豪生奇游记》塑造了一个爱吹牛、爱编造谎话的人物形象，其荒诞幽默的风格令人忍俊不禁；而《鲁滨逊漂流记》《格列佛游记》等冒险小说的传奇色彩更加浓厚，体现了欧洲的殖民思想和海外探险意识。这些名著虽不完全为儿童创作，却十分吸引儿童的兴趣，特别是主人公惊心动魄的冒险经历，契合了儿童的好奇心和探索欲望。这些故事中塑造的鲁滨逊、格列佛、浮士德等一个个平凡而伟大的英雄形象，更是深受儿童喜爱和崇拜，经久不衰。

在儿童文学的发展期，还出现了专门出版儿童读物的出版社。18世纪的英国书商、出版商兼作家约翰·纽伯瑞在伦敦创办了世界上第一家专门出版儿童读物的出版社。1744年，他编写并出版了世界上第一本专门的儿童书《美丽小书》，引起了热烈反响。纽伯瑞是第一个"为儿童书籍开拓永久性和有利可图的市场"的英国儿童书出版商，因其开创了现代英美儿童文学的发展之路，被誉为"儿童文学之父"。1922年，美国创设了纽伯瑞儿童文学奖，以此纪念纽伯瑞为欧美儿童文学发展做出的卓越贡献。

（三）发展期的标志性作品

外国儿童文学发展期的标志性作品主要有卢梭的《爱弥儿》、埃·拉斯伯和戈·毕尔格的《敏豪生奇游记》以及《鲁滨逊漂流记》《格列佛游记》等。

1.《爱弥儿》

卢梭是法国伟大的启蒙思想家、哲学家、教育家、文学家，是启蒙运动最卓越的代表人物之一，也是民主政论家和浪漫主义文学流派的开创者。主要著作有《社会契约论》《爱弥儿》《忏悔录》等，与伏尔泰和孟德斯鸠并称为法国启蒙运动三杰。

《爱弥儿》是世界上第一部以儿童为主人公，并全面真实地再现其生活的小说，也是西方第一部教育小说，蕴含着卢梭崇拜个性自由、重视人的自然特性等观点。《爱弥儿》全篇以儿童不同的成长时期为线索，共分为五卷，为不同年龄阶段的儿童指出了不同的教育内容和教育方法，说明了儿童的教育必须遵循自然规律、顺应儿童的身心发展和年龄特点。

卢梭的自然教育的理念与传统教育不顾儿童特点、限制儿童自由、违背儿童天性形成了鲜明的对比，猛烈地驳斥了历史上"原罪说""预成论"的观点，在教育史上掀起了一场"哥白尼式的革命"。卢梭也成为近代儿童研究的先行者，被称为"第一个发现儿童的人"，《爱弥儿》的出版则标志着儿童观的彻底转变。

2.《敏豪生奇游记》

《敏豪生奇游记》由埃·拉斯伯和戈·毕尔格两位德国作家创作，根据18世纪德国的敏豪生男爵讲述的故事编写而成，是一部介于童话和幻想小说之间的故事。主人公敏豪生是一个滑稽的冒险者，这些历险包括打猎、旅行、航海，他风趣幽默、乐观豁达，他的历险荒诞而离奇，他讲述的故事天马行空，让人捧腹。而在一系列看似荒诞不经的牛皮大话背后，又隐藏着生活的道理。

2-4 拓展阅读
《眼睛里的火星》①

《敏豪生奇游记》的创作初衷是通过塑造敏豪生"吹牛大王"的形象，来讽刺18世纪德国上层贵族贪慕虚荣、妄自尊大之风。但《敏豪生奇游记》的故事本身突破了常规的思维，其中异彩纷呈、新奇刺激的世界观给读者留下了深刻的印象，受到德国广大民众尤其是儿童的赞颂和偏爱。这些看似荒唐的"笑话""疯话"充分满足了儿童的兴趣和好奇心，带领儿童跟随主人公的视角，去探寻妙趣横生的世界。在这样一段神奇的历险中，儿童能够自发、自主地寻找文字背后的乐趣，感悟生命的意义。

3.《鲁滨逊漂流记》和《格列佛游记》

18世纪是欧洲小说发展的重要阶段，英国作家笛福、斯威夫特和理查生等人，以航海小说、流

---

① ［德］毕尔格. 敏豪生奇游记［M］. 肖宝荣, 译. 上海：上海人民美术出版社, 2007.

浪幻想小说、家庭生活小说和社会生活小说等多种形式，全面描绘了英国真实的社会现状，揭示了人的命运，为现实主义小说的发展做出了极大的贡献。

丹尼尔·笛福是英国小说的开创者之一，也是英国现实主义小说的奠基人。他的代表作《鲁滨逊漂流记》开创了英国现实主义小说的最初模式，也是英国文学史上最早的、最重要的长篇小说之一。小说以苏格兰水手亚历山大·塞尔柯克的真实经历为故事原型，主要讲述了主人公鲁滨逊在海上遇难，漂流到无人荒岛上度过28年，最终回到人类社会的故事。在岛上，鲁滨逊狩猎开荒、制作工具、驯养牲畜，保证自己生活的需要。在与恶劣的自然环境做斗争的同时，他也没有放弃希望，顽强地寻找离开荒岛的方法。后来，他救下"星期五"，并且和这个忠实的朋友一起生存下来，直至最终获救。《鲁滨逊漂流记》之所以多次被成功地改编成流行的儿童读物，一方面是因为鲁滨逊漂流和冒险的离奇经历具有浓厚的趣味性，另一方面则是因为鲁滨逊顽强乐观、自强不息的性格特征蕴含极大的教育价值，为儿童的成长树立了良好榜样。

说到《鲁滨逊漂流记》，就不得不提到诞生于同一时期、同样享有盛名的另一部冒险小说，即乔纳森·斯威夫特的《格列佛游记》。乔纳森·斯威夫特是爱尔兰著名的作家、政论家，讽刺文学大师。与大多数启蒙主义作家讴歌资产阶级不同，斯威夫特用辛辣而残酷的讽刺，痛斥了资产阶级剥削的本质，揭露了英国统治阶级的昏庸无能。《格列佛游记》也是一部寓言小说，以船长格列佛的视角讲述了在小人国、大人国、飞岛国和慧骃国的奇遇，与《鲁滨逊漂流记》同属流浪汉小说结构的作品。作者以讽刺的手法和荒诞的情节，对英国社会制度和风尚进行了无情的批判，同时体现了对普通人困苦生活的同情。

在笛福和斯威夫特生活的时代，欧洲正处于对外扩张时期，海外殖民活动盛行，英国更是建立了强大的殖民霸权，而人们对域外风土人情的强烈好奇心催生了游记文学，因而这两部作品得以问世。如果说笛福借《鲁滨逊漂流记》鼓吹资产阶级的先进性，为殖民扩张运动摇旗呐喊，那么斯威夫特的《格列佛游记》则借故事中"文明"与"野胡"的对比，揭示了欧洲所谓的文明人贪婪、虚荣的真面目，表达了对殖民事业的深度怀疑。① 现如今，且不论背后的政治意义如何，二者都被改编为风靡全球的儿童文学读物，不用去解读文字背后的繁杂内涵，不必去体会奇境之中影射的讽刺，更无须被卷入与各历史流派之间的纷争——孩子们要做的只是身临其境地徜徉在想象力的世界，穷尽探索的乐趣，自然会获得单纯而质朴的快乐。这是儿童时代独有的权利，也是儿童文学的魅力所在。

四 外国儿童文学的成熟期

外国儿童文学走向成熟，大致在19世纪。

（一）成熟期的时代背景

19世纪的欧洲社会完成了由封建社会向资本主义社会的历史性过渡，资本主义制度已经确立，政治经济和思想文化都进入了辉煌的发展时期。西方价值观念和文学思潮正在经历新旧更迭，这一

---

① 刘戈. 笛福和斯威夫特的"野蛮人"[J]. 外国文学评论, 2007 (3): 120-127.

时期的文学批判地继承了古希腊罗马特别是文艺复兴时期的文学传统。浪漫主义、现实主义、自然主义、象征主义等多种文学思潮的流行,给欧洲文学带来了繁荣,预演了近代文学向现代形态的历史性过渡。

浪漫主义文学流行于18世纪末至19世纪30年代。时值启蒙运动的思想解放和法国大革命胜利后社会变革时期,革命动乱频繁,启蒙运动时期"自由、平等、博爱"的口号和愿望落空,知识分子对现实深感失望,便创作浪漫主义文学以寄托新的理想诉求,运用大胆的幻想、奇特的构思和夸张的手法,构建理想化的艺术世界,强调创作的绝对自由,体现出鲜明的个性主义和主体意识。

19世纪30年代以后,随着资本主义制度的发展,其弊端也日益显露,社会矛盾进一步激化,人们浪漫的热情破灭,不得不冷静客观地面对现实。现实主义首先出现于法国,并在欧洲文学艺术中逐渐取代了浪漫主义,占据主导地位。代表人物和作品有司汤达的《拉辛与莎士比亚》《红与黑》,巴尔扎克的《人间喜剧》。安徒生的《卖火柴的小女孩》《皇帝的新装》和《丑小鸭》等童话故事也是现实主义的典型代表。现实主义作家继承启蒙文学的理性思想,秉持"真实""写实"原则,客观真实地描写现实,冷静务实地揭露资本主义制度固有的矛盾,批判统治阶级及贵族的丑恶面貌。

而19世纪下半叶,随着遗传学、生物学、生理学等自然科学蓬勃发展,实证主义、唯意志论与直觉主义等哲学思潮也大行其道,改变了19世纪后期欧洲社会的精神文化气候,自然主义应运而生。自然主义认为人的性格和行为都受制于生物规律,把社会和人的发展统归于自然法则。然而自然主义存在时间短暂,影响并不显著,最终被新兴的表现主义和象征主义等思潮所超越。

总而言之,19世纪的欧洲局势错综复杂,也为文学和思想的繁荣和多元发展提供了契机,创造了欧洲文学史的空前繁荣,留下诸多经典佳作,产生了深远影响。

(二)成熟期的儿童文学特征

19世纪是西方儿童文学的成熟期,也是儿童文学发展的第一个繁荣期,被称为儿童文学的黄金时代。这一时期儿童文学迅速发展,取得了辉煌成就,包括安徒生在内的诸多作家及其作品推动了现代儿童文学的蓬勃发展。查尔斯·金斯莱的《水孩子》、卡洛·科洛迪的《木偶奇遇记》、刘易斯·卡罗尔的《爱丽丝漫游奇境记》和罗伯特·路易斯·史蒂文森的《金银岛》等都颇具代表性。

儿童教育理论与实践的蓬勃发展,为儿童文学的繁荣提供了条件。在教育领域,以裴斯泰洛齐的思想为基础,"教育心理学化"运动兴起,主张教育应符合心理学规律,注重儿童心理活动和个性差异,找到适合人类本性的循序渐进的方法。[①] 此后,儿童研究进一步发展,教育思想不断革新,人们对儿童的认识也更加清晰明确。19世纪中叶以后,俄国的别林斯基、车尔尼雪夫斯基、赫尔岑等人对儿童文学理论的发展更是做出了巨大贡献,为儿童观提供科学支撑,推动了儿童文学理论的发展。

19世纪儿童文学的成熟还有赖于儿童作家队伍的发展壮大。他们的作品专门针对儿童,语言生动而富有情趣,以孩子喜爱的形式讲述故事内容,成功地塑造了许多深受儿童喜爱的人物形象。其中最具代表性的当属丹麦童话大师安徒生和他的童话,作为世界上第一位专门为孩子们改写和创作

---

① [瑞士]裴斯泰洛齐. 裴斯泰洛齐教育论著选[M]. 夏之莲,等,译. 北京:人民教育出版社,2001.

童话的艺术大师，他的童话故事已经成为世界上广为传诵的名篇。

19世纪儿童文学的主题更为广泛，在体裁方面也有所创新。不同于取材并改编自民间故事的创作传统，19世纪的儿童文学广泛地取材于儿童的实际生活，聚焦社会问题，揭示社会现象。如马克·吐温的《汤姆·索亚历险记》，契诃夫的《变色龙》《万卡》等，既体现了儿童文学的审美特征，又具有深刻的思想内涵。除此之外，以俄国著名作家普希金的《渔夫和金鱼的故事》为代表，出现了"童话诗"这一新的儿童文学体裁。

19世纪儿童文学在内容上更注重趣味性，创作特色愈发鲜明。早期的儿童文学普遍性地带有一定的教育性和训诫性色彩，譬如《伊索寓言》《鹅妈妈的故事》往往直接在故事中加入哲理性说教，以达到教育的目的。然而19世纪后期，出现了《爱丽丝漫游奇境记》这类趣味性极强的作品，作者有意识地打破儿童文学教育意图的束缚，追求儿童文学纯粹的乐趣。[1] 这说明人们已经认识到，儿童不仅仅是受教育的对象，更是自主追求乐趣的个体。

（三）成熟期的标志性作品

外国儿童文学成熟期的标志性作品主要包括格林童话、安徒生童话以及《木偶奇遇记》《爱丽丝漫游奇境记》等。

1.《格林童话》

19世纪，德国著名语言学家、民俗学者雅各布·格林与威廉·格林两兄弟为儿童文学的发展做出了贡献。他们致力于收集、整理、加工来自欧洲民间的童话和故事，先后用几十年的时间，分两卷出版了《儿童与家庭童话集》，也就是后世人们俗称的《格林童话》。其中包括《灰姑娘》《白雪公主》《小红帽》《睡美人》《青蛙王子》等诸多有名的篇章。

《格林童话》是格林兄弟基于广泛收集的近千篇民间故事而编著的童话故事集，带有浓厚的地域特色和民族特色。一方面，格林兄弟致力于保存和记录民间故事的本真特色和原始风貌，加以润色，用质朴、明快的语言忠实地将故事娓娓道来，使其更适合儿童的阅读习惯和心理特点；另一方面，考虑到儿童读者身份的特殊性，在《儿童与家庭童话集》的修订过程中，格林兄弟对一些情节进行了创造性的改编，譬如刻意删除了一些有关暴力、血腥、性的成人化内容，使故事更符合作家心目中适合儿童阅读的标准，体现了明确的儿童读者意识。

值得一提的是，虽然后世一般将《灰姑娘》《睡美人》《小红帽》等故事作为《格林童话》中的经典，然而事实上，早在百年前，这些著名的篇章就已经被夏尔·贝洛收集在了《鹅妈妈的故事》这一故事集里。[2] 我们可以据此推测，这些故事曾在百年间一直广泛流行于欧洲民间，所以两部童话集都将它们收录其中。在《格林童话》中，格林兄弟完成了对这些古老篇章的二次改编。虽然这些故事的内容大体类似，但经过两部故事集各具特色的改编，其中的情感色彩和语言风格产生了很大的差异。

格林童话的风格在一定程度上带有浪漫主义的色彩，寄托着德国人民美好的愿望和信仰，也反映了德国的文化传统和审美观念。因其瑰丽的想象和浪漫的语言，这部作品一经问世便引起热烈反

---
[1] 方卫平. 儿童文学教程［M］. 上海：复旦大学出版社，2015.
[2] 陈伯吹. 世界金奖童话库［M］. 石家庄：河北少年儿童出版社，1996.

响，被译为多种文字，成为现今世界上传播最广泛的儿童读物之一。

2.《安徒生童话》

汉斯·克里斯汀·安徒生是19世纪丹麦著名的童话作家。安徒生出生于一个贫苦的鞋匠家庭，因受到父亲和民间口头文学影响，从小热爱文学。他笔耕不辍，出版了诸多著名的诗集、诗剧、小说和游记，其中也有不少名篇，但童话方面的作品成就最为显著，极大地推动了世界儿童文学创作的发展。作为世界上第一位为孩子们改写和创作童话的作家，安徒生被认为是现代儿童文学艺术由民间童话改编向自发创作转变的标志性人物，也被誉为世界现代儿童文学的先驱。与贝洛、格林兄弟等人不同，他的故事更为明显地带上了个人风格的烙印，其创作的童话独具风采。安徒生最著名的童话故事有《海的女儿》《拇指姑娘》《卖火柴的小女孩》《丑小鸭》等，他的作品《安徒生童话》已经被译为150多种语言，在全球发行和出版。

《安徒生童话》歌颂了人性的纯真、善良。《海的女儿》中小美人鱼甘愿将自己的鱼尾化成人类的双腿，勇敢追求爱情（图2-3）；《丑小鸭》中从小备受嘲讽的那只鸭子并没有放弃生存的希望，最终成为令人惊羡的天鹅。很多故事也不乏对人性弱点和社会问题的揭露和批判，例如《卖火柴的小女孩》以一个穷苦女孩的悲剧折射无奈的社会现实；《皇帝的新装》则讽刺了贪慕虚荣的心理和盲目跟风的现象，呼唤理智，有利于儿童在潜移默化中塑造崇高的品格。

图2-3　位于丹麦哥本哈根市的"小美人鱼"铜像

《安徒生童话》不仅具有独特的美学价值，还有较大的现实意义。早期的安徒生童话充满瑰丽的幻想色彩和乐观主义精神，如《拇指姑娘》《海的女儿》；中期和后期作品更具批判现实主义色彩，基调逐渐低沉，致力于描写底层民众的悲苦命运，揭露封建主义的残暴和资产阶级的剥削本质，这一时期的代表作有《柳树下的梦》《卖火柴的小女孩》等。不论哪一时期，其共同点是歌颂善良、抨击罪恶，表现出对美好生活的渴望和执着追求。安徒生童话中童稚性和哲理性的双重特性，使其在激发儿童兴趣的同时，也广泛引起了成年人的思考。

与《格林童话》中常见的以公主或王子为主人公、带有浓厚幻想色彩的故事不同，《安徒生童话》中很多故事的主人公生来平凡，他们凭借美好的品格和坚韧的意志，经历了无数的艰难困苦，才得以实现理想，走向幸福的结局。这种别具特色的故事安排与安徒生本人的奋斗经历和由此形成的价值观念有很大的关系。

3.《木偶奇遇记》

卡洛·科洛迪出生于意大利托斯卡纳地区的科洛迪小镇，一生中写过很多小说、随笔，代表作有《小手杖漫游意大利》《眼睛和鼻子》《愉快的符号》等，其中最著名的当属《木偶奇遇记》这一童话故事。

《木偶奇遇记》讲述的是木偶人匹诺曹的故事。匹诺曹身上有很多坏习惯：贪玩、逃学、特别爱撒谎。有一位仙女为了帮助匹诺曹改掉爱说谎的毛病，向匹诺曹施法，只要他说谎，鼻子就会变长。在匹诺曹的冒险历程中，他曾还因贪心而受骗，变成一头驴子，还曾掉进鲸鱼的肚子里。经过这些历险，匹诺曹最终成为诚实、勤劳、善良的好孩子。

《木偶奇遇记》首先具有很高的艺术价值。科洛迪塑造的人物形象栩栩如生、有血有肉。一个调皮爱玩、顽劣得让人十分头疼的形象跃然纸上。故事情节也一波三折，拨人心弦。匹诺曹独自面对社会上的挑战，经历了一次又一次意想不到的危机。不论是不慎被火盆烧掉双脚，还是因为不听劝告落入强盗手中，匹诺曹的遭遇都紧紧攥住了读者的心。在生活中，儿童并没有亲身历险的机会，而《木偶奇遇记》却通过搭建一个虚构的世界，冲破现实的局限，打开了儿童的视野。

《木偶奇遇记》也具有明显的现实教育意义。虽然匹诺曹善良正义、不畏困难的品质为孩子们塑造了良好的榜样形象，但他顽劣、爱说谎的个性正代表着儿童自然天性中需要修正的部分。作者以匹诺曹的经历告诉小读者们，要克服生活中的种种诱惑，改正不良习惯，努力做一个诚实、勤劳、爱学习的孩子，不然就会像匹诺曹一样惹出祸来，体现了强烈的道德教育意图。

4.《爱丽丝漫游奇境记》

刘易斯·卡罗尔是英国作家查尔斯·勒特威奇·道奇森的笔名。他创作的《爱丽丝漫游奇境记》讲述了一个名叫爱丽丝的女孩因追逐一只兔子而掉进兔子洞，从而开启一场奇幻而惊险的旅行的故事。主人公爱丽丝是儿童天真无邪、纯真善良本性的典型代表，她活泼大方、天真机灵，好奇心和探索欲十足。在旅途中，她遇到了会说话的动物、可以自由活动的纸牌、吃了就可以变大或者变小的食物、总在睡觉的老鼠、喜欢咧嘴笑的猫，还有率领着一群扑克牌士兵的红心女王……最后才发觉这是梦中的世界。卡罗尔在书中创造了一个扑朔迷离、妙趣横生的奇异幻境。不仅如此，他还在书中加入了大量富有英国文化特色的谚语、谜语和双关语，仿佛在同读者玩一个个有趣的文字游戏。

《爱丽丝漫游奇境记》以独特的幻想和荒诞风趣的讲述方式，突破了传统儿童文学道德说教的刻板模式，在英国儿童文学史上具有划时代的意义。正如作者借爱丽丝之口反驳"一切事皆能引申出一个教训"的爱说教的公爵夫人："也许（这件事）没有什么教训。"[1] 训诫和说教并非儿童文学天生的使命。对于《爱丽丝漫游奇境记》，卡罗尔也明确表示，这个故事并不企图改造什么，它有的只是乐趣。

五　外国儿童文学的多元期

20世纪之后，外国儿童文学步入多元期。

---

[1] ［英］刘易斯·卡洛尔. 爱丽丝漫游奇境记［M］. 陈复庵，译. 北京：中国对外翻译出版公司，2010：77-79.

（一）多元期时代背景

20世纪以来，西方工业化进程加快，现代科学技术迅猛发展，社会对劳动者和各领域人才提出了更高的要求。两次世界大战的爆发也使社会结构发生了巨大变化，人们呼唤人道主义，珍视和平生活。

在文化和教育领域，随着新教育运动和进步主义教育运动的兴起，儿童的地位进一步提高，西方儿童观再次发生质的进步与飞跃。例如意大利教育家蒙台梭利认为，对儿童的教育应该遵循自然法则，向儿童提供"有准备的环境"，充分地相信儿童，激发儿童学习的兴趣与潜能。美国实用主义教育家杜威批判以教师、教材和课堂为重点的传统教育，呼吁教育应该从儿童的生活及生长需求出发，对"儿童中心论"的观点进行了深入的阐述，为西方现代儿童观的奠定做出了卓越的贡献。

20世纪被称为"儿童的世纪"。随着"儿童本位"的儿童观深入人心，这一时期的人们已经意识到，儿童是未来世界的主人翁，应该作为独立的个体而存在，同时也必须承认儿童身心发展尚不完善，应该以科学的态度和方法塑造其健康体魄，丰富其精神世界。

（二）多元期儿童文学特征

20世纪之后，西方儿童文学进入多元期，这是继19世纪之后的第二个繁荣期。一方面，随着儿童观念的进一步解放，儿童的地位与权利日益受到重视，优质的儿童文学作品作为有效的教育工具和途径，对儿童的健康成长起到了重要的推动作用；另一方面，儿童文学作为文学领域的分支，其自身的独特魅力引起了更多人的关注，激发了文学作家的创作欲望。因此，儿童文学引起了社会普遍的重视和关注，世界上许多国家的儿童文学相继成为独立的文学分支，多元化的成人文学创作也为儿童文学提供了丰富的养分和深刻的内涵。儿童文学界涌现出了一大批自觉为儿童创作的专业儿童文学作家、翻译家，儿童文学的理论和实践也取得了重大成就与突破。

世界各地儿童文学机构的建立和各大奖项的设置，是世界儿童文学进一步繁荣的重要推动力。于1953年成立的儿童文学国际性组织机构国际儿童读物联盟（IBBY），致力于鼓励并支持高质量儿童图书的出版，激励儿童文学领域的事业，使全世界儿童都有机会接触到优质、高水准的儿童读物。它的建立在儿童文学发展史上具有里程碑式的意义。1956年，IBBY设立并颁发了以童话大师安徒生的名字命名的"国际安徒生奖"。许多国家纷纷效仿，创设了各具本国特色的优秀儿童文学奖。譬如瑞典于2002年设立的"林格伦文学奖"、美国于1922年设立的"纽伯瑞儿童文学奖"和中国的"全国优秀儿童文学奖"等。这些儿童文学奖项种类繁多，既推动了世界儿童文学的繁荣，又见证了一批批优秀的儿童文学专门人才的诞生。

儿童文学在内容、形式、创作风格、审美价值等方面都逐渐形成了区别于成人文学的鲜明特征，更具独立的个性。儿童文学作品以儿童的心理和视角出发，遵循快乐的原则，更大胆地采用新颖的创作手法和丰富的想象。创作者的目光由社会现实生活转向奇异的想象世界，从对历史的思考到对未来的畅想，科学幻想、自然风光、异国探险、战争和历史等更加多元化的题材频频出现；另外，随着科技的发展，广播、电视等传播方式迅速普及，儿童文学与现代化传播媒介结合，以多元化的形式得以广泛流传。

(三) 多元期标志性作品

在英国，著名的儿童文学作品有詹姆斯·巴里的长篇小说《彼得·潘》，讲述了会飞的小男孩彼得·潘在虚无岛上的冒险故事。彼得·潘这个永远不长大的孩子也象征着永无止境的童趣和探险精神。肯尼斯·格雷厄姆的《柳林风声》以典雅细致的笔调描绘了柳林河畔优美的自然风光，塑造了鼹鼠、老獾、水獭等许多栩栩如生的动物形象。毕翠克丝·波特创作了诸多以《彼得兔的故事》为代表的动物童话，其中生动有趣的情节和由她亲手绘制的精美插图别具一格。除此之外，米尔恩的童话《小熊维尼》《菩角小屋》、儿童诗集《当我们还很小的时候》、儿童剧《假象》，都是英国有名的儿童文学著作。获得首届国际安徒生奖的英国女作家、诗人、剧作家依列娜·法吉恩也留下了以《小书房》为代表的众多经典作品。

在法国，著名的儿童文学作品有阿纳托尔·法朗士的《蜜蜂公主》，讲述了克拉丽德王国的公主蜜蜂和白国王子乔治的动人故事。马塞尔·埃梅的短篇童话集《捉猫记》和童话小说《七里靴》也广为流传。其中《七里靴》讲的是一位贫穷的母亲不惜一切代价为儿子买到七里靴的故事，是法国底层群众贫困生活的真实写照。著名女作家黎达长期从事儿童教育事业，创作了《跳树能手》《棕熊妈妈的管教》《春天的报信者》《野鸭一家》等一系列有趣的动物故事，每部作品都以一种动物为主人公，讲述它们的生活习性和在大自然中生活的趣事，既激发了儿童的好奇心，又起到了科普动物知识的作用。

德国著名的儿童文学作品有国际安徒生奖获得者埃里希·凯斯特纳的中篇小说《埃米尔擒贼记》。故事讲述了德国的一个小学生埃米尔在伙伴的帮助下成功抓住了盗窃犯的故事，歌颂了儿童淳朴而机智、善良而果敢的美好品质。另一位安徒生奖获得者詹姆斯·克吕斯的《海风吹来的幸福岛》描述了一个令人向往的世界，他的《出卖笑的孩子》中荒诞的手法和紧张的情节也引人入胜。奥得弗雷德·普鲁士勒的《大盗贼》《小水妖》等作品也频频为人称道，其中"大盗贼"霍琛布鲁茨的形象在德国已经家喻户晓。除此之外，还有列恩的中篇童话《诺比》，作家、插画家雅诺什的《噢，美丽的巴拿马》等，都是颇有影响力的作品。

美国 20 世纪的儿童文学也有了较大的进步。约翰·斯坦贝克的《小红马》讲述了男孩乔迪和他的小红马之间的动人故事。莱曼·弗兰克·鲍姆《绿野仙踪》中的女孩多萝西与她的朋友稻草人、铁皮樵夫和胆小的狮子一起经历的奇幻旅途，生动地体现了美国宣扬的冒险精神和团队意识。著名的幽默讽刺作家、儿童文学作家 E·B·怀特的《小老鼠斯图亚特》《夏洛的网》《哑天鹅的故事》都以动物为主人公，描述了一个个生动有趣的故事。另外，乔治·塞尔登的《时代广场上的蟋蟀》等作品也备受喜爱。

20 世纪的瑞典也出现了众多有才华的儿童文学作家。诺贝尔文学奖得主塞尔玛·拉格洛夫的《尼尔斯骑鹅旅行记》，讲述了不爱学习、性格孤僻的主人公尼尔斯被小妖精变成拇指大小的人，骑着自己家的鹅进行了一次探险旅程。途中他与狐狸和盗贼斗智斗勇，也结交了很多朋友，逐渐变成了善良、正义、勇敢的孩子。这部作品不但讲述了一个妙趣横生的故事，还将瑞典的自然风光、历史人文、风土人情融入故事情节之中，颇具科学性和趣味性。《尼尔斯骑鹅旅行记》也是世界上第一部获得诺贝尔文学奖的童话作品。另一位著名的瑞典女作家阿斯特丽德·林格伦更是被誉为"当代世界儿童文学代表"，她的故事《长袜子皮皮》蜚声世界。主人公皮皮满头红发、有着洁白的牙齿、雀斑和大嘴巴，她的长袜子一只是棕色的，另一只是黑色的。她有着惊人的力气和古灵精怪的性格，她的好奇心和鬼点子永不枯竭，她的自由的冒险旅程也不曾停滞，正如"在她玩得最开心的时候不会有人叫她去睡觉，在她想吃糖果的时候，不会有人硬要她去吃鱼肝油"①。孩子顽皮、狂欢的天性在皮皮身上体现得淋漓尽致。在林格伦的笔下，不管是长袜子的皮皮，还是"淘气包"埃米尔，都将儿童难以被成人理解的情感需求释放了出来，充分地尊重了儿童的自由个性。

20世纪作为"儿童的世纪"，涌现出大批优秀的儿童文学作家，随之诞生的作品是世界儿童文学史上一颗颗璀璨的明珠。

第三课　中国儿童文学的发展脉络

世界儿童文学史的探源研究已形成共识：在儿童独立的人格得到确认以前，在儿童独特的世界被注意、被重视和被研究以前，也就是儿童被"发现"以前，"儿童文学"无从谈起。但是，这并不是说漫长的岁月里，就没有陪伴儿童的文学作品。中国儿童文学更是如此。"正如文学史上的许多重大事件的发生都有一定的自身内在的逻辑一样，中国儿童文学也不是天外来物，而是有着自身生成的因由。"②

作为世界上文明发展最早的国家之一，中国拥有数千年文字记载的历史，早已形成悠远而丰富的文学传统，作为文学组成部分的儿童文学也同样源远流长。尤其是近代以来，儿童文学的发展更具有可供描述的清晰轨迹。总体而言，中国儿童文学的发展大致经历了如下四个阶段。

一　中国儿童文学的蕴藏期

这个阶段从远古时期一直到19世纪40年代。

关于中国古代是否存在真正的儿童文学，学者众说纷纭。一方面，有学者认为中国儿童文学至今仅有一百年历史，中国古代并不存在儿童文学，真正的儿童文学出现在五四运动时期，比如朱自强③、蒋风④等学者持这种观点。这一观点主要认为中国古代为儿童所接受的文学作品并不契合儿童本位的观念，丧失了儿童文学的本质。另一方面，有学者持相反观点，认为自古代便有儿童文学，比如王泉根等学者。王泉根结合儿童文学作品应具备易于儿童接受、符合儿童审美心理、引起儿童的兴趣与经验增长等要素进行分析，认为"中国儿童文学确是'古已有之'，有着悠久的传统"⑤。

通过搜集和分析已有的儿童文学作品可以发现，在五四运动时期普遍流行儿童本位论之前，我国便已出现了易于为儿童所接受、符合儿童兴趣、能促进儿童经验增长的文学作品。因此，我们持

---

① [瑞典] 林格伦. 长袜子皮皮 [M]. 李之义, 译. 北京：中国少年儿童出版社, 2006.
② 朱自强. 中国儿童文学与现代化进程 [M]. 杭州：浙江少年儿童出版社, 2000：51.
③ 朱自强. 中国儿童文学与现代化进程 [M]. 杭州：浙江少年儿童出版社, 2000：58.
④ 蒋风. 中国儿童文学史 [M]. 上海：华东师范大学出版社, 2018.
⑤ 王泉根. 中国儿童文学现象研究 [M]. 长沙：湖南少年儿童出版社, 1992.

第二种观点，即认为自古以来我国便有儿童文学，存在着独立的儿童文学作品。从远古时期到鸦片战争前，中国儿童文学主要蕴藏在民间文学以及古典文学之中。

（一）民间文学中的儿童文学

中国的民间文学根植于千百年来的民间生活和民间文化，蕴含着传统民众的勤劳智慧和向往美好生活的愿景，文学内容伴随着中国传统社会的漫长发展而展开，通常以口耳相传的方式代代相传，主要包括神话、民间故事、寓言、童谣、谜语等文体形式。民间文学中并没有专门为幼儿所作的文学作品，但有符合幼儿审美、具有趣味性的文学内容蕴藏其中。

1. 神话

神话是一种流行于上古民间的故事，所叙述者，是超乎人类能力的神的故事，虽然荒唐无稽，但是古代人民却互相传述，信以为真。① 作为最原始的民间文学样式，神话反映出初民对自然、祖先的敬畏和崇拜以及征服自然的愿望，是原始的信仰和想象的产物。依据神话所以成立的原因，可将神话分为解释的神话和唯美的神话。② 解释的神话主要用于解释自然现象的发生、人从哪里来、世界为何存在等人们感到惊奇的问题。唯美的神话则起源于人人皆有的求娱乐的心理，为挽救实际生活的单调枯燥而作，所叙述的故事多半不能真有，然而很奇诡有趣。③ 根据中国神话所涉及的主题，可将神话分为开天辟地的神话、自然现象的神话、讨论万物来源的神话、记述神或英雄的神话、幽冥世界的神话、人物变形的神话等类型。④ 我国古代神话丰富，保留下来的神话作品只有片段。

图 2-4　《山海经》

此时并不存在专门为幼儿创作的神话，神话中也多以成人化的神的形象为主，极少出现幼儿形象。幼儿所接触到的神话主要是通过长辈口耳相传流传下来的，未以图文的形式呈现。由于神话本身具有想象的因素，情节引人入胜，除受成人喜爱外，同样符合幼儿的心理，因而受到幼儿欢迎。正如周作人指出："盖个体发生与系统发生同序，儿童之宗教亦犹原人，始于精灵信仰，渐自推移……幼稚时代之文学，故成人所好，幼儿亦好之，以其思想感情同准也。"⑤ 当然，情节过于野蛮、恐怖的神话故事不宜让幼儿接触，以免让幼儿产生成长的阴影。

《山海经》《淮南子》《列子》等书中便包含着既适于成人又同样适于幼儿的神话。被称为"奇书"的先秦古籍《山海经》（图 2-4）主要书写了上古时期的天文地理、动植

---

① 茅盾. 神话研究 [M]. 天津：百花文艺出版社，1981：3.
② 茅盾. 神话研究 [M]. 天津：百花文艺出版社，1981：4.
③ 茅盾. 神话研究 [M]. 天津：百花文艺出版社，1981：5.
④ 茅盾. 神话研究 [M]. 天津：百花文艺出版社，1981：66-67.
⑤ 王泉根. 周作人与儿童文学 [M]. 杭州：浙江少年儿童出版社，1985：63.

物、祭祀、医药等内容，其中还保存了包括夸父逐日、女娲补天、精卫填海、大禹治水等不少远古神话。《淮南子》又名《淮南鸿烈》，由西汉时期淮南王刘安及其门客所作，该书中出现了女娲补天、嫦娥奔月、后羿射日、开天辟地等神话。这些神话一直在民间代代相传，以口头的形式加以修改，由长辈以通俗的语言说给幼儿听。例如以下两则神话。

大荒之中，有山名曰成都载天。有人珥两黄蛇，把两黄蛇，名曰夸父。后土生信，信生夸父。夸父不量力，欲追日景，逮之于禺谷。将饮河而不足也，将走大泽，未至，死于此。应龙已杀蚩尤，又杀夸父，乃去南方处之，故南方多雨。（《山海经》①）

往古之时，四极废，九州裂，天不兼覆，地不周载，火爁焱而不灭，水浩洋而不息，猛兽食颛民，鸷鸟攫老弱，于是女娲炼五色石以补苍天，断鳌足以立四极，杀黑龙以济冀州，积芦灰以止淫水。苍天补，四极正，淫水涸，冀州平，狡虫死，颛民生。（《淮南子》②）

2. 传说

民间传说是指民众口头创作和传播的描述特定历史人物或历史事件、解释某种地方风物或习俗的传奇故事。③ 传说多经口头流传下来，被古代的文献记载和整理。《春秋》《尚书》《拾遗记》《五杂俎》《博物志》等书中记载了大量民间传说。部分传说由神话演变而来，与神话有着一定的联系与区别。传说与神话都具有浓厚的想象色彩，内容丰富传神。不同的是，神话中的人物形象指向神，更具有浪漫主义的超现实色彩；传说中的人物形象指向人，增加了更多人性色彩，与生活更为贴近。传说富有生活气息和传奇、幻想色彩，反映出人们对美好事物的感情寄托。

传说一般可分为人物传说，如牛郎织女、白蛇传、鲁班的传说；地方风物传说，如长城、五指山、春节的传说；史事传说，如倒淌河、王昭君出塞的传说。清代黄之隽所作的《虎媪传》便属于地方风物传说，与现代的儿童故事《小红帽》在情节和人物设定上有相似之处，被称为中国版的《小红帽》。《虎媪传》中老虎把螺贴在脸上扮成姐弟俩的外婆来伤害他们，在夜晚吃了弟弟，姐姐发现后通过如厕、爬树来躲避老虎的伤害。其中出现了"遂往涧边拾螺者七，傅于面""两儿谁肥"等幽默诙谐的内容，体现出稚趣。这则传说中夜晚的时间设定、黑林窄径的空间设定、老虎变成人、姐姐在摸到老妇人身上的毛和听到吃东西的声音时问的两句"何也"等均给了幼儿充分的想象空间，深受幼儿喜爱。

2-5 拓展阅读
《虎媪传》

3. 寓言

"寓言"一词最早出自《庄子·寓言》中的"寓言十九，重言十七，卮言日出，和以天倪"，庄

---

① 滕昕，刘美伶. 山海经 [M]. 成都：四川人民出版社，2019：318.
② 沈雁冰. 淮南子 [M]. 卢福咸，校订. 武汉：崇文书局，2014：24.
③ 杨秀. 民间文学 [M]. 贵阳：贵州人民出版社，2017：6.

子指出"寓言十九,藉外论之",即寓言主要通过借助外界事物来论述某一种观点。"寓"即"寄托"的意思。寓言形成受到当时社会历史背景、文学发展的影响,是一种古老的民间文学形式,起源于春秋末年,最初盛行于战国时期。寓言由喻体和本体组成,喻体即所要讲述的故事,本体即故事所要阐明的道理。寓言故事一般具体、形体短小、寓意鲜明、具有讽刺性,多用比拟、象征、夸张手法来描写故事内容,主要通过简短的故事来鲜明地表达道理,并起到教育、讽刺和劝诫的作用。后世流传下来的寓言也主要是假借虚构的人物故事来说明某种道理。

古代并未出现专门为幼儿所作的寓言,但众多寓言故事经改编后成为教育幼儿的一种工具,通过口头讲述的方式被幼儿所熟知。周作人在《儿童文学小论——中国新文学的源流》中指出幼儿在听寓言时应关注故事内容本身所具有的价值,教训可有可无。由于我国古代寓言并未形成独立的作品集和文体,因此寓言常见于古代各种著作中。例如《战国策》中的守株待兔、拔苗助长、南辕北辙;《庄子》中的庖丁解牛、邯郸学步、望洋兴叹;《列子》中的杞人忧天、愚公移山等。此外,这些寓言也浓缩为成语传承下来。中华成语之都的邯郸所诞生的成语便有众多来源于寓言,比如邯郸学步、黄粱美梦、南辕北辙等。

2-6 拓展阅读
《愚公移山》①

4. 童谣

童谣,又可称为小儿语、孺子歌、童子歌,指的是传唱于儿童口中的没有乐曲的歌谣②,以儿童直接念诵为主,是古代为数不多专门以儿童为受众的一种文体形式。后世在使用和研究的过程中,有时也将"童谣"误称为"儿歌"。论及童谣的起源,古时有一种观点"荧惑论",即将童谣列入五行妖异之中,看作鬼神所托。正如《晋书·天文志》中指出:"凡五星盈缩失位,其精降于地为人……荧惑降为童儿,歌谣嬉戏……吉凶之应,随其象告。"另一种观点认为古代童谣起源于民间,是在生活中自然形成的。当原始人类有了诗歌和神话时,幼儿就有了儿歌和童话。③ 这与现代童谣并不相同。现代童谣多为专门创作,甚至某些作品因刻意为之而缺乏一定的童趣,难以吸引幼儿主动传唱。

童谣是民间文学遗产中的韵文作品,其主题单纯、题材广泛、形式短小活泼,便于口口相传和记忆。同时,童谣具有一定的趣味性,音调好听,朗朗上口,符合幼儿独特的个性心理,例如:

燕,燕,飞上天。天上女儿铺白毡,毡上有千线。(《新唐书·五行志》)

夹雨夹雪,冻杀老鳖。老鳖看经,带累观音。观音戴伞,带累总管。总管着靴,带累爹爹。爹

---

① 列子[M].〔晋〕张湛,注;〔唐〕卢重玄,解;〔唐〕殷敬,顺;〔宋〕陈景元,释文;陈明,校点.上海:上海古籍出版社,2014:142.

② 李红叶,崔昕平,王家勇.王泉根与中国儿童文学:王泉根教授从教30周年纪念师生论文集[M].大连:大连出版社,2016:464.

③ 黄云生.人之初文学解析[M].上海:少年儿童出版社,1997:36.

爹着木屐，带累瞎搧石（指乞丐）。（《天籁集》）①

《天籁集》中的童谣用"带累"一词进行接龙，带有一定的游戏性，能引发幼儿进行传唱甚至创编。寓言一类的文体形式成了进行教育的工具，相比而言，童谣能做到寓教于乐，在以娱乐性为主的基础上兼具一定的教育价值，更符合文学的本体性特征。

明代以前的童谣多为政治性童谣，多是对政治局势的反映，比如南宋《异苑》中所作的秦世谣描绘了秦始皇的暴政："秦始皇，何强梁。开吾户，据吾床。饮吾酒，唾吾浆。食吾饭，以为粮。张吾弓，射东墙。前至沙邱当灭亡。"②童谣发展到明代，出现了专门的童谣文集。明代吕坤所编的《演小儿语》是我国古代第一本童谣专集，收录了包括山西、河南、山东、陕西等地流传的童谣46首。专集中的童谣文字浅近、内容生动，便于口耳相传。清代郑旭旦辑编的《天籁集》（图2-5）成书于康熙初年，书中收录了江浙儿歌48首。《天籁集》中收录的童谣一般短小，节奏明快，朗朗上口，常用拟人化手法。每首童谣前后编者多加有评语及按语，表己之见，称赞儿歌"鲜活""真率浑成""令人咀味不尽"。其中包含着一些无文理，靠韵文组合而成的朗朗上口、具有趣味性、适于传唱的童谣。例如书中第21篇："一颗星，挂油瓶。油瓶漏，炒黑豆。黑豆香，卖生姜。生姜辣，叠宝塔。宝塔尖，戳破天。天哎天，地哎地。三拜城隍和土地。土地公公不吃荤，两个鸭子囫囵吞。"③

图2-5 《天籁集》

5. 谜语

谜语，也称作"隐语""廋辞"，是一种对事物的明显特征进行描述和表现的民间文学形式，包括谜面和谜底两部分。谜面是提出的问题，谜底即问题的答案。早在4000余年前，我国便已出现了口头形式的谜语。东汉时期的《吴越春秋》中记载了上古时期的一首名为《弹歌》的歌谣，是我国最早的谜语歌谣，记述了弹弓的制作过程和功用。④

断竹，续竹；
飞土，逐肉。

谜语所包含的内容广泛，一般可分为字谜、事谜、物谜，动植物、用具、天文地理、事件、字词、诗句等均可以谜语的形式出现。在谜语发展与演变的历程中，其主要用作预言政治局势、劝谏、传递情报以及娱乐，因此并非所有谜语都便于幼儿理解。适于幼儿的谜语主要为物谜，即有关动植物、用具等与实际生活经验相联系的内容。

适于幼儿的谜语一般极具趣味性，内容形象生动，具有知识性，往往能吸引幼儿猜谜底，感受

---

① 郑旭旦. 天籁集［M］. 上海：中原书局，1929：25.
② 转引自王瑾. 中国古代童谣论［J］. 杭州教育学院学报，2000（1）：19-25.
③ 郑旭旦. 天籁集［M］. 上海：中原书局，1929：24.
④ 吴直雄. 中国谜语概论［M］. 成都：巴蜀书社，1989：79.

谜语的趣味。幼儿在猜谜底的过程中不仅能拥有游戏性的体验，还能在猜的过程中综合事物的多种特征，扩展对于事物明显特征的认识，促进思维能力、推理能力的发展。

2-7 拓展阅读
谜语 8 则

（二）古典文学中的儿童文学

我国丰富的古典文学作品中蕴藏着儿童文学。虽然这些古典文学作品主要是为成人而作，但其中包含着能为幼儿所接受的语言或故事情节，这类作品常见于古诗词和古典小说之中。

1. 古诗词

古诗词是中华文化的瑰宝，有众多优秀的诗词作品流传至今。古诗词一般句式整齐，讲究平仄和对仗，节奏和韵律感强，其中部分诗词主题鲜明，贴近生活，内容简单明了，便于幼儿记忆和吟唱，成为适于幼儿的文学内容之一。适于幼儿的古诗词一般包括生活、自然、动植物等主题，以陈述和描写事物为主，语言浅显。骆宾王的《咏鹅》、李白的《静夜思》和《望庐山瀑布》、孟浩然的《春晓》、白居易的《赋得古原草送别》、贺知章的《咏柳》和《回乡偶书》等古诗一直都被幼儿广为吟诵。

值得注意的是，古诗词往往还带有一种诗意。这种诗意来源于作品本身，来源于古诗词中描绘的生活和周围环境中自然的美，不是刻意为之，却能让阅读和吟诵的人感到幸福。正如梅子涵所说："诗意的表达应该如同呼吸那样，进去和出来都不是故意的，因而才自然。诗意很多时候其实是很日常的感觉，不能体味到的人，才被迫着去虚构和喊叫。"① 这种诗意的儿童文学作品具有艺术价值，有助于幼儿发展良好的审美意识和审美能力。例如杨万里在《小池》中写道："泉眼无声惜细流，树阴照水爱晴柔。小荷才露尖尖角，早有蜻蜓立上头。"这首诗用简单的词描写了小池充满生机的景象，展现出一副生机盎然的画面，充满着自然而然的诗意。

2. 古典小说

古典小说同样是为成人所创作，但其中部分古典小说受到了幼儿的喜爱，对满足古代幼儿在接触文学作品方面的需求起到了一定的补充作用。故事情节、人物、主题是小说最基本的构成要素。故事情节丰富多彩、具有趣味性，人物形象栩栩如生、充满幻想色彩，主题鲜明的小说更符合幼儿好奇的心理，受到幼儿的喜爱。除以上特征外，受到幼儿喜爱的古典小说基本都是在长期流传的民间文学的基础上再创作而成；基本上都属于热闹型通俗读物，可读性强，便于讲述；题材方面都未出志怪、传奇一类的范围。②

我国著名神魔小说《西游记》故事情节跌宕起伏，人物形象鲜明，对于幼儿来说极具趣味性和

---

① 梅子涵，方卫平，朱自强，等. 中国儿童文学 5 人谈 [M]. 天津：新蕾出版社，2001.
② 蒋风. 中国儿童文学史 [M]. 上海：华东师范大学出版社，2018.

幻想色彩，是古典小说中适于幼儿阅读的代表性作品。大闹天宫、真假美猴王、三借芭蕉扇、火焰山、三打白骨精等故事充满童趣和想象空间，情节光怪陆离，更是吸引幼儿。《聊斋志异》《封神演义》《水浒传》《搜神记》《酉阳杂俎》等古典小说中的故事同样受到幼儿喜爱。唐代段成式所著的文言笔记体小说《酉阳杂俎》中包含着志怪类故事，其中一篇名为《叶限》，其故事情节与西方的《灰姑娘》非常相似，情节发展环环相扣，富有悬念，符合幼儿心理特征。由于这些古典小说在故事情节和阅读难度上具有一定的成人化特点，因此需要进行一定的加工才能便于幼儿理解。后世幼儿所接触到的古典小说故事情节基本都进行了儿童化加工，简化了相关情节，语言更加浅显，儿童性增强。

2-8 拓展阅读
《叶限》

古典文学中蕴藏的儿童文学宝藏灿烂丰富，但存在着未被充分开发的问题，诸多优秀作品未能被大众所熟知和阅读。《蛇狼》是浙江地带的传统民间故事，与西方的童话故事《美女与野兽》情节相似。但西方的《美女与野兽》这一故事得到了充分开发，成为儿童喜爱的读物，甚至出现了与影视媒介相结合的实践。与此情况类似，明代马中锡的小说《中山狼传》与西方的民间故事《农夫与蛇》在情节上具有相似性。《农夫与蛇》广为流传，已成为如今常见的儿童读物，版本众多。未来，我国儿童文学需要在古典文学这一片沃土上多加开发，为幼儿提供更多弘扬优秀传统文化的文学作品。

（三）古代启蒙读物

古代启蒙读物是专门为儿童所创作和编写的，对儿童进行识字、伦理道德教育、常识教育的各类教材。古代启蒙读物的内容与形式多样，语言大多极富韵律感，朗朗上口，适于幼儿朗读和记忆，其发展大致可分为三个阶段。

第一阶段为先秦时期到南北朝时期，该阶段的启蒙读物以识字读物为主，内容包含众多常识。西汉史游所著的《急就篇》是我国现存最早的用于识字的完整读本。《急就篇》中包括姓氏、动植物、器物、礼制、地理等章节，均编写为三言、四言和七言的韵语，以便于幼儿诵读。关于姓氏的描写例如"宋延年。郑子方。卫益寿。史步昌。周千秋"。对于礼制的描述例如"丞相御史郎中君。前后常侍诸将军"。《急就篇》适于诵读，又包含着诸多常识，能让幼儿在认字的同时接受常识教育，因此在当时得到频繁使用。此外，周代的《史籀篇》、秦代的《仓颉篇》、南北朝时期周兴嗣编纂的《千字文》等都是这一阶段有名的识字读物。

第二阶段为隋朝到五代十国时期，启蒙读物类型开始增加。该阶段出现了伦理道德教育的启蒙读本，比如唐代的《太公家教》。《太公家教》以四言为主，语言通俗易懂，内容主要为为人处世的准则，如"得人一牛，还人一马，往而不来，非成礼也。知恩报恩，风流儒雅，有恩不报，非成人也"。这一时期还出现了历史类读本,较为著名的有唐朝李翰编著的《蒙求》。

第三阶段为宋朝到清朝时期,该阶段启蒙读物的类型走向多元,内容形式丰富多彩,数量激增。《三字经》《百家姓》《幼学琼林》等常识类启蒙读物、《小儿语》《颜氏家训》《小学韵语》等伦理道德教育读物、《十七史蒙求》《叙古蒙训》等历史故事类读物、《千家诗》《唐诗三百首》等诗词类启蒙读物相继出现。同时,这一时期开始出现图文并茂形式的启蒙读物。明代由熊大木所著的《日记故事》是当时备受欢迎的蒙学教材,与其他启蒙读物相比在儿童性上更进一步,能引发幼儿的阅读兴趣。"《日记故事》将以成人为中心逐步转变为以儿童为中心,是一个了不起的进步……无论是正德版还是嘉靖版,都把儿童放到了突出地位,让儿童首先出场,打开书本看到的就是儿童形象与儿童故事。"①

2-9 拓展阅读
启蒙读物节选

二 中国儿童文学的萌发期

这一阶段主要从19世纪40年代到20世纪五四运动前。

鸦片战争后,中国开始沦为半殖民地半封建社会。许多爱国志士开始寻求救亡图存的道路,其中便包括倡导文学上的改良。在被迫从古代的封建王朝步入近代化进程的过程中,中国儿童文学既接受着传统文学的滋养,又基于现实的历史背景和救亡图存需要的自觉探索,呈现出真正的儿童文学创作开始起步以及积极引进西方优秀文学作品的双重特征。在这一阶段,无论是创作新的文学作品,还是引进西方的文学作品,在主题和内容上都开始趋向于满足儿童独特的审美和情感需要,关注儿童的文学意识开始萌发。

(一)儿童诗的创作

儿童诗指的是以儿童为对象,适合儿童的年龄和审美特点,儿童能接受的诗,一般可分为抒情诗、叙事诗、童话诗、科学诗、讽喻诗。儿童诗语言富有韵味和灵性,直截了当地表达情感,兼具趣味性,有助于激发幼儿的想象力,培养幼儿的审美意识。

此时的儿童诗大多与时代背景结合紧密,具有较强的爱国主义、民族觉醒精神。梁启超所作的《爱国歌》、黄遵宪所作的《小学校学生相和歌十九章》《幼稚园上学歌》等儿童诗便是典型。其中黄遵宪的《幼稚园上学歌》以幼儿口吻进行描写,语言生动且带有韵律,符合幼儿特点,在当时广为流传。二人作为资产阶级改良派代表人物,主张文学应发挥一定的社会作用,为社会变革服务。

---

① 王泉根. 中国古代启蒙读物、共享文学与儿童阅读教学研究[J]. 教育史研究,2020,2(3):23-33.

与这一类型诗歌相同的还有梦余生的《劝学》、剑公的《新少年歌》，都意在启发儿童勤学、抵御列强。

2-10 拓展阅读
近代儿童诗节选

梁启超尤为重视儿童诗，倡导"诗界革命"，在《饮冰室诗话》中论及了儿童诗的教育意义，指出诗歌有助于改造国民品质。他还指出创作儿童诗会面临的困境："盖文太雅则不适，太俗则无味。斟酌两者之间，使合儿童讽诵之程度，而又不失祖国文学之精粹，真非易也。"① 这也体现出了梁启超对儿童的关注，显露出其一定的儿童文学意识。

（二）儿童小说的引进与翻译

这一时期除文人志士创作的儿童文学作品外，我国还引进与翻译了部分西方文学作品。在西学东渐思想的影响下，西方儿童小说经在华传教士和我国文人逐渐翻译引进。英国传教士在我国设立的翻译机构和洋务运动时期设立的江南制造局翻译馆等翻译机构为儿童小说的引进提供了物质条件。外国文学翻译家林纾翻译的《鲁滨逊漂流记》《茶花女》《伊索寓言》（为便于理解，采用了现代通行译名）、周桂笙翻译的《一千零一夜》《飞访木星》、梁启超翻译的《十五小豪杰》、鲁迅翻译的《月界旅行》等儿童小说都出自这一时期。但该时期翻译的儿童文学作品还未有儿童中心、关注儿童自身独特性的儿童文学意识。

（三）儿童文学出版物方兴未艾

在呼吁救亡图存和改良主义思潮涌现的影响下，随着儿童文学的关注度越来越高，国内文学家开始相继撰写和出版大量的儿童读物。

一是出现了多种儿童报刊。出版业的发展为儿童报刊的出现提供了便利。《童子世界》《蒙学报》《蒙学画报》《蒙养学报》《少年杂志》等专门面向儿童的报刊相继出现。1903年由蔡元培、章太炎主持的爱国学社创办的《童子世界》是我国创办最早的儿童报刊。《童子世界》辟有论说、时局、史地、理化、小说、诗歌、译丛、笑话、游戏等栏目……常以专题形式宣传民主革命和抨击当时社会制度。② 在创办思想上，《童子世界》提倡"宜顺童子之性情"，语言浅显易懂，显现出儿童文学意识的萌发。

二是孙毓修编辑的《童话》丛书的出版。孙毓修于1909年主编了我国第一部专供儿童阅读的儿童读物《童话》丛书，被茅盾誉为"中国童话开山祖师"。书中的作品将儿童与成人区分开来，

---

① 付祥喜，陈淑婷. 梁启超集 [M]. 广州：广东人民出版社，2018：58.
② 桑翔. 近代少儿报刊与启蒙教育研究 [J]. 中国报业，2013（16）：34-35.

考虑到了儿童的年龄特征，体现出一定的儿童意识，关注了儿童独特的审美需求。孙毓修在丛书的序中表示："典与雅，非儿童之所喜也……欧美人之研究此事者，知理想过高、卷帙过繁之说部书，不尽合儿童之程度也。乃退本其心理之所宜，而盛作儿童小说以迎之。"① 《童话》丛书中既有编译的外国作品，又有中国的历史故事和中国作家创作的儿童文学作品。其中，孙毓修编译的外国儿童文学作品《无猫国》深受儿童的喜爱，曾被称为"中国第一本童话"。孙毓修在翻译时结合中国文化背景和生活经验进行了改编和创作，让《无猫国》成了地道的中国故事，例如孙毓修将原作中故事发生的地点伦敦改为中国京城；将原作中的男主人公成为名誉市长，修建监狱的结局改为进入学堂读书，成为上等人。

2-11 拓展阅读
《无猫国》（节选）

三 中国儿童文学的创立期

这一阶段大致从五四时期到新中国成立。

（一）儿童本位论的奠定

五四新文化运动的先驱们高举民主与科学的旗帜，开始提倡人的个性解放，在这一外部环境背景的影响下，儿童文学与儿童问题联系起来，受到广泛关注，向前迈进了一大步。中国在五四时期真正结束了没有自己的儿童文学的历史。② 五四时期到新中国成立期间，我国儿童文学体现出了儿童观改变、名家参与、对外学习与借鉴吸收、与时代背景结合紧密等显著特点。

1917年，胡适和陈独秀在《新青年》上分别发表关于讨论文学改进的文章《文学改良刍议》《文学革命论》，拉开了五四新文学运动的序幕，由此中国的儿童文学也进入了快速发展阶段。

儿童观的改变使五四时期儿童文学有了突破性的发展。以儿童为本位的儿童观要求儿童文学应将儿童的阅读需求放在中心，而非将儿童文学作为宣扬道义的教育工具。周作人为中国儿童文学的理论发展做出了突出贡献，他在《新青年》上发表的《人的文学》在当时引起高度关注，其中的"人"指的是妇女和儿童。他提出人的文学应以解放妇女和儿童的权利为前提。周作人提倡解放儿童，理解和尊重儿童的独特性，"率先推出了'儿童本位'的现代儿童观，为中国儿童文学理论建立了坚实的思想基础"③。1920年12月周作人《儿童的文学》的发表，更鲜明地表述了以儿童为本位的儿童观。鲁迅、郭沫若、郑振铎等人也分别在讨论有关儿童文学的文章中论及儿童文学作品应

---

① 柳和城. 孙毓修评传 [M]. 上海：上海人民出版社，2011：68.
② 朱自强. 中国儿童文学与现代化进程 [M]. 杭州：浙江少年儿童出版社，2000：149.
③ 朱自强. 中国儿童文学与现代化进程 [M]. 杭州：浙江少年儿童出版社，2000：158.

坚持儿童本位的现代儿童观。

（二）积极引进与本土创作相结合

五四时期的儿童文学作品呈现出引进外国文学作品与积极创作本土作品相结合的特征。《新青年》杂志为儿童文学的发展做出了相当的贡献，除了刊登关于儿童文学的研究论著外，《新青年》中还刊载了安徒生童话、托尔斯泰等人的儿童文学作品。1923年叶圣陶的童话集《稻草人》的出版具有标志性意义，这是中国第一部创作童话集，体现出了主动的儿童文学创作意识。其中《小白船》《画眉》《燕子》《梧桐子》《跛乞丐》等童话故事均是叶圣陶基于儿童本位观念的创作，表现出儿童真挚的爱、同情和纯洁的天性。此外，茅盾的《书呆子》、老舍的《小坡的生日》、冰心的《离家的一年》、郭沫若的《两个大星》、丰子恺的《华瞻的日记》等都是五四时期的儿童文学创作成果。

2-12 拓展阅读
《小白船》（节选）

1930年中国左翼作家联盟成立，随后左翼文化运动兴起。在左翼文化运动时期，我国的儿童文学作品带有一定的时代色彩，是革命文学的一部分，例如蒲风的《儿童赤卫队》、张天翼的《大林与小林》《秃秃大王》、陈伯吹的《阿丽思小姐》、陶行知的《儿童之歌》《小孩不小》等。从抗日战争到新中国成立前，我国的儿童文学在战时背景下继续发展。抗日战争时期，根据地地区出现了《边区儿童》《儿童生活》等儿童刊物、《抗战好宝宝》《孩子哨兵》等童谣、《鸡毛信》《雨来没有死》等小说，这些作品大多以歌颂英勇无畏的抗日精神，揭露日军的黑暗暴行为主题。

四 中国儿童文学的发展期

新中国成立后，中国现代儿童文学与政治、经济、文化有着紧密的关系，其发展贴合"培养社会主义新人"的需要，在曲折中进步。良好的社会环境是促使儿童文学发展的保障，党和政府对儿童发展的重视促进了儿童文学理论的发展和文学作品创作。

（一）新中国初期的儿童文学

新中国成立初期，社会生产逐渐恢复，稳定的社会环境促成了一系列文学作品的诞生。1956年"百花齐放，百家争鸣"的"双百"方针的提出使文艺界的作品大放异彩，很多优秀的儿童文学作品相继出现。比如张天翼的《宝葫芦的秘密》、金近的《鲤鱼跳龙门》和《狐狸打猎人》、孙幼军的《小布头奇遇记》、包蕾的《猪八戒新传》、洪汛涛的《神笔马良》、方轶群的《萝卜回来了》、方惠珍的《小蝌蚪找妈妈》、徐光耀的《小兵张嘎》、冰心的《小桔灯》等小说和童话，至今仍是传阅度较高的儿童读物。

2-13 拓展阅读
《宝葫芦的秘密》（节选）

在特殊的历史时期，儿童文学的发展总体呈现出儿童文学本体性缺失，研究出现断代，寓言和童话等文体形式减少，小说文体形式的作品一家独大，文学着重为政治服务的特点。此时的儿童文学作品主题主要是关于小英雄、阶级斗争、革命。李心田所著的《闪闪的红星》便是此时具有代表性和影响力的儿童文学作品，是特殊时期的政治符号，讲述了一名孩子复仇寻父、投身革命成为解放军战士的故事。

（二）改革开放后新时期儿童文学

经历特殊历史时期后，我国进入了改革开放和社会主义现代化建设的新时期。思想解放为我国的社会发展营造了开放的思想环境，儿童文学开始全面复苏。

1. 儿童文学观达成共识

在文学观念的转变上，新时期儿童文学不仅从政治本位中脱离出来，体现出儿童性的回归，也逐渐开始摆正将儿童文学当作教育工具的文学理念，体现出文学性回归的趋向。这一时期，儿童文学与教育作用之间的关系被反复讨论。陈伯吹在《卫护儿童文学的纯洁性》和《儿童文学与教育》中肯定了儿童文学的教育性，认为"文学即教育"。在《也谈儿童文学和教育》中，子扬指出不能将儿童文学当作教育的工具，"把文学的一个门类'儿童文学'说成是教育的工具，显然是不科学、不贴切的"[①]。经历长时间的讨论，否定文学的教育工具性、肯定文学性的儿童文学理念基本形成，即适用于幼儿的文学应是能使幼儿愉悦，促进幼儿审美与情感发展，同时兼具教育性的文学。

新时期的儿童文学同时呈现出儿童性的回归。在特殊的历史时期，"童心论"受到了政治批判，被认为是资产阶级的儿童本位论。动荡之后，儿童文学界为"童心论"平反，认同陈伯吹提出的作家应更具有童心，儿童文学作品有着自身的特点等观点。此外，王泉根、方卫平、班马、朱自强等人均在其著作中论及儿童文学应具有儿童性，倡导儿童本位的儿童文学观。

2. 儿童文学作品日趋丰富

随着创作环境的改善，新出现的儿童文学作品的主题内容更加丰富多元，形式更加多样，与市场的结合愈发紧密。众多儿童文学作家为我们带来了带有自身独特风格的儿童文学作品，例如曹文轩的《再见了，我的小星星》、郑渊洁与张秋林的《大灰狼画报》、金波的《林中月夜》、郑春华的《甜甜的托儿所》、汤素兰的《笨狼的故事》等。儿童诗、童话、寓言等各种文体形式的儿童文学作品如雨后春笋般出现。《东方少年》《幼儿故事大王》等儿童报刊相继出刊。此外，在改革开放和经

---

① 朱自强. 中国儿童文学与现代化进程[M]. 杭州：浙江少年儿童出版社，2000：353.

济体制改革的背景下，儿童文学作品的选题、装帧、设计、出版逐步市场化，开始出现过度娱乐化的倾向。在儿童文学快速发展的新时期，儿童文学或是持续寻求主题、内容上的创新，或是开发传统文学资源，走向多元发展。

2-14 拓展阅读
《圆圆和圈圈》

3. 儿童文学获得巨大拓展

儿童文学作为一种文学门类，改革开放后不断得以拓展。这种拓展主要表现在三个方面。

首先是题材样式的分化，儿童文学从民间文学中传承的主要是童谣、童话和寓言三种题材。在其后的一段时间里，除了这三种题材外，儿童文学又逐渐发展出了儿童诗歌、儿童小说、儿童生活故事、儿童散文、儿童报告文学、儿童科学、文艺、儿童图画书、儿童戏剧等各类题材。儿童文学题材的细化自然而然地带来了新的艺术思考。

其次是题材领域的拓展，儿童文学自其诞生之初，便与儿童教育的意图不可分割地联系在一起，这就注定了在儿童文学发展初期，许多被认为不适宜于儿童接受的题材都被隔离在了儿童文学的领域之外，社会家庭和学习环境的变化带来了许多新的童年现象，这些现象迫切地需要在儿童文学中得到反映。而随着儿童文学创作和研究的推进，许多原先被认为不适合儿童阅读的，却存在于儿童真实的生活中的题材，也陆续进入了儿童文学创作者的视野。

再次是艺术手法和艺术风格的多样化。自儿童文学的自觉以来，儿童文学作家在各个题材领域的积极探索，一直向我们展示着这一文学门类所蕴藏的丰富的艺术可能，同时受成人文学界的影响，现实主义、浪漫主义、现代主义和后现代主义等文学思潮和相应的文学技巧，也对儿童文学的发展发生着或大或小的影响。

进入21世纪，新媒介与现代儿童文学的发展联系越来越紧密。电视、电脑、电影、手机等新媒介为文学作品的传播提供了新的形式，为文学作品的创作提供了更为广阔的空间和渠道。新媒介的出现与发展使部分儿童文学作品转化为电视、电影资源，促进了儿童文学作品的跨媒介传播，例如广为人知的动画片《大头儿子小头爸爸》和《淘气包马小跳》都来源于同名的文学作品。同时，在新媒介被广泛应用的背景下，许多作家在创作儿童文学作品时便考虑到了将其改编为电视剧和电影的可能。此外，新媒介的介入让儿童文学的发展受到一定的冲击。互联网、手机等新兴媒介具有的强烈的商业性特征，易使儿童文学作品趋向于娱乐化和随意性。这种迎合读者与市场的实践，倾斜于向商业化、大众化、娱乐化维度的创作倾向，在一定程度上有悖于儿童文学秉持的精神底蕴、诗意、人文关怀等传统品质。[①] 未来，儿童文学需要在保持开放姿态的前提下，利用新媒介的积极功能扩展文学传播形式，走向与新媒介的正向融合。

中国传统儿童文学的资源十分丰富，且亟须进行开发与利用。中国近现代儿童文学的发展不是

---

① 胡丽娜. 新媒介时代的儿童文学生产与传播[J]. 当代文坛, 2012 (2)：57-59.

一帆风顺的,它在时代的风雨下历经曲折和磨难。如今,儿童文学迎来了历史最好的发展时机,呈现出多元发展的格局。总结经验、铭记教训、提升理念、锻炼队伍、寻求特色之路,也许是我们当下最应该去思考和实践的。未来,儿童文学界和幼儿教育者们将更为主动地进行儿童文学的理论研究,探寻儿童文学的本质,创作优秀的儿童文学作品,让"东方宝藏"更加熠熠生辉。

◇ **单元小结**

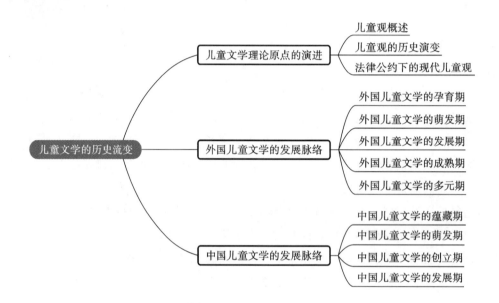

思考与练习

一、单项选择题

1. 李老师与大班幼儿面对面自由地坐在塑胶地上,李老师对幼儿说:"请你们想个办法到老师面前来。"乐乐想到了前滚翻,动作不怎么标准,歪到了一边。对此,李老师恰当的说法是(　　)。(选自 2020 年下半年幼儿园教师资格证考试)

  A. "动作不标准,你重新做一遍!"　　　　B. "乐乐的办法真奇妙,要注意安全。"
  C. "这样不好,会踢到旁边的小朋友。"　　D. "乐乐真勇敢,大家要向他学习。"

2. 甜甜拿着一辆玩具汽车,丁丁也很想玩,可是甜甜不给,丁丁就去抢,两人扭打起来,郑老师看见后,就走进去一把抢过玩具说,居然打起架来了,谁都不准玩了。郑老师的做法(　　)。(选自 2021 年上半年幼儿园教师资格证考试)

  A. 恰当,有利于保护幼儿人身安全　　　　B. 恰当,有利于教育幼儿尊重他人
  C. 不恰当,不利于培养幼儿良好品行　　　D. 不恰当,不利于保护幼儿的求知欲

3. 活动开始后,冬冬突然躲到柜子后面,张老师让他出来,可他就是不动。张老师生气地说:"赶紧出来,再不出来就让大灰狼把你带走!"冬冬害怕极了,急忙出来了。这表明张老师(　　)。(选自 2021 年下半年幼儿园教师资格证考试)

  A. 没有体现教师的教学权威　　　　　　　B. 没有尊重幼儿的独特心理

C. 没有损害幼儿的人格尊严　　　　D. 没有关注幼儿的权利保护

4. 从科学知识取向转向儿童经验取向的代表性教育著作是(　　)。(选自 2015 年上半年幼儿园教师资格证考试)

A.《理想国》　　B.《爱弥儿》　　C.《大教学论》　　D.《林哈德与葛笃德》

5. 各国的儿童文学都曾产生过深受儿童和家长欢迎的经典作品。下列选项中,属于法国小说家圣·埃克苏佩里创作的作品是(　　)。(选自 2018 年上半年幼儿园教师资格证考试)

A.《金银岛》　　B.《水孩子》　　C.《小王子》　　D.《彼得·潘》

6. "小人国""大人国"的故事富于想象,出自 18 世纪英国作家斯威夫特的一部小说。这部小说是(　　)。(选自 2021 年上半年幼儿园教师资格证考试)

A.《海的女儿》　　B.《格列佛游记》　　C.《鲁滨逊漂流记》　　D.《汤姆·索亚历险记》

二、材料分析题

1. 刚入园的小班幼儿萍萍是一个性格内向的孩子,穿着又脏又旧,总是哭着要妈妈,其他小朋友都不愿意和他玩,程老师温柔地拥抱他,牵着他的小手介绍其他的小伙伴和他认识。一天自由活动时间到了,只见萍萍又一个人呆呆地坐在自己的椅子上面,脸上毫无表情,一言不发。程老师见此情景,心想此时不宜和萍萍进行交谈,而是应该鼓励他和小伙伴一起玩。于是程老师叫来活泼开朗的小娜和萍萍一起玩玩具。小娜见萍萍不会玩,便教萍萍,两人很快玩到了一起。为了增强萍萍的自信心,程老师有意让萍萍当值日生,协助老师发放和收拾餐具,并不断表扬萍萍很能干,萍萍很开心,越来越自信了。在日常学习活动中,老师经常表扬萍萍,萍萍的笑容也越来越多了。(选自 2020 年下半年幼儿园教师资格证考试)

请结合材料,从儿童观的角度,评析程老师的教育行为。

2. 下面是某幼儿园大班李老师的教学片段。

师：小嘴巴？幼：不说话

师：小朋友们看着黑板,黑板上是什么呢？幼：数字 9 的分解

师：很好,我们上节课学了数字 9 的分解,小朋友们会了吗？幼：会了

师：真棒！那你们一起读一遍,9 可以分成 1 和 8,预备,起！

幼：9 可以分为 1 和 8,9 可以分为 2 和 7,9 可以分为 3 和 6,9 可以分为 4 和 5,9 可以分为 5 和……

师：停！停！停！9 可以分为 4 和 5 后面该怎么背了？涛涛,就是你领着大家乱背,声音又大,你给我小声点,其他小朋友别跟着他背！重新来一遍！9 可以分为 1 和 8,预备起！

涛涛在李老师的责备及小朋友们的笑声中低下了头。其他的小朋友则附和着,一起背诵起来。(选自 2021 年上半年幼儿园教师资格证考试)

请结合材料,从儿童观的角度,评析李老师的教育行为。

3. 阅读下列这段话,结合本章所学内容,从儿童观的角度谈谈你的感受和启示。

儿童是永恒的。他存在于所有的时代,也将不断地诞生直至世界的末日。并没有史前时代儿童、中世纪儿童和现代儿童之分。事实上,只有所有时代和所有种族的儿童。他们是传统的继承者、历史的承受与开创者、文化的融合者以及通向和平之路的使者。

实践与实训

实训一： 结合有关幼儿园见习经历，分析该幼儿园体现的儿童观。

目的： 掌握儿童观的概念和结构，树立正确的儿童观并能在实践中贯彻科学儿童观。

要求： 结合具体案例，自由选取不同的方面（如环境创设、师幼互动、一日常规等）分析幼儿园及其教师所持有的儿童观，并谈谈对幼儿发展造成的影响。

形式： 自主分析。

实训二： 选择观看、阅读一部儿童相关的电影或书籍，依据时代背景分析其反映的儿童观。

目的： 了解中西方儿童观的发展和演变历程，掌握影响儿童观演变的因素。

要求： 以小组为单位，共同赏析一部儿童相关的电影或书籍，结合时代背景分析作品反映出的儿童观或分析所体现的儿童观演变及影响因素，并举例说明。

形式： 小组合作。

第三单元 儿童文学的体裁形式

◇ **学习目标**

1. 明晰儿歌、儿童诗、童话、儿童故事和绘本的含义与特征。
2. 感受不同体裁形式的儿童文学作品不同的节奏美、艺术美与童趣美。
3. 能够根据教育活动需要选择适宜的儿童文学体裁形式。

◇ **情境导入**

儿童文学的独特魅力之一是它丰富多样、形态万千。本单元我们将从儿童文学体现的具体样态角度,来看一看儿童文学的形式之美。随着媒介形态的不断发展与更新,儿童文学的样式越发丰富多样,呈现多种媒体形式交融的趋势,不过,最重要也最基本的儿童文学样式依然是漫长岁月留下的韵文体、叙事体和图画体。它们是当今儿童文学样式走向多元的基本单位,有必要了解它们的基本原理。

第一课 韵文体儿童文学

《本能的缪斯——激活潜在的艺术灵性》中提到,"本能的缪斯"是儿童与生俱来的一种以韵律、节奏和运动为表征的生存性力量和创造性力量。儿童,天生的就是诗人。他们的诗人资质主要体现在感受诗歌语言的节奏、韵律时的敏感性上。与散文的语言相比,充满韵律和节奏的语言更容易被幼儿理解,儿童不必经过思考,只需使用耳朵就能感受其魅力。

基于儿童的韵律特质,以韵文手法创作的儿童文学作品称之为韵文体儿童文学,主要包括儿歌和儿童诗两类。那么,何为儿歌与儿童诗?它们经历了怎样的发展历程?各自有哪些艺术特征和种类?儿歌与儿童诗又有什么区别和联系?

一、儿歌的基本原理

儿歌作为一种适合儿童听、赏、诵、唱的歌谣，属于韵文体儿童文学作品。儿歌存在历史悠久，在文学尚处于口耳相传阶段之时，儿歌就已经存在于民间。

儿歌主要有传统儿歌与创作儿歌两大类。传统儿歌（又称民间童谣）是流传在民间、由广大群众创作，以口耳相授、代代相传的方式存在的。而创作儿歌则是儿童文学发展进入现代阶段，作家有意识地为儿童创作的儿歌，从时间上来看晚于传统儿歌，其内容具有比较强的时代感和现实性，烙印着作家本人的思想、情感和审美趣味。创作儿歌虽然有其独特的魅力和特色，但它良莠杂陈，不及经过流传中漫长岁月洗练的传统儿歌那样质量普遍较好。

（一）儿歌的历史发展

1. 古代童谣

古代没有儿歌这一概念。《国语·晋语》韦昭注说："童，童子，徒歌曰谣。"儿歌在古代文献中称为童谣、童子歌、婴儿歌、小儿谣、小儿语等。

古代文献中记录最早的童谣，是一首在儿童口耳间传唱的童谣，见《列子·仲尼》："立我蒸民，莫匪尔极。不识不知，顺帝之则。"传说尧治理天下五十年，自己不知道治理如何，问身边左右的人，都摇头不知；问外朝，外朝也说不知，最后他微服私访，来到康衢，听到这首歌颂他贤德的童谣，才知道自己治理国家的情况。① 也有人认为"周宣王时童女歌——檿弧箕服，实亡周国为童谣之起源"。这首童谣释义为：那卖桑树弓和箕草箭袋的夫妇，就是使周国灭亡的人。说的是褒姒误国，西周亡于内乱的故事。② 所以，童谣也一直被蒙上天星垂象、警戒世人的神秘色彩。到了明代，随着商品经济的萌芽、印刷行业的发展，一些知识分子开始了对民间文学的搜集、整理和出版，这也为童谣的发掘和记录提供了便利，一些表现儿童生活和情感的童谣得到重视。明代学者吕坤编辑的《演小儿语》问世了，这是我国最早的一部儿歌专集全书，是在收集河北、河南、陕西、山西等地民间童谣基础上创作整理而成，共有儿歌46首。③ 这些儿歌读起来朗朗上口、文字浅显易懂、内容生动活泼，趣味性与教育性并重。

例如，《打哇哇》：

打哇哇，
止儿声，
越打越不停，
你若歇住了手，
他也住了口。

2. 近现代儿歌

儿歌一词普遍使用则在1918年以后，1918—1925年前后，中国文学界掀起了一个歌谣学运动。

---

① 陈鼎如，赖征海. 康衢童谣[M]. 南昌：江西人民出版社，1985：1-2.
② 蒋风. 中国儿童文学史[M]. 上海：华东师范大学出版社，2018：4.
③ 蒋风，杨宁. 中国儿歌理论研究[M]. 杭州：浙江工商大学出版社，2020：16.

北京大学设置了"歌谣征集处",稍后又成立了"歌谣研究会",出版《歌谣》周刊,对在周刊上发表的童谣冠名为"儿歌",并作为新兴的儿童文学的基本体裁沿用至今。这一时期有不少儿歌与时局政治紧密相连,还有一些儿歌旨在对儿童进行思想品德方面的教育。[①]

比如,陶行知的《手脑相长歌》可谓是家喻户晓:

> 人生两个宝,
>
> 双手和大脑。
>
> 用脑不用手,
>
> 快要被打倒。
>
> 用手不用脑,
>
> 饭也吃不饱。
>
> 手脑都会用,
>
> 才算开天辟地的大好佬。

在这首儿歌中陶行知宣扬了他的"生活即教育"以及"六大解放"的教育理念,告诫儿童既要学会用脑,也要学会用手,这样才能成为"手脑双全的新时代的创造者"。

3. 当代儿歌

新中国成立后,中国文学进入了当代阶段,和平的社会环境为当代儿歌的发展和繁荣提供了有力的支撑,创作队伍的专业化已成为必然的趋势,儿歌创作方面也不例外。鲁兵、圣野、金波、樊发稼、张秋生等一批老中青专业儿童文学作家的涌现,大大提升了中国当代儿歌的整体创作水平。虽然时局的一度变化曾使中国儿歌走向萧条,但是从总体上说,中国当代儿歌的发展势头是不断地走向繁荣的。

(二)儿歌的文体特征

1. 富有音乐性,节奏鲜明、音韵和谐

音乐性是儿歌的生命。有些儿歌在内容上没有多大的意义,但其明快的节奏、和谐的音律却从听觉上给幼儿以愉悦,因而深受幼儿欢迎。富有音乐性主要表现在节奏上。节奏是儿歌的灵魂,没有节奏就无所谓儿歌,而节奏是由句子的停顿决定的。在儿歌中有规律地出现一定数量的音节,形成一定数量的节拍,念唱起来有短暂的停顿,这就形成了节奏。一般来说三字句为两拍,五字句为三拍,七字句为四拍。

比如,圣野的《溜溜球》:

溜溜/球,	++　+
翻/跟头,	+　++
跟头/翻了/九十/九,	++　++　++　+
回到/自己/手里/头。	++　++　++　+

这首儿歌短小精悍,在轻盈的节奏中,朗读起来使人感受到儿童戏玩溜溜球的童趣盎然。

儿歌可唱可诵,不仅显现出鲜明的节奏,而且极富音韵美。在诵唱之中充分体现其生命力,那

---

① 瞿亚红,黄轶娴. 中国儿歌理论研究[M]. 北京:北京大学出版社,2017:70.

和谐的韵律从听觉上给幼儿以愉悦。据心理学研究证明，低幼儿童对音乐的敏感几乎是本能的、先天的，因音乐韵律合乎人的心律跳动，因而会引起幼儿生理上的快感。儿歌之所以能在各种儿童文学体裁中最早对低幼儿童产生影响，原因就在于此。

儿歌一般首句就入韵，句句押韵，一韵到底，或者偶句押韵，或以音节为单位押韵，或在中间押韵。常见的押韵形式主要有三种。一是连韵，也就是句句押韵，一韵到底。

比如，丁曲创作的《糖果》就是一韵到底的：

红纸包，
绿纸包，
剥开糖纸瞧一瞧，
里面藏个甜宝宝。

儿歌的每一句都押"ao"韵，虽然字不相同，但是相同的韵脚使儿歌念起来朗朗上口。

二是隔行押韵，一般是一、二、四句押韵，这和唐诗绝句的押韵位置差不多（绝句要求二、四句押韵），或者几行一转韵，一般用于篇幅相对较长的儿歌，转韵要自然和谐。

比如，冯出君创作的《小海螺》：

到海滩，拾贝壳，
一拾拾个小海螺。
小海螺，
硬脑壳，
张着嘴，
弯着脖。
它说大海妈妈好，
天天教它唱新歌。

这首儿歌分别在一、四、八句押了"e"韵，隔行押韵的方式使儿歌的韵律更加自由，同时又不失儿歌的音韵美。

三是用相同的一个字结尾，如字头歌，每句都用"子""头""儿"等字收尾。

比如，传统儿歌《小小子儿》每句都以"儿"字作结，达到了很好的音韵效果：

小小子儿，开铺子儿，
开开铺子儿，两扇门儿。
小桌儿，小椅儿，
乌木筷子儿，小碟子儿。

2. 语言浅显，内容单纯

因为儿歌是以口耳相传的方式传播的，需要便于低幼儿童念唱和记忆，又因幼儿的生活经验不多，掌握的知识有限，词汇也不丰富，所以，作为一种听觉艺术，它的语言要求十分浅显，要明白易懂；内容也要求单纯浅近，往往用较短的篇幅集中描述某种事物或某种现象，简洁明了地表述一个意思，让幼儿一听就懂，很容易领悟其中的道理，从中受到教育与启迪。

例如，张继楼的《蚱蜢》：

小蚱蜢，学跳高，
一跳跳上狗尾草。
腿一弹，脚一翘，
哪个有我跳得高。
草一摇，摔一跤，
头上跌个大青包。

这首儿歌构思新颖，内容单纯，情节简单，小蚱蜢由跳高而骄傲，由骄傲而摔跤。用一连串的动词，以寥寥数语刻画出小蚱蜢得意扬扬而摔倒的情景，生动传神，幽默风趣，且善意地批评了幼儿骄傲自满的行为。

童谣的篇幅一般都很短小，即使有的篇幅较长，也往往或采用顶针修辞格，或使用反复的手法，或重复相同的语法结构以及词性相同、词义相近的语汇，因此还是显得好记好唱。

例如，唐鲁峰创作的《小树叶》：

小树叶，
会说话，
你听：
"hua la la——
hua la la
风大啦！风大啦！"
小树叶，
会说话
你听：
"sha sha sha——
sha sha sha
风小啦！风小啦！"
小树叶，
会说话，
你听：
"shua shua shua——
shua shua shua
下雨啦！下雨啦！"
风停了，雨住了；
小树叶，
不响啦。

儿歌的前三节都以"小树叶，会说话"开头，情节简单，语言平实。描写了一幅小树叶在雨前、雨中和雨后的情态，有规律的反复使儿歌形成了一个有机的整体，表现着儿童对自然那份质朴的热爱和率真的好奇。

3. 歌戏互补，操作性强

儿歌有着很明显的游戏成分。"母与儿戏，歌以侑之。"儿歌与游戏相依相存，唱儿歌而不做游戏会显得单调乏味，做游戏不唱儿歌又会觉得呆板扫兴。对低幼儿童来说，儿歌不仅是愉悦的，而且是实用的，唱诵嬉笑总是不可分离的。所以，儿歌的形式往往具有组织游戏的作用。唱儿歌又能培养儿童自我控制和与他人合作的习惯。

比如，金志强的《找朋友，勾勾手》：

小猴小猴找朋友，
见到小猪勾勾手，
勾勾手，勾勾手，
小猪跟着小猴走。
小猪小猪找朋友，
见到小狗勾勾手，
勾勾手，勾勾手，
小狗跟着小猪走。
找朋友，伸出手，
伸出手，勾勾手，
小猴小猪和小狗，
大家都是好朋友。

这首儿歌有很强的游戏性，孩子们可以三人为一组，分别扮演小猴小猪和小狗，再配上曲调，让儿童边唱边游戏，儿童可以感受到有朋友的快乐，从而使儿童身心得到愉悦。

传统儿歌中还有一类动作性明显的儿歌，这类儿歌在念诵的时候，往往辅以动作表演，使儿童更充分地体会到儿歌带来的乐趣。

例如《拉大锯》：

拉大锯，扯大锯，
姥姥家，看大戏。
接姑娘，请女婿，
小外甥儿，你也去！

这首儿歌中，有不少表示动作的词：拉、扯、看、接、请。这些动词适合儿童在念儿歌的同时，加上肢体动作去模仿儿歌中的动作。对于低幼儿童来说，身体上的扮演，不仅可以让他们更好地理解儿歌的内涵，而且可以让他们的情绪通过动作得以宣泄，从而让他们感受到游戏带来的乐趣。

（三）儿歌的类别划分

1. 摇篮曲

人生最早听到的儿歌就是摇篮曲，母亲怀里或者摇篮里的婴儿享受摇篮曲和谐、优美的韵律的本领几乎可以说是与生俱来。母亲唱给婴儿听，一字一句，一腔一韵，母亲的摇篮曲，是人生最初听得入神、受其抚慰、感到激勉的歌声。摇篮曲在情感上安静祥和、旋律上和谐悦耳、节奏较为舒缓，婴儿聆听着和谐的曲调，引起生命韵律的波动，迅速进入沉静的睡眠。摇篮曲多以民间童谣的形式流传，带有一定的本土色彩。

例如，传统摇篮曲：

（河北）

快快睡，慢慢摇，摇你睡觉，

眼睛闭好了，帐子下了，猫狗下来，风雨也吹不倒。

等你醒了，有吃有玩，有说有笑，

睡呀，不要说话了。

（江苏扬州）

宝宝乖，睡觉乖，

宝宝乖，乖上街，

爸爸吃，馒头揣。

（台湾）

摇金子，摇银子，

摇猪脚，摇大饼，

摇槟榔，来相请。

摇篮曲通常会用语气词来营造一种轻柔舒缓的抒情氛围。

例如，四川传统摇篮曲《觉觉喽》：

啊哦……

啊哦……

乖乖哟……

觉觉喽……

狗不叫哟……

猫不叫哟……

乖乖睡觉喽……

"啊哦""哟""喽"等多个语气词营造了一种睡前的宁静氛围，吟唱者抱着婴儿，微微摇动婴儿的身体，充满疼爱与呵护之情。

除了音韵上的优美动听之外，摇篮曲作者也会通过一定文学性的描写，营造宁静祥和的催眠氛围。

例如，陈伯吹的《摇篮曲》：

风不吹，浪不高，

小小船儿轻轻摇，

小宝宝啊要睡觉。

风不吹，树不摇，

小鸟不飞也不叫，

小宝宝啊快睡觉。

风不吹，云不飘，

蓝蓝的天空静悄悄，

小宝宝啊，好好睡一觉。

这首摇篮曲描写了海上的"浪"、陆地上的"树"、天上的"云",描绘了一幅静谧的海陆空景色。每一节第一句都是以"风不吹"开始,有层次且富有变化,仔细看风是越来越小的,孩子听着摇篮曲安然进入梦乡。

2. 数数歌

数数歌是数学与文学巧妙结合的儿歌。低幼儿童由于年龄小,生活经验缺乏,对抽象的数字观念不易理解,要掌握基本的数字也有一定的困难。因此,数数歌成了低幼儿童最早的算术教材。数数歌的特点是把抽象的数字和具体的事物联系在一起,将抽象概念变为具体形象,引起幼儿的兴趣并引导他们识记下来,从而达到使幼儿学会数数的目的。

例如,郭明志创作的《数数歌》:

"1"像铅笔细又长,

"2"像小鸭水上漂。

"3"像耳朵听声音,

"4"像小旗随风飘。

"5"像秤钩来称菜,

"6"像豆芽咧嘴笑。

"7"像镰刀割青草,

"8"像麻花拧一遭。

"9"像勺子能吃饭,

"0"像鸡蛋做蛋糕。

作者依据每一个数字的外形特征,将抽象的1—10转化成儿童可以具体感知的事物,激发幼儿的兴趣,符合了儿童心理学中对儿童现阶段思维特征的总结:儿童的思维主要是以具体形象思维为主,在进行抽象学习时要依赖具体事物。

也有不少儿歌利用韵脚节奏与数字有序结合在一起,从而达到让幼儿识记的目的。

比如,河北唐山传统民谣:

说了个一,道了个一,豆荚开花密又密。

说了个二,道了个二,韭菜开花一根棍儿。

说了个三,道了个三,兰草开花在路边。

说了个四,道了个四,黄瓜开花一身刺。

说了个五,道了个五,石榴开花红屁股。

说了个六,道了个六,鸡冠开花像狗肉。

说了个七,道了个七,金桂开花香扑鼻。

说了个八,道了个八,牵牛开花像喇叭。

说了个九,道了个九,凤仙开花摘在手。

说了个十,道了个十,高粱开花直又直。

歌谣中的每一句都有一样的"说了""道了""开花",除此之外,每一句还都有不同的植物与其相配。儿童不仅在儿歌中学会数字,还可以扩展知识,增添生活情趣。

大自然除了植物外，各种小动物也是儿歌作者着墨的主要对象。

比如，常瑞创作的《数数》：

> 山上一只虎，
> 林中一只鹿，
> 路边一只猪，
> 草里一只兔，
> 还有一只鼠。
> 数一数，
> 一二三四五。

儿歌把从一到五的五个抽象数字形象化为五只动物，虽然这五只动物毫不相干，但是这五个字的韵脚是相同的，组合在一起就形成了儿歌的节奏感。儿童在对节奏的审美体验以及对动物的想象中，了解了一、二、三、四、五的先后顺序。

除了利用儿歌的节奏把数字简单地排列起来，有的数数歌还巧妙地把数字和简单有趣的故事结合起来。在故事的讲述中，随着情节的发展，排列出数字的顺序，让儿童在听故事的过程中，不知不觉地记住了这些数字。

夏晓红创作的《小猴子搭戏台子》则通过有趣的场景描写，把数字从小到大排列出来：

> 小猴子搭戏台子，
> 穿起一条小裙子，
> 引出两头小狮子，
> 舞起三个响铃子，
> 穿过四个小圈子，
> 抛起五顶小帽子，
> 叠起六把小椅子，
> 摆出七张小桌子，
> 转动八个小盘子，
> 挂起九面小旗子，
> 变出十个小果子，
> 人人都夸小猴子。

这首数数歌描写的是小猴子变戏法的有趣场景。从一到十，小猴子变戏法的本领越来越高强，变戏法的场面也越来越具有吸引力。儿童通过想象这些饶有趣味的场景，在体会小猴子变戏法的乐趣的同时，也记住了从一到十的顺序。

一些作者还会将抽象的数学加减乘除运算与儿歌描写紧密结合，在学习儿歌的乐趣中，孩子更容易产生对数学运算的兴趣。

比如，张继楼创作的《翻跟斗》把数字运算和孩子的游戏动作进行结合，在欢快的游戏中完成对儿童数字计算的启蒙：

>小妞妞，
>
>围兜兜，
>
>兜兜里面装豆豆，
>
>吃了豆豆翻跟斗。
>
>左边翻个六，
>
>漏了九颗豆；
>
>右边翻个九，
>
>漏了六颗豆。
>
>问你翻了几个大跟斗，
>
>再问漏了几颗小豆豆？

儿歌写了小妞妞自娱自乐的游戏：吃豆豆、翻跟斗。这样有趣又好玩的场景容易引起孩子的兴趣，随着小妞妞的游戏的进行，孩子对基本的数学运算也有了形象化的理解。

3. 连锁调

连锁调又叫连珠体，或叫衔尾式。它的结构形式较为特殊，用顶针手法构成，即将前句末尾的词语用在后句开头，往往是"随韵接合，义不相贯"（周作人语），这是十分符合儿童思维无意性特征的。朱自清在《中国歌谣》中指出，江浙一带有种游戏，叫"接麻"。如甲说"灯"，乙说"灯亮"，甲说"亮光"，乙接说"光面"。游戏可以由此继续下去，以敏捷自然为胜，不限字数，连锁性的儿歌，应该就是从这种游戏而产生。[1]

连锁调把宇宙、人生中本来不是一个类属的事物，牵引组合在一起来唱。这也正是童话世界的特色，对日月星辰，风云雨雪，鱼虫鸟兽，花花草草，乃至一切非生物的物件，让它们在儿歌的唱说里，于孩子心灵上留下许多有趣的形象和意境，使儿童在无意中习得许多词汇。

比如，传统民谣：

>月亮奶奶，好吃韭菜，
>
>韭菜不烂，好吃鸡蛋。
>
>鸡蛋不熟，好吃猪肉。
>
>猪肉不香，好吃生姜。
>
>生姜不辣，好吃小鸭。
>
>小鸭一咕噜，下水不起来。

"月亮""韭菜""鸡蛋""猪肉"等在这首儿歌中没有很大的联系，之所以组合在一起，完全是由于音韵上的连接，虽然这种结合不构成内容上的指向性，但是儿歌所表现出的特殊物感颇具趣味性，深受儿童的喜爱。随着这种儿歌的发展，作家在"义不相贯"方面往往有所改进，令其内容上存在一定的联系性。

---

[1] 朱介凡. 中国儿歌［M］. 昆明：晨光出版社，2021：347.

3-1 拓展阅读
《野牵牛》

在创作儿歌中,作家运用顶针手法往往更注重句子意义的前后联系。

例如,邓德明创作的《做习题》:

小调皮,做习题。
习题难,画小雁;
小雁飞,画乌龟;
乌龟爬,画小马;
小马跑,画小猫;
小猫叫,吓一跳。
学文化,怕动脑,
看你怎么学得好。

又如吴城创作的《板凳谣》:

板凳板凳歪歪,
上面坐着乖乖;
乖乖出来踢球,
上面坐着小猴;
小猴出来赛跑,
上面坐着熊猫;
熊猫出来拔河,
上面坐着白鹅;
白鹅参加啦啦队,
大家来开运动会。

这两首儿歌都运用了顶针的手法,不仅造成音韵上的连续,层层递进,句子与句子之间也是一种递进关系。下一句描写的事情是紧接上一句发生的,环环相扣,最后点明主题。

4. 问答歌

问答式儿歌的问题设计非常重要,问题以儿童常见的事物和感兴趣的话题为主。一首问答式儿歌往往是以一类事物或一个话题为核心,或者连续发问,或者一问一答。连续发问形式在问答式儿歌中更为常见。

比如,民间传统儿歌:

什么尖尖上天?什么尖尖在水边?
什么尖尖街上卖?什么尖尖姑娘前?
宝塔尖尖尖上天,菱角尖尖在水边,
粽子尖尖街上卖,缝针尖尖姑娘前。

什么圆圆圆上天？什么圆圆在水边？
什么圆圆街上卖？什么圆圆姑娘前？
太阳圆圆圆上天，荷叶圆圆在水边，
烧饼圆圆街上卖，镜子圆圆姑娘前。
什么方方方上天？什么方方在水边？
什么方方街上卖？什么方方姑娘前？
风筝方方方上天，渔网方方在水边，
豆腐方方街上卖，手帕方方姑娘前。
什么弯弯弯上天？什么弯弯在水边？
什么弯弯街上卖？什么弯弯姑娘前？
月儿弯弯弯上天，藕儿弯弯在水边，
黄瓜弯弯街上卖，木梳弯弯姑娘前。

尖尖、圆圆、方方、弯弯，以描述事物，给孩子们增加知识，也增添了儿歌的趣味，类似的问答歌还有很多。

例如，传统儿歌《什么虫儿空中飞》：

什么虫儿空中飞？
什么虫儿树上叫？
什么虫儿路边爬？
什么虫儿草里跳？
蜻蜓空中飞，
知了树上叫，
蚂蚁路边爬，
蚱蜢草里跳。

花鸟虫鱼是孩子感兴趣的东西。这首儿歌的第一节围绕"虫儿"连续发问，提出了四个关于虫儿的问题，第二节则针对第一节的问题一一做出回答。这种连续发问在形式上构成了一种排比关系，增加了儿歌的气势和趣味，而且在内容上也形成了一种对比，可以帮助孩子在比较中思考，拓展思维的空间。

而流传在北京一带的儿歌《我唱一》采用的是一问一答的形式：

"我唱一，
谁对一，
什么开花在水里？"
"你唱一，
我对一，
菱角开花在水里。"
"我唱二，
谁对二，
什么开花像根棍儿？"

>"你唱二,
>　我对二,
>　　韭菜开花像根棍儿。"

这首儿歌针对"花儿"提出问题,采用了一问一答的形式,即每提出一个问题马上就回答,接着再提一个问题,再回答,如此不断延续。一问一答的形式相对来说更加灵活,可以不断地提出问题,这样在组织游戏的过程中,可以让游戏一直持续下去,直到一方回答不出或者游戏必须结束为止。

传统的问答式儿歌主要针对各种动植物的特点、习性等儿童感兴趣的话题来提出问题。作家创作的问答式儿歌一方面继承了传统的内容;另一方面,随着社会的发展以及儿童视野的不断拓展,作家创作的问答式儿歌涉及的内容更加广泛。

例如,李海松创作的《什么船儿》涉及一定的科学知识:

>　　什么船儿上月球?
>　　什么船儿海底游?
>　　什么船儿水面飞?
>　　什么船儿冰海走?
>　　宇宙飞船上月球,
>　　潜水艇儿海底游,
>　　气垫船儿水面飞,
>　　破冰船儿冰海走。

儿歌以"船儿"为提问对象,针对现代科学发明连续发问,在问答的过程中,让儿童了解相关的科学知识,同时也激发了他们对科学探索的兴趣。

问答式儿歌的内容可以包罗天文、地理以及日常生活常识、社会现象等,具有明显的识物启智的作用。这种问答的形式一方面具有挑战性,可以活跃儿童的思维,激发他们积极思考;另一方面又具有游戏性,有问有答便于儿童组织游戏,而且问答形式本身就是一种智力游戏,儿童可以在问答过程中体会到游戏的乐趣。

5. 绕口令

绕口令,又称拗口令或急口令,多由一些双音叠韵或发音相近相同的字词结构组成有趣的句子或短语,要求清晰、快速、顺畅地念出,能训练幼儿正确地吐字辨音,提高口语能力,促进口齿清楚和思维的敏捷。

首先,绕口令是比较"绕"的,一个简单的句子,绕来绕去,十分难说。其次,绕口令要"拗",即把声母相同或发音相近的单词故意组合在一起,增加背诵的难度。最后,绕口令要"急",读绕口令要求读得尽可能快。

比如,湖州传统民谣:

>　　八十八只八哥要到八十八岁公公门前八十八棵竹上来借宿。
>　　八十八岁公公弗许八十八只八哥到八十八棵竹上来借宿,
>　　八十八岁公公就打发八十八个金弓银弹手去射杀八十八只八哥,
>　　弗许八十八只八哥到八十八岁公公门前八十八棵竹上来借宿。

这首绕口令中，只是一件"八哥借宿、公公不许"的简单事件，就通过相同的单词"八十八"进行串联，读起来非常拗口。

而《搭石塔》这首绕口令就体现了绕口令"绕"的特点：

白石搭白塔，

白塔白石搭，

搭好白石塔，

石塔高又大。

这首绕口令表达的意思很简单，句式也很清楚。其中"搭"和"塔"韵母相同，两个字不断出现，使得这首绕口令非常不容易念诵。

《买布打醋》则主要体现了绕口令"拗"的特点。

3-2 拓展阅读
《买布打醋》

"顾""布""醋""兔"四个韵母相同的字并列在一起，使这首绕口令念起来变得拗口，特别是快速念诵时，容易把四个不同的字混淆起来。

还有不少绕口令既"绕"又"拗"，对于念诵者来说，非常具有挑战性。

比如，江苏传统民谣：

六合县，

有个六十六岁的陆老头，

盖了六十六间楼，

买了六十六篓油，

堆在六十六间楼；

栽了六十六株垂杨柳，

养了六十六头牛，

扣在六十六株垂杨柳。

遇着一阵狂风起，

吹倒了六十六间楼，

翻了六十六篓油，

断了六十六株垂杨柳，

打死六十六头牛，

急煞六合县的六十六岁的陆老头。

"六十六""楼""油""柳"反复出现，且这些字的声母与每一句中的"陆""楼""篓"等字相同，这样便使得这首绕口令读起来绕嘴又拗口。

6. 颠倒歌

颠倒歌，有很多别样的名称，湖北叫"拆白歌"，河南叫"颠倒话"，南京、北京叫"白嘴歌"等。颠倒歌，又称错了歌、古怪歌、滑稽歌。它通过大胆地夸张、有意地渲染违背常理的古怪现象，将事物的正常关系和各自的特征加以颠倒，引导儿童从悖理的现象中辨别是非真假，从而在表面的荒诞中揭示出事物的本质，其审美意义在于：通过内容上的悖理、错位和强烈的夸张造成幽默情趣，颠倒歌把现实生活中不会有的情况讲得有声有色、若有其事，使人产生一种奇特、古怪、滑稽的感觉，具有一种诙谐风趣、逗人发笑的效果，并能促使孩子们在笑声中思考，加深对正面事物的理解和认识。

颠倒歌有时候会表现出一种"时光倒流"的时态。

比如，传统颠倒歌：

> 倒唱歌，顺唱歌，
> 河里石头跳上坡，凳子爬上壁，灯草打破锅。
> 爸爸娶亲我打锣，妈妈出嫁我抬盒。
> 我走舅舅门前过，看见舅舅摇外婆，
> 外婆只知哈哈笑，舅舅忙得叫我买糖哄外婆。

"河里石头跳上坡""凳子爬上壁""灯草打破锅"，这些都是有悖于生活常识的现象。不过，最引人发笑的还是接下来由于时间顺序的颠倒而构成的荒诞世界：爸爸妈妈结婚，"我"忙着张罗；外婆睡在摇篮里，舅舅在摇外婆；更不可思议的是，"我"去买糖哄外婆。事物发展的正常的序列性使世界呈现出时间上的有序性，而一旦打破事物发展的有序进程，那么就会造成时间上的颠倒，呈现出荒诞滑稽的效果。

一些颠倒歌，不仅想象了时间的颠倒，还想象事事物物都颠倒在现实生活中。

比如，这首颠倒歌：

> 忽听门外人咬狗，
> 拿起门来开开手，
> 拾起狗来打砖头，
> 又被砖头咬了手，
> 骑了轿子抬了马，
> 吹了鼓，打喇叭。

"人咬狗""拿起门""开开手""拾起狗""打砖头""砖头咬了手""骑了轿子""抬了马""吹了鼓""打喇叭"，这些现象都是故意颠倒逻辑，从而描绘出一个可笑的奇异世界，让人忍不住发笑，也引导孩子从不和谐的现象中辨别是非。

不少作家在借鉴传统颠倒歌的基础上，创作出了优秀的颠倒儿歌。

例如张继楼创作的《错了歌》：

> 刚刚六点过，太阳就落坡。
> 鸭子逃上树，猫儿进了窝。
> 蝙蝠天上飞，正把蜜蜂捉。
> 狗儿不怕热，舌头嘴巴拖。

飞来萤火虫,把我手烫破。

蚊子嗡嗡叫,直往灯上落。

月圆星星多,怎能不唱歌。

请你想一想,唱错没唱错。

这首颠倒歌的题目就明确告诉儿童儿歌里所讲的事情都是错的,可以让儿童们清楚地知道,歌曲中的所有内容都是错误的,从而避免误导孩子。儿歌用倒过来的方式讲述一些常见的自然现象,可以达到娱乐孩子的目的,此外,让孩子在开心大笑的同时,以一种轻松的方式建立对自然现象的正确认识。可以说,作者创作的颠倒歌更注重寓教于乐的目的。

颠倒歌里宇宙人生颠三倒四的幻想情境,大大拓宽了孩子们心灵嬉戏的空间。在宇宙人生秩序井然的情态里,竟然上下易位,大小变形,一切一切,都搅弄得相反了。这些奇特景况,有时只有在卡通片里才能一探究竟,而在颠倒歌里,在伙伴们嬉戏玩闹之时,从儿童的天真之声中就能完全吐露。

7. 字头歌

字头歌,每句末尾的字词完全相同,这些相同的字、词大都是"子""头""儿"等,以它们作为韵脚,一韵到底,具有很强的韵律感。这类儿歌一般都有一个完整的意思,语言幽默风趣。一般来说,字头歌更注重形式上的趣味性。

例如传统儿歌《号子歌》:

地下石头,

嘴里舌头,

手上指头,

桌上笔头,

床上枕头,

背上斧头,

爬上山头,

喜上眉头,

乐在心头。

儿歌先把各种带"头"字的事物罗列出来,彼此之间无必然的联系,最后四句勾勒了一个上山砍柴的场景,不过砍了多少柴,为什么高兴,这些都不重要,重要的是这四句都是以"头"字结尾。这种有趣的形式使儿歌具有明快的节奏,还具有一定的游戏性,这是儿歌吸引儿童的一个重要因素。

刘震的《小树儿》则运用对比的手法连接上下两节:

一棵小树儿,

害怕大风儿,

抖抖树叶儿,

摇摇树枝儿。

十棵小树儿,

排成一排儿,

手儿拉手儿,

不怕大风儿。

在借鉴传统形式的同时，作家创作字头歌，往往更加注重内容的表达。

例如，程逸汝创作的《砍蚊子》。

3-3 拓展阅读
《砍蚊子》

这首儿歌以"子"作为韵脚，一韵到底，具有很强的节奏感和趣味性。在强调形式的同时，这首儿歌还以夸张的手法写了一个滑稽可笑的故事，不仅如此，儿歌还通过狗熊的这种可笑的行为让孩子明白了一定的道理。

总体来说，字头歌主要以形式的趣味性和特有的韵律感吸引儿童，让儿童在感受儿歌带来的乐趣的同时，也在内容上向儿童传递一定的知识和道理。

8. 时序歌

时序歌，又叫时令歌。它主要是按照季节顺序来表现自然景物的变化或者人们的生产、生活活动。儿童在时序歌中，可以了解到与季节相关的自然知识和人文知识，拓展社会经验。时序歌的主要组织形式主要是通过时序上的先后关系完成的。

例如儿歌《十二水果》：

正月甘蔗节节长，
二月青果两头黄，
三月梅子酸汪汪，
四月枇杷满街黄，
五月杨梅红似火，
六月莲蓬水中央。
七月红菱人人爱，
八月苹果装满筐，
九月栗子张开口，
十月金橘满园香。
十一月橘子红彤彤，
十二月黄菱肉儿脆松松。

从正月到十二月，儿歌以时间顺序建立起句子和句子之间的承接关系，按时序分别写出了不同月份里具有代表性的水果。句子的随意变动会打乱时间上的次序性，造成内容上的混乱。比如这首传统时序歌：

一月菠菜刚发青，
二月出土羊角葱。
三月芹菜出了土，
四月韭菜嫩青青。

五月黄瓜大街买,
六月茄子紫英英。
七月葫芦弯似弓,
八月辣椒满树红。
九月大瓜面又甜,
十月萝卜瓷丁丁。
十一月白菜家家有,
十二月蒜苗水灵灵。

儿歌通过时间的推移,来细数各月中主要的农作物,让儿童习得简单的生产知识。除了将时序与生产活动相联系之外,一些时序歌还将生活劳动描写出来。比如,下面这首传统时序歌:

正月正,家家人儿门口挂红灯,
二月二,家家人儿待女儿,
三月三,春风暖暖桃花开,
四月四,麦子芒儿拨刺刺,
五月五,洋糖粽子送丈母,
六月六,瓜儿茄儿水绿绿,
七月七,买个西瓜桥上切,
八月八,穿上钉鞋登高塔,
九月九,大家人儿饮杯酒,
十月中,梳头吃饭工,
十一月初,早上砍柴晚上烧,
腊月腊,家家人儿吃守岁饭。

这首时序歌通过时间顺序,将各月人们会从事的社会活动串联起来。儿童通过时序歌的学习与吟唱,可以很好地习得社会生活知识,促进社会性的发展。

二 儿童诗的基本原理

儿童诗是指以儿童为阅读对象,契合儿童心理特点和审美情趣,用凝练而富于感情的语言、自由的韵律、丰富的想象创作而成的适合儿童阅读、吟诵、欣赏的自由体诗歌。由于儿童识字量不多,儿童诗和儿歌一样具有听觉文学的特点,同样体现出口语化和音乐美。

(一) 儿童诗的历史发展

1. 古代儿童诗

在我国诗歌发展的历史长河中,专门为儿童创作的诗歌不多,但也有一些诗人创作了适合儿童唱诵的诗,如:李白的《静夜思》、孟浩然的《春晓》、唐代无名氏的《金缕衣》等。不过,这些诗歌只是适合儿童朗诵,具有一定的教育意义,并不是严格意义上的儿童诗。

另外,还有一些儿童诗是儿童为抒发感情而自己创作的。我国古代也有这样的诗,被称为"神童诗"，如唐代诗人骆宾王七岁时写的《咏鹅》："鹅，鹅，鹅，曲项向天歌。白毛浮绿水，红掌拨清波。"

2. 近现代儿童诗

我国诗人中最早较有意识地为幼儿创作诗歌的，当属发起"诗界革命"的维新派人物黄遵宪、梁启超等人，如梁启超的《新少年歌》、李叔同的《送别》等。黄遵宪的《幼稚园上学歌》发表于梁启超主编的《新小说》第三号，开创了儿童诗的先河。全诗共十节，描绘出一幅幅情真意切、求真求善、进取向上的幼儿生活图景。

伴随"五四运动"的开始，我国第一个儿童诗歌创作的繁荣期由此到来。这个时期赋予了诗歌新的内容和形式，用通俗白话文写作的自由体新诗出现，把中国诗歌带入了一个新的时代，也为我国儿童诗歌的新生和发展开拓了广阔的前景。胡适、刘半农、冰心、刘大白、朱自清、鲁迅、叶圣陶、俞平伯、李大钊、郭沫若、周作人、郑振铎等众多名家都执笔写过儿童诗歌。20世纪30年代，教育家陶行知坚持"为大众写！为小孩写！"的主张。

3. 当代儿童诗

当代儿童诗是当代作家专门为幼儿创作的诗歌，语言浅白，韵律自由，在当时正蓬勃兴起的儿童文学中独树一帜。20世纪50年代是儿童诗的第二个繁荣期，涌现出以柯岩、袁鹰、圣野、鲁兵为代表的一大批在儿童诗创作中卓有成就的诗人。20世纪80年代，儿童诗创作的势头相当喜人，不仅在创作上硕果累累，评论和理论研究方面也空前活跃。20世纪80年代中后期，儿童诗的创作形成了"三足鼎立"和"八方合唱"的局面。"三足鼎立"的"三足"是：以北京的金波、高洪波、樊发稼为主的诗人群；以上海的圣野、鲁兵、任溶溶领头的诗人群；以巴蜀的张继楼、蒲华清、钟代华等为主的诗人群。①

20世纪90年代至今，儿童诗经历了一个重要的发展期，在这个时期中国步入了经济转型期，文化的转型也随之而来，儿童诗迎来了新的发展。涌现了一批年轻的诗人，每年都有新的诗集出版。但后来，儿童诗创作渐趋式微。在儿童文学的体裁中，儿童诗也渐渐地处于边缘的位置。

（二）儿童诗的艺术特质

1. 表现儿童生活及率真明朗的情感

儿童诗表现单纯而富有灵性的儿童生活，抒发儿童的真实情感。诗的基本特征在于抒情、以情感人，但是儿童由于人生阅历浅，没有成人那么丰富且深厚的生命体验和社会感受，所以儿童心灵较成年人来说总是比较纯真、率朴、明朗、欢快的。儿童诗的基调应能抒写出这种独特的思想感情，通过凝练、形象的语言去营造优美的意境，拨动小读者的心弦，唤起他们丰富的联想，激发他们情感的共鸣。

如，金波的《春的消息》：

---

① 瞿亚红，黄轶斓. 中国儿歌理论研究［M］. 北京：北京大学出版社，2017：70.

看到第一只蝴蝶飞，
它牵引着我的双脚；
我高兴地捕捉住它，
又爱怜地把它放掉。

看到第一朵雏菊开放，
我会禁不住欣喜地雀跃。
小花朵，你还认得我吗？
你看我又长高了多少！

来到去年叶落的枝头，
等待它吐出新的绿苞。
再去唤醒沉睡的溪流，
听它唱歌，和它一起奔跑。

走累了，我就躺在田野上，
头顶有明丽的太阳照耀。
是谁搔痒了我的面颊，
啊，身边又钻出嫩绿的小草……

诗人让一颗童心自由驰骋，与大自然无拘无束地交流情感。冬去春来，大地苏醒，这对纯真的抒情主人公来说就像是与战友重逢，那小鸟、蝴蝶、雏菊、新芽、溪流都显得十分亲切。主人公与它们一起飞翔、一起游戏、一起叙谈、一起奔跑，那种渴望春天、热爱春天、迫不及待地与春天游戏玩耍的童真童趣跃然纸上，感人至深。

幼儿诗是儿童诗中面向幼儿的类别，抒发的是年幼稚童率真自然的情思。刚步入人世的幼儿，其情感质朴而不浮华、真挚而不造作，自然而无虚饰。幼儿诗的创作者多为成人，为了更好地拨动接受主体的心弦，为他们所乐于接受并迅速引发共鸣，作者往往从幼儿视角去表现幼儿对世界的直觉认识，如谢武彰的《乖楼梯》：

我牵着弟弟
　　到百货公司买东西
　　　　弟弟第一次上电扶梯
　　　　　　他悄悄地跟我说：
这里的楼梯都好乖呀
　　肯自己走路
　　　　不像我们家的
　　　　　　动都不动，太懒了

成人作者只有以童心去观察、思考生活，细致探索，体味幼儿的内心世界，捕捉他们心灵的火花，才可能真实地揭示幼儿的心境。当然，这并非说在幼儿诗创作中，成人作者的自我意识和主观感受必须全然隐退，不留些许痕迹。事实上，一些名篇佳作都透露出创作者独特的情感体验，具有创作主体鲜明的个性。这是因为作者在创作时，或调动自己孩提时代的经历体验，或深入体察幼儿的情绪情感而达到与幼儿的心灵沟通。众多以第一人称"我"入诗的作品，其抒发的感情是成人作者的感受与幼儿情思的糅合，它们水乳相融、浑然一体。

2. 体现儿童特有的趣味与情调

儿童文学本身就是充满童趣的艺术。不过，在儿童诗中，童趣表现得尤为集中、突出。这是儿童诗区别于成人诗的重要一点，是儿童诗十分核心的艺术质地。儿童诗洋溢着盎然的儿童情趣，既能使儿童们从中获得自我观照和审美愉悦，也能把成人读者带回那童心萌动的情景中，重温儿时的梦。

儿童诗的童趣有两个层面的因素。第一个层面是诗人所表现的儿童生活中特有的情趣。童趣是儿童诗的重要美学特质，童趣常常蕴藏在孩子们特有的感受事物的方式之中，这样的事物并不受大人们的关注，但是，它却是儿童生活的"惊心动魄"。日本诗人野口雨情的重要代表作《四胡同的狗》就是一个例子：

> 一胡同的孩子跑啊跑啊，
> 跑回家。
> 二胡同的孩子哭啊哭啊，
> 逃回家。
> 四胡同的狗啊，
> 四腿长长身高大。
> 站在三胡同的路口处，
> 它的眼睛朝着这边眨！

第二个层面是诗人以富于童趣的眼光看待生活，并以富于童趣的诗歌表现出来。郭风的《蝴蝶·豌豆花》，全诗只有三句话，诗人化身为儿童，用儿童的眼光来观察事物，自然而然地用儿童口吻来表达孩子的天真和稚气，创造了一种独特的审美情趣。

> 一只蝴蝶从竹篱外飞进来，
> 豌豆花问蝴蝶道：
> "你是一朵飞起来的花吗？"

3. 塑造儿童视野中可视可感的诗歌形象

诗歌总是要通过形象来抒发感情的，鲜明而充满动态的形象在儿童诗中显得尤为重要，若直白地叙述便毫无诗味，更无美感。这是因为儿童尤其是低幼儿童主要以形象思维为主，他们善于用具体形象的思维来表达心情。

儿童诗中具体可爱、生动鲜明的形象借助声音、色彩、动作等来撞击儿童心灵，激起他们对生活、生命的向往，从而陶冶他们的性情，培养其美感。来看滕毓旭的《小草》：

> 小草，小草，
> 被谁用脚踏倒。
>
> 露珠是它的眼泪，
> 叭嗒叭嗒，碎了。
>
> 太阳公公看见了，
> 替它把泪擦掉。

  风儿婆婆看见了，
  轻轻把它扶好。

  小草笑了，
  摇着嫩嫩的叶片，
  吱吱吱吱长高。

  诗人用拟人、比喻等手法，将小草幻化成和幼儿年龄相仿的孩子，把露珠比喻成孩子的眼泪，又将太阳、风人格化为爱护孩子的长者，让孩子感受到备受呵护的温馨与幸福，尤其是最后一句"小草笑了，摇着嫩嫩的叶片，吱吱吱吱长高"。有声、有色、充满动感，让儿童领略到在温暖阳光的照耀下，在轻柔春风的吹拂下"吱吱吱吱长高"的小草是多么幸福与可爱啊！

  一些儿童诗作家也尝试创造性地改变传统儿童诗的诗行形式，比如将图像的表现手法引入儿童诗的创作，并使诗歌内容与图像之间相互诠释、彼此衬托，造成一种富于趣味性的表现效果。比如，杜荣琛的这首《位子》：

  坐
  请坐
  请上坐
  不管谁坐
  谁让座给谁
  就是没有问我：
  到底被坐舒服不舒服？我愿不愿意被人坐？

  这首图像诗站在"位子"的立场，想象它"被坐"的不情愿，其诗行文字又正好排列成一个座位的样子。诗中那一行行充满委屈又无可奈何的"位子"的牢骚，令人禁不住莞尔。

4. 活泼、生动、新颖的想象

  任何艺术创造都离不开想象，艾青说过："诗人最重要的才能是运用想象。"诗歌的艺术魅力要靠丰富新颖的想象来体现。可以说，想象是诗歌重要的艺术特征。儿童处于想象力发展的旺盛时期，这时是最富于想象和联想的时期，想象对他们的心理发展起着异常重要的作用。具有丰富想象力的诗歌对儿童想象力的发展起着举足轻重的作用。据心理学家研究证明，儿童尤其是学前儿童想象的特点是再造想象占主要的地位。他们想象的内容虽较简单，但却具有活泼、生动的特点，并带有幻想性和夸张性的成分。儿童诗要表现幼儿特有的天真率直、无邪活泼的天性，就要具有幼儿情趣，具有游戏性与趣味性。请欣赏由台湾诗人林焕彰写的《拖地板》：

  帮妈妈洗地板，
  是我们最高兴的时候；
  姐姐洒水，
  我在洒过水的地板上玩儿，
  像在沙滩上走过来走过去，
  留下很多脚印，
  像留下很多鱼。

然后，我很起劲地拖地板；
从头到尾，像捕鱼一样，
一网打尽。

拖地板本来是很平凡普通的事情，但在孩子们的眼里却是那样的有趣、好玩，诗里把平凡甚至枯燥的行为赋予想象，在趣味性的游戏中进行，构思巧妙、富有情趣，符合孩子们的天性，给孩子们带来新颖独特的感受，让孩子们喜欢，同时也培养了孩子们热爱劳动的好习惯。再如王宜振的《秋风娃娃》：

秋风娃娃可真够淘气
悄悄地钻进小树林里
它跟那绿叶亲一亲嘴
那绿叶儿变了，变成一枚枚金币

它把那金币儿摇落一地
然后又轻轻地把它抛起
瞧，满天飞起了金色的蝴蝶
一只一只，多么美丽

因此，儿童诗必须以符合儿童心理的丰富想象创造优美的意境，抒发儿童的童真童趣，让儿童在奇妙多姿的世界里，展开想象的翅膀，感悟诗的题旨。这就要求儿童诗要在想象的世界中用心灵和儿童对话。

5. 童稚而精练的语言

诗是语言的艺术。深刻的思想、鲜明的形象只有用凝练、形象、具有表现力的语言来表现，才能成为诗。对诗歌的表现力来说，自然的想象、自然的感情是最为根本性的东西。儿童诗恰恰因为有自己独特的想象力和独特的感情世界，有独特的理解生活的方式，才使自己的修辞成为诗歌王国中独具价值的存在。比如，林焕彰的抒情诗《秋天的枫树》：

夏天的枫树，
每一棵都是一个
大鸟巢；
它们的每一片叶子
都是绿色的，
一只只睡着了的鸟儿，
甜甜地睡着了的鸟儿。
秋天来了，
它们才会醒来；
醒来了，
它们才会叫；
它们叫了，
就有风；

有风了,
它们才会飞;
会飞,它们就
高高兴兴、
缤缤纷纷地飞了起来!

秋天本是萧瑟的季节,但是在诗人眼中,秋天却是"它们才会醒来""高高兴兴""缤缤纷纷"这样的季节,是生命力的另一种展现方式。这首诗洋溢着作者充满希望的想象,给我们展示了对秋天的独特理解方式。

儿童诗应为儿童学习驾驭语言提供优良的条件,让儿童在优美的语言环境中学习语言、丰富语汇,提高他们驾驭语言、鉴赏语言的能力,同时得到美的享受。如张继楼的《忙忙碌碌的秋天》:

梧桐树发出一张张通知,
告诉大家秋天来了的消息。

小松鼠跳上跳下多么辛苦,
为过冬要储备许多蘑菇、松子

一队队大雁匆匆忙忙回南方去了,
在天空一会排成一字,一会排成人字;

一丛丛野花都枯了、黄了,
在地下留下数不清的儿女。

这首诗词汇丰富,语言浅近平易,用词准确恰切,如"飞来飞去""跳上跳下""匆匆忙忙"三个词,就分别把小蜜蜂、小松鼠和大雁的动作和情态刻画得惟妙惟肖,另外,拟人手法的运用也增添了诗的情趣,如"梧桐树发通知""野花在大地上留下儿女"都给人以形象的美感。

(三) 儿童诗的类别划分

在类别的划分上,儿童诗与一般诗歌大体相似,可以从不同的角度进行分类。例如从表现手段的运用方面,可分为抒情诗和叙事诗两大类。但由于儿童诗的涵盖面比较广,常常以诗的外壳包容儿童文学其他样式和内容,因此,可把儿童诗分为童话诗、寓言诗、科学诗、故事诗、讽刺诗、题画诗等。以下介绍儿童诗不同分类中的几种主要形态。

1. 抒情诗

抒情诗是作者以主人公的口吻,直接抒发内心的思想感情而形成意象的文学样式。这种诗通常可凭人物行动或故事抒发胸臆,但没有完整的人物形象的刻画描写,而是侧重直接抒发内心情感,往往是抒发对某种生活现象的感受,或者是抒发某一自然景物引起的情感与联想,多是诗人内心世界的直接显现,或是借助抒情主人公来坦露诗人心灵,自我色彩明显。少年期的儿童更倾向于这种最富于抒情个性的文学样式。

比如,张国南的诗歌《春天是这样来的》:

叮咚,叮咚,
小溪试了试清脆的嗓子,
啊,春天是唱着歌来的!

呼啦，呼啦，
树枝弯弯柔软的腰，
啊，春天是跳着舞来的！

毕剥，毕剥，
春笋在泥土里快乐地拔节，
啊，春天是放着鞭炮来的！

几个象声词的运用把我们带到了欢乐而活泼的春天里，春天是唱着歌、跳着舞、放着鞭炮自己向我们跑来的。在这首小诗中，春天的到来是很高调的。整首诗歌洋溢着欢快的气氛，作者也抒发了对春的期待和喜爱之情。

再来欣赏一首陈木城的小诗《叶子的眼睛》：

山上的早晨，
雾气还迷迷蒙蒙，
阳光就走进森林，
脚步，很轻很轻，
不小心把树叶摇醒，
哇——
水灵灵，亮晶晶，
露珠儿是叶子的眼睛。
眨呀眨的好像说：
天亮了，真高兴！

小诗用简短而精练的语言，描述了春天的早晨。山谷中，阳光驱散浓雾，唤醒森林里的生物，惊醒了树叶，露珠儿闪耀光芒，诗人为孩子们描绘了一幅优美的风景画。诗中，阳光、树叶、露珠儿都是有生命有灵魂的形象。这首幼儿诗，让孩子们感受纯真、感受童趣。此外，乔羽的《让我们荡起双桨》、柯岩的《我的爷爷》和艾青的《太阳的话》，都是儿童读者喜爱的抒情诗。

2. 叙事诗

叙事诗是运用诗歌的语言，通过某一特定的生活场景，表现人物或事件的相互联系，创造优美的意境，真实地表现情感的文学样式。叙事诗大多依靠情节或人物串缀展开诗序，但不一定要求故事情节的完整，情节结构允许较大的跳动，是带着浓郁的诗情去抒写人和事的。著名诗人郭小川曾经说过，"奇、美、情"三个要素，"都是好的叙事诗所需要的"，因为儿童喜欢读那些有人物有情节的小叙事诗。"奇"指叙事诗中要有巧妙的情节安排；"美"是指诗歌要用精粹的语言、生动的形象构造优美的意境；"情"是指诗歌抒发饱满的情感，具有盎然的情趣。任溶溶的《爸爸的老师》、柯世的《帽子的秘密》等，可称是叙事诗的代表作。来看一首诗歌，王宜振的《两个呼噜噜》：

小猫睡得香，
小猫睡得熟，
小猫喜欢打呼噜，
呼噜噜，呼噜噜……

爸爸睡得香，
爸爸睡得熟，
爸爸喜欢打呼噜，
呼噜噜，呼噜噜……

两个呼噜噜，
穿成一串糖葫芦，
两个呼噜噜，
吓跑两只小老鼠。

这首诗描绘了爸爸和小猫一起打呼噜的有趣的生活场景。爸爸睡觉打呼噜是再平常不过的事情了，但是在儿童眼里，这呼噜声好响呀，整个空气中都充满了呼噜声，还可以穿成一串糖葫芦，把老鼠给吓跑了。诗人用口语化而又优美的诗句精确地捕捉童心、把握童心、表现童心，象声词的运用和句末的押韵增强了音乐感，给我们带来了独特的朗读体验，让我们体会到诗歌语言的精妙，感受到诗歌传递出的轻松活泼的家庭氛围，喜悦而又温馨。

再如，谢武彰的《梳子》：

妈妈用梳子，
梳着我的头发；
我也用梳子，
梳着妈妈的头发。

风是树的梳子，
梳着树的头发；
船是海的梳子，
梳着海的头发。

这首诗用儿童的视角来感受妈妈和自己互相梳头发这一平淡的日常，我和妈妈互相对对方的爱，化作"风""树""船""海"，读来令人动容。诗人将自然景色作为诗情的引发点，书写自身经过童心映照的思想和感情，既对叙事内容进行了进一步概括与升华，又创造出优美的意境。

3. 童话诗

诗人张秋生说："我常常想，让诗中充满童话的奇幻色彩，我也常常想，让奇幻的童话世界具有诗的意蕴。我爱诗的童话，我也爱童话的诗。"童话诗是以诗的形式叙说富于幻想夸张色彩的童话（或传说）故事的作品。童话诗是儿童诗特有的一种样式，是颇受学前期和学龄初期儿童欢迎的一种文学样式。诗通常不擅长写故事，因为诗的特质是抒情。但幼儿诗却要照顾到读者的欣赏趣味，在情节的展开中，让读者体会到故事背后的"情"。

因此，和抒情诗相比，童话诗更重于叙，故事也更单纯一些；与童话故事相比，情节更简化一些，无论叙述故事还是人物对话，都采用诗歌的语言形式。如南斯拉夫诗人布兰科·乔皮奇特的《病人在几层》，诗中亚娜医生接到求诊电话，却弄不清病人在哪层楼住，原来病人是从非洲来的长颈鹿，它站在动物园的大楼旁，嗓子痛处可能在二层或三层。幼儿跟随生动有趣的情节，自然而然进入诗中，并自然而然地受到作品的感染。以下是这首《病人在几层》：

著名的亚娜医生，
家里的电话响个不停。

"喂！喂！亚娜大夫，
有个客人，嗓子得了急病。"

"客人，什么客人？
是外国人吗？"

"对对，一点不错，
是刚从非洲来的！"

"我马上就去，
快告诉我：什么地方？在几层？"

"几层？嗯嗯……
他病得很厉害，可能是二层或三层。"
亚娜大夫觉得奇怪，
"什么什么，到底是几层？"

"对不起，大夫，
我实在说不清。
我们这儿是动物园，
一个长颈鹿突然嗓子疼，
他站在大楼旁边，
疼处可能在二层或三层。"

让我们再来欣赏一首圣野的儿童诗——《竹林奇遇》：

《皇帝的新衣》里
那个说了"皇帝光屁股"的孩子
第二天，被那两个
依然取得皇帝信任的骗子追踪
他一逃逃到密密的竹林里
就再也找不到了

他的妈妈很担心
到竹林里找他
一遍又一遍地叫：
"孩子，出来吧，出来吧
骗子已经回城了！"
忽然，她听到
一根竹子里有声音

妈妈连忙请篾匠来
破开那根竹子
这个说真话的小孩
果然从竹节里跳出来了
"你躲在这里干什么？"
孩子认真地回答：
"这里叫虚心国，
安全地住着
　　不说谎的公民。"

儿童文学重视"寓教于乐"，"益处"要在"乐趣"中自然流泻出来，儿童文学给儿童带来快乐，是他们接受文学作品的前提。在这首童话诗中，诗人续写了《皇帝的新衣》这个家喻户晓的童话故事，充分发挥想象力，为其带来了全新的结局，用诗化的语言，向幼儿娓娓道来一个全新的故事，始终牵引着幼儿的兴趣，又在故事的最后通过孩子的语言再次强调了"诚实"的价值。

4. 讽喻诗

这是一种具有较明显的批评、规劝意味的儿童诗。这类作品针对儿童生活的某些不良现象或他们自身的一些坏习惯进行批评，或描写他们的行为及后果，或巧妙指出他们的一两种缺点，或有意夸张其不良习惯及可笑的结局，于巧妙暗喻中指明正确的做法。讽喻诗带有明显的诙谐调侃意味，同时又是温和的热讽，能使小读者在笑声中警觉、沉思，不由自主地自我审视，从而得到启示并愉快地接受善意的批评和劝告。

如鲁兵的《下巴上的洞洞》：

从前
有个奇怪的娃娃，
娃娃
有个奇怪的下巴，
下巴
有个奇怪的洞洞，
洞洞
谁知它有多大。
瞧他
一边饭往嘴里划，
一边
饭从那洞洞往下撒。
如果
饭桌是土地，
如果
饭粒会发芽，

那么
一天三餐饭，
他呀
餐餐种庄稼。
可惜
啥也没有种出来，
只是
粮食白白被糟蹋。

你们
听了这笑话，
都要
摸一摸下巴。
要是
也有个洞洞，
那就
赶快塞住它。

这首诗用夸张的手法将批评寓于善意的讽刺之中，孩子们读来妙趣横生，在笑声中受到教育。又如柯岩的《小弟和小猫》：

我家有个小弟弟，
聪明又淘气，
每天爬高又爬低，
满头满脸都是泥。

妈妈叫他来洗澡，
装没听见他就跑；
爸爸拿镜子把他照，
他闭上眼睛咯咯地笑。

姐姐抱来个小花猫，
拍拍爪子舔舔毛，
两眼一眯"妙，妙，妙，
谁跟我玩，谁把我抱？"

弟弟伸出小黑手，
小猫连忙往后跳，
胡子一撅头一摇：
"不妙不妙！太脏太脏我不要！"

姐姐听见哈哈笑，
爸爸妈妈皱眉毛，
小弟听了真害臊：
"妈！妈！快给我洗个澡！"

这首诗通过对小弟弟不讲卫生，不仅大人不喜欢，甚至连小猫都不和他玩的情节的描述，形象生动地表现了要讲卫生的主题。诗歌里的小弟弟和小猫的形象生动活泼、顽皮可爱，使要孩子讲卫生的规劝显出幽默、委婉，让幼小的心灵乐于接受。

5. 科学诗

科学诗是指用诗歌样式所写的科学文艺作品。它以表现科学精神、科学现象、科学规律等为主要特征。如高士其的《太阳的工作》、李松波的《为黄鼠狼辩》、范建国的《太阳光的妹妹》等，都是其中的佳作。让我们一起欣赏高士其的《太阳的工作》。

3-4 拓展阅读
《太阳的工作》

在这首诗中，诗人将太阳的功能：可以产生昼夜和四季—降雨送风—给予温暖和光亮—消毒和防腐，通过诗的形式娓娓道来，又加入了拟人和比喻等修辞手法，对儿童早期的科学思维进行了一定的启蒙和启发。诗人用简单平实的语言，将深奥的科学知识传授给儿童。

三 儿歌与儿童诗的异同

儿歌与儿童诗同属于儿童诗歌类，它们虽然都具有诗歌的共性特征，但又各自具有自己的个性特征，二者之间有着明显的区别。

（一）儿歌与儿童诗的差异性

1. 针对的读者对象群体不同

儿歌以学龄前期和学龄初期的儿童为主要接受对象，侧重日常唱诵以及情趣陶冶；儿童诗则是以学龄中后期的儿童为主要对象，重在陶冶情操、培养儿童良好性情。儿童诗作为观照儿童精神世界、帮助儿童心灵成长的文学，必然要参与儿童精神世界的建构。儿童诗所应对的年龄，正包含着寻找、建设"自我"的时期，因此，儿童诗自然会表现"个我"，在儿童诗中，"我"往往是诗中的抒情主人公。儿歌中虽然也有"我"出现，比如："姐姐留我歇一歇，我要回家学打铁"，"小板凳，四条腿，我给奶奶嗑瓜子"，但是，相对来说，这个"我"不是"个我"，而是"群我"。①

———————————
① 朱自强. 儿童文学概论[M]. 上海：华东师范大学出版社，2021：197.

2. 诗与歌表现主题的方式不同

"诗言志,歌咏言。"儿童诗不像儿歌是即兴的吟唱,而是沉思的结果。儿童诗的主题思想常常以间接方式表现出来,比较深刻含蓄;儿歌则往往是比较单纯浅易地表现它的主题思想。儿童诗是从歌向散文进行过渡的一种文体,它的韵律性在弱化,但是,思维性和意义性在强化。儿歌的形象常常是对印象的白描,是一种客观的形象或情景,其意义基本止于言内。比如,儿歌《我是乖小鸭》:

> 我是乖小鸭,
> 不做"小尾巴",
> 妈妈去超市,
> 自己待在家。

这首儿歌简单描述了"我"不跟着妈妈出去,自己乖乖待在家的场景,同样也有教育儿童要学会独立,不要过于依赖爸爸妈妈的意图所在,非常容易理解。可是,作为独白的儿童诗则有很多说不出的东西,意义常常在于言外。比如,台湾诗人郑文山的儿童诗《静静地坐着》:

> 静静地坐着,
> 什么也不去想,
> 许多听不见的声音都听见了。
> 篱笆外,风轻轻地来又轻轻地去。
> 花架上,花悄悄地开又悄悄地谢。
> 墙壁上,时间答答地走又答答地来。
> 静静地坐着,
> 什么声音都听见了,
> 更听见心里的声音
> 过去的事,
> 永远不再回来。

正如这首儿童诗的题目"静静地坐着"一样,读者在作者简单的描述中,除了体会到作者此时安静沉思的心情之外,还能够感受到作者听见了许多心底的声音,但那声音是什么呢?这就是儿童诗的言外之意了。

3. 运用语言的表现形式不同

儿童诗的语言比儿歌的语言更纯粹、更集中、更富有想象的张力。儿童诗是从诗歌中分出来的专门为儿童创作的文学样式,因此儿童诗具有诗的特质。诗的语言讲究凝练、诗意和含蓄,儿童诗虽然面对的接受对象是儿童,语言表达方面更倾向于晓畅浅白,但是在一定程度上,儿童诗仍然强调了语言的诗化和情感化。由于儿歌受民间歌谣的影响较大,所以其语言表达通俗、简洁,注重自然顺口,在形式上倾向于格律体。例如儿歌《小花狗》:

> 一只小花狗,
> 站在大门口,
> 两眼黑黝黝,
> 想吃肉骨头。

这首短短的儿歌以直白的语言勾勒出一只饥肠辘辘的小花狗的模样,意义简单明了,易于被儿童接受。而下面这首儿童诗,台湾诗人林良所创作的《蘑菇》在看似浅显的语言背后流露出了一种淡淡的忧伤和孤独,这种情感的流动使诗歌的语言呈现出一种诗意,营造出诗的优美意境。

> 蘑菇是一座小小的亭子,
> 只有雨天,
> 青蛙才来躲雨,
> 天晴了,
> 青蛙走了,
> 亭子里冷冷清清。

4. 对韵律与节奏的要求不同

"诗无定句,句无定言。"儿童诗不像儿歌那样讲究音韵的和谐和节奏的整齐,儿童诗节奏、韵律比较灵活自由,句式长短不一,其音乐性体现于诗意中,适合听赏诵读;儿歌又称"半格律诗",句式工整,特别讲求节奏韵律,注重表现形式上的音乐性,适宜于歌唱游戏。例如,传统儿歌《拉大锯》:

> 拉大锯,扯大锯,
> 姥姥家,看大戏。
> 接姑娘,请女婿,
> 小外甥儿,你也去!

这首儿歌读起来押韵顺口,"拉""接""请"等动词使这首儿歌具有明显的动作性,儿童在念诵这首儿歌时,可以一边念,一边辅以动作的表演,在活动中感受儿歌带来的乐趣,这无疑增加了儿歌的游戏性和娱乐性。

而儿童诗的语言比儿歌的语言更纯粹,更集中,更富有想象的张力。在韵律方面,儿童诗不像儿歌那样讲究音韵的和谐和节奏的整齐。例如,谢采筏创作的《海带》:

> 我真想见见海的女儿,
> 但每次都没找着,
> 今天总算不坏,
> 捞到了她的飘带。

诗歌的四个句子虽短,情感却起伏跌宕,一波三折。首句充满希望,第二句怅惋之情溢于言表,第三句笔锋一转,希望之火重燃,第四句看似失望,实则满怀深情和更强烈的希望,情感的起伏波动使诗歌具有鲜明的感情色彩,达到以情动人的艺术效果,让儿童读者得到美的熏陶。

不过,儿歌和儿童诗之间既存在着差别,也存在着共同点。总体上说,它们同属于儿童文学的领域,都具有明显的儿童化的特征。不论是前面提到的儿歌还是儿童诗,读者都可以从作品中感受到一个想象力丰富、天真稚拙的儿童形象的存在,体会到儿童纯真自然的心理。正是这个或隐或显的儿童形象,让儿歌和儿童诗共同被儿童接受和喜爱。

总而言之,儿歌和儿童诗的区别是相对的。同为适合儿童接受的诗歌文体,二者之间的界线并不鲜明,文体间的渗透和融合不可避免,诗化的儿歌和歌化的儿童诗都屡见不鲜。

（二）儿歌与儿童诗共同的审美理想

一个小孩从呱呱坠地起，就与诗歌天生有缘。孩子在儿歌中甜蜜地入睡，在儿歌中快乐地嬉戏。稍大些的孩子，便喜欢诵读诗歌，从诵读中体会儿诗歌的情感、意蕴、趣味和韵律。这种艺术形式是滋润孩子心灵的雨露和提供想象精神的家园，是孩子成长的知心伴侣。从幼年到童年到少年的生命旅程，如果没有诗歌陪伴，是乏味的、寂寞的、枯萎的；有了诗歌陪伴，是美妙的、多彩的、滋润的。

作为一种审美意识形态，儿歌与儿童诗的审美是其基本属性。概括地说，韵文体儿童文学的审美理想就是真、善、美。这也是所有文学作品共同追求的审美理想。不过，由于韵文体儿童文学的接受对象的特殊性，所以在具体的表现上也有一定的特殊性。

1. 求真

对于韵文体儿童文学而言，所谓"真"，即创作者对儿童生活的艺术概括。儿歌与儿童诗取材于儿童的生活，但又不囿于儿童琐碎、零散的生活。所以，儿歌与儿童诗追求的"真"不是儿童现实生活的机械再现，而是经过创作者艺术构思和艺术概括的艺术真实。创作者常常会抓住生活的侧面，在特定的情境中加以表现，突出儿童生活化的本质特征，表达对儿童生活的艺术理解。儿歌与儿童诗所追求的"真"实际上就是对儿童生活本质的理解和把握，"真"是其审美理想的根基。

2. 向善

"善"是韵文体儿童文学审美理想的又一体现，在"真"的基础上，"善"决定了其价值取向。"善"具有一定的功利倾向，对于儿歌与儿童诗来说，尤其如此。儿童处于人生之初，在这一阶段给他们什么样的价值标准，将会对他们日后的人格形成产生重要的甚至关键性的影响。所以崇尚"善"是儿歌与儿童诗的审美追求之一。具体地说，崇尚"善"即以正确的道理、美好纯真的情感去引导、感染儿童，为他们的心灵成长打下良好的基础。"善"以"真"为根基，以儿童的生活为基础，捕捉能引导儿童、感染儿童的力量并将其呈现出来，引导儿童尚善。

3. 寻美

"美"是指形式的创造，儿歌与儿童诗对"真""善"的追求最终要通过"美"得以实现。任何文学作品都有它的存在形式，否则内容就无法体现。可以说，形式创造对文学的审美理想的实现，具有极其重要的意义。形式创造是内容形式化的过程。在文学创作中，当内容显化成形式并被创作者组织起来的时候，内容和形式就融为一体了。同时，形式创造不仅有表现内容的功能，还可以起到塑造内容的作用。儿歌与儿童诗所表达的内容往往具有天真活泼的稚美，当其内容外化为形式的时候，形式要能够表现并且凸显这种稚拙的美感。儿歌与儿童诗的艺术形式除了有表现和塑造内容的作用，并最终完成儿歌与儿童诗对"真""善"的追求之外，其自身也具有独立的价值和意义。节奏美、韵律美、结构美是儿歌与儿童诗形式美的主要体现。

总而言之，真、善、美是韵文体儿童文学审美理想的具体表现，其中"真"是基础，"善"是价值取向，"美"是实现的途径，三者相辅相成，共同创造了其理想追求。

第二课 散文体儿童文学

散文体儿童文学是指以散文手法创作的儿童文学作品。其覆盖面很广，童话、寓言、儿童故事、儿童小说等非韵文体的儿童文学作品都可归入其中。

一 童话的基本原理

童话作为儿童文学中一种极具代表性的体裁，是指以幼儿为对象，符合幼儿的想象方式，富有浓厚幻想色彩的神奇故事，是儿童文学的重要形式。

童话作为一种儿童文学样式在我国存在已久，但"童话"一词最早引进我国，是清代末年从日本引进的，此后便流行于我国。1909年孙毓修编译、商务印书馆出版的《童话集》是我国在出版物上首次使用"童话"一词。童话的概念起初泛指一切以幼儿为对象的文学作品。随着理论和实践的发展，童话的内涵才不断缩小，和儿童文学的其他体裁（如寓言、神话、历史故事等）有了严格的区分。学者洪汛涛将童话界定为"一种以幻想、夸张、拟人为表现特征的儿童文学样式"[①]。

随着童话形态的不断发展，童话不仅仅为幼儿欣赏和接受，也越来越能够满足成人的心理愿望和审美需求。

（一）童话的起源与发展

1. 童话起源于神话和传说

一般认为最早的童话是由神话演变而来的。原始人类难以对自然现象、人事缘由进行科学的解释，于是他们创造了神话，如我国的古老神话"女娲补天""后羿射日"等就是古代人对世界起源、自然与社会现象所作的理解。随着文明的不断进步，人们虽不再对神话信以为真，但也始终保留着内心的美好幻想，从而有了童话的产生。"童话与神话都是具有幻想性的故事，它们的区别是：神话描写的是神的故事，而童话则表现人的生活。"[②]

传说不同于神话，它是与一定的历史事件、历史人物、社会风俗相关的故事，含有真实的历史的因素，但同时又具有幻想和虚构的成分。童话和传说都包含着神奇的、超自然的因素。

2. 童话发展的三个阶段

民间童话阶段，是童话的萌芽阶段，即童话作为一种独立的文学形式出现在神话和传说之后的阶段。赵景深认为民间童话是"原始民族信以为真而现代人视为娱乐的故事，亦即神话的最后形式，小说的最初形式"[③]。该阶段的童话主要是以口头描述、加工的方式得以流传。

记载、收集、整理古代童话阶段，是童话的形成时期。这一时期的童话有两种形式，一种是将

---

① 洪汛涛. 童话学 [M]. 安徽：安徽少年幼儿出版社，1986：26.
② 郑飞艺. 儿童文学 [M] 上海：华东师范大学出版社，2014：4.
③ 赵景深. 民间文学丛谈 [M] 湖南：湖南人民出版社，1982：7.

口头流传的民间童话记载下来，另一种则是将散见于历史典籍中的民间童话收集、整理出来，成为可供少年幼儿阅读的童话故事作品。1697年，法国作家夏尔·贝洛对民间童话进行改写，出版了《鹅妈妈的故事》，这是欧洲儿童文学史上从民间童话转向艺术童话时期的第一部具有深远影响的作品，夏尔·贝洛也因此被尊称为"民间故事之父"，我们所熟知的《小红帽》《灰姑娘》等童话便是出自其中。

改编创作的现代童话阶段，这一时期可视作童话的成熟时期，此时的童话已成为一种独立的儿童文学体裁。世界童话的发展进入创作童话阶段主要是以童话大师安徒生的童话为标志的。"在对民间故事进行艺术转化方面，安徒生无疑是一位具有超越性的作家。"① 安徒生起初的童话虽大多数仍然取材于民间童话（如《打火匣》《小克劳斯和大克劳斯》等），但其后来的作品则超越了民间童话的艺术形式，体现出他非常个性化的创作风格（如《丑小鸭》《海的女儿》等）。我国的创作童话出现较晚，起步于20世纪初，最早是以1923年叶圣陶出版的《稻草人》为标志的。20世纪30年代初我国作家张天翼创作的《大林与小林》是我国第一部长篇童话。

（二）童话的类型

依据不同的角度，可以将童话划分为多种类型，以下简要地介绍几种。

1. 民间童话与创作童话

从作品来源的角度，可以将童话分为民间童话和创作童话。

民间童话属于民间文学的一部分，是由某一民族或地区的人民群众集体创作的，带有浓厚幻想色彩的、适合幼儿阅读的民间故事，其往往与该民族或地区的人文风俗、自然环境紧密联系，带有浓郁的民族、地方色彩，并以口耳相传的方式在民众间世代流传。现存的民间童话多是由后人搜集整理而成的，比较有代表性的民间童话集有《格林童话》《鹅妈妈的故事》等。

民间童话一般有自己的固定模式，比如正反角色的对比、情节事件的多次反复等。贝特尔海姆认为："民间童话能够帮助现代的幼儿驾驭处于成长期所面临的心理问题，应对现存的困境和无意识中发生的事情：摆脱自恋的失望，恋母情结窘境和兄弟间的竞争，变得有能力终止童年期的依赖，获得自我中心和自我价值感、道德义务感。从民间童话中，在其他任何幼儿可以理解的故事中，学到更多关于人的精神问题的东西，更多的正确解决他们在任何社会中的困境的方法。"②

创作童话又称为文学童话、品德童话，顾名思义，是由作家个人创作的童话。它具有文学作品的书面色彩，是在民间童话基础上发展起来的作家创作，是作家文学的一部分，具有独特的艺术风格和灵活多样的创作方法。

创作童话的创作方法一般可以分为两种：一种是以民间童话为素材，对其进行加工改编，融入作家的现实性创作，加入当代的价值观念，如普希金的《渔夫和金鱼的故事》、葛翠琳的《野葡萄》、洪汛涛的《神笔马良》。朱自强认为："在儿童文学的发展里程中，对民间文学进行现代性转化，是一个重要的不可逾越的阶段；它不是个别作家因个人艺术喜好而采取的行为，而是被儿童文

---

① 朱自强. 民间文学：儿童文学的源流 [J]. 东北师大学报（哲学社会科学版），2013（5）：108-111.
② [美] 布鲁诺·贝特尔海姆. 童话世界与童心世界 [M]. 舒伟，樊高月，丁素萍，译. 重庆：西南师范大学出版社，1991.

学的发展所决定了的一个普遍的艺术规律。"① 有的作家在创作童话时，虽然从民间童话汲取营养，但很大成分上仍是个人创作的，仍属创作童话，如杨楠的《五彩云毯》。另一种则是完全从现实生活中汲取灵感而创作的全新童话。总而言之，创作童话的目标是创新，创造出富有艺术个性的新的幻想和新的童话艺术形态。

2. 童话故事、童话诗与童话剧

从体裁的角度，可以将童话主要地分为童话故事、童话诗和童话剧。

童话故事可以看作是童话的狭义概念。"童话故事"一词在《现代汉语词典》中的解释是"儿童文学的一种体裁，通过丰富的想象、幻想和夸张来编写适合于幼儿欣赏的故事"②。前文所提到的童话作品都属于童话故事的范畴。

童话诗是故事诗的一种，现代诗的一种体裁。它是以童话故事为题材的长篇叙事诗，适宜学龄初期幼儿阅读学习。童话诗的主题具有一定的教育和启蒙意义，往往通过生动、鲜明的形象，浅显易通的寓意，透露出生活的哲理，寓教于乐。它一般有完整的故事情节，富于幻想、夸张色彩，采用幼儿的语言和叙述习惯，内容变幻神奇，极富吸引力和感染力，趣味性强。语言凝练简洁，通俗生动，朗朗上口，富于音乐性。

如顾城创作的童话诗《毛虫和蛾子》：

毛虫对蛾子说：
你的翅膀真漂亮。
蛾子微笑了，
是吗？
我的祖母是凤凰。

蛾子对毛虫说：
你的头发闪金光。
毛虫挺自然，
可能，
我的兄弟是太阳。

童话剧是以童话为内容，戏剧为形式创作的故事。其剧本包括原创和改编两种，通过一系列的演绎方式来展示；然后，再进行舞台加工和歌舞设计，通过演员舞台表演或卡通制作，呈现在观众面前，属于幼儿剧的一种。其形式生动活泼，主题明确突出，深受幼儿的喜爱。著名童话作品《白雪公主》《灰姑娘》《小红帽》等均被改编为童话剧，广为流传。

3. 文学童话与科学童话

从童话内容的角度，可以将童话分为文学童话和科学童话。

文学童话又称创作童话、品德童话，是由作家个人创作的童话，具有文学作品的书面色彩，其定义可以等同于前文的创作童话。

科学童话又称知识童话、自然童话，是童话的一个分支，它具备童话的各种特点。它和文学童

---

① 朱自强. 民间文学：儿童文学的源流[J]. 东北师大学报（哲学社会科学版），2013（5）：108-111.
② 中国社会科学院语言研究所词典编辑室.《现代汉语词典》[M]. 6版. 北京：商务印书馆，2012.

话是一对孪生姐妹,既富于科学的启迪,又具有艺术的美感。它能培养读者对自然科学的兴趣,启迪少年幼儿的智慧。

与一般童话相比,科学童话具有一定的知识性,它是以科学知识为内容的,所表现的主题也与自然科学有关。科学童话与一般文学童话的区别在于,它把科学内涵和童话构思结合起来,即把科学的理性概念化作幻想的感性形象。科学童话所涉及的知识内容一般较为单纯,它并不负有普及科学的任务。《胖子学校》《五兄弟闯关》《沙丁鱼巴新》《小蝌蚪找妈妈》就属于此类童话。

4. 热闹派童话与抒情型童话

从作品艺术风格来看,可以将童话分为热闹派童话和抒情型童话。

热闹派童话是我国新时期儿童文学的第一个文学流派,兴起于20世纪80年代。该流派的童话注重情节和幻想,强调运用夸张、变形、象征等艺术手法制造闹剧效果,用漫画似的幽默使读者获得快感。热闹派童话的历史可以追溯至卡罗尔的《爱丽丝漫游奇境记》。在我国,许多评论家和作家都认为郑渊洁是热闹派童话崛起的代表,他创作出了一系列经典的热闹派童话形象,如皮皮鲁、舒克、贝塔等。班马提出,"'释放'正是'热闹派'童话最好的美学内容"①。因此,热闹派童话往往具有奇妙丰富的想象,故事性强,注重人物形象的塑造,形象、情节怪异荒诞,充满游戏感等特点。

如意大利作家科洛迪写的著名童话《木偶奇遇记》:

"说实话太丢脸了。"匹诺曹心想,于是,开始撒谎编故事。咦,不对呀!怎么会愈说鼻子变得愈长呢?匹诺曹继续说,鼻子又继续变长,他终于忍不住哭出来了。

作者创造了匹诺曹这个顽皮孩子的童话形象,他只要一说谎话,鼻子就要长一截。作者通过这些荒诞的夸张和奇妙的幻想,告诉孩子们做个诚实的好孩子的道理。

与热闹派童话的重夸张和闹剧效果不同,抒情型童话则主要借用散文和诗歌的表现手法,重情绪、情感的表达,注意营造优美的意境。

安徒生是抒情型童话的著名代表人物,他的许多作品都具有浓郁的抒情性,如《海的女儿》:

有好几个晚上,她看到他在音乐声中乘着那艘飘着许多旗帜的华丽的船。她从绿灯芯草中向上面偷望。当风吹起她银白色的长面罩的时候,如果有人看到的话,他们总以为这是一只天鹅在展开它的翅膀。

无论是小美人鱼对人类生活的幻想还是故事中令人神往的海底世界,都有着如诗一般优美的意境和强烈的感情。

(三) 幼儿童话的特点

幼儿童话作为童话中专门面向3—6岁幼儿的类别,其作品千姿百态,给幼儿的童年带来丰富的心灵体验,对幼儿来说充满了魅力。在这些幼儿童话作品中,无论是强调故事性的传统民间童话,还是注重艺术个性表现的现代文学童话,都有着以下几种共同的特点。

1. 奇妙无穷的幻想

"幻想"是童话最本质的特征。不管是童话中的人物形象还是情节设置,往往都是超现实的,

---

① 班马. 童话潮一瞥 [J]. 儿童文学选刊, 1986 (5): 61.

这也是童话最吸引幼儿之处。幼儿的世界里本就充满了想象,因此对于幼儿来说,童话就像是一个与现实世界平行的、天马行空的游戏世界。"童年被视为是天真的场域,孩子在此藉由经验来学习;而'想象力'的地位更为重要,它是'将现实束缚排除在外的其他世界'形成之处"①,童话的审美功能之一便是张扬与提升幼儿的幻想天性。如英国作家刘易斯·卡罗尔的作品《爱丽丝漫游奇境记》:

爱丽丝看见一个瓶子,上面写着:请喝我!

她把瓶子里的水喝了,身体立刻变得比瓶子还要小。

她又看见一个饼干盒,盒上写着:请吃我!

她把饼干吃了,又一下子变得像巨人那么大。

爱丽丝害怕得哭起来,眼泪流成了一条大河。

爱丽丝又喝了一口瓶子里的水,她又变小了,一下子跌到瓶子里,被眼泪河冲过了小门。

童话中这些明显违背物理常识的荒唐人物或情节,却总是令幼儿颇感羡慕。幼儿在现实生活中被压抑了的天性和愿望,在充满无穷幻想的童话世界里得到了释放。

2. 以拟人为主体的童话形象

拟人作为一种修辞手法,就是把事物人格化,将本来不具备人的动作和感情的事物变成和人一样具有动作和感情的样子。在幼儿童话中,拟人是最普遍运用的艺术手法之一,童话中的各种形象基本都具有拟人化的特点。幼儿童话中,最常见的拟人体童话形象就是将动物拟人化,比如经典的童话《丑小鸭》,作者给丑小鸭赋予了人的语言、人的思维、人的情感。童话中的拟人也要求物性和人性的结合,即童话形象既具有人的特点,又保留其作为物的某种特点,比如《小红帽》中的狼,它既和坏人一样有着阴险狡诈的性格特点,又外貌凶狠,就是狼的模样。

3. 含蓄而鲜明的象征

象征,解释为用具体事物表现某些抽象意义。幼儿童话中的象征是含蓄而又鲜明的。学者张锦贻认为:"作家在童话幻想的艺术构筑过程中,一方面是巧妙地运用幻想的艺术手段来折射现实生活,另一方面又恰当地通过幻想的童话境界来表达某种思想意蕴。这种意蕴,为特定的幻想形象所包裹,所隐蔽,需要人们去领悟,去开掘,这就成了童话的象征。"② 幼儿童话中的象征通常是具体形象、意象的象征,如安徒生笔下的"夜莺"象征着对生活的美好愿望,象征着对自由生活的向往。而"美人鱼"则象征着美好纯洁的爱情。这些意象的象征功能可以经由童话传达到人类生活中的很多文化领域,逐渐成为固定的符号及内涵,比如童话中的"丑小鸭""皇帝的新装""灰姑娘"这些经典形象,就已经形成了固定的象征意义。

4. 单纯明快的叙事方式

幼儿具有心思稚嫩,情绪容易外露的年龄特点。因此以幼儿为对象的童话在叙事方式上往往具有单纯明快、直截了当的特点。开门见山,直接讲故事的叙事方式在童话中并不少见,如以下两则童话:

从前有一个女人,她非常希望有一个丁点儿小的孩子。但是她不知道从什么地方可以得到。因

---

① 杨雅捷,林盈蕙. 儿童文学导论:从浪漫主义到后现代主义[M]. 台北:天卫文化图书有限公司,2005.
② 张锦贻. 论童话的象征[J]. 内蒙古社会科学,1989(3):101-105.

此她就去请教一位巫婆。

她对巫婆说:"我非常想要有一个小小的孩子!你能告诉我什么地方可以得到一个吗?"(安徒生《拇指姑娘》)

在一个遥远的山村里,住着一位猪妈妈和她可爱的三只小猪。妈妈每天很辛苦,小猪们一天天长大了,可还是什么事都不做。(约瑟夫·雅各布斯《三只小猪》)

此外,幼儿童话的情节单纯,行文节奏流畅,在情节安排上往往是线性结构,且一般只有以主人公为主的一条故事线,常常运用反复、对比以及层层递进的方式来推进情节的发展,由一个个相对独立的小故事来串联全文情节,如汤素兰的《笨狼的故事》、中川李枝子的《不不园》等。

3-5 知识延伸
了解中外著名童话作家

二 寓言的基本原理

寓言是用比喻性的故事来寄托意味深长的道理,给人以启示的文学体裁,字数不多,但言简意赅。故事的主人公可以是人,也可以是拟人化的动植物或其他事物。该词最早见于《庄子》,在春秋战国时代兴起,后来成为文学作品的一种体裁。"寓言具有两大要素,一是故事性,二是寄托性。"①

寓言由喻体(所讲述的故事)和本体(所阐明的道理)组成。如《伊索寓言》中的一个故事:

狗叼着肉渡过一条河。他看见水中自己的倒影,还以为是另一条狗叼着一块更大的肉。想到这里,他决定去抢那块更大的肉。于是,他扑到水中去抢那块更大的肉。结果,他两块肉都没得到,水中那块本来就不存在,原有那块又被河水冲走了。(喻体)

这故事适用于贪婪的人。(本体)

(一)寓言的起源

"寓言"一词在中国最早见于《庄子》。庄子被古人看作寓言大师,他认为寓言的特点是"藉外论之"②,也就是假借另外的故事来说明事物的道理。

寓言的产生不同于童话,童话本身具有幻想性,所以与早期的神话紧密相连,而寓言则重在说理,更反映出人类的理性思维。寓言的产生晚于神话,并且在人们由原始的神话思维迈向理性思维

---

① 陈蒲清. 中国古代寓言的范畴、起源、分期新探[J]. 求索, 1994 (4):81-86.
② 庄周. 庄子[M]. 太原:山西古籍出版社, 2003.

的过程中充当了桥梁的作用。早期的寓言，在寓体上，虽仍体现出"万物有灵"的原始思维的特点，但其本体却是人类对于世界进行理性思考的产物。尽管寓言与神话有一脉相承的关系，但二者有明显的不同。神话是幼稚蒙昧的人类对自然、社会幻想性的解释，寓言却是逐渐走向成熟的人类对自己的生活及自然、社会理性的发现，是趋向于自觉地认识生活的艺术反映。

（二）寓言的特点

1. 寓意明确突出

寓言的寓意即寓言的本体，是寓言故事中所阐述的道理。寓意是一则寓言故事的核心所在，体现了作者的创作意图，具有深刻的思想启示意义。

寓言的寓意是鲜明而突出的，比其他任何文学体裁都更能直接地表达出作者对生活的真知灼见。寓意可以在文中直接表明，也可以较为含蓄地体现在文中。如《孟子·公孙丑上》中的一篇寓言《揠苗助长》。

3-6 拓展阅读
《揠苗助长》

2. 比喻形象生动

比喻是一种常用的修辞手法，是用跟甲事物有相似之点的乙事物来描写或说明甲事物。它是修辞学的辞格之一，也称"打比方"。寓言实质上便是借助他物来说明其寓意的一种文学体裁，实际上是一种比喻和象征的艺术。

寓言中的比喻和修辞中的比喻有所区别。修辞上的比喻往往没有特定的故事情节，其目的主要是更好地说明事物，增加形象性。而寓言中有故事、人物、情节，作者往往是用一个完整的故事来当作比喻，从而凸显寓意，因此寓言中的比喻形象性和生动性都较高。比如《庖丁解牛》，通过庖丁精心解牛的比喻，告诉人们做事要不断摸索，熟能生巧，才能把事情做得漂亮；《狐假虎威》则用狡猾的狐狸假扮老虎的比喻，讽刺生活中那些仗势欺人，最终害人害己的人。

3. 故事简洁短小

前文提到，寓言和童话故事不同，在篇幅上具有短小精练的特点。作者往往是从生活或自然中截取最具代表性或最精彩的情节片段，加以概括、提炼，用简洁的语言表达出来。寓言的简短还体现在它的故事单一，并紧紧围绕着寓意展开。寓言故事中对于形象的描写往往点到即止，只抓住其性格特征中最本质的一点，不做细致的刻画，如《郑人买履》，开篇即介绍道："郑人有欲买履者，先自度其足，而置之其坐。"寓言故事中虽有情节，但并不会展开或细节地进行描述，更不会和其他文学体裁一样有意地安排悬念或突出细节，更忌讳长篇大论的叙述。寓言的叙述是简洁朴素的，别林斯基把寓言称为"理智的诗"。寓言可以说是叙事性文学中最简短的一种。我国古代的一则寓言故事《山鸡自爱》，全文仅有15字，却十分成功地塑造了一个自我欣赏者的形象，给人留下了意味深长的感受：

山鸡自爱其色，终日映水，目眩则溺死。

4. 讽刺犀利深刻

寓言中的寓意往往是带有讽刺意味的，并且这种讽刺往往犀利又深刻，通过这样犀利深刻的讽刺来教育世人。许多寓言都是通过对愚蠢行为的嘲讽来说明道理的，引人发笑的同时又让人明白道理。如《吕氏春秋·察今》中的寓言故事"刻舟求剑"：

楚人有涉江者，其剑自舟中坠于水，遽契其舟，曰："是吾剑之所从坠。"舟止，从其所契者入水求之。舟已行矣，而剑不行，求剑若此，不亦惑乎！

刻舟者的愚蠢行为让人忍俊不禁。这则寓言正是通过将被讽刺对象的行为夸张到可笑的地步，从而达到了一种谐趣美，让人们从喜剧效果中否定错误的思想、行为，明白做事不能死守教条，用静止的眼光去看待发展变化的事物，必将导致错误的判断。我国古代的许多寓言，如《滥竽充数》《掩耳盗铃》，西方古代寓言《狐狸和葡萄》《磨工卖驴》等，都具有这样的特点。

（三）寓言与童话的异同

1. 起源上的异同

童话和寓言都是起源于民间的神话传说，但童话和神话更为相似，故事中都具有神奇的幻想和奇异的色彩。寓言则是出现于神话之后，随着社会生产力的发展和人们认知水平的提高，人们有意识地运用联想、想象去表现从生活实践中生发、领悟出来的思想认识和经验总结，渐渐形成了寓言这种寄托着教训或哲理的文学样式。

2. 概念上的异同

童话是具有幻想色彩的，通过丰富的想象、夸张来塑造形象，给读者以生动的阅读体验和潜移默化的心灵塑造。童话具有一定的审美功能，其审美通常指向离奇的情节、丰满的人物形象及梦幻般的艺术氛围。

寓言则往往是含有劝喻和讽刺意味的短篇故事，通过借助某种故事形式来表达作者的创作意图，目的趋向于向读者说理，为读者的未来生活提供正确的指导。

3. 篇幅上的异同

童话的故事完整，情节丰富，且具有一波三折的特点，篇幅比寓言长，长篇童话在篇幅上更是多达两万字以上。如《爱丽丝漫游奇境记》《吹牛大王历险记》等。

寓言则结构简单，篇幅短小，情节单纯有趣，如我们熟知的古代寓言《刻舟求剑》《黔驴技穷》等。

4. 题材上的异同

童话充满了幻想的色彩，且常常运用拟人的手法，因此取材更为广泛，日月星辰、风霜雪月、大地万物都可以成为童话的取材，通过作者的丰富想象和描写使其妙趣横生。

寓言则大多取材于现实生活，内容多反映人们对生活的看法，如对某种社会现象的批评或对某类人的讽刺。虽然很多寓言在故事上具有虚构的成分，但往往更能够被现实中的人们所接受，如著名的古代寓言《叶公好龙》：

叶公子高好龙，钩以写龙，凿以写龙，屋室雕文以写龙。于是天龙闻而下之，窥头于牖，施尾于堂。叶公见之,弃而还走,失其魂魄,五色无主。是叶公非好龙也,好夫似龙而非龙者也。

5. 体裁上的异同

童话的表现形式多样化,在体裁上不仅有散文形式,还有童话诗(如前文提到的顾城创作的童话诗《毛虫和蛾子》)、童话剧等,寓教于乐,生动形象,十分具有可读性。

寓言则更注重实用性,体裁单一,突出讽刺性,富于启发性。

三、儿童故事的基本原理

"故事"是儿童文学中非常重要的元素,作为叙事性文学的一种,它侧重于对故事过程进行描述,强调情节的完整性、连贯性、生动性和趣味性,比较适合口头讲述。广义上的儿童故事范围很广,睡前故事、民间故事、寓言笑话、神话传说、童话故事等都属于这个范畴。而本章所讲的"儿童故事",则是狭义范围的儿童故事,即"篇幅较短,主要针对学前幼儿听或读,儿童故事可以讲述生活中的真实人物和真实事物,也可以讲述生活中虚构的人物和事件"[①]。幼儿的故事非常符合幼儿的心理特点,适合幼儿聆听和阅读,是幼儿喜闻乐见的一种文学形式。

(一)儿童故事的发展

古代的儿童故事主要分为两类。一类是描写幼儿日常生活的故事,这类故事用语简洁、立意明确,往往是通过孩童的具体行为来表现他们的智慧与品质,比如我们熟知的"曹冲称象""司马光砸缸"等。另一类则是神话故事传说,比如"夸父逐日""女娲补天"等。

1909年,《幼儿教育画》创刊,这是我国最早的以学龄前幼儿为对象的刊物,此后,各种比较适合幼儿欣赏的故事都陆续登载在报刊上。如1930年陈伯吹创作的《破帽子》、1934年叶圣陶创作的《小蚬的回家》。

新中国成立后,儿童文学得到了更多的关注,儿童故事的创作也开始增多,出现了很多精美之作。新时期以来,儿童故事中直接描写幼儿生活的故事更是大量出现。随着社会的进步和幼儿需求的变化,近三四十年来,儿童故事的创作形式也发生了一些变化,系列故事成了创作的一种形式,如郑春华的《大头儿子和小头爸爸》。

(二)儿童故事的类型

儿童故事的类型非常丰富多样,其中最为常见的主要有民间故事、历史故事、生活故事和动物故事四大类。

1. 民间故事

民间故事是一种流传于民间,具有一定传奇性和幻想成分的题材广泛的叙事性口头文学形式。广义上的民间故事包含了所有民间集体创作的或写实或幻想的故事,类型上可包括童话故事、寓言故事、地方风物故事、奇闻趣事等。而狭义上的民间故事则具体指更贴近现实生活的故事,包含时

---

① 王忠民. 幼儿教育辞典 [M]. 北京:中国大百科全书出版社,2004.

间、地点、人物、情节等要素。这里所要介绍的儿童故事中的民间故事主要是狭义上的民间故事。

民间故事主要具有以下艺术特点。

第一，故事背景模糊。民间故事中很少有明确的故事背景交代，我们常常在故事开头读到"很久很久以前""从前""有一个美丽的地方"这样的句式来概括故事的发生背景。

第二，人物形象类型化。民间故事常常以某类人物的身份或特征去指代这一人物。比如在很多新疆的民间故事中都有"巴依老爷"（"巴依"在维吾尔语中是"财主"的意思）这一人物。

第三，三段式的情节结构。民间故事的情节单纯、完整，往往围绕着一个中心事件展开，有头有尾，并且在情节展开过程中会出现变化，遵循开头、高潮、结尾的三段式结构。结局也往往是理想化的，符合"善有善报、恶有恶报"的价值观。

民间故事不仅贴近生活，适合幼儿欣赏，许多民间故事还在一定程度上保留了各民族、地区的风俗文化，如蒙古民间故事往往与草原有关，新疆民间故事往往与沙漠有关，这类民间故事还对幼儿起到了促进其对传统文化的传承和学习的作用。

2. 历史故事

历史故事是指以历史事件、历史人物为叙述对象的故事，包括两种类型：一种是以历史事件为主，描写发生在某一历史时期的历史事件，如《草船借箭》《围魏救赵》等；一种则是以表现历史人物为中心，叙述某些历史人物的生平活动，反映他们的历史功过等，如《鲁班的故事》《曹冲称象》等。

历史故事对于幼儿的教育价值主要可以体现在认知发展、道德熏陶、健全人格等方面。

首先，在认知发展上，许多历史故事都蕴含着丰富的启示。如《草船借箭》反映出诸葛亮对事物的判断具有超人的预见性，这教育了幼儿做事应提早计划和安排，要善于观察。其次，在道德教育上，历史故事也将优秀的中华传统美德传递给幼儿，比如《孔融让梨》教育了幼儿要懂得谦让。再次，历史故事还能培养幼儿勇敢、善良、机智等人格，如《司马光砸缸》中面对险境沉着应对、勇敢机智的司马光，便是值得幼儿学习的人格榜样。

3. 生活故事

幼儿的生活故事主要是以现实生活中的幼儿为主角，以幼儿的生活和活动为题材的故事。这里的"幼儿生活"不仅指幼儿的日常现实生活，还包括幼儿感兴趣的生活，可以是其他年龄阶层人们的生活。

幼儿生活故事的题材内容主要涉及生活情趣和生活教育两方面。有的故事侧重表现幼儿特有的生活情趣，如梅子涵的《东东西西打电话》。

3-7 拓展阅读
《东东西西打电话》

故事中东东和西西打电话的行为是孩童时期才会有的生活事件，稍显夸张的叙述也充分体现出幼儿独特的情趣。

除此之外，还有很多故事都渗透着对幼儿进行生活教育的意图，向孩子传递着有关生活和成长的方方面面的知识。儿童能够通过语言来理解生活世界，"语言是生活世界的摹本，而生活世界正是各种生活事件的集合体。聆听故事由此成为儿童理解生活世界的基本方式"[①]，因此，教育性可以说是幼儿生活故事在内容上的一大特点。如奥谢耶娃的《蓝色的树叶》是教育儿童在同伴交往时要友好相处、互相帮助。

卡佳有两支绿颜色的铅笔，可是莲娜一支也没有。莲娜问卡佳请求说："给我一支绿铅笔吧。"但是卡佳回答说："我得问一问妈妈。"

第二天，两个小姑娘都到学校里去了。

莲娜问："妈妈允许了吗？"

卡佳停了一下才说："妈妈倒是允许了，可是我还没有问过哥哥呢。"莲娜说："那有什么关系，再问问哥哥吧。"

第二天卡佳来的时候，莲娜问道："怎么样，哥哥答应了吗？"

"哥哥倒是答应了，可是我怕你把铅笔弄断了。"

莲娜说："我会小心些用的。"

卡佳说："小心些，不要削，不要太用劲儿使，不要放到嘴里去，不要用得太多啊！"

莲娜说："我只要把那图画纸上的树叶，画成绿颜色的就够了。"

"这可多啦！"卡佳说着，紧紧地皱着眉头，脸上还做出不乐意的样子来。

莲娜看了看她就走开了，也没有拿铅笔。

卡佳奇怪了，跑着去追她。

"喂，你怎么啦？拿去用吧？"

莲娜回答说："不要啦。"

上课的时候，老师问道："莲娜，为什么你的树叶是蓝色的呢？"

"我没有绿颜色的铅笔。"

"那你为什么不跟自己的女伴去拿呢？"

莲娜默默地不说一句话。

但是卡佳羞红了脸，像只大红虾似的，说道："我给她啦，可是她没拿去。"

老师看了看两个人说："要好好地给，别人才肯接受呢。"

4. 动物故事

动物故事也是深受幼儿喜爱的故事类型，它是以动物为主人公，描写动物们的生态、习性，或用拟人的手法，借助动物的形象来象征人类社会生活和社会关系的故事。动物故事具有结构单纯、篇幅短小，有一定幻想性和趣味性的特点，适合儿童欣赏。动物故事主要包括两种类型。一种是通过动物的行为、生活特点和不同动物之间的关系，生动有趣地介绍各种动物的特征、习性等方面的故事。比如《为什么兔子的尾巴很短》，兔子本来是长尾巴、短耳朵，因为很喜欢炫耀，所以引起了狐狸的嫉妒，于是，狐狸引诱兔子用尾巴当鱼竿到湖边钓鱼。晚上湖面结冰，兔子的尾巴被卡在湖里，只好请猫头鹰帮忙，结果兔子的耳朵被拉长了，尾巴却被夹断了。

---

① 付伟，张绍波，杨道宇. 以故事说生活：儿童语言教育的本质 [J]. 学前教育研究，2013（1）：49-53.

另一种是借助动物的形象来象征人类的社会生活和社会关系，体现人们对真善美的观点。如《黄鼠狼给鸡拜年》则是以黄鼠狼的形象来比喻生活中阴险狡诈的坏人。

（三）儿童故事的特点

1. 选材贴近生活

基于幼儿的生理和心理特点，儿童故事的取材越贴近于幼儿的现实生活，越具有真实感，也就越容易被幼儿接受和喜爱。因此，儿童故事往往从现实生活中取材，故事内容大多是从现实生活中提炼出来的有趣事件或生活道理。如幼儿园生活故事《翻跟头的一天》：

今天日历上是个"9"，东东不认识。他想"6"怎么在翻跟头？噢，今天一定是个翻跟头的日子。

去幼儿园的路上，东东把两只手套反着戴，手套翻跟头！手背上的狗狗翻到了手心里，手握手，好像小狗抱小狗。

老师带着小朋友，排队向前走。东东要反着走，队伍翻跟头！不好！队伍乱了，连小猫都在笑东东。

吃午饭时，东东把小勺调了儿，小勺翻跟头，吃饭是什么味儿？

午觉睡醒后，老师说，谁来给大家讲故事？东东第一个举手。

"我讲一个翻跟头的故事吧，名字叫《一只老鼠吃了八只猫》。""吹牛，老鼠见了猫就逃跑了。""猫才会吃老鼠。"……小朋友们直嚷嚷。

东东说："从前，有只老鼠过生日，老鼠妈妈做了个大蛋糕，上面有八只奶油猫，小老鼠太高兴了，一口一口把八只猫全吃完了。"

小朋友听了有趣的故事全笑翻了，老师说："东东一天都反着来，只有故事反得好！"

幼儿园生活也是幼儿生活的重要组成部分，因此有很多儿童故事都将题材聚焦于幼儿在幼儿园中的生活。《翻跟头的一天》讲述了东东在幼儿园中奇特有趣的一天，故事的主人公与读者之间十分亲近，无须幻想和想象，这样真实的儿童故事对于幼儿来说有着极大的魅力。

2. 结构完整连贯

完整连贯是儿童故事在结构上的特点。儿童故事作为故事的一种，属于叙事体，因此尽管其篇幅短小，仍需要事件的叙述有头有尾，要具备一个故事从开端、发展、高潮到结局这样的完整过程。完整连贯的故事结构符合幼儿的阅读心理和聆听需要，幼儿在听读故事时渴望知道完整的故事，所以他们总是会不停追问"然后呢""接下来呢""最后怎么样了"，从而得到心理满足。

完整是指整个故事的情节需完整，故事的起因、经过、结果缺一不可。如英国作家凯瑟琳写的儿童故事《煎饼帽子》，故事的起因是迈克喜欢吃煎饼，于是他开始看妈妈做煎饼，学做煎饼，煎饼成了帽子，最终的结果是迈克终于做成了煎饼。故事的情节完整有趣，易于幼儿理解。

连贯则是指儿童故事的情节结构要做到首尾呼应，前后文紧凑合理。儿童故事往往是由一系列大大小小的故事、情节和场景组成的，互相之间的衔接应该连贯而紧凑。儿童故事的篇幅本身比较短小，这就更要求在简短的故事中，要紧凑合理地安排故事的发展高潮和结局，一层一层，环环相扣。

3. 情节单纯有趣

儿童故事离不开"趣味性",新奇有趣的故事情节往往能给幼儿留下深刻的印象。如儿童故事《没头脑和不高兴》中的片段:

他过十二岁生日那天,我捧了一大包东西上他家。

没头脑打开一看:"哎,叔叔,您怎么送我那么多东西呀?妈,你看,叔叔送我铅笔、本子——连名字都给我写上了——皮球、手套、手绢、《罗文应的故事》……叔叔,这顶帽子我可戴不下……"

没头脑一面翻一面嚷,他妈妈就说了:"那你还不快谢谢叔叔。"我说:"不用谢了,都是他自己的。"他妈妈听了不由得直叹气,冲着他说:"瞧你这个没头脑,大起来可怎么做事情啊,唉,大起来可怎么得了!"

没头脑就是这么个没头脑。

故事中的人物不仅在语言、行为上都符合儿童的习惯,充满了童真童趣,在情节上也通过各种艺术手法,如拟人、夸张等,产生幽默风趣的效果,深受幼儿喜爱。

4. 语言简单易懂

儿童故事的读者主要是心智尚未完全成熟的幼儿,幼儿大多数时候是聆听或简单地自行阅读故事,这就要求儿童故事在语言上要做到简单易懂。作者要考虑用什么样的语言才能接近儿童的生活和内心世界,在最短的时间内吸引儿童进入故事情境。儿童故事的语言一般是口语化的,句式较短,具有质朴、明快、易懂等特点。如德国作家鲍圭埃特的《一封信》:

爸爸出国了,要过半年才能回来。今天,露西想给爸爸写一封信。

妈妈还在厂里,露西早早回到家。她打开空调,又洗了一些土豆,削好后放在锅里。她朝窗外望了一眼。好了,她想,现在可以开始写信了。她拿出一叠纸,一支圆珠笔。

"亲爱的爸爸,"露西写道,"你不在,我们很不开心。以前每天早上你一边刮胡子,一边逗我玩。还有,家里的台灯坏了,我们修不好。从早到晚,家里总是很冷清。"

这时,妈妈回来了。她拍拍露西的肩膀,问:"是在给爸爸写信吗?"

"是的。可是我写得不好。"露西说着,把纸揉成一团。

"要么,我们一起重新写吧!"说着,妈妈在她身旁坐下来。

露西边说边写:"亲爱的爸爸……"

"我们过得挺好。"妈妈接着露西的话说。

露西写完这一句,想到了小狗希比希。写道:"太阳闪闪发光。阳光下,我们的希比希又蹦又跳。"

妈妈说:"请爸爸告诉我们,螺丝刀放在哪儿。"

露西笑了,她记下妈妈的话,接着写道:"这样,我们就能自己修台灯了。"

"还有,下星期天我们去看电影。"妈妈说。

"啊,太好啦!"露西叫了起来。

"爸爸,我们天天想你。"露西在信的结尾,画了一大束鲜花。

故事中的语言通俗易懂,主要以儿童的口吻叙述出来,在表达上有一种亲切感,符合读者的阅读习惯,这样的故事既易于幼儿倾听也易于幼儿讲述。

四 儿童小说的基本原理

儿童小说是儿童文学的一种重要体裁，从含义上讲有广义和狭义之分。广义上的儿童小说概念是指从儿童观点出发，充满儿童情趣，能充分满足儿童审美需求，符合儿童好奇、好动的心理行为特征，以社会生活为内容，幻想性、故事性很强的叙事文学样式；狭义上的儿童小说则指的是以塑造儿童形象为中心、以广大儿童为主要读者的散文体的叙事性儿童文学样式，其需要具备以下三个要素：以儿童形象为中心的人物形象或以儿童视角所表现的成人形象、以儿童行为为中心而串联的故事情节、以儿童生活的背景和场所为主的环境描写。狭义的儿童小说在外延上还包含两个层面。

首先，儿童小说是小说。儿童小说是小说的一个分支，具有小说的本体特征。儿童小说同样擅长借助艺术虚构，用典型化的方式塑造人物形象，反映少年儿童的生活真实，并通过合理的虚构和想象来编制情节，营造环境，从而塑造人物。

其次，儿童小说的读者是儿童。儿童小说家是根据儿童的心理特征和审美特点进行创作的，这就使儿童小说必然呈现出与一般小说不同的特色。儿童小说是儿童的，主要体现在以下几方面：在叙事手法上，儿童小说多采取单线叙事；在题材选择上，儿童小说着眼于儿童感兴趣的、贴近儿童生活的题材；在语言运用上，儿童小说多以儿童视角去讲述故事，体现儿童情趣；在人物塑造上，儿童小说多塑造真实、有个性、富有浪漫色彩的人物，从而获得儿童认同。

（一）儿童小说的类型

儿童小说从不同的角度，可以划分为不同的种类。

1. 以篇幅划分的儿童小说

按照篇幅长短，可以将儿童小说分为长篇儿童小说、中篇儿童小说和短篇儿童小说。

长篇儿童小说的篇幅很长，故事内容丰富，情节也较为复杂，有的长篇儿童小说甚至与成人所读的小说篇幅差不多。长篇儿童小说中对人物成长的历程和社会环境背景的刻画往往更为细致和广阔，在故事情节上会根据其发展分为不同章节，如著名的长篇儿童小说《汤姆·索亚历险记》《淘气包艾米尔》等。马克·吐温的《汤姆·索亚历险记》全书共17万余字，完整又细致地讲述了美国小镇圣彼得堡的少年汤姆·索亚失去双亲后，受不了学校和姨妈管束，于是他踏上了冒险历程，经历了凶杀案、做"海盗"、挖宝藏等一系列的惊险经历。

中篇儿童小说的篇幅介于长篇儿童小说和短篇儿童小说之间，一般在三万到十万余字左右。在故事叙述上，中篇儿童小说往往只是截取主人公在某一个时期或某一段生活中的典型事件来塑造人物形象，相比起长篇儿童小说，中篇儿童小说的线索比较单一，人物关系更加简单，如何翔的《小公主》、叶广芩的《雨》。

短篇儿童小说（包括小小说），在儿童小说中篇幅最短，容量较小，字数在一万字左右，其中小小说的篇幅更短，在一千字左右。短篇儿童小说的特点是篇幅短小、情节简洁、人物集中、结构精巧。它往往选取和描绘富有典型意义的生活片段，着力刻画主要人物的性格特征，反映生活的某一侧面，使读者"窥一斑而知全豹"。短篇儿童小说很少将情节或环境铺开讲述，主要是集中写好一个人物。如安托万·德·圣·埃克苏佩里的《小王子》用较短的篇幅讲述了小王子从星球出发前往地球的过程中所经历的各种历险,以小王子孩子式的眼光透视出成人的空虚、盲目、愚妄和死板教条,用浅显天真的语言写出了人类的孤独寂寞、没有根基随风流浪的命运。经典的短篇儿童小说还有都德的《最后一课》、梅子涵的《双人茶座》等。

2. 以题材划分的儿童小说

按照题材内容,可以将儿童小说分为生活小说、历史小说、惊险小说和推理小说。

儿童生活小说,顾名思义,是以小说的形式探索儿童生活中的各种问题,并将其揭示出来的小说类型。儿童生活小说对于现实生活中的各种现象有着一定的揭示和批判作用,具有很强的现实性。在题材选择上往往以儿童的现实生活为主要内容,反映儿童在学校、家庭及社会生活中的面貌,体现儿童思想和精神世界。如杨红樱的《淘气包马小跳》讲述了马小跳在学校或家中的一系列趣事。

儿童历史小说是以历史人物和史实为内容的,反映了一定历史时期的生活面貌。儿童历史小说中所描写的人物或事件虽在历史上都有一定的史实依据,但作为小说仍允许一定的艺术虚构和想象。儿童历史小说的主要目的在于给儿童提供历史知识,同时也给小读者一些启示和教育,如《陆游的故事》《小英雄雨来》等。

惊险类的儿童小说主要是以破案、探险、历险为主题,用惊险奇特的内容来扣人心弦,激起读者的阅读兴趣,最大限度地满足读者的求知欲和探索欲,在儿童小说中是一种很受儿童偏爱和追捧的类型,如马克·吐温的《汤姆·索亚历险记》、史蒂文森的《金银岛》都属于此类小说。

推理类的儿童小说主要是以儿童的视角,以少年儿童作为主人公去讲述案件推理侦破的故事。这类小说注重表现案件的推理过程、塑造机智的人物形象,环环相扣,引人入胜,不仅能吸引读者去阅读,还能使读者通过阅读此类小说锻炼其逻辑推理能力、判断能力和对细节的观察能力。如林格伦的《大侦探小卡莱》、埃克斯特纳的《埃米尔捕盗记》就是经典的儿童推理小说。

3. 以文体划分的儿童小说

按照文学体裁,可以将儿童小说分为传记体儿童小说、日记体儿童小说、系列儿童小说、寓言体儿童小说、书信体儿童小说、童话体儿童小说。

传记体儿童小说是指以小说的体式叙写人物的童年往事,以突出人物性格的成长历程为主要目的的一种儿童小说样式。这种小说往往是在作者亲身经历的真人真事的基础上,运用小说的艺术写法和表达技巧,通过虚构、想象加工而成。其中,有为他人作传的,如贺宜的《刘文学》,黑柳彻子的《窗边的小豆豆》;也有写自己经历的,如高尔基的《童年》《在人间》等。

日记体儿童小说是儿童小说体裁上的一种独特类型,它是指由小说中人物的日记来构成情节、刻画人物、表现主题的儿童小说样式。这类小说在叙事方式上多采用第一人称,以日记主人公所见、所闻、所感的方式叙述事件、展开情节、刻画人物。如杨红樱的《男生日记》《女生日记》、亚米契斯的《爱的教育》等。

系列儿童小说是通过一系列相对独立的短篇故事集中塑造一两个或一组人物形象的小说样式,系列小说中的任何一部都具备一般小说的完整性,但是各个单独的篇章又能够相互联系和照应,在这些小说中,内容是独立的,故事情节间没有必然联系,但人物往往贯穿始终,如杨红樱的《淘气包马小跳》、曹文芳的《喜鹊班的故事》。

寓言体儿童小说则是以寓言的体裁写成的儿童小说,这类小说具有寓言的善于运用比喻、象征的手法来讽刺某类人或者某种事的特点，带有一定的寓意。比如《聊斋志异》中的《黄英》《狼》都是寓言体的儿童小说，我国作家冯骥才的《神鞭》则是一部优秀的当代寓言体儿童小说。

书信体小说是由小说中人物的一封信或几封信、或两个人物互相往来的一组书信构成情节来刻画人物与表现主题的儿童小说样式。故事情节的展开、环境的描绘和人物的塑造都是通过书信的方式来展开，增加了文章的真实感。如张天翼的《罗文应的故事》、马烽的《韩梅梅》等。

采用童话的艺术表现手法设计情节、塑造人物形象、反映社会生活的儿童小说称为童话体儿童小说。和童话一样，童话体小说中有丰富的幻想、夸张的拟人和生动的比喻。如李风杰的中篇系列小说《公鸡和母鸡们的故事》、迟子建的《北极村的故事》等就是优秀的童话体儿童小说。

（二）儿童小说的特点

儿童小说虽是小说的一个分支，但由于其描写对象和读者对象的特殊性，除了具有小说一般具有的艺术特点外，还有自己独特的艺术特征。

1. 主题积极鲜明，有针对性

小说的主题是指小说家在作品中通过描绘现实生活或幻想世界的图景、塑造艺术形象显示出来的，贯穿一部小说始终的基本思想，又称主题思想。

儿童小说的读者是身心正处于发展阶段的儿童，他们对小说的阅读理解能力有限，对主题的理解尚处于比较浅显的阶段，这也就决定了儿童小说的主题不宜过于隐晦、含蓄，而应该保持鲜明，让读者能够直接领悟到。

儿童小说对儿童具有一定的启示意义，含有教育功能，对下一代的思想、知识、审美方面的发展担负着教育责任，因此，儿童小说的主题也应该是积极向上的。儿童小说主题的积极向上并不意味着小说中不能揭露生活中阴暗、丑恶的现象，如曹文轩的《草房子》，虽然反映了当时社会儿童生活比较暗淡的一面，伤感氛围重，但核心主题仍然是儿童的自我觉醒，具有积极意义。

儿童小说主题的针对性则是要求作品应该紧密结合读者的生活实际、思想实际与兴趣爱好，引起读者思想上的共鸣，在其心灵上产生深刻的影响。

2. 题材广泛深刻，有选择性

儿童小说以反映与儿童相关的生活为主，而生活本就是丰富多彩的，因此这也决定了儿童小说的题材选择范围是十分广泛的。作家既可以描绘社会生活，又可以描绘不同的情感，以及不同时代、不同国家和不同民族的儿童的生活。如反映底层儿童悲惨生活的《三毛流浪记》、反映战争年代英雄儿童的《小英雄雨来》，还有反映儿童成长烦恼的《窗边的小豆豆》等。只要与儿童生活有关的，对儿童有意义的，儿童感兴趣的，都可以成为儿童小说的写作题材。

儿童小说虽然以儿童生活为主要题材，但是为了开阔儿童的眼界，为他们塑造可效仿的形象，儿童小说的题材选择也不能仅限于儿童生活，还可以从大多数儿童都很感兴趣的成人生活中取材。成人生活和儿童的生活其实是密不可分的，儿童终要经历这个过渡，因此，作家用儿童的眼光去描绘成人生活，用切合儿童心理的方法进行写作，所创作的作品同样能够获得儿童的喜爱。

如今，儿童小说不仅题材日渐广泛，也在更深刻地探索现今社会发展的问题。社会的变迁也推动了文学的演进，儿童小说出现了许多冲破以往固定框架的作品，不仅只关注少年儿童的生活，同时也更加关注少年儿童的主体性和独立性，表现他们自我意识的觉醒和渴望被理解的内心世界，如常新港的《独船》、曹文轩的《山羊不吃天堂草》等。

然而，儿童小说的题材在范围广阔的同时也面临着必须有所选择的问题。儿童小说的读者是善恶观念尚有不足、容易被迷惑和误导的儿童。因此，儿童小说的作家必须审慎地去选择小说题材，这也是其责任所在。社会的阴暗面虽然可以引起儿童的思考，但是一些低级、恐怖的内容必然是不适合进入儿童小说的。

3. 人物真实，形象鲜明

老舍说过："创造任务是小说家的第一任务，把一件复杂热闹的事写得很清楚，而没有创造出人来，那至多也不过是一篇优秀的报告，并不能成为小说。"[①] 小说的一个基本特点就是它可以多方面地、细致地刻画人物。和一般小说一样，儿童小说也要以描写人物为中心。儿童小说的重要任务就是塑造性格鲜明、具有真实性，能够反映一定社会生活、概括一定生活本质、以儿童为主的人物形象。成功的、经典的儿童小说中的人物形象，对儿童有着深刻而持久的感染作用。

儿童小说中的人物形象不一定只能是先进儿童形象。多年来，儿童小说创作中有一种不成文却有着潜在影响的观点：把儿童教育中"正面教育"原则简单地直接地搬到儿童小说创作中来。"在正面教育原则指导下，文学作品中的社会生活简单化了，图解生活，却掩盖了真实生活，粉饰了真实生活，作品中不可避免地出现了假话、空话、大话，儿童读者受到了从未有过的'伤害'。"[②] 因此，在塑造儿童小说的人物形象时，一定要注重其真实性和鲜明性。儿童小说中的人物，可以是优秀先进儿童的典型，如《鸡毛信》中的海娃；也可以是普通儿童的代表，如《男生贾里》中的贾里；亦可以是带有一定悲剧性的儿童形象，如《绿色钱包》里的失足少年韩小员。只有以儿童的生活为基础，塑造出个性鲜明的人物形象，才能真正受到读者的喜爱。

（三）儿童小说与儿童故事的异同

儿童故事与儿童小说都是叙事性很强的文学体裁，具有完整的故事情节和人物塑造，都是很受儿童喜爱的文学形式，有时二者很难区分。具体而言，儿童故事和儿童小说存在以下区别。

1. 立意取向不同

儿童故事主要是以叙述事件过程为中心，注重交代事件的起因、经过、结果全过程；而儿童小说则是以塑造儿童形象为中心的叙事性儿童文学样式。

2. 读者对象不同

相对而言，儿童故事的受众群体大多是低年龄段的儿童（学龄前幼儿或小学低年级儿童），而儿童小说由于其人物描写更为细致、情节更为复杂，因此其读者一般是较高学段的少年儿童。

3. 艺术表现不同

儿童故事侧重于故事的完整性和情节的起伏，儿童小说则侧重整体的艺术效果，重视人物形象的描述、人物性格的展现以及人物心理的变化等。

4. 语言风格不同

儿童故事可以供成人讲述给孩子听，因此在语言运用上更加口语化，通俗易懂，而儿童小说则

---

① 王杰，杨红霞，周杏坤. 儿童文学[M]. 北京：北京师范大学出版社，2011.
② 高黎娜，刘黎. 1949—1979年中国儿童文学创作浅析[J]. 西安文理学院学报（社会科学版），2007（1）：26-28.

主要是由儿童自主阅读，具有更高的文学性，因此书面语言使用更多。

3-8 知识延伸
了解中外著名儿童小说家信息

第三课 图文体儿童文学

绘本对儿童有着天然吸引力。日常生活中，随意走进一家稍有些规模的儿童阅览室，我们都能看到在专为孩子们准备的温馨空间里孩子们阅读的景象：大一些的孩子自己在手捧绘本阅读，小一些的则多安静地坐在矮桌旁，专注地观看绘本里的图画，听妈妈或者是爸爸在一旁给自己讲上面自己不太认得的文字。很多孩子长大之后——或许也包括你在内——还对自己小时候喜爱的绘本有着深刻的印象。那么，什么是绘本？绘本有什么样的发展历程？它因何具有这么大的魅力？它对学前儿童的发展能起到哪些作用？

一 绘本的概念与类别

（一）绘本的概念

1. 绘本

绘本，又称图画书，英文名即"picture book"，又有日语名"えほん"。广义上，绘本可以囊括所有内容包含插图和文字的出版物；在儿童文学领域的分类中，"绘本"则特指以幼儿为主要对象的一种特殊的儿童文学样式，是一种绘画和语言相结合来讲述故事的艺术形式。

绘本从诞生之初，就是从儿童出发进行创作，并最终交给儿童欣赏的。发展到现在，它的受众已经拓展到学前儿童、学龄儿童乃至成人，但其主要阅读者是3—6岁的学前儿童，以及小学低年级学段儿童。目前，绘本不仅在幼儿园和学校的日常活动中扮演着重要的教育角色，也是家庭教育中亲子共读的重要环节。在中国大陆，它在近十几年来取得长足发展，获得广泛而深入的研究，也逐步走进大众视野。

如果我们翻阅任意一本绘本，总能发现它们所共有的几个特征：用大开幅的版面，以图画为主要内容，伴以大多简练精妙的文字，来讲述某个故事或者来表达某个具有故事性的主题；整本图书的内容不会太长，但画面的设计和图文的布置都会经过画家和作者的仔细考量。"图"与"文"是绘本的两大要素，一个表意直观形象，另一个表意精练准确，在内容传达的过程中充分发挥各自的特点，各司其职，同时又紧密合作，相互补充。

日本儿童文学家松居直认为:"好的绘本是插图也在讲故事的书。不识字的孩子读第一遍就能很好地理解内容,这就是用插图来讲述故事。"绘本主要阅读对象的认知发展水平决定了绘本"以图画为主,以文字为辅"的特点。绘本是"以图制胜"的。我们讲绘本是文图结合的一种艺术形式,也是儿童文学的一种特殊体裁,它的文学性并非只体现在所讲述的故事有文字支撑上,更为重要的是,在表达期间,它通过每一次翻页间阅读的韵律感,严谨的构图设色和人物刻画,丰富而值得推敲的细节,和文字一道完成最终文学性的表达,支撑起"绘本"的灵魂。在绘本中,图画即是语言。

2. 绘本与其他图文读物

除了绘本,插图故事书和卡通读物也是一种图文读物。但是他们一般都不能归类到狭义的"绘本"中去。

插图故事书,其实可以称为"illustrated book",即"有插图的书"。书中的图画相互之间独立存在,甚至和文本内容相对分离,只是插入到故事书当中,不具有绘本中绘画的连贯性和一体性。而且作为故事的辅助手段,插图的内容依附于文本的文字描述,其作用在于对文本进行直观的演绎、补充或说明,以吸引读者的注意,帮助并引导读者展开文学想象,丰富读者的阅读体验。

用来和绘本做比较的卡通读物,一般指少年儿童接触的连环卡通漫画。它的绘画风格较为固定,以美式和日式两大风格为主,故事虚构,趣味性高,娱乐性质突出。在绘制方面,绘本的画面更为精细,完成度高,且往往单图单页,故事较短;而卡通漫画的画面往往概括性强,单页由多个分镜组成,画面设计的视觉刺激性强,故事连载。因此卡通漫画比绘本的表意更为直接,图画内容的指涉性强,令人一目了然。一方面,这使得卡通漫画可能更容易被孩子们拿起来一个人读懂、入迷;另一方面,也使它自身的影响相比于绘本而言,容易止步于表层的视觉和情绪快感,缺乏更深、更具有价值的认知体验。儿童文学家朱自强先生就认为,"如果说连环卡通漫画是小说,绘本就是诗,她的画面不仅可以叙事,更重要的是可以包含'示意'的性质,许多文字难以表达的意境,却可以运用画面的颜色、风格、整体感受来完善表达。因此绘本可以蕴含哲学、心理学和世界观"。虽然卡通漫画经过发展,形式和内容都有所创新,但仍然无法取代绘本的教育意义。

绘本以图画为表现主体,往往全图呈现或以文辅图。图画是讲故事的主体,头尾连贯完整,图画并不依附于文字的表达,而是人物形象突出、绘画风格鲜明、内容丰富细致,有着很强的传达能力。图是绘本的生命。我们强调图在绘本中的重要地位,并不等于否定其中文字的语言功能。绘本用图画与文字来共同叙述一个完整的故事,是图文合奏的文学体裁。只是相对而言,文字明显在绘本中处于表达的弱势。

(二)绘本的类别

绘本根据其内容和其他特征可以分为很多类型。按照内容分为文学图画绘本和知识性绘本;根据画面数量可以分为单幅绘本、多幅绘本和连续绘本;根据图画的颜色可以分为单色绘本和彩色绘本;在文学的范畴里按文体进行划分,可以分为故事型绘本、小说型绘本、童话型绘本、散文型绘本和诗歌型绘本,这些都是较为细致的分法。

1. 文学图画绘本

文学图画绘本,是绘本中通过讲述故事或表达一个具有故事性的主题,来展现人内心的情绪、人与人之间的情感、人与自然的联结、人生的真谛等母题，表现充沛的人文关怀的一个分类。按照字数再细分，可以分为无文图画绘本和图文并茂的绘本。

无文图画绘本，顾名思义，即是完全用图画来表现内容的绘本，不单指完全没有文字的绘本，也包含含有少量文字，但文字不充作叙事功能的少字绘本。如大卫·威斯纳的《疯狂星期二》，全书的文字仅仅只有对时间的提示，青蛙和人等角色的行动只通过画面来表达；苏西·李的《线》，全书没有一个字，内容也很简单，仅仅通过花样滑冰时留下的冰刀痕迹表现线条的趣味和美感等。无文图画故事书没有文字这一通道来表达故事内容，因此对绘本中插图的要求更高。无文图画绘本中的图画往往更加流畅连贯，细节也更多。也正因为它的特点，无文图画绘本适合让儿童自己翻阅阅读。

图文并茂的绘本中既有图画又有文字，它们相互配合又具有一定的独立性。这是绘本中最常见的一种形式。经典的有希尔弗斯坦的《失落的一角》、佐野洋子的《活了一百万次的猫》、菲比·吉尔曼的《爷爷一定有办法》等。这种绘本一般故事情节简单，突出浓厚的乐趣和奇思妙想，同时也饱含为人处世的智慧和人生的真谛，具有很强的教育意义。也因为图文的独立性，孩子们要想获得图文同步的阅读体验，提倡有家长、老师等在旁共同阅读，可以由他们读给孩子听。

2. 知识性绘本

知识性绘本又叫非文学性绘本，它包括教育、知识、游戏、手工等多方面的内容，是幼儿认识世界、学习知识的最好的启蒙读物之一。常见的有幼儿识物图画书、百科知识画册、训练图画书等。按照内容分类，可以分为动植物科普、生活常识、基础科学、性教育等多种类型。

一些知识性绘本会利用直接讲述、一问一答这些简单的方式进行知识的科普，如《影子是怎么形成的》《我的五种感觉》《乳房的故事》《宇宙空间站的一天》，实用意义突出，但缺乏更多趣味；一些知识性绘本也用讲故事的方式进行知识科普，既有知识性，也具有很强的故事性；还有一些是通过不同的视角来赋予一些知识独特的趣味，甚至内容上牵涉人与地球、生与死等哲学性的启发，具有很高的艺术和教育价值，这些作品也有很多，如《地球之舞》《月亮蛋糕》《是谁嗯嗯在我的头上》《爸爸带我看宇宙》《小鸡球球和向日葵》《花儿怎么长大的》等。

3. 新形式绘本

随着图文出版行业的成熟和发展，绘本也出现了很多新形式，如带香味的书、立体活动书、配有录音设备的书等。20世纪90年代知名的艺术、设计大师布鲁诺·莫纳瑞就曾做过大胆的尝试，比如他创作的童书《生日快乐》，利用页与页之间由大到小、再由小到大的变化，让小读者感受到拆开礼物时的激动和惊喜。他另外一部更具有现代风格的作品《雾中的马戏团》，不仅仅用不同材质的纸张表现书中不同的道路、场景、大雾的质感，也用含有不同大小孔洞的纸张来展现"马戏团"的世界，从大雾的城市到缤纷的马戏团，再回到大雾中去，读者就像亲身经历了一段奇妙的旅程。

幼儿绘本的游戏化、玩具化是当前国内外儿童图书的发展趋势。很多绘本都在创作过程中积极探索材质和机关的应用，和立体书等其他形式相结合，创新表现手法，为绘本增添更多趣味。近年来国内引进出版的玩具书，就有"好好吃的水果蔬菜"系列、"小鸡球球"系列、"触感启智玩具书"系列等。

二 绘本的历史发展

绘本的诞生，伴随着对儿童本身的发现，对儿童地位的承认。当儿童从成人世界中剥离出来成为独立的个体，绘本也作为一种新的图书品类开始独立发展。

（一）绘本在欧美的发展

1. 欧美绘本的缘起

欧美作为现代儿童教育观的发源地，也是绘本出版和研究的摇篮。

承接文艺复兴的光辉，十七世纪捷克教育家夸美纽斯的教育思想是近代教育理论体系的开山"门派"，希望对教育现状做出一系列以人为中心、以完善人发展人为目的的改革。尤其是其提出的"自然适应性"理论，要求适应儿童自然本性及身心发展规律进行教育。在这一系列教育思想的指导下，夸美纽斯在1637年出版了一本图文并茂，旨在对初学儿童进行家庭教育和启蒙教育的著名教科书《世界图解》，它是世界上公认的第一本儿童绘本。"《世界图解》的序言中说，夸美纽斯在编写教材时，重视三个原则，这三个原则概括起来是这样的：第一，把学校办成使孩子们感到喜悦的地方；第二，有助于孩子们的注意力转向各种事物；第三，让孩子们一边愉快地游玩，一边吸收世界上的基本知识。"这三个原则在当时具有深刻的意义，彰显着儿童本位观念的光辉。

3-9 知识延伸
了解夸美纽斯

在这之后，虽然欧洲出现了其他带有插图的儿童书籍，但大都具有浓厚的神话意味和教育目的，缺乏现代意义绘本的趣味性和儿童本位观念。

2. 现代意义的欧美绘本发展

现代绘本，即图画占主要地位，从编写到绘制充分考虑儿童心理与情绪表达特点，迎合儿童理解力和审美趣味的绘本，起源于19世纪中后期。

19世纪中期，英国出现了三位杰出图画文学作家，他们是瓦尔特·克雷恩、伦道夫·凯迪克、凯特·格林纳威。这三人在绘本创作上都积极探索图与文的关系，力求二者在表达过程中相得益彰、和谐同一。其中伦道夫·凯迪克被誉为"现代绘本之父"，在他的作品中前所未有地体现了画面与文字的巧妙对应，并由二者共同来讲述一个故事。美国最权威的绘本奖"凯迪克奖"就是为了纪念他而命名的。他的作品线条流畅，着色淡雅，清新动人，具有很高的艺术欣赏价值。瓦尔特·克雷恩的作品则以富有装饰性的细腻线条为特色，认为绘本是图与文的和谐一体。他注重精美的装帧，风格沉着静雅。代表作品有《婴孩的歌剧》和系列丛书《幼儿伊索寓言》。凯特·格林纳威关注孩子的心灵，注重诠释儿童高贵优雅的人格，将自己内心的情感转化成生动的图画，她的画面和谐细腻，优雅清新，温馨动人。1877年，她出版了她的第一本书《窗下》，受到孩子们的喜爱；此后，她又陆续出版了《鹅妈妈》《金盏花园》等作品。为了纪念她，英国图书馆协会于1955年为儿童绘本创立了"凯特·格林纳威奖"。

3. 20世纪以来的欧美绘本发展

进入20世纪，绘本创作进入一个新的高峰。绘本创作领域还出现了另一位英美儿童熟知的女画家毕翠克丝·波特。她于1902年出版的《彼得兔的故事》，是世界上最畅销的绘本之一，影响了世界范围内的许多代人。这本绘本有三个突出的特点：其一，色调温暖，线条柔和，角色生动，文图合一，突出了图画的重要地位；其二，其独特的袖珍开本朴素简约，既是对画家想要描绘世界的配合，也照顾了小读者们捧书阅读的需要；其三，绘本中对于兔子的情态刻画得栩栩如生，却又赋予它们与人类相同的母爱和儿童情感，想象与现实完美交融，不仅适合儿童的接受能力，又很好地反映了儿童真实的情感需求，处处体现了儿童视角。

由此，《彼得兔的故事》被认为是现代绘本之始，毕翠克丝·波特也被认为是"现代绘本之母"。

同时，丹麦埃贡马蒂生的《蓝眼睛的小咪咪》，法国布伦奥夫父子的"小象巴贝尔"系列、俄罗斯恰鲁申的《狼崽及其他》《七个故事》等都是当时有影响的作品。不同国家的绘本随着各自的不断探索和发展，拥有了较为明显的民族风格。

两次世界大战之后的世界发展，人们对于绘本有了更多的需求，也影响了世界绘本的发展格局，使得绘本在美国又迎来了一个发展期。

1928年，美国画家婉达·盖格出版了美国第一本真正意义上的绘本《一百万只猫》。婉达本身就喜爱小孩，平日里也照顾弟弟妹妹，接触故事创作。基于这些经验，她创作出了大人读给孩子听、孩子一边听一边看的绘本，开辟了绘本"亲子共读""家庭教育"的功能。这一绘本讲述了爷爷奶奶想养一只猫，找到了一个有"几百只猫、几千只猫、几百万只猫、几千万只猫、几亿万只猫"的山谷，爷爷带回一百万只猫，和奶奶决定留下其中最漂亮的一只，结果那些猫打起架来，仅剩下一只瘦弱的、讨厌争斗的小猫被爷爷奶奶抚养，成为美丽、健康的猫。婉达采用版画的技法以及具有开创性的横长开本，增强了画面的冲击力；流畅的曲线构图很好地突出故事的节奏和韵律；甚至文字也配合着图画曲线排列，与画面高度融合。

20世纪50年代后，绘本有了进一步的发展，在绘本领域，出现了一批优秀的作家和有影响的作品。如英国画家安东尼·布朗和他创作的《大猩猩》《小熊奇兵》，澳大利亚画家罗伯特·英潘和他的《小熊的季节》，意大利画家朱里安诺和他的《一片披萨一块钱》，美国插画家大卫·威斯纳和他的《疯狂星期二》等。

其中美国作家莫里斯·桑达克五次获得美国绘本最高荣誉"凯迪克奖"，他的绘本中充满了具有十足荒诞意味的夸张想象，画风细腻奇幻，构思大胆新颖。他知名的《野兽出没的地方》《厨房之夜狂想曲》《在那遥远的地方》都以不同的故事表现同一主题——"孩子们如何控制不同的感觉，如愤怒、无聊、恐惧、挫折及嫉妒，然后试着在他们的真实生活当中掌控这些感觉。"

3-10 拓展阅读
《野兽出没的地方》

（二）绘本在日本的发展

1. 日本绘本的缘起

日本绘本发展历史悠久，据日本儿童文学家松居直所述，日本绘本的历史可以追溯到 17 世纪，当时出版了以少年儿童为对象的木版印刷的绘本。进入 19 世纪后半期，欧美先进的印刷技术和新颖的美术风格传入，对日本传统的出版行业造成冲击，也在 20 世纪初的日本形成了现代化潮流，深刻影响了儿童文学的风格。儿童绘本因此取得了飞速发展，"和欧美几乎有了同时性"。

2. 日本绘本的发展

20 世纪 50 年代开始，日本出版界大量翻译来自欧美和苏联的优秀绘本，采取与原书同样大小的开本，插图与国外出版社签订版权合同，借用印刷胶片的方式出版，赢得了广大儿童的喜欢，也引起了从儿童文学作家、画师、出版商到教师、家长的广泛关注。

其中具有代表性的是岩波书店从 1953 年以来开始出版的"岩波儿童文学"丛书，和福音馆书店于 1961 年开始出版的"世界杰出绘本"丛书。

随后，伴随经济的迅速发展，日本绘本突飞猛进，不仅有一批出版商涌入本土绘本的宣传和出版中，许多儿童文学家和画家也不断推出优秀作品，甚至一些家长和老师也自己出版绘本。日本绘本也由此开始在世界范围内推介，与欧美绘本同台竞技，获得各种国际大奖。

这其中值得关注的优秀作品有：佐野洋子探讨生命与死亡主题的《活了一百万次的猫》，赤羽禾吉以蒙古民间故事为原型，色彩鲜明温暖的《苏和的白马》，内田莉莎子故事简单而趣味丰富的《拔萝卜》，还有松井纪子参考自己作为母亲的经验、和孩子们一起创作出来的绘本《小怪物》。

近几年来比较受国内关注的还有画师安野光雅。他崇尚不受拘束、具有创造性的绘画，平时在各地积累大量写生。他的画面充满天马行空的想象，包含对于多维空间的奇思妙想，线条放松，色彩柔和，风格独特。主要作品有《奇妙国》《ABC 之书》《壶中的故事》《奇妙的种子》等。

与欧美相比，日本现代绘本的发展起步较晚，但成熟较快，呈现后来居上的态势。总体而言，日本绘本以图画为主，甚至文字大都仅仅起到辅助图画的功能，许多绘本没有文字，而且各种绘本背后的儿童本位显著，趣味性得到重视而教育意味轻淡。在其出版商进入我国市场、学者交流往来等多重因素作用下，对我国绘本发展有一定影响。

（三）绘本在中国的发展

1. 中国绘本的缘起

中国出现文图结合共同讲述故事的艺术形式，最早可以追溯到长沙马王堆汉墓出土的西汉"土伯吃蛇""羊骑飞鹤"等故事画。随后北魏的云冈石窟、敦煌莫高窟的经变画、魏晋卷轴画、隋唐绢幡等也都呈现出这种形式。

到了宋代，印刷术广泛运用，木刻版画艺术也随之推广，许多书籍出版时都会附加插图。发展到元明清时期，在小说和剧本中加入连环插画更加盛行了，这种被称为"回回图"的线描插画是之后在清末民初出现的"连环画"的雏形。其中有一些图文读物中的插图甚至改变了从属地位，减少了文字的拘束，重视其本身的构图和连贯性，表现出明显的现代绘本的特征。

据考证，在我国明嘉靖年间曾刊出一本《日记故事》，它是我国古代为孩子编写的带有插图的故事集，内容均为启迪儿童智慧的故事，如《曹冲称象》《灌水浮球》《司马光砸缸》等，比《世界图解》的出现还要早一个世纪。①

清末民初，石板印刷技术被引入中国，极大地降低了印刷成本、提升了印刷效率，也激发了插图读物的出版变革。清末出现在上海的《点石斋画报》，就是我国最重要的石印画报之一，它曾登载表现当时东学党起义等时事政治的连环图画，深受读者欢迎。在此基础上，一些小开本的故事画册也在上海出现，成为受到大众特别是少年儿童所喜爱的读物。② 随后，很多连环画册（又称"小人书"）纷纷出现，发展得更为成熟，但主要内容大多是翻画古典小说，如四大名著。虽然这些连环画也受到了少年儿童的喜爱，在儿童文学从文学中分离出来之前，作为儿童对于图文阅读需求的代偿，存在于童年时期的阅读经验中，但它们并不是站在儿童视角专为儿童准备的读物。

2. 现代绘本在中国的发展

20世纪初的新文化运动中，卢梭、蒙台梭利、杜威等西方教育思想传入我国，周作人随之提出"发现儿童"的观点，对我国儿童教育和儿童文学产生重大影响。1922年，商务印书馆率先创刊了中国第一本体现出"儿童观"的儿童期刊《儿童世界》，儿童绘本专栏也在这本期刊中首度成立。

现代儿童文学家郑振铎曾在《儿童世界》杂志发表了《河马幼稚园》《爱笛之美》《两只小猴子的冒险》等46篇长短不一的图画故事，其中长篇童话《河马幼稚园》成为中国儿童文学领域中最早的图画故事。③ 20世纪30年代，赵景深一共创作了包括《哭哭笑笑》《秋虫游艺会》《一粒豌豆》等在内的54篇图画故事。之后的中国处于艰苦动荡的战争时期，绘本的萌芽没有得到继续发展，反而停滞不前、处境艰难。

新中国成立后，一些儿童文学作家继续尝试创作适合低幼儿童阅读的图文故事。出版了《小蝌蚪找妈妈》《小马过河》《小鲤鱼跳龙门》等图画故事书，其中《小马过河》的故事不仅被多次选编入教材，也在今天不断被重绘再版。但是，在当时，我国还没有认识到绘本的独特魅力，因此发展缓慢。

一直到20世纪70年代，我国出版界将目光重新聚焦到儿童故事书上。不少画家、编辑应国外出版社之邀，将中国的经典故事编辑成儿童绘本，积累了最早的儿童绘本创作经验。④ 我国绘本发展走上正轨。20世纪80年代，受到国外儿童绘本的大量引进、绘本阅读潮流的影响，我国台湾地区的绘本飞速发展，陆续出现了一些有影响力的画家和作家，如余丽琼、李瑾伦、方素珍、张玲玲、仉桂芳、几米等，涌现出一批代表作品，如《团圆》《老鼠娶新娘》《我有友情要出租》《妈妈

---

① 王杰，杨红霞，周杏坤. 儿童文学[M]. 北京：北京师范大学出版社，2011：257.
② 沈其旺. 中国连环画叙事研究[D]. 上海大学，2011.
③④ 刘佳玺. 对儿童图画书的研究[D]. 上海师范大学，2010.

心，妈妈树》《祝你生日快乐》等。20世纪90年代，中日两国合办了两届"小松树"儿童绘本评奖活动，掀起了绘本创作的热潮。

3-11 拓展阅读
《老鼠娶新娘》

进入21世纪，我国更多出版社进入了儿童绘本领域大胆探索，不仅不断译介国外优秀绘本作品，也积极网罗本土绘本作家，推出原创绘本。发展到现在，已有很多响亮的绘本品牌，如"棒棒仔""信谊""蒲蒲兰"。近年来在质量和市场方面表现得比较突出的，还有中国少年儿童出版社的"小猪波波飞"系列，连环画出版社的"中国传统节日故事"系列，湖北少年儿童出版社的"听爸爸讲小时候的故事"系列、"我是中国的孩子"系列。

近年来我国的原创绘本更是逐步在国外获得认可，斩获许多国际大奖，如周翔的《荷花镇的早市》，熊磊、熊亮兄弟的《小石狮》等，标志着我国绘本发展进入了一个新时期。

三 绘本的基本特征和文图特点

儿童文学家李利安·H. 史密斯认为："为儿童写作是一种艺术，因此它也应该以艺术的方式来进行。"① 绘本以儿童为主要受众，通常有着高品质的故事或故事性的内容、细节丰富构图巧妙的作画、细腻真实温暖动人的情感，精美而适合儿童的接受能力，且"成人不觉其浅，儿童不觉其深"。在此我们先总体感受绘本的特征，再分别从文字和图画两个方面了解绘本的特点。

（一）绘本的基本特征

区别于其他儿童文学形式，绘本具有一些基本特征。

1. 形象的直观性

儿童在阅读绘本的过程中，首先从文字里得到一定的抽象信息，再将图画中丰富的内容与听到的或是读到的内容结合进行联想。儿童能够几乎没有阻碍地进行有方向的想象，离不开绘本中形象的直观性。

直观的形象在绘图上首先要求有凝练简要、重点突出的品质。绘本的绘制一般都不会采用过于复杂的技法，一切为了传达形象而服务，几何状的形体、统一的线条、较为简要的色块并不会让画面失去美感，反而通过各方面的配合和取舍，能够让整体画面和细节主次有度，都得到很好的表达。

要想让绘本中的形象更为夺目、更加直观，那就需要在"新"和"奇"上做文章。绘本中的形

---

① ［加］李利安·H. 史密斯. 欢欣岁月[M]. 梅思繁，译. 北京：北京联合出版公司，2022.

象要具有"新"和"奇"的特点，适度的夸张、鲜艳的色彩、鲜明的动感都是增强形象记忆点的手段。如常见的红鼻头、大手掌、方的圆的三角模样的脸庞、被夸大强调的胖瘦身形、几乎是违反物理学规则的夸张动态……都成功地让各种经典人物形象扎根在儿童心中。

在塑造绘本故事中的环境时，绘本更是通过统一或突出自然复杂的色彩，偏移或还原物品本来的色相，来表现环境温馨、和平、紧张、未知的不同氛围。

形象的直观可感让孩子能轻松读懂故事，让绘本成为儿童的书。

2. 构图的连续性

绘本不同画面之间的连续性，是故事情节连贯性的要求。如果画面间缺乏某种确定的呼应和衔接，那么故事中间的撕裂感就会非常强烈，影响到儿童的阅读。

画面与画面之间要连续，有的通过主人公的动态来衔接，有的则通过图中某些元素的一以贯之来实现。主人公的行动或是在动作上有某种合理性，比如一个角色在上一个画面里走进厨房，下一个画面就不会让他突然出现在马路上；或是在动态上保持某种方向感，除却视角的变化，如果角色在上一个画面中呈现出某种运动方向和趋势，那么这种方向感和趋势在下一个画面中就不会改变太多；画家出于提示读者而设置的画面细节，也会随着故事发展在画面中一直进行下去，这些合理性和持续性的设置让画面得以连续下去。

为了这种连续性，图画的氛围也是慢慢在发生变化的。哪怕有的绘本为了服务故事情节而在画面中设计了强烈的变化，也会提前在画面背景中进行提示，让花草树木天空云朵建筑做出看似不起眼的改变。

当然，绘本中画面的连贯性不是僵硬的连续，不是像动画那样"逐帧"地去作画。在维持读者感知连贯性的前提下，同一绘本的画面在视角、场景、构图上是可以丰富变化、异彩纷呈的。

3. 图画的趣味性

相比于寓言的规训感、小说的严肃性，绘本是充满趣味，没有强烈说教目的的文学形式，它的图文都是为了呈现出完整而有趣的故事来服务的。尤其是占据绘本主体部分的画面，更是要让幼儿感到亲切、有趣、好读。

首先，绘本中鲜活的形象是突出图画趣味性的关键。只要是受到儿童欢迎的绘本，如果是写实的绘画风格，绘本的主人公和其他角色的行动和姿态都会是形象、照应现实、栩栩如生的，仿佛有真的小兔子、小婴儿等活在画面上；如果是漫画式的绘画风格，特点鲜明的五官、夸张的表情、概括度极高的发型、碰撞感的色彩都会广泛地应用到各种角色形象的设计上。

其次，故事的趣味赋予图画趣味。几乎所有好读的绘本都有着令人百读不厌的故事情节，其中包含着丰富的转折、夸张的想象、起伏的变化、令人回味无穷的结局。不管故事再短促简单，复沓、悬疑、铺垫、呼应的情节安排仍不一而足，小读者的好奇心毫无疑问可以得到充分的满足。

作者和画家为了故事的趣味性会全力配合。画家们为了表现出故事的更多趣味性，会在画面中加入不起眼但能够被发现的细节进行提示，会利用构图引导观看者的视线变化，会利用留白和前后内容的选择性断页带给读者更多惊奇感，会通过不同的视角形成戏剧性的对比。

绘本的画面就像一个舞台，各种鲜明的形象登上舞台，各种温和不失关怀的冲突在这里轮番上演。它的魅力和戏剧异曲同工，让儿童欣赏到美而花费的成本无疑更小。

（二）绘本的文字特点

文字脚本一般位于绘本创作的最前端，不仅包括我们在绘本上直观看到的文字，还有对于整个故事的情节、场景的详细说明。文字为整个故事搭起骨架，也为之后的绘图提供指引。

1. 文字有可视感和动感

绘本中文字的"可视感"指的是文字在图画中易于表现。如果开始的文字内容较为抽象，就会对接下来绘图的环节提出挑战，绘图如不能对内容完成较为完整的传达，就会产生超出儿童理解能力或是与文字脱节的情况。"动感"则指的是在创作故事时要多设置情节、场景、人物的变化，避免叙述的视角过于单一和故事的平铺直叙；除此之外，文字表现也要富于动感，为画面提供更多细节，提升阅读趣味。

比利时获得国际大奖的绘本《调皮的安卓拉》就有着为图画增色不少的优秀语言。在描述小龙卷风"安卓拉"在海上诞生，决定"搞个破坏"的行动时，细致地描写她的动作"伸伸腰，拉拉腿，让自己的个子变高一点儿，然后使足劲开始吹起来"，搞得"一艘帆船被她吹得左右摇晃，有两只海鸥也差点掉进海里"，生动地表现出小龙卷风安卓拉洋洋自得、调皮捣蛋的情态，从外观上本就无形无状的龙卷风，在这里得以在读者心中鲜活起来。当安卓拉从海面跑到陆地上，从小镇跑到市中心，没人能听见她的话，依然在报纸上、在人群里称呼她"泽贝拉"，她的脾气越来越大，"气愤的安卓拉个头越变越大，她的风力达到了10级，她手臂上的肌肉也在不停地抖动""她吹啊，跑啊，跳啊，转啊，凡是挡住她去路的东西都被碾得粉碎"……虽然画面中只有线条来表达暴怒的狂风，但有了文字的演绎，我们几乎能从中看出一个委屈愤怒、大发脾气的淘气小孩。

2. 文字有韵律

绘本中是生动、优美、富于节奏感的语言。通过重章叠句、长短句结合、修辞句和简单句的配合、篇幅的分配，形成一定的篇章节奏，表达多样的情绪和氛围，丰富语言感受。

绘本《地球之舞》中的文字，就呈现出诗意的品格。散文化的语言，长短句自由交错，并未刻意雕饰，却十分优美动人。表达地球神秘的诞生，就写下"想象自己高高地站在宽广的太空里。张开双臂。慢慢摆动"；写地球的辽阔宽广，就"想象自己比树还高，比树还高，头伸进了天空""想象自己在太空舞蹈，身影比月亮还大"；写地球的绚丽色彩，"你旋转着，一块颜色鲜艳的拼花布包裹着你——湛蓝的大海，墨绿的森林，金沙起伏的沙漠。你踮起脚尖，优雅轻盈地旋转着，连一丁点儿沙粒都不扬起"；写地球的声音，"你宽广而高大，你的声音是冰山崩裂的豪迈嘶吼，是瀑布的激流，你的耳语是芦苇间的喃喃微风"……这些句子让读者代入到地球这颗神奇行星的视角，想象这个蔚蓝行星的呼吸、运动和言语。富有动态的叙事，让读者仿佛在与地球同感受、同命运。跟随这些文字的脚步，人们不仅会获得深切的感动，感慨于人类之母的无私，也会获得保护环境、保护生态的启迪。

3. 文字精练而准确、生动而丰富

绘本中文字的表达，要配合图画进行。文字要和图画之间搭起桥梁，关联其上下图画的细节，补充故事在图画之外所含的意蕴。文字表达准确，表意丰富，也是辅助儿童运用形象思维进行故事理解的需要。

绘本《夜晚动物在哪里》就有着和图画珠联璧合的语言。为讲述浓浓夜色氛围下各种动物的神秘活动，它的文本并不吝啬，甚至有些出奇夸张地表达着色彩，"沐浴着蓝色的月光，世界翻了个个儿，天空变成了海洋""夜把所有公猫都染成了灰色。黑色的母猫站在映着红光的窗口悄悄看着""一座红漆塔，两个捕鱼人，一群银鱼，两只螳螂，加一抹苍白的月光"……丰富的色彩极大充实了语气平直的叙事，当你读出这些文字，实体的画面几乎要从书本中一跃至你眼前，有许多动物活跃的夜色在字里行间显得深沉而缤纷、宁静而奇幻，自成一方小世界；除此之外，绘本的语言还赋予这些动物人格，让他们有了人的感受和体验，并且让笔墨刻画到动物们在夜间典型活动的细节，"阵雨初停，六只鸽子梦想家眨着圆溜溜的小眼睛，注视着水洼中月亮的倒影。一只纸鹤拍打着翅膀打破了安宁""迷人的森林中，鹿总是两两结伴而行。一头深情嘶鸣，身边有萤火虫在翩翩起舞""两只灰老鼠在夜的掩护下行色匆匆。当心！高高的枯树上，乌鸦们正伺机而动"……在这些语句当中，不管是老鼠、青蛙还是鹿都有着人的情趣和情感，他们在属于自己的时空里自在地生活，而这些语句更是不少一词不多一字，将他们的情态生动地展现在我们面前，似乎他们确实从来都是如此自得安定，我们只是偶尔地闯入，在一旁默默地探视。

（三）绘本的图画特点

图画一般都是在文字脚本之后进行创作的，从角色设计开始，到场景设计、版面草图，最后成稿。图画不仅仅在绘本中占重要地位，也是儿童阅读时最关注的部分，因此有很高的创作要求，甚至图画就直接决定了这本绘本是否出彩。

1. 构图有趣、新奇

夸张和拟人是使图画显得有趣和新奇的重要手法，很多绘本的角色和动作设计都采用了这种方法；构图新奇，造型幼稚、夸张、变形，色彩鲜艳也能使绘本充满趣味，吸引儿童阅读。

比如经典绘本《鳄鱼怕怕，牙医怕怕》，书中的鳄鱼和牙医的形象都十分鲜明。画家赋予牙医十分夸张的红色皮肤，和他身穿的蓝色服装形成撞色，鳄鱼没有采用大部分图画中常见的色相，而是采用深棕色，和牙医的色彩形成对比；整本书的线条都很简洁，采用大的几何块面塑造躯体和动作，突出了牙医很有记忆点的发型和身材特点，也让尖牙利齿的鳄鱼显得憨厚无害；角色的面部表情集中了全书的细节，夸张的五官极具表现力，让读者可以直接强烈地感受到角色的情绪；书中的背景虽然简单，但有意地使用了很多存在感强的色彩，如高明度的蓝、蓝绿、紫等，使整本书色彩鲜明，吸引眼球，充满童趣。

儿童也喜爱充满天马行空想象的作品。尤其因为学前儿童想象的特点，他们的想象再造能力弱，而且极不稳定，被儿童所喜爱的绘本，经常在虚构的不合理中又处处透露着现实的合理性。就比如《鳄鱼怕怕，牙医怕怕》中，鳄鱼像人一样直立行走、找人类医生看病本就是不合常理的，但是人害怕鳄鱼、鳄鱼有了蛀牙而害怕牙医的感情却是符合现实的。

3-12 拓展阅读
《鳄鱼怕怕，牙医怕怕》

2. 画面细节丰富且连贯

由于幼儿需要大量的直观经验，绘本的画面要有细节，通过画面细节，对故事进行提示，能使图画和幼儿之间形成交流感。

葛瑞米·贝斯的绘本《来喝水吧》就有着丰富的细节，随着一只犀牛、两只老虎、三只巨嘴鸟、四头雪豹……十只袋鼠来水洼找水喝，水洼的水位一点点变低，面积一点点变小，在周围从茂密到稀疏的丛林中，躲藏着的青蛙的数量也逐渐减少，它们的表情也从悠闲自得变得愁眉苦脸；随着故事的进行，犀牛、老虎、巨嘴鸟、雪豹、驼鹿、鲇鱼、熊猫、瓢虫、象龟、袋鼠等各种动物出现，非洲、印度、南美洲、喜马拉雅山脉、北美洲、江河溪流、中国、欧洲、加拉帕戈斯群岛和澳大利亚也逐一出现在画面远处，暗示着这些特有物种生活的国家或地区。在画面上下分布的剪影栏，也绘制着很多不同的动物，随着水洼水量的减少，枯朽的林木也开始减少，最后随着水洼一起干枯。整个绘本就如同一个谜，吸引着儿童在画面中仔细寻找，每次阅读都能有新的发现。虽然最后画家让雨水降落，重新填满水洼，给小读者一个美好的结局，但之前画面中出现的这些细节也已经让保护环境、爱护水源的观念深入儿童的心灵。

绘本翻页的欣赏方式，要求画面具有连贯性。通过版面的图白占比、视角转变等，设计不同画面之间的起伏呼应，增强翻页阅读的趣味。

如绘本《母鸡萝丝去散步》，鬼鬼祟祟但一直很倒霉的狐狸，怡然自得丝毫不知身后危险的母鸡萝丝，狐狸始终紧跟在母鸡萝丝身后，和母鸡萝丝一起朝着翻下一页的方向前进着，这一方向感让母鸡和狐狸前后的动作变化显得十分流畅；而且全书每一幅画面的场景中，都会有细节对狐狸接下来的倒霉遭遇进行提示，在每一个狐狸即将抓到萝丝的紧张时刻，读者的好奇心顺理成章地让他翻到下一页。

另外，幼儿很难在学前阶段掌握三维空间概念，理解画面的透视关系，所以为年龄较小的幼儿作画时，往往采取水平垂直样式，即只有二度空间的构图方式。过于复杂的画外有画等手法、较为先锋前卫的作画风格都不便于幼儿理解。

3. 图画灵活有节奏

角色的动态赋予画面动感。绘本的绘图要善于捕捉角色从静止到运动的各种动态，从而表现出他们的心理活动，让角色鲜活起来，拉近小读者和图画世界的距离。

用青山邦彦的绘本《德沃夫爷爷的森林小屋》来举例。当野猪找到德沃夫爷爷，想帮助德沃夫爷爷盖小屋，并要求也给自己分一间房的时候，德沃夫爷爷"勉勉强强"地答应了，画面里左下角爷爷手里拿着斧头往前走，衣角却被野猪用力咬住，整个人向后倒去，这里两个角色的动态很好地表现出拉扯的力量感，将爷爷"勉勉强强"的心理表现得淋漓尽致。

除此之外，粗细虚实变化灵活的线条，曲折的构图也能赋予画面动感。

绘本里插图的节奏感其实是故事的节奏感，节奏感可以表达故事情节的变化，传达氛围和情感。图画的节奏感可以通过不同的方面来体现。

绘本《鼠小弟，长大以后做什么》运用有规律的构图和版面表现鼠小弟对其他动物提问"长大以后做什么"的过程，制造出像文学上"重章复沓"一样的节奏感。鼠小弟从一开始位于画面左下方绿色的背景中，向处于右方的动物们发问，这时角色的身体一方微小，而一方巨大；一面是轻盈的无框构图，一面是有重量的方框构图，产生一种不平衡感。到最后鼠小弟找到了自己想做的事，和动物们一起处于右侧画面中时，画面也从失衡回到平衡，呈现出一个故事从"展开"到"落定"的节奏感。绘本《幸福的种子》《月亮的味道》也采用了相似的手法来表现节奏感。

画家周翔的作品《荷花镇的早市》的作画也有着静动结合、自成一体的节奏感。《荷花镇的早市》讲述了一个简单的故事：家在城里的小男孩阳阳跟着爸爸妈妈回水乡给奶奶祝寿，那天清晨，他跟着姑姑到集市去买东西，他们一路上见闻了水乡独特的风土人情。刚开始进入故事，我们看到的是水天一色，白墙黛瓦，轻舟缓缓，整个画面笼罩着一层淡淡的青色，显得温柔静谧；随着小船驶入水乡的水道，小桥弯弯，行人两三，房屋鳞次栉比，江南水乡依然是一副安定宁静的面貌；小船再深入，流水占据的画幅逐渐减少，挑担的、撑船的、运货的行人渐渐多了起来，售卖各式商品的地摊也在画面上铺开，我们进入了充满烟火气的集市，忙碌的人群拥挤、热闹，新鲜的蔬菜、热腾腾的吃食、成摞的锅碗瓢盆……色调渐渐变得温暖、明亮，俨然一幅乡镇生活的即景；随着集市宏观的画面展开完毕，画家又将笔触投入微观的图景，处处是人群在挑选讲价的菜市场、闹市上演的大戏《铡美案》《真假驸马》、满载而归的过桥的人流……将水乡集市人们生活的方方面面做了个填充；最后，让充满诗情画意的水乡印象，停留在那最朴素日常的早集片段。

虽然我们在这里将图画与文字分开讨论，但是它们在绘本中始终都相辅相成、相互配合，服务于一个故事或主题。虽然绘本中的图画在表现方面十分突出，"绘本首先以图画吸引儿童，儿童阅读绘本，注意力也更专注于图画，但绘本之所以成为儿童最钟爱的读物品种，与它们的故事性密切相关"[①]。故事是绘本的核心，不管文字采取什么样的叙事，绘图采用什么样的技法，它们都在努力地让故事看起来更加丰富完整，让情节一波三折、人物生动形象，引发小读者们内心的思考，丰富他们的情感体验。

四 绘本对幼儿发展的作用

著名绘本作家方素珍说，自己的人生养分几乎都来自绘本。绘本中绚烂的故事吸引着儿童的目光，"不仅唤醒了儿童的感知能力，也召唤着他们的心智和感情"[②]。当儿童以他未成熟的白纸般的心灵，沉浸到一部优秀的作品中，便能很轻易地得到潜移默化的影响。小小的绘本，其中有着超乎我们想象的能量。

（一）培养幼儿阅读兴趣和阅读能力

童年是一个人偏见最弱的时期，他们在这时更容易接受一种新事物，从行为上来说也更容易养成某种习惯。如果一个人在他的童年没有接触到高质量的图书，没有感受到阅读的魅力，可能对他在之后的人生当中再养成阅读兴趣没有必然的影响，但他无疑会缺乏在生命的初生阶段，宝贵的不受"价值催促"、不受"他者要求"的轻压力阅读体验，也就是说在这个阶段没有主观上强功利性的、寻求知识和自我提升发展的阅读目的对阅读过程进行"绑架"，也没有之后因教育教学对阅读

---

① 陈晖. 儿童图画书的故事、主题及文字表达[J]. 深圳大学学报（人文社会科学版），2009，26（5）：106-110.

② [加]李利安·H. 史密斯. 欢欣岁月[M]. 梅思繁，译. 北京：北京联合出版公司，2022.

的要求而对阅读行为施加的压力，在这种环境下，更容易发生纯粹的阅读，也更容易从阅读中感到纯粹的快乐。

而绘本作为一种十分契合儿童认知和情感特征的文学样式，图文结合，用生动形象的画面进行叙事，本身对儿童来说，就充满趣味、令人着迷。儿童非常愿意拿起一本绘本开始阅读，非常愿意接受它所讲的故事。作为大部分幼儿阅读的开端，绘本用美妙的色彩、和谐的画面、有趣的故事愉悦儿童的身心，引发儿童对阅读的兴趣。童年阅读的美好记忆，会在人生很长的时间里引发当下对纸质书籍的感情。

当儿童阅读绘本，跟着故事中的主人公一起经历陌生的情景、解决陌生的问题，会自然地搜索图画中人物的五官和行动、寻找背景的细节，感知图画传达的内容，产生反应和思考。不管在这个过程中思考的成果如何，往后翻页，绘本总会给出它的答案。儿童就在这个遇到问题—解决问题的过程中不断锻炼自己的思考能力，读得越多，感知绘本中图画和文字的内容就越全面深入，阅读理解能力也就随之提高。

随着儿童阅读绘本的数量越来越多，大量的阅读经验积累起来。在阅读大量故事之后，儿童不断加深对故事的开端、发展、高潮、结局的感受，在潜意识中理解、总结出故事发展的某些规律，类似于"主人公开始做了什么样的事，那么他接下来会面对什么样的后果"，在阅读新的故事时，这些经验就会体现为对情节的预测能力。这种预测能力能让孩子在阅读绘本时快速甚至提前理解作者的意图，提升阅读速度。

儿童在阅读绘本的过程中对图画和文字的内容、主人翁的行动提出质疑、进行思考，也是非常重要的阅读经验。孩子在这些经验中养成的思辨、反思的习惯，会伴随在他每一个人生阶段的阅读体验中。

（二）引导幼儿发现和认识事物，增长知识

苏霍姆林斯基曾说："人的内心里有一种根深蒂固的需要——总想感到自己是发现者、研究者、探寻者。在儿童的精神世界中，这种需求特别强烈。但如果不向这种需求提供养料，即不积极接触事实和现象，缺乏认识的乐趣，这种需求就会逐渐消失，求知兴趣也与之一道熄灭。"让儿童阅读绘本，就是在为他们天生具有的探索需求提供养料。从生活的日常，到各大洲的珍奇动物、各个国家的风土人情，都可以以各种各样的方式囊括在绘本这方天地里。孩子们足不出户，甚至连海洋馆、动物园这样的地方也不用去，就可以在绘本中直观体会到这个瑰丽的大千世界。

而且在绘本中，图画和文字的配合构筑出虚拟而足够形象的空间，不管是人物的情绪，还是故事发生的场景，都呈现在画面上，具体可感，小读者在阅读过程中和主人公一道行动，获得自己之前从没有过的新奇体验。幼儿就将这样的体验和自己身处的现实进行联想，从而获得对新事物的认识，增长知识。

好奇心、求知欲是幼儿发现和认识事物的动力。而绘本曲折奇妙的故事情节和新颖的表达方式、巧妙的画面设计，都会逗引幼儿的好奇心，激发幼儿持久深入广泛探索的兴趣。在兴趣的引导下，幼儿对于知识的接触是主动地搜集，而不是被动地输入，在绘本提供的一次次学习知识——获得愉悦感的正反馈作用下，幼儿最终会养成对于知识的高尚追求。

（三）发展幼儿的观察力、想象力等能力

绘本的画面是静态又是动态的，即每一幅画面都捕捉的是故事的每一场景，在翻页阅读时成为完整的动感的故事。和电视节目与短视频短时间内爆炸的信息不同，幼儿在阅读绘本时有足够的观察时间停留在一幅图画中，搜集到足够自己理解内容的信息。在线条、色块、构图间读懂故事，需要幼儿持久广泛的观察力，尝试去读懂作者和画家留在文字和图画里的意图。绘本借绘本作家的"眼睛"，将世界及其意义以微缩的方式呈现在儿童读者面前，它使儿童对生活中那些有意义的形象和现象予以注意，并在注意中学会用心观察和体验这些事物。①

将断续的图画连成一体的动态故事，考验幼儿阅读过程中的想象能力。读者在绘本中获得丰富的情绪情感体验，提供了想象的原材料。画面中未展现的故事内容、未提及的人物表现，则创造出广阔的想象空间。幼儿看图听故事的同时在头脑中进行再造想象，用从画面中搜集到的视觉形象对故事进行天马行空的联想。随着幼儿的想象逐渐丰富起来，对故事的主观加工也渐渐深入，想象中的创造成分也会得到发展。绘本本身就是想象的产物，深夜的迷你面包工坊、星期二漂浮飞行的青蛙……各种现实中闻所未闻的奇妙故事无疑为幼儿今后的想象实践提供经验。

自己观看图画，听妈妈或者老师在一旁读出文字部分的体验，对幼儿语言能力的发展也是十分宝贵的。年幼的儿童无法阅读，因此他们需要通过耳朵去体会语言中的节奏感、声音中的韵律，而非通过含义来获得快感。② 这种由别人讲给他听的阅读经验，是幼儿对语言敏锐感受性的起点，语言的调值、音韵、节奏和其中的情绪让他们亲近诗歌、散文的表达。亲子一起阅读图画故事时，父母与孩子之间的口口相传，也在为幼儿语言学习提供必需的环境要素。与此同时孩子也在观察人物的行动、环境的变化，与图画的接触是文学层面的。儿童在这种阅读经历中能得到很多对于故事的理解体验，对故事的理解能力会变得越来越好，对语言的理解能力也会随之提高。

儿童阅读绘本，需要综合处理图画和文字中的要素，来理解故事脉络、提取角色观点。幼儿沉浸在故事中，对书中人物的一举一动产生共情，跟随画面视角多角度理解故事的发生发展，接触角色出于不同视角对事物不同的看法和观点，都能够锻炼幼儿抽象逻辑的发展，促进思维的逐渐去自我中心化。

（四）培养幼儿的审美能力，陶冶性情

儿童对美的体验是一个社会化的过程。③ 它需要接触到一定的审美材料，根据一定的审美评价来产生。很多绘本风格鲜明，技艺超群，本身就具有很高的审美价值，甚至是艺术价值，是很好的美育素材。在具有较高艺术追求的同时，它们的审美情趣都迎合儿童的喜好，能为儿童接受。孩子们看到这些精美的图画时是开心、愉快的，这样的审美愉悦感自然地制造出一种审美动力，孩子们会在选择绘本时有意识地亲近优美、和谐的构图，寻找生动、精致的画面。儿童读得多了，从一开始获得情感上的震撼、感动到后来开始积累起来有关图画"美"的感受，自发形成从不稳定到稳定

---

① 方卫平. 儿童文学教程 [M]. 上海：复旦大学出版社，2015.
② ［加］李利安·H. 史密斯. 欢欣岁月 [M]. 梅思繁，译. 北京：北京联合出版公司，2022.
③ 陈帼眉. 学前心理学 [M]. 北京：人民教育出版社，2015.

的标准,自然而然在打开新的一本绘本,或是经历其他的审美考验时,将自己的经验与目前的感受进行对比,达到对一本书、一幅画作"美"还是"不美"的判断。正如儿童文学家李利安所述:"当儿童的注意力被图画叙述的内容吸引时,他们也会将整个画面存留于心。假如图画本身是优秀的,儿童就会在无意识中获得审美经验。假如这种经验一再重复,就可能在他们身上发展形成某种品味的标准,这标准会成为将儿童与低质量的绘本、赝品和平庸之作隔绝开的一道防护墙。"①

审美从本质上来看是一种高级情感。从审美感知中获得的审美情感能够滋润心灵。对"美"和"善"的两种追求的萌发是如此相近。对美的敏感打开启发"善"的开关,善于审美的人往往也善于发现人性之美,产生对于美德的亲和与向往。

成人文学基本上和成人世界一样复杂,和成人文学不同,儿童文学有一个显著的特征就是,它的所有故事几乎都对"因果论"进行坚定的执行——一个坏人做了恶事,那么在结局之前他一定会受到惩罚;主人公帮助了别人,那么在之后一定会被报答;主人公贪玩不好好学习,那他在之后的剧情里一定会考"鸭蛋"。受众显著低龄的绘本就更是如此,大部分绘本的故事本就设计得十分短浅,这让其中角色的行为反馈更加具有即时性,某人在之前做的事,不过多久就能得到后果的验证,类似于"善有善报,恶有恶报"的道德观念表现得十分鲜明。因此儿童的道德情感在故事中能得到极大激发,道德感也就逐渐内化于心。

心理学家弗洛伊德就深刻地意识到道德情感的可塑性,"认为儿童的道德情感还可以通过同情别人、强烈体验别人的情绪状态的过程来获得或形成"②。在看绘本、读故事的过程,儿童就时刻受到书中角色情绪的感染,将自己的情感与书中人物的情感联系起来,和他们一起快乐、悲伤、痛苦,这有助于形成良好的道德情绪。这将会直接影响到孩子们未来的生活方式、待人接物等,能够促进他们的社会性发展。

(五)增进长幼两辈情感的交流,助力互动

绘本是进行亲子共读的利器,它图文结合的特殊形式让亲子双方在阅读时能有所分工,家长读、孩子看的方式能让亲子间无比亲密温馨。

受到认知水平的局限,儿童在进行阅读时不可避免的会产生自己无法解决的困惑,这时就需要家长在一旁讲解。和一个人自己阅读不同,两个人一起读就一定会对内容产生讨论,孩子和家长一起阅读同一个故事,因为年龄和见识的不同,更会产生不同的看法。所以亲子共读绘本的过程是充满提问和解答、交流和争论的,这种亲密交流的氛围无疑会让彼此更加了解对方的看法,增进家长和孩子之间的理解,拉近彼此的距离,也创造了大量亲子独处的时间,巩固了亲情。

由妈妈或者是爸爸把绘本读给孩子听,也成为孩子们一生中难忘的体验。

虽然绘本能对孩子的发展起到这么多的帮助,但是要想发挥出它的价值,仍然需要家长和老师的正确引领,比如首先要有一定的判断能力,选择优秀的绘本让孩子接触;在共读时"讲故事"而不是"读故事",展现出故事语言的真正魅力;积极进行价值澄清,引导孩子养成正确的价值观;采用正确的阅读策略,引领孩子对故事内容进行多角度的思考,提出思辨性的问题;在共读过程中

---

① [加]李利安·H.史密斯. 欢欣岁月[M].;梅思繁,译. 北京:北京联合出版公司,2022.
② 张莉. 儿童发展心理学[M]. 武汉:华中师范大学出版社,2006.

与孩子多多交流，之后也寻求孩子的反馈；在幼儿园开展绘本阅读活动时，也要多多尝试和戏剧、音乐等多种媒介进行结合，寻求创新。

◇ 单元小结

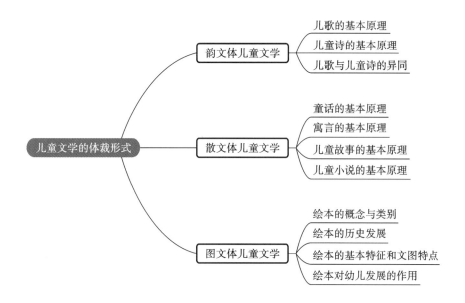

思考与练习

一、单项选择题

1. 韵文体儿童文学主要包括哪两种类型？（　　）

A. 儿歌与童话　　　B. 儿歌与寓言　　　C. 儿歌与儿童诗　　　D. 童话与寓言

2. 儿歌与儿童诗的区别不包括（　　）。

A. 针对的读者对象群体不同　　　　　B. 诗歌表现的主题思想不同

C. 运用语言的表现形式不同　　　　　D. 主要创作者不同

3. 以下四首儿歌中哪首属于字头歌？（　　）

A.《翻跟斗》　　　　　　　　　　B.《什么虫儿空中飞》

C.《错了歌》　　　　　　　　　　D.《号子歌》

4. 对民间童话进行改写，出版了《鹅妈妈的故事》（又名《富有道德教训的往日的故事》），被尊称为"民间故事之父"的是（　　）。

A. 夏尔·贝洛　　　B. 安徒生　　　C. 威廉·豪夫　　　D. 格林兄弟

5. 寓言的特点不包括（　　）。

A. 寓意明确突出　　　B. 比喻形象生动　　　C. 讽刺犀利深刻　　　D. 结构严密完整

6. 以下对儿童故事与儿童小说区别的描述正确的是（　　）。

A. 儿童故事主要是以叙述事件过程为中心，而儿童小说则是以塑造儿童形象为中心的叙事性儿童文学样式

B. 二者受众和语言风格不同

C. 儿童故事侧重于故事的完整性和情节的起伏，儿童小说则侧重整体的艺术效果

D. 以上都对

7. 世界上第一本儿童图画书是（　　）。

A.《世界图解》　　　B.《婴孩的歌剧》　　　C.《彼得兔的故事》　　　D.《鹅妈妈的故事》

8. 图画书的基本特征不包括（　　）。

A. 构图的连续性　　　B. 文字的逻辑性　　　C. 图画的趣味性　　　D. 形象的直观性

9. 图画书根据画面数量可以分为（　　）。

A. 文学图画故事书和知识性图画书　　　B. 单幅图画书、多幅图画书和连续图画书

C. 无文图画故事书和图文并茂的故事书　　　D. 单色图画书和彩色图画书

二、论述题

咚咚强幼儿园小一班的孩子最近总是不好好吃饭，不仅有很多小朋友吃一口漏一半，甚至还有个别小朋友将饭菜乱撒乱扔，弄得到处都是。

（1）假设你是这个班的主班老师，你想到用《下巴上的洞洞》这首儿童诗引导幼儿改掉吃饭漏饭的坏习惯，请结合所学，谈谈你打算如何进行活动设计。

（2）结合本单元所学，请你谈谈在幼儿园教学中如何更好地帮助幼儿赏析儿童诗？

三、材料分析题

阅读以下材料并回答问题。

日本图画书出版家、儿童文学家松居直曾经举过一个例子：一位幼儿园中班老师在课堂上给孩子们讲"一寸法师"的故事，而孩子们没见过也没法理解"法师"，以为"一寸法师"就是"一寸帽子"，因为日语中"帽子"和"法师"同音。这下课堂上乱套了，大家都在争论是一顶"帽子"还是"一寸法师"。为了让孩子们理解"一寸法师"是什么，老师急忙拿来《一寸法师》的绘本，让他们一边观看一边听故事。看到绘本中个子还没到正常人小腿中间的娇小法师，孩子们一下子就明白了，"一寸法师"就是图画上这个确切的形象。就这样，图画书帮助孩子减少理解的障碍，让"一寸法师"的故事在孩子们的心目中栩栩如生，成了故事的"救星"。完全可以看出，图画书是讲故事的高手。

（1）结合上述材料和所学，请分析图画书的作用。

（2）有人认为，"为了呵护孩子的心灵"，有关灾难、战争、死亡等内容具有恐怖和消极的意味，不应该出现在图画书中，甚至认为给孩子看的图画书应该杜绝所有暗沉色彩和伤感文字的出现，以免引发孩子的负面情绪……对此，你有什么看法？

实践与实训

实训一： 在幼儿园实习过程中，选择一首儿歌开展教育教学活动。

目的： 学会选择和运用适宜的儿歌设计和开展教学活动。

要求： 所选儿歌及所设计的活动与儿童特点、教学目的相贴合，能顺利达成活动目标。

形式： 实操实践。

实训二： 结合所学及幼儿园实习经历，创作一首富有童心童趣的儿童诗。
目的： 感受儿童诗的韵律美和童趣美，体会儿童诗的创作技巧。
要求： 依据所学，独立创作儿童诗，并以小组为单位进行分享和评析。
形式： 小组合作。

实训三： 在幼儿园见习过程中，选择一篇童话或寓言开展教育教学活动。
目的： 学会选择和运用童话和寓言设计和开展活动。
要求： 所选及所设计内容符合儿童身心发展规律，有教育意义，且能顺利达成教学目标。
形式： 实操实践。

第四单元 儿童文学的基本母题

◇ **学习目标**

1. 理解儿童文学母题的概念以及儿童文学常见四种母题的内涵。
2. 感受爱、成长、自然与想象母题在儿童文学中的体现,理解其中蕴含的儿童教育意义。
3. 能够从儿童文学中选取恰当的母题作品用于教育活动中。

◇ **情境导入**

在我们以往所阅读过的儿童文学作品之中,你是否发现它们往往在主旨上具有一些共通之处?比如在《猜猜我有多爱你》《逃家小兔》中,兔子之间都在相互表达浓浓的爱意;在《彼得·潘》《爱丽丝漫游奇境记》中,主角们都在充满奇幻的冒险中获得了成长;又或是在《草房子》《梅尔和外婆的秘密花园》中,孩子们都在感悟与大自然亲密的关系。不同的儿童文学作品有着丰富多样的主题,但这些主题往往又有着千丝万缕的联系。儿童文学研究者们据此提出了母题这个概念,用来表述儿童文学中反复出现并生生不息的现象。这一单元,我们将共同探讨儿童文学常见的母题及体现。

"母题"一词最初起源于西方民间文学、民俗学领域,美国民间文艺学家斯蒂·汤普森最早对母题的定义做出了较为详细的解释,他认为母题是一个故事中最小的、能够持续在传统中的成分,具有某种不寻常和动人的力量,在作品中反复运用。① 随着不断发展,母题概念也运用至文学领域,我国学者乐黛云从文学的主题学的角度对母题进行了定义,即"在文学作品中反复出现的人类基本行为、精神现象以及人类关于周围世界的概念,诸如生死、离别、爱、时间、空间、季节、海洋、山脉、黑夜等等"②。王泉根认为,文学的母题往往与主题、题材、象征、意向等息息相关,由于成人文学所表现的题材在儿童文学中也可以表现,于是在已有的观念之上将母题的概念细化至儿童文学之中,即儿童文学的母题是在儿童文学作品中反复出现的,与儿童生命成长紧密相连的

---

① 斯蒂·汤普森. 世界民间故事分类学 [M]. 郑海,等译. 上海:上海文艺出版社,1991:49.
② 乐黛云. 中西文学比较教程 [M]. 北京:高等教育出版社,1988:189.

基本行为、精神现象以及题材类型。[1]

综上，可以发现母题具有一定的典型性、重复性与模式性等特点，儿童文学的母题也应满足这几项条件。[2] 在此基础之上，儿童文学又具体拥有哪些永恒的母题？刘绪源在《儿童文学的三大母题》中将儿童文学的母题划分为爱、顽童和自然三类，分别象征着"成人对儿童的目光""儿童自己的目光"以及"全人类的目光"。[3] 而有学者认为，"成长"也是儿童文学的母题之一，三大母题都离不开"成长"二字，"母爱"是儿童成长的人文环境，而"玩"是儿童成长的天性，"大自然"是儿童成长的自然环境，"成长"是儿童文学的原主题。[4] 同时，童年是充满想象的时代，儿童也在想象中游戏与成长，利用儿童这一特点，许多儿童文学作品的故事也是在作者所塑造的富有想象的架空奇幻世界中展开的，比如骑着扫把的女巫、会说话的小动物、会移动的城堡……众多儿童文学作品的主题其实也离不开"想象"，因此王泉根在肯定刘绪源对儿童文学母题划分的同时又增加了一类幻想母题[5]，笔者基本认同此种观点，将儿童文学母题划分为爱、成长、自然和想象四类。

第一课　爱的母题及其意蕴

在儿童文学中，爱的母题比较常见，通常是通过故事情节、人物角色、语言表述等方式呈现出来，帮助儿童理解并感受到爱的存在和重要性。

一　爱与儿童文学

为什么爱与儿童文学关系密切，我们可以从爱的内涵与儿童的需要等方面予以解释。

（一）爱的内涵

爱是什么？从哲学角度来看，爱是人存在的基础，是构成世界的一部分。古希腊哲学家恩培多克勒认为爱与恨是构造世界的原始力量，是使诸多宇宙物质元素结合与分离的基本因素。[6] 柏拉图认为："爱是人类对整个世界的渴求。"柏拉图在《会饮篇》中对爱神做了多角度、多侧面的描绘，

---

① 王泉根. 儿童文学教程［M］. 北京：北京师范大学出版社，2009：28.
② 潘虹如. 相同的母题，不同的表述——圣野、林焕彰儿童诗比较研究［D］. 长春：东北师范大学，2014：5.
③ 刘绪源. 儿童文学的三大母题［M］. 上海：复旦大学出版社，2015：15-16.
④ 谭旭东. 什么样的儿童文学叫好又叫座？［N］. 中华读书报，2004-07-21.
⑤ 王泉根. 儿童文学教程［M］. 北京：北京师范大学出版社，2009：28.
⑥ 崔德华，张澍军. 论爱的定义与本质［J］. 江汉论坛，2007（5）：69-73.

他认为爱神是介乎人与神之间的精灵,由于他的存在,人与神之间没有了空缺,世界才成了一个整体。通过几则神话反映了柏拉图对于"爱"的看法,他打破了爱与恨的二元论,将爱理解为将事物凝聚在一起的冲动和力量,爱与万物同在,使世界成为一个整体。①

爱也是宗教的主题之一,费尔巴哈曾说过"生命之生命便是爱",他认为爱是人和上帝的本质之一,《基督教的本质》将爱的概念置于存在论的角度进行考察,把爱视为人的存在的标志,人的本质中所固有的爱使人向往中的世界得以呈现。② 在《圣经》中也有一段广为人知的、对爱最经典的描述,即"爱是恒久的忍耐,又有恩慈。爱是不妒忌。爱是不自夸,不张狂。不轻易发怒,不计算人的恶。不喜欢不义,只喜欢真理。凡事包容,凡事相信,凡事盼望,凡事忍耐。爱是永不止息"。

在文学中,爱是一种渴望、一种生活、一种诚挚而含蓄的表达,是一个永恒的母题。卢梭在《忏悔录》说过"生活就是爱"。史铁生在《我与地坛》中这样写道:"爱的情感包括喜欢,包括爱护、尊敬和控制不住,除此之外还有最紧要的一项:敞开。互相敞开心魂,为爱所独具。"爱到底是什么?我们也许无法给予一个完全标准的答案,但不可否认的是,"爱"存在于世间,将人们彼此相连,创造着美好。

综上,爱的本质是一种无条件的情感,不受条件、时间、空间、个人属性、物质条件等限制,是一种纯粹的情感,不带有任何功利性质。爱包含了对他人的尊重、关心、理解、支持和接纳,以及对他人身体和精神的关注和呵护。爱是人与人之间最为纯粹和美好的情感之一,能够带给人们幸福和快乐。

(二)儿童文学中的爱

在马斯洛需要层次理论中,归属与爱的需要是重要的一部分,是首要的一种精神性需求。波丁沙托曾说"爱是生命的精华";安徒生认为爱和同情是每个人心里都应该具有的最重要的感情。人类需要爱,爱是使人得以诞生的因素,也是使人得以延续、发展的力量,儿童的成长不能没有爱,沐浴在爱的阳光之下,儿童才能够健康地成长。

儿童文学是为儿童读者而写的,而儿童正处于情感和道德发展的关键时期,对于情感和人际关系的理解尤为重要。儿童文学承担着启蒙教育的职责,"爱"自然而然地就成了儿童文学中最重要的母题,爱的母题也总是弥漫在儿童文学空间,尤其在散文类作品以及为年龄偏小的孩子所欣赏的幼儿文学作品中更为常见。中外儿童文学作品正是以这种最温暖人心的爱,深化、亮化和美化着儿童的精神生命。

二 儿童文学中爱的类型与表现

爱的母题中蕴藏着成人对儿童的呵护和期许,体现出不同的类型与形式。一般而言,我们把儿童文学作品中的爱分成两大类:母爱型和父爱型。

---

① 阎国忠. 柏拉图:哲学视野中的爱与美——一种神话学的建构[J]. 北京大学学报(哲学社会科学版),2012(4):20-31.
② 王树藩. 论爱——关于《基督教的本质》中爱的概念的局限[J]. 学理论,2020(10):52-53.

首先需要说明的是，在儿童文学中，母爱与父爱代表的是一种审美眼光与艺术气氛，是一种富于象征性的名称，以形容符合该气氛的文学作品，因此"母爱型"与"父爱型"并不局限于对母亲和父亲的描写，而是上升至了更高的层次。①

（一）母爱型儿童文学

母爱型儿童文学作品多为亲切温馨的作品，常见于早期的童话与低幼文学。母爱型作品的故事叙述犹如一串温柔而快活的耳语，充满着母亲对儿童的想象与希望。

1. 创作主旨以愉悦儿童为理想

首先这些作品读来如行云流水，有亲近温和之感，这一特点在许多幼儿诗歌中得到了很好的体现。如喻德荣的《丫丫》和林武宪的《鞋》：

丫丫

喻德荣

丫丫种下花花，每天都要看它，
是否长高长大，什么时候开花。
妈妈每天回家，总要亲亲丫丫，
什么时候开花，盼她快快长大。②

鞋

林武宪

我回家把鞋脱下

姐姐回家把鞋脱下

哥哥爸爸回家

也都把鞋脱下

大大小小的鞋

是一家人

依偎在一起

说着一天的见闻

大大小小的鞋

就像大大小小的船

回到安静的港湾

享受家的温暖

第一首儿歌中，丫丫爱花花，妈妈爱丫丫，朗读起来富有韵律且朗朗上口，蕴藏着亲昵与期盼，预示着孩子在妈妈的关怀下如花儿一般健康成长；第二首诗通过对幼儿常见的家庭场景的描绘，体现了一种和谐温馨、母爱式的气氛。从以上两个例子中我们可以发现，这些诗歌的素材源于

---

① 刘绪源. 儿童文学的三大母题 [M]. 上海：复旦大学出版社，2015：15.
② 李莹，肖育林. 学前儿童文学 [M]. 上海：复旦大学出版社，2017：25.

儿童的日常生活却又富含想象与爱的成分。其中没有教育的意味，没有微言大义与沉重的说教，其目的就在于将生活中美好的事物与情感展现给幼儿，以轻快简洁的语言愉悦幼儿，成为幼儿闲暇时光增添乐趣的读物。

其次，母爱型母题的故事设计具有一定的即兴性。如一些故事中人物的设计："穿靴子的猫"为什么穿着靴子而不是皮鞋？"灰姑娘"为什么坐的是南瓜马车而不是西瓜马车？这些人物的特征与故事中的设定仅仅是为了加深人物形象与故事特色，其中并没有逻辑可言，也没有更深层次的含义，多是为了给故事增添特色，使人物形象更生动，吸引幼儿兴趣，具备一定的随机性。再从情节的设计上来看，如《鞋》的场景就是偶然间看到家门口摆放的一双双鞋子；《野天鹅》中的艾丽莎有一天在山洞中突然就被国王发现并带了回去；睡美人偶然间走进了屋子，碰到了纺锤后沉沉睡去。在幼儿的童话中，怪诞的情节往往不能用严谨的逻辑去推敲，一些人物和情景是即兴出现的，其目的是推动故事的发展。

2. 故事素材寓母性关怀于其中

首先，遥远即是时空上的遥远，在很多童话故事中的开头都是类似的，比如《野天鹅》的开头：

很久以前在很远很远的地方，有一个国王，他有十一个王子和一个叫艾丽莎的小公主，他们过着幸福的生活……

这些故事的设定都在遥远的从前、遥远的国度和奇幻的世界，而非当下真实的生活场景，是一个虚幻而可望不可即的世界。由于幼儿的时间知觉还未得到很好的发展，还未掌握准确的时间概念，因此在作品中常常会运用"很久以前""许多年前"等笼统的词汇，来说明故事的遥远。而对于容易混淆现实与想象世界的幼儿，"遥远"便也成了光怪陆离的童话世界中的一个合理解释：为什么我们生活中没有爱穿新衣服的国王？为什么没有会变成天鹅的王子？因为他们都生活在很久以前啦！

其次，故事中往往包含母亲所关注的主题。继续来看看《野天鹅》的故事背景：

后来国王娶了一个恶毒的王后，新王后对这些孩子非常不好，她在国王面前说了他们很多坏话，一个星期后，她就找借口把艾丽莎送到乡下农人家寄养。没过多久，恶毒的王后又用魔法将王子变成了十一只野天鹅，他们伤心地从宫殿飞走，飞到森林里去了。

类似的还有《白雪公主》《灰姑娘》等，故事的主角们都有着恶毒的继母与不幸的家庭生活。虐待儿童问题、家庭生活问题，这何尝不是母亲所关注的问题？再比如《小红帽》中小红帽和外婆从狼口中逃脱；在《小兔子乖乖》中，小兔子们识破了大灰狼的阴谋。在一些故事中孩子们都遇到了危险却又解决了危机，而这背后却反映了母亲对幼儿安全的关心。在母爱型的故事中，少有对孩子学业上的关注和对严肃的主题关注，而是从类似母亲所关注的层面来构造故事，蕴藏着母亲般的爱与担忧。

3. 情节设定多以"大团圆"作结

为了充分调动幼儿的兴趣与好奇心，起到愉悦与消遣的目的，首先，母爱型的作品情节往往是丰富而有一定曲折性的，故事中的主角往往会经历各种各样的事。继续以《野天鹅》为例，看看艾丽莎的经历。艾丽莎十五岁时从乡下被接回到皇宫却再次遭到王后的陷害：

王后在艾丽莎身上擦了核桃汁，在她脸上涂了一层油膏，把她漂亮的头发弄得乱糟糟的。艾丽莎变得又黑又脏，国王看到她时大吃一惊，说这不是她的女儿。

于是艾丽莎伤心地走到了森林，在一位老婆婆的指引下找到了哥哥们：

太阳快要落下时，艾丽莎看见十一只戴着金冠的野天鹅向陆地飞来。当太阳落到海面后，野天鹅变成了十一位英俊的王子。艾丽莎呼唤着哥哥们的名字，扑到他们怀里。

第二天哥哥们变回了野天鹅，艾丽莎坐在芦苇织成的网里，与哥哥们一起飞行。在梦中，仙女告诉了拯救哥哥们的方法：

你要用手采集荨麻，把麻搓成线，织成十一件长袖披甲披到哥哥身上，魔法便可解除，不过你要记住，整个过程中你不能讲一句话。

艾丽莎没日没夜地工作了起来，一句话也不说，不停地在山洞中织着披甲，直到有一天被一位国王发现并带回了宫殿。在宫殿中她仍然不停地织着披甲：

艾丽莎和国王举办了婚礼，夜里，艾丽莎总是偷偷去到小屋，不停地织着披甲，她织到第七件时，麻用完了。她知道教堂的墓地里长着荨麻，于是她在月光下偷偷来到墓地，采集那些刺手的荨麻。这些全被监视她的大主教看见了，国王听后心里笼罩着疑虑和担忧。

之后国王每晚都会偷偷跟踪艾丽莎，当他在某天夜里再次看到艾丽莎去墓地采荨麻时，相信了大主教的话，认定她是一个女巫，于是他把艾丽莎关入了大牢，并决定处死艾丽莎：

她继续工作着，她知道这是最后一晚了，她必须完成工作，否则所有努力都会白费。第二天艾丽莎被拖上了囚车，她的身边放着织好的十件披甲，她的脸上没有一点血色，但仍在不停地编织。

在行刑前，当变成野天鹅的哥哥们飞回来时，误会才得以解除：

十一只野天鹅飞了下来，它们围住囚车，拍打着巨大的翅膀，人们惊恐地退向两边。眼看刽子手就要抓住艾丽莎，她急忙把披甲抛向天鹅们，瞬间，天鹅们变成了十一位英俊的王子。

……

王子向人们讲出了一切，这时，一阵清香散发开来，为火刑准备的柴堆突然生根发芽，绽放出许多娇艳的红玫瑰，其中有一朵晶莹的白花，国王摘下这朵花放在了艾丽莎的胸前。她醒来了，心中流淌着从未有过的幸福。

母爱型的作品中，故事的主角在不同的场景中遇见不同的人并展开不同的经历，情节的设定并非一帆风顺而是曲折婉转的。《野天鹅》中的艾丽莎经历了被继母陷害、重逢哥哥、梦见仙女、遇见国王、误会入狱等一系列事情。再比如经典绘本《母鸡萝丝去散步》，作者并不是简单地去描绘母鸡萝丝的散步过程，而是巧妙地增加了狐狸的跟踪设定，也增添了故事的紧张感与趣味性，而最终萝丝在不同的场景之下一次次化险为夷，避开了狐狸的追捕。根据幼儿注意力的发展特点，无意注意占主要的部分，因此需要用生动的形象、夸张变换的情节引起幼儿的注意。情节的设定要在意料之外而又在情理之中，有曲折、有惊险，但又不过于紧张刺激，符合幼儿的兴趣与审美。

母爱型母题的文学作品往往都拥有温馨而美好的结局，就像在童话故事的结尾，善良的公主总会与王子相爱，并过上幸福的生活。《野天鹅》中艾丽莎完成了使命、消除了误会，哥哥们也解除了诅咒；《小红帽》中猎人救出了外婆和小红帽，使她们得以团聚；丑小鸭最后变成了人人羡慕的白天鹅；母鸡萝丝安全回到了家。前期所经历的各种曲折让幼儿被故事吸引，而幼儿纯真的童心容易被故事感染，情绪也会被故事中的人物牵动，因此最终故事都会归于温暖和圆满，编织出一个让幼儿满意开心的结局。对于母爱型的儿童文学作品，作者的目的不在于道德的评判，而只是想通过曲折的故事吸引幼儿，以美好的结局感染幼儿，传递爱的力量。

4. 故事篇幅较小且多反复回旋

母爱型母题的儿童文学作品，多出现于婴幼儿时期，这就需要充分考虑到幼儿的年龄限制与发展水平。首先，幼儿理解能力与感知能力均处于发展之中，所能够理解与接收信息的数量有限，因此母爱型的作品多采用回旋反复的结构，在不断地重复与强调中加深幼儿对故事的理解。比如在《母鸡萝丝去散步》中，故事具有相同的结构——"走过院子，绕过池塘，经过磨坊，穿过篱笆"，通过重复式的故事结构让幼儿更容易理解故事。再比如捷克斯洛伐克作家斯拉德克的这首幼儿诗《童话》：

"白桦为什么颤抖，妈妈？"

——"它在细听鸟儿说话。"

"鸟儿说些什么，妈妈？"

——"说仙女傍晚把它们好一顿吓。"

"仙女怎么会把鸟儿吓呢？"

——"她追赶着白鸽在林中乱窜。"

"仙女为什么要追赶白鸽？"

——"她见白鸽差点儿淹死在水潭。"

"白鸽为什么会差点儿淹死呢？"

——"它想把掉在水里的星星啄上岸。"

"妈妈，它把水里的星星啄上来了吗？"

——"孩子啊，这个我可答不上。

我只知道，等到仙女挨着白鸽的脸蛋时，

就像如今我在亲你一样，亲呀亲呀，亲个没完。"

这首诗也是在幼儿重复式的提问与妈妈的回答中展开，描绘了一幅富有想象的童话场景，幼儿从颤抖的白桦问到说话的鸟儿，从追着白鸽的仙女问到啄星星的白鸽，故事中虽然有多种因素，但以反复回旋的方式一问一答地呈现，降低了理解的难度，符合幼儿的发展特点与审美水平。

其次，由于幼儿注意力发展不完善，难以长时间地集中注意力，因此该类作品的篇幅不宜过长，故事的开头要生动简短，能够尽快展开情节，讲究精简性原则，用适当的字数描绘清楚故事的情节，既能够吸引幼儿的兴趣，又避免了情节的冗长无聊。

5. 语言多柔性叙述且富有童趣

母爱型的故事营造着一种慈母的语境与氛围，就像是从母亲的角度讲述，以温柔慈祥而又富有童趣的语气来展开故事。如经典绘本《猜猜我有多爱你》。

4-1 拓展阅读
《猜猜我有多爱你》

在故事中小兔子与大兔子互相表达着爱意，整个故事渗透着慈祥温馨之感，塑造着充满童心与母爱的氛围，温柔的叙述，就像是母亲的喃喃细语，表达着对孩子浓浓的爱意。小兔子的突发奇想和用各种方式对"爱"的比喻，幽默而有童趣，让人忍俊不禁。犹如前文的儿童诗《童话》，虽然通篇没有直接描写母亲与母爱的语句，但我们可以在母亲耐心的回答中感受到母爱般的氛围。没有描绘爱，却又处处充满着爱，亲切温馨的气氛的营造与爱的表达，这也许就是母爱型儿童文学作品的魅力所在。

（二）父爱型儿童文学

如果说母爱型母题的儿童文学作品更偏向于愉悦性，那么父爱型的作品中更多的则是教育性。父爱型的儿童文学作品指的是蕴含有一定教育价值的作品，其关键词为"端庄深邃""直面人生"，故事的讲述则犹如一番感情深切的交谈，渗透着父辈的现实感和责任感。

1. 情节设定贴近现实生活

在父爱型母题的儿童文学作品之中，想象性的因素不再占据主导地位。母爱型的作品中富含母亲般的慈爱，带领儿童在童话世界中领略世界的美好，父爱型的作品则将儿童从想象世界带回到略带沉重的现实之中。接下来让我们来看一看约翰·斯坦贝克的经典短篇小说《礼物》：

有些内向文静的小男孩乔迪生活在牧场，直到有一天父亲卡尔送给他一匹小红马：

舍栏里一匹红色的马驹正瞧着他。它的耳朵紧张地向前耸着，它身上的皮毛又粗又厚，像是狗身上的毛，它的鬃毛很长，乱七八糟的。乔迪看得喉咙梗塞，呼吸急促。

"他得好好梳一梳，"他父亲说，"我要是听说你不喂他，不把舍栏收拾干净的话，我马上卖掉他。"

乔迪不敢再盯着小马的眼睛看。他低下头来，看了一会儿自己的手，怯生生地问道："给我的吗？"

乔迪非常惊喜父亲将小红马送给了自己，他希望将来自己能够成为一名伟大的骑手。乔迪给小红马取名为加毕仑，盼望着它快快长大，自己也能够早日骑到小红马。在乔迪的悉心照料下，它终于快等到这一天了：

加毕仑成长得很快。他的腿已经不像驹子那么细细长长的了；鬃毛更长更黑了。因为常常梳刷，他的皮毛光滑闪亮，像橘红色的油漆。乔迪给马蹄敷油，仔细收拾干净，免得它们爆裂。有一天，父亲说："没想到小马长得这么快。我估计到感恩节你就可以骑了。你能骑上去不摔下来吗？"

之后乔迪每天都盼望着感恩节的到来，他在父亲的帮助下准备好了骑马的工具，每天都在想象骑上小红马的那一天会是怎样。直到有一天，乔迪、母亲和父亲预算错了天气，让加毕仑淋了雨：

"晒晒太阳对他有好处，"母亲肯定地说，"没有一头牲口喜欢被长期关着的。你爸爸要跟我去山上清一清泉水里的树叶。"

"万一下雨，虽然……"乔迪提出来。

"今天不大会下。已经下空了。"母亲卷起袖子，扣好手臂上的绑带，"万一下起雨来——马淋一点点雨不要紧。"

……

一阵冷风刮来，雨水时而倾斜时而打旋。乔迪小步跑着往家走去，他从山脊顶上看见加毕仑可怜巴巴地站在大栏里，红皮毛快变成黑色的了，皮毛上一绺绺尽是雨水。他低头站着，屁股挨着风吹雨打。乔迪跑到畜栏，打开栏门，抓住鬃毛，把湿淋淋的小马牵了进去。随后他找到一只黄麻袋，用来擦马身上的毛，擦马的腿和膝盖。加毕仑耐心地站着，但是一阵一阵地哆嗦，像在刮风似的。

淋过大雨之后，小红马还是生病了，尽管乔迪想尽办法照料它，小红马的病仍然一天比一天重，终于在一天清晨倒在了秃鹰盘旋的树丛中了：

在山脊梁顶上，乔迪停下来，大声喘气。耳朵的血液噗噗地撞击着。这时，他见到了他正在寻找的东西。小马躺在下面树丛间一小块空旷地上。远远望去，他看见小马的腿缓慢地抽动着。秃鹫在他周围站成一圈，等他死去，什么时候死，它们是很清楚的。

在这一则故事中，乔迪经历了现实的沉重打击，最终也没有骑上自己悉心照料的小红马，对现实的一种无力感显得如此残酷却又如此真实。故事没有圆满幸福的结局，却给人一种直面人生的震撼力，描绘着不可避免的人生悲剧。父爱型的作品中蕴藏着深刻的教训与教育意义，有着贴近人生现实的深刻性，让孩子们体会到生活的残酷的一面，使其成长过程中更能担当风险与艰难。

再如《夏洛的网》中，小猪威伯和智慧的蜘蛛夏洛是好朋友，直到有一天小猪威伯得知了一个坏消息：

很多天过去了，威伯长了又长。他一天要吃三头猪的饭量了。他把时间都花在躺着，小睡，做美梦上了。他的身体非常健康，体重也增长了许多。一天下午，当芬正在她的凳子上坐着时，那只老羊走到谷仓来拜访威伯。

"你好！"她说。"我看你好像正在变胖。"

"是的，我想是，"威伯回答，"在我这个年纪胖起来是好事儿。"

"虽然如此，可我却不嫉妒你，"老羊说，"你知道他们为什么要把你养这么胖吗？"

"不知道。"威伯说。

"呃，我不喜欢传播坏消息，"老羊说，"但我还是要告诉你，他们喂胖你，其实是为了将来杀你，这就是原因。"

……

威伯号啕大哭起来。"我不想死，"他呻吟，"我想在这里活着，就待在我舒服的牛粪堆旁，和我所有的朋友在一起。我想呼吸甜美的空气，躺在美丽的太阳底下。"

"你说的全是美丽的胡话。"老羊迅速地打断了他的话。

"我不想死！"威伯尖叫着，瘫到地上。

老山羊的话将小猪威伯从自己的理想世界中拉了出来，威伯从无知的童年状态一下子被抛入了残酷的现实之中，内心充满着无助与恐惧。就像渐渐长大的孩子慢慢开始感受到现实生活并非想象中的那样美好，其中蕴藏着许多不易与磨难。同一个主题的故事，在母爱型的作品中，小猪威伯可以和朋友们一直无忧无虑地生活在一起；在父爱型的作品中，则是吃胖了就会被杀掉，多么贴近现实啊！

2. 结局不圆满却意蕴深厚

与母爱型"大团圆"的结尾不同，父爱型的故事中的结局往往不是十全十美的。乔迪最终没能骑上小红马，夏洛为了帮助威伯逃脱被宰杀的命运，过度劳累而死去。

当乔迪在有秃鹫的丛林中发现了小红马后:

他一只手把鸟脖子按在地上,另一只手拣起一块尖尖的石英石。第一下打下去,把鸟嘴打歪,黯色的血从扭曲、坚韧的嘴角里喷了出来。

卡尔用一块红色印花手绢擦掉孩子脸上的血。乔迪这会儿没劲儿了,平静了下来。他父亲用脚尖踢开秃鹫。"乔迪,"他解释说,"小马不是秃鹫杀死的。这你不明白吗?"

"我明白。"乔迪疲倦地说。

《礼物》中作者似乎有意让孩子们感受到乔迪的后悔与痛苦,《夏洛的网》让孩子们知道某件事情的成功是要付出代价的。

父爱型作品让孩子们在故事中体会到世事的艰难与人生的不易,体会到没有白来的成功,体会到诸事不可能一帆风顺,体会到生活强悍而残酷的一面。正是这种结局的"不完美",反而给读者带来了一种"缺憾美感",而这也是情节设定的巧妙之处。或许,正是因为小红马的离去,乔迪才在最后的悲愤与发泄中,明白了酸甜苦辣的人生真正奥义,体会到了挫折的滋味,也获得了成长;正是因为夏洛牺牲了自己,威伯才知道,在现实中获得自己想要的是要付出代价的,更深刻地体会到了爱与生命的意义。

三 爱的母题儿童文学与儿童教育

不管是母爱型儿童文学还是父爱型儿童文学,都以爱为内核,滋养儿童的心灵,促进儿童发展与成长。

(一) 母爱型儿童文学与儿童教育

孩子生来对母亲便有依恋之情,母爱型母题的作品是幼儿文学中最为常见的类型。

1. 帮助儿童直观体验爱的滋味

母爱型的文学作品可以让儿童更直观地体验爱,感受人与人之间的爱。冰心先生曾说"有了爱,便有了一切",爱是亘古不衰的主题,儿童刚出生时,纯洁得如未经雕琢的璞玉,需要爱的点化。[1] 陶行知先生曾说:"爱是一种伟大的力量,没有爱就没有教育。"有关爱的教育对儿童未来良好品质的养成起着重要作用,而母爱型作品中总是充满着爱的主题,儿童在关于爱的一则则故事和亲子共读的时光中感受着爱。

2. 促进儿童学习如何去表达爱

许多母爱型的作品中对于爱的表达是简单而直接的,《猜猜我有多爱你》中小兔子与大兔子向对方表达着爱意,化抽象的爱为直观的比量。"我爱你,从这里一直到月亮,再从月亮上回到这里来",简短的一句话却蕴藏着无限的爱意,而更让人感到震撼的是文学作品中这种对爱的直接性表达。

---

[1] 潘虹如. 相同的母题,不同的表述——圣野、林焕彰儿童诗比较研究 [D]. 长春:东北师范大学,2014:5.

3. 培养儿童乐观积极生活态度

儿童在母爱型的文学作品中感受到生活的美好，培养儿童乐观向上的品质。母爱型的故事中，主角虽然在曲折的经历中，遭受到危险与不幸，但最后的结局永远是温馨圆满的。犹如母亲一般，母爱型的作品往往会将世间中所有的爱与美好展现给儿童，给他们以美的享受，陶冶情操，唤起儿童对美好事物的追求，以及积极向上的生活态度。

（二）父爱型儿童文学与儿童教育

在父爱型的作品中，教育的功能从另一个面向得以发挥。

1. 鼓励儿童直面生活且勇敢无畏

鼓励儿童直面生活且勇敢无畏，其最大的意义便是教会儿童直面现实，正确对待生活中的不完美。"儿童在成长的过程中，他必定要接触、认识成人世界中的各种矛盾，包括各种虚伪的、粗野的以至各种各样的阴暗面的东西。儿童的世界和成人的世界不是截然隔离的。"[1] 因此在教育中，不仅仅要向幼儿展示母爱型故事中所塑造的美丽的生活图画，也要把真实的人生滋味传递给他们，让他们在审美过程中，也能体验到人世的黑暗、丑陋、罪恶，体验到人生在所难免的琐碎、平庸，锻炼儿童坚韧的生活意志。[2] 父爱型母题的幼儿文学作品教会孩子以现实的深刻眼光看待人生中的难题，让儿童从渗透着现实感的艺术形象中自然地理解事物的意义，主动去发现现实。

2. 帮助儿童逐步适应生活与环境

父爱型文学作品能够在儿童过渡阶段提供帮助。根据布朗芬·布伦纳的发展生态学理论可知，儿童发展的生态环境是由若干相互镶嵌在一起的系统组成的，人的成长过程就是不断地从一个环境进入另一个更大、更复杂的环境。[3] 孩子终会成长并走向现实生活，认识人生，儿童在成长的过程中会逐渐认识现实并遇到各种各样的挫折，儿童能否从容地应对生活中的变化与挑战则影响着未来的发展。如果小猪威伯提早了解过生活真实的模样，那么在听到坏消息后是否就不会惊恐至极而手足无措呢？父爱型的作品以赋有艺术的形式让儿童在一个个发人深思的故事中了解到人生中可能的困难与痛苦，潜移默化地影响着儿童，提高儿童的耐受力，并为未来的过渡进行铺垫。

第二课　成长母题及其意蕴

爱的母题是从作品蕴含的角度进行剖析的。其中，母爱型的儿童文学作品体现了愿儿童摆脱一切灾难、快快长大的母性渴望；父爱型作品则希望儿童切实体验人生，更坚韧地度过童年时期。[4] 其实不管是哪一种爱的类型，其最终目的都是让儿童健康快乐地成长，目光仍落到"成长"这一关键词上。

---

[1] 黄佳丽. 论世纪年代及前后时期父爱型母题的儿童文学 [D]. 合肥：安徽大学，2012：4.
[2] 刘绪源. 儿童文学的三大母题 [M]. 上海：复旦大学出版社，2015：119.
[3] 刘丽英，刘云艳. 关于对儿童进行挫折教育的思考 [J]. 教育理论与实践，2012（35）：21-22.
[4] 刘绪源. 儿童文学的三大母题 [M]. 上海：复旦大学出版社，2015：10.

一 成长与儿童文学

成长，是童年时期的关键词，也是儿童文学中永恒的母题。

如果说爱的母题更多的是从成人角度出发对儿童的关怀与期盼，那么成长的母题更多的是从儿童的视角出发，彰显着童真与自主。

儿童文学的目的与意义立足于"人之初"，服务于"长大成人"，即儿童生命的成长。儿童处于身心快速发展的时期，儿童文学中的"成长"，总是与儿童在这一年龄阶段巨大的身心变异所带来的困惑、烦恼、憧憬与期待，与自我意识的觉醒和"代沟"出现，与成长中的儿童人格独立性、自主性、自尊性、自信心等紧密结合在一起。①

成长母题贯穿于各个年龄段的儿童文学作品，更多地汇集在迎来青春期的少年阶段，比如一些以少年形象为主角的小说——《麦田的守望者》《追风筝的人》《草房子》等。不过，由儿童不同发展阶段的特点可知，婴幼儿时期和青春期都是儿童身心发展最快的两个时期，因此，成长型的作品不应仅仅是写给大孩子的，而对于年龄较小的儿童也同样需要在富于创造性的文本中探索成长。

偏向于儿童视角的成长母题应首先充分体现儿童自身的特点，其次要包含在成长过程中儿童会遭遇到的困惑与苦恼，以及在儿童成长历程中必须学习的东西。

二 儿童文学成长母题常见类型与体现

我们依据成长型儿童文学的内在题材，重点分析四种常见的成长母题儿童文学："渴望出走"型、"顽皮淘气"型、"拥有秘密"型和"生命告别"型。

（一）"渴望出走"型儿童文学

许多时候，儿童希望独自从家庭中离开，离开自己所熟悉的环境，走向未知的世界。"离家出走"也是儿童文学作品中的经典情节。在很多儿童视角展开的书中，儿童因为某些原因而主动或被动地离家，从而展开了一系列奇幻的冒险，如我们所熟知的《彼得·潘》《汤姆索亚历险记》等都是经典名作，而这些作品都是围绕"离家的孩子"而展开。

1. 矛盾是"讨人嫌"儿童出走的契机

之所以称为"讨人嫌"的孩子，是因为在这些文学作品中儿童拥有自己的想法与遐想，不喜欢遵守成人所设定的规则，这类故事的开头通常是儿童因顽皮、不守规矩而与家人发生争吵与矛盾，儿童在情绪的驱使下选择了离家出走。比如莫里斯·桑达克的经典之作《野兽国》，故事的开头是这样的：

那天晚上，马可斯穿上他的狐狸衣服一个劲儿地捣蛋。

他往墙上钉钉子，把狗赶得到处乱窜。

妈妈说："你真是个小野兽！"他气恼地回敬道："我要把你吃了！"他受到的处罚是不能吃晚

---

① 王泉根. 儿童文学教程［M］. 北京：北京师范大学出版社，2009：28.

饭。马可斯气咻咻地上床睡觉了。

在黑暗中，一座森林开始在他的房间里生长。天花板上挂下了藤蔓，墙壁没有了，周围都是密密的树。马可斯咧嘴笑了。

他来到波光荡漾的海边，驾驶着一条小船航行在无边无际的大海上。一天又一天，一月又一月，好像过去了整整一年。

再来看看井上洋子的《开往未知地的巴士》：

"妈妈，看见我的点心盒子了吗？"

"啊，那个啊，扔了。"妈妈朝房间探了下头，满不在意地说道。

"什么？扔了？哼，又乱碰我东西。"我睁大眼睛瞪着妈妈。

"怎么扔了！那可是我的宝贝啊。"

"东西随便扔在地板上，弄得乱七八糟的，如果不收拾的话，我就扔了。妈妈是不是这样说过？"妈妈看都不看我一眼，自顾自地说着。

"哼……"

"妈妈是不是这样说过"，好讨厌这句话呀。不管怎样，错的总是我，妈妈总是一副很有理的样子，我讨厌这样的妈妈。

"坏妈妈！"我跑出了家门，"我要离家出走，叫你找不到我，后悔去吧！"

在《野兽国》中马可斯因为到处调皮捣蛋而被妈妈呵斥并受到了处罚，《开往未知地的巴士》中的男孩因为乱丢乱放，而被妈妈丢掉了心爱的盒子。在这些故事中，儿童并不是无缘无故选择出走，而是违背了成人世界的规则，从而在成人视角下变成了"讨人嫌的孩子"。蒙台梭利认为，"虽然要求儿童和成人互相爱戴、和谐地生活在一起，但他们常常是不协调的，因为他们并不能相互理解，这破坏了他们生活的基调"①。由于看待世界和事物的方式不同，成人和儿童之间总是存在着各种各样的冲突，孩子的顽皮，导致了成人与儿童之间的矛盾，并为离家出走情节的发生提供了契机，为情节的展开做了铺垫。而这背后也蕴藏着成人视角与儿童视角的冲突，在成人眼中"讨人嫌"的行为在儿童的眼中却是合情合理的，每个孩子都有追求自我、向往自由、无拘无束的愿望，儿童的愿景在离家出走类型的文学作品中得到了很好的体现。

2. 希望摆脱束缚彰显儿童自立意识

儿童离家后往往会短暂摆脱成人的规则束缚，自主意识得到彰显，开始在属于自己的世界中，按照自己的想法随心所欲地设定规则。继续看看马可斯的经历：

有一天，他来到了一个野兽出没的地方，这些野兽大声怒吼、龇牙咧嘴、滚动着恐怖的眼球、张牙舞爪。但马可斯可不怕它们，他大喊一声："不许动！"然后眼睛一眨也不眨地盯着它们。

野兽们全都被制服了，它们张着爪子，傻呆呆地立在那里了，黄色的大眼珠子转来转去。

马可斯成了野兽国的国王。"现在，野兽狂欢开始！"国王发布了命令。所有的野兽出动了，跟着马可斯狂叫、狂跳着。真是痛快！

马可斯独自来到野兽国，并成了野兽国的国王，这里他说了算！于是在没有成人的国度里与野兽们开始了狂欢。再比如在《彼得·潘》中，温迪与她的两个弟弟迈克和约翰逃离了家，在小飞人

---

① 张宁. 儿童的确立——顽童形象及其现代性研究 [D]. 福州：福建师范大学，2009：8.

彼得·潘的带领下学会了飞行，飞往了只有孩子的永无岛，在这里建立了属于他们自己的小屋，温迪扮演着妈妈的角色：

"我们是你的孩子。"孪生子说道。他们全都跪下，伸出双臂喊道：

"啊，温迪小姐，做我们的母亲吧。"

"我行吗？"温迪说，满脸喜色，"当然那是非常有意思的；可是，你们瞧，我只是一个小女孩，我没有实际经验呀。""那不要紧。"彼得说，就好像他是这里唯一懂得这些事的人；其实，他是懂得最少的。"我们需要的，只是一位像妈妈一样亲切的人。"

"好极了，"温迪说，"我一定尽力而为。进来吧，顽皮的孩子们。我敢说，你们的脚一定都湿了。我把你们打发上床之前，还来得及讲完灰姑娘的故事。"

他们进来了。我不知道小屋里怎么容得下那么多人；不过在永无岛，是可以挤得紧紧的。他们和温迪一起，度过了许多快乐夜晚，这是第一夜。过后，温迪在树下的屋子里，打发他们睡在大床上，给他们掖好被子；她自己那晚睡在小屋里。彼得手持出鞘的刀，不停地在外面巡逻，因为海盗们还在远处饮酒作乐，狼群也在四处觅食。在黑暗中，小屋显得那么舒适，那么安全，百叶窗里透出亮光；烟囱里冒出袅袅轻烟，又有彼得在外面站岗。

在永无岛的小屋里，孩子是这个家的主人，扮演着不同的角色，自我规划着生活，做着自己想做的事情，他们在一个与成人世界截然不同的小岛上享受着自由自在的童年。根据埃里克森人格发展阶段理论可知，婴幼儿和幼儿阶段的儿童存在着自主感与羞耻感，主动性与内疚感的冲突，儿童开始具有了独立自主以及主动完成事务的追求。而"离家出走"与儿童的自主意识的觉醒是息息相关的，因为故事中的孩子们只有在离家出走之后，才有机会找寻到一个只属于自己的世界。在这个世界中，他不再是家庭中成人世界压迫下的弱者，而成了想象世界中的征服者和领导者，想象中的权力获得使孩子获得成就感，也使儿童的负面情绪得到了疏解与安抚。而"野兽国"和"永无岛"更像是童年的一种精神象征，体现了儿童对成人世界的反抗与独立自主的意识。

3. 通过"离家出走"寻找归属与依托

在"离家出走"型的幼儿文学作品中，有的孩子通过离家出走的方式引起成人的注意与关心，确认自己的重要性，从而寻找归属感。例如经典的幼儿文学作品——玛格丽特·怀兹·布朗的《逃家小兔》。

4-2 拓展阅读
《逃家小兔》

类似于《猜猜我有多爱你》这则故事同样以小兔子和兔妈妈对话的形式展开，充满着浓浓的爱与童趣。在故事的开头，没有任何征兆，一只小兔子突然和妈妈说要跑走了，兔妈妈没有斥责也没有问为什么，而是通过用温柔的语气不停追问，向小兔子表达了"无论去你到哪里，我都会找到你，因为我爱你"的心意。通过仔细的分析我们可以发现，小兔子突然离家并不是因为矛盾也并非想要独立，可能仅仅就是为了想知道妈妈有多爱它，而通过这种方式引起妈妈的注意，考验妈妈对自己的爱，从而获得被爱的感觉与安全感。家庭是儿童最熟悉的生活场景，也是儿童最先所能接触到的环境，儿童对社会的体验往往是从家庭开始的。儿童需要在这个最熟悉的环境中找寻归属感与安全感，因此会通过故意犯错、离家出走的方式让家人注意到自己，来确定自己在家庭中的地位与重要性。

在文学作品中，大部分孩子在离家出走后，总会在故事的结尾又回归到家庭中去，整体的情节结构为"在家—离家—回家"，比如在《野兽国》的最后：

不知过了多久，马可斯有点厌倦了。"停止！现在你们睡觉，不许吃晚饭！"

一切都安静下来，我们的野兽国王马可斯感到了孤独："我想到一个有人非常爱我的地方去。"这时，一阵食物的香味从遥远的地方飘过来。他决定放弃王位。

马可斯要离开了。野兽们喊："噢，不要离开啊！我们要把你吃了，我们是多么爱你啊！"

"不！"马可斯说。于是所有的野兽发出可怕的吼声，露出尖利的牙齿，转动着吓人的眼睛，挥舞着锋利的爪子。但是，马可斯还是跨进了他的小船，和野兽们说再见。

马可斯又开始了他漫长的航行，不过，这一次他是走在回家的路上。好像又走了一年，他回来了。晚饭正静静地摆在桌子上，还是热乎乎的。

马可斯用妈妈的语气管理着野兽国的怪兽，却在安静的夜晚想家了，也意识到了妈妈对他的爱，最终他踏上了回家的旅程，而桌子上香喷喷的饭菜也暗示着妈妈对他归家的欢迎。鲁诺·贝特尔海姆在《童话世界与童心世界》里认为："一个孩子，在获得勇气去踏上发现自己，继而步入现实世界成为一个自立之人的旅程之前，他会想方设法地回到依附状态，从而得到永久的依赖性的满足。而回到家里，就是依附最好的选择。"① 温迪在永无岛经历了一系列冒险之后，和弟弟们飞向了家里的敞开的窗户；因和妈妈吵架而乘上巴士的小男孩最后一站又回到了家；离家的小兔最后选择和妈妈一起留在家里……在"离家出走"型的儿童文学作品中，孩子们最终都会回到家，回到自己的依恋之处，回到依附状态，在独自经历一系列冒险中儿童解决了矛盾，理解了家人。最后的回家也有两层含义：一是儿童的身体回到了家庭之中；二是儿童的心灵也找到了归属，在离家的过程中获得了成长，化解了危机。

（二）"顽皮淘气"型儿童文学

每个儿童都曾是顽皮的孩子，具有活泼好动、亲近自然、追求自由的天性，拥有自由的人格与独立的生命意识。在许多儿童文学作品中，作者也塑造了一些典型的顽童形象，如会飞的彼得·潘、钻入兔子洞的爱丽丝、到处冒险的皮皮鲁和鲁西西……可以说，"顽童"是儿童文学作品中最重要的角色和母题。《辞海》对"顽"的解释同"玩"。顽童有两个含义：一是指顽钝即愚笨无知的人；二是指顽皮的孩童。随着现代儿童观的发展，在儿童文学意义上，顽童指调皮、爱玩闹、捣蛋，充满活力动感与游戏精神，具有独立性与主体性的儿童。②

1. 作品中蕴含儿童自由天性与游戏精神

在此类儿童文学故事里，与乖巧听话的孩子形象截然相反，调皮与自由是他们最典型的特色。

---

① 刘榛. 向着家的方向出走——儿童文学中离家模式作品浅析[J]. 安徽文学（下半月），2008（12）：40-41.

② 赵淑华. 关于20世纪90年代以来儿童小说中的"顽童叙事"思考[J]. 东岳论丛，2016（12）：123-128.

顽皮的儿童在独自一人不受限制的时候，总以"捣蛋鬼"的形象出现，制造着一个又一个麻烦，他们有的爱闯祸，有的爱撒谎，有的把家里弄得一团糟；但与此同时，他们又是自由的，是快乐的，是散发着童真光芒的，在他们身上我们能看到儿童最真实的模样。在林格伦的经典作品《长袜子的皮皮》中皮皮是一个奇怪而有趣的小女孩，她喜欢穿着两只不同颜色的长袜子，她好开玩笑，喜欢冒险，很淘气，常想出许许多多奇妙的鬼主意。皮皮的爸爸妈妈去世了，她独自生活着，没有成人的管教与束缚，遵循着自己的想法，在皮皮生活的小镇上，大人们一致认为应该把她这个只有九岁、独自生活的小姑娘送进儿童之家接受管教。当警察来到皮皮家想把皮皮带走时，皮皮却与他们玩起了捉迷藏的游戏：

这时候一位警察说，皮皮别以为爱怎么干就可以怎么干。她就是得进儿童之家，马上就进。他走过去抓住她的手。可皮皮一下子就溜掉，轻轻碰碰他说："咱们捉迷藏吧！"这位警察还没来得及转眼，皮皮已经跳上前廊的柱子，一动一动的，几下就上了前廊上面的阳台。两位警察不想学她的样子跟着爬，于是跑进房子上二楼。等他们来到外面阳台，皮皮已经在上屋顶。她在瓦上爬，就像只猴子。一转眼，她已经站在屋子的尖顶上，轻而易举地一跳就跳上了烟囱。两位警察在下面阳台上干瞪眼，急得拉头发。

"捉迷藏真好玩，"皮皮大叫，"谢谢你们上我家来。一看就明白，今天是我的好日子。"

两位警察想了一下，去弄来一架梯子，靠在屋顶上。他们一先一后爬梯上去要把皮皮带下来。可是他们上屋顶看来有点心惊胆怕，一路平衡着身子向皮皮走去。

"别怕，"皮皮叫道，"一点不危险。就是有趣。"

警察还差两步就够上皮皮了，可皮皮很快地跳下烟囱，又笑又叫，顺着屋顶跑到另一边山墙。离房子一米多有一棵树。

"瞧我跳。"皮皮叫着就跳下去，跳到绿树梢上，抓住一根树枝吊着，前前后后晃了几晃，就落到地面上了。接着她跑到另一边山墙，拿走了梯子。

两位警察看到皮皮往下跳，已经有点傻了，等他们平衡着身体，顺着屋顶好容易走回来，正想下梯子，就更傻了。起先他们气得发疯，对站在下面抬头看他们的皮皮大叫大嚷，叫她放聪明点把梯子放回来，"要不然就给她点厉害看看"。

最终警察还是没能带走皮皮，而这只是皮皮丰富多彩的生活中的一小部分。《长袜子的皮皮》创作于20世纪40年代，权威性教育与现代自由教育思想发生碰撞，此时的教育界受进步主义教育思潮的影响，开始呼吁儿童从压迫性的教育中解放出来，于是皮皮成了当时新世纪儿童形象的代表。皮皮独自生活，不受任何人的约束，按照自己的准则生活，她力大无穷能够举起小马，打败大力士；她乐于助人，打败了欺负小男孩的五个混混；她勇敢正义，吓退了可怕的鲨鱼并使它回到大西洋去。在皮皮这样一个狂野的、具有反叛性和颠覆性的顽童身上，我们看到了一种超越现实教育规范和束缚的行为方式，皮皮在自己的生活世界里得到了充分的自由，她想以那种随心所欲的快乐方式继续生活下去。① 类似的还有彼得·潘，他逃离了妈妈的管教，学会了飞行并且永远长不大，在永无岛上和一代又一代离家出走的孩子们生活在一起。在顽童型的儿童文学作品中，孩子是捣蛋

---

① 骆蕾，谭斌."彼得·潘写作"视野下儿童的生活与教育——我们如何创作儿童文学，儿童文学如何塑造我们的儿童[J]. 教育学报，2010（1）：48-56.

调皮的也是自由快乐的，他们不受任何拘束与压迫，而这也是顽童形象的最鲜明的特色所在。当小飞侠彼得与海盗船长胡克打得不可开交时，他们有这样的对话：

"彼得，你是什么人？你究竟是什么东西？""我是朝气，我是快乐，"彼得回答说，"我是从蛋壳里跳出来的一只小鸟。"①

现实中也许没有皮皮，也没有彼得·潘，但他们象征着童年的基本品质。这些顽童形象是成人对童年的怀念，更是对儿童的赞美，具有自然的、非理性的、狂欢的品质，"顽童"不仅仅是故事中的孩子，更象征着千千万万个孩子对成人权威的反抗，对自由天性的向往，对儿童地位的争取，张扬着儿童自我的存在感以及独立的生命意识。

2. 破坏中蕴含规则的重新设立和创造

顽皮的儿童总有充沛的活力，他们生来好奇，喜欢摆弄物品，有着极强的破坏力也有着强大的创造力，他们有时会打破家里的物品，打破成人世界的准则，从自己的角度重新构建世界，创造规则。下文是一个关于大卫·香农所塑造的顽童形象大卫的故事：

大卫是一个调皮的小男孩，大卫的妈妈总是说："大卫，不可以！"大卫伸着舌头，站在椅子上颤颤巍巍去够糖罐；大卫去花园玩，带着一身污泥回家，客厅的地毯上留下了一串黑脚印；大卫在浴缸里闹翻了天，水流成河；大卫把锅碗穿戴在身上，发出乒乒乓乓的声响；大卫把妈妈做的食物拼接成了自己……每一幅页面里都有妈妈说的话——"大卫，不可以！"终于有一天，大卫不听妈妈的话在屋子里打棒球，把花瓶打破了。这下可闯大祸了，大卫被罚坐在墙角的小圆凳上，流眼泪了。于是，妈妈对他说："宝贝，来这里。"妈妈给了他一个温暖的拥抱，对他说："大卫乖，我爱你。"

故事中的大卫是一个长着土豆型脑袋和鲨鱼般牙齿的小男孩，他调皮捣蛋，具有破坏力，是麻烦制造者，总是把家里弄得一团糟。《大卫，不可以》是现代顽童形象的经典之作，大卫的种种"破坏"之举在成人看来是伤透脑筋的，但在儿童的眼中备受欢迎，也许每一个孩子都渴望像大卫一样能够随心所欲地在家中尽情玩耍，在浴缸里游泳，在泥地里打滚儿……相似的还有《窗边的小豆豆》，小豆豆虽然才一年级，就已经被退学了一次，原因就是她总是不遵守上课的规矩：

"先是，上课的时候，她把书桌的盖子开了关，关了开，足有上百次！我对她说'没有事的时候'，不要总是把书桌开开关关的。于是您家小姑娘就把笔记本、文具盒、课本等等一样一样地全部放在书桌里，然后又把它们一样一样地拿出来……"

听到老师的描述，妈妈好像知道了小豆豆为什么要把学校的桌子开开关关。她想起来，小豆豆第一天放学回来后，兴奋地向妈妈报告：

"学校就是了不起！家里桌子的抽屉，是往外拉。可是学校的桌子，却是把盖子往上提，桌子里装得下好多东西，棒极了！"

妈妈眼前好像出现了小豆豆的样子：从来没有见过那样的桌子，并觉得有趣，就不停地开开关关这样的话，并不是做了什么坏事，而且更重要的是，等她对桌子渐渐地习惯了，就不会再那样不停地开来关去了。

小豆豆是一个充满好奇心并且有着丰富想象力的孩子，她喜欢把课桌不停地开开关关，喜欢上

---

① 刘绪源. 儿童文学的三大母题 [M]. 上海：复旦大学出版社，2015：235.

课的时候站在窗边看外边的大树和小鸟，喜欢沉浸在自己的想象世界中自言自语。在老师的眼中，顽皮的小豆豆总是干扰上课的秩序，给课堂带来了破坏，而妈妈却以理解的眼光，站在孩子的角度，发现了小豆豆一系列行为背后的原因。首先，在文学作品中的顽童总是具有一定的破坏力，其中"破坏"的指向是广泛的，包含对物品的破坏、对规则的破坏、对秩序的破坏，成人往往只能看到儿童的捣蛋与不守规矩，却没有对儿童顽皮的行为进行深入观察与思考。成人眼中与儿童眼里的世界是截然不同的，若不站在儿童的视角去看待儿童的顽皮的行为，便难以理解其背后的原因，因此，顽童型幼儿文学作品多是从儿童角度来描写，是"儿童自己的目光"，在儿童的世界里，这些具有破坏性的行为也是合理的。

可以发现，文学作品中顽皮的孩子并非有意去进行破坏，儿童破坏行为的背后反映的是他对这个世界的探索，成人眼里寻常不过的物品，在孩童眼中都是游戏的工具。如在大卫眼里，浴缸变成了游泳池，锅碗变成了铠甲，食物变成了玩具；在小豆豆眼中，学校的课桌新奇有趣；在大卫·香农的另一个作品《小仙女艾丽斯》中，小女孩艾丽斯把家庭的日常生活都想象成为仙女的冒险。在成人主导的世界里，顽童总是想方设法突破各种条条框框，以其丰富的想象力对抗着种种规则，赢得游戏的权利，获得自尊和自信。顽童的意义在于他无视物质世界的牵绊，崇尚心灵的自由与人格的力量，儿童以其极具想象的眼光探索着世界与自然，在玩耍中破坏了物品，破坏了成人所制定的规则，构建属于自己的梦幻世界，顽童破坏行为的背后闪耀着童真童趣，彰显着个性精神。

（三）"拥有秘密"型儿童文学

马克斯·范梅南对秘密的含义做出了概括，即秘密是指藏在内心深处的东西，也可指我们只愿意和某人分享的东西，简而言之，秘密就是需要掩盖的某个事物。范梅南还指出，"秘密是人类共同的体验，是童年经历的显著特征"[①]。儿童时代是与秘密紧密相连的时代，每个孩童都有属于自己的秘密，秘密也是书写童年的永恒母题。

1. 拥有秘密意味着拥有自主的想法

相关研究表明，对于五岁以下的幼儿来说，还不存在真正意义上的秘密，他们的思想和表达处于一种未分化的状态，难以将事情放在心里不说出来。但随着儿童年龄的增长，在六岁左右对秘密概念开始有了较为准确的了解，并开始构建属于自己的秘密。[②] 在儿童文学的故事中，有许多关于儿童拥有秘密并体验到秘密的情节，如幼儿绘本《我不敢说，我怕被骂》中莫伊拉的故事：

莫伊拉的肚子里有很多的秘密。

穿上漂亮的裙子和鲜艳的裤袜，心满意足！出门撒欢，结果裤袜被勾出了一个线头。莫伊拉没有告诉妈妈。

可是突然发现裤袜上有了一个线头，忍不住去揪，结果裤袜上弄出了一个大洞。这个秘密，莫伊拉不敢说，只能装进肚子里。

放学后，莫伊拉发现没有按照叮嘱吃掉爸爸放在她书包里的水果，于是她把梨子扔进了垃圾

---

① 马克斯·范梅南，巴斯·莱维林. 儿童的秘密——秘密、隐私和自我的重新认识[M]. 陈慧黠，曹赛先，译. 北京：教育科学出版社，2014：167.
② 王海英. 走近儿童的秘密——儿童秘密引发的教育思考[J]. 当代教育科学，2005（21）：3-5，11.

桶。准备以后再把这个秘密告诉爸爸。

穿着妈妈的婚纱玩过家家游戏，着急撒尿，竟然尿在了婚纱上。莫伊拉还是不敢说，只能装进肚子里。

因为秘密太多了，肚子快撑破了，饭也吃不下了。莫伊拉跑回房间，一天的心理折磨终于使她哭了出来。

大哭一场之后，秘密一个一个被莫伊拉说了出来。没想到的是，爸爸妈妈并没有骂她，而是温柔地安慰莫伊拉："我们永远都是爱你的！"

莫伊拉经历了一天的纠结和心理斗争之后，发现讲出这些秘密才是最好的选择。

故事中的莫伊拉在做了错事和没有完成爸爸交代的事情后，选择了不告诉爸爸妈妈，将秘密藏进肚子里。我们探究莫伊拉隐瞒秘密背后存在的原因：一是害怕犯错后被父母责备；二是她内心拥有了自己独立的想法，没有将有关于自己的所有事情都告诉父母。范梅南认为秘密象征着儿童内心世界的形成与发展，儿童的秘密与追求独立的愿望相关。[①] 产生了秘密就像拥有了一种神奇的"分隔力"，儿童与父母有了初步的"隔阂"，不再将自己的内心完全敞开于他人。当儿童不愿意将某种感觉或想法告诉父母或其他人时，当儿童得知他们自己隐藏在心里的想法他人无法探知时，他们就意识到世界上存在着"内"和"外"的分界线，当儿童意识到有一个属于自己的独特世界时，自我意识开始产生，也象征着儿童开始走向独立。[②] 秘密的拥有表明了儿童的成长、内心世界的丰富，儿童开始具有独立意识和自主能力，秘密的拥有对儿童成长和发展具有一定积极性的作用。[③] 与此同时，儿童自我意识的发展具有一定的过程，而对秘密的了解也是逐渐深入的，因此在与秘密相关的儿童文学的作品中，必有关于儿童对秘密的初步感知与理解，将秘密隐藏时内心的想法，在面对爸爸妈妈时内心的纠结等情节，以促进儿童在成长中更恰当地去应对心中萌生的小秘密。

2. 分享秘密表征着建立同盟关系

秘密象征着人与人之间的关系，分享秘密也是在建立同盟，相互之间共同的秘密便成了构建亲密关系的纽带。康德曾说："被告知了一个秘密就像被赠予了一份礼物。"而在有关秘密母题的儿童文学作品的故事情节中，小主角们也会总会相互分享着自己的秘密，可阅读故事《分享秘密》。

4-3 拓展阅读
《分享秘密》

这是一则关于秘密与分享秘密的儿童故事。故事中的伙伴从好奇到相互之间分享自己的秘密，再到最后一起保守并维护着一个共同的秘密，并体会到了分享秘密的乐趣，秘密的存在似乎让他们

---

① 马克斯·范梅南，巴斯·莱维林. 儿童的秘密——秘密、隐私和自我的重新认识[M]. 陈慧黠，曹赛先，译. 北京：教育科学出版社，2014：131.
② 章乐. 秘密与儿童独立自我的建构——兼论儿童秘密的教育遭遇及其应对[J]. 全球教育展望，2015（7）：52-60.
③ 王海英. 走近儿童的秘密——儿童秘密引发的教育思考[J]. 当代教育科学，2005（21）：3-5，11.

成为一个"同盟",朋友间的关系也更加紧密。以秘密为母题的儿童文学作品中,秘密的分享也是重要的内容,其目的不仅仅让儿童了解到秘密的意义,更是让孩子感受到秘密与人际交往之间的联系,促进其社会性发展。以分享秘密而展开的儿童文学故事有以下特点:

首先,在分享的对象上多面向的是伙伴和同龄人。从价值取向层面来看,儿童与同伴之间的秘密更能体现儿童本位的取向,在成人看不到的地方,儿童与伙伴共同持守秘密、共同玩耍,凸显了儿童的主体性和自主意识。从现实层面来看,儿童对同伴的秘密大多能表现出理解和支持,而成人世界对儿童的秘密则不持这样的态度,他们倾向于解密,且对儿童的秘密表现出盲目与不理解的态度,因此儿童更愿意与同伴分享秘密,使情节设定具有合理性。① 其次,秘密的分享是双向的。从社会学的视角来看,儿童指向同伴秘密的持守,有时会表现出一种社会交换,即相互之间会分享秘密;也会表现出一种社会区隔,即只把秘密分享给最亲近的人。② 在《分享秘密》中,嘎嘎、蓬蓬和希希说出了自己的小秘密以交换好朋友呱呱的秘密,因此在有关分享秘密的故事中,秘密的分享是相互的。

3. 保守秘密催发着儿童社会性能力发展

儿童通过与他人有选择性地分享秘密建立亲密关系,并通过秘密的保守使关系得以维持,因此在以秘密为母题的作品中,秘密的分享与保守是相关联的。《分享秘密》中的四个小伙伴一起分享了秘密之后,并约定着一起守护秘密;而在绘本《嘘,这是秘密》中却讲述了一个伙伴之间没有保守秘密的故事。

4-4 拓展阅读
《嘘,这是秘密》

在上面一则故事中,乌鸦的秘密被伙伴们"口口相传",谁也没有保守住乌鸦的秘密,最后秘密泄露了,苹果被偷了,朋友们也吵起来了!作者用反例告诉儿童遵守承诺与保守秘密的重要性。儿童不都拥有保守秘密、执行秘密的能力,年龄较小的幼儿通常难以保守住秘密,皮亚杰将这种行为称为儿童的"多嘴现象",其实质是一种思维与行动的不一致。保守秘密是一种需要发展的能力,虽然一开始儿童可能很难保守住秘密,但在说与不说之间儿童会开始经历一种心理冲突,并初步体会到持守秘密过程中的一种紧张与责任感,深化儿童对友谊和责任的理解。

而以保守秘密为主题展开的儿童文学作品主要有三种类型。第一种是前两则故事中,儿童与亲近之人,相互分享秘密并保守秘密,双方对秘密的共同持有进一步维系了人际关系。

第二种是帮助他人保守秘密,类似于一种"善意的谎言"。在《爱的教育》中"友人的秘密"这一节讲述了主角安利柯偶然发现有关同学葛禄西的秘密,于是知道这件事情的安利柯和班长戴洛西决定帮助葛禄西永远保守住这个秘密:

"他父亲并没有去美洲,其实是被关进了监狱。不过葛禄西不晓得就是了。"

---

①② 王海英. 解读儿童的秘密——基于社会学的分析视角 [J]. 教育研究与实验, 2005 (1): 27-31, 38.

我明白了，记得有一次我和母亲去看他们，他母亲伤心地哭了，看起来有什么难言之隐。

"知道吗？绝不能让葛禄西知道这个秘密。"戴洛西说道。

"那当然啦！"

我回头一看，葛禄西走了过来。戴洛西马上从树荫下跳了过去。

"葛禄西！我们一块玩吧！"戴洛西说着就伸出手搂住他的肩膀。

随着身心的发展，儿童开始根据不同情况来选择分享或保守秘密。在"友人的秘密"故事中，与秘密相关的主体葛禄西却不知道秘密的内容，葛禄西自然没有被纳入"分享秘密"的群体，是由于安利柯和戴洛西站在"利他"角度考虑，决定隐瞒真相，而秘密的保守并没有使他们的友谊受到影响，适当的隐瞒反而更有利于关系的维持。

前两种均强调秘密的保守与人际关系之间的联系，而第三种很特别，即"不能保守的秘密"，如绘本《绝不能保守的秘密》。小阿尔弗雷德心中有一个可怕的秘密：每天在妈妈忙碌时来照顾他的亨利公爵总会在游戏时以一种让阿尔弗雷德极其不舒服且恶心的方式触碰他的身体，公爵却警告这是属于他们俩之间的秘密，绝对不能告诉任何人，否则妈妈将会失去工作……有一天，妈妈看到了哭泣的阿尔弗雷德，最终他在妈妈的鼓励下说出了心中"糟糕的秘密"，公爵也受到了应有的惩罚。最后，小阿尔弗雷德也明白了有的秘密是绝对不能保守的：

那晚，小阿尔弗雷德躺在舒适的床上，感到安全又幸福。他为自己感到骄傲，因为他终于鼓起勇气告诉了妈妈。现在，他明白了，而且非常确定，无论这个秘密多么糟糕可怕，都绝对、绝对不应该保守。

这一类型多出现于有关性教育、幼儿自我保护和心理疏导等的故事中。秘密的拥有既有积极意义也有消极意义，有些秘密对于儿童不利，如儿童受到的伤害、伤心的回忆，有害秘密的积压会导致过度的焦虑，从而不利于儿童的健康成长，因此，有些秘密绝不能保守。

（四）"生命告别"型儿童文学

在文学艺术中"爱与死亡是永恒的主题"。[①]"死"其实是一瞬间的事，看似简单，但那是个体生命的结束，是一场场人生的最后终结。关于死的艺术表现之所以无限多样而又异常幽深，那正是生者对死的观念无限多样，生者对自己未来生命结束充满神秘感的体现。[②] 虽然在成人文学中常常涉及"死亡"的主题，也有学者指出"死亡"难以成为儿童审美的关照对象，但这并不意味着面对儿童时，我们对"死亡"要避而不谈。死亡是生命的一种自然现象，是每个人在将来都会经历的事情，它是艺术所显现的人类生活的演化过程的必要组成部分之一，作家要表现生活，要探寻生命的意义，就不得不面对生命的流逝——死亡。[③] 因此，与成人文学类似，"死亡"也是儿童文学中的重要母题，唯一不同的是它的表现方式，要选择合理的方式，让儿童理解死亡，正确看待死亡。

1. 儿童与老人互为情感转化的引导者

在幼儿文学有关于死亡的绘本与故事中，许多以儿童和老人的视角展开，儿童依恋着老人，老

---

① 刘绪源. 儿童文学的三大母题 [M]. 上海：复旦大学出版社，2015：256.
② 刘绪源. 儿童文学的三大母题 [M]. 上海：复旦大学出版社，2015：257.
③ 王蓓. 死亡在儿童文学作品中的表现 [D]. 上海：上海师范大学，2005：4.

人引导着幼儿,以充满温情、感人的语言引导儿童从对死亡的恐惧中走出来,从亲友死亡的伤痛中恢复。如绘本《爷爷变成了幽灵》,小艾斯本的爷爷去世了,他非常的伤心,突然有一天晚上,他在房间中又再次看到了爷爷……

4-5 拓展阅读
《爷爷变成了幽灵》

《爷爷变成了幽灵》以童趣温情以及充满想象的叙述方式,描述了艾斯本与爷爷的故事,爷爷去世后因为有未完成的事情而变成了幽灵,艾斯本和爷爷在几个夜晚,一起去到小镇的各个地方,回忆了曾经所经历的开心事情后,爷爷最终想起了被自己忘记的事情,和艾斯本好好道别之后,再次消失在了黑暗中,结局温暖感人。死亡母题的故事中,有很多以老人和儿童的对话、交流、回忆而展开的情节,老人安慰孩子,孩子陪伴老人,相互引导,在死亡带来的恐惧泥潭中相互救赎。类似的绘本故事还有《爷爷有没有穿西装?》《长大做个好爷爷》等,这些故事既充满亲情又蕴含丰富的关于死亡的哲理。而"老人"这一角色的选择主要有两个原因:其一,从现实角度而言,除了动物的死亡和植物的枯萎以外,大多数儿童最早亲身感受到他人的死亡,便是通过老人,许多孩子可能都会遇到家中的老人突然离去,情节的设定上符合常理;其二,从"老人"在文学中的形象来看,在儿童文学作品中,老人角色是一种智慧的象征,就像我们俗语所说"老头子做事总不会错"。出现在儿童文学舞台上的老人角色,他们虽然鬓发苍苍,但大多数却是远离腐朽和暮气的智者,他们给读者带来的不是愁苦的面容、贫病的身影或古怪的性情,而是由年龄带来的心理成熟和人格魅力,儿童文学作家赋予他们以神圣的角色——引领孩子们通往智慧和希望的桥头堡。[1] 在儿童文学中,老人是孩子们最需要的玩伴、最富有魅力的老师,也是智慧和经验的化身。于是作者选用老人的角色,将对别离与死亡的理解娓娓道来,以爱感化孩子心中的悲伤与恐惧,以轻松温和以及儿童所能够接受的方式告诉孩子死亡是什么,富含智慧与哲理,老人和蔼可亲的智者形象跃然纸上。

2. 以勇气和希望传达正确的死亡观

相较于爱,死亡是一个沉重的话题,儿童文学作家在描绘死亡时,不希望儿童陷入对死亡的无限恐惧与焦虑,而是以儿童能够接受、理解的方式,告诉儿童死亡并不可怕,引导儿童从对死亡的恐惧中走出来,从对亲友死亡的伤痛中恢复过来。

首先,作者在描写沉重的话题时,使用的语言仍然是富有童真与想象力的。在《爷爷变成了幽灵》中,艾斯本和变成幽灵的爷爷以轻松、游戏化的方式寻找丢失的爷爷的回忆和所忘记的事情;在《爷爷有没有穿西装?》的故事中,以小男孩布鲁诺的口吻叙述,以儿童的视角展开了对死亡的思考;在《长大做个好爷爷》中,小熊与爷爷的故事富含童话色彩。

其次,在描绘离开后的世界往往是美好、形象化的。最初儿童对死亡的感知是模糊的,他们认

---

[1] 孙亚敏. 老头子做事总不会错——论儿童文学中老人的角色 [D]. 上海:上海师范大学,2007:4.

为死是可以逆转的，死亡只不过是暂时离开了，但并未完全消失，死去就像睡觉一样，是生命的中断而不是结束。① 因此，在以死亡为母题的幼儿文学作品中，我们常常能看到幼儿好奇"人们死亡后会去哪里"等问题，而作者也会在书中给予解答。在艾斯本的故事中，爸爸妈妈说"爷爷会去天堂，变成天使""爷爷去了地下，变成了泥土"，然而艾斯本不信，他相信有一天爷爷还会回来，没想到晚上爷爷真的变成幽灵回来了！在《卖火柴的小女孩》中，小女孩离开了人世，走向了温暖与光明，和外婆团聚在了一起。在《爷爷有没有穿西装？》中，布鲁诺也好奇地问道：

"爷爷现在在哪儿？"几天之后布鲁诺问。

"在墓地。"哥哥说。

"在天堂。"爸爸说。

"到底在哪儿？"布鲁诺问，同时看着他们。

"两个答案都对。"妈妈说。

为了让儿童把关于死亡可怕的想象抛开，优秀的儿童文学作家们会各自运用恰当的方式来恰当地传达死亡的真正意义，让他们懂得生命有始便有终；除此之外，还有一种巧妙的办法，那就是营造一个不可怕的、与现世同样温暖的死后世界来消除对死后不可知的恐惧。② 与成人文学不同，儿童文学在回答有关于"死亡"的复杂问题时，不会以成人的视角给出一个科学严谨的解释，而会给予一个浪漫童真、形象具体的答案，比如去了天堂，变成了天上的星星，去了很远的地方……

文学作品的故事中同样会让儿童相信离去的人们仍然以某种形式存在着，就像布鲁诺的爸爸告诉他的那样：

布鲁诺想不通大人说的"灵魂"和"上帝"是什么意思。

"天上的灵魂是活的吗？"他问爸爸。

"我想是的。"

"那么爷爷真的没死喽？"

"爷爷死了，但是他继续活在我们的记忆中。"

这些故事让儿童能够明白，死亡让我们无法相见，却带不走怀念。有的人离开了，却永远活在我们的记忆中，只要有怀念，逝去的人就从未离开。儿童文学中的"死亡"与"别离"虽然弥漫着淡淡的忧伤，但更多的是给儿童带来温暖与乐观的情绪。

3. 突出心理情绪疑惑-哀伤-感悟的历程

与对其他世间万物一样，儿童对死亡的感知也是逐渐深入的过程。儿童心理学家玛利亚·内奇通过研究发现，3—5岁的幼儿会觉得死亡是一种改变，或是一趟旅行，逝者对他们来说只不过是暂时离开了，并未完全消失；5—9岁的儿童开始意识到死亡对他人而言是结束，知道自己永远无法看见他们了；而9—12岁的儿童已经认识到死亡是自然现象，是人人无法避免的。③ 儿童文学作品中，儿童对死亡的体验都是后知后觉的，年龄较小的孩子一开始并不知道，他们相信有一天去世的人会再次回来，就像布鲁诺看着躺在棺材里穿着西服的爷爷以为他只是睡着了。后来家人告诉他爷爷既在墓地又在天堂，他才开始对爷爷的死亡感到疑惑：

他问妈妈："爷爷一个人怎么可能同时在墓地，又在天堂？"

---

①②③ 王蓓. 死亡在儿童文学作品中的表现[D]. 上海：上海师范大学，2005：4.

妈妈说："爷爷的身体在墓地。但是他的灵魂已经上天堂，他在上帝那儿。"

"灵魂是不是另一个爷爷？"

妈妈考虑了一下："可以这么说吧。"

布鲁诺相信爷爷仍然活着，只是变成了"灵魂"在天堂注视着他，他也相信爷爷有一天会从天堂突然回来。直到过了很多天，布鲁诺都没有再等到爷爷，于是他慢慢意识到，爷爷可能再也回不来了，他第一次感到了伤痛。

有一天，布鲁诺坐在小路边，望着湖水，又想起爷爷。爷爷说要教布鲁诺钓鱼，他们说好星期天一到就马上去，可是都这么多个星期天过去了……

布鲁诺突然觉得生气，爷爷怎么说话不算话，就去了天堂？一声不响地，连个再见都没跟他说就走了，把他孤单单地留下？现在他永远也不能学钓鱼了，因为只有爷爷会钓鱼。其实有好多事情，只有爷爷一个人会，例如用小树枝做成哨子，怎么悄悄地接近正在吃草的小鹿，如何分辨森林中各种的菌类植物……

还有很多很多事，布鲁诺只能跟爷爷学，可是现在他死了，永远不回来了。

突然间，布鲁诺不觉得生气，反而难过起来，这是爷爷去世后他第一次哭。

又过了很久很久，布鲁诺每天都会怀念爷爷，却也逐渐走出了悲伤的情绪：

刚开始时，布鲁诺每做一件事情都会觉得胸口有点刺痛。他觉得胸口那里好像有个洞。每晚睡觉前他总仔细地看着爷爷的照片，和爷爷说话。"我不会忘记你的。"他每天都向爷爷保证。有时候，他感觉到爷爷正从遥远的天边对他微笑。

布鲁诺觉得胸口的洞慢慢变小了。

有一天，爸爸说："一年前的今天，爷爷去世了……"布鲁诺发觉，胸口的刺痛渐渐消失，也不再生爷爷的气。只是还有一些哀伤。他心中的爷爷就像照片上的那样，微笑着，一副很幸福的样子。布鲁诺想，如果爷爷现在过得很幸福，那么他也要过得幸福一点。

在《爷爷有没有穿西装？》中，艾蜜丽·弗利德把小男孩布鲁诺的整个心理变化过程描述得详细而真实，从对死亡的一无所知到有所了解，从失去爷爷的哀伤到走出失落、恢复如常。[①] 就像儿童的身心成长需要漫长的过程，在儿童文学故事中，儿童对死亡的感悟也是逐渐深入的，在情节设定上多为因某种经历第一次见证到"死亡"，到对"死亡"的好奇与思考，再到后知后觉的感悟与哀伤，而就像儿童文学作品中的大部分故事一样，虽然是沉重悲伤的主题，仍然以美好的结局收尾。好好道别之后，艾斯本回到幼儿园像以前一样生活，他们放下了彼此，爷爷也不再打扰艾斯本；每天想念着爷爷的日子里，布鲁诺心里的洞口似乎在慢慢被填补。《夏洛的网》中蜘蛛夏洛为了拯救小猪威伯劳累而亡，威伯带着属于夏洛的那份思念，看着夏洛的孩子们渐渐长大。在战胜了死亡所带来的忧伤与恐惧之后，最终孩子带着对亲人的想念走出了阴霾，故事的结局总是充满爱与希望，而作者旨在告诉儿童，斯人已去，但生活仍在继续。

三 成长母题儿童文学与儿童教育

成长母题类儿童文学作品自带教育取向，尽管内容千差万别，其面向儿童知识、技能、情感、

---

① 王蓓. 死亡在儿童文学作品中的表现［D］. 上海：上海师范大学，2005：4.

社会交往及自我发展的价值有很大意义。

(一) "渴望出走"型作品中的教育

儿童"离家出走"放在现实中可能是不被认可甚至存在风险的行为，而在文学作品中蕴含丰富的教育意义。

1. 强化儿童主体性发展

这类文学作品是儿童独立意识的体现，体现了儿童对成人世界的逆反心理，展现了对自由童年的追求。心理学的相关研究表明，逆反心理在青少年时期尤为突出，而幼儿在 2.5—5 岁存在逆反期，逆反心理是幼儿自我意识强化的一种表现。[①]

离家出走型作品中凸显了儿童强烈的自主意识，给予了儿童和教育者以启发，对于儿童来说，离家出走作为其成长中的独特体验，对孩子具有非同寻常的心灵成长意义，符合儿童的心理与审美，阅读此类绘本也可以帮助其顺利度过逆反时期；而对于教育者而言，同样可以从故事的孩子出走中得到反思，即儿童与成人一样拥有独立人格，拥有自己的想法，成人应树立正确的儿童观，尊重儿童的主体性，将儿童看作自由平等的个体，满足儿童的合理需求。

2. 提升儿童家庭归属感

这类文学作品可以提升儿童对家庭的归属感。故事中的孩子往往在离家过程中才真正感受到了家的温暖，而故事的讲述可以让儿童真正体会到爱的意义，体会到对家的依恋。儿童"出走"后的自我体验和父母"爱"的给予使他们主动化解了成长的危机，解决了矛盾，并回归家庭日常的生活之中，书中孩子的一次次离家不正像现实中孩子与父母的一次次争吵？每一次都是孩子的成长过程，儿童的心就像永无岛，他们渴望摆脱成人世界的束缚，飞离家庭，去到一个只属于自己的王国，但同时儿童又想念着家庭，依恋着亲人。

(二) "顽皮淘气"型作品中的教育

顽童母题体现了儿童自由的天性和游戏精神，这类作品中没有沉重的道德教条，也没有严肃的"教育"使命感，对儿童而言却有极其重要的教育意义。

1. 重视童年体验与感知

对于儿童来说，顽童母题的儿童文学最重要的意义就在于可以带领孩子们领略童年的光芒，找回属于童年的愉快体验。在现实生活中，儿童会束缚于成人所制定的种种规则，而在顽童型的故事中的小主角，往往可以摆脱束缚，按照自己的想法而行动，使儿童在审美中获得强烈的认同感和喜悦之情。以儿童目光展开的顽童作品，既可以让儿童的思维在阅读中被认可，让压抑已久的内心得到释放和宣泄，又可以给孩子们灵魂上以补偿，还可以寄托和放飞儿童在现实中难以达成的愿望。[②]

2. 激发儿童想象与创造

顽童母题的儿童文学作品可以丰富儿童的想象力与创造力。以儿童视角所创作的故事含有丰富的想象力，书中顽皮的儿童有一个又一个鬼点子，去过一个又一个奇幻的国度，这都是儿童获得想

---

① 刘辉. 浅谈幼儿的逆反心理 [J]. 学前教育研究，1998 (1)：17.
② 张雨森. "顽童母题"儿童文学作品的教育价值及其教学实践的研究 [D]. 上海：上海师范大学，2018：4.

象的源泉。儿童在与顽童们一起冒险的过程中，获得了心灵上的自由，进入了想象的世界，满足了儿童的好奇心，释放了想象力，提升了创造力，为儿童探索未来的世界打下基础。

3. 回归儿童本位价值观

以顽童为主体的儿童文学使儿童的精神得到释放和补偿，真正把儿童当作独立的人来看待，体现了"儿童本位"的儿童观。① 对教育者而言也应思考顽童文学背后所蕴含的意义，即真正的教育向来不是抑制儿童的天性，掠夺他们的自由和兴趣，而是要让他们在属于自己的童年时光中张扬天性所赋予他们的快乐，最后实现自我的促进。②

（三）"拥有秘密"型作品中的教育

尼尔·波兹曼曾说："没有秘密就不称其为儿童时代。"秘密对儿童的成长有着至关重要的意义。

1. 促进自我意识形成与发展

秘密母题的儿童文学作品最首要的意义便是能让幼儿体验秘密，促进自我意识的形成与发展。秘密世界是一个独特的私人空间，在其中儿童会感觉到安全隐蔽，正是在这种安全的心理氛围之下，自由的体验使得儿童逃离了日常生活的压制，把握了真实的自我，从而促进儿童独立意识的发展。③ 而我们了解儿童秘密的故事，寻求儿童秘密的起源，并不是为了满足人类的好奇心，而是为了寻找自我，帮助儿童作为秘密体验者的自我成长。④

2. 深化对秘密的理解与引导

儿童对秘密的理解在儿童心理发展上具有重要的意义，通过秘密的分享与保守体验亲情、友谊，增强责任意识，促进社会性与自我道德的发展。教育幼儿要合理对待秘密。并非所有的秘密都是具有积极意义的，也并非所有的秘密都需要牢牢保守，对于不好的秘密、堆积的秘密要及时地说出来，以增强自我保护意识，保持健康向上的心理状态。

对于教育者而言，应意识到在孩子成长以及心灵愈合的过程中，拥有秘密多么重要。秘密会不断变化，从萌芽到与亲密的人分享再到保守，成人需要做的是从内心真正理解孩子的境地。因此，要以理解的眼光去看待儿童的秘密，对秘密的态度应是尊重和保护的心态，允许儿童拥有自己的空间与秘密，避免过分的监督与对秘密的刺探，引导幼儿正确对待秘密，把握儿童秘密背后所隐藏的教育意蕴。

（四）"生命告别"型作品中的教育

对于教育者来说，不能以回避的态度去应对"死亡"。克尔凯郭尔指出，在人生的各个发展阶段，始终存在着死亡的恐惧，并不会因为对死亡避而不谈，这种恐惧就不会侵袭他们的心灵。⑤

---

① 张宁. 儿童的确立——顽童形象及其现代性研究 [D]. 福州：福建师范大学，2009：8.
② 张雨森. "顽童母题"儿童文学作品的教育价值及其教学实践的研究 [D]. 上海：上海师范大学，2018：4.
③ 章乐. 秘密与儿童独立自我的建构——兼论儿童秘密的教育遭遇及其应对 [J]. 全球教育展望，2015（7）：52-60.
④ 王海英. 走近儿童的秘密——儿童秘密引发的教育思考 [J]. 当代教育科学，2005（21）：3-5，11.
⑤ 王蓓. 死亡在儿童文学作品中的表现 [D]. 上海：上海师范大学，2005：4.

1. 培养正确的死亡观

死亡母题的儿童文学作品可以帮助幼儿树立正确的"死亡观"。科学似乎总不能解除人们对死亡的焦虑,文学或许能带来心灵上的平静。① 儿童文学作品以一个个童真而温暖的故事感化着儿童对死亡的焦虑与恐惧,给被"死亡"问题困扰的儿童带来心灵的慰藉,教会他们如何更加乐观地去面对人生中的离别,给儿童的成长带来勇气与希望。

2. 理解与践行生命的意义

死亡母题的作品运用也是儿童生命教育的重要内容。刘绪源教授写道:"写死,其实就是写生。"② 死亡教育的延伸便是生命教育,以合适的方式,引导儿童认识死亡,不仅可以帮助他们确立正确的死亡观,还可以让他们更加珍爱生命,热爱生活。教会儿童尊重生命,理解生命的意义,学会积极生活,健康成长,从而实现自我生命的价值。

有研究指出,幼儿一般从 4 岁开始对死亡产生好奇与疑问,如果在这一阶段得不到正确的引导,那么儿童极易笼罩在死亡的神秘面纱之下,从而产生恐惧与焦虑心理,压抑儿童对自然与生命的探索和体验。③ 儿童并非生活在真空之中,每一个人都一样,都必须面对生命与死亡,教育者只有正视死亡教育,让儿童理解死亡、尊重死亡,才能更好地了解到生命的意义。

第三课　自然母题及其意蕴

中华文化源远流长,自远古时期我们的祖先就开始探索自然宇宙的奥秘。著名的创世神话塑造了一个开天辟地的巨人形象,"天地混沌如鸡子,盘古生其中,万八千岁,天地开辟,阳清为天,阴浊为地"。是这位盘古将最早的宇宙分开,形成了目前我们生活的天与地;而人类是由另一个象征着母亲的神仙、造人和补天的女娲创造出来的。"往古之时,四极废,九州岛裂。天不兼覆,地不周载……于是女娲炼五色石以补苍天,断鳌足以立四极,杀黑龙以济冀州,积芦灰以止淫水。"从这些内容可以看出,在早期的中国文学即神话传说中,充斥着古人对天地宇宙是如何形成的想象,盘古出生时"天地混沌如鸡子",女娲补天时"天不兼覆,地不周载",自然和想象这两类题材和元素占据了绝对的篇幅。这种现象不仅仅是中华文化独有的,各种文明的早期神话也说明了同样的事实。例如,西方神话体系之一的希腊神话描述了世界上最古老的神,流传最广的是赫西俄德的《神谱》,其中记载着各种象征着不同自然事物的神:天地未形成时的混沌之神卡俄斯,在其之后诞生的大地女神盖亚,以及黑暗之神厄瑞玻斯等,每一位神都对应了自然界中的某种元素,而这些神也分别拥有掌管对应元素的能力。作为四大文明古国之一的古印度也拥有充满自然和想象的神话,印度文化的创世神是"梵天",他用空、风、火、水、地这五大元素创造出了整个世界。

各国各地文化起源的故事都描述了当时人们生活的自然事物,而这些故事本身慢慢演绎成如今的儿童文学。自然万物成为儿童文学中屡见不鲜的素材和主题,契合了儿童的阅读心理。

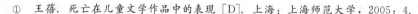

① 王蓓. 死亡在儿童文学作品中的表现 [D]. 上海:上海师范大学,2005:4.
② 刘绪源. 儿童文学的三大母题 [M]. 上海:复旦大学出版社,2015:257.
③ 韩映虹,孙静妍,梁宵. 学前儿童生命认知现状研究 [J]. 天津师范大学学报(社会科学版),2011(2):71-76.

一 自然与儿童文学

广义的自然泛指具有无穷多样性的一切存在物，与宇宙、物质、存在、客观实在等范畴同义，而狭义的自然是指与人类社会相区别的物质世界，即自然科学所研究的无机界和有机界。自然与儿童文学存在着双向交互的关系。

（一）儿童拥有自然的本性

在中国历史文化中，道家认为人具有自然的本性。《道德经》第二十五章写道："人法地，地法天，天法道，道法自然。"环环相扣之下印证了人法自然的道理，即人从自然中了解天地万物的规律，并且遵循这些规律生活、创造，直至归于沉寂；陶渊明在《归去来兮辞·并序》中形容自己"质性自然，非矫厉所得"，所以辞去官职归隐山林，这些说法都印证着人的本质与自然有某种不可分割的关系。

作为刚诞生于世界不久的儿童，由于尚未步入社会，社会属性颇少，更是具备了方方面面的自然属性，可以定义为，儿童具有自然的本性。儿童这种与生俱来的生命基因和自由天分，充分保存了人类对大自然本真状态的亲近以及想与之融为一体的感情。年龄越小，这种特性表现得越彻底、越本真。自然赋予儿童与生俱来的天性。

1. 单纯天真

单纯和天真，这是儿童作为自然人的天性。儿童因为未受教育而懵懂无知，所以单纯；因为未步入社会体验复杂人性，所以天真烂漫。

瑞士作家约翰娜·斯比丽笔下的海蒂就是一个著名的"自然之子"形象。作为阿尔姆山的女儿，海蒂是那么单纯、善良、天真、快乐，无论如何都无法接受城市的复杂和喧嚣。和爷爷一起生活在山顶的时候，她每天喝的是羊奶，吃的是面包和奶酪，睡的是干草床铺，几乎完全是从生活的自然环境中得到一切的食物和生活用品，在自然的滋养下她茁壮成长，单纯地热爱着身边的环境和人们：照顾没有足够衣服和面包的老奶奶，关心孤身一人的爷爷；而当姑姑带着她前往城里的克拉拉家之后，海蒂身上那些永远消耗不完的精力似乎消失了，开朗阳光的性格也被焦虑覆盖，取而代之的是患上了严重的"梦游症"和思乡症。她虽然感激城市带给她的教育，但是无法适应没有草原、天空、羊奶、干草床铺的生活。医生一针见血地指出了她的问题，将海蒂送回了大自然和爷爷的身边，曾经那个天真和充满活力的海蒂又回来了。

2. 细腻纯粹

儿童具有细腻而直白的情感，在成长的最初阶段，他们会用自己的各种感官拼命地感受自然与世界，用眼睛观察四季的变换，用耳朵聆听风雨的声音，用鼻子轻嗅花朵的方向。在和自然进行了精密的互动后，儿童的情感会逐渐变得丰富。又因为他们涉世未深，再加上几乎从未停止使用各种感官，所以这些情感往往纯粹而细致，这种细腻纯粹是大自然给幼儿的馈赠。

《小青虫的梦》是著名儿童文学作家冰波的短篇童话之一，他的作品擅长捕捉和描绘儿童细腻地运用感官了解世界、最终产生相应情感的过程。在冰波的笔下，这种捕捉首先体现在文字的优美和梦幻里，"音乐响起来了，和月光一样，仿佛会流淌似的"；接着体现在主人公的情感变换之中，小青虫在一个夏天的夜晚偷偷听蟋蟀演奏音乐，爱音乐的她每次在一曲结束后都会感叹"太美了"。可是由于小青虫长得难看，蟋蟀常常将她赶走，外表丑陋但内心向往美的小青虫热爱美好的音乐，于是悄悄地结茧，这样蟋蟀就无法看见她，而音乐也能传进来。最终小青虫破茧成蝶，伴着音乐翩翩起舞。小青虫的情感经历了向往、受挫、坚持、最终如愿以偿的过程，每一次她尝试与外部世界发生接触，都会收获新的情感状态。这种细腻的描写还体现在故事最后的哲理上，"昆虫们都在想：是蟋蟀的音乐使蝴蝶变得更美呢，还是蝴蝶的舞蹈让音乐变得更美"？《新民晚报》刊载：儿童是哲学家，儿童的学习伴随着丰沛的情感体验，就是这部分情感，向上凝结成了哲思，向下幻化成了本能。儿童在体味自然后获得的细腻情感，最终会引发其细腻的思考，带给他们富有哲理和禅意的意境与体验。

3. 活泼自由

儿童天性活泼欢乐，向往自由和无忧无虑的生活，如儿童文学形象——会飞的男孩彼得·潘。彼得·潘拥有会飞的魔法，也可以将这个魔法交给欢乐天真的孩子们，飞行在作品中不仅是一种神奇的魔法能力，也象征着拥有这个能力的孩子们可以如鸟儿一般遨游天空，去往任何自己想去的地方，是自由意志的具象化体现。彼得·潘带领一代又一代的孩子离开家庭，来到梦幻岛经历各种有趣又刺激的冒险，面对各种有意思的冒险，他永远是那么开心和灵动，尝试着解决一个又一个难题。彼得·潘也是一个永远长不大的男孩，只有儿童才可以被彼得·潘带到梦幻岛上，学会飞行的能力，这个奇妙的设定含有深刻的隐喻，作品的最后一句似乎在暗示这个隐喻的内涵："只要孩子们是欢乐的、天真的、无忧无虑的，他们就可以飞向梦幻岛去。"这象征着只有儿童才有的欢乐、天真、无忧无虑的性格特点，而成年后这些特征就会消失，他们也就不再被允许进入梦幻岛。活泼自由的特性，在儿童身上反映得最为明显。

（二）儿童在自然环境中成长

儿童具有自然的属性，具有亲近自然的本能，要适时回到自然的环境中获得成长。自然环境对于儿童的成长、教育和自我完满来说是不可或缺的存在。

诸多儿童文学作品都体现出了生活在人类社会的儿童对自然的渴望。意识到大自然对儿童成长的意义后，作者将笔下的小主角们"放归山林"，给予这些长期缺乏自然滋润的孩子一次接触自然、相伴自然、回归自然的奇妙冒险。而这些孩子们会在自然环境中学习到神奇的知识，感受到生命的脉动，唤醒心灵深处对自然的依赖和对本能的亲近向往。即使最后他们仍然需要重回人类社会，经历完大自然之旅的孩子们也会快速蜕变成长。

《骑鹅旅行记》中，尼尔斯和大鹅马丁直面千难万险，在能力上学会了对抗大自然的恶劣天气，在规则意识上掌握了雁群的纪律和生活方式，在美好品格上体会了帮助松鼠妈妈找回孩子的骄傲和欣慰。当尼尔斯重新回到父母身边后，他继续携带着这些从自然中学习到的品质和精神，从最初调皮捣蛋、逃学、伤害小动物的害人精变成了懂事负责、热爱家庭和生命的孩子，体现了人格在自然环境熏陶后的提升和保持。

《秘密花园》也以另一种形式宣告自然环境缺失对儿童成长和教育的消极影响，书中共有三个小主角，令人印象最深刻的便是似精灵一般无忧无虑的小男孩迪肯。他出生于农民的家庭，自小便与土地、动物、大自然为伴，在这种环境下成长的迪肯拥有贵族小姐玛丽和小少爷柯林所没有的东西，他身强力壮，时刻充满着活力，在精神上开朗乐观，永远保持着对新鲜事物的好奇。在迪肯的帮助下，玛丽摆脱了病恹恹的状态和霸道孤僻的性格，通过在秘密花园劳动耕种收获了健康的身体和平和的内心。因为失去母亲和父爱一直卧床不起的柯林也在他们二人的影响下重新站立、勇敢奔跑，从大自然中吸取活力和养分，最终成长为健康快乐、礼貌正直的高个子男孩。在弗朗西斯笔下，自然中培养出的孩子性格积极，身体茁壮成长。与之对应地，一直在人类社会的压抑状态下生存的孩子往往性格乖张叛逆、身体羸弱，呈现出逆生长或者抵抗成长的状态。

这类儿童文学作品都体现了自然环境对儿童积极正向的引导作用，是儿童接受教育和成长不可或缺的关键因素。

（三）儿童文学蕴含自然教育法

儿童在生命成长过程中随着心理时空的逐渐扩展，需要对未知领域进行不断探索与认知，而这未知领域首先就是外部的自然万物和宇宙，所以儿童文学首先是自然的文学，也是最亲近大自然的文学。

儿童文学是快乐的文学，核心要义是给儿童带来愉悦身心的情绪，除此以外，儿童文学作为提供给尚不了解这个世界的儿童的文学，仍承担着相应的教育性功能，可以通过寓教于乐的方式成为儿童打开并学习一切人类生活的钥匙。

郭沫若在《儿童文学之管见》中这样评价儿童文学作品的特质："儿童文学当具有秋空霁月一样的澄明，然而决不像一张白纸。儿童文学当具有晶球宝玉一样的莹澈，然而决不像一片玻璃。"这句话说明，儿童文学是质朴、自然、澄澈的文学，但绝不是毫无内涵的文学，白纸玻璃虽然纯净，却没有实在的内容，既没有秋空霁月那样的辽阔宽广，更没有晶球宝玉多年来形成的历史沉淀，所以一定的教育性是儿童文学不可或缺的一部分。郭沫若这句话也证明，作品中的教育性非但不会削减自然内容的美，反而会为其增加内涵的高度和美学的价值。所以儿童文学中的自然应是秋空霁月般的自然，不仅仅只包括大量的自然环境，丰富的自然天性，更应蕴含着朴素的、纯粹的自然教育理念和方法。

意大利文学作品《木偶奇遇记》通过一个顽皮的木偶匹诺曹的成长故事充分展现了自然的教育方法对孩子成长的帮助。匹诺曹本是木匠皮帕诺做出的小木偶人，在天使的帮助下拥有了生命，为了成为真正的人类男孩，他需要跨过一个又一个的挑战和考验。匹诺曹在自然中经受打击、犯过错误，但每一次他都从中有所学习，自然的教育方式比任何人的苦言相劝要管用。

绘本《我长大了》从小熊的视角诠释了这个道理，小熊把刺猬看成灌木被扎了一身的刺，于是他学会了用眼睛观察；进入山洞被蝙蝠扑满一脸而惊慌失措，于是他知道了要在黑暗中冷静；小松鼠可以走的棍子却因为小熊太重而断裂，于是他明白了自己没有那么轻那么灵巧。自然中蕴含各种知识，她不会张开口告诉孩子们要做什么，而是通过一些经验教训让幼儿直观地明白应该做什么、不应该做什么。

二　儿童文学中自然母题的体现

关于自然的母题，大型儿童文学作品，主要集中在动物小说、科幻小说以及以大自然为题材的童话、散文、报告文学、诗歌等作品中，比如《昆虫记》《森林报》《西顿动物故事》《狼王梦》《第七条猎狗》《大熊猫传奇》《千鸟谷追踪》等。在短篇以及绘本中，自然主题同样表现得淋漓尽致，丰富且深刻。

（一）自然的角色

儿童文学中常见自然角色，天上飞的、地上跑的、水中游的，固体、液体、气体，日月星辰、动物植物、自然景观，万事万物，诸物有灵，当然，还包括万物灵长的天然人类本身。

1. 自然本性的儿童主角

在自然题材的儿童文学作品中，常常出现一些勇敢无畏的少年少女们，他们不惧挑战自然和各种问题，眼中永远散发着不服输、自由甚至桀骜不驯的光芒。

《少年派的奇幻漂流》塑造了一个这样的男孩形象：派不得不在救生船上与老虎共处，学会抵抗海洋的辽阔与未知，不论遇到什么样的危险和自然考验，派都没有放弃求生的意志，也会在风平浪静时平和地欣赏海洋上的生物光线和生机勃勃的飞鱼群。《绿山墙的安妮》中的小女孩安妮本来是孤儿院一个不守规矩的"红毛丫头"，刚被领养时常常闯祸，受到吉尔伯特侮辱后，会不顾世俗对女孩形象、体面的要求，拿起黑板狠狠地砸向他的脑袋。这种野性和朝气的特质一直存在于安妮的身上，即使后期的她已经成长为一个善解人意、知书达理的女性，她仍然没有彻底摆脱那份自由天真的意志，喜爱在草地上散步采花，也会和好友用蜡烛灯光作为暗号交流。作者们塑造了这些看似淘气、不守规矩却又生机勃勃、充满冒险精神的野孩子形象，实际上是在告诫世人，儿童生来就具有自然属性，他们向往自由，热爱探索世界，不喜欢被拘束在一个地方，而这些自然属性是值得赞扬的和有益的。如果没有这些天性，派就不会在一望无际的大海上发现自然的美，同时面对风暴和危险从不放弃与之抗争的决心；安妮也不会一次又一次用自己那份独特的倔强和灵气吸引周围的人，收获基尔伯特的芳心、斯蒂茜老师因材施教的教诲、戴安娜终身的友谊。在教育和生活中，应该弘扬儿童保留一些良好的自然属性，这既遵循生命和自然的潜在规律，有利于儿童更加茁壮地成长，又吸引了阅读这些书的孩子们，让孩子在主角身上寻找到内心的共鸣。

2. 拟人化的动植物、景物主角

儿童文学作品中经常出现各种生活在大自然中却具有人的特性的动物主角，甚至直接出现以自然的一部分，比如花朵、云彩等为主角的情况。小动物们有着独特的动物特征，却有人的情感、人的思维和人的生活习惯。儿童生来就很亲近和喜爱自然，所以天性使然，他们对自然界中生存的小动物们也十分喜爱。

基于"泛灵论"，儿童认为宇宙万物都和他们一样是有生命有感情的，所以小动物们也可以满足他们的想象。儿童一方面认为小动物和自己过着相似的生活，一方面也好奇动物和人的生活究竟有哪些不一样，于是刻画动物主角的文学作品很容易就能吸引到孩子的兴趣，在尊重泛灵论的心理特征基础上满足他们的好奇心。深受国内外儿童喜爱的小动物形象有很多，不论是在影视作品中还是在文本书籍中，这些活泼可爱的身影都闪耀在儿童的眼中。

英国女作家毕翠克丝·波特的漫画图书《彼得兔》，创造了一个顽皮生动的小兔子形象。彼得兔是个不折不扣的小闯祸精，在第一个故事中，它就溜进菜园拼命地偷吃麦奎格先生的蔬菜，被发现后落荒而逃，把蓝夹克和鞋子都弄丢了；在第二个故事里，彼得兔和堂弟班杰明企图再闯菜园，

把彼得兔的夹克和鞋子取回来，然而又被麦奎格养的大猫给当场抓住，所幸彼得兔的爸爸出现救回了他们，为了让两个小兔子长点教训，爸爸狠狠地抽了一顿他们的屁股。彼得兔这种玩闹、闯祸的形象非常吸引孩子们，对儿童来说十分有趣好笑，也对应了他们天性自由的那一部分，能引起强烈的共鸣。在动画片中，红极一时的小动物冠军非小猪佩奇莫属，佩奇和自己的弟弟、爸爸、妈妈等生活在一起，和人类一样，她也需要上学、参加各种各样的活动，但她有小猪天然的特质，她最喜欢的运动之一就是在下雨天，不断地在泥巴坑里蹦来蹦去。这样一个小动物的形象，将社会环境和自然环境结合起来，让儿童不排斥自己所处的校园生活，从中找到乐趣和新鲜的地方，也能带领孩子们去往一个更加自然的环境，让他们感受自然的魅力，激发儿童探索大自然、回归大自然的想法。自然景物主角常常出现在儿童诗中，例如林焕彰的《日出》："早晨，太阳是一个娃娃，一睡醒就不停地，踢着蓝被子。"将太阳比作一个可爱的孩子，将蓝天白云比作太阳的被子，让一个简单的自然现象顿时变得生动、富有情感，有利于幼儿亲近和热爱自然。

（二）自然的环境

与儿童生活对照，儿童文学中的自然环境往往具有比较温和亲切的主体形象，好奇与喜爱是作者们希望传递给儿童的主要情感，但也不乏神秘的、令儿童敬畏的作品。

1. 神奇而又友爱

自然在幼儿的眼中是如此神奇有趣。儿童绘本《一粒种子的旅行》从植物和种子的视角为我们展现了一个大自然奇妙而又极具趣味性的故事。蒲公英的种子像小伞一样可以被风吹着进行空中旅行；树木的种子则像直升机的螺旋桨那样向下飘落；还有的种子不喜欢飞行，而是坐着蚂蚁"出租车"，被运送到各处，再生根发芽，长出新的植物。绘本作者安妮用生动的比喻讲述着大自然生命"种子"的故事，展现了一个充满人情味的自然世界，比如帮助种子们旅行的各种可爱动物和唤醒在冬天无法发芽的种子的春天，当然最吸引儿童的还是这些种子各式各样的神奇旅行。

与之类似，《爱心树》中象征大自然的树也具有奇妙又友好的形象，它讲述了一个关于大树帮助并抚养男孩长大的故事。在这本书里，作为大自然高度凝练后的大树，对人类男孩充满了爱，无私地给予他所需要的一切：将自己的果实给予男孩卖钱，将枝条奉献给男孩造房子，将粗枝干送给男孩造船远航，最后在男孩老去后将树墩交付供他休息。这里的大树仿佛象征着人类的地球和自然母亲，提供人类需要的一切，拥有友爱甚至母爱的形象。多数情况下，自然确实如此，以土地为人的家，以树木为人类制造清新的空气，以河流和果实为人类提供吃喝所需。

2. 神秘而又危险

虽然拥有瑰丽的风景、可爱又活泼的动物，自然仍然充满各种未知的神秘和挑战。《鲁宾逊漂流记》讲述了鲁宾逊漂流到一个无人岛上的故事，在无人岛上的他从一无所有到应有尽有，最后回到自己的家乡，经历了各种大自然的考验和威胁。在这种情况下，他不得不利用木头、草叶制作家具，从自然界中获得所需要的食物和资源；也不得不尝试种田，制作面包，甚至捕捉野生的山羊来养殖，确保足够的肉类食物；除此以外，岛上还曾来了一群野人，对他的生命造成了威胁，在危机之中他运用自己的智慧救了一个野人，教他生存也教他识字、说自己的语言，让他成了忠实的仆人和朋友；有一次他得了眼疾，绞尽脑汁用尽各种方法，最后用了偏方才得以痊愈。这本书中满是自然带给人的困难和问题，鲁宾逊需要不断动脑动手来解决这些危及自己生命的事件。不过，即使自然是神秘和危险的，人类最终都可以用智慧和力量与自然和谐相处，并充分利用大自然中富饶的资源，获得食物、编制衣物，甚至找到属于自己的精神家园。

《蓝色的海豚岛》也强调了这一点。卡拉娜被殖民者和自然共同逼上了绝境，但是她运用自己从部落中学到的知识，勇敢乐观地面对孤独的生活，应对不知何时会威胁生命的自然灾害。在她的努力下，她驯服了野狗朗图，拯救了受伤的小海獭，从海啸和地震中顽强地生存了下来。她从自然中获得了武器、衣服和食物，以及生存的意志。

不论是从正面展现美丽温顺的自然，还是反面展现可怕残酷的自然，作者们都对孩子们寄予了美好的祝愿，希望儿童能够正确、科学地掌握自然的全貌，了解自然有其迷人之处，从而喜爱拥抱自然；当然也有一定的危险性，要学会敬畏尊重自然，最终达到融入自然、与自然和谐共处的圆满状态。

（三）自然中的探索旅程

成长不仅仅是儿童文学作品的母题，更是儿童自身出于本能去追寻的必经道路。像种子拼命往外生发、像小鸟不断展翅飞翔，成长是每一个生命基因中所谱写的主要旋律，而这旋律往往在生命初期最为响亮，是自然规律的一种表现方式。渴求了解这个世界，掌握更多的知识，逐渐勾勒出自我的真实模样，为了成长，儿童必须一次又一次主动向生活发起探索。如果说成长是儿童终将到达的宫殿，那么探索则是过程中积累的阶梯。在探索之路上，自然作为儿童成长不可或缺的背景和环境，以其辽阔性和丰富性为儿童探索成长提供了舞台和可能。儿童文学作者们常常将自然设置为儿童追求成长的场景，描写故事主角在其中发生的一系列故事，主人公自然之旅的表象背后，实际指引着自身的探索之路。"你走的是什么路，朋友？——圣子之路、彩虹之路、虹鳟之路，任何路。反正，这是一条可以让任何人抵达任何地方的路。"有的探索出于原始本能的冲动，不断发生着有趣甚至荒唐的冒险；有的探索则出于对追求自我完满的希冀，努力描绘角色在成长道路上与自然碰撞出的充满生活哲理和意义的火花。那么，儿童文学中的"探索之路"，究竟会是哪一条，它是怎样的一个符号，又是怎样的一道风景，它会如何来表现儿童文学作品，最终又将引领儿童抵达何方？

1. 游戏路上的追逐

《母鸡萝丝去散步》讲述了母鸡散步时遇到狐狸而妙趣横生的故事。约翰·洛威·汤森是这样评价这部作品的："佩特哈金丝的经典之作《母鸡萝丝去散步》，叙述的重点在于隐藏在文字背后的事实。母鸡出门散步本来是件极平常的事，但后面跟了一个时刻想偷袭它的狐狸，就变得有些意思了。再加上这个狐狸还每次都偷袭不成，总是自己倒霉，这就变得很有趣了。狐狸的出现让本来波澜不惊的散步之路，显出了紧张、意外而又滑稽的气氛。这也是为什么幼儿读到这本书时会非常欣喜，甚至哈哈大笑的缘故。"正是狐狸的出现，使母鸡简单的散步演变成一个游戏性的过程，而游戏正是儿童探索成长不可或缺的东西。弗洛伊德认为："儿童最初的生命状态是以自我为中心的，游戏是显示其生命存在和把握世界的方式。可以说，如果成人的职业是工作的话，那么儿童的职业就是游戏。每一个做游戏的儿童都像是一个诗人，他创造出一个属于自己的天地，确切地说，他把属于自我世界里的那些东西置入了一个新的、为他所喜爱的结构中去。因此，要是认为他们创造这一世界时不严肃认真，这也许就没有道理了。相反，儿童游戏时十分严肃认真，并在其中注入了很大的激情。"在儿童游戏时，他们专注地探索着有趣的现象和好玩的事情，成长就隐藏在这每一个兴趣使然的探索背后。同时，在阅读书的过程中，儿童脑内正在进行"换一换"这个颇有意思的小游戏。儿童会把自己当作小鸡，一步步走入故事，走进角色。他们一边学着各种动物的叫声，一边尽情发挥自己的想象。儿童进行角色和声音的替换，这种行为本身就是一种游戏。母鸡萝丝在自然界中和狐狸上演的你追我赶的游戏，引导着儿童探索这些好玩新鲜的事件。

2. 现实路上的试炼

对于每个儿童来说，尚未认识的外部世界就像一个巨大的自然迷宫，每迈出去探索这个世界的任何一个步伐，都是需要冒险意义和勇敢精神的。

例如，《第一次上街买东西》发生在人类社会的环境中，但主人公小慧在买牛奶途中遭遇的所有事件却那么随机自然、不受控制，所以小慧这一路不仅仅是买了趟东西这么简单。这一路就是一次成长，是每个站在起点的儿童几乎都要经历的出发点。而这里的成长，也不单单是经历的成长，更是心思的成长。小慧明白了要避让行驶的自行车，要注意上坡时容易跌倒，在买东西时需要大声喊出自己要买的东西，她学会了如何应对生活中突发的问题，并提前做好准备，勇敢地面对和解决它们。在现实的试炼下，小慧完成了自己的探索，也完成了心智和精神上的蜕变。

3. 奇迹路上的乐趣

探索之路上除了紧张刺激的追逐、充满挑战的试炼，也有奇迹和乐趣在等待着孩子。《迟到大王》讲了一个叫约翰的小男孩的故事，他总是迟到，因为路上有鳄鱼抢他的书包，狮子咬他的裤子，巨大的激流要将他冲走等，可是每当他告诉老师发生的事之后，老师都会暴跳如雷，对他进行一番斥责甚至惩罚他，不相信约翰会遇到这些看似离奇的事情，认为约翰在异想天开地说谎。每次听到老师这样的回应，约翰都会默默地扼杀内心对这些奇迹的相信。最后老师快要被大猩猩抓走了，约翰也没有帮助老师，并且说出了那句老师经常对他说的话："这附近哪里会有……"这个故事深刻反思了探索路上的童趣和可能性被扼杀之后会对孩子造成什么样的惨痛影响。在上学路上遇到怪事，是每个童年路上的儿童都曾想象和期待的。以老师为象征的成人世界，完全没有权力否定和扼杀这种童年游戏中搞怪的天性，毕竟他们曾经也是小孩子。对于学校这类压制童年想象的教育体制，作者约翰·伯宁翰代替儿童给了他们一个最有力的反击。

4. 梦想路上的寻觅

《美丽的巴拿马》讲述了一个关于探索梦想和憧憬的故事，故事的主人公是一只小熊和一只小老虎。他们原本非常幸福地生活在一起，每天出去打猎、回来做饭，可是一个箱子的到来打破了这原本平静祥和的生活。有一天，河里飘来了一个充满了香蕉气味的箱子，箱子上写着巴拿马，小熊和小老虎立刻就被这个地方吸引了，准备出发去追逐梦想之地。他们走了无数个地方，也认识了无数个别的小动物，在脑中一遍又一遍地美化巴拿马，最后终于到达了目的地，决定在这里安家，同时将路上设想的所有要在巴拿马做的事通通都实现了，这里是那么幸福，他们再也不想离开了。其实，书中在快要接近尾声的时候就直接告诉了读者们，这个所谓的"巴拿马"就是小熊和小老虎曾经的家，只是他们离开太久荒废了，没有被认出来而已，也就是说，"巴拿马"就等于原来的家。儿童文学的趣味性和关怀特质，最终使小熊和小老虎的路途还是延伸向了原来的那个家，有点惊喜，有点意外，但却在意料之中。理想和幸福往往就在身边，就在一举手就能轻易把握的地方。但是为什么又要兜兜转转这一趟旅程呢？这本充满哲理的绘本告诉人们：有些道理，不实践一番，无法收获。就像小熊和小老虎不上路，不经历这一路的日晒雨淋，就不会体会和感受到理想和幸福，更谈不上把握住了。

三 自然母题儿童文学与儿童教育

自然母题的儿童文学作品，不仅能带领儿童穿梭于千变万化的自然世界，也能走进儿童内心世界，帮助儿童在知识、情感、审美及自我价值判断方面有所成长。

（一）利于儿童亲近、了解、热爱自然世界

儿童具有自然的天性，亲近自然是人类和任何其他动物的本能，既然自然对于儿童来说是如此不可或缺，儿童文学中的自然主题就有利于他们了解生活所在的环境，聆听基因中的旋律，亲近和热爱给予每一个生命家园的自然和其中生活的其他生物。

《昆虫记》是法布尔倾尽一生埋头泥土和草地奉献给生物界和儿童的一本史诗级巨作，作者平衡了科学的术语和儿童化的语言，将一个个小昆虫简单的进食、活动、休息的动作都描述得那么有画面感，就像人类世界一样，昆虫需要认真劳作，也需要努力地繁衍后代，有尽职尽责的父母，也有对幼虫不管不顾的自私鬼。在阅读这些文字时，孩子的视角和眼界被充分打开，他们对自然会多一份了解与热爱。《笔记大自然》的创作意图与法布尔的作品有异曲同工之妙，作者克莱尔和查尔斯用书写和绘画将这神奇绚丽的大自然带给了孩子，教会孩子去观察自然，了解四季变换时叶子颜色的变换，出现的小动物不同，将科学和趣味牢牢地结合在一起，能潜移默化地让幼儿学习和热爱自然。

（二）给予儿童独特的美学体验和情感寄托

郭沫若认为："人类的婴孩时代就有美的要求了。"他的这句话揭示了美对于儿童的重要性和必需性。自然是每一个生命的母亲，作为被其孕育的人类也不例外，儿童本能地热爱着自然，能从自然中获得美感，也会在这种本能的驱使下产生强烈的情绪。

望安的《夏天》，从形、味、声、色各个角度出发，勾勒出一幅灿烂的夏日景象。在我国人教版的小学语文教材中，有一篇知名作家嵇鸿的童话作品《雪孩子》，由自然创造出来的雪孩子救出了家里着火的小兔子，却因为雪遇高温变成水的特质融化，化成水的雪孩子最后飞向空中变成了一朵"很美很美的白云"。正在儿童可能为雪孩子的融化悲伤垂泪时，嵇鸿却用科学现象的外壳和禅意诗意的内涵告诉孩子们，雪孩子并没有离去，而是以另一种更加美好的方式存在于这个世界，它永远是大自然的一部分。这时儿童的情绪得以舒缓甚至愉悦，死亡也被用"从雪人变成云朵"这样具有童趣和童真的描写形式美化了，满足了儿童审美的需要。英国作家山姆的绘本《猜猜我有多爱你》用纯真的方式表现了小兔子和大兔子之间的爱，饱含着真挚的情感和童真的美好。小兔子不知该如何表达自己对大兔子爱的程度，通过张开手臂、举起身子、努力倒立、跳来跳去这些动作来表达，却发现大兔子因为身形更长更灵活总能做得比自己更多更好，最后小兔子累得快要睡着了，大兔子躺在小兔子身边，告诉他："我爱你，一直到月亮上面，再——绕回来。"故事似乎没有什么具

体的逻辑，却可以从字里行间体会到小兔子和大兔子对彼此的爱，传递出孩子和父母之间紧密交织的情感。小兔子努力用自己能做到的一切表达对大兔子的爱有多长、多大、多少，大兔子也用同样的方式回应小兔子，告诉小兔子自己有多么爱他，最后"绕回来"和躺在小兔子身边的结局营造出安心幸福的氛围。阅读这本绘本的孩子就会明白，不论父母的爱有多长多远，最后都会回到孩子身边永远陪伴着他们。故事的语言十分儿童化，故事构造的画面也活泼可爱，十分贴合幼儿对于语言和故事意境的审美方式。

除此以外，情感对于儿童来说毕竟是不够直观的事物，用长度和宽度、跳跃来具象化地表达爱有多少，不仅给了幼儿一个理解情感的支点，更是给了他们一个安置自己情感的锚点。这些自然主题的儿童文学，将纯粹的美遍布每一个角落，将细腻绵长、连绵不绝的情感渗透在字里行间和画面之中，极大程度地满足了儿童的审美需求和情感需求。

（三）帮助儿童思考世界运行的规律与道理

自然是幼儿成长不可或缺的环境要素，蕴含着各种各样的道理，而这些道理又与人类社会的教育方法有共通点，能在潜移默化中影响幼儿，帮助他们成长。

张秋生的小诗《蝴蝶花》讲述了一个动人的故事，花蝴蝶在飞翔的过程中看到小草因为没有花朵的陪伴感到孤单而落泪，于是选择留下来站在草尖上，人们看到后以为这是一朵美丽的蝴蝶花，纷纷赞叹她的美，小草也在阳光下快乐地轻哼。表面上这只是一个有关自然现象的故事，蝴蝶停留在草叶上看着像一朵花，但其中蕴含着深刻的教育道理，蝴蝶之所以变成蝴蝶花是因为她选择了善良友爱，成了小草的好朋友。受到帮助的小草在阳光下不再孤单、充满活力又快乐，而帮助了小草的蝴蝶在旁人看来变得像花儿一样更加美丽。在儿童阅读完这个故事后，会明白帮助他人的道理，更会感悟到帮助他人也是一种自我帮助，帮助他人后整个世界都会变得如此和谐美好。

上海美术电影制片厂的儿童动画《邋遢大王》是典型的自然教育调皮少年的故事，借助一个不爱干净的邋遢小男孩缩小后在老鼠王国突破一道又一道难关的内容，达到寓教于乐的目的。儿童会在邋遢大王搞怪的形象和奇妙的点子里哈哈大笑，也会在邋遢大王与自然环境斗智斗勇、受挫成长的过程中学会思考，掌握优秀的品质。

（四）鼓励儿童思索生命意义和存在价值

不论这些自然主题的儿童文学描绘了怎样的探索之路，其艺术指向性都是一致的，其中都包含着一个"上路—在路上—回归"的过程。虽然有的是主动上路，有的是被动地走在路上，有的是可以预料的回家，有的是无意中的回归。但不管怎么说，整个和路意象相关的过程是有始有终的，它是一个浑圆的整体。而这个"上路—在路上—回归"的过程，正好契合了儿童文学中"离家—归家"的模式。在这探索的旅途中不论经历了什么，儿童都算有所成长。

《失落的一角》用极致简单的画面和无比深刻的内涵点明了其中的道理。绘本讲述的是一个张着嘴巴的圆脸寻找自己缺失的一角的故事，他历经晴天雨天、快乐痛苦、休息与追逐，试了无数个不同的角度，过了无数个千难万险后，最终找到了适合自己的那一角，变成了一张完整的圆。可是完整的他再也无法经历做自己喜欢的事，更无法唱出《我找到了我的失落的一角》。就在这时，他放下了那一角，从容地走开，做回了原来看似有所缺失但无比快乐的自己，但似乎又不完全是"原来的自己"。

儿童的探索之路亦是如此，路上有得有失，可能到最后还是和出发前一样两手空空。但最终他们都会明白，经历就是圆满、就是成长，看似意外的事件也有其发生的必然性，不论是大道还是小路都有特别的风景在前方等待。虽然孩子们离开了家最后又回来了，虽然小圆脸原来缺了一角最后还是变回了曾经的模样，看起来什么都没变，但是这一路上的经历已经内化成了他们独特的生命体验，成了他们生命中极具价值的事，所以孩子终究会成长，也会满载而归，回到属于自己的温暖坐标。

第四课　想象母题及其意蕴

神话传说中，天庭里的神仙过着与人类相似生活却法力无边，比如雷公电母会根据心情和季节布雷与布雨等。儿童文学中万物有灵，下雨是因为天空哭了、花朵开放是向太阳微笑。神话传说与儿童文学在内容和逻辑上具有相似之处。方卫平将这种现象解释为"原始思维与儿童思维的某种特殊的亲和关系"。儿童作为初生人类，处在人类大脑发展的初级阶段，思维运作的方式与早期原始人类相似，喜欢观察和亲近身处的自然环境与宇宙万物，并将自身充沛的情感与想象投射其中，并以此创造出一套充满主观感情、妙趣横生的生活理解模式。

一 想象与儿童文学

想象是创造性思维的一种特殊形式，是人在头脑里对已储存的表象进行加工改造形成新形象的过程。它突破时间和空间的束缚，将现实世界与思想世界相结合，并指向未来。

（一）儿童对于生活世界的推断和解释

儿童出于人类思维形成的早期时期，他们的逻辑具有极大的跳跃性和随意性，所以他们的思维逻辑本身就带有一种想象的性质，即随意地将某一种规则套用在另一种事物上，推断这个事物的运行方式。

此外，著名的瑞士心理学家皮亚杰提出儿童思维是一种"自我中心的思维"，是一种在"我向思维"和社会化思维之间的思维，所以儿童对于现实有一套属于自己的解释，他们极度容易混淆现实和想象，也容易用自己的思维方式判断他人甚至客体的思维方式，而且还认为这种判断是理所当然的。从另一方面来说，既然儿童解释世界的神奇方式等同于想象这个过程，想象也可以代表着儿童从他们的视角出发，审视并观察这个世界。

（二）儿童精神中的"第二世界"

托尔金认为："第一世界是神创造的宇宙，即我们日常生活的那个世界。而人不满足于第一世界的束缚，他们利用神给予的一种称之为'准创造'的权力，用'想象'去创造一个想象的世界，这就是所谓的'第二世界'。"这套理论可以这样去解释儿童文学：儿童生活的现实世界就是托尔金所描述的第一世界，现实世界虽然也足够丰富多彩，但却远远不能满足他们，于是想象成了他们通往脑中构造出的"足够有意思的世界"的桥梁，也就是第二世界。

想象既是儿童与生俱来的天赋和才能，也表明了儿童对于现实生活的不满足，不安于现状的心理状态。他们渴望世界能有更多的可能性，追求更新更好的生活。这种心理状态寄托了儿童朴素的突破愿望，正是同样的念头，促进了人类的不断发展。想象出来的世界提供了儿童一个寄托自己美好愿望和看法的家园。在儿童文学作品中，很多儿童主角都是和读者一样的普通孩子，为了能够通往美好的充满奇幻色彩的世界，往往需要借助一些媒介。

神笔马良是我国儿童文学作家、理论家洪汛涛先生创造的一个热爱画画的小男孩，他通过梦中白胡子仙人赠送的一只神奇画笔弥补现实生活的贫瘠，创造出梦寐以求的东西。马良生活在贫穷的村庄里，所以他会画出犁耙和耕牛帮穷人家劳作、耕地，也会画出饼给自己充饥。苏联作家瓦·卡泰耶夫笔下的《七色花》有着相同的设定，小女孩珍妮出去买面包圈，却发现小狗把面包圈全部偷吃完了，追着小狗跑到一个陌生的地方哭了起来，一个老婆婆送了她一朵七色花，可以实现珍妮所有的愿望。不论是神笔还是七色花，都象征着儿童心中神奇美好的第二世界。

二 儿童文学中想象母题的体现

想象的母题较多集中于童话、寓言、科幻、动物小说等作品中。儿童诗集中也不乏想象色彩的存在，在有关想象的儿童文学作品中，想象主要通过以下三种形式呈现。

（一）建立想象与现实的通道

想象是高于现实的，在部分文学作品中想象呈现出和现实对立的状态，在这些文学作品中，想象是对现实生活主角感到不甘和缺乏情绪的一种补偿。而建立想象与现实之间联系的，往往有一个介质，可以是柜子、小道、镜子等，也或者仅仅是纵身一跃、摔了一跤、划根火柴等。

著名儿童魔法文学作品《哈利·波特》就讲述了一个存在于这个世界的普通人无法发现的魔法世界霍格沃茨，主角哈利·波特自小成为孤儿，被寄养在小姨一家，而且备受侮辱和轻视。但在11岁生日这天，他得知了自己拥有强大的魔法，于是他搭着魔法列车来到霍格沃茨魔法学校学习知识、交朋友，收获了友情、尊重以及爱他的老师们，同时解开了自己的身世之谜。在魔法学校里，孩子可以用魔法创造出许多有趣惊奇的事情。故事中拥有魔法的巫师和普通麻瓜的对立，象征着想象与现实的对立。对哈利·波特自身而言，魔法世界这边爱他的朋友和老师与现实生活中有血缘关系却欺负他的亲人们对立，霍格沃茨有意思的法术和知识也与现实这边无聊的理论知识是对立关系，魔法世界弥补了他很多在现实生活中无法得到却梦寐以求的东西。

同样地，在美国儿童奇幻电影《仙境之桥》中也有类似的情节设计，男主角杰西认识了女主莱斯利，二人成了很好的朋友。他们在学校单调的生活中感到很无聊，也被一个又高又壮的女孩在厕所霸凌过。后来莱斯利告诉杰西，在森林的深处存在一个叫特雷比西亚的王国，那里就像天堂一样，没有讨厌的学业、没有霸凌别人的同学，一切都由他们来做主，想怎样就怎样。特雷比西亚成为男女主角放肆想象的地方，他们想象自己是这里的国王和女王，在这个美好的世界里无忧无虑地生活。特雷比西亚也是和现实生活相对立的，这里可以满足孩子想象中所需要的一切，这里全是美好没有痛苦，这里就是孩子治愈心灵受伤后的那片"仙境"。不过，在儿童文学作品中，想象和现实对立的背后，其实展现了想象与现实的交织和融合，毕竟想象虽然高于现实，但来源于现实，不论从正面还是反面描写现实，都是对现实生活的一种反映和表现。

丹麦童话之父安徒生在《卖火柴的小女孩》中创造了一个典型形象，小女孩没有住的房子，没有家人，在大雪天里只能露宿街头，通过擦亮火柴梦到所有自己想要的东西、见到自己最思念的奶奶，但是当火柴都熄灭后，她被活活冻死在了街道上。故事深刻反映了丹麦那个年代穷人悲惨的现实生活和命运。《千与千寻》里女主人公贪吃的父母变成了猪，沉迷妖怪酒店纸醉金迷生活的善良无脸男最后变成了妖怪，任性倔强的宝宝变成了小老鼠。宫崎骏运用"变换"形态这种艺术表现手法，夸张地反映了人的贪念。除了反映现实生活的作品，也有通过想象来印证现实道理的作品。想象虽然美好，但是没有不劳而获的东西，只有付出才能在现实生活中获得回报。《绿野仙踪》里每一个主人公最终得以实现愿望，都是在面对苦难时脚踏实地克服了原先自己最害怕的事物：胆小狮为了朋友与野兽战斗，最后成为首领，获得了勇气；稻草人不断思考为团队出谋划策，最后成为能独当一面的人，获得了智慧；铁皮樵夫不断保护他人帮助弱者，最后成为有情有义的角色，获得了感情。

（二）时空从有限走向无限

在儿童想象题材的文学作品中，常常出现时空上的无限、交汇甚至错乱，用其光怪陆离的故事情节吸引儿童全神贯注地沉浸其中，并丰富他们的想象力，成为他们通往一个神奇世界的门。

皮克斯《寻梦环游记》打破了时空的界限，讲述了一个动人的家族故事，热爱音乐的小男孩米格通过弹奏吉他来到亡灵的世界，寻找他意外过世的高祖父以及家族的秘密。皮克斯用充满梦幻和想象色彩的故事连通了米格所在的现实世界与过去的桥梁，实现了时间和空间的双重飞跃，帮助过世的高祖父被现世的人回忆起，也使现实生活中家族的人们更加彼此珍惜，想象表壳之下，蕴含了深刻的人生哲理。在儿童文学作品中，除了表达一些深刻人生哲理的想象作品，也有从科学和文化角度来展开想象的作品，国内最受喜爱的科幻小说之一《三体》在第一部中描写了"三体游戏"，游戏内没有时间和空间的限制，而且脑洞大开地将各国各历史朝代的有名历史人物聚集在一起，探讨和解决科幻问题。这些具有高智慧、不同文明的名人们齐聚一堂，共同呈现了一场科技和思想激烈碰撞的巨大想象的烟花秀。

（三）角色设置常"自带光环"

想象主题在角色的设置上常常别出心裁，精妙有趣。

有些作品直接采用常人体。例如安徒生的《皇帝的新装》，想象的载体是一件"智慧的衣服"，设定是只有聪明人才能看见这件衣服，而主角则是皇帝、两个裁缝和一个勇敢的孩子；张天翼的《大林和小林》也是选择了大林和小林这对双胞胎来开展后续的故事。

有些作品采用拟人体。比如电视动画《海绵宝宝》赋予了主角海绵生命和思维，每一集都会围绕他在海底的生活进行，对于这些接触不到的地方发生的故事，孩子们总是兴趣盎然；同样，郑渊洁的《舒克贝塔》选择了幼儿喜欢的小动物作为主角，让他们进行一系列神奇的冒险故事。

有的作品采用超人体，故事的主角虽然是儿童，但这些儿童往往有着超能力。影视动画《哪吒传奇》里的哪吒拥有特殊的能力，可以上天入海，前往任何自己想去的地方，包括可以飞的彼得·潘，这些角色的出现，体现了幼儿小小的身体却装有大大的梦想和能力这一理念。

有些作品采用智人体的主角，他们有着超凡的智慧，掌握着人类尚未掌握的知识，通常为机器人、外星人等。例如科幻电影《E. T. 外星人》中，小男孩艾利奥特捡到了落单到地球上的外星人 E. T.，和他建立了独特的心灵感应；《皮皮鲁和幻影号》中，皮皮鲁遇到了来自外星球的一辆超级汽车幻影号，车内有各种高科技的新鲜玩意儿，故事最后皮皮鲁驾驶着幻影号阻止了人类的战争，也是充满了想象色彩。

三 想象母题儿童文学与儿童教育

想象力，对一个人的终生发展乃至社会的文明创新都有十分重要的意义。在儿童文学中肆意流淌的想象帮助儿童打开思维之窗，帮助成年人省思曾经的梦想，也助力教育机构创造条件激发孩子们的想象。

（一）促进儿童的创造与审美

没有想象力就没有创造力。而没有创造力，人类的生活就不会发生翻天覆地的变化，科学技术就不会进步，文明也不会继续演进、发展。

1. 启发儿童开动脑筋想办法

"编造、想象是幼儿的首要乐趣。幼年期是培养和发展幼儿现象力的最佳时期，幼儿文学是发展幼儿想象力的最佳载体。"就像《巴巴爸爸》里生活着一群姓巴巴的可爱生物，他们颜色各异，通常情况下，女孩子长得像一个美丽的酒杯，男孩子长得像一个浑圆的土豆，他们生活的转折点就在暴雨摧毁了原来的家这一个故事里。巴巴生物们有着神奇的超能力，可以用自己的身体变换成任何特殊的形状和物品，为了建成一个新家，有的孩子变成车子运输物品，有的孩子变成花瓶给地上的花浇水，有的孩子变成梯子将屋子越搭越高。这些充满想象色彩的故事情节一方面有趣，另一方面也在启发儿童开动小脑筋，利用身边的工具解决生活中的问题，或者在此基础之上创造出新的解决问题的方法，在这个过程中想象力就顺其自然地得到了提升。

2. 孕育儿童审美的眼光

想象世界缤纷多彩，夺人眼球，有其吸引孩子探寻的目光。

罗尔德在《查理和巧克力工厂》中创造了这样一个神奇的巧克力工厂，威利旺卡先生是巧克力工厂的老板，他正在为挑选继承人而忙碌着，当他带着备选几个家庭来到巧克力房时，出现的画面是那么的迷人："啊，出现在他们眼前的是一幅多么炫目的美丽景象啊！他们的眼底下是一个极其可爱的山谷。山谷两边是绿油油的草地，谷底流淌着一条褐色的大河。远不止这些呢，大河半中央还有一道巨大的瀑布冲泻而下——那儿有一道陡峭的悬崖，瀑布就像一条白练哗啦啦沿陡壁翻滚而下，在河里形成一个奔涌翻腾的旋涡，激起一片水汽烟雾。这道瀑布形成了一个最最壮观的景色。"

山谷和草是用糖果做的,河流是一条巧克力的河流,罗尔德描写的场景是如此的奇幻而又特别,非常符合儿童的审美价值。

在安徒生的《小美人鱼》中,他这样描述海底世界的景色:"那儿生长着最奇异的树木和植物。它们的枝干和叶子是那么柔软,只要水轻微地流动一下,它们就摇动起来,好像是活着的东西。所有的大小鱼儿在这些枝子中间游来游去,像是天空中的飞鸟。海里最深的地方是海王宫殿所在的处所。它的墙是用珊瑚砌成的,它那些尖顶的高窗子是用最亮的琥珀做成的,屋顶上却铺着黑色的蚌壳,它们随着水的流动可以自动地开合。"这些美丽的文字描写,无不在吸引着儿童对未知世界进行畅想,在其中遨游,甚至浮想联翩,这既符合幼儿的审美心理,又能提高他们的审美水平。

(二)给予成人勇气和梦想

成年人因为忙于现实生活,被薪资、家庭、工作、医疗等严重的现实问题牵绊,创造力和想象力有所下降,但是不论被生活压垮到什么地步,都应该给想象力留一片空间。尤其是作为儿童教师,应积极地激发自己的想象力,既有利于教学和了解儿童,又有利于自身的发展。

1. 重拾勇气,努力创造

成年人失去想象力是因为在忙碌的生活中逐渐变得麻木和谨慎,生命的意义似乎只有工作和家庭,所以不再有勇气去梦想新的可能性,更不用说以想象力来创造一些非凡的愿景。

我国台湾知名漫画家几米向来以细腻精美的画面和优美深刻的文字闻名海内外,收获了跨越各个年龄段的众多粉丝。他在2009年为成年人创作了绘本《遗失了一只猫》,其中表现了自己对成年人想象力衰减甚至消失的反思,提出只有重拾勇气、爱与想象力,并且不断地付出努力,一团糟的生活才会逐渐变得好起来。绘本是关于女主人公丢失了一只猫的故事,其深层内容讲述了一个丢失了爱、勇气、想象力的成年人试图通过找回自己的小猫,来寻回这一切遗弃的品质并重塑自己的过程。故事的开头介绍女主人公和男朋友分手了,巧合的是在这之后她深爱的猫也丢失了,梦中有个声音告诉她:"你根本就不爱自己,所以我也不爱你了。"像是猫咪的低语,更像是内心自己的独白。男朋友和猫咪接二连三的离去,使女主人公彻底崩溃了,完全无法正常生活。但在沉迷了一段时间(低谷期)之后,她鼓起勇气给爱人写信道歉,坚持不懈制作猫咪海报询问路人,开始关注生活已久却从未在意过的周边环境。"她想去尝试所有以前不敢做的事情""想象总是可以带着她任意穿越时空",当她拾起丢弃已久的勇气大胆生活时,当她重新唤醒想象力痛快地享受当下时,她的猫回来了,她的爱人也回来了。动人的故事和天马行空的画面诉说着敢于生活,保持想象力对女主生活带来的良性改变。所以成年人要想重新找回想象,首先要学会勇敢,不断为之付出努力。

2. 星空永在,不时仰望

想象力在成年的失落有一定的必然性,但这个过程并非不可逆,成年人需要主动伸手握住神笔马良递过来的那支笔,需要向爱丽丝借那一把钥匙,需要搭上那一条载着自己的想象力、对生活的希望、对遥远的精神世界或者宇宙世界的期盼的纸船,看似驶离了现实和成熟,其实回归了儿童时期一切的好奇和畅想。即使低头是生活,抬头星星永远在天空中闪耀。

如今欧美一直尝试在成人想象动画方面进行突破和质的飞跃。《瑞克和莫蒂》讲述了孙子莫蒂在科学家姥爷瑞克的带领下穿越宇宙的各种冒险故事,妈妈贝丝、爸爸杰瑞、姐姐桑美都可以在这个动画中认识宇宙中各种不同的生物,一家子不时也会团结在一起与外星人进行一场武器大战。成年人的想象力并非彻底缺失了，而是埋头生活太久，不再去回望那些曾经给予自己各种美好想象的繁星。2020年皮克斯和迪士尼推出的爆火动画电影《心灵奇旅》，确实带着每一位在现实生活和成年世界疲惫不堪的成年人经历了一场寻找生活真谛的心灵奇旅。故事男主人公进入了一只小猫的身体，而一个未来到世界的小灵魂则进入了他的身体，小灵魂用主人公的身体吃比萨、看落叶、躺在通风口感受衣摆飞向天空的快乐，这一系列的经历使他们二人都爱上了生活。作为和刚开始一直奔波前程的主人公一样的成年人，也应该在适当的时间停下脚步，躺下来放眼天空，给心灵一个喘息自愈的机会、给想象力一个展翅高飞的可能。要充满希望和勇气，相信想象并非无用。毕竟，生活中总会有《遗失了一只猫》故事中那样的加油小弟弟微笑着安慰："别难过了，油箱加满后，就可以开车到山上看星星了。"

教师作为成年人大军的一员，掌握想象不仅有利于引导儿童想象能力的培养，也是给自己一个用新视角看待世界和生活的机会。从"离家"到"归家"，从丢弃想象到重拾憧憬，儿童文学的模式自然也可以运用在成年人身上。

（三）助力教育机构提升质量

教育机构诸如幼儿园和中小学，也是儿童乐趣和心灵的美好家园。除了基本课程教授之外，如何更好地在教学活动和儿童的一日生活之中融入想象的空间，是值得不断去探讨、执行并加以改进的命题。

1. 在环境中创设想象空间

想象依赖于丰富的现实景象。在进行环境创设的过程中，教师可以有意识地将更加丰富多样的元素融入进来，比如邀请儿童寻找一年四季不同颜色、形状的树叶和花朵，在手工课上将它们做成美丽的装饰画，用来给教室增添美感；也可以开设与动物相关的创造课程，邀请儿童用橡皮泥捏出形状各异的小动物。同时，想象可以转化为现实作品，比如，将废弃的泡沫和不用的透明垃圾袋做成云朵，将喝完的牛奶纸盒做成宇宙飞船和超级汽车，或者只是简单地将儿童画的相关主题的画挂在教室的墙上、贴在幼儿的床上。想象主题的儿童文学提供给了教育机构环境创设新的思路，创设好的环境也能反过来让儿童身临其境感受书中的神奇世界。

2. 鼓励儿童畅想与表达

教师在未来课程实施的过程中，可以尝试多增设一些提高儿童鉴赏能力的活动环节。传统课程通常由教师选择文本，在未来的教育中教师可以创造条件，给予儿童挑选文本的机会。比如在教学活动中，由教师先介绍故事的主人公和背景，在前面的故事中主导讲解故事，为儿童朗读内容，在后半部分的故事中由教师邀请儿童猜测接下来的剧情，或者是将主动权交还给儿童，让儿童成为故事内容的主角，自主创生新的故事内容，在提高儿童的口语表达、想象力、创造力的同时，增加了一定的趣味性。教育要确保儿童作为主体的地位，在准备角色扮演游戏的时候，儿童可以在自然环境中收集各种道具，制成简单的衣物或者装饰，加深对文本的理解，提高动手能力。在未来的教学活动中可以采用更多更有趣的游戏活动，将自由与想象运用在课程和教学过程中，并鼓励儿童成为文本的主人，掌握主动权。

◇ 单元小结

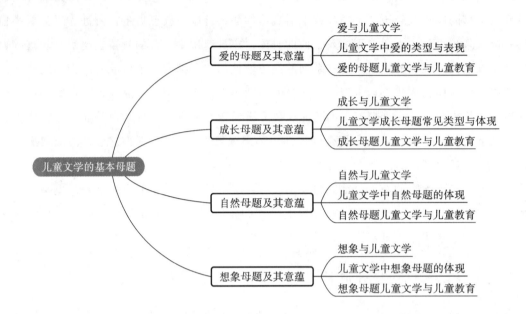

思考与练习

一、单项选择题

1. 以下关于母题的论述中，不正确的是（　　）。
   A. 母题是最小的叙事单元　　　　B. 母题极具有特色
   C. 母题是最大的叙事单元　　　　D. 在作品中反复运用

2. 以下不符合母题特点的是（　　）。
   A. 典型性　　　B. 单一性　　　C. 重复性　　　D. 模式性

3. 以下不属于想象主题作品呈现形式的是（　　）。
   A. 与现实冲突对立　B. 时空的无限　C. 角色设置奇幻　D. 主角都是动物

4. 以下不属于自然主题儿童文学作品的是（　　）。
   A.《第七条猎狗》　B.《大熊猫传奇》　C.《千鸟谷追踪》　D.《纸袋公主》

二、论述题

1. 顽童型母题的作品如《长袜子的皮皮》《大卫，不可以》曾遭到部分家长反对，认为书中的人物过于顽皮，会给儿童树立不好的榜样。

    请结合这一问题和本章内容，对顽童母题幼儿文学作品的教育意义展开思考。

2. 请结合本单元内容思考，我们是否应该将诸如死亡、挫折、异性等偏消极、成人化的主题教给儿童？

3. 请从《小青虫的梦》《我长大了》《尼尔斯骑鹅旅行记》等作品中任选一部，结合这一问题和本章内容，分析自然的特殊属性与儿童与生俱来的哪些天性具有贴合度。

实践与实训

实训一： 结合儿童文学阅读经历以及幼儿园见习经验，选取一则"母爱型"文学作品，思考如何通过活动设计让幼儿体会故事的魅力。

目的： 掌握向幼儿讲述文学故事的技能，并能在教育实践中精心设计活动。

要求： 根据幼儿园见习经历，从活动目标、活动重难点、活动准备、活动过程等方面设计一个基于母爱型文学作品的活动，并在实施活动后进行反思。

形式： 实地教学。

实训二： 结合儿童文学阅读经历，选取一则顽童主题的儿童文学故事，基于故事情节进行角色扮演，深入体会人物形象。

目的： 通过舞台剧沉浸式角色扮演，体会儿童文学作品中的人物魅力。

要求： 以小组为单位，对所选取的顽童主题故事脉络进行梳理，并从语言、神态、舞台设计、道具使用等方面共同讨论如何呈现故事中的人物形象。

形式： 小组合作。

第五单元　儿童文学的艺术特性

◇ **学习目标**

1. 理解儿童文学中韵律、叙事、幽默和荒诞艺术特性的含义及与儿童发展的关系。
2. 感受儿童文学中韵律、叙事、幽默和荒诞艺术的体现，品味其所蕴含的文学魅力。
3. 能够根据现实教育需要选择富含适宜艺术特性的问题文学作品。

◇ **情境导入**

除了上一单元关于母题的特征，浩瀚的儿童文学作品中往往还体现出一些共同的艺术特性，比如富有韵律感、读起来朗朗上口，讲故事的结构"起承转合"，幽默风趣的技法让孩子们哈哈大笑，无边无际的想象和荒诞令人印象深刻……这些特征是从艺术品位的角度对儿童文学进行的归纳，本单元我们将着重探讨儿童文学中最常见的几种艺术表现手法。

第一课　韵律艺术及其表现

对韵律的敏感是儿童的天性，童年期的韵律感中包含了最初的审美成分。儿童文学的韵律艺术不仅鲜明地体现在韵文体的儿童文学作品中，也体现在一些散文体的儿童文学作品中。本课我们将更为深入地探讨韵律的本质及其在儿童文学中的价值及体现。

一　多维视角下的韵律

韵律即声韵和节律，从内涵上讲包含这两个方面：声母韵母的押韵和物体运动的节奏规律。韵律其实在我们生活中十分常见。

(一) 诗词押韵

谈到韵律二字我们大部分人最先想到的应该非"诗词"莫属。作为一个诗词术语，韵律本是指诗词中的平仄格式和押韵规则，引申为音响的节奏规律。《旧唐书·元稹传》："思深语近，韵律调新，属对无差，而风情宛然。"叶圣陶《游了三个湖》："听湖波拍岸，挺单调，可是有韵律。"诗词创作要重视艺术性，并重几个方面，其中之一就是"韵律"，要讲究字词的搭配、音调的和谐。

诗歌押韵，使作品声韵和谐，便于吟诵和记忆，具有节奏和声调美。中国人在 2500 年前就已经熟练掌握了押韵技巧。《国风·周南·关雎》中所唱"关关雎鸠，在河之洲。窈窕淑女，君子好逑"，其中，鸠、洲、逑就是互相押韵的文字。古时押韵，要求韵部相同或相通，也有少数变格。现代新诗押韵，不受古代韵书限制，但也有很多章法。

中华人民共和国成立后，以《新华字典》的四声来标定平仄和韵律，一二声为平声，三四声为仄声，用于写诗词时所用的韵律，从而构建了中华新韵。中华新韵共分十四韵，具体如表 4-1 所示。

表 4-1 中华新韵

名称	对应之注音符号	对应之汉语拼音	名称	对应之注音符号	对应之汉语拼音
一麻	ㄚ	a, ia, ua	八寒	ㄢ	an, ian, uan, üan
二波	ㄛ、ㄜ	o, e, uo	九文	ㄣ	en, in, un, ün
三皆	ㄝ	ie, üe	十唐	ㄤ	ang, iang, uang
四开	ㄞ	ai, uai	十一庚	ㄥ	eng, ing, ong, iong
五微	ㄟ	ei, ui	十二齐	ㄧ、ㄩ、ㄦ	i, er, ü
六豪	ㄠ	ao, iao	十三支	□	-i
七尤	ㄡ	ou, iu	十四姑	ㄨ	u

中华新韵以我们当前所通用的拼音的韵母为基点所构建，成为当代诗词创作的基本工具和主要依据。

(二) 空间韵律

作为一种艺术元素，韵律一词的施展空间当然远远不局限于诗词领域，单就日常生活而言，幼时祖孙俩嬉闹时唱起的儿歌——"小板凳拖拖，里面坐着哥哥，哥哥出来买菜，里面坐着奶奶。奶奶出来烧香儿，里面坐着姑娘，姑娘儿出来磕头儿，里面坐着孙猴儿。孙猴儿出来点灯，急燎眉毛烂眼，烧红屁股满地蹦"，欢快有趣、富有节奏感的念诵带来了难忘的天伦之乐。上学时期朗读背诵过数篇中国古诗词，如崔颢的《黄鹤楼》"昔人已乘黄鹤去，此地空余黄鹤楼。黄鹤一去不复返，白云千载空悠悠。晴川历历汉阳树，芳草萋萋鹦鹉洲。日暮乡关何处是？烟波江上使人愁"，押的是"尤"韵，展现的是"云水悠悠，情思悠悠"；从老电影中播放的曲子《渔光曲》"云儿飘在海空，鱼儿藏在水中，早晨太阳里晒渔网，迎面吹过来大海风"，起伏的旋律、缓慢的速度、特定的节奏所构成的音乐形象，歌词的韵律美与音乐的韵律美相得益彰。如今人们喜爱的流行歌手周杰伦的歌曲《青花瓷》"天青色等烟雨，而我在等你。月色被打捞起，晕开了结局"，穿插有 rap 的《刀马旦》"月光照亮西厢房,勾起思乡的惆怅,归来还是少年,仗剑走四方",彰显了天然的错落之感,时空的错落、情绪的错落、文化的错落,这些凝聚成了其独有的韵律美。

(三)韵律与美

从艺术角度而言,在美术作品中,任何形体的组合,只要按照理想的形式形成相互联系的、流畅的整体,就能体现韵律美。① 中国画通过主次、疏密、承接、呼应、开合、向背、俯仰等对立统一因素的把握与运用,以线条的穿插、墨色的虚实、布局的疏密、点线面排列,体现节奏韵律之美,抒发作者情感、情思的千变万化,这便是中国画韵律节奏的体现。如元代的山水画中各种皴法、点法、线条的重复出现,使得画面中往往虚实分明,错落有致、点缀以茅亭草舍、木桥高士或山樵渔夫,抒发作者的志向情怀。② 韵律美既是中国国画中白描工笔通过线条的轻重、粗细、徐疾展现出的节奏美,也是西方油画中运用色彩的深浅与渲染、光影的明暗与对比表现出的和谐美。舞蹈领域的韵律美指的是舞蹈的外部技术与内在感情神韵统一而产生的动态美感③,蒙古族舞蹈豪放的舞态和大起大伏的多变节奏,是该民族开朗豁达的形象表现,傣族舞曼妙的三道弯与优美的姿态,是该民族和善灵动的特征体现。韵律这种形式美感在建筑中也能得到充分表现。主要表现形式为重复,可以是间距不同、形状相同的重复,也可以是形状不同、间距相同的重复,还可能是别的方式的单元重复。这种重复的必要条件之一是单元的相似性,或间距的规律性;其二就是需要逻辑性,逻辑使得人类认识了客观世界,逻辑性是认识规律的工具,也是认识规律的目的。④

跨越如此多领域思考,也许不同领域中的韵律被赋予不同的意义,但其本质都是在传递美,为人们带来美的感受和快乐的体验。不论是在诗词、文学、音乐中,抑或是在舞蹈、绘画、建筑中,人类与生俱来的韵律感都获得了充分的表现与传达。

二 节奏韵律与儿童发展

四季轮转、昼夜更替、草木枯荣、候鸟迁徙,这个世界上的所有事物似乎都有着属于自己的某种节奏规律。人身上也具有天然的节律,对韵律的敏感既是人的一种天性,也是儿童的一种本能。同时,儿童也在韵律节奏中不断获得发展。

(一)对韵律的敏感是人的天性

儿童的身体继承了这种积淀在人类意识深处的韵律感,他们身边充满韵律的生活则进一步强化着他们身体内的这一韵律原型。⑤ 比如婴儿在有规律左右晃动的摇篮里更容易入睡,成人将婴儿抱在怀中哄睡时也会有节奏地轻轻地拍抚;在哺乳时,婴儿头部倚靠在母亲胸前,听着母亲有节奏的

① 张文平. 绘画作品中的节奏与韵律 [J]. 肇庆学院学报, 2010 (1): 52-56.
② 李卫华. 浅谈绘画艺术的节奏与韵律 [J]. 大众文艺, 2012 (18): 35.
③ 杨立青. 大辞海·音乐舞蹈卷 [M]. 上海: 上海辞书出版社, 2013: 252.
④ 唐清. 建筑的韵律探究 [J]. 美与时代(城市版), 2016 (11): 13-14.
⑤ 方卫平. 论儿童文学的韵律艺术 [J]. 甘肃高师学报, 2015 (4): 55-60.

心跳，重复吮吸这个动作以进食；幼儿在进行游戏时会热爱跷跷板、荡秋千等富有韵律性的活动，喜欢把球丢出去再捡回来再丢出去，把沙子装进模具再倒出来再装进去这种重复的动作却不失兴趣。他们既遵循着自然和世界的韵律，又同时在韵律中探索着自然和世界。

美国发展心理学家加登纳在《艺术与人的发展》一书中写道：在制作领域，一个一岁的幼儿有时能获得规则的节奏或制作出非常原始的绘画，虽然那也许只是胡乱的练习而不能算作品，然而开始作画的笔触都是有节奏的；它使我们感到，与生俱来的熟练行为的运动成分从一开始便构成了原始的审美活动。① 这与韵律感有关的"原始的审美活动"，也是人的审美本性的一种表现。因此，儿童的韵律感既体现了儿童天然的一种心理和活动本能，也体现了他们固有的一种审美本能。②

（二）儿童在本能韵律中获得发展

童年期的韵律敏感与儿童对秩序的敏感有关。蒙台梭利曾说："反复操作是孩子的智力体操。"她在《童年的秘密》中写道："一个孩子爬到一张桌子下面，桌子上盖着垂到地面的桌布。小伙伴们看着他爬进去之后，就走出房间，然后再回来掀起桌布。当他们发现桌子底了的同伴时，就会高兴得大声叫嚷。这个游戏一遍又一遍地重复着。他们依次说：'现在，我来藏。'然后爬到那张桌子底下。"你也许以为这是孩子在反复体验"躲猫猫"这个游戏带来的快乐与兴奋，其实更深层次来讲，孩子们重复这件事是因为他们发现了属于这个世界的规则与规律性而感到高兴，在潜在的韵律中他们感受到了自己的能力和力量，在秩序中他们探索并理解接受了新事物。同时，对于在规律性中生活的孩子而言，他们更能感受到自我的掌控能力，更易学会面对和适应不可控的外界环境的变化。

儿童期是一个从身体到心理都富于韵律敏感的发育时期。这一既符合儿童身心发展的本能，又符合儿童身心发展需要的韵律感，在儿童文学的艺术创作中得到了充分的展示和发挥，尤其是读者年龄段较低的幼儿文学。③

三 韵律在儿童文学中的体现

了解了韵律的内涵与功能，我们将重点探讨在儿童文学中，韵律艺术有何体现？其主要体现的形式有儿歌、儿童诗、儿童散文、童话和绘本及其他。

（一）儿歌中的韵律

在一项研究中，妇女在怀孕的最后三个月反复诵读苏斯博士的《戴高帽的猫》，结果婴儿出生52小时后，可以从其他未押韵的书中分辨出苏斯博士的韵文书。儿童文学作品中最易辨识、也最为常见的声韵特点无疑是押韵，而最典型地运用押韵手法的儿童文学体裁，则是儿歌。比如传统童谣《老鼠嫁女》就有整齐的歌行和规律的押韵：

---

① 加登纳. 艺术与人的发展 [M]. 兰金仁, 译. 北京：光明日报出版社, 1988.
②③ 方卫平. 论儿童文学的韵律艺术 [J]. 甘肃高师学报, 2015 (4)：55-60.

哩哩啦，哩哩啦，敲锣鼓，吹喇叭，老鼠家里办喜事，有个女儿要出嫁。
女儿嫁给谁？妈妈问爸爸。爸爸是个老糊涂，他说："谁神气就嫁给他。"
爸爸就去找太阳，太阳说："乌云要遮我，乌云来了我害怕。"
爸爸就去找乌云，乌云说："大风要吹我，大风来了我害怕。"
爸爸就去找大风，大风说："围墙要堵我。我见围墙就害怕。"
爸爸就去找围墙，围墙说："老鼠会打洞，老鼠来了我害怕。"
太阳怕乌云，乌云怕大风，大风怕围墙，围墙怕老鼠，老鼠怕谁呀？
爸爸乐得笑哈哈："原来猫咪最神气，女儿应当嫁给他。"
哩哩啦，哩哩啦，敲锣鼓，吹喇叭，老鼠女儿坐花轿，一抬抬到猫咪家。
老鼠爸爸，老鼠妈妈，第二天来看女儿，咦，女儿不见啦！
女儿在哪？女儿在哪？猫咪说："我怕人家欺负她，啊呜一口就吞下。"

"轿""闹""袄""帽""炮""猫""了"等开口韵韵脚，既形成了童谣鲜明的节律感，又渲染了"老鼠嫁女"的热闹氛围。

有的儿歌押韵加上特定词语的配合韵律节奏更为明显，如《小板凳》：

小板凳歪歪

里面坐个乖乖

乖乖出来买菜

里面坐个奶奶

奶奶出来梳头

里面坐个小猴

小猴出来穿衣

里面坐个公鸡

公鸡出来打鸣

里面坐个豆虫

豆虫出来咕容

咕咕——容！

（二）儿童诗中的韵律

除儿歌外，另一类鲜明体现儿童文学语言声韵特点的体裁是儿童诗。儿童诗与儿歌同属于儿童诗歌类，它们虽然都具有诗歌的共性特征，但又各有自己的个性特征，二者之间有着明显的区别。首先，读者对象不同。儿歌是以学龄前期和学龄初期的儿童为主要对象，儿童诗则是以学龄中后期的儿童为主要对象。其次，主题思想的表现不同。儿童诗的主题思想常常以间接方式表现出来，比较深刻、含蓄，儿歌则往往是比较单纯浅易地表现它的主题思想。一般地，儿童诗具有情感饱满、想象丰富、构思新巧、语言童趣、意境优美等特点。

比如《彩色的梦》：

我有一大把彩色的梦，

有的长，有的圆，有的硬。

第五单元　儿童文学的艺术特性

他们躺在铅笔盒里聊天，
一打开，就在白纸上跳蹦。
脚尖滑过的地方，
大块的草坪，绿了，
大朵的野花，红了，
大片的天空，蓝了，
蓝——得——透——明！
在葱郁的森林里，
雪松们拉着手，
请小鸟留下歌声。
小屋的烟囱上，
结一个苹果般的太阳，
又大——又红！
我的彩色铅笔，
是大森林的精灵。
我的彩色梦境，
有水果香，有季节风，
还有紫葡萄的叮咛，
在溪水里流动……

再比如《十四岁，蓝色的港湾》这首儿童诗：

人生是一条长河，
十四岁是蓝色的港湾，
那里有冲动掀起的巨浪，
也有思考泛起的波澜。
有爱，却朦朦胧胧，
说不懂却又懂得一点，
就像晨雾下的小河，
看得见，却又难以分辨。
满肚子心事全挂在脸上，
有话，不会在舌尖上打转，
天真得像浪儿又蹦又跳，
从不知什么叫忧愁不安。
要说男孩勇敢真是勇敢，
就是枪子飞来也不眨眼；
要说女孩胆小真够胆小，
看见豆虫一蹦老远。

希望多有几个叹号，

叫大人们都刮目相看，

可脑子里问号总也拉不直，

古怪的问题常让老师为难。

你谈理想他谈理想，

理想像潮汐不断地变换，

你想当英雄他想当英雄，

为当英雄常常去冒险。

啊，十四岁，蓝色的港湾，

十四岁，理想的乐园，

从这里开动人生的航船，

朝霞为他们编织奇妙的花环。

还有《海水》这首儿童诗：

海水海水我问你：你为什么这么蓝？

海水笑着来回答：我的怀里抱着天。

海水海水我问你：你为什么这么咸？

海水笑着来回答：因为渔人流了汗。

我们发现相比于儿歌，儿童诗的声韵艺术更为自由，其韵律感也更为舒展。如鲁兵的《小老虎逛马路》：

我是小老虎，我是小老虎，会荡秋千会跳舞，会吹喇叭会敲鼓。我是马戏团的小明星，一出场，人们就欢呼。可是我，老是关在笼子里，你们说，有多难受有多苦。可巧今天上午，笼子坏了一根小铁柱。太棒了！我就溜了出来逛马路。

穿过小胡同，来到大马路，轿车客车吧吧呜，行人多得无法数。还有好多小朋友，花花衣服花花裤，有的拿着大气球，有的在吃糖葫芦。人们看见我，马上就站住，他们个个喜欢我，喊着："小老虎，小老虎！"

呀，人越来越多了，好像欢迎贵宾的队伍。警察叔叔赶来了，大叫："散开，快散开！车子几百辆，全给堵了路。"随后来的是大夫，忙问："谁给老虎咬伤了？还好，还好，没有出事故。"接着来的是记者，递来话筒对我说："请你谈点感想吧，小老虎。"

最后来的是驯兽员，急得满脸是汗珠。领着我回去，边走边嘀咕："小老虎呀，小老虎，你真胡闹，是个小迷糊。"我呢，觉得挺委屈："我怎么胡闹了？不过出来散散步。"

英国诗人、诺贝尔文学奖获得者 T. S. 艾略特就诗歌艺术说过一番话："拒绝押韵并非避重就轻，正相反，它给语言带来了更严格的要求。当韵脚那悦耳的回声不再响起，选词、句法、语序的优劣就更容易一目了然。……诗不押韵，字词中就会跃出许多微妙的音符，响起迄今未受注意、散落字里行间的音乐。"

通过此，我们也能清晰地了解到儿童文学中韵律艺术的体现绝不仅是外在形式的押韵或节奏的高度一致，儿童诗的韵律艺术具有一定的音乐性，因此其蕴含许多内在的韵律变异，如语音、语速、语调、语气等。自由诗在摒除了严整的格律形式后，使音律跟意义的结合更为自然，更为内在。如林焕彰的《鸽子学飞》：

鸽子学飞，

鸽子鸽子喜欢飞。

鸽子学飞，

鸽子鸽子喜欢绕着圈圈飞。

鸽子鸽子喜欢飞，

鸽子的家住在屋顶上，

鸽子鸽子喜欢绕着自己的家，

飞飞飞，飞飞飞……

和他的《小猫走路没有声音》：

小猫走路没有声音

小猫穿的鞋子是

妈妈用最好的皮做的；

小猫走路没有声音

小猫知道它的鞋子是

妈妈用最好的皮做的；

小猫走路没有声音

小猫知道它的鞋子是

妈妈用最好的皮做的，

小猫爱惜它的鞋子；

小猫走路没有声音

小猫知道它的鞋子是

妈妈用最好的皮做的，

小猫爱惜它的鞋子，

小猫走路就轻轻地轻轻地；

小猫走路没有声音

小猫知道它的鞋子是

妈妈用最好的皮做的，

小猫爱惜它的鞋子，

小猫走路就轻轻地轻轻地；

没有声音。

这两首诗都通过词和词之间的重叠、句与句之间的往复来写诗。诗中词语、句型的重复非但没有减损诗的情味，反而生动地传达出鸽子盘旋学飞的动作感觉和小猫穿着妈妈给它做的皮鞋轻轻地走路的爱惜情态。诗人并未使用一般诗歌中常见的押韵手法，其诗行结构也不整齐，以《鸽子学飞》为例，诗中不断重复的"鸽子""喜欢""飞"等语词，以及从"鸽子鸽子喜欢飞"到"鸽子鸽子喜欢绕着圈圈飞"再到"鸽子鸽子喜欢绕着自己的家，飞飞飞，飞飞飞……"这样同一句子结构的不断加长，却造成了一种特殊的声韵效果。朗读这首诗歌，孩子会从其中充满趣味的语言游戏里感受到文字的奇妙,而鸽子绕着家盘旋不去的那份眷恋,也会随着这样一种回环徘徊的语言感觉,在他们的心里留下温暖的痕迹。①

学者班马认为,林焕彰的这些符号操作形式的诗不属于图像诗,但其中的符号化及其操作,则反映出诗人对诗歌语言文字的视觉效应做出一种兼有空间性(画面与视觉)、心理性(指义的感受与联想)、时间性(音乐感与读法)之间的多层次并可转换的现代符号效应追求。就其诗质方面的表现来说,则是突出了一种以"音乐性"为其转换效应的诗语处理。也就是说视觉(处理),其实是音乐性的(转换)效应。②

诗歌不仅是给人看的,更多的是诵读。在诵读的过程中是靠音韵、语气停顿以及语气的轻重来表现诗歌的音乐性以及诗歌中所含有的情感。在诵读儿童诗歌的时候,儿童并不关注诗歌的写作形式,也不懂这种形式有什么特别之处,更多注意的是教授者是如何用语气、情绪来教授他们儿童诗的。儿童诗歌的音乐性可以强化儿童对诗歌的记忆。这是大多数儿童诗的共同特点。林焕彰的儿童诗中有很多采用了这种符号式的表达,在欣赏这些诗时,我们不仅能看出也能读出这种音乐性特征。③

同时,还有许多别具一格的儿童诗值得我们欣赏玩味,如任溶溶的《我给小鸡起名字》,它将数字与诗歌巧妙地结合,形成了独特的韵味:

一、二、三、四、五、六、七, 它们一下都走散
妈妈买了七只鸡。 一只东来一只西。
我给小鸡起名字: 于是再也认不出,
小一 谁是小七,
　小二 　小六,
　　小三 　　小五,
　　　小四 　　　小四,
　　小五 　　小三,
　小六 　小二,
小七。 小一。

一到七这七个数字巧妙地贯穿在童趣盎然的故事情节里,整首诗不仅充满节奏感,还塑造了一个活泼可爱的孩子的形象,读这首儿童诗时,仿佛能看到一个可爱的孩子在装满小鸡的篮筐前蹲成一团,认真地歪着头、掰着手指,用小手指着"叽叽叽"叫嚷着的小鸡,数着"小一小二小三小四小五小六小七……",数着数着就分不清"小七"和"小鸡"了。对儿童来说,有规律和节奏的儿童诗更能吸引他们的兴趣,也更易朗诵。

又如小学课本上的一首深受读者喜爱的小诗——《一去二三里》:

一去二三里,
烟村四五家。

---

① 方卫平. 论儿童文学的韵律艺术[J]. 甘肃高师学报,2015(4):55-60.
② 严歌苓. 寄居者[M]. 西安:陕西师范大学出版社,2011:200-201.
③ 李红. 林焕彰的儿童诗研究[J]. 牡丹江大学学报,2015(6):63-66.

亭台六七座，

八九十枝花。

简简单单的四行二十个字，巧妙地把一至十的数字镶嵌其中，诵读时一幅郊外的美景在脑海中慢慢浮现：在不远的地方，有一个小山村，炊烟袅袅，住着几户人家。几座亭台错落有致地排列着，树上、路边盛开着各种美丽的花。车水马龙、错综复杂的大城市中，窗明几净、干净整洁的教室里，一群小小的孩子怀着单纯懵懂的心在有趣的韵律中与大自然纯粹的美景撞了个满怀。

还有《作业机》：

作业机，哦，作业机，

世界上最完美的机器。

只要把作业放进去，再投进一角硬币，

按下按钮，等上十秒，

你的作业就会出来，

又干净，又整齐。

来看看——"9＋4＝?"答案是"3"。

3?

哦，我的天!

看来他没有想的那么好。

"哦""最完美的"，称赞又欣喜地期待着，"3?""哦，我的天!"惊讶又失望地叹一口气，虽不具有完美的押韵、整齐的节奏，但整首诗通过内在的韵律幽默滑稽地体现了孩子真实单纯的内心世界与情感体验。只有真正走进儿童的内心世界，站在他们的视角去感受世界才可以写出真正属于他们的诗歌。

（三）儿童散文中的韵律

在儿童文学世界中，儿童散文也拥有韵律之美，例如张秋生的《小花瓣》：

碧绿的草地上，开着一朵花。

一朵金灿灿的小花，像是一张美丽的小脸蛋。

小花有十片小花瓣，她们紧紧地挨在一起，手拉手，肩靠肩，围成一个小圆圈。

风姐姐吹过这里，她说："小花瓣，小花瓣，让我看一看，哪瓣最好看。"

十片小花瓣都摇晃着小脑袋说："我们是平平常常的小花瓣，谁也不好看。"

风姐姐笑着说："奇怪真奇怪，十片并不好看的小花瓣，围成了一张美丽的小脸蛋。"

在碧绿的草地上，开着一朵花。听了风姐姐的话，十片花瓣笑得多么甜……

张秋生的童话《小花瓣》，并没有采用韵文体的形式，但它在许多地方使用了"an"韵母或韵尾的字，它们有的出现在句子的末尾，比如"蛋""肩""圈""看""甜"，有的则嵌在句子中间，比如"灿""脸""片""圆"。这些同韵字的交错和反复出现带来了声韵上和谐的节律感。

与此同时，它们也与作品中包含"a""ai""ao""ang"等声韵的字——如"花""她""拉""开""挨""在""袋""怪""草""小""靠""好""笑""脑""像""张""让""晃""常"等形成呼应。这些声韵上相关的字词在如此短小的故事篇幅内高密度集合，给这则散文体的童话带来了一种齐整而又错落有致的韵律美感。①

（四）童话中的韵律

在儿童文学中，童话在句式和段落上具有节律性。

5-1 拓展阅读
《长腿七和短腿八》

"长腿七住的是高高的高房子，短腿八住的是矮矮的矮屋子。""长腿七睡高床，用高桌子高板凳。短腿八睡矮床，用矮桌子矮板凳。"作品叙事所使用的这种简单而稚拙的对位重复，既富于语言的韵律感，又十分符合低龄儿童的言语表达特点。同时，在每一个句子内部，"七"与"八"、"长"与"短"、"高"与"矮"等对位字有节奏的重复，也造成了一种特殊的语言韵律。显然，这不仅仅是一则关于一对特别的朋友互相帮助的温暖故事，同时也是一个跳跃着的语言游戏。作者利用"七"和"八"这两个数字以及"长"和"短"、"高"和"矮"这两对反义字，来塑造故事的角色和他们的各种有趣的特征，而发生在长腿七和短腿八之间的各种故事，也被编织进了交错变幻的语言游戏中。读到最后，说不清是语言的奇妙成全了故事的奇巧，还是故事的巧思成全了语言的游戏。②

（五）绘本中的韵律

儿童文学的韵律除了体现在语言的显层面，也体现在故事的隐层面，这两者往往结合在一起。例如绘本，绘本的韵律艺术体现在更多维度：文字的韵律性和节奏感、图画结合的节奏、故事的结构节奏、图像递进节奏、视角转换节奏、色彩韵律等。

好的绘本不仅注重外在的押韵，更注重故事的内在韵律——故事的回环、反复、螺旋式推进，如《鼠小弟的小背心》。

5-2 拓展阅读
《鼠小弟的小背心》

在这种滑稽搞笑的反复中，随着动物的体积越来越大，背心也被撑得越来越大，等鼠小弟看到

---

① 方卫平. 论儿童文学的韵律艺术 [J]. 甘肃高师学报，2015（4）：55-60.
② 方卫平. 论儿童文学的韵律艺术 [J]. 甘肃高师学报，2015（4）：55-60.

自己的背心被撑到不能穿的时候，鼠小弟伤心地哭了，拖着大大的背心走了，看似结局不好，但最后在小小的图中鼠小弟用撑大的背心在大象的鼻子上开心地荡着秋千，所以故事的最后以一个愉快的反转结束，韵味无穷。

又如《我等待》：

> 我等待
> ……自己快快长大
> ……等待临睡前的吻
> ……等待妈妈的蛋糕早早出炉
> ……等待雨快点儿停
> ……等待圣诞节来临
> 我等待
> ……爱情
> ……等待电影开场
> ……等待街头的重逢
> 我等待
> ……列车的长哨声
> ……等待战争早日结束
> ……等待一封家书
> ……等待她说"我愿意"
> 我等待
> ……自己的宝宝
> ……等待知道宝宝是男还是女
> ……等待孩子们快快长大
> ……等待我们共同的假期
> ……等待对方先说"对不起"
> 我等待
> ……孩子们的电话
> ……等待医生说"不要紧"
> ……等待她不再受苦

一次次等待，推动着故事的螺旋式前进，编织成一段属于许多人的共同的生命旅程，那根红线也从小宝宝睡前脸颊上的晚安吻变成了逝世老人灵车上的花圈……故事的韵律和生命的节奏叠合在一起。

24种等待裹挟24种心情，尽在一根平凡红线的穿引下，演绎成一番朴素生动的生命之旅。它像一封来信，我们用足迹写满它，然后递进岁月的邮局；它像一根红线，牵着它逶迤的轨迹，面向夕阳与晨晖的生命之旅因此千回百转，丰饶永恒。

5-3 拓展阅读
《好饿的小蛇》

　　《好饿的小蛇》是一本两拍子结构的图画书。它两个画面一重复，连文字都是差不多一样的。比如，第一个画面是小蛇发现了一个苹果，作者问道："你猜猜，好饿的小蛇会怎么样？"第二个画面就是小蛇的肚子变成了一个苹果的形状。第三个画面是小蛇发现了一根香蕉，作者又问道："你猜猜，好饿的小蛇会怎么样？"第四个画面就是小蛇的肚子变成了一根香蕉的形状……是"1·2、1·2"地不断重复。小蛇一路上吃了苹果、香蕉、饭团、葡萄、菠萝，最后它竟然爬到一棵长满了苹果的大树顶上，啊的一声张开大嘴巴，从上到下吞了整棵大树！它的尾巴都变成了苹果树的形状，连眼睛也打上了叉。孩子看到这里可能以为那么可爱的小蛇撑死了，但是再往后翻会惊讶地发现小蛇没有死，最后还嬉皮笑脸地扭过头道："啊——真好吃！"幼儿非常喜欢这本图画书，一是因为它有一个重复的结构，他们听上几遍就记住了，二是他们尝到了预测结果的快乐。

　　还有《我的连衣裙》：

一块雪白的布，
飘啊飘啊，
从天上飘了下来，
缝纫机，咔哒咔哒，
我来做一条连衣裙，
缝纫机，咔哒咔哒，
缝纫机，咔哒咔哒。
做好了，做好了，
啦啦啦，啦啦啦，
我穿上漂亮吗？
我喜欢走在花田里，
哎呀，
连衣裙变成花朵花样了！
啦啦啦，啦啦啦，
我穿上花朵花样的连衣裙
漂亮吗？
哇，下雨了！
哎呀，
连衣裙变成雨点花样了！
啦啦啦，啦啦啦，
我穿上雨点花样的连衣裙
漂亮吗？

草籽的味道好香啊。
哎呀，
我的连衣裙变成草籽花样了！
啦啦啦，啦啦啦，
我穿上草籽花样的连衣裙
漂亮吗？
哎呀，小鸟来吃草籽了！
哎呀，
连衣裙变成小鸟花样了！
啊呀呀，飞起来了，飞起来了！
彩虹花样的连衣裙，
真漂亮！
连衣裙变成晚霞花样了！
我有点困了。
太阳公公，早上好！
哎呀，
连衣裙变成星星花样了！
啦啦啦，啦啦啦，
我漂亮的连衣裙。
啦啦啦，啦啦啦，啦啦啦。

西卷茅子说，《我的连衣裙》是一本"为了让孩子们觉得画好玩才创作出来的"图画书。它是一本以三拍子节奏展开的图画书，天上飘来一块白布，小兔子用它为自己做了一条连衣裙。当她走进花田，连衣裙就变成了花朵的图案；当她走进雨里，连衣裙就变成了雨点的图案……画面"1·2·3""1·2·3"地一遍又一遍地重复着，类似音乐里的节拍。"小兔子穿上雪白的连衣裙"这张画和后面的"小兔子穿上花朵、雨点、草籽、小鸟花样的连衣裙"的画面几乎一样；"小兔子走进花田"这张画和"下雨了，走进草丛，飞来一群小鸟"的画面相似；"小兔子的连衣裙变成花朵花样"这张画和"连衣裙变成雨点、草籽、小鸟花样"的画面也相似。如果我们把小兔子穿上连衣裙这张画叫作1，走进花田这张叫作2，连衣裙变成了花朵花样这张叫作3，那么，后边就又"1·2·3""1·2·3""1·2·3"地重复了三遍。这是一种连一个两三岁幼儿都能明白的重复，他们喜欢这种重复，期盼这种重复。这种无声的节拍，伴随着翻页的动作，让孩子们在心中感受到音乐般的旋律。同时，"咔哒咔哒""啦啦啦，啦啦啦""啊呀呀""哎呀"这些词语符合儿童的语言习惯，也让整个绘本充满韵律与节奏感。

还有一处很有趣，就是在三拍子的"1"这个画面里，总是有对下一个画面，即"2"的暗示。当小兔子还没有走进花田里的时候，画面的右上角出现了一小片花田；当小兔子还没走进大雨里去的时候，画面右面一页的上面出现了雨滴……这会让孩子们有一种意外的惊喜："看，小兔子要走进花田了！""看，小兔子要走进雨里去了！"这本图画书对于孩子来说，更像是一个不断变换图案的万花筒。一个个画面就是一个个童话故事。要说最让孩子们欢呼雀跃的，恐怕还是小鸟飞来吃小兔子连衣裙上的草籽，变成她身上的花样，然后再齐刷刷地张开翅膀，带着她飞进彩虹之中的那一连串画面，充满了一种美丽的诗意。①

美国作家玛格丽特·怀兹·布朗的《逃家小兔》，不但画面是以三拍子节奏加以展开，还用颜色加以区别。例如"1"是小兔变成高山上的大石头是黑白画面，"2"是妈妈变成爬山的人是黑白画面，"3"是妈妈背着绳索，朝高山上爬去就是彩色画面。黑白画面表现现实的情节，彩色画面展示瑰丽的想象。这种表现手法不仅一次又一次把故事推向高潮，而且通过视觉把孩子们的想象力拓展到了一个无限广阔的空间——如果小兔子变成什么后，妈妈又会变成什么呢？美国《学校图书馆》杂志把它评为"1966—1978年'好中之好'童书"，还附上了一段推荐词："在兔子妈妈和小兔子之间富于韵味的奇妙对话，构成了一个诗意盎然的小故事，今后这本小书可能会成为不朽的幼儿读物的经典。"玛格丽特用游戏性、韵律性的优美文字来铺陈故事，不仅通过故事的回环重复体现节奏感，而且在插画师克莱门特的配合下赋予了作品色彩方面的韵律。

其实任何一部优秀的文学作品在韵律艺术的应用上只有内在韵律与外在韵律的结合，才可以得到孩子们的兴趣与喜爱，外在的押韵是符合儿童心智发展与需要的，而内在的韵律更值得关注和思索！

第二课　叙事艺术及其表现

许多时候我们都会感觉到，同样的内容由不同主体以不同方式进行表达，会引发不同的效果，之所以会这样，源于它们的"叙事"不同。在叙事中，叙述者选择什么样的事件、选择什么样的视角来呈现事件，都会影响听众或读者对事件的理解和评价。

一　叙事理论与儿童文学

叙事指的是讲述或描述事件或故事的过程。在文学、历史、社会科学等领域中，叙事是一种传达信息、观点或感情的基本方式，通过将时间顺序和语言结构组织成一个有意义的故事来呈现信息和主题。

（一）叙事理论的发展历程

叙事一词来源于拉丁语 narratio，动词为 narrare，意思是"讲述、叙述"。人们对叙事的理论研究可以追溯到古希腊哲学家亚里士多德的"叙事学"和罗曼·罗兰的"故事是真理的最高形式"等观点，但是叙事理论的现代研究主要开始于20世纪，基本理论观点发生了几次转型，可大致划分为以下几个主要阶段。

1. 结构主义阶段（1920—1960年）

结构主义阶段的叙事理论主要关注叙事结构和形式，以法国学者普罗斯特、布雷托纳和俄国学

---

① 彭懿. 世界图画书阅读与经典[M]. 南宁：接力出版社，2011.

者弗拉基米尔·普罗普为代表。普罗斯特提出了时间和记忆对叙事的重要性，布雷托纳则探讨了故事、情节和叙事者之间的关系。他们认为叙事研究的对象是叙事的本质、形式和功能，无论一种表达采取的是什么媒介，文字、图画或声音等，都具有叙事的普遍特征，尤其是故事的语法，即故事的普遍结构。① 而弗拉基米尔·普罗普则通过对俄国民间故事的研究，提出了著名的"函数叙事学"，认为民间故事都是由一系列基本元素组成的，这些元素被称为"功能"，它们在故事中的不同排列组合形成了故事的不同版本。

2. 后现代主义阶段（1960—1980年）

后现代主义阶段的叙事理论主要关注叙事者、叙事方式和意义，以美国学者巴特和杰洛尔德为代表。巴特提出了"叙事学科"这个概念，并探讨了叙事中的各种元素和技巧，以及叙事的文化和历史背景。杰洛尔德提出了"模型叙事"的概念，认为人们在叙述故事时会使用一种基本的叙事模式，这种模式有助于人们理解和记忆故事。

3. 个体化阶段（1980—1990年）

以往叙事学者往往将叙事作品划分为三个层面——文本、故事和叙事话语，叙事话语又细分文本结构、叙事语法、叙事时间、人称、视角等多个角度。② 它们着重于探讨叙事文学的内在规律性和结构普适性，并不重视文本与历史社会等外界环境的联系，也忽视作家的艺术独创性。而个体化阶段的叙事理论主要关注个人叙事和身份认同，以美国学者博尔曼和伍德为代表。他们强调叙事是一个个人的过程，涉及身份、历史和文化等方面，不仅仅是一个关于事件或情节的简单陈述，它包括叙述者的观点、态度和情感，以及事件的意义和影响，进而探讨了叙事者和听众之间的关系。

4. 社会性阶段（1990—2000年）

叙事理论不断注入新的元素和跨学科的理论视角，更加注重历史积淀、当下语境以及作者、读者等多种外部因素。如约翰·史蒂芬斯将意识形态分析与叙事学相结合，认为意识形态、话语、读者都不仅仅存在于文本之中，同时存在于社会，因而文本内外会形成互文本性的关系。社会性阶段的叙事理论主要关注叙事和社会文化，认为叙事是一个社会和文化现象，反映了社会和历史背景中的各种问题和关系，探讨了叙事和权力、性别、种族和民族等方面的关系。

5. 转向认知阶段（2000年至今）

转向认知阶段的叙事理论主要关注叙事和认知过程，以美国学者赫尔曼和普林斯为代表。他们认为叙事是一个认知和心理过程，涉及注意力、情感、记忆和想象等方面，探讨了叙事和心理学、认知科学和神经科学等方面的关系。叙事学者们充分利用前期理论的可能性，重新思考了其潜在思想和适应范围。③

（二）叙事理论对儿童文学的影响

在叙事理论不断完善和发展的过程中，对于儿童文学叙事的研究也愈加深入。叙事理论的发展对儿童文学产生了深远的影响。在叙事理论的介入下，一些在以往的儿童文学中未被揭示或自觉阐

---

① 罗钢. 叙事学导论 [M]. 昆明：云南人民出版社，1994：1-2.
② 金莉莉. 儿童文学叙事研究 [M]. 北京：作家出版社，2020：18-19.
③ 金莉莉. 儿童文学叙事研究 [M]. 北京：作家出版社，2020：21.

释的儿童文学本质特点得以凸显，进而让我们得以从更全面的视角审视儿童文学的本质以及儿童文学新形式新体裁的特点。①

1. 强调情节的丰富与生成

叙事理论中最重要的一个观点是：情节是叙事的核心，是故事的基本元素。叙事不只是关注显性的故事内容即"讲什么"的问题，而更关注在阅读过程中往往被忽略的叙事形式，也就是"怎么讲"的问题，包括叙述声音、聚焦角度、隐含作者、叙事距离等非内容性的文本特征。叙事理论将"讲什么"称为故事，将"怎么讲"称为话语。这个观点也适用于儿童文学的叙事。儿童文学作品往往以情节为主线，通过事件的发生与解决，让儿童感受到故事的主题。

同时，叙事理论所提出的"副文本"也日益成为儿童文学重视的细节，并日益成为儿童文学情节的承载，即文学作品之中不属于故事内容本身的元素，例如封面、前言、插图、后记、脚注，乃至宣传册、广告、花絮等。这些也是当前日益媒介化的儿童文学的重要组成部分和重要活力来源。

另外，儿童文学叙事逐步被看成一种认知活动，强调叙事对儿童认知和心理发展的影响。于是故事的情节开始发生主体性偏移，即情节服务于儿童需要，表现在故事主题和故事角色的塑造上可以由儿童自身来创造和阐释，例如在一些儿童文学作品中，通过让儿童读者参与故事情节和角色中，激发他们的想象力和思维能力。

2. 重视叙事的结构多变

叙事理论认为，结构是叙事的关键所在。叙事理论的发展使得人们开始关注叙事结构的重要性。在儿童文学中，人们愈发注意故事的结构，让故事更加有逻辑性和可读性。

比如，结构主义者认为叙事是一种有机结构，包括线性结构和非线性结构，这种结构对儿童文学的影响主要体现在故事结构的创作上。传统儿童文学中，经常出现线性的故事结构，即"开始—发展—高潮—结尾"的"起承转合"故事模式。而在20世纪的儿童文学中，则出现了更多非线性的结构，如"环状结构""反转结构"等，这些故事结构丰富了儿童文学的创作形式。

3. 强调叙事的主体性与多样性

叙事理论的发展强调了叙事的主体性和多样性。在儿童文学中，作者也开始运用不同的叙事视角来讲述故事，如第一人称叙事、第三人称叙事、多元视角叙事等，让故事更加生动有趣，儿童在阅读中体会视角转变带来的认知乐趣。

同时，叙事理论愈发强调叙事的多样性，对儿童文学的影响主要表现在创作形式上，如采用多重叙述、折叠式叙述、模糊性叙述等手法，使儿童文学的叙述更具有多元性和反思性。

4. 增进叙事与读者的关系日益密切

叙事理论的发展让人们开始关注叙事与读者的互动关系。在儿童文学中，作者也开始思考如何让读者更加容易理解和接受故事，如运用适合年龄段的语言、描写细节丰富的情节等。

叙事理论也经常关注叙述声音和聚焦者的融合或分离，即故事叙述者和感官经验接受者有可能不是同一人，也就是"谁在讲故事"和"谁在看（听/闻）"的区分。"儿童文学文本叙事涉及的是作者与读者、隐含作者与隐含读者、叙事者和叙事接受者三组对应关系，叙事就在这些言说主体之

———————
① 惠海峰. 儿童文学的叙事研究应大有可为［N］. 文艺报，2021-01-15.

间以及文本中的人物或现在或潜在的对话中完成,它们形成了一种双向叙事和多方叙事的局面。"①

在此基础上,叙事理论揭示了儿童文学的一个重要本质特征,即成人叙述者和儿童受述者的交流模式。儿童文学家金莉莉写道:"儿童文学叙事的'社会文化语境'来源于成人与儿童互相建构的权力关系,但它不是单向的,还包含着一种复杂对话的可能。"

综上所述,叙事理论的发展对于儿童文学产生了深远的影响,让儿童文学的叙事更加丰富多样,也更符合儿童的接受能力和发展需要。

二、儿童文学叙事的基本理论话语

约翰·史蒂芬斯在《儿童小说中的语言与意识形态》中写道:十分巧合的是,语言学家和叙事学者都用相同的词表示他们所研究的文本的"表层",这个词就是"话语"。在叙事学中,故事与其意义沟通的方法(包括时间的先后顺序、聚焦、叙事者与故事和听众的关系等)都有一般和特定的用法,用来分析和解释文学叙事的内在结构。叙事理论的基本理论话语主要有叙事人称、叙事视角和叙事语言。

(一) 儿童文学的叙事人称

叙事人称指的是叙述者在讲述故事时所采用的人称角度,一般分为第一人称、第二人称和第三人称,其中第一、第三人称最为常见。

第一人称叙事中,作者是叙事者,也是作品里的人物——"我",他(她)以第一人称"我"进入叙述过程,不但讲述故事,往往也参与故事的行动。

第二人称叙事中,第二人称叙述者讲述的叙事又称为"你—叙述"或"你—文本"。② 叙事声音的发出者与其叙述对象之间保持着某种对话的关系,他以第二人称"你"称呼作品中的人物并讲述他(她)的故事,自己则通常游离于故事之外。

第三人称叙事中,作者在讲述一个叙事者藏在故事背后,并不现身,被叙述的对象在其中表现为第三人称叙述者他(她)的经历。

在具体的叙事运用中,三种叙事人称各有长处。一般说来,第一人称叙事移情最深,第二人称叙事较为亲切,第三人称叙事则更为自由。③

早期儿童文学多采用第三人称叙事,叙事者将自己定位为成人,叙事接受者往往是儿童,这种叙事关系将叙事者处于居高临下的上位,而将儿童置于被观察评价、被控制的下位,在一定程度上体现了当时社会儿童和儿童文学的地位,违背了当今提倡的"儿童本位"的科学儿童观。不过,低幼儿童文学的叙事多用第三人称,因为幼儿受其语言表达能力的限制,往往需要借助一个成人叙事者来叙述和呈现他们的生活。

18世纪斯威夫特采用第一人称创作出深受儿童喜爱的《格列夫游记》,20世纪以来随着儿童在

---

① 金莉莉. 儿童文学叙事研究 [M]. 北京:作家出版社,2020:26-27.
② 谭君强. 第二人称叙述者如何叙述?——论小说的第二人称叙事 [J]. 思想战线,2019 (6):144-150.
③ 方卫平. 叙事视角下的儿童文学 [J]. 时代文学 (上半月),2015 (5):198-202.

儿童文学叙事作品中主体地位的提升，儿童心理学、教育学以及哲学的出现和发展，"儿童本位"的儿童观的提出，采用第一人称叙事的作品数量快速增长，越来越多优秀的儿童文学作家开始喜爱用第一人称叙事，创作出许多优秀的儿童文学作品，如英国作家达尔的代表作《女巫》、我国作家丰子恺的《华瞻的日记》、德国笛米特·伊求的《拉拉和我》等。

在儿童文学中，第一人称叙事通常意味着让儿童叙述者讲述儿童自己的故事，这样大大加强了儿童阅读故事的亲切感。作为读者的孩子与讲故事的孩子之间实现了某种面对面的叙事交流，其童年愿望、情感等的表达，往往更易于引起儿童读者的同情与认可。与此同时，这一人称也使作家易于借助故事里的儿童声音，直接发表孩子们自己对生活的体验和看法。① 以第一人称叙事的儿童文学作品，往往能完美地契合儿童的接受心理，符合儿童的审美特质，能够帮助成人重拾"健康的儿童性"，营建和谐的文本关系，并赋予作品活泼幽默、奇幻悬疑、纯真诗意的美学气质。②

实际上，不论采用第一、第二还是第三人称，只要作家保持着对儿童的真正尊重和理解，其叙事都有可能抵达童年生活和精神的深处，只是叙事的效果各有不同。③ 优秀的儿童文学作品优秀之处不在于其叙事人称，而在于作者如何理解自己作为叙事者以及隐含作者的身份，在于作者是否真正以儿童的视角去观察世界、以儿童的心态去理解世界从而书写所感，并且以儿童的身份去阅读这份儿童文学作品。只要作者在叙事关系即对话关系上做到像孩子一样去写，像孩子一样去读，巧妙地运用叙事人称为作品叙事效果增色，就可以传递作品的本质，创作出优秀的儿童文学作品。

（二）儿童文学的叙事视角

为了取得预期的影响效果，作家作为文本故事的叙事者，必然会选择特定的立场、语气、语言、结构等进行叙事，这就是叙事视角，也称叙事观点、叙事角。叙事视角在现代叙事学中被表述为一个聚焦问题，即"我们通过谁的眼光来观察故事事件"。④

根据叙述者与作品人物的关系可分为全知视角、限制视角（内视角和外视角）；根据儿童与成人的对话关系叙事视角又分为儿童视角，成人视角和两代人对话、对比的视角以及少年作者的视角。

全知视角又叫零视角，指的是叙述者知道的比作品中的人物多。他如同上帝一样全知全觉，知晓并掌握着整个叙事的内容、进程，并可随时对其中的人物、事件等展开评价。采用这类视角的作品可以从一个最不受限制的角度来讲述故事，它在人物与人物、场景与场景之间自由穿梭，从各个方向和层次全面呈现故事，这既增加了作品的可信性，又使叙事形态显出变化并强化其表现力；它还可以进入人物的内心，直接道出人物的想法和感受。

内视角指的是叙述者和作品中人物知道的一样多，叙述者只借助某个人物的感觉和意识，从他的视觉、听觉及感受的角度去传达一切。叙述者不能像上帝那样，提供人物自己尚未知晓的东西，也不能进行额外的解说。由于叙述者进入故事和场景，一身二任，或讲述亲历或转叙见闻，其话语

① 方卫平. 叙事视角下的儿童文学［J］. 时代文学（上半月），2015（5）：198-202.
② 高洁. 儿童文学作品中第一人称叙事的魅力［J］. 太原城市职业技术学院学报，2015（7）：170-171.
③ 方卫平. 叙事视角下的儿童文学［J］. 时代文学（上半月），2015（5）：198-202.
④ 王泉根. 谈谈儿童文学的叙事视角［J］. 语文建设，2010（5）：47-50.

更具有可信性、亲切性。内视角又细分为主人公视角和见证人视角,主人公视角是由主要人物叙述自己的事情,能够更真实亲切地展现自己的心理,展现自己的所见所闻;见证人视角是由次要人物叙述发生的事情,他的叙述对于塑造主要人物的形象更客观有效,而且,见证人在叙述主要人物故事的时候,由于他进入场景,往往形成他们之间的映衬、矛盾、对话关系,无疑会加强作品表现人物和主题的力度,有时则会借以推动情节的发展。因此见证人视角强化了作品的真实性,扩展了作品的表现力。

外视角指的是叙述者比作品中人物知道的还少,这种叙述视角是对"全知全能"视角的根本反拨,因为叙述者对其所叙述的一切不仅不全知,反而比所有人物知道的还要少,他像是一个对内情毫无所知的人,仅仅在人物的后面向读者叙述人物的行为和语言,他无法解释和说明人物任何隐蔽的和不隐蔽的一切。它最为突出的特点和优点是极富戏剧性和客观演示性;叙事的直观、生动使得作品表现出引人入胜的艺术魅力。它的"不知性"又带来另外两个优点。一是神秘莫测,既富有悬念又耐人寻味。由于这一长处,它常为侦破小说所采用。二是读者面临许多空白和未定点,阅读时不得不多动脑筋,故而他们的期待视野、参与意识和审美的再创造力得到最大限度的调动。

全知视角与限制视角可以在具体叙事中相互支撑,彼此交叉。在全知视角下,叙述者凌驾于故事之上,他知晓并掌握着整个叙事的内容、进程,并可随时对其中的人物、事件等展开评价。这是古典小说中常用的叙事视角。在限制视角下,叙述者的视角则受到一定的限制,它通常聚焦于作品中一个或若干个人物的视点,而不具有对越出人物视点的对象进行描述和评价的能力。在全知视角方面,第三人称叙事便于采用全知视角,但在具体的叙事中,其叙述也会聚焦在某一人物的视点上,从而成为限制视角的叙述;第一人称叙事多用限制视角,但在一些回忆性的叙事中,由已经具备知情权的叙述者回过头来叙述过去的生活,这又往往离不开全知视角的介入。

(三) 儿童文学的叙事语言

正如约翰·史蒂芬斯《儿童小说中的语言与意识形态》中所述:"话语是组合故事的繁复过程,包括用语、语法、呈现的顺序、对隐含读者该叙述什么、叙述的语态又是如何,等等。"文学面对的阅读对象具有差异性,对不同对象的文学叙事也天然带有不同对象的特质。儿童文学由于面对的儿童处于人生之初,也意味着儿童文学的叙事带有儿童性。

因此,儿童文学的叙事语言是一种特殊的语言,它需要满足孩子们的认知和语言发展阶段的特征,运用简单易懂、形象生动、对话鲜活、情感真挚、音韵优美等特点来满足儿童的需求,从而更好地传达出叙事者的意图和思想。

以符合儿童语言水平的表达方式来展开故事的叙述,可以落实到最具体的词汇、句式上,且对象年龄段越低,体现得越明显。

5-4 拓展阅读
《好饿的毛毛虫》

由此，我们可以看出儿童文学的叙事语言，一般要符合以下特点。

简单易懂：儿童文学叙事语言需要简单明了，易于理解，符合孩子们的认知水平。使用简单词汇、简短句子和直观的描写方式可以让孩子们更容易理解和接受。

形象生动：儿童文学叙事语言需要富有生动的形象和色彩，通过生动形象的描写和细节，可以吸引孩子们的注意力，增强他们的想象力和感知能力。

对话鲜活：儿童文学叙事中的对话要鲜活、生动、符合儿童的语言习惯，使得角色之间的关系更加真实、可信。

情感真挚：儿童文学叙事语言要传递出真挚的情感，表达出对孩子们关心、理解和支持，弘扬美好的品质和价值观。

音韵优美：儿童文学叙事语言中的节奏、韵律和声音特效也很重要，通过巧妙的运用可以给孩子们留下深刻的印象，提高他们的语言感知和表达能力。

三 儿童文学叙事的具体表现

在叙事理论发展的历史脉络之中，遵循儿童文学叙事的基本理论话语，儿童文学中叙事的具体表现是多样而灵活的，我们从叙事人物、叙事情节和叙事突破三方面来总览。

（一）儿童文学叙事人物

儿童文学中的人物角色通常是为了帮助孩子们理解和探索世界而设计的。这些角色可以帮助孩子们学习人类行为和情感的基础知识，以及如何在不同情境中应对不同的挑战。

1. 人物角色的类型

儿童文学中的人物角色主要有三种类型，即儿童角色、成人角色和幻想角色，三者相互关联并相互映衬。

第一种是儿童角色。儿童文学中的儿童角色分为两大类：类型化的儿童角色和成长型的儿童角色。类型化的儿童角色是指作品中性格鲜明而固定的儿童形象，如《绿山墙的安妮》的主人公小安妮纯真善良、热爱生活，她个性鲜明，富于幻想，而且自尊自强。凭借自己的刻苦勤奋，不但得到领养人的喜爱，也赢得老师和同学的关心和友谊。作者以安妮的故事告诉人们：只要胸怀梦想，不懈努力，生活就会丰富多彩，生命就会美丽多姿。[①] 成长型的儿童角色是指作品中有所发展和成长的儿童形象。如《哈利·波特》中的主人公哈利·波特本是一个父母双亡、寄居在冷漠无情的舅父舅母家的"孤儿"，在进入霍格沃茨学院感受到来自邓布利多父亲一般的关爱与教导、来自朋友们的友爱相伴后，在一次次的挑战和磨难中逐渐成为一位令人称颂的英雄，带领所有心怀正义的人相互团结，最终战胜了强大的伏地魔。

第二种是成人角色。在儿童文学中，成人角色往往是孩子的依靠和引导者，他们往往是孩子的父母、老师、祖父母等具有成年人身份和社会经验的人物。成人角色通常是理智、成熟、负责任的代表，他们在故事中往往扮演着关键的角色，帮助孩子克服困难、解决问题。比如《大头儿子和小

---

① 龚勋. 世界经典名著快读学生版 [M]. 北京：华夏出版社，2014：275.

头爸爸》中的小头爸爸角色。同时，成人角色也可能有一些缺点，例如过于严格、固执己见、过于担心等，这些缺点会对孩子产生一定的影响，但最终成人角色通常会认识到自己的错误并纠正。比如《迟到大王》中的老师或者《讲不完的故事》中的爸爸。总的来说，这些成人角色的塑造和表现，往往代表了社会对儿童成长的认知和理解，同时也反映了成年人自身的成长历程。

第三种是幻想角色。幻想角色是儿童文学中的常见角色，它们可以是动物、精灵、巨人、魔法师等，具有超自然的力量和特殊的能力，经常与主角一起经历冒险和成长。这些幻想角色往往可以在作品中体现出儿童想象力的丰富性和无限可能性，同时也为儿童提供了与现实不同的、充满奇幻的世界，增强了他们的好奇心和创造力。幻想角色一般有三个类型，常人体角色、拟人体角色和超人体角色。常人体角色和正常人一样，但是其性格、行为、遭遇都极度夸张，往往具有讽刺和象征性，如《皇帝的新装》《卖火柴的小女孩》《豌豆上的公主》《怪电视》《胖子学校》等；拟人体角色多是人类以外的各种人格化的有生命或无生命的事物，例如猫、狗、鱼、虫、鸟、树、石、风……作者通过拟人化的手法使它们有思想、感情和人的性格行为，如《木偶奇遇记》《小象滑梯过生日》《小老虎吃巧克力》等；超人体角色主要是描写超自然的人物及其活动，主人公经常是神仙、妖魔，他们会拥有和施展许多具有魔力色彩的能力，可能看到一些神奇或者奇怪荒诞的情节，多见于民间童话和古典童话，如《神笔马良》《渔夫和金鱼的故事》《五彩云毯》等。当然，幻想角色并不是每个儿童文学作品中都必须存在的要素，有些作品并不涉及幻想元素。此外，幻想角色的设置也需要考虑到儿童的认知水平和阅读能力，不能过于复杂或难以理解，否则可能产生反效果，让读者感到困惑或不喜欢阅读。因此，在创作或选择儿童文学时，要根据目标读者的特点和需要，合理地使用幻想角色，让其成为作品中的一个有益元素。

2. 人物角色的特点

总体来说，儿童文学中的人物角色有以下基本特征。

简单：儿童文学中的人物角色通常比成人文学中的人物角色简单，因为儿童更容易理解简单的角色。这些角色通常只有几个特征或特点，容易被孩子们记住。

明确：儿童文学中的人物角色通常非常明确，他们的性格、行为和情感都很容易被读者理解。

角色转变：在一些儿童文学作品中，人物角色可能会经历转变，从而成为一个不同的角色。这种角色转变可以帮助孩子们的学习和成长，以及面对变化的挑战。

代表性：儿童文学中的人物角色通常代表着某种特定类型的人或者人格特点，例如勇敢、善良、聪明等。

鲜明：儿童文学中的人物角色通常非常鲜明，他们的特点和行为非常突出，容易被读者记住。

儿童文学中的人物角色通常是为了帮助孩子们理解和探索世界而设计的。这些角色可以帮助孩子们学习人类行为和情感的基础知识，以及如何在不同情境中应对不同的挑战。

（二）儿童文学叙事情节

儿童文学的情节通常会紧凑有趣、简单明了，容易被儿童理解。情节中常常出现一些奇幻的元素，让儿童感到神秘有趣，同时也能激发他们的好奇心和想象力。在情节的设计上，儿童文学也常常强调教育意义，通过故事的情节让儿童接受一些正确的价值观和道德观念。

1. 一般情节结构

在情节的结构上，儿童文学的读者对象规定了其叙事情节一般不会太过复杂，而且倾向于呈现某种较为普遍的结构规律：起—承—转—合。"起承转合"是指叙事结构中的四个主要部分。

起：故事的开始，包括背景介绍、人物登场和问题的提出等，通常是故事中的开端。

承：故事的发展，包括人物的行动和对问题的探索，故事逐渐向冲突的高潮发展。

转：故事的转折，通常是故事中的转折点，主要是引出故事的高潮和解决冲突的关键点。

合：故事的结局，包括冲突的解决、人物的归宿和故事的总结等，是故事的收尾部分。

"起承转合"是一种常见的故事叙事结构，能够使故事情节更加连贯、紧凑和有逻辑性。在许多文学作品中都有"起承转合"的结构。我们以经典童话《小王子》为例进行起承转合结构分析。

起：小王子从自己的星球出发，开始了寻找朋友的旅程。

承：小王子先后访问了六个星球，每个星球上都遇见了独特的人物和事物，这些人物和事物对小王子的成长产生了重要的影响，同时也让小王子更加了解了世界和人性。

转：小王子到达地球，遇见了飞行员，通过和飞行员的交流，小王子对人类世界的复杂性和矛盾性有了更深入的认识。在此过程中，小王子也被毒蛇咬伤，他的时间已经不多了。

合：小王子告别飞行员，返回自己的星球，重新见到了自己的玫瑰。通过和毒蛇的谈话，小王子最终决定离开这个世界，回到自己的星球。虽然小王子的故事有着悲伤的结局，但他的人生经历和对世界的思考，以及他与飞行员之间的友情，成为小王子人生中最宝贵的财富。

起承转合是叙事中常见的结构模式，可以帮助读者更好地理解故事情节和角色发展。《小王子》作为一部经典的儿童文学作品，通过小王子的寻找和成长之路，让读者对人类世界和人性有了更深刻的认识，同时也传达了对友情和爱情的珍视。

2. 情节悬念和创意

情节悬念是儿童文学中常用的一种手法，指的是在故事中留下一些未解决的问题或疑惑，让读者保持好奇和紧张感，进而引发他们继续阅读下去的兴趣和欲望。悬念通常出现在故事的高潮部分或关键时刻，它是由作者通过精心构思而营造出来的，让读者在故事情节的发展中感受到一种刻骨铭心的体验。

一个成功的情节悬念需要具备几个要素，首先是在适当的时候留下问题或疑惑，让读者感到不安和不确定；其次是通过对故事情节的展开，逐渐透露出一些线索，引导读者往正确的方向思考；最后是在高潮时刻解决悬念，带给读者一种巨大的满足感和体验感。

悬念是叙事展开的重要推动力。如张之路经典作品《暗号》："有老鼠牌铅笔吗？""没有，只有猫橡皮"——仅凭着一个街头暗号，男孩夏刚孤身踏上了前往青岛的列车。到站后，却没有如约找到接头的人。阴差阳错中，他接近了一个摄制组，后来又误闯抢劫银行的现场，经历一系列的峰回路转后，谁才会真正对上暗号？……"有个漂亮的故事，情节曲折、悬念迭起，不看到最后，中间是放不下的，到了结尾才揭示谜底。"著名儿童文学作家金波这样评价这部悬念迭出的作品。同样，在低龄幼儿文学作品中，也有情节悬念设置得非常优秀的作品，比如露丝·布朗的《一个黑黑、黑黑的故事》。

在情节的创意上，叙事的生命力在于它的创意。儿童文学中的情节可以非常奇思妙想，这些创意可以让读者感到惊喜和兴奋，进而激发他们的阅读兴趣和好奇心。儿童文学情节设计的创意，需要在人物角色、出人意料、主题和意义、复杂性和层次性等方面有所体现。

虽然是儿童文学，但是情节的设计并不一定简单。如米切尔·恩德的《永远讲不完的故事》，小说主人公巴斯蒂安从一家书店偷了一本书，书名也叫《永远讲不完的故事》，书中是一个神奇的王国……这个故事之所以让小朋友爱不释手，一个重要原因是其叙事的多重性，即多层次的故事线索。一些优秀的儿童文学情节也具有一定的复杂性和层次性，有着多条线索和多个关键点，让读者在阅读中不断探索、发现、理解。再如玛利亚·马查多的《碧婆婆 贝婆婆》以及姜尼·罗大里的《童话故事游戏》，情节发展错综复杂，有着多条线索和多个关键点，每个关键点都让人紧张激动，让读者不断探索、发现、理解。

（三）儿童文学的叙事突破

在儿童文学的语境下，也有一些非常态的叙事形式，表现为一种超越常规的冒犯叙事或禁忌叙事，显得很"另类"。每个时代，儿童文学应该写什么、不应该写什么，一般有一个约定俗成的观念。同时，任何一个时代的儿童文学总会出现一些自觉或不自觉地试图挑战既有叙事框架或边界的创作尝试。

1. "恐怖"叙事

恐怖叙事作为一类儿童文学叙事，另类性由来已久。R. L. 斯坦认为："和成年人一样，甚至更甚，儿童普遍喜欢历险、悬念、刺激和一定程度的惊恐。"儿童拥有一种"既害怕又想听"的兴奋感。真正成功的儿童文学恐怖艺术，其长处并不在于一味突出其中恐怖骇人的叙事因素，而是借用恐怖的叙事策略来达到一般叙事所难以企及的故事效果。例如《调皮鬼恐怖心》《我的床下有鬼吗?》等。但儿童文学作者应当"绝不在自己的作品中涉及性、毒品、离婚、虐待儿童等现实生活中的龌龊和令人沮丧的题材"，这类题材才是儿童生活中真正的恐怖。

2. 身体禁忌

在传统的儿童教养观里，那些在许多语境里往往伴随着一定猥亵性的身体话语，特别是人的各种生理排泄现象以及与此相关的身体部位名称，都不宜进入儿童的话语接收范围。

与恐怖叙事的问题一样，儿童文学的身体话语禁忌叙事也并非简单地将禁忌话语吸收入儿童文学的叙事体之内，停留在这一层次的叙事只能造成一种较为低级的哗众取宠效果。在动用这类禁忌话语时，写作者面临一个重要任务：如何从儿童文学的审美本质出发，艺术地处理，使之成为虽属另类，却同样健康、明朗的童年叙事话语。如冰波的《小老虎的大屁股》：

5-5 拓展阅读
《小老虎的大屁股》

这部经典作品在中国儿童文学史上具有重要地位，因为它在当时的时代第一次突破了关于"屁股"这个身体禁忌的儿童文学话语，但是以儿童文学有趣的、纯真的面貌来展现，符合儿童文学的价值追求，同样走进儿童的心灵，深受儿童和家长们的喜爱。

3. 后现代解构

后现代叙事是20世纪后期以来受到后现代文学和艺术的影响而在儿童文学领域兴起的一类叙事"戏仿、拼贴、元叙事，这些都是典型的后现代文学手法。通过后现代叙事，作者赋予这些童话故事特别的情味，既有传统的故事韵味，又有新的故事情趣"。其目的纯粹是为了好玩——故事本身就是个游戏，而游戏有多种玩法。

另一种情况下，后现代叙事，可以达成一些新的表现目的，比如对特定意识形态的颠覆和讽刺。它的另类性体现在它对传统儿童文学叙事结构、模式、价值等的有意颠覆和改写。例如贾尼·罗大里和安娜·劳拉·坎多内的《童话里的爱丽丝》、罗伯特·蒙施和迈克尔·马钦科《纸袋公主》等。

在儿童文学的语境里，这类后现代叙事的价值始终是相对于它所颠覆和批判的那个叙事母本而言的。它所呈现的叙事颠覆，不在于以一种反抗的观念或价值来代替原有的观念或价值，而是通过一种具有反抗性的叙事话语与其反抗对象之间的互补，让读者意识到，故事叙述的更为多样的可能性，提示我们：生活也有多种可能性。这是我们解读和面对各种另类叙事的始终不能忘记的一个前提。

第三课　幽默艺术及其表现

在儿童文学中，幽默是一种迷人的元素。它让图画里、文字间不是刻板的教育教条，不单单是缥缈的艺术熏陶；是它架起了与孩子们真诚交流，走进孩子们的桥梁；是它给予孩子们欢乐而难忘的阅读启蒙，宝贵而趣味的童年回忆。幽默艺术在儿童文学中的应用，在孩子们心智的启蒙、知识的了解、想象的发展和情操的陶冶上起着无可替代的作用。

一　幽默与儿童文学

幽默艺术是儿童文学中文体特色中不可或缺的一环，幽默似乎具有魔力，给人物、故事以生机活力，人们能够感受到它，但幽默是什么？往往却说不清楚。

（一）幽默的内涵

"幽默"一词最早出于屈原的《九章·怀沙》中的"煦兮杳杳，孔静幽默"，然而这里的释义是安静，不同于现今幽默的常用义。现今所指的"幽默"则是英文"humor"的音译，是由国学大师林语堂先生介绍入中国的。他在《论幽默》中这样阐明幽默："其实幽默与讽刺极近，却不定以讽刺为目的。讽刺每趋于酸腐，去其酸辣而达到冲淡心境，便成幽默。欲求幽默，必先有深远之心境，而带一点我佛慈悲之念头，然后文章火气不太盛，读者得淡然之味。幽默只是一位冷静超远的旁观者，常于笑中带泪，泪中带笑。其文清淡自然，不似滑稽之炫奇斗胜，亦不似郁剔之出于机警巧辩。幽默的文章在婉约豪放之间得其自然，不加矫饰，使你于一段之中，指不出那一句使你发笑，只是读下去心灵启悟，胸怀舒适而已。其缘由乃因幽默是出于自然，机警是出于人工。幽默是客观的，机警是主观的。幽默是冲淡的，郁剔讽刺是尖利的。"

我们用几个关于幽默的解释一窥幽默艺术的究竟：

在中国《现代汉语词典》中，幽默被定义为"有趣或可笑而意味深长"。英国《新卡克西顿百科书》认为幽默是"可宽泛地用于概括各种喜剧以及任何能使我们发笑的东西"。法国《拉鲁斯大百科全书》则认为幽默是"一种生活的艺术"。德国《梅耶百科全书》将幽默诠释为"滑稽有趣，热情洋溢，与人为善，从容对待他人的弱点和日常生活中的困扰，甚而成为忍受艰辛境遇的精神力量"。上述四种对于幽默的定义中，从表现、内容、生活态度、精神内涵几个角度和层面分别阐释了幽默的内涵，在具体的理解上各有侧重，给我们理解幽默提供了更多的视角。一方面，很难用语言准确无误地说清"幽默"全部的内涵。但另一方面，在儿童文学层面上，"幽默艺术"应该包含以下几层含义：

幽默艺术常常伴随着笑这一情感的表现；

幽默艺术不仅限于文字间、图画上，更是一种整体而和谐的氛围；

幽默艺术是一种自然的来自生活的艺术；

幽默艺术给予直面缺憾的精神力量。

（二）儿童文学中的幽默

从文学的发展历程上看，儿童文学是从文学中逐渐独立、分离出来的。幽默艺术在我国现代儿童文学发展道路中并非一帆风顺。

1. 儿童文学中的幽默并非一开始就受到足够重视

这源于对儿童的理解的理论缺陷和各个时代背景下的历史局限性。从对儿童文学的定义中可见一斑：五四运动后广泛流行的"儿童本位论"、儿童文学是专为儿童创作的文学作品、儿童文学是教育儿童的文学等都能窥见，幽默更多的是被当作一种写作的工具，或是一种装饰，以此让所谓的儿童读物更易被儿童接受，又或是偏重教育性的教育教条，在严肃认真、有目的性的教育中难登"大雅之堂"。因而在一段时间里儿童文学的发展并未与幽默艺术交汇碰撞，而是彼此独行。

随着人们进一步发现儿童、走进儿童、走入儿童，对儿童的理解更加深刻：儿童是独特的，有其独特的儿童世界的价值观和独特的生命需求和审美意识，他们是独特文化的拥有者，是先天拥有艺术特质的，他们善于游戏与生活，赋予生活更多来自创造的"超越"，乐于探索寻觅新鲜事物，是自然本真的朝气蓬勃的儿童。[①] 幽默艺术便是一座桥梁，有机而生动地架起艺术性、教育性通往独特儿童世界的必由之路，神秘的艺术面纱由幽默而被揭开，让它以本真的面目呈现，严肃的教育理念在幽默的视角下，让它可亲又亲近。

2. 民间文学中的幽默体现

民间文学中的幽默体现为"稚趣"或"智趣"。虽然我国专为儿童创作的儿童文学起步较晚，但悠久的历史底蕴和广袤的山川土地孕育了丰富多彩的民间文学。在人们的口耳相传中，在神话、史诗、民间故事、民间童话、谚语等文学样式中，萌发出众多儿童喜闻乐见的人物与故事，幽默艺

---

① 朱自强. 儿童文学概论 [M]. 上海：华东师范大学出版社，2021.

术在其中更是早早生根发芽。这种自为的文学形式,在一代代小听众的"影响"下,在不断地发展中逐渐形成了"智趣"而"稚趣"的特点。它始终以幼儿纯真、稚幼为底色,而散发出睿智的童趣光芒。如民间故事《漏》中,语言上怪诞夸张,内容上跌宕起伏,结构上反复,从而在整个故事层面表现出幽默艺术的"智趣"与"稚趣"。幽默艺术在更为广泛使用的熟语中更是屡见不鲜,"走马观花""敲竹杠""三个臭皮匠,胜过诸葛亮"等,都带着些许的幽默色彩,是其来源的故事使然,也是运用语境使然。① 幽默在儿童的世界中从不缺席。

作为儿童文学的源流之一,民间文学在儿童文学的起源与发展上起到了极其重要的作用,随着儿童观和儿童本位思想的进一步发展,许多优秀的民间文学艺术已然不能满足,顺应当今时代的需要。如何传承、发扬,让民间文学重现生机,这需要当代创作者以全新的视角,去发掘其中优秀的民间艺术,取其精华,去其糟粕;对那些迎合封建礼教的内容、对晦涩难懂的字眼与词句、对干瘪浅俗的主旨,要勇于创新,化腐朽为神奇,改编改写民间故事,珍惜利用好我国丰富而灿烂的民间文学。在文学历史上,在对民间文学进行的艺术性现代转换的尝试中,站在儿童文学的视角看,《格林童话》便是成功的例证。格林兄弟的记录与改写,将口述中的简单陈述丰富为细腻而生动的场景与形象,较之口耳相传,孩子们由"听"到"读"的转变,便让故事更受孩子喜爱。

3. 幽默与儿童文学的教育目的有关

儿童文学是带有"教育目的"的,幽默恰是"润物细无声"的教育艺术的体现。儿童看待事物多凭借感性,渴望对外界新鲜事物的探索,这样的特点使儿童尤其容易接受形象化的教育,从人格的养成到文化的熏陶、情感的培养、思维的启迪,再到语言的学习。如何将教育内化于心,外化于行,不能靠直截了当的直白说教,孩子不是复读机器,他们拥有自己独特的年龄特征、自己的意识和自己的审美特色,因此寓教育于幽默有趣的故事、生动活泼的主人公中去才能为儿童所接受、所喜爱。其中幽默的运用特点也更加丰富,其目的不再单单是引儿童共情而发笑,还要引儿童在笑声中有所感悟,从而达到教育目的。所以部分作品也便显露出巧用幽默的讽刺意味,在欢笑中蕴含道理。如《狐狸吃葡萄》中通过"小狐狸吃不到葡萄说葡萄酸"的寓言故事,讽刺了因得不到某些事物而说这些事物不好的人,巧妙融思想性、艺术性于幽默,达到教育目的。

4. 幽默促进了儿童文学的可读性

幽默艺术的展现与当今儿童文学读物可读性逐步受到重视密不可分。在一代代教育工作者的持续努力下,教育体制和各类儿童文化设施日趋完备,儿童文学创作日益繁荣,关注儿童、正视儿童的思想深入人心。儿童不再被认为是成人的附庸或是未完成品、一张白纸,儿童观的转变是幽默艺术得以发挥能量的基础。幽默艺术的体现不单单是在文字上,还体现在图画、装帧设计上,以构成一种完整的幽默氛围。绘本的兴起,便是更高标准需求的写照和更高标准创作的注脚,绘本所带来的形象可视,趣味横生,表意整体,给幽默艺术更广阔的展现空间。在绘本的翻折设计上,翻折中的反转,更加令幽默艺术得以表现,常常能给人眼前一亮的兴奋。孩子们为什么能在看儿童文学时收获愉快心情呢?因为他们对儿童文学的故事、人物喜闻乐见,在一页页的翻阅中寻得了愉悦;他们能在故事中与人物共情、共感;他们能在故事中体验了解全新不同的"经历与体验",因而孩子们愿意读、喜欢读、迫切想读儿童文学。

---

① 申俊,马汉民. 中国熟语大典 [M]. 上海:上海文艺出版社,1990.

5. 儿童文学的幽默以童年为核心

幽默艺术的展现是在以"童年"为核心的主题上的体现。对儿童生活中的点滴瞬间的童趣描绘，即使是每日常规，即使在成人看来似乎单调乏味，以童趣的视角往往也能发掘出特殊的幽默，或许这才是不加修饰而回归本真的"自然的幽默"。恰如林语堂先生所言："世事看穿，心有所喜悦，用轻快笔调写出，无所挂碍，不作烂调，不忸怩作道学丑态，不求士大夫之喜誉，不博庸人之欢心，自然幽默。"儿童的心境，不恰恰如此？同时值得注意的是，儿童文学"童年"的描绘并非只是思想内涵浅些，故事内容短些，遣词造句上简单些，多用些语气词，多些小猫、小狗……这不是童趣，更不是幽默的童年艺术。真正好的作品，作者愿意同孩子们站在一起，玩在一起，善于用儿童的感官去感受，善于以儿童的心灵去体会，同时善于结合成人的学识与艺术气质，作为"灵魂的工程师"，给儿童以新奇、进步、成长的宝贵营养。

二 儿童文学中幽默的表现手法

幽默在儿童文学中常见，但表现手法不一，我们将其划分为童趣地展示、夸张地形容、复义地表征和讽刺地揭示等四个类别。

（一）童趣地展示

童趣是孩子在面对外在事物时，来自内心的独特的感受、情感、想象等心理状态，映射到具体行为和语言上表现出的看待世界，理解世界的全新视角。儿童往往凭借自己的兴趣、喜好和感觉来选择作品，这是儿童心智发展年龄特征的客观需要。

童趣中的幽默在于，孩子在自己的生活中信马由缰，"放飞"想象力，继而在行为语言上表现为常常搅乱成人的安排，脱出成人的控制。这恰恰造就了儿童与成人世界交汇与碰撞时的特殊幽默。是否你也曾经会想象，黑夜与白天是装在盒子里的，打开了夜盒子便放出了夜，天便黑了。童趣的视角使这本睡前故事《夜盒子》充满幽默趣味。

童趣的幽默表达，在以绘本为主要文学形式的儿童文学中，更多地倾向于图文结合的整体性，虽然在不同的绘本间，对于在图与文中哪方面童趣的侧重会多少有所不同。例如绘本《大大行，我也行》（图5-1）中简单的文字表述如：大大能跑，我也能跑（不过我还小，跑得没有大大快哦）……大大做什么，我也做什么。我们永远，在一起！

图5-1　《大大行，我也行》插图

读者不禁为作者细腻笔触下童真可爱的小浣熊而欣喜，看着小浣熊憧憬大大能做许多自己不能做的事情时稍显失落的小表情，然后自己发现小也有小的好，纯真流露出自娱自乐时悠然自得的欢愉，最后发现与大大一起才是最快乐时的惬意自然。随着小浣熊的情感变化，读者的情绪也随之变化，在童趣的感染下，嘴角微微上扬。

而绘本《松鼠的眼泪》则相较之故事性更强，来自语言上童趣的故事幽默更有所侧重。情节上从开始时小松鼠哭啊哭、松鼠妈妈安慰小松鼠，到松鼠妈妈带着小松鼠去找长尾鸦医生看病，医生开了药方后，变成了妈妈哭啊哭、小松鼠忍住哭声，反过来安慰妈妈，随后小松鼠不得不再次找长尾鸦医生询问方法，最后长尾鸦医生开出了拥抱松鼠妈妈的药方。松鼠妈妈和小松鼠的爱哭症都被神奇地治好了。画风清新自然、情节反转有趣、同时又展现了孩子既爱哭又关心妈妈的心境，童真而趣味的视角艺术般地给予妈妈喜欢爱笑的孩子这一教育主题更加活泼灵动的艺术内涵。

（二）夸张地形容

夸张并不专属于儿童文学，但儿童文学所具备的形象可视性无疑增添了夸张的魅力。在视觉的冲击力上，夸张这一艺术手法在儿童文学表现出更多种可能。而儿童文学缺少夸张，也势必会失去光彩。例如：在波兰作家麦克·格雷涅茨编著的《月亮的味道》（图5-2）中，动物们为了够到月亮，一个踩在一个背上，在动物们共同的努力下，终于尝到了月亮的味道。在构图的变化下，从横板变为竖版，生动的构图给予了更加自由的夸张表现，打破了现实生活中的客观认知规律，造就了夸张的幽默艺术。

图5-2 《月亮的味道》插图

在儿童文学中，幽默艺术夸张手法的运用，表现在三个维度上——规模的夸张、程度的夸张和逻辑的夸张。规模的夸张常常表现在对事物的形容上，比如孙大圣随意变大变小、大到顶天立地、小到绣花针的如意金箍棒。程度的夸张即在动作的效果上进行夸张，如在经典童话《三只小猪的故事》里，老狼的一口气，一下子就能将猪老大的稻草房和和猪老二的木头房吹倒，显然在现实生活中这是不可能发生的。逻辑的夸张往往倾向于荒谬，但有迹可循。

（三）复义地表征

复义是指借助语言的多义性及其在不同意义层次之间的矛盾、对比、反抗、颠覆等微妙关系，来营造出某种幽默的艺术效果。从最初的关于"复义"的译法，来浅析复义的含义：最初复义也常常译为"含混""朦胧"，但"含混"含着些许贬义的色彩，而"朦胧"主观性更强；"复义"客观描述文本予以的复杂性特征，则无贬义色彩，也非主观感受，客观地表示多重含义。在儿童文学中，复义的使用是信手拈来的，但同时也是受严格限制的，使用上的随性自然才更接近于孩子们的理解状态，而知识经验上的欠缺也使许多复义不能为孩子们所理解，需要认真斟酌。

由民间故事改写的《漏》便是形象的复义表现的经典例证。

5-6 拓展阅读
《漏》

看《漏》的两个片段，老爷爷、老奶奶理解的"漏"和贼、老虎理解的"漏"在不同意义层次，因为所理解的不同意义层次之间的偏差，理解上的矛盾造就了行为上的荒谬，在贼和老虎因害怕"漏"的失利中，读者不禁为其滑稽可笑的行为、夸张荒诞的语言、幽默风趣的构思而开怀一笑。

（四）讽刺地揭示

讽刺即用艺术的手法对某些错误、弱点进行揭露和批评。以使大家对这些错误、弱点有更鲜明深刻的理解认识。而在以充满童真、幻想、趣味的儿童文学中，这里的"讽刺"则更多是指在对人、事、物滑稽可笑一面的揭露或批评中营造幽默的艺术效果。在轻松一笑的同时，也能促进孩子们形成对事物评判的基础价值判断。在遵循文字与图画整体的传达性，构图连贯性的绘本中，幽默情感体验的传递则更加流畅而自然。例如，在埃米特·格雷维特《奇怪的蛋》中：

所有的鸟都有了一个蛋。就是鸭子还没有。后来，鸭子找到了一个蛋！他认为这是全世界最漂亮的蛋。但其他的鸟却不这样认为，还对这个蛋冷嘲热讽。然后……其他的蛋都孵出来了，就是鸭子还没有，鸭子等待他的蛋孵出来。等啊……等啊……等——啊——直到——咔嚓磕咔！孵出了一只小鳄鱼，将所有的鸟都吓跑了。从此鸭子和小鳄鱼快乐地生活在了一起。

出乎意料又在情理之中的结尾，"讽刺"了其他的鸟的没有耐心和冷嘲热讽，破壳吓跑其他鸟而带给孩子们轻松一笑的同时，也达到了对孩子们潜移默化的教育作用。

三 儿童文学倡导的幽默品格

幽默不仅仅是一般的滑稽搞笑，它是带着儿童文学美学特质和教育目的的。正如我们所倡导的:儿童文学是趣味盎然的快乐文学。儿童文学对孩子的启蒙是在温馨而快乐的前提下进行的,这切合的是儿童文学的"儿童主体性"。同时它作为文学,就具备自身独特的文学价值,有其独特的艺术魅力和丰富内涵。作为能够吸引孩子注意的最好载体,担负着实现儿童文学审美、教育、文化、认识、娱乐五大功能的重担。

(一)富有智慧的幽默

幽默不仅仅是笑的情感体验,还是对于事理的精神思考,体现的是对于生命的思考和价值的追寻。幽默更是一种直面缺憾的精神力量。幼儿虽小,但他们是"独特文化的拥有者",那与生俱来的看待事物和世界完整的眼光,[①] 给予了他们理解来自幽默的智慧的能力和来自内心的情感共鸣。同时,儿童文学的读者是具有双重性的,家长在对绘本的讲述和翻阅中,走进了早已记忆模糊甚至忘记的孩子们的世界,产生来自成人、家长视角的独特感受,"智慧"的传递也在其中。

幼儿绘本《我》(图5-3)便是这样一本富有智慧的、充满幽默气质的优秀儿童文学作品。在这篇故事中,"我"是一头自信而富有幽默感的可爱小熊。热爱自己、热爱生活,做自己喜欢做的事,走自己想要走的路——"我"欣赏我自己,但有时也会觉得孤独寂寞、渺小如草……于是,我决定出发去追寻、努力向前,最终来到你的面前,是友谊或是爱情,让我明白:世界因你而美丽。

图5-3 《我》插图

作者以文字与画面轻轻诉说着:对生命的热爱、对人生价值的追求和对生命意义的思考。看似宏大而不着边界的主题,但也是孩子、家长与作者一次次热烈的情感思考共鸣。

(二)富有爱的幽默

幽默是有爱的。爱是儿童文学作品中的重要主题之一,爱自然、爱他人、爱自己……而爱的情感更是贯穿众多儿童文学作品。所倡导的幽默文化品格,是幽默情绪的传递,更是爱这一内在主题的传承。有"爱"的幽默作品,才是以情动人、感染孩子们的优秀作品。

例如,沃特的《我喜欢你》(图5-4)便是这样一本幽默而充满爱的作品。风趣又童真的画风,

---

① 朱自强. 儿童文学概论[M]. 上海:华东师范大学出版社,2021.

亲近又陌生的主题，流畅而幽默的笔触……全篇都在说，我为什么喜欢你？从我喜欢和你一起玩，到我喜欢和你分享我的一切；从我喜欢和你一起做许多稀奇古怪的事情，到我喜欢身边有你的陪伴。但最终我想，我喜欢你就是因为我喜欢你！童趣般的手法表现着幽默艺术，使情绪情感的传递如涓涓溪流滋润着孩子们的心田，传达着"爱"的含义。

图 5-4　《我喜欢你》封面和封底

第四课　荒诞艺术及其表现

夸张到一种极限状态，即体现出一种反常规的荒诞。其实，无论是幽默还是荒诞，它们在儿童文学中最重要的使命便是引导孩子们感受，认识愉悦。荒诞艺术也陪伴着孩子们，让孩子们在笑容中体会纯真而朴实的美好。正如雷蒙德·穆迪博士所说："我发现笑是一种人类生存的能力，恰如医师检查身体各部位一样，笑已成为衡量身体健康的一种正确有效的指示器。"表情最直观地表现着情绪情感上的变化，对表达能力弱的幼儿来讲更是如此。情感的愉悦，促进身心健康发育发展。而笑作为婴孩时就拥有的能力，笑容本身便是美好，便是来自纯真童年最深刻的记忆。

一　荒诞与儿童文学

德国拉斯培和戈·比尔格根据 18 世纪德国男爵敏希豪生讲的故事来编写，经再创作而成的童话《吹牛大王历险记》是儿童文学中一部不朽的经典。其中夸张至极的荒诞故事让许多孩子沉迷其中。不知有多少孩子也曾有类似的奇妙幻想：不合理的事物，不合理的人们，在"稀奇古怪"的秩序里，体验着属于儿童世界那充满游戏性的狂欢盛宴，感受那"颠覆"与"胡说"的快乐。

（一）荒诞的内涵

荒诞即指一种极度不合情理的事物状态，其乖谬程度超出了正常的逻辑或理性，因而使人感到荒唐乃至可笑。不同于荒诞文学中对荒诞意义理解上的，人与人之间的无法沟通或人与环境之间的根本失调，对生活本质荒诞而无意义却勇敢前行，探寻令人战栗的绝望背后的价值关怀。在儿童文学中荒诞艺术是美好的，是快乐的，是对幻想的回应，是对理想与现实的碰撞的艺术展现。

（二）儿童文学中的荒诞

在孩子们的世界里始终有许许多多"稀奇古怪"的想象，是在月亮上荡秋千，是将太阳当灯泡，是将黑夜藏在盒子里……由于泛灵化的意识思维和丰富的想象力，孩子们将所见闻事物肆意地"组装"，而"荒诞"则成了儿童游戏般的生活中的一大特色。在以幼儿为受众的儿童文学作品中，荒诞艺术的表现则更加重要，荒诞艺术满足的是，孩子们在幻想与现实中自由沟通的愿望，提供给了孩子们理想中的游戏伙伴，丰富他们自由快乐的精神体验。[①] 那些现实生活中永远都不会发生的事情，在儿童文学作品中信手拈来。儿童这独特文化的拥有者，给予儿童文学作品更加艺术表达的可能。

1. 荒诞作为一种特殊叙事逻辑

荒诞艺术是幻想的产物，是一种特别的叙事逻辑。在孩子们"漫无边际"的想象中，颠覆了现实的世界景象，颠覆了现实生活中的逻辑规则，颠覆了自然存在的客观规律，在这些颠倒中孩子们获得了精神上体验的快感。但在现实客观的视角下，则表现出荒诞的效果。同时，荒诞是有别于一般意义的幻想的，幻想是广泛的，更多的是孩子们在再造想象上的表现，而随着儿童知识经验的丰富和抽象概括能力的提高，儿童的再造想象中逐渐出现了一些创造性的因素。他们开始独立地去进行想象。[②] 在自由联想和发散思维的作用下，创造就此诞生。由于幼儿在客观经验上的不足，这些创造往往体现出的是与现实不符的荒谬，但同时荒诞也是幼儿创造的一种表现。

2. 荒诞与夸张

荒诞与夸张的表现手法密切相关。在儿童文学作品中，荒诞艺术的表现大多来源于夸张的表现手法。作为荒诞艺术的基本手法之一，夸张从内容到形式上都有表现，表现出整体的全面的夸张。

例如，在《枪炮国去打糖果国》一书中从那用橡皮糖做的城墙，再到敌人们会被跳跳糖吓跑，吃了酒心巧克力就会醉倒，而小朋友们则是乘棉花糖气球飞来。这一切都构成了夸张的景象，用夸张构建出孩子们心目中的"神奇世界"，夸张给予荒诞艺术在孩子们心中扎根的表现力。

3. 荒诞与幽默

荒诞与幽默二者有相近的表现效果，但在目的指向上有所不同。在受众上，以荒诞为主要艺术表现的儿童文学作品的受众，较之幽默艺术更加广泛。一方面，因为荒诞常常指向最纯粹的欢乐，更能吸引来自更广泛儿童群体的兴趣与注意力，怪诞奇特的表达，不仅仅吸引孩子，也给成人读者带来奇妙的体验；另一方面，荒诞较之幽默，更具讽刺效果，时间的转换，新世界的探索，上下位的颠倒，在时间、空间和逻辑上的错位，在经历奇妙旅途的同时，也暗表着作者的思想，借着文学中的人物的口说出，更能引导读者们思考。

如《格列佛游记》中游慧骃国的马具有高智慧，而人缺少智慧。马是主人，人是奴仆。上下位

---

① 李学斌. 幼儿文学理论与实践 [M]. 上海：上海交通大学出版社，2016.
② 陈帼眉，冯晓霞，庞丽娟. 学前儿童发展心理学 [M]. 北京：北京师范大学出版社，2020.

的颠倒，体现出作者万物平等的思想和对人贪婪本性的讽刺，揭露了人们对自然生灵肆意杀戮的残忍事实，呼吁万物平等、尊重生命。

二、儿童文学中荒诞的表现手法

儿童文学中荒诞艺术的表现，要建立在儿童的情趣、特别的想象力及独特的感受上。这是儿童文学作品独立于成人文学作品的根本不同，更是儿童认知特点和语言能力发展的需要。

这就要求荒诞艺术的取材既要来源于儿童生活的真实世界，又不能停留在单调的真实世界，而是要通过思绪"飞"到理想的世界。所提倡的荒诞，不是脱离现实，更不是脱离儿童，而是试着以儿童善于发现美的眼睛和充满想象力的脑袋出发，探索新的世界。

这就要求荒诞艺术不能仅仅停留在语言和情节方面，而更应该表现出儿童特色。它善于在儿童常常运用的语言形式（句型较简单，结构和词性较混沌，句子结构较松散）的苛刻限制下，进行趣味童真的沟通对话，进行阐释思考的独白言语；它善于在儿童较为浅薄的生活经历和情感体验下，以细腻的构思呈现出朴质而纯真、离奇而有趣的，让儿童爱不释手的故事。

荒诞艺术的逻辑跳出现实中成人们习以为常的客观规律和思维理念，却有据可循，能够为儿童所承认和理解。这是因为儿童思维、想象发展的客观规律，即理解事物一般并不深刻，多以再造想象为主。故而荒诞艺术的呈现，需要精心打磨、宏观思考。若是大作家装作小孩子，言语短些、表意浅些、多加些语气词，而在整体构思上不加思考与探索，是不容易创作出好作品的；需要的是真正从儿童世界出发的，以孩子们视角体会的，能够被孩子们接受和拥抱的儿童文学。

（一）游戏的乐趣

荒诞在儿童文学中具有游戏的特征。荒诞艺术的游戏性，让儿童从平淡、规范的日常生活中暂时脱身出来，在想象的世界里体味着荒诞所带来的游戏快感和宣泄的快乐。孩子们的世界是属于游戏的世界，生活即是游戏，沐浴在文学中也是这样，儿童文学本身就带有游戏性。游戏是属于孩子们的尽情宣泄，而荒诞便是游戏中"胡说"的快乐。荒诞艺术在优秀的儿童文学作品中，是能在"情感共鸣"中做到与孩子们进行交感与互动，通过文字与图画、装帧与设计，给予孩子们体验文学美感传递时以游戏的欢愉。

游戏这一特征，在荒诞艺术中的具体表现形态体现在：通过语言的变形和非逻辑组合，形成荒诞感与滑稽感，构成一种富于趣味和内涵的"语言游戏"；通过历险记、奇遇记、漫游记等故事结构中主人公非常态境遇下的冒险经历、神奇行为，来满足儿童的好奇心和历险冲动，也借此实现对平淡生活的想象性的克服与超越；那通过虚拟故事或现实场景中弱小者对强大者的胜利，实现儿童对现实中弱者地位的颠覆以及对生活中无奈情绪的平衡与释放；通过对幻想故事或现实情节中成人世界的矮小化、侏儒化，来为儿童"张本"，弥补、泄导儿童现实生活里的无奈而委屈的心理。[①] 从语言到内容，再到逻辑秩序，游戏在荒诞中得以彰显，而荒诞也是儿童文学中游戏精神的重要载体，二者互为依存、相互衬托。

---

① 李学斌. 儿童文学与游戏精神［M］. 南昌：二十一世纪出版社，2011.

颠倒歌便是最广泛而有趣的表现形式。其打油诗体的创作风格，"故错"的手法，偏把事物往反方向去说，因其幽默而诙谐的民间趣味，在老百姓中广为流传，在孩子们中更是喜闻乐见。形如，山东省曹县有这样一首颠倒歌："颠倒话，话颠倒，石榴树上结樱桃。蝇子踢死马，蚂蚁架大桥。芽芽葫芦沉到底，千斤秤砣水上漂。我说这话你不信？老鼠衔个大狸猫。"活跃的思维、故错的形式、和谐的音律、有趣的互动，孩子们跟着节律打着节拍，与伙伴一起在游戏的气氛下，感受宣泄的快感和胡说的乐趣。

（二）狂欢的释放

荒诞艺术在儿童文学中具有狂欢的特征。荒诞常构成一场针对特定现实的颠覆性狂欢，像一种具有狂欢性质的节庆活动，通过将原本处于上位的对象移至下位，将原本庄重的对象变得诙谐可笑，让我们看到了世界和生活的另一重常被忽视的面孔。

这里的狂欢，是对现实的颠倒。在颠倒的现实中，常常还蕴含着儿童世界中独特的文化记号——为弱者代言。孩子们面对着自然与社会，表现出的从来都非成人的傲慢和所谓的拜金思想和等级观念，他们化天真为同情，化感性为热爱，为弱者代言，为弱者发声。这是幼儿文化特点中自由、想象和创造的彰显，是感性和激情的表现。孩子们在这狂欢的世界中，张开自由的翅膀，恣意翱翔在蔚蓝的想象天空。

来自德国作家埃里希凯斯特纳的《5月35日》便是一部充满荒诞狂欢的作品。在作者笔下，主人公康拉德和他的叔叔林格尔胡特，在5月35日这一天，从家里的柜子里出发，踏上了去往南太平洋的旅途。一路上，他们经过了都是大胖子的懒人国，经过了大将军的城堡，而后来到了大人上学、小孩上班的颠倒世界，这里的一切都是颠倒的。在作者笔下，荒诞得只存留在梦境中的事情，都发生在了康拉德所见到的神奇世界中，孩子们在阅读中感受着情感的共鸣，经历属于儿童世界的精神狂欢。

（三）隐喻的蕴含

荒诞艺术在儿童文学中具有隐喻的特征。来自德国民间故事《没有脚才能走到的地方》便是这样一个以荒诞的世界为基础、以隐喻手法讽刺社会现实的经典童话故事。

在这片名叫西拉拉弗雅的国家，冬暖夏凉，这里房子从来都是食物建造的，一切事物都是可以吃的食物，并且只要你想吃，张口就来……在这里谁最会说谎，谁就可以当这个国家的省长，所以这里最好的职位，如部长、检察官、医生、银行家，都是一些吹牛最有本事的人。谁想勤恳工作，做好事，同邪恶作斗争，谁就会被当作国家的敌人，要被驱逐出境；谁愚蠢，一窍不通，不愿学习，就能获得贵族称号。谁不干活，只是吃喝玩乐，就能得到伯爵爵位。这里每年要举行懒惰、粗鲁、凶恶和愚钝的比赛，胜利者做西拉拉弗雅国国王……这个国家在十分遥远的地方。谁要到这个国家去，先要向瞎子学习认路；而且只有那些没有脚的人才能走到西拉拉弗雅国。

多数时候儿童文学以趣味取胜，有时也在营造趣味的同时表现出寓言的功能，通过荒诞的艺术形式表现对社会现实的讽喻，表达广义的政治诉求。在这里的荒诞更多以奇特夸张、怪诞生动的故事寄托意味深长的道理和哲思。

荒诞的意义不仅仅在令人发笑，不单一追求与孩子们情感的契合、思想的共通，它还体现出儿童文学的另一重要功能——教育功能。以孩子们喜闻乐见的荒诞的表现形式和隐喻的表现手法，在趣味盎然的故事中体现教育理念指导下的道理和哲思。

三 儿童文学倡导的荒诞品格

儿童文字中的荒诞，必须始终立足于童年，始终具有儿童文学特色，具体体现在以下几个方面。

（一）富有趣味的荒诞

荒诞艺术的表达在儿童文学中，是富有趣味的。无论在书中蕴含着怎样的哲理和知识、无论成人带着什么样的目的带领孩子们阅读儿童文学，幼儿所关注的，往往只取决于他们在书中，能否寻得乐趣，引起共鸣。

富有趣味的儿童文学作品，不仅吸引着孩子，还吸引着陪伴孩子阅读的成人，也能让成人读者深受感染，会心一笑，也能让成人读者再次觅得属于来自心底的童年趣味，也能让成人读者感受到一种来自自由的宣泄与解脱。富有趣味的文学品格，始终烙印在荒诞艺术上。富有趣味的荒诞艺术表现在儿童文学作品中大有"用武之地"，这得益于荒诞艺术的表现张力，可以收放自如，从语言到故事再到逻辑，从文字间的魅力再到设计上的构思。让童趣搭上幻想的班车，跑得更远，跑得更稳！

根据中国民间故事《漏》改编的同名绘本《漏》（图5-5），最鲜明的特征便是传统民间故事框架与现代儿童文学绘本新兴形式的有机结合，从中能够看到民间文学艺术焕发新的生机与活力。内容在民间艺术深厚的基础上更显幽默风趣，语言简洁明快又恰到好处地重复，拟声词的运用更添生动形象，构图立体而鲜明，留以适当空白，突出主体人物角色，简洁的线条勾勒但不乏细致的表情绘制，还有对情境的表现，又增几分水墨的韵味，更添中国风的美感。

善于发掘中国传统民间文学艺术，从中汲取营养，汲取灵感。《漏》无疑是新理念、新形式下，民间文学艺术现代化的生动注脚。以博大精深、口耳相传的中国传统民间故事为载体，加以现代儿童文学理念，配上图文结合的表现张力和感染力，传统与现代、经典与创新，在这一类儿童文学作品中得以彰显。

三处小高潮层层递进，让故事越读越有趣，幽默艺术便在贼与老虎的一声声"是漏啊！"里表现出来。小偷从屋顶紧张地摔落，砸在老虎背上，二者都以为是漏来了时，紧张而害怕地惊呼。小偷和老虎因为害怕而狂奔却撞树后晕头转向，又遭逢疾风骤雨，尽显狼狈。但又因放不下诱惑，在紧张试探中回首相视。在幽暗的环境下，更显"漏的恐怖"。最后一人一兽滚落山坡后四目相对，面对面的距离更将他们的紧张、害怕推到了极点。

三句"漏啊！"在三个场景下，三次分别从小偷与老虎嘴里说出，一次比一次滑稽可笑，一次又一次将趣味层层叠叠地表现了出来。故事简洁而紧凑，童真的幽默风趣在文字和图画中的惊愕里充分表现了出来，也给予了孩子们站在不同视角看待相同事物的机会。

图 5-5 《漏》插图

（二）富有生命力的荒诞

荒诞艺术的表达在儿童文学中是富有生命力的。生命力是生命中最单纯的意义，是人性中的纯真与朴质，是对自然的亲切、对未知的好奇、对情感的渴望。荒诞而不切实际的人物与故事，是儿童对生命本真的追求与向往。恰恰是因现实无法达到、真相无法满足，所以在以成人为视角的评定下，才称这种来自本性的悸动为"荒诞"。

作为以幼儿为受众主体的儿童文学作品，无论是从儿童的心理世界出发，还是从成人的心理世界出发，但艺术趣味都要接近儿童的心理状态；都始终需要关注来自本真的生命力。荒诞艺术在儿童文学作品中的表现，应该时刻关注儿童纯真与稚拙的天性特点，以顺乎自然的方式、坚持朴素的艺术风格，坚持本色，去烦琐与乏味，留简洁而美好。厚植儿童文学土壤，给儿童以成长的基石。

来自茉蒂·巴瑞特和罗恩·巴瑞特的绘本作品《动物绝对不应该穿衣服》（图 5-6）是一本富有生命力和童趣的绘本。抓住孩子们对于万物好奇的探索欲望，以儿童纯真而稚幼的视角，亲切自然地，站在同龄人、好朋友视角来生动讲述动物为什么不穿衣服。它不是科学知识的生搬照抄，更不是来自父母长辈的生活常识小讲堂，它好像在说：嘿，动物穿衣服，那也太奇怪了。

动物绝对不应该穿衣服！那为什么动物就不能穿衣服呢？读者一开始便被它的题目吸引，难道真的就不能穿么？作为读者的我们，自然而然地便有这样的发问，脑袋里想象连连、每天都在问着十万个为什么的孩子们，想必有更多的困惑。带着困惑就走进了那穿着时装的动物们的荒诞世界。

　　动物，绝对不应该穿衣服……
　　因为，对一只豪猪来说，穿衣服，是个大灾难
　　因为，一头骆驼……或许，在不应该打扮的地方，乱打扮。

绘本的文字也很有特色，并没有选择与大多数绘本一样的文字与图画相结合的形式，而是图文分开（图 5-7），大大的字，且多采用橙色和黄色等明亮而醒目的颜色为底色，仿佛在宣告着、警示着：动物就是不适合穿衣服。

这就完了么？当然不是，以荒诞幽默的表现形式，展现着它温情的内涵，更使该作品能够经久

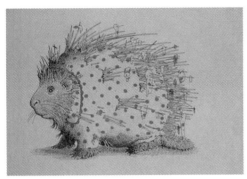

图 5-6 《动物绝对不应该穿衣服》插图

图 5-7 《动物绝对不应该穿衣服》文字

不衰的原因是关于"适不适合"的思考。动物们天生便有自己的衣服——或光滑或粗糙的皮肤、或尖刺或长毛的外衣,还有属于每种动物的特色——自然的对动物们来说便是最好的。陪伴着孩子们一同阅读的家长,是否也会由动物衣服的适不适合,考虑到自己对孩子的陪伴,是不是遵循本真呢?双重的读者,多重的意味。儿童文学读物,简洁而不简单,蕴含着作者的思考,需要读者们认真发现、再三发现。

(三)富有温情的荒诞

荒诞艺术的表达在儿童文学中,是富有温情的。在这里的富有温情有多重含义,从题材的角度,即是"爱的母题"的彰显。心理学家弗洛姆在《爱的艺术》中写道:"爱是对所爱对象生命和生长的积极关注,如果没有这种积极的关注,就没有爱。"从主旨的角度,富有温情在无声地、由小及大地传递着生命的价值与人生的哲思,如绵绵细雨般默默涵养着、彰显着其永恒的价值。予荒诞艺术以温情本质,是儿童成长发育的需要,这一时期儿童的情绪情感对其心理发展具有非常重要的意义,我们应该重视儿童情绪情感的培养,使儿童保持良好的、积极的情绪状态,尽量经常处于愉快、活跃的情绪之中。[1]对儿童在情绪情感上的关怀,便是富有温情的文学作品的意义之一。

富有温情的品格与夸张荒诞的艺术表现,二者并不对立。富有温情的文学品格是期望儿童文学作品能以整本为单位,整体传递对儿童情绪情感的人文关怀,在文字及图画等要素的共同作用下,营造出、渲染出有温度的儿童文学读物。

---

[1] 陈帼眉,冯晓霞,庞丽娟. 学前儿童发展心理学[M]. 北京:北京师范大学出版社,2020.

来自乔纳斯的作品《逛了一圈》便是一本有趣别致的黑白绘本。它不同于色彩斑斓的绘本，只运用黑白色调，以线条的勾勒来呈现这绚烂的世界。黑白线条并不意味着单调而无趣，也不意味着它无法展现美丽动人的现实世界和漫无边际的理想世界。这本黑白绘本单一的色彩在作者笔下灵气十足，传达出图画的"弦外之音"。

黑与白，便是光和影。黑与白的运用，便是对事物的别样架构。因此，作者写意般流畅地打破了原有绘本创作的模式。这本书可以顺着读，也可以反过来读，甚至可以顺着读完之后再绕回来读。书中上下两侧的文字便显示出它的玄机：所有的图画能够随着调转变成另一番景象。这样荒诞而巧妙的设计，让孩子们去发现、去感受、去领悟文字间、图画里的不同，去体验黑白绘本展现的奇妙感受。

从绘本中摘选出的几个片段来感受黑白绘本的独特魅力。

顺着看，如图 5-8：

图 5-8　《逛了一圈》插图一

我们路过山谷里一处小小的农场，然后进到城里，如图 5-9。

图 5-9　《逛了一圈》插图二

倒着看，如图 5-10：

图 5-10 《逛了一圈》插图三

我们离开了这座明亮的，星光闪烁的城市。

我们路过了这冒烟的工厂，如图 5-11。

图 5-11 《逛了一圈》插图四

麦田—工厂，灯光—星光。作者巧妙地运用明暗交替，展现出不同的景象。进城与出城，道路上景物的不同，似乎也在暗示着城市与乡村的不同，丰富内涵韵味。

劳伦斯·大卫和戴勒菲妮·杜朗的绘本《卡夫卡变虫记》讲述了一个角色扮演的奇遇记：卡夫卡一觉醒来变成了一只超级大甲虫，以超级大甲虫的模样体验了一天的生活。每位儿童心中都有一个扮演梦："如果我是超人，蝙蝠侠，飞鸟，石头，我就能……"在孩子们的心中万物皆有灵，他们或许也在心中梦想着，哪一天一觉醒来，自己变成了新的角色。卡夫卡变虫记便讲述了卡夫卡的变形经历，从主题上呼应了孩子们心底的期待，满足了孩子们的幻想。

 5-7 拓展阅读
《卡夫卡变虫记》

在内容上，以卡夫卡一天的上学常规为讲述背景，从清晨的洗漱、早餐、坐着校车去学校到上体育课、生物课、去图书馆，再到回家吃晚饭和入睡。由于卡夫卡形象的变化，他的一日生活变得不一样。因未被他人关注而感到孤独寂寞，内心的独白诉说着他的委屈；新身体为他带来了优势，如六只腿让他算出了2×3，触角让他轻易在体育课上将皮球射进球门。从熟悉的场景入手，从熟识的视角出发，朴质而自然。

在主旨内涵上，除了他的好朋友迈克尔，无论是路人、校车司机，还是老师，父母，竟然都没有发现卡夫卡变成了大甲虫，这不禁让读者深思，陌生人之间有厚障壁，亲人之间是否也会有忽视呢？就像卡夫卡的诉说，因为家中每个人的忙碌，谁都没有耐心去仔细听一听卡夫卡的心声，认真看一看卡夫卡的变化，每个人都在各自的轨迹中"独自"前行。现实中，是不是也有许多家庭忽视了孩子真诚而恳切的心声呢？这值得每一个家长深思。卡夫卡变成了大甲虫，这是荒诞而夸张的表现。现实生活中孩子的外表不会变成甲虫，但他们的心智可能变得不正常，乃至畸形。而治愈的良药便是陪伴，迈克尔的陪伴让卡夫卡感受到了来自友情的美好。当一天的生活即将过去，全家人愕然发现卡夫卡变成了大甲虫时，仍然在对卡夫卡的爱中重新建立了信任。幸而在一觉过后，卡夫卡重新变回了原来的模样。教育内涵蕴于其中：爱与沟通是走上正轨的最佳方法。

◇ **单元小结**

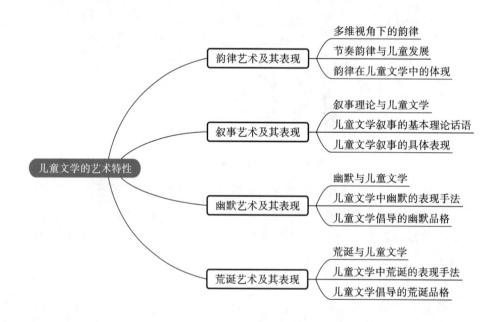

思考与练习

一、单项选择题

1. 以下不属于叙事理论基本话语的是（　　）。

　　A. 叙事单元　　　　B. 叙事人称　　　　C. 叙事视角　　　　D. 叙事语言

2. 以下不属于后现代叙事儿童文学作品的是（　　）。

A. 《童话里的爱丽丝》　　　　　　　B. 《我是青蛙王子》
C. 《猜猜我有多爱你》　　　　　　　D. 《纸袋公主》

3. 以下关于荒诞艺术表现的论述中，不正确的是（　　）。

A. 拥有夸张的语言　　B. 拥有怪诞的情节　　C. 易于接受的表达　　D. 脱离现实的想法

4. 以下不属于幽默艺术在幼儿文学中的表现手法的是（　　）。

A. 童趣　　　　　B. 复义　　　　　C. 夸张　　　　　D. 荒诞

二、论述题

1. 请从《老鼠嫁女》《小板凳》《彩色的梦》等作品中任选两部，结合这一问题和本章内容，分析韵律在儿歌、儿童诗、儿童散文、童话和绘本等不同类型作品中的体现有何异同？

2. 请结合本章内容思考，如何分析解读一部儿童文学作品中所蕴含的韵律特色？

三、材料分析题

请阅读《小偷罢工》，思考以下问题，深化对幽默艺术的理解。

5-8 思考与练习
《小偷罢工》

（1）思考《小偷罢工》中运用了哪些幽默和荒诞艺术的表现手法？

（2）本文的目的仅仅只是逗人发笑么？在《小偷罢工》中是否有其幽默？荒诞艺术背后所体现的精神内涵是什么呢？

实践与实训

实训一： 结合儿童文学阅读经历以及幼儿园见习经验，选取一则富有韵律感的儿童文学作品，思考如何通过活动设计让幼儿体会故事中韵律以及语言的魅力。

目的： 掌握向幼儿讲述文学故事的技能，并能在教育实践中精心设计活动。

要求： 根据幼儿园见习经历，从活动目标、活动重难点、活动准备、活动过程等方面设计一个富有音韵美的儿童文学活动，并在实施活动后进行反思。

形式： 实地教学。

实训二： 结合儿童文学阅读经历，选取《童话里的爱丽丝》《我是青蛙王子》《纸袋公主》等儿童文学故事，基于故事情节进行角色扮演，深入体会人物形象，感受后现代叙事的魅力。

目的： 通过舞台剧沉浸式角色扮演，体会儿童文学作品中的人物魅力与叙事风格。

要求： 以小组为单位，对所选取的故事脉络进行梳理，并从语言、神态、舞台设计、道具使用等方面共同讨论如何呈现故事中的人物形象。

形式： 小组合作。

第六单元 儿童文学的教育应用

◇ **学习目标**

1. 理解亲子共读的内涵、价值和类别,明晰儿童文学在园所中的应用价值。
2. 掌握常见的家庭亲子共读策略和方法,能够指导家长开展亲子共读。
3. 掌握儿童文学资源的获取、应用、改编与创作等方面的方法,能充分利用儿童文学资源开展教育性活动,激发儿童阅读兴趣。

◇ **情境导入**

家庭和幼儿园是婴幼儿成长的最主要场所,在家庭和幼儿园中,孩子们能够获得最初的阅读体验和阅读指导。作为孩子的老师,你能否在家长面临孩子阅读方面的问题之时给予其恰当的科学的指导,能否解释和纠正家长在孩子阅读问题上的一些思想误区和行动不当,能否在你的园所中恰当地选择最适宜的儿童文学作品来提升教育教学质量,能否良好地查询、获取、改编和创作高水平的儿童文学资源,这些都是本单元将要探讨的核心问题。

第一课 儿童文学的家庭应用

家庭是幼儿成长的港湾,是幼儿的第一所学校。儿童文学在幼儿家庭中的应用具有重要意义。家庭中的儿童文学应用不仅面向幼儿,还面向幼儿家长。本课我们将以亲子共读为核心概念,厘清家庭中儿童文学应用的基本理念与方法。

一、亲子共读的内涵、价值与类别

在我国倡导全民阅读的背景下,早期阅读越发成为焦点,亲子共读是早期阅读的最佳方式,它作为父母和孩子之间的一种社会性互动活动,对幼儿的成长和亲子关系都有着重要的价值。但是,亲子共读的具体内涵是什么?亲子共读"读"的是什么?怎么读?这都是我们应该探讨的问题。

(一) 亲子共读的内涵

1. 亲子共读是一种互动活动

亲子共读就是指在家庭中父母和孩子一起阅读,而孩子和父母之间的互动是亲子共读的关键。在互动的过程中,父母与孩子之间的言语和肢体交流、双方探寻及解决问题的过程都影响着阅读的成效。学前儿童的思维、注意力以及语言都还处在发展中,这就决定了他们的自主阅读能力还不高,可能存在不会读、读不懂等情况,这时家长的引导就显得尤为重要。

美国著名阅读研究专家吉姆·崔利斯在《朗读手册》中提出:"人与书并不是先天互相吸引的。开始时,必须有媒介——父母、亲戚、邻居、老师或图书馆官员,将书带到孩子的世界。"① 父母作为孩子的第一任教师,所发挥的媒介作用至关重要,他们不仅是幼儿阅读材料的挑选者、阅读环境的创设者,更是幼儿阅读过程的引导者。

亲子共读的"共"不仅代表着父母和孩子之间的互动,还代表着父亲和母亲应该共同承担亲子共读的任务,某校的调查显示,近九成的家庭由妈妈负责为孩子选书和读书,② 父亲很少参与到亲子共读的活动中,这不仅传输着"亲子共读只是母亲的责任"的错误价值观,而且不利于父亲和孩子的情感交流。因此父亲和母亲应该共同参与到亲子共读活动中,陪伴孩子一起阅读,使亲子共读成为一种促进孩子和自身发展的互动活动。

2. 亲子共读的主要材料是绘本

绘本在我国又称为图画书,绘本是欧美等发达国家首选的儿童读物,也是国际公认的最适合幼儿阅读的图书。图画书典型的特点就是图片和文字相结合,一本书只有一个故事。图画书在注重文字的同时也关注图画的言语功能,也就是说图文各说故事,又互为补充,这也是重要的图画书理念之一。与此同时,图画书生动形象的图片、通俗易懂的情节不仅符合幼儿的阅读特点,而且也满足了幼儿交流与表达的需要,因此,图画书成为亲子共读的首选材料。

当然亲子共读的材料也不能只停留在绘本上,一方面,我们可以把幼儿在绘本中学习到的知识扩展到生活中,比如当看完《我爸爸》③ 这一绘本后家长可以引导孩子说出自己爸爸的外貌、优点,让孩子学会关心爸爸,体会自己和爸爸之间浓浓的亲情;另一方面,我们的日常生活中充满着"阅读的材料",比如超市发的宣传单、家里贴的奖状、学校门口的光荣榜等,这些都可以成为亲子共读的内容,往往与幼儿生活密切相关的内容,更能促进幼儿的理解,这也体现了我们"寓教于生活之中"的教育理念。

---

① 吉姆·崔利斯. 朗读手册 [M]. 王文, 译. 北京: 新星出版社, 2016.
② 张萍. "亲子共读"指导有效性策略研究 [J]. 上海教育科研, 2006 (10): 91-92.
③ 安东尼·布朗. 我爸爸 [M]. 余治莹, 译. 石家庄: 河北教育出版社, 2007.

6-1 拓展阅读
《我爸爸》

3. 亲子共读是一个完整的阅读过程

亲子共读是一个完整的、层层递进的过程，具体可以分为阅读前、阅读中和阅读后三个阶段。在阅读前，家长首先应该与幼儿讨论绘本的主题，并引导幼儿将主题与实际生活联系起来，比如在阅读绘本《蚯蚓的日记》①之前，家长可以提出问题引发幼儿思考"你见过小蚯蚓吗？蚯蚓长什么样子？"以此来调动幼儿阅读的兴趣，为接下来的阅读做准备。

6-2 拓展阅读
《蚯蚓的日记》

在阅读的过程中，首先从内容的角度来看，家长应该坚持故事第一的原则，并且使图片和文字相互配合。培利·诺德曼曾指出："一本绘本，至少包含三种故事：文字讲的故事、图画暗示的故事，以及两者结合所产生的故事。"②因此亲子共读不仅要看到文字所表达的故事内涵，而且也应该去寻找图片中暗含的文字之外的内容，并且使二者相互补充，达到最佳的阅读效果。其次，从形式的角度来看，家长应该声情并茂，与幼儿积极互动，用丰富的语言和肢体动作去感染和引导幼儿。在阅读到关键处时，家长还可以与幼儿进行对话，探讨故事的情节或是耐心地回答幼儿的问题，鼓励他们大胆地表达自己的想法。但是家长也要给幼儿留下足够的思考空间，而不是机械地向幼儿灌输故事内容，正如著名的儿童文学家梅子涵所说："不要告诉他什么，而要他看到什么。"③

在阅读后，首先在接下来的一段时间里，家长和幼儿可以反复阅读这一绘本，引导幼儿从中发现新鲜的事物，并且学会从多角度来理解故事内容，形成对该绘本完整和深层次的理解。其次，阅读完成以后应该对故事的内容进行升华，比如进行角色扮演、自由绘画或是对故事进行仿编创编等。

---

① 朵琳·克罗宁，哈利·布里斯. 蚯蚓的日记［M］. 陈宏淑，译. 济南：明天出版社，2013.
② 培利·诺德曼. 阅读儿童文学的乐趣［M］. 刘凤芯，译. 台北：天卫文化图书股份有限公司，2007.
③ 余耀. 由图画书爱上阅读［M］. 北京：北京师范大学出版社，2007.

案例1

幼儿模仿绘本内容①

一位家长这样写道：我们一起阅读《勇气》这本书，他模仿里面的句式口述这样一段话："勇气就是你小的时候，把很重的东西举起来；勇气就是喝苦药的时候，不怕苦；勇气就是下地下通道走错了，又再爬一次。"《逃家小兔》读完之后，孩子模仿着书中的故事，编了自己的故事：我是墙，妈妈就是墙上油漆粘住我；我变成象棋，妈妈就是棋单离不开我；我是花朵，妈妈变成土地挨着我；我是灯泡，妈妈就是电线。

（二）亲子共读的价值

1. 激发幼儿早期阅读兴趣，培养阅读能力

早期阅读是指0～6岁学前儿童凭借变化着的色彩、图像、文字或凭借成人形象的读讲来理解读物的活动过程，而亲子共读作为早期阅读的最佳方式，能够极大地调动幼儿早期阅读的兴趣。阅读兴趣是一种激励幼儿阅读的内部动力，不仅可以扩充幼儿的知识面，而且也为幼儿入小学后系统的书面语学习打下了良好的基础，可以说对幼儿终身学习能力的培养具有巨大的作用。

除此之外，有研究表明，亲子共读活动对儿童阅读能力各方面的发展均有促进作用，亲子共读活动对幼儿阅读能力不同维度的影响具体表现为：阅读理解能力＞阅读体验能力＞阅读技巧能力＞阅读情绪能力。②

由此可见，亲子共读不仅可以激发幼儿阅读的兴趣，发展幼儿的阅读理解、体验等能力，还可以培养幼儿主动阅读、爱护图书等良好的阅读习惯，深化幼儿的早期阅读体验。

2. 促进幼儿思维、情感和语言的发展

首先，亲子共读能够促进幼儿思维能力的发展。幼儿在和父母阅读的过程中，集中注意力，并且仔细地去观察图画中人物的表情、动作，有时还会发挥自己的想象对故事进行创编，也就是说，幼儿的观察、注意和想象都参与到了阅读过程中。除此之外，幼儿也会对故事的前因后果进行思考，概括故事的大致情节，由此帮助幼儿逐步实现由具体形象思维向抽象逻辑思维的转化。

其次，亲子共读能够深化幼儿情感体验并排解消极情绪。比如幼儿通过阅读绘本《猜猜我有多爱你》③知道如何向家人表达自己的爱，通过阅读《妈妈的红沙发》懂得对生活保持积极乐观的态度以及拥有重新开始的勇气，④这些绘本都可以让幼儿体会到故事中人物的情感并迁移到自

---

① 翟理红. 亲子共读与儿童健全人格发展 [J]. 思想理论教育，2013（14）：71-74.
② 孙延永，李心怡. 亲子共读活动对幼儿阅读能力影响的个案研究 [J]. 合肥师范学院学报，2021（2）：89-93.
③ 山姆·麦克布雷尼，安妮塔·婕朗. 猜猜我有多爱你 [M]. 梅子涵，译. 济南：明天出版社，2008.
④ 薇拉·威廉斯. 妈妈的红沙发 [M]. 柯倩华，译. 石家庄：河北教育出版社，2007.

己的生活中。并且绘本中的故事可以让幼儿充分发挥想象,实现在生活中不能实现的愿望,排解自己的消极情绪,比如通过阅读绘本《菲菲生气了——非常、非常的生气》[1] 学会通过接触大自然来控制愤怒,通过绘本《我讨厌妈妈》[2] 发现自己对妈妈有时候会抱怨但终究离不开妈妈的爱。

最后,亲子共读能够促进幼儿语言的发展。《幼儿园教育指导纲要》提出"幼儿的语言是通过在生活中积极主动地运用而发展起来的",而亲子共读不仅给了幼儿发展独白语言的机会,而且通过亲子之间的交流还可以培养幼儿的对话语言能力。更重要的是,幼儿通过和父母阅读绘本,能够慢慢理解口头语言和文字之间的关系,实现从口头语言向书面语言的逐步过渡。

3. 帮助家长反思教育行为,掌握教育策略

一次优秀的亲子共读活动其实不仅仅是孩子的成长机会,也是家长自我成长、自我完善的机会。有些绘本中的故事映射着家长和孩子的相处方式,能帮助家长将自身带入其中反思自己的教育行为是否存在问题,并且试图从绘本中学会正确的教育策略。

> **案例2**
>
> ### 家长通过绘本自我反思[3]
>
> 在《忘了说我爱你》里,早上从起床、刷牙、吃早餐、换衣服到出门上幼儿园,妈妈一直在催(这不就是我吗?);但比利今天闹别扭,一直磨磨蹭蹭的,自己顽皮,还总拿玩具当借口。两个人总算出门了,又逢刮风下雨。比利半路上还顽皮(儿子也常常这样),妈妈很生气,夺过比利的玩具兔,拉着他就往幼儿园跑(不光是我,十之八九的妈妈这时都会失去耐心)。最后,比利情绪失落时,妈妈返回来对比利说:"对不起,我忘了把玩具兔还给你。而且忘了说我爱你……"想想我们自己,为事务忙忙碌碌,什么时候站在孩子的角度考虑过,以孩子的视角看待问题?那母子相拥的一幕,让时间凝固!什么"上班",什么"迟到",都显得无足轻重。让我们这些做家长的思考,在孩子匆匆忙忙的成长中,我们得到了什么,又失去了什么?!

家长除了通过绘本进行反思,还能在阅读的过程中发现自己孩子存在的问题,比如孩子阅读时老是分心,是否存在注意力不集中的问题?孩子容易撕毁图书,是不是还没养成爱护图书的好习惯?家长在发现问题以后可以采取针对性的教育策略,帮助孩子解决问题。

---

[1] 莫莉·卞. 菲菲生气了——非常、非常的生气 [M]. 李坤珊,译. 石家庄:河北教育出版社,2009.
[2] 酒井驹子. 我讨厌妈妈 [M]. 彭懿,译. 海口:南海出版公司,2007.
[3] 翟理红. 亲子共读与儿童健全人格发展 [J]. 思想理论教育,2013 (14):71-74.

4. 加强亲子沟通，密切亲子关系

亲子共读还是一种加强父母与孩子之间的情感沟通，帮助幼儿建立安全感和信赖感的良好方法。在孩子处于婴儿期的时候，亲子之间的依恋关系还很紧密，但是随着年龄的增长、独立的自我意识不断显现，父母和孩子之间的肢体接触也逐渐减少了。① 但是幼儿的心理发展是需要更多的肢体接触才能发展正常依恋并建立内心的安全感的，幼年缺少肢体关爱的幼儿成长后会表现出不同程度的抑郁和焦虑，会退回到婴儿期无助的状态。由此可见，亲子共读给亲子之间的情感沟通提供了一个宝贵的渠道，对于家长来说，这种亲密而又自然的表达的体验，过了孩子的幼儿期就不会再有了。

尤其是对于平时工作比较繁忙、陪伴孩子时间较少的父母来说，亲子共读是一个很好的建立和谐亲子关系的机会，下班后几十分钟的亲子共读时光，其实就能快速地拉近与孩子之间的距离，让孩子感受到关爱，同时父母自身也能得到情感的满足。

案例3

亲子共读密切亲子关系②

记忆尤深的是有一天晚上，孩子们正在吵架，我决定把小点儿的孩子带离当时的情境，于是给他读了一本书……然后又读了一本……接着又是一本。每读一本书，都会多一个孩子加入进来，和我们一起挤在沙发上，直到我腿上都被他们挤满了。"我想不出还有哪些时候像那一刻一样，我们一家人能够如此亲密无间。那一刻，似乎生活中所有的压力瞬间都消失殆尽了，我们可以重新做回自己。那一刻令我永生难忘。"

（三）亲子共读的类型

亲子共读存在不同的类型和模式，采用不同的模式往往会带来不同的阅读效果，在这里我们主要介绍两种分类，一种是根据亲子互动程度进行划分，另一种是根据阅读方式进行划分。

1. 平行式、偏离式和合作式亲子共读

从亲子互动程度的角度划分，亲子共读可分为平行式亲子共读、偏离式亲子共读和合作式亲子共读。

平行式亲子共读是指在亲子共读的过程之中，父母只顾机械地阅读图画书，却不关注孩子的反映，亲子之间难以形成共鸣，互动程度不高。

---

① 徐强. 亲子共读形成家庭和谐关系 [J]. 新阅读，2021 (10)：47-49.
② 莎拉·麦肯齐. 如何阅读能让孩子受益一生 [M]. 张恩泽，译. 北京：北京科学技术出版社，2020.

案例4

平行式亲子共读

A类家长：自顾自朗读或讲述，不向孩子提出任何问题；不关注孩子的反应；可能变换声调或有表情，但很难得到孩子共鸣。

B类家长：提出低水平问题，所有问题都仅指向画面中事物的名称、表面特征；不顾及孩子反应；剥夺了孩子参与的机会。

从以上案例我们可以看出，A类家长完全忽视了孩子的感受，也不和孩子进行互动。B类家长虽然对孩子进行了提问，但确是一些无效的提问，并且不给孩子回答的机会，多数情况是自问自答。这两类家长都采用了平行式的亲子共读方式，剥夺了孩子参与亲子共读的体验感，既无法促进孩子阅读能力的发展，也无法实现亲子之间的情感交流。

偏离式亲子共读是指在亲子共读的过程中，父母随意地引导幼儿进行阅读，偏离故事主题、打断故事情节，使之牵强地与生活联系起来，让每个故事都变成思想教育和认知训练。

案例5

偏离式亲子共读[①]

3岁半的徐歆月和妈妈看图画书《蜘蛛网上的莲子》的部分记录。

妈妈：这上面有什么？你想想看。

徐歆月：一只蜥蜴。

妈妈：是蜥蜴吗？蜥蜴有脚的。这是什么？

徐歆月：这是小花。小花躺在××上。这是什么？

妈妈：讲故事。

徐歆月：这是什么？

妈妈：这个啊，这个是蟋蟀。

徐歆月：这个呢？

妈妈：这也是蟋蟀。有好多蟋蟀。

徐歆月：这个？

妈妈：嗯？

徐歆月：这个是什么？

妈妈：是小蚂蚁吧。

---

① 朱从梅，周兢. 亲子共读类型及其对幼儿阅读能力发展的影响[J]. 幼儿教育（教育科学版），2006（Z1）：89-94.

在上面的案例中，妈妈和孩子本身在阅读和蜘蛛相关的绘本，当孩子误把蜘蛛当成蜥蜴时，妈妈却并没有进行解释，只是简单地反问了一下又接着问孩子另外一个问题，接下来主题越跑越远，变成了一场无意义的问答。父母采用这种偏离式的亲子共读方式使孩子无法了解故事的核心内容，并且很容易分散孩子的注意力，难以达到理想的阅读效果。

合作式亲子共读是指在阅读的过程中，父母会根据图画书的题材、写作风格、体裁等特点，向幼儿提出针对故事情节、画面细节等方面的问题，并关注幼儿的反应，鼓励幼儿参与朗读，形成亲子之间的良性互动。

合作式亲子共读是最佳的亲子共读模式，通过这种模式，家长能够跟幼儿进行平等的对话，并且根据幼儿的反应调节自身的阅读方式，及时满足幼儿的需要。对于幼儿来说，他们能够在合作式亲子共读的过程中充分发挥自己的想象力和创造才能，能够更深刻地了解故事的情节及背后的内涵，使阅读能力得到良好的发展。因此在实际的亲子共读过程中，家长应该尽量采用合作式的亲子共读模式来达到更好的阅读效果。

2. 独自阅读型、逐次问答型和互动讨论型亲子共读

从阅读方式的角度划分，亲子共读可以划分为独自阅读型、逐次问答型和互动讨论型亲子共读。

在独自阅读型的亲子共读活动中，家长对着绘本进行朗读，不关注幼儿的反应，亲子之间几乎没有交流，家长只是扮演了"陪读者""监督者"的角色，让幼儿能够保持阅读这一行为，但是幼儿自身的思维、语言能力都还未发展完善，不能完全了解图画书上的内容。因此在这种亲子共读模式之下，幼儿表面上在"阅读"，但无法通过阅读这一行为来获得实际的发展。家长的"读"也是一种机械的行为，没有和幼儿进行深层次的互动，无法吸引幼儿的兴趣，阅读效果不是很好。

在逐次问答型的亲子共读活动中，家长一边和幼儿阅读绘本，一边针对绘本内容对幼儿进行提问，然后幼儿再根据自身对绘本的理解来回答问题，通过提问的方式推进故事情节的发展，在这个过程中亲子交流不断深入，幼儿对绘本的理解能力也逐渐提高。但是家长的提问也要掌握一定的技巧，有研究表明，家长在亲子共读活动中采取开放式提问可以让幼儿大胆地进行想象和假设，促进幼儿思维的发展，而家长采取封闭式的提问方式可能会减少幼儿自主思考的机会，限制幼儿思维的发展。[1] 因此家长要想使用好逐次问答型的亲子共读模式，首先应该掌握正确的提问的技巧，即时给幼儿积极的反馈，让幼儿在阅读过程中不断受到启发。

在互动讨论型的亲子共读活动中，家长不再是前两种模式中那种指导者的身份，而是和幼儿一样，扮演着阅读者的角色，父母和幼儿处于平等的地位，共同对绘本中的图画、情节等进行探索，并且交流彼此的想法。幼儿在这种阅读模式下有很大的主动权，能够大胆地表达自己独特的想法，不必受到外界的拘束。并且幼儿在耐心倾听父母表达的时候，他们的语言理解能力也能够得到提升。与其说这种亲子共读模式是一个教导过程，不如说它是一个读者交流思想、发表见解的过程。

综上所述，每种阅读模式都有自身的特点，不同的阅读模式会带来不同的效果。因此家长应该根据自己孩子的阅读特点以及预期的阅读效果来选择合适的亲子共读模式，促进幼儿阅读能力的发展。

---

[1] 孙晓轲. 学前儿童亲子共读行为模式初探 [J]. 出版科学，2019（1）：55-61.

二 亲子共读的观念误区与操作困境

如今现实中关于亲子共读还存在着许多问题,有的是人们在观念上对亲子共读的一些错误看法,有的是在亲子共读的实际过程中由于父母或者幼儿个人原因出现的一些问题,为此我们需要厘清亲子共读的相关误区和困境,寻找解决问题的具体方法。

(一)亲子共读中的观念误区

1. 识字等于阅读

在一些教师或者家长的眼中,幼儿的阅读就是识字,只要认得的字多,就代表幼儿的阅读能力很"强",这明显是机械地把阅读和识字画上了等号。实际上识字和阅读是有一定关联的,但是二者的概念不完全一样。识字不等于阅读,识字多的孩子不一定是阅读者。比如成人已经具备了一定的识字量,但我国成年人的阅读能力还有待提高。

幼儿的早期阅读更侧重的是激发幼儿的阅读兴趣,如果一味地强调认字,那么枯燥的认字经验反而会使幼儿厌倦阅读。幼儿阅读,是从"读"周围的事物开始的,也就是体验生活的一个过程,因此幼儿阅读应该先从读"图式"开始,家长应该给幼儿创造一个充分探索周围环境的机会。

2. 阅读只是工具

阅读本身是一个很纯粹的过程,但是一些家长重教辅、轻文学的观念使阅读有了功利性的色彩。比如让孩子通过阅读学写作、学英语、学算术,想把孩子培养成"神童"。但是这种功利性的阅读材料不仅不符合幼儿的年龄特点,无法吸引幼儿的阅读兴趣,而且可能使幼儿产生畏难心理,认为阅读就是上课、写作业,逐渐丧失阅读的欲望。我们应该使幼儿的阅读伴随着愉悦的情绪体验,而不是把阅读当作一个工具,让幼儿认识到阅读的目的在于阅读本身。

3. 阅读重速度重结果

如今人们的生活节奏加快,快餐式阅读盛行,在很多家长看来,亲子共读也只是在幼儿这个年龄阶段的活动,亲子共读的目的是求得日后幼儿的自主阅读。在这个观点下,亲子共读就如同浮光掠影一般,只能让幼儿在短时间内有所收获。

实际上亲子共读是一个影响幼儿终身发展的活动,即使到中小学阶段,亲子共读仍能起到促进幼儿发展、增进亲子沟通的作用。并且持续的亲子共读能够让幼儿循序渐进地培养良好的阅读习惯,真正把阅读变成生活环节之一,获得长远的发展。因此家长应该把目光更多地放在阅读本身的过程之中,而不是寻求一时的结果。

4. 阅读年龄"早"与"晚"

目前亲子共读活动在学前阶段广泛开展,但是幼儿3岁之前的阅读活动却并没有引起足够的重视,很多家长认为婴幼儿年龄太小,"什么也读不懂",由此使得幼儿的阅读年龄出现了滞后化的趋势,实际上婴幼儿阶段就可以开展亲子共读活动,苏州图书馆的"悦读宝贝计划"就向社会传递了"阅读从出生即可开始"的阅读理念。

案例6

苏州图书馆 "悦读宝贝计划"[①]

在2011年4月23日的世界读书日当天,"悦读宝贝计划"正式启动。在启动仪式上,苏州图书馆承诺每年向1000位苏州户籍的0~3岁婴幼儿赠送"阅读大礼包",内有婴幼儿读物、亲子共读指导书、阅读测量尺、苏州图书馆宣传册和少儿卡等物品。仅仅一天时间1000份"阅读大礼包"就被申领一空,图书馆还开展了多项亲子共读活动,帮助家长培养宝宝从小养成好的阅读习惯。

在忽视3岁前婴幼儿阅读这种情况之外,还存在另外一种极端,那就是过于重视阅读方面的早教,比如现在市场上有很多早教机构推出各种良莠不齐的书籍,打着"不让孩子输在起跑线上"的口号来诱导家长进行消费。因此家长在重视婴幼儿早期阅读的同时也应该提高对阅读材料的甄别能力,选择适合自己孩子的书籍。

5. 阅读无用论

现在很多家长的价值观受到外界的影响,认为"百无一用是书生",只有赚钱才是王道,因此贬低亲子共读的价值。这种价值观很容易对幼儿造成影响,家长本身就是幼儿主要的模仿对象,如果家长自身就持读书无用论、贬低阅读的价值,更不愿意花时间陪伴孩子阅读,那么幼儿也会认为阅读是一件没有意义的事情,从而对阅读失去兴趣,错失发展的机会。反之,重视阅读、愿意花时间陪孩子一起阅读的家长就给幼儿树立了一个良好的榜样,并且能够在家庭中营造一种热爱阅读的积极氛围,使幼儿也愿意主动地去阅读。

6. 阅读与情感无关

阅读能够让幼儿得到认知、情感、社会性等多方面的发展,是一个提升幼儿综合能力的活动。但是很多家长只重视认知阅读,忽视了阅读对幼儿健康的情感世界以及人格世界构建的作用,这就导致阅读功能的片面化,使阅读只能起到智育的作用。幼儿在只注重认知培养的阅读活动中,往往会身心素质发展不健全,可能存在社会交往能力差、情绪表达能力弱、审美能力不强等问题。因此家长在亲子共读活动时应该挑选多样的书籍,扩展幼儿的知识面和视野,让他们得到全面和谐的发展。

7. 阅读不如看电子产品

互联网时代下,手机、电视、平板等各类电子产品频繁出现在幼儿的生活中,但是它们在无形之中控制人的思想和行为,使人脑简化、想象力匮乏,幼儿变得只能接受快速变化的影像,静不下心来阅读。并且相较于纸质书籍,电子产品对幼儿的视力伤害也更大一些。此外,电视中碎片化的信息过多刺激幼儿的大脑皮层,使幼儿很容易兴奋,当再次拿起书本时,幼儿看到静态的图片和文字只会觉得索然无味,由此丧失了阅读的兴趣。家长应该尽量维持幼儿的阅读时间,让孩子慢慢学

[①] 陈力勤. 从"阅读起跑线"(Bookstart)到"悦读宝贝计划"——苏州图书馆特色婴幼儿阅读服务实证研究[J]. 图书馆理论与实践, 2018 (5): 88-93.

会沉浸下来体验阅读的乐趣。

8. 孩子不喜欢阅读

在亲子共读活动中，有时候幼儿表现出抗拒的行为，家长就立马下定论：我的孩子不喜欢阅读，给孩子贴上"不爱阅读"的标签，但这种行为带着盲目的性质，家长只是根据表面现象就做出了判断，没有深究其背后的原因，根据"罗森塔尔效应"，时间久了幼儿也会在心里默认自己不喜欢阅读，导致他们无法开启阅读的大门。实际上没有从一开始就讨厌读书的孩子，也没有靠自觉变得喜欢读书的孩子，关键在于是否有人把他们带入用文字写成的美丽世界中，让他们慢慢爱上阅读，而家长正是亲子共读活动中幼儿的引路人。

（二）亲子共读中的操作困境

1. 对阅读不感兴趣、拒绝阅读

在实际的亲子共读活动中，幼儿可能表现出对阅读活动不感兴趣或者抗拒阅读等行为，对于这种情况我们应该具体问题具体分析，大致划分为两种类型：

第一，幼儿从未接受过阅读熏陶。如果幼儿从未接受过相关的阅读熏陶，对阅读还没有建立兴趣，说明他需要进行阅读启蒙教育，家长应该发挥显性示范和隐性示范的双重作用来吸引幼儿的注意，为以后的阅读活动做铺垫。比如家长可以在幼儿能看见的角落里，故意用很大的声音读故事，吸引幼儿的关注，但是不能急着问他"你想不想看啊"，要等幼儿自己提出来"我也要看"，这样才能激起幼儿内部的阅读欲望，主动地参与到阅读活动中来。

第二，某个时间段对阅读不感兴趣。这可能出于内外部两种因素影响。首先，内部因素。如果幼儿只是在某个阶段或某一天表现出对阅读不感兴趣，那我们首先要考虑到是不是幼儿的情绪因素起到了作用，因为幼儿本身的思维、想象和注意力就具有很大的随意性，很容易受到外界环境和情绪的支配，尤其是年龄小的幼儿，情绪起伏大、情绪变化也很快，当幼儿经历了较大的情绪波动导致精力不佳或是情绪低落时，他们就会对阅读失去兴趣。这时家长可以陪幼儿玩一些他喜欢的游戏，先转移注意力，等他情绪稳定以后再进行亲子共读活动。其次，外部因素。当然如果不是幼儿情绪状态导致幼儿对阅读不感兴趣，那么我们应该考虑一下其他外部因素。首先应该审视是不是阅读的书籍不符合幼儿的年龄特点和生活经验，对幼儿来说太过晦涩。如果出现这种情况，家长应该选择更换书籍或是在阅读过程中对幼儿降低要求，如仅仅看一下插图、听听故事或是做一些小游戏。再次，幼儿忽然对阅读不感兴趣，也有可能和家长的讲述方式有关，家长应该善于综合使用语气语调、神态和肢体的变化来向幼儿呈现生动形象的故事情节，让幼儿对阅读产生浓厚的兴趣。

2. 只愿意听某个故事

有时候在亲子共读活动中，幼儿会表现出想要反复阅读某个故事的行为，在家长眼里，这种行为可能是"没意思"的重复。但心理学家认为，"重复"对年幼的孩子是很重要的，每一次重复孩子都有新的感知和体验。当孩子的认知能力有限时，在不断重复的学习过程中，他们能不断发现新的东西并逐渐达到真正的理解。另外，家长也需要询问一下幼儿为何喜欢这个故事，在某种程度上，也有可能该故事中的某个场景和幼儿内心的某种缺失有联系，所以幼儿出于补偿心理的需要而一再重复这个故事。

除此之外，重复本身也有利于孩子建立起复习的学习习惯。复习是学习过程中不可或缺的重要环节，是及时从新的角度再认识学习过的知识从而更好地理解和吸收的过程。因此，当幼儿有重复听某个故事的需要时，家长应该尊重幼儿的选择并且耐心地给幼儿讲故事。但是家长也应该注意根据幼儿的年龄特点来把握重复的次数，有研究利用眼动仪为工具来探究幼儿的重复阅读行为，发现画面细节是引发幼儿重复阅读的重要因素，并且不同年龄的幼儿对于重复阅读次数的需求不同：小班幼儿重复阅读至少需要介入5次；中班幼儿重复阅读4～5次后则能够把握文本内容；而大班幼儿的重复阅读，3～4次效果较佳，第4～5次时，则会出现注意力分散现象[1]，由此看来，幼儿重复阅读的次数不是越多越好的。

3. 不愿意认字

一般情况下，家长都希望通过阅读活动来实现让幼儿识字的目的，甚至有些家长误把识字当作阅读的前提，认为幼儿不识字就无法阅读，因此通过阅读活动向幼儿灌输识字经验，这样明显是把幼儿的识字和阅读画上了等号。

事实上，幼儿是边识字边阅读的，家长可以通过阅读活动培养幼儿的识字能力，但是应该注意把握尺度，不能把阅读完全变成识字的过程。比如家长可以引导幼儿指认故事中经常出现的一些词汇或者和幼儿一起玩图文对应的指认游戏，但是不能让幼儿在每个页面都进行这样的识字，时间久了幼儿会产生厌烦的情绪。另外，家长可以根据幼儿的年龄安排适当的识字内容，一般来讲，幼儿的年龄越大，可进行识字的空间也就越大。比如对于小班的幼儿，通过一个故事可以引导他们认识2～3个词汇，中班幼儿可以认识3～4个词汇，大班幼儿可以认识5～6个词汇。

4. 偏离故事主题

家长会发现有时候在故事讲述的过程中幼儿会打断故事，说一些无关的话题导致偏离故事的主题，共读活动无法进行下去，这时候就应该思考幼儿是否经常出现这种行为还是偶然的事件。

如果是经常性跑题，表现为幼儿在很多情境下都有插无关话题，则代表幼儿的倾听习惯需要提升，《幼儿园教育指导纲要》在语言领域的要求包括"注意倾听对方讲话，能理解日常用语"，如果不及时培养幼儿耐心倾听的习惯，日后幼儿很容易形成这种不礼貌的缺点。当幼儿进行插话时，家长应该采取消退法，不回应幼儿的插话，可以停顿一下或者继续自己的讲述。当幼儿这种插话行为得不到强化时，发生的频率自然就会下降。

如果是偶然性跑题，表现为幼儿只是在某个时段或者对某个故事跑题，那么有可能是故事本身没有吸引到幼儿或者讲述的方法过于平淡，无法激发幼儿阅读的兴趣。若是前者，家长可以从故事中选择一些场景和幼儿进行互动游戏，引导幼儿参与到故事中来；若是后者，家长应该试着提升自身的讲述能力。

5. 复述困难

在一些家长的眼里，阅读是一件很严肃的事情，在阅读结束以后幼儿只有把故事完好地复述出来才算掌握了故事。事实上，在新故事讲完后没有必要立马让孩子复述出来，复述放在几遍之后比较好。这是因为一些刚接触阅读或是语言表达能力有限的幼儿无法进行复述，如果家长强迫他们反而会使幼儿产生畏难情绪，可能会影响到后期的阅读兴趣。

相比于完整地复述故事，早期阅读更重要的是营造良好的阅读氛围并为幼儿今后的持续阅读做

---

[1] 沙振江，化慧，卢章平，等. 学前儿童绘本重复阅读的眼动研究[J]. 图书馆论坛，2016（11）：41-47.

铺垫。因此，家长可以通过观察孩子在阅读结束后的反应来决定是否引导幼儿进行复述，如果幼儿不具备复述的能力，家长可以根据幼儿的兴趣引导他们对故事进行简单的回顾或是采取简单的问答形式，让幼儿对故事内容做一些回应，由此循序渐进地培养幼儿的复述能力，直到幼儿能够主动地对故事进行讲述。

6. 只喜欢听，不喜欢说

幼儿的语言学习是一个完整的过程，不仅要发展倾听的能力，而且要发展表达和阅读的能力。但是在亲子共读活动中，有许多父母采取自己讲、幼儿听的模式，导致幼儿只喜欢听，不喜欢看和说，语言能力发展片面。为此，父母应该采取一些措施来帮助幼儿习得完整的语言。

首先，父母可以转换亲子共读的模式，使幼儿处于主导地位，让幼儿来讲、父母倾听，并且在幼儿讲的过程中，父母应该用恰当的言语或非言语的方式来热情地回应幼儿，让幼儿产生"爸爸妈妈很喜欢听我讲"的一种自豪和喜悦感，以此激发幼儿讲的欲望。再次，父母可以采取榜样示范法，在幼儿看得到的地方，做出很认真观看图书的样子，并用微笑和惊讶等神态来吸引幼儿参与到阅读的过程中来。最后，父母应该尊重幼儿的意愿，当幼儿愿意接触阅读时，可以引导幼儿关注一些有趣的画面和文字。当幼儿对某一个页面不感兴趣时，父母不能强迫幼儿听故事，幼儿有了选择权以后，自然会根据自己的兴趣来看和说故事。

7. 只喜欢听固定对象讲故事

在传统的"男主外、女主内"的思想下，亲子共读的任务往往落到了母亲身上，变成了"母子阅读"，这导致有些幼儿只喜欢听某个固定对象讲故事，这个对象一般就是妈妈。究其根本，是父亲对亲子共读活动的参与度不够。深圳市图书馆曾以3~12岁的儿童为研究对象调查父母亲在亲子共读中的参与程度，得出了表6-1中的结果。

表6-1 父母参与亲子共读活动程度①

参与程度		父母亲陪读的频率					合计
		没有	仅周末	3~4天	周一至周五	每天	
母亲	计数	20	34	32	4	30	120
	百分比	16.7%	28.3%	26.7%	3.3%	25%	100.0%
父亲	计数	36	38	24	6	16	120
	百分比	30.0%	31.7%	20.0%	5.0%	13.3%	100.0%

从表6-1中我们可以看出，与母亲相比，父亲参与亲子共读活动的程度并不是很高。但是父亲在幼儿的成长中扮演着不可或缺的角色，因为男女本身的思维方式、兴趣爱好就存在着差异，比如母亲偏爱文学、艺术方面的书籍，而父亲往往更偏爱数学、科学、健康等方面的书籍，父母对书籍的偏好往往也会影响到幼儿的阅读兴趣。因此，父亲应该广泛参与到亲子共读活动中，帮助孩子培养全方位的阅读兴趣，同时增强亲子之间的沟通。

---

① 李玫玫. 少儿读者家庭亲子共读的现状调查研究——浅析父亲角色的缺位现象[J]. 内蒙古科技与经济，2019（3）：112-113，116.

8. 频繁翻阅书籍

有的幼儿在阅读的过程中喜欢频繁地把书翻来翻去，当家长讲到这一页的时候他又翻到下一页，导致阅读无法顺利进行，很多家长为此感到苦恼。实际上这并不一定是一件坏事，首先，翻阅书籍本身也是阅读技能之一，幼儿翻阅书籍也是对书感兴趣的一种表现，并且这还是幼儿接触图书、认识图书的一种方式。在翻阅书籍的过程中，幼儿慢慢就懂得了书籍的构造，知道书是由封面和内容组成的，每一面是有图画和文字的。其次，家长应该知道，对于幼儿来说阅读不仅是视觉上的，也是听觉上的、口语上的，甚至还是触觉上的，特别是年幼的孩子，他们处于动作思维的阶段，认识事物要依靠外部的动作，他们的思维是在动作中进行的，因此才会出现频繁翻阅书籍的行为。

为此，家长在理解幼儿频繁翻阅图书行为的基础上，可以适当采取一些措施调节幼儿翻书的速度来保障顺利地进行阅读活动。比如当幼儿翻阅速度减慢时，家长可以提一些简单的问题来吸引幼儿主动探索下一页的内容："咦，这是一只小白兔吗？它怎么带着一个帽子啊？我们一起往下看看。"当幼儿翻书速度过快时，家长可以引导幼儿关注当前画面的一些细节来使幼儿集中注意力，比如指着书上的一只蝴蝶问幼儿："这个蝴蝶好像跟别的蝴蝶不一样呢，你能给我讲讲吗？"

9. 注意力不集中

在亲子共读的过程中，难免会出现幼儿读到一半要求更换书籍听别的故事或者转头要去玩玩具这种情况。对于这种情况，家长要先做出判断：幼儿是经常注意力不集中还是只是因为别的原因出现的偶然性事件。

如果幼儿经常在干什么事情时都注意力不集中，家长应该及时进行干预，帮助幼儿改掉这个坏习惯，不能迁就幼儿。首先，家长可以采取激励法，当幼儿要求换书时对幼儿进行鼓励："能干的宝贝一定会坚持做完一件事情，爸爸妈妈相信你一定可以听完这个故事的，对不对？"一般情况下，幼儿受到精神上的鼓励会坚持下去，若幼儿还是坚持不听，则家长自己坚持把这个故事讲完，不要在乎幼儿是否关注到。其次，家长可以采取游戏法来培养幼儿的注意力，比如和幼儿一起比赛，看谁能坚持得更久一些。

如果幼儿只是在某个时间段或者只是在听某个故事时无法集中注意力，那么说明只是故事本身无法吸引幼儿或者讲述方式有问题，若是出现这种情况，我们应该像上文提到的一样，采用游戏互动或者改善讲述方法等策略来吸引幼儿的注意力。

三 高效亲子共读的条件准备和实施策略

亲子共读作为父母与幼儿之间的一种互动活动，固然需要家长的不断努力，但是家长自身的条件参差不齐，大多数家长也没有接受过系统的亲子共读相关培训，因此很多家长可能会为此感到迷茫和困惑。这时，幼儿园和社会应该发挥各自的作用，在给家庭提供阅读资源的同时为家长提供专业的亲子共读指导服务，和家长相互配合，共同提高亲子共读活动的质量。

（一）高效亲子共读的条件准备

1. 挑选适宜的绘本作品

有时候在亲子共读活动中幼儿会表现出对阅读不感兴趣或者注意力不集中等行为，这很有可能是由挑选的绘本不符合幼儿的年龄特征或者生活经验导致的。由此可见，挑选一个好的绘本是亲子共读活动的必要前提。

首先，家长大致阅读绘本。虽然亲子共读是家长和孩子一起进行的活动，但是家长作为幼儿阅读的引导者，在给孩子挑选绘本时首先应该大致浏览一遍，或者了解绘本的作者、背景等信息，而不是仅凭封面、价格来挑选绘本。这样做一方面家长可以帮孩子筛选、过滤掉一些不符合幼儿年龄特点或是质量不好的绘本，从源头上保证亲子共读活动的质量；另一方面，家长在大致了解绘本后，再和孩子一起阅读时又有了新的见解和体会，能够更好地引导幼儿，这相当于"二次创作"的过程。因此，家长在为幼儿挑选绘本时先大致阅读一遍是相当必要的。

其次，注重绘本的艺术性。很多家长在为幼儿挑选绘本时带着功利性的色彩，更关注绘本的作用，能让幼儿实现哪方面的发展，却忽视了绘本本身的艺术性。实际上一本好的绘本就相当于一个美术展，它在绘画的构图、色彩的选择以及绘画方式等层面都考虑得很细致。

第一，好的绘本很重视色彩和构图的艺术美感。从画风的色彩角度来看，好的绘本往往色彩鲜明、搭配合理，能够吸引幼儿的注意；从人物造型的多样性来看，好的绘本更注重塑造各种人物形象，而不是采用电脑绘图导致人物形象千篇一律、抹杀幼儿思维发散能力和想象力。

第二，一般的故事书中图画大多是为了配合文字而存在，但是好的绘本讲究图和文的完美结合，图文配合又可以分为两种层次。一种是图片和文字相互衬托，就像绘本《大熊校长》[①] 里，文字里说明大熊校长向孩子们说早上好，图片里画的是大熊向小动物们招手说早安的情形，并且每个小动物旁也配有"早上好"的话语，这就是典型的图片和文字相互配合。

另一种是图片超越了文字所表达的内容，需要幼儿仔细地去观察和探索。比如在《母鸡萝丝去散步》[②] 中，虽然全书都没有提及狐狸两个字，但是图片一直在展示母鸡萝丝的身后跟着一只狐狸（图 6-1），全书只有 44 个字，却可以让幼儿通过观察图片进行无限的遐想。

6-3 拓展阅读
《母鸡萝丝去散步》

再次，符合幼儿的年龄和兴趣。现在市面上很多的绘本都会在封面标明适宜几岁的幼儿阅读，一些家长图方便会直接根据标识选择符合自己孩子年龄段的绘本。实际上这些标识很多都是带有主观性且不科学的，因此家长不能盲目相信绘本上标识的年龄段。家长应该考虑绘本是否符合该年龄

---

① 今野仁美，井本蓉子. 大熊校长 [M]. 康轩幼教中心，译. 兰州：甘肃少年儿童出版社，2009.
② 佩特·哈群斯. 母鸡萝丝去散步 [M]. 上谊出版部，译. 济南：明天出版社，2009.

母鸡萝丝出门去散步

图 6-1　绘本《母鸡萝丝去散步》插图

段孩子共同的年龄特征，比如低年龄段的孩子适宜在内容上与儿童生命体验密切相关，在图画上色彩鲜明、现象逼真，在文字上能丰富幼儿口语经验的绘本。[1] 而高年龄段的孩子更适宜故事性强的绘本，并且在画面上往往达到图文配合的第二种境界，可以使孩子大胆地进行猜想和创造。家长应该根据自己孩子的兴趣偏好来选择适宜的绘本。有的孩子喜欢科学、数学类的绘本，有的孩子喜欢艺术创造类的绘本。家长是最了解自己孩子偏好的人，因此可以在符合幼儿年龄特征的绘本中挑选符合自己孩子兴趣的绘本。

最后，分类挑选绘本。家长在面对市面上各种各样的绘本时经常觉得无从下手、很难选到适宜的绘本。实际上，我们可以根据生活中的事件、幼儿的情绪状态等给绘本进行分类，然后再有针对性地挑选绘本，以下简要介绍几种分类挑选绘本的方法：

第一，事件法。绘本中的故事有很多都是与幼儿的生活经验相关的，所以当幼儿生活中出现特殊的事件时，我们可以抓住这个契机，通过绘本对幼儿进行随机教育。比如家中有亲人过世时，我们可以让幼儿阅读《獾的礼物》[2]、《爷爷的天使》[3] 等绘本，通过这些关于生命教育的绘本在安抚幼儿心灵的同时让幼儿正确地看待死亡这件事情；当幼儿生病时，我们可以引导幼儿阅读《阿莫的生病日》[4]、《第五个》[5] 等绘本，让幼儿知道生病是一件很正常的事情，生病了需要去看医生这些常识。通过事件法，生活中复杂的事件在幼儿的眼里变得通俗易懂，并且幼儿还会把在绘本中学习到的知识再次运用到现实生活中，在实践中丰富自己的认知经验，获得全面的发展。

第二，心情法。幼儿本身就具有情绪不稳定且情绪反应大等心理特征，为此，我们可以根据孩子表现出来的情绪来挑选对应的绘本，帮助他们进行情感的表达和宣泄，以下是韩国教育开发院透过调查得到的孩子的苦恼情绪的种类，我们可以按照这些苦恼的类型为孩子挑选符合他们情绪的绘本。

---

[1] 徐鹏鹏. 学前儿童绘本亲子共读指导策略 [J]. 教育观察, 2021 (48): 46-49.
[2] 苏珊·华莱. 獾的礼物 [M]. 杨玲玲, 彭懿, 译. 济南：明天出版社, 2008.
[3] 尤塔·鲍尔. 爷爷的天使 [M]. 高玉菁, 译. 武汉：湖北美术出版社, 2009.
[4] 菲利普·斯蒂德, 埃琳·斯蒂德. 阿莫的生病日 [M]. 阿甲, 译. 南昌：二十一世纪出版社, 2012.
[5] 恩斯特·杨德尔, 诺尔曼·荣格. 第五个 [M]. 三禾, 译. 海口：南海出版公司, 2010.

> **案例7**
>
> ### 根据孩子苦恼类型挑选绘本
>
> 苦恼外貌型：因对外貌没有信心而感苦恼的小学生中，女生占38%，男生占12%，几乎是因为太胖或者眼睛太小等缘故。此时推荐《美女与野兽》《丑小鸭》等。
>
> 苦恼学习型：若成绩不是名列前茅，孩子会觉得自己在学习上不行，这是因为父母和社会对学业过于强调的缘故。对于这些孩子，可以给他们看一些爱迪生、爱因斯坦等小时候因为学习不佳而被人说成是傻瓜的名人传记。
>
> 憎恨父母型：孩子不理解父母时，读谢尔·希尔弗斯坦的《爱心树》或者赛珍珠的《圣诞节的早晨》。
>
> 脾气怪异型：生气的孩子心中会充满忧郁和不安，孩子生气时给他看贝希·艾芙瑞的《生气汤》或者希亚文·奥拉姆的《生气的亚瑟》，他们马上就会破涕为笑。
>
> 憎恨老师型：看都德的《最后一课》，他们就会理解老师的严肃木讷态度。

第三，季节/节日法。我们还可以依据时间的顺序，在遇到相应的节日或者季节时，引导幼儿阅读应时的书，以此来加深幼儿对这个节日或者季节的理解。比如阅读日本作家五味太郎的《四季绘本》①；通过调动感官和想象来让幼儿认识春夏秋冬这四个季节的特点；通过阅读绘本《这就是二十四节气》② 知道中国传统的节气有哪些；通过阅读绘本《团圆》③ 了解我们中国传统的年文化等。通过运用季节/节日法，不仅可以丰富幼儿对于季节/节日的认知，而且还可以加深幼儿对中国传统文化的了解，增强民族文化自信。

第四，观察学习法。模仿本来就是幼儿重要的学习方法之一，幼儿在不知道阅读什么书籍时，可以观察周围人尤其是同龄人在阅读什么书籍。在这个过程中，幼儿和朋友一起分享书中的故事，就会形成认同感，这种认同感又会发展成为亲近感，而最后亲近感又会成为继续阅读的一种动力。这个不断循环的过程不仅可以培养幼儿的人际交往能力，还能让幼儿通过与他人交流读书经验来加深自己对故事的认识和理解。

2. 营造良好的阅读环境

要想达到理想的阅读效果，良好的阅读环境也是条件之一。阅读环境带给幼儿的影响是间接的、潜移默化的，能让幼儿在不知不觉中受到熏陶，从而静心阅读。阅读环境具体又可以分为感官环境和心理环境。

感官环境的设置能让幼儿通过触觉、听觉等各类感觉器官接触外界事物来发展自己的经验，也可以说感官环境是进行亲子共读活动的一个物质基础。首先，可以让幼儿自己来选择今天阅读的场地，同时播放轻柔的音乐使幼儿感到放松。其次，灯光的颜色应该柔和不刺眼，相对温暖、舒服，

---

① 五味太郎. 四季绘本[M]. 季颖，译. 上海：上海文化出版社，2018.
② 高春香，邵敏，许明振，等. 这就是二十四节气[M]. 北京：海豚出版社，2015.
③ 余丽琼，朱成梁. 团圆[M]. 济南：明天出版社，2008.

与常规阅读相区别。再次，图书应该摆在幼儿触手可及的地方，方便幼儿取出和放回。并且家长应该阶段性地来投放书籍，在幼儿充分阅读了一本或几本书后，再投放新的书，每次给予的书在难度、内容和写作手法上有一定的关联，让幼儿能越读越有兴趣。最后，家长应该努力为幼儿创造一个专门的阅读场地，排除无关刺激物的干扰，让幼儿能够把注意力集中在阅读的过程中。

相比于感官环境，心理环境的营造往往更容易被忽视，但是它在阅读过程中发挥着不可替代的作用。为了营造一个适宜的心理环境，首先家长可以在阅读前通过和幼儿一起做小游戏来进行肢体的亲密接触，比如拥抱、抚摸等，营造轻松温馨的氛围，让幼儿产生安全感和信赖感，对之后的共读活动做好心理准备。但是家长同时也要注意，心理环境的营造要依靠精神层面的共鸣，切忌使用物质引诱孩子。这是因为物质引诱往往只能激发孩子一时的外部动机，过不了多久孩子就会对阅读失去兴趣，而发自内心的兴趣才是幼儿能够持续阅读的内部动机。

3. 选择恰当的共读时间和频率

选择恰当的亲子共读时间和频率也是有效亲子共读的秘诀之一，它能够使阅读像吃饭喝水一样，成为幼儿生活的一部分，并培养幼儿良好的阅读习惯。

首先在频率的选择上，一般一周进行1~2次亲子共读活动即可，次数少了不足以养成长期的习惯，而次数太多不仅会降低幼儿对阅读的兴趣，还会给家长带来负担，因此控制好阅读的频率也是很重要的。

在阅读时间的选择上其实没有很严格的要求，对于那些已经养成固定时间阅读的家庭来说，只要维持原有的习惯就可以了。对于那些还没有固定阅读习惯的家庭来说，第一次亲子共读可以尝试选择放在周末的白天，在此之后选择放在平时晚上睡前的时间段，然后慢慢形成固定的习惯。

4. 合理安排共读的空间方位

在进行亲子共读活动时，家长和幼儿所处的位置也会影响到阅读的效果，所以家长应该根据具体情况选择合适的方位，我们可以把亲子共读的空间方位分为直角方位、并排方位和前后方位这三种类型。

直角方位就是家长和幼儿分别处于床或桌子的相邻两边，构成一个直角（图6-2）。直角方位的优点就是家长可以随时观察到幼儿的反应，并且方便亲子在交流中的目光对视，不足之处就在于在共同看一本书时，家长不方便看书本内容。直角方位一般适合于有一定阅读习惯和基础但是语言表达能力偏弱的幼儿。

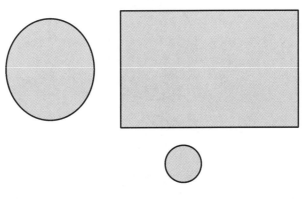

图 6-2　直角方位

并排方位就是家长和幼儿共同坐在桌子的同一侧，二者处于同一水平位置（图 6-3）。并排方位的优点就是便于家长和幼儿同步阅读书本内容并且容易发生亲子之间的肢体接触，不足之处就是离得太近不方便直接交流。并排方位一般更适合平时亲子之间肢体交流不多的幼儿或者是处于中大班阶段但注意力比较不集中的幼儿。

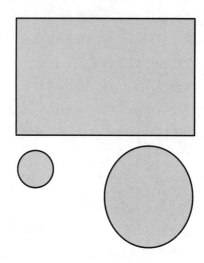

图 6-3　并排方位

前后方位就是在沙发上，家长处于幼儿的后方拥抱着幼儿进行阅读的一种方位（图 6-4）。前后方位的优点就是它可以进行肢体接触促进亲子之间的情感沟通，并且家长可以在一定程度上控制幼儿的注意力，不足之处在于家长位于幼儿的后方，不便观察幼儿的反应且在进行语言交流时没有目光对视。前后方位一般适合注意力很不集中且缺乏良好阅读习惯的幼儿或者平时亲子之间肢体交流不多的幼儿。

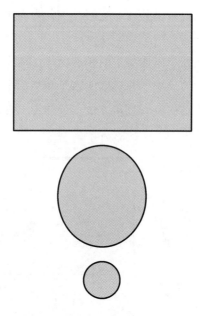

图 6-4　前后方位

综上所述，每种亲子共读的方位都有自己的优点和不足之处，为此，家长应该做到以下几点来合理安排空间方位：第一，应该根据幼儿的实际情况来进行选择，比如注意力不集中的采取前后方位,语言表达弱的采取直角方位,等等。第二,应该尊重幼儿的自我选择,幼儿的方位选择往往也体现了他们自身的心理需求,家长应该能够满足幼儿的合理需求。第三,这几种方位可以经常变换使用,每次阅读的实际情况和幼儿本身的情况都是在随时变化的,因此家长应该随机应变,灵活地安排阅读的空间方位,最终达到理想的阅读效果。

(二) 高效亲子共读的实施策略

亲子共读注重对幼儿的阅读兴趣调动和阅读习惯培养,引导幼儿持续阅读的内部动力,促进幼儿的终身发展与学习,为此,家长应该掌握一些高效亲子共读的策略。

1. 注重语言和动作的感染力

一般绘本中蕴含的情感色彩都是很丰富的,如果采取平淡的语气来朗读往往无法表达出情节的转换和角色的情绪,因此家长应该尽量把画面和文字要表达的情感通过丰富的语言和抑扬顿挫的语调表示出来,这样可以激发幼儿极大的兴趣。比如家长在朗读"一只小花猫走在路上,看到一朵漂亮的花。它走上前去,深深地吸了一口,真香啊!"这句话时,可以在读"深深地吸一口"时停顿一下,真的深吸一口气然后吐出来说"真香啊",之后做出陶醉的模样,让幼儿感到仿佛置身其中闻到了花香,这样的阅读效果是采用平淡的语气来阅读所无法达到的。

另外,在亲子共读的过程中,如果家长只是平铺直叙地对着绘本朗读故事,那么幼儿很快就会失去兴趣、转移注意力。这时候家长可以试着加入一些肢体动作来吸引幼儿的注意,比如鼓掌、拿起幼儿的手一起点读等,幼儿的身体一起参与到阅读中自然就会集中注意力。此外,家长还可以运用形象的语言对故事内容进行扩充,跟幼儿描绘书上没有明显展示的内容,引发幼儿的遐想,让他们在头脑中形成生动的表象,以此来让幼儿集中注意力,激发他们对阅读的兴趣。

2. 培养幼儿良好的阅读习惯

有的幼儿虽然对阅读很感兴趣,也学会了如何阅读,却没有养成良好的阅读习惯,比如不按顺序翻书,在书上乱涂乱画、撕毁书籍,看完书后不摆放回原处,看书姿势不对等,这些看似是无关紧要的小问题,如果不及时改正,以后很容易形成常态。

为了帮助幼儿养成良好的阅读习惯,首先家长应该给幼儿树立积极的榜样,比如爱护书籍,端正地坐在桌前阅读等,幼儿通过观察模仿家长的举止,慢慢就学会了正确看书的方法。其次,家长可以在家里安置书架,引导幼儿看完书以后把它归回原处并摆放整齐。最后,家长可以和幼儿进行一些游戏,引导幼儿一页一页地翻书,养成正确的翻阅图书的习惯。

3. 采用合作式的亲子共读模式

在上文中提到,从亲子互动程度角度划分,我们可以分为平行式亲子共读、偏离式亲子共读和合作式亲子共读,合作式亲子共读是亲子共读的最佳模式,家长采用这种模式往往能达到更好的阅读效果,那合作式亲子共读具体要怎么进行呢?遇到不同类型的绘本时又该怎么读?接下来我们一起看几个案例来进一步了解合作式的亲子共读。

案例8

如何读字少的书——以《大卫，不可以》[①]为例

《大卫，不可以》全书的文字不多，最多的是重复出现的两个词"大卫"和"不可以"，但是每一次的"不可以"却蕴含了不同的意味，对于这类字少的绘本，我们需要掌握以下几个要领。

第一，出声思考。家长可以引领幼儿一起读书上的文字，让幼儿把自己带入情境之中，比如一起看着图6-5的画面读"大卫，不可以"，幼儿在出声的同时也会进行思考：为什么不可以呢？大卫做错了什么？

图6-5　《大卫，不可以》插图

第二，补充信息。书上的文字很简短，这时候就需要幼儿仔细观察画面来补充信息。大卫在干什么呢？他正站在高高的椅子上费力地去拿柜子上的饼干罐。

第三，提问回答。家长这时就可以对幼儿进行提问："为什么大卫的妈妈说大卫，不可以呢？"这时，幼儿就会根据自己看到的画面结合文字进行回答："大卫这样做太危险了，可能会摔下来，所以大卫的妈妈说不可以。"这样幼儿就通过回答问题掌握了画面和文字所蕴含的意义。

第四，找到关键页。每个绘本都有关键页来表达核心思想，家长可以引导孩子找到关键页，通过关键页来对故事进行总结。比如在《大卫，不可以》的最后两面（图6-6），大卫的妈妈把大卫拥入怀中，告诉他"我爱你"。从这可以看出大卫意识到自己的错误以后，妈妈还是会耐心包容他，原谅他。

---

① 大卫·香农. 大卫，不可以 [M]. 余治莹，译. 石家庄：河北教育出版社，2007.

图 6-6 《大卫，不可以》的关键页

案例9

如何读深刻的书？——以《天啊！错啦！》[①] 为例

很多家长在给孩子挑选绘本时都会挑选一些浅显易懂的情节，认为太深刻的故事孩子不一定读得懂，实际上深刻不代表孩子不能懂，孩子懂了也不一定要表达出来，《天啊！错啦！》就是一本寓意深刻的绘本，要想读懂它，我们应该掌握以下几个要点。

第一，不要低估孩子的理解力。孩子在读此类深刻的绘本时，不一定就不能理解其中蕴含的深层含义，只是每个孩子理解的程度和角度不同而已，我们应该在幼儿已经理解的层面上慢慢引导他往更深的层次探索。

第二，不要强迫孩子讲述。很多家长在故事结束后为了知道孩子掌握得怎么样，要求孩子必须再复述一遍，但是很多幼儿的语言表达能力还达不到所以难以复述。并且对于幼儿来讲，也许他们心里已经明白了这个道理，只不过不想用语言进行表达，这时候家长可以引导幼儿用他们喜欢的方式来表达，比如绘画、角色扮演等。

第三，尊重孩子的独特想法。在《天啊！错啦！》这个绘本里，几乎每个画面的外面都有一个框，框外写着不一样的画外音，家长可以试着问孩子："这是谁说的话啊？"有的孩子觉得这就是妈妈说的话，有的孩子认为这是驴说的话。其实这个问题没有标准的答案，每个孩子的想法都有它的道理，家长应该尊重孩子独特的想法，学会从孩子的视角来看待这个故事。

[①] 徐萃，姬炤华. 天啊！错啦！[M]. 南昌：二十一世纪出版社，2011.

第四，尊重幼儿的兴趣。无论绘本多么深刻，只要幼儿在阅读过程中感到愉悦，并且丰富了自身的认知体验，就都代表了这是一次有意义的阅读活动。家长应该多尊重幼儿的兴趣，少一些功利色彩。

案例10

如何读不是故事的书？——以 It's Ok to Be Different[①] 为例

有些绘本的内容讲的并不是一个完整的故事，而是围绕一个主题来表述思想，It's Ok to Be Different 就是这样一本书，要想读懂这类绘本，我们要掌握以下技巧。

第一，联系生活理解观点。要想让幼儿了解书中比较抽象的道理，我们可以从他们的生活经验出发。比如幼儿对自己的身材不满意的时候，我们可以利用 It's Ok to Be Different 中的图画（图6-7）告诉他，无论你的身材很瘦小、中等或者很大都是很好的，不要为此感到不安，应该学会与自己和解，接受自身。这样，孩子就能从自身的生活经验出发来了解画面的内容并且掌握画面背后的内涵。

图6-7　*It's Ok to Be Different* 插图

第二，引导幼儿进行表达。对于不是故事的绘本，书中的每一页之间没有过多的逻辑关联，每一页都在讲一个独立的小事件，在这种亲子共读的环节中，家长要做的不是过多的讲述，而是倾听幼儿对每一页绘本的感悟和理解，让幼儿围绕画面来表达自身的思想。

---

①　Todd Parr, Bob Crane. It's Ok to Be Different [M]. New York: Tor Books, 1988.

> 第三，表达方式的多样化。对于不是故事的绘本，的确要引导幼儿基于自己的感知和理解来表达思想，但是家长应该给幼儿创造机会，采取多种形式帮助幼儿来表达，比如和幼儿进行角色扮演，分饰角色来朗读绘本或者让幼儿在阅读完绘本以后进行自由的绘画，再对幼儿的画进行分析等。表达方式的多样化可以让幼儿的表达不仅停留在口头语言上，还可以是书面的、肢体的，使幼儿能够充分发挥想象力并提高语言表达能力。
>
> 第四，引导幼儿积极思考。由于不是故事的书几乎没有什么情节，很多家长在亲子共读活动中就只是照着书给孩子念一遍，没有过多的提问和讲解，这就限制了孩子的思考，达不到良好的阅读效果。家长可以在阅读结束后，对幼儿进行提问：该绘本表达的核心内涵是什么？我们的生活中是否会出现书中的情形？以此来引发幼儿进行思考，了解绘本的中心思想。

在阅读过以上合作式亲子共读的案例后，可以发现合作式亲子共读是一种很灵活的方式，在阅读不同类型的绘本时需要掌握不同的技巧，因此在实际的亲子共读活动中家长应该具体问题具体分析，根据阅读材料和幼儿的特点寻找最合适的阅读模式。

4．运用表演和游戏来延伸阅读

亲子共读不仅仅是对纸质文本的学习和分享，还可以在阅读的基础上，延伸出系列游戏活动，增强亲子互动的范畴。

角色表演就是家长和幼儿根据绘本的情节分别扮演绘本中的角色进行言语和肢体互动的过程，角色表演能够促进幼儿认知、情感和社会性多方面的发展并且能够加深幼儿对绘本情节的理解。在使用角色表演策略时，家长应该注意以下三点。第一，让幼儿在理解故事情节的基础上进行表演。如果幼儿连故事情节都不是很清楚，那在角色表演时就无法展现人物的性格、语气等特征，并且表演的目的是加深幼儿对故事本身的理解而不是为了表演而表演。第二，尊重幼儿选择和变换角色的权利。家长不能在角色表演时按照自己的意愿分配角色，应该让幼儿根据自身的偏好来选择角色，尊重幼儿的主体性。第三，表演结束后进行总结评价。在表演结束以后家长一方面可以对幼儿的表现进行鼓励，培养幼儿下一次进行表演的信心，另一方面可以再次引导幼儿回顾故事情节，使幼儿加深对主题的印象。

如果故事的情节比较简单或者不符合孩子的偏好，这时候家长可以采取一些游戏策略来激发幼儿的兴趣。比如亲子之间进行小比赛，看看谁能在绘本里找出更多的小动物或者根据故事编一首歌谣，看看谁唱得更好听。也可以在故事结束后开展一些扩展活动，比如根据故事情节自己给绘本设计一个封面，对这个故事之后的情节进行创编等。

四 家庭亲子共读的外部助力

儿童的发展是在家庭、幼儿园和社会三位一体的综合环境中进行的。儿童阅读同样不仅仅是家长的责任，且由于家长的教育素养参差不齐，在亲子共读的专业性上可能不足，就需要专业机构如幼儿园和图书馆的指导与助力。

（一）幼儿园提供有效的指导服务

1. 引发家长共识，家园达成一致

幼儿园对家庭的亲子共读活动提供指导服务的前提是家长和教师就亲子共读的内容、模式和重要性等层面达成了共识，如果家长和教师的意见不一致，很难形成教育合力促进幼儿的发展。有了家长的帮助和认同，幼儿园才能更好地为家庭提供亲子共读的指导服务。

首先，幼儿园教师应该让家长认识到亲子共读的重要性。教师可以跟家长分享一些亲子共读的案例或者相关书籍，让家长意识到亲子共读不仅可以提升自己的教育素养而且能够促进孩子的发展，同时也是增进亲子情感交流的重要渠道，家长在发现亲子共读的价值之后，自然就有了主动开展亲子共读活动的意愿。

其次，教师应该让家长认识到自己对开展亲子共读活动的责任。家长必须认识到自己也是亲子共读活动的主体之一，知道自己对孩子的影响力是巨大的，家庭内部的成员不应该互相推卸陪伴孩子阅读的责任，而应该主动承担和互相配合，共同给孩子提供高质量的亲子共读。

最后，教师应该让家长认识到和孩子一起阅读不只是教师的事。有些家长误以为自己只要抚养孩子就够了，至于陪孩子学习这些都应该由幼儿园的教师来负责。这种错误的观点使得家庭教育无法发挥自己的优势，家园之间的合作也难以展开。因此，教师应该让家长认识到陪伴孩子阅读是家长和教师的共同责任，家长和教师之间应该是"盟友"的关系，最终是为了幼儿更好的发展。

2. 开展相关培训，提供专业指导

幼儿园教师可以采取间接指导的方式，通过建立书籍推荐的专栏让家长自己阅读专栏的内容来掌握亲子共读的专业知识。书籍推荐专栏主要推荐两类书籍，一类是亲子共读需要的材料，也就是各种类型的绘本，教师既可以根据本周幼儿园课程主题来推荐相关绘本让幼儿更好地掌握学习的知识，也可以根据季节、节日等时间作为依据来推荐绘本，丰富幼儿的生活经验；另一类是面向家长的专业书籍，内容主要是如何学会引导亲子共读活动，如何选择合适的阅读方法等，帮助家长掌握专业的亲子共读知识。

为了使家长更加系统地掌握亲子共读的相关知识，幼儿园可以多种形式开展专业的阅读技巧培训课。这些课程主要就如何挑选绘本、如何进行亲子之间的互动、阅读后如何进行总结等问题对家长进行指导。

首先，幼儿园可以在家长学校中开办技巧培训课，《中华人民共和国家庭教育促进法》第四十条规定："幼儿园可以采取建立家长学校等方式，针对不同年龄段未成年人的特点，定期组织公益性家庭教育指导服务和实践活动，并及时联系、督促未成年人的父母或者其他监护人参加。"家长学校的规范化和科学化能让家长学习到专业的理论知识并运用到实践中。其次，随着互联网时代各种电子产品的普及运用，很多家长更加青睐线上的培训方式。因此，幼儿园可以采取在网上直播阅读技巧课或是建立网站录制课程等方式向家长传授阅读技巧，这样也能打破时空的限制，使培训过程更加方便快捷。

组织家长来幼儿园观摩阅读示范课是一种实践性很强的方法，家长通过现场观察记录教师指导幼儿阅读的过程能够更加直观地掌握一些亲子共读的技巧。一方面，家长通过现场观摩能发现在阅

读过程中教师是如何引导幼儿步步深入的,教师的一些具体行为和语言,如"你怎么知道的?""你从哪儿看出来的?""你最喜欢这本书的哪一页(或哪个角色)?为什么?"等问题能够很好地激发孩子思考[①],家长在观察的过程中慢慢就学会了向幼儿提问和与幼儿沟通的方法。另一方面,家长在观摩的过程中也能了解自己孩子的一些阅读特点,比如有的孩子在活动中积极与老师互动,集中注意力,有的孩子很容易分散注意力,被无关信息干扰。家长可以在以后的亲子共读活动中根据自己孩子的阅读特点有针对性地选择合适的阅读方法。

虽然幼儿园教师能够为亲子共读提供一些指导,但教师毕竟不是阅读专家,在指导过程中也可能出现一些疑问。因此幼儿园可以定期邀请专家来进行专业指导,这时指导对象不仅包含了家长,还包含了幼儿园教师。家长可以通过指导获取亲子共读的相关知识,比如如何有效进行亲子沟通、阅读中有哪些需要注意的细节等。而幼儿园教师则可以通过指导进一步丰富自己的专业知识从而提升家庭教育指导服务的质量。

3. 搭建互动平台,分享交流经验

每个家庭都有不同的亲子共读经历和策略,为了实现资源的共享和经验的交流,幼儿园可以定期组织亲子共读分享活动,让家长们来园交流自己在阅读活动中遇到的困难或是积累的经验,比如有哪些适合幼儿阅读的绘本,阅读过程中让孩子集中注意力的小妙招,什么样的阅读频率最合适,等等。家长通过共享信息能够反思自己在开展亲子共读活动中的不足,并从他人身上吸取宝贵的经验,不断提升亲子共读的质量。

有些家长工作繁忙不能及时到幼儿园现场参加指导活动,这时候利用网络媒介就能够很好地解决这个问题,并且节约了时间和场地等成本。一方面,幼儿园通过网站、论坛等方式分享一些亲子共读知识,家长有任何疑问也可以留言与老师沟通;另一方面,教师通过QQ、微信等社交软件来组织大家进行交流,群策群力,实现家长之间以及教师和家长之间的有效沟通,共同为提高亲子共读质量出谋划策。

(二)图书馆打造开放共享阅读平台

1. 设立专门的亲子绘本阅览室

相比于幼儿家庭而言,公共图书馆拥有适合各个年龄段幼儿阅读的丰富图书资源,但是有些家长走进图书馆在面对浩如烟海的书籍时,常常会感到迷茫,不知道到哪里挑选适合幼儿的绘本。为此,图书馆可以专门设立供亲子共读的绘本阅览室,把绘本分类排放好,方便家长和幼儿查阅。

亲子绘本阅览室除了要保障绘本资源的丰富多样,还应该在设备布局上尽量贴合幼儿的年龄特征。比如书架和座椅不要设置得太高,以方便幼儿取放图书和坐下来翻阅;整体环境应该采用温暖明亮的色调,给幼儿营造温馨的阅读氛围;墙上可以贴一些小动物的标识来引导幼儿遵守秩序等。绘本阅览室的设立既可以为亲子共读活动提供便利,又可以把亲子共读区和其他阅读区隔离开来,以免幼儿吵闹打扰到其他读者。现在很多城市的图书馆都设立了专门的绘本阅览室,比如深圳少年儿童图书馆的"熊嘟嘟的家——故事绘本区"、罗湖区图书馆的"千手涂涂绘本馆"以及重庆图书

---

① 林凤姐. 促进亲子共读的指导策略[J]. 学前教育研究,2014(3):70-72.

馆的"童话森林绘本馆"①，这些绘本馆都拥有自己的特色。

> **案例11**
>
> **苏州图书馆为0～6岁幼儿设立 "悦读园"②**
>
> 苏州图书馆自2014年起实施了"悦读宝贝"计划，专门为0～6岁的幼儿设计建造了"悦读园"。"悦读园"由三个活动空间构成，从外到里，由大到小依次是：3岁以上幼儿使用的"大动作"活动室，也是周末图书馆讲故事的场地；0～3岁幼儿活动室，亦是周末"家长沙龙"活动场所；另外有间小巧、温馨的哺乳室。在"悦读园"里，苏州图书馆开展各种各样的活动，如"蹒跚起步来看书""听故事姐姐讲故事""家长沙龙"等。

2. 开展丰富多样的阅读活动

图书馆不仅是汇集丰富图书资源的宝库，更是为大众服务的公益机构，现在很多图书馆都针对亲子共读开展了一系列的活动。比如上海闵行图书馆里的"闵图妈妈小屋"开展了亲子手工坊、英语游乐会、童心绘故事坊和妈妈小讲堂等特色活动，在引导幼儿深刻体验阅读过程的同时还为家长提供了家庭教育指导服务，使活动具有很强的综合性和实用性③；杭州少儿图书馆的"小可妈妈伴小时"亲子课堂设有手工制作、艺术语言、阅读游戏等课程，广受家长和孩子的喜爱④。

这些活动不仅保障了基本的亲子共读活动的开展，还让亲子共读活动通过多种形式得到了延伸和拓展，在为亲子提供高质量服务的同时还扩大了图书馆的服务范围，有利于图书馆打造特色品牌并吸引更多读者。

3. 与社会各界开展广泛合作

公共图书馆不仅要利用自身的内部资源为亲子共读营造一个良好的环境，还需要广泛地与社会开展合作，更好地整合资源，提高自身的影响力。公共图书馆与社会的合作一方面表现在招募志愿者、提高专业人员的参与率上；另一方面体现在与社会机构合作、促进服务多样性上。

首先，在招募志愿者方面，图书馆可以从绘本作家、幼儿教师和有经验的幼儿家长中挑选专业的志愿者。以苏州图书馆志愿者协会的少儿部为例，里面就有以中小学生为主的"雏鹰"志愿者、以高等幼儿师范学校学生为主的"故事姐姐"志愿者，还有以"阳光家庭"等培训公司为主的志愿者，为了提高志愿者团队的整体素质，图书馆还专门开设了"悦读妈妈"的培训课堂，邀请专家对志愿者进行系统的培训。⑤ 专业的志愿者团队是图书馆提供亲子共读服务的人力资源保障，因此图

---

① 曹桂平. 亲子共读活动中绘本运用形式与策略 [J]. 国家图书馆学刊，2014（6）：28-32.
② 张利娜. 国内幼儿阅读状况、突出问题及促进措施研究 [J]. 图书馆，2015（5）：97-101.
③ 宣寅颖. 打造阅读平台，丰盈七彩童年——上海市闵行区图书馆"闵图妈妈小屋"亲子共读系列活动案例分析 [J]. 图书馆工作与研究，2017（S1）：77-79.
④ 张利娜. 国内幼儿阅读状况、突出问题及促进措施研究 [J]. 图书馆，2015（5）：97-101.
⑤ 陈力勤，白帅敏. 图书馆婴幼儿服务志愿者队伍建设研究 [J]. 图书馆建设，2015（11）：38-41.

书馆应该在这方面设立严格的标准和制度。

其次，在与社会机构合作方面，图书馆可以与当地的博物馆、剧院、民间公益组织等社会力量合作，采取引进来走出去的方式扩展亲子共读活动[①]，比如在幼儿阅读了与历史有关的绘本后带领他们到博物馆去参观，邀请剧院的专业团队来图书馆表演绘本剧，与民间组织共同开办优秀绘本展览等。通过多方面的合作，不仅能够对绘本资源进行很好的整合，而且能够让图书馆的亲子共读服务更加多样化，为家长和幼儿提供一个开放的阅读平台。

综上所述，阅读问题是一个古老而恒新的话题，儿童阅读问题更是一个复杂的系统工程，要想实现成功的亲子共读，家长应该承担起主要的责任，根据绘本类型和孩子的特点选择合适的共读策略。而幼儿园和公共图书馆应该为家庭提供亲子共读的指导与服务，与家庭相互配合，形成教育合力，不断提高亲子共读的质量。

第二课　儿童文学的园所应用

幼儿园是幼儿学习和成长的重要场所，幼儿园教师掌握科学的儿童文学教育方式十分关键。本课将从幼儿园教师的现实需求出发，立足儿童文学作品的资源获得、教学应用、改编创作和研究探索等四个重要方面，系统介绍儿童文学的园所运用。

一　儿童文学资源的获取与甄别

为使幼儿园教学活动更加丰富有趣，也更便于幼儿理解接受，幼儿园教师在开展活动时需要及时获取相关教育教学资源。同时，幼儿园教师在获取相应资源时，应该有意识地不断提升自身的信息素养，从而在价值判定上做出更合理的选择判断，使选择与获取的儿童文学资源能够更好地服务幼儿园教育教学和满足幼儿发展需要。

一般而言，幼儿园教师获取的资源不仅仅局限于儿童文学作品资源本身，还应包括理论性的教育文献资源。两者是相互支撑、互为补充的关系，且都依托于幼儿园教师信息素养的理论自觉和现实甄别。

1. 理论性教育文献资源的获取

教育文献是幼儿园教师提升自身理论素养和教育理念，从更高层次审视幼儿园教育教学活动的基础性资源。教师应有针对性地检索并阅读与幼儿园教育实践工作相结合的教育理论文献。

现有的教育文献分布主要有四类：第一，书籍，包括名著要籍、教育专著、教科书、工具书、论文集等；第二，连续出版物，包括期刊和报纸等；第三，教育档案，包括年鉴、教育法令集、会议文献、学位论文等；第四，电子资源，包括图书目录、电子书刊、数据库、参考工具书等。

2. 幼儿绘本资源的信息获取

绘本读物以其有趣且富有教育意义的故事内容，搭配或色彩艳丽或安静恬淡的画面效果，用普

---

① 周倩芬. 少儿图书馆开展亲子共读推广的思考 [J]. 图书馆，2012 (4)：122-124.

通平面绘本版面或者拉拉书、洞洞书、折页书等形式，为幼儿展现人生道理和科学知识，既有助于儿童分辨"真善美"与"假丑恶"，并萌发其较高尚的思想道德水平，又能够增长儿童的知识经验，发展其语言表达能力及认知能力，培养其美感和审美能力，促进其身心健康发展，因而是当前幼儿教学中非常常见且重要的教学资源。①

除了自身购买纸质绘本或利用幼儿园购置的集体教学活动绘本之外，教师获取绘本资源还可以通过以下三种方式：第一，浏览专题网站，如红泥巴读书俱乐部、蓝袋鼠亲子文化网、扶犁绘本教育坊等，这些网站和平台都提供了大量儿童文学资源供教师们选取和交流；第二，阅读绘本杂志，如《东方宝宝》《东方娃娃》《超级宝宝》《婴儿画报》《幼儿画报》等，这些期刊定期提供的一些原创性绘本或故事，具有较强的时代感和现实意义，能够为当下的幼儿园教师开阔视野，提供思路；第三，关注儿童文学相关微信公众号获取相关绘本。

3. 幼儿园教师的信息素养

多种多样的教育教学资源在获得之后，不能简单移植或复制，一般情况下也无法直接使用。教师要意识到，教师自身是教育资源的开发者、整合者和使用者，要具备一定的信息素养，对各类资源进行甄别和选择。

所谓信息素养，即面对浩如烟海的信息资源之时，能够自主地、有意识地甄别与评定信息的价值性和有效性的一种综合素质。信息素养最早由美国信息产业协会主席保罗·泽克斯基提出，强调学习和使用图书工具和资源以解决实际问题，具有明显的"图书馆素养"特征；1989年，美国图书馆协会将信息素养指向了"计算机素养"，强调利用计算机进行信息查找、利用及评价的能力；1990年至今的信息素养则更多地关注新时代终身学习理念下以人为中心的"综合能力"发展。在国内，早期信息素养研究主要是对图书情报领域人员的信息素质或素养的培养和要求进行探讨，直至1995年金国庆首次将国外信息素养概念引入国内教育领域，我国信息素养相关研究得到进一步发展，王吉庆、桑新民、祝智庭、李克东等学者相继从文化发展、教育信息化等多种角度进行信息素养内涵解读，将其划分为信息意识、信息知识、信息技能、信息伦理道德、信息态度等方面。

对于教师来说，信息素养则是能够根据社会和教育发展要求，恰当利用信息技术来获取、整合、管理和评价信息，在此基础上理解、批判、建构和创造新知识，发现、分析和解决问题以服务自身学习与教学专业发展的意识、态度、能力及思维习惯。具体到幼儿园教师在儿童文学资源的鉴别与利用上来说，信息素养体现在幼儿园教师在前期备课阶段，要以幼童的健康成长和当前活动的教学目标为出发点，根据幼儿的年龄特征、心理健康状况和绘画兴趣等，为幼儿选择兼具趣味性、知识性与观赏性的绘本等儿童文学资源。

二 儿童文学在幼儿园教学中的应用

获得资源之后，更重要的是在教育教学实践中运用儿童文学作品资源，以下将从应用领域和使用途径两个主要方面进行介绍。

---

① 郭红岩. 幼儿园绘本教学实施策略研究探讨[J]. 中国民族博览，2021（11）：170-171.

（一）儿童文学与幼儿园五大领域

在幼儿园实践中，五大领域是教师时常挂在嘴边的热词，也是开展教育教学活动必须考量的基本类型。那么，儿童文学可以应用于幼儿园五大领域吗？若可以，哪些领域较为适用呢？

1. 五大领域统合于儿童整体发展

发端于我国著名幼儿教育专家陈鹤琴先生"五指活动"的幼儿园五大领域（即健康、语言、社会、科学和艺术领域）教学活动，经《幼儿园教育指导纲要（试行）》的确立，成为我国幼儿园教育的基本活动类型。

在这五大领域之中，健康是人在身体、心理和社会适应方面的良好状态。学前儿童健康教育目标即身体健康，在集体生活中情绪安定、愉快；生活、卫生习惯良好，有基本的生活自理能力；知道必要的安全保健常识，学会保护自己；喜欢参加体育活动，动作协调、灵活。语言是交流和思维的工具，是人类因沟通需要而创造的社会共有的符号系统。言语是人们运用语言进行交际的活动。学前儿童语言教育，即引导幼儿通过语言交流和运用，发展人际交往能力、组织思想的能力和通过语言获取信息的能力，培养幼儿阅读兴趣和良好阅读习惯的教育。社会，即作为社会成员的个体，为适应社会生活所表现出来的心理和行为特征。社会化是指个体掌握和积极再现社会经验、社会联系和社会关系系统的过程。学前儿童社会教育，即帮助幼儿正确地认识自己、他人和社会（社会环境、社会活动、社会规范、社会文化），从而形成积极的社会认知、情感和行为的过程。科学，传统概念即知识体系，是人们对人类社会实践活动实践的总结。现代人们认为科学的本质是结果与过程相统一、认知与价值相统一的过程。学前儿童科学教育即是儿童在成人的引导下，运用一定的材料，采用各种方式，进行科学探索活动，了解和认识周围事物和现象的过程，旨在提高学前儿童的科学素养。科学领域的目标和内容划分为科学探究和数学认知两部分。艺术是人类感受美，表现美和创造美的重要形式，也是人类表达自己对周围世界的认识和情绪态度的独特方式。学前儿童艺术教育，即在大自然和社会文化生活中萌发幼儿对美的感受和体验，以儿童艺术为媒介和主要手段，以审美为核心，引导幼儿用心灵感受美和发现美，用自己的方式表现美和创造美的教育。[①] 必须明确的是，五大领域是从幼儿身心发展的五大方面进行的划分，但人的发展是整体的，对待五大领域不能以偏概全，更不能厚此薄彼，对五大领域的关注必须统合于儿童的整体发展。

2. 儿童文学实现五大领域的相互渗透

儿童文学对儿童的语言、情感、认知、理解、观察、想象和创造等各方面的发展都具有重要的作用和价值。在幼儿园的课程教学活动中，以儿童文学作品阅读为切入点，可以实现各领域之间、目标之间的相互渗透和整合。儿童文学不仅是开发五大领域整合课程的珍贵资源，更是培养学前儿童综合素养的重要载体。[②]

比如教育部基础教育课程教材发展中心组织编写的《白鹤日记》，儿童通过观察和阅读绘本资源，并学习有条理有重点地讲述白鹤成长过程，可以促进其语言的发展；而理解白鹤的迁徙并了解白鹤生活所需的环境及濒危的生存现状可以促进儿童发现和理解事物的本质，实现科学领域的进

---

① 蔡迎旗. 学前教育原理[M]. 武汉：华中师范大学出版社，2017.
② 熊雷欣，卢清. 图画书：让早期阅读走向"悦读"[J]. 教育导刊（下半月），2015（10）：57-59.

步;同时,知道保护环境和爱护鸟类的重要性并体验白鹤在爸爸妈妈关爱下幸福成长的感情,可以促进其社会领域的发展;了解白鹤的外形可以促进其审美能力提升,并丰富表象储存,倾听音乐,根据音乐的发展和变化,回忆白鹤的成长经历,可以促进艺术领域的发展等。

又比如图画书《老鼠娶新娘》,通过内容学习、理解和复述可以发展儿童的语言能力,书中的婚庆习俗和礼仪可以促进儿童社会性发展,配以传统的喜庆音乐能促进儿童音乐鉴赏能力提升,中国红又可以促进儿童的艺术鉴赏力发展;同时,书中相关的科普内容"大气层"和"宇宙"又可以向儿童传授科学知识。

3. 教师对儿童文学作品价值的挖掘

明晰了儿童发展的整体和具体目标,教师在选择相应的儿童文学作品之时,就有了目标感和针对性,能够在分析作品时考虑到对儿童发展的意义,从而能够站在儿童发展的各个方面来挖掘儿童文学作品的价值。

通常来说,一部儿童文学作品的核心价值取向是固定的,但不一定非常明显地被作者明确表达出来,于是就需要教师在面对这样的作品时,用心挖掘其核心价值。

6-4 拓展阅读
《不想飞的鹰》

教师在挖掘这个故事的核心价值来设计阅读目标时,可以关注以下三个方面:社会评价与自我评价、鼓励与环境影响、坚持与信任。

社会评价即饲养者与学者对这只鹰"是鸡还是鹰"的判断,而自我评价则是鹰对自身的看法,即它自身是否相信自己可以飞起来,是否认可自己身为鹰的身份。基于此,教师可以引申到鉴定自我的判断,相信自己,出淤泥而不染等目标;饲养者将鹰与母鸡、鸭子和火鸡等养在一起,环境的影响让鹰在短时间内一直难以起飞,甚至会做出类似鸡的刨食动作,环境影响的作用不言而喻,但鹰在学者的多次鼓励下依旧可以振翅高飞,可以借此引导幼儿注意自己的言行,多多鼓励他人,文明礼貌用语等。学者前两次都无功而返,不被饲养者信任,第三次才终于成功让鹰翱翔九天,因为他一直都相信:即便和鸡鸭等一同饲养,它的心里还是一只鹰,教师可以用多种形式为幼儿扩展水滴石穿等故事,引导幼儿养成不轻言放弃的习惯,同时满怀对自己能成功完成所做的事情的信心。

(二)儿童文学在幼儿园应用的基本途径

1. 打造日常阅读环境和氛围

阅读氛围包括阅读的物质环境和精神气氛,是围绕阅读展开的整体空间,具体包括幼儿园环境的创设、阅读活动的组织、阅读气氛的烘托等。

《幼儿园教育指导纲要(试行)》明确提出:"环境是重要的教育资源,应通过环境的创设和利用,有效地促进幼儿的发展。"环境是幼儿园教育的重要组成部分,高质量的环境是优质幼儿教育的重要保障和构成要素。① 幼儿园需要建立专属于幼儿的、具有一定作品数量的图书角,以便幼儿经常接触各种书籍,培养读书的兴趣。

具体来说,图书角的光线应当充足,并配置适当的书架、书柜和桌椅,便于幼儿取书、读书、放书。图书要以图为主,图文并茂,种类搭配合理,并配有复本,定期更换,如图6-8所示。幼儿可自由挑选,同时,教师可指导阅读或进行合理推荐。②

图6-8　图书角布置示例

除此之外,园所也要设置一定的阅读时间和场所,让儿童可以对喜欢的文字进行朗读,并合理进行代币奖励帮助小朋友养成良好的习惯;可在阅读时轮流安排老师进行指导和帮助等。

园所也可以开展一系列的"家园共读"等阅读推广活动,邀请了解绘本及孩子特点的教师帮助家长和儿童选择适合阅读的绘本,允许儿童带回家与父母一起阅读。或者提供适合的绘本目录,让家长在选购时做到有的放矢,也可以请孩子将自己喜欢的绘本带到幼儿园与同学们分享,激发孩子们的阅读兴趣,助力亲子共读的开展。③ 积极通过亲子活动或通信手段等向家长普及正确开展亲子共读的小方法。如最好尊重孩子的意愿选择优质绘本,为儿童营造温馨、和谐、舒适的阅读环境,培养规律的亲子共读习惯(图6-9),选择科学的亲子共读方法等④,帮助家长更好地、有方法地开展亲子共读活动。

图6-9　亲子共读示例

---

① 朱翠平. 幼儿园组织和开展高质量游戏的条件[J]. 学前教育研究,2011(8):57-59.
② 祝士媛. 中国学前教育百科全书:学科教育卷[M]. 沈阳:沈阳出版社,1995.
③ 吴传云,周健婷. 当涂县团结街小学附属幼儿园"亲子共读"现状调查报告[J]. 家教世界,2020(36):62-64.
④ 李晔. 绘本亲子共读在儿童阅读中的问题与对策[J]. 科界,2022(9):157-160.

在活动中也要积极引导，促使幼儿能够积极主动地参与到绘本阅读教学之中，通过多种形式激发其想要表达自己想法的积极性和对阅读的兴趣。比如，教师在指导大班幼儿阅读完《阿松爷爷的柿子树》这一绘本内容时，可以让他们通过自己喜欢的方式，结合绘本阅读内容，创作一幅自己喜欢的海报，并为其起一个名字，让幼儿根据自己创作的图画，编出相应的故事讲述给全班幼儿听。在这一实践活动过程中，幼儿自身的表达能力、想象能力以及创作能力都能得到有效的锻炼，而且幼儿对绘本中的道理也能有一定的理解，对幼儿综合能力及素质的提高有着重要作用。① 也可以引导幼儿进行非正式的交流与表达，积极引导幼儿与他人交流自己的观点，并及时给予鼓励，以激发幼儿的兴趣。

2. 匹配最适宜的儿童文学资源

把最适宜的儿童文学作品匹配给最需要的儿童，使儿童文学作品的价值发挥到最大效力。其根本在于对儿童身心发展特点的认识与了解。

《3—6岁儿童学习与发展指南》（简称《指南》）中语言领域的要求主要有倾听与表达、阅读与写作准备两项。倾听与表达要求儿童认真听并能听懂常用语言、愿意讲话并能清楚地表达以及养成文明的语言习惯，阅读与写作准备则是要喜欢听故事、看图书，具有初步的阅读理解能力，并具有书面表达的愿望和初步技能。根据《指南》语言领域的要求，阅读与写作准备共有三个目标，这三个目标是阶梯式的呈现，符合幼儿阅读心理发展特点，且对不同的年龄有着不同的具体要求。

目标一是喜欢听故事、看图书。其中对3～4岁儿童的具体要求有：主动要求成人讲故事、读图书；喜欢跟读韵律感强的儿歌、童谣以及爱护图书、不乱撕、不乱扔。对4～5岁儿童的具体要求有：反复看自己喜欢的图书；喜欢把听过的故事或看过的图书讲给别人听以及对生活中常见的标识、符号感兴趣，知道它们表示一定的意义。对5～6岁儿童的具体要求有：专注地阅读图书；喜欢与他人一起谈论图书和故事的有关内容以及对图书和生活情境中的文字符号感兴趣，知道文字表示一定的意义。

目标二是具有初步的阅读理解能力。其中对3～4岁儿童的具体要求有：能听懂短小的儿歌或故事；会看画面，能根据画面说出图中有什么，发生了什么事；能理解图书上的文字是和画面对应的，是用来表达画面意义的。对4～5岁儿童的具体要求有：能大体讲出所听故事的主要内容；能根据连续画面提供的信息，大致说出故事的情节；以及能随着作品的展开产生喜悦、担忧等相应的情绪反应，体会作品所表达的情绪情感。对5～6岁儿童的具体要求有：能说出所阅读的儿童文学作品的主要内容；能根据故事的部分情节或图书画面的线索猜想故事情节的发展，或续编、创编故事；以及对看过的图书、听过的故事能说出自己的想法；能初步感受文学语言的美。

目标三是具有书面表达的愿望和初步技能。其中对3～4岁儿童的具体要求是：喜欢用涂涂画画表达一定的意思；对4～5岁儿童的具体要求有：愿意用图画和符号表达自己的愿望和想法；在成人提醒下，写写画画时姿势正确；对5～6岁儿童的具体要求有：愿意用图画和符号表现事物或故事；会正确书写自己的名字；以及写、画时姿势正确。

《指南》语言领域目标和内容的侧重点在于强调对儿童听说能力及语言文明习惯的培养，加强对儿童早期阅读理解能力的培养，以及将儿童文学作品学习整合在语言教育活动中。

---

① 杜文秀. 幼儿园绘本阅读教学实施策略探讨［J］. 中国教育学刊，2020（S2）：54-56.

儿童文学是儿童早期读写能力重要发展载体。[①] 教师在选择儿童文学作品时，要了解并遵循幼儿的发展水平和阅读行为特点，基于幼儿的年龄特点和阅读喜好，精准匹配儿童喜闻乐见的图书。

对于小班的幼儿，可以选择语言和内容情节多重复的作品，这样幼儿可以预测情节发展走向，结果要在幼儿的预料之中。结尾以圆满结局比较合适，同时要略低于幼儿的认知难度，如绘本《鼠小弟的背心》《上床睡觉》《男孩和青蛙》《月亮的味道》《我爸爸和我》等。对于中班的幼儿，可以选择一些语言和情节丰富、幽默，富有戏剧性，内容跌宕起伏且复杂，略高于幼儿的认知难度的作品，如绘本《啊，蜘蛛》《像狼一样嚎叫》《獾的美餐》《小蓝和小黄》《飘着幽灵的小房子》《小猪变形记》《狼大叔的红焖鸡》《小老鼠分果果》等。对于大班的幼儿，可以选择现实或超现实题材，富有创造性和科学性的作品，也可以选择同类型的角色做不同的事情，或者多个性格各异的角色做同样事情的，以内隐的情感为主要线索，或展现中国传统的民俗文化的优秀作品，如绘本《恐龙离婚记》《不得了的野餐》《小鸡和狐狸》《小老鼠和大老鼠》《特别的客人》《逃家小兔》《巫婆与黑猫》《我的幸运一天》《蚯蚓的日记》等。

选择合适的优秀作品后，可以根据实际和教学需要稍加改编，如删减篇幅，改编文字和情节，控制角色数量等。在人物角色方面，最好为3～5个，过少易使情节过于单薄，过多又不利于儿童记忆和理解。在图幅方面，小班最好为6～10幅，中班最好为12～15幅，大班最好为15～18幅。文字改编时，小班最好要注重重复性和趣味性；中班最好重点突出，相对重复；而大班要侧重于对画面进行描述。在改编情节时，要注重逻辑性和连贯性。

3. 重视对作品内容的赏析与挖掘

儿童文学作品往往图文并茂，具有故事情境，能够推动阅读者认知、社会性、个性、情绪等发展。教师要帮助幼儿提高阅读兴趣，养成良好的阅读习惯，提升阅读理解能力。可以从以下方面带领儿童赏析作品。

首先，帮助儿童寻找故事中矛盾冲突并发生转折的画面，引导儿童注意并理解这些重点画面，这些关键节点往往是一部作品中的重要枝干，把握住这些枝干，即可统领整个故事。

6-5 拓展阅读
《我的幸运一天》

该绘本的矛盾冲突在于狐狸与小猪是吃与被吃的关系，狐狸想吃小猪并希望小猪更加可口美味，而小猪则希望通过利用狐狸的小愿望尽量拖延时间；关系的转折发生在小猪说"可是，……"，教师在实际讲解时，在这个地方要适当停顿并进行讲解，让幼儿更好地理解绘本的故事内容。

其次，教师要重点关注故事中幼儿特别感兴趣的画面，这些画面往往是幼儿的兴趣点和好奇心触发的地方，把握住这些地方，可以有效调动幼儿的学习和思考的积极性，提升教育的效力。

---

① Justice L M, Pullen P C. Promising interventions for promoting emergent literacy skills three evidence based approaches [J]. Topics in Early Childhood Special Education, 2003, 23 (3): 99-113.

比如绘本《子儿，吐吐》。在教育现场，我们发现，幼儿相比于关注胖脸儿为什么会在头顶长树，更为关注自己头上会长一棵什么树。于是，幼儿园教师在提前准备时要站在儿童的角度思索，做幼儿的朋友，在阅读活动中，也可以以此为线索，更好地与幼儿互动。

6-6 拓展阅读
《子儿，吐吐》

再次，教师也要重点关注故事中幼儿看不懂、较难理解的画面，如无字绘本《雪人》中孩子面对融化的雪人时的景象。

幼儿因年龄较小，理解能力和阅读能力发展有限，可能会因为对画面的观察能力不足而难以理解绘本内容，也有可能会因为以兴趣为第一行为驱动力，只关注自己感兴趣的画面内容而难以理解。① 此时，教师要注意分辨原因并及时采取相应措施，如更换绘本或采用一些措施激发其兴趣等。另外，作家可能会因其丰富的想象力或为故事更有艺术性的表达而选择一些特殊的叙述方式和表现手法等，教师要根据活动所面向的对象及时调整，充分讲解，以帮助幼儿更好地理解。

有时候，儿童文学作品的细节内容也要被重点解读，包括角色分析、图示符号解读、主题分析、封底、封面、环衬和其他细节分析等，教师可以根据教育目的有选择地进行讲解，帮助幼儿更好地理解绘本内容。

在阅读前，根据封面引导幼儿对故事进行猜测，既能锻炼幼儿的想象力和语言表达能力，又可以激起幼儿强烈的阅读欲望。

如绘本《彩虹色的花》中，封面上的"大大的花"与扉页上的"小小的花"的设计，就暗含着让幼儿通过视觉对比，产生认知冲突，从而产生继续阅读的好奇心。在课堂上，教师可以引导幼儿尝试用身体动作来分别表现"大大的花"和"小小的花"的造型，体验隐含于身体中的舒展和收缩的张力。同时，还可以用夸张的语言，比如："噫，刚才还是一朵大大的花，怎么现在变成一朵小小的花了呢？这本书到底讲了什么故事呢？"通过这样的方式，教师引导幼儿产生认知冲突，并产生进一步阅读的兴趣与愿望。而环衬彩虹一样的色彩又暗示着绘本所表现的故事中积极的情感基调，教师也可以用提问的方式，如"看到这些颜色，你心里感觉怎么样？""这本书到底讲了什么故事，会让你有这种心情呢？"，从而把刚刚激发出来的阅读兴趣朝着更浓厚的阅读兴趣推进了一步。②

---

① 郑拉明. 绘本阅读促进幼儿自主阅读能力发展的研究 [C] // 2020 年基础教育发展研究高峰论坛论文集. [出版者不详], 2020: 1403-1405. DOI: 10. 26914/c. cnkihy. 2020. 044528.

② 孔起英. 绘本在"学前儿童美术教育"课程中的运用——以《彩虹色的花》为例 [J]. 早期教育（教育科研），2019 (12): 25-27.

6-7 拓展阅读
《彩虹色的花》

4. 基于情节来设计活动环节和延伸

为达到对儿童文学资源的充分利用，幼儿园教师要在教育活动的组织中凸显自身的学科教学知识，涵盖教育内容、教学方法和了解儿童三个方面。20 世纪 80 年代，伴随着认知心理学研究的"革命"，教育研究从注重"教学有效性"的过程——产出模式转向对教师认知的关注。舒尔曼强烈呼吁教育研究需要同时关注学科知识和教学知识两个方面，他结合同事在《新教师如何学习教学》以及《全国教学测评标准》的制定这两个项目中的研究，提出了教师专业知识基础。[①] 其中学科教学知识的概念作为"学科知识与教学法知识的合金"得到广泛的关注，这一概念为美国的学科教学研究打开了一个全新视角，成为影响美国教育研究的一个学术概念建构——"每日穿行在教学的日常话语中"[②]。在全球教师专业化背景下，学科教学知识是一个最能体现教师专业性的学术建构，主要由学科内容、教学方法和了解儿童三部分构成。即我们要利用专业教学知识合理地、效果良好地开展语言教学活动，就需要有扎实的学科知识、良好的教学方法以及对儿童的深入了解三者相互配合。

具体来说，幼儿园教师可以依据所选择的儿童文学作品中故事情节的发展，在关键节点上有一定的设计与引导。此做法既能提升教师的活动组织与设计能力，又能充分利用绘本资源，帮助幼儿更好地发展。

例如：设计《不想飞的鹰》的四个教学环节。

第一环节：欣赏故事独特的画面，了解学者和鹰的主人对鹰的不同的评价；

第二环节：依据画面判断鹰能否飞得起来；

第三环节：分析鹰为什么能成功；

第四环节：迁移到同伴交往中，我们应该如何对待和帮助同伴。

儿童优秀文学作品在阅读之后，可以通过表演故事、续编故事、自制图画书三个步骤，由浅入深地充分利用作品资源（图 6-10）。

教师在阅读活动开展过程中，积极引导以激发幼儿的想象力和创造力，用文字或图画来表达自己的想法。如教师可以鼓励幼儿依据画面线索讲述故事，大胆推测、想象故事情节的发展，改编故事部分情节或续编故事结尾；鼓励幼儿用故事表演、绘画等不同的方式表达自己对图书和故事的理解；鼓励和支持幼儿自编故事，并为自编的故事配上图画，制成图画书。这样的绘画是一种象征性语言，当儿童反复感知和观察周围的事物时，可以通过绘画把头脑中所想的画面画出来，借以表达自身的感想和愿望（图 6-11）。

---

① 马敏. PCK 论 [D]. 上海：华东师范大学，2011.

② Lee S. Shulman. The Wisdom of Practice: Essays on Teaching, Learning, and Learning to Teach [M]. San Francisco: Jossey-Bass, 2004.

图 6-10　利用作品资源示例

图 6-11　儿童绘画

如自编图书《我》，该活动的目的在于帮助小朋友了解我自己，认识我自己。幼儿的作品主要有以下两种：第一种，画一幅或者几幅画，围绕"我"的某个或几个特点来表现，再配上有趣的文字；第二种，先围绕"我"的一个或几个特点写几段文字，再配上形象生动的插图。

5. 采取多主体多路径的评价方式

在教学活动评价上，为提升儿童文学教学的效果，明确评价方法和内容，是对活动进行总结和反思的重要途径。

为实现集思广益，提升教学效果，可以尝试多元化的评价主体，例如教育专家、儿童文学作家、教师、教研组、园长、幼儿和家长都可以参与评价，即接触到儿童文学作品的任何主体都能成为评价的主体。教育专家可从作品的教育资源利用角度进行评价，幼儿园的教师可评价教学的技能，幼儿可从自己的发展水平和角度来看待对作品的学习等，各个主体就不同角度和方面的见解进行交流和分享，可以在不同方面促进儿童文学教学效果的提升。

值得强调的是，教师要重视幼儿对自己的评价，坚持幼儿活动的主体地位，从幼儿的喜好、兴趣出发，提升儿童文学作品教学活动的有效性。教师可以采取提问的方式，引导幼儿真实地表达自己的心声，了解幼儿对儿童文学作品教学的认识以及对教学模式的反馈，结合幼儿的评价进行有效的改进，以保证儿童文学作品教学符合幼儿的发展需求。[①]

评价的内容可大致分为儿童文学作品教学内容评价、儿童文学作品教学目标评价和儿童文学作品教学过程评价三部分。内容方面最重要的是主题积极正面，不但符合儿童的年龄特点且有一定的

---

① 张瑞. 绘本教学在幼儿教学中的重要意义 [J]. 幸福家庭，2022（1）：79-81.

教育意义;同时对儿童文学作品各构成部分和细节的解读情况,以及文字背后的挖掘程度也应该是重要的考察内容。教学目标则要求要符合幼儿的年龄特点和认知特点,同时可以体现出预设性和生成性的统一,且在长远来看,能帮助幼儿培养对阅读的热爱和良好的道德品质。[①] 对儿童文学作品教学过程的评价,是教学评价的主体内容。"高质量的教学评价＝准确的信息＋有效地运用",即教师在教学过程中要及时捕捉学生的反馈,并给予回应,也即能用学生能够理解的具体术语来描述为什么答案是这样的或那样的。

除此之外,评价也要主要注重及时性,提高效率,这样做是为了尽可能避免遗漏关键信息;另外,评价时可以从细节处着手,进行深入分析,言之有物,秉持宁缺毋滥的态度;结束之后,多注意分析和交流,既可了解他人的想法,又可从中学习。

对于园所来说,也要注意结合教师的教学态度以及教学效果进行综合评价,采取相应的激励机制,加深教师对儿童文学作品教学的重视程度,激发教师的教学积极性,更好地提升儿童文学作品教学效果。

三、儿童文学作品的改编与创作

幼儿园教育活动的特殊性和实践性要求教师对儿童文学作品进行一定的改编,以便作品更好地契合当下的教育情境与幼儿。同时,幼儿园教师具有创作儿童文学作品的实践优势,可以在儿童文学建设中添砖加瓦。幼儿园教师改编创作首先需要符合儿童文学作品的一般特点,然后利用自己独特的精神气质、艺术感受力和表现力进行素材积累,最后再别出心裁地进行创作。

(一)遵循儿童文学的基本内在规律

儿童文学是儿童成长过程中必不可少的精神食粮。儿童文学的根本意义在于能以直观形象的方式帮助小读者了解人类社会的基本道德规范和自然界的某些知识,帮助他们健康成长。正如秦文君曾在《一个理想》中所言:"儿童文学其实不是一种简易文学,它难就难在要用单纯有趣的形式表达人类丰富深沉的情感和道义。"因此,教师在改编与创作儿童文学时,首先要坚守儿童文学本身的内在规律,基于前述章节的论述,这里简要概述如下:

儿童文学应具有教育的方向性。因为其主要源自一定社会历史时期中社会对孩子们的客观需要,而教育的方向性则规定者儿童文学的根本方向及其深远意义。

儿童文学应符合一定的年龄特征,这是一定年龄阶段的儿童在心理发展水平上所规定的,包括生理特征、心理特征和社会化程度,儿童文学面向一定年龄阶段的儿童,所以符合其年龄特征是应该的,也是必需的。

儿童文学作为文学的一个分支,文学性也是必不可少的,这是其用于区别其他教育工具的显著特征。儿童文学的题材广阔,主题鲜明而有意义,体裁多样化,一般都配有插图,且画风精美;人物形象鲜明、性格特征明显突出;结构完整,脉络清楚;叙述描写富有儿童情趣,语言规范、明快、优美等。

---

① 陈素园,陈旭霞. 试论幼儿园绘本教学评价的新模式:微评价[J]. 昌吉学院学报,2014(3):75-77.

举一个简单的例子。我们在抒情性散文中常见的对大雁的描写可能更多的是:"我们在中国妇孺皆知,远近闻名,多少诗人画家将我们画入画幅,谱进诗文,我们也最爱这个国家!她是多么辽阔广大!可以任我们南迁北移,我们更爱这里的人民,是多么勤劳勇敢,热爱和平!"而在儿童文学作品中可能更适合的是:"秋风吹,雁南飞,整整齐齐排好队。个个不离群,好像亲兄妹。"

(二)培育儿童文学创作者独特气质

别林斯基曾说:"儿童文学作家应当是生就的,而不应当是造就的。这是一种天赋。"即是说儿童文学作家具有表现童心的内在需求,认为创作儿童文学是作为他们表达自我的最佳形式。

曾有多位作家表达过类似的观点,如:

我写童话的动机不是要去哄孩子、教训孩子,而是试图用童话的形式述说我对这一世界的一些感受。就跟一般人一样,心里有话总想找个人说说。能用这个办法,让更多的人听我说,我会说得更起劲些。

——周锐

一起了要写童话的念头,我就觉得很兴奋,有一股压抑不住的创作欲望,好像就要见到一个久别的亲人似的……大概是童话又把我带回童年去了,引起我许多美好的联想。

——郑渊洁

我在已有的经历中,曾有好几次"脱离"儿童文学而进入别的领域的机会,但我确实几无冲动想要离开她,我不能,我只能干这……所以,对于我这十年正式投入儿童文学来说,也主要就是为了一种适应自己心性的生活方式。

——班马

儿童文学创作者往往具备独特的感受力和生活经验。独特的生活敏感区是关注儿童的生活领域。独特的生活感受力促使他们唤醒自己童年的生活体验,从而以儿童天性中的率真、纯洁与质朴获得与儿童读者的心灵对话。独特的生活经验则在于对童年生活的反顾、回忆和保守,在生活经验上挖掘其童年岁月共有的永恒的特质。正如林格伦的名言:世界上,只有一个孩子能给我以灵感,那便是童年时代的我自己。给孩子写作品,不一定自己要有孩子。为了写好给孩子读的作品,必须得回想你的童年时代是什么样子的。我写作品,唯一的读者和批评者就是我自己,只不过是童年时代的我自己。那个孩子活在我心灵中,直活到如今。

儿童文学创作者通常具有多种的艺术气质,如丰富的想象力、幽默感、诗意的追求、故事性的叙述以及多种文学手段的驾驭力。运用多种艺术表现手法会在一定程度上提升儿童文学作品的文学性和可读性,使其更易受幼儿读者的喜爱。

(三)打开儿童文学积累的生活空间

在儿童文学作品的改编创作中,由于篇幅所限难以表达复杂曲折的故事,且面向群体的年龄和知识结构所限,因此,与儿童生活背景接近的故事往往更易于儿童理解,且能拉近与读者的距离,所以创作者要更加深入地介入生活。

介入生活的关键之一是确定和不断扩展自己的生活敏感区。刘饶民的大海抒情诗、常新港的乡村儿童小说、沈石溪的动物小说、中川李枝子的幼儿童话等，都在于他们对生活的成功介入，并在一定范围内确定了自己的生活敏感区。

介入生活的另一个关键是熟悉了解儿童，这是儿童文学作品的服务对象所决定的。首先，在生活中，作者和孩子们的关系不应该是创作者和材料的关系、工作者和工作对象的关系，作者的身份应当既是老师，又像长辈，还要是朋友，以平等的态度对待孩子们，真心实意地关心孩子们。这样，儿童的本色才有可能充分表露出来，以便作者获得丰富的创作源泉，顺利解决在开始创作时往往遇到的一些苦恼和问题。

同时，因为时代不同，生活瞬息万变，儿童的个性也千差万别，作者仅依靠对自己童年的不断回忆很难写出好的作品，通过各种途径多方面地接近儿童而创作出的作品可能更贴近当前幼儿的生活和切实需求，易与儿童产生情感共鸣。

作者在长期介入生活之后，就需要将原生形态的生活印象和印上作家审美感知和情绪记忆的生活画面、思想以及情感等记录下来作为积累的素材。积累素材除了需要长期的坚持以外，如果要成为创作的题材就必须经过作者思想感情的深入开掘和反复提炼。

儿童文学改编创作的艺术构思所要寻找的是最理想的角度。艺术的构思是一种极为复杂艰辛的思维过程，它要努力找准这一角度，进而选择题材、挖掘主题、塑造形象、创设意境、开展情节、安排结构等，最终实现表情达意、反映生活的艺术追求。其中的过程包括但不限于：第一，选择文体形式，一般的儿童文学作品体裁包括儿童诗歌、童话、寓言、儿童故事、儿童小说、儿童散文、儿童科学文艺、儿童戏剧、电影文学等，不同的体裁有不同的特点和要求。第二，运用适当的创作方法，浪漫主义的创作方法认为，想象是艺术构思的一个重要手段，没有想象就没有艺术构思，也就没有艺术创造。所以，想象能力的大小，也就决定了艺术构思能力的大小、艺术创造能力的大小。第三，安排结构，奇特曲折，富有故事性，线索单纯而不呆板，层次分明而不肤浅。第四，文学表达，要注重语言的活泼、优美、简练和有趣，运用声响、色彩和形象等基本语言手段来营造稚拙的艺术氛围，形成"朴素而明朗"的文体风格。第五，反复修改，使儿童爱听爱看，作品写出来后，并不意味着创作过程的结束，而意味着进入反复修改、深入加工的阶段。这事关良好的创作习惯的养成，也事关作品质量的提高。

四 教师对儿童文学的深度研讨

为实现幼儿园教师对儿童文学作品更好地教育教学应用，应当树立正确的儿童文学观，保持对儿童文学深入地研究，实现理论和实践上的关注，在思想上跟进，在现实中考量。

（一）多路径深度研读儿童文学作品

幼儿园教师应该深度研读儿童文学作品，准确把握作品内容与幼儿发展之间的内在关联。研读和理解儿童文学作品是利用其开展教学活动的基本前提，只有通过深度研读，教师才能最大限度地理解绘本所蕴含和传递的价值观念和教育内容，才能找到绘本内容与幼儿发展之间的连接点。

以绘本阅读为例具体来说，教师一是要研究绘本的作者，要从作者的生活经历、文化背景、情感体验、价值观等方面去理解作者创作绘本的初衷，尽可能地获取绘本创作的背景信息，从整体上把握绘本传递的主题思想；二是要基于幼儿的生活和身心发展水平综合运用哲学、心理学、教育学、艺术学等学科知识去解读绘本内容，选择那些具有适宜性的绘本来开展绘本教学；三是要从绘本的构图、色彩、线条、角色设置、语言、故事情节等方面来解读绘本内容，从整体上把握绘本所蕴含的教育信息；四是要运用相关的学科知识去具体分析绘本所蕴含的知识点，从幼儿具体的发展领域去梳理绘本内容。[1]

除了从提升教学效果和水平方面的研究以外，还可以从宏观的儿童文学发展史和当今的发展现状及重要问题、解决措施等角度进行深层次、宽领域的研究和学习。

更为重要的是，幼儿园教师应该树立先进的儿童文学观，拓宽阅读范围，增加阅读数量，提升儿童文学素养，提高鉴赏和创作能力。幼儿园教师与儿童朝夕相处，其儿童文学素养对儿童的语言学习有着潜移默化的重要影响作用。[2]

同时，幼儿园教师还可以积极广泛地参加适合自己的儿童文学方面的培训和深造，包括大型的儿童文学学术会议和年会等，通过这种途径来增长见识，互通信息，站在儿童文学发展的前沿，促进儿童文学教学活动效果提升。[3] 园所还可以成立儿童文学教研室，给教师们定期研讨教学大纲、教材、教法等问题提供平台，促进师资力量提升。

（二）多角度深化儿童文学理论认知

关于儿童文学的概念，我国在五四运动时期曾涌现出以胡适、周作人等学者为代表的"儿童本位论""儿童文学的教育工具论"和以陈伯吹为代表的"童心论"等多种观点。20 世纪 80 年代以来形成共识，即儿童文学是适合于各年龄阶段儿童的心理特点、审美要求以及接受能力的，有助于他们健康成长的文学。其中以特意为他们创作、编写的作品为主，也包括一部分虽旨在抒写作家主观意识却能为孩子们所理解、接受，又有益于他们身心发展的文学作品。如《西游记》原旨在于揭露腐朽残暴的封建统治下的社会现实和人民悲惨痛苦的生活，但因其夸张的艺术表现方式和曲折有趣的故事情节，也常被作为儿童文学再创造的重要财富。

儿童文学的研究对象主要是儿童文学基本理论、儿童文学评论和儿童文学史三部分。对儿童文学理论上的关注即是对其主要部分原先研究成果和最新研究方向的关注和了解，紧跟学术研究热点，挖掘学术研究盲点。

对儿童文学实践上的关注则更多集中于教育教学活动中和对儿童长远的健康发展上。即儿童文学教学要站在时代与社会发展要求的高度，站在儿童文学发展的高度，站在儿童文学教育的高度；要关注学生儿童文学知识的构建，关注学生儿童文学思维的养成，要关注学生儿童文学能力的提升，关注学生儿童文学素养的培育。立足于不同时期学生发展的需求，促使学生发展后劲十足。

具体来说，要围绕儿童文学特征和学生特点，积极学习开展儿童文学作品仿编创编、表演游戏和动画制作之类的儿童文学实践活动技巧等，以促进儿童文学经验的获得和综合能力的形成。

---

[1] 田兴江，李传英，涂玲. 在绘本教学中促进幼儿深度学习的策略［J］. 学前教育研究，2021（2）：89-92.
[2] 赵学菊，王芬莲，黄志静. 幼儿教师的儿童文学素养：问题与对策——基于安徽省 400 名幼儿教师的调查［J］. 家教世界，2016（15）：8-10.
[3] 卓萍. 通过儿童文学教学促进幼师生儿童文学素养和能力的提高［J］. 当代学前教育，2009（4）：19-22.

◇ 单元小结

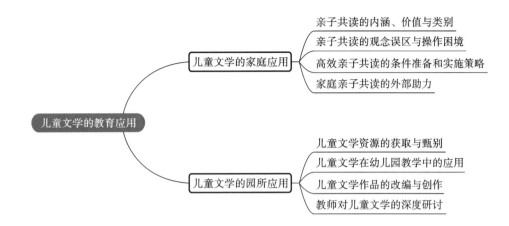

思考与练习

一、单项选择题

1. 美国著名的阅读研究专家吉姆·崔利斯在他的代表作（　　）中就提出："人与书并不是先天互相吸引的。开始时，必须有媒介——父母、亲戚、邻居、老师或图书馆官员，将书带到孩子的世界。"

　　A.《朗读手册》　　　B.《亲子阅读指南》　　C.《一个理想》　　　D.《阅读媒介说》

2. 关于亲子共读，下列观点中正确的是（　　）。

　　A. 幼儿的阅读就是识字，只要认得字多，就代表幼儿的阅读能力很强

　　B. 亲子共读只是在幼儿这个年龄阶段的活动，亲子共读的目的是求得日后幼儿的自主阅读

　　C. 婴幼儿年龄太小，什么也读不懂

　　D. 阅读能够让幼儿得到认知、情感、社会性等多方面的发展，是一个提升幼儿综合能力的活动

3. 有效亲子共读的策略有（　　）。

　　A. 家长掌握适宜的共读策略　　　　B. 幼儿园提供有效的指导服务

　　C. 公共图书馆打造开放的阅读平台　　D. 以上都是

4. 根据《指南》语言领域的要求，阅读与写作准备共有三个目标，目标一是喜欢听故事、看图书，其中对3~4岁儿童的具体要求不包括（　　）。

　　A. 主动要求成人讲故事、读图书　　B. 喜欢跟读韵律感强的儿歌、童谣

　　C. 反复看自己喜欢的图书　　　　　D. 爱护图书、不乱撕、不乱扔

二、材料分析题

阅读以下材料并回答问题。

这段时间，三岁半的小童迷上了《小王子》这个故事，每次讲睡前故事时，总是嚷着要听这一本，开始时妈妈会耐心地再讲一次，可过了几天，当小童还是想听这个故事时，妈妈却说："小童，这个故事我们讲了好几次了，我们要换一个故事了。"在小童妈妈眼里，反复听一个故事是"没意

思"的重复。

（1）结合本单元所学，请对上述材料涉及的问题进行评析。

（2）结合所学，请谈谈如果你是一名家长，你会如何指导自己的孩子开展阅读活动？

实践与实训

实训一： 选择一位认识的、家庭中有幼儿的家长进行访谈，了解其对亲子共读的理解、家庭中亲子共读的情况，利用所学尝试帮助其解决实际问题，并在班内分享自己调查访谈的内容。

目的： 掌握本单元所学知识，并能灵活运用于实践，解决实际问题。

要求： 访谈前做好充足准备；访谈中科学提问、认真倾听；访谈后做好记录和总结，并在班内进行汇报分享。

形式： 家庭访谈。

实训二： 在幼儿园实习过程中，选取一篇合适的儿童文学作品开展教育教学活动。

目的： 学会选择和运用适宜的儿童文学资源开展教学活动。

要求： 所选内容及所设计的活动与儿童特点、教学目的相贴合，能顺利达成活动目标。

形式： 实操实践。

参考文献

图书

[1] 毕尔格. 敏豪生奇游记［M］. 肖宝荣，改写. 上海：上海人民美术出版社，2007.

[2] 布鲁诺·贝特尔海姆. 童话世界与童心世界［M］. 舒伟，樊高月，丁素萍，译. 重庆：西南师范大学出版社，1991.

[3] 蔡迎旗. 学前教育原理［M］. 武汉：华中师范大学出版社，2017.

[4] 陈伯吹. 世界金奖童话库［M］. 石家庄：河北少年儿童出版社，1996.

[5] 陈鼎如，赖征海. 康衢童谣［M］. 南昌：江西人民出版社，1985.

[6] 陈帼眉，冯晓霞，庞丽娟. 学前儿童发展心理学［M］. 北京：北京师范大学出版社，2020.

[7] 陈帼眉. 学前心理学［M］. 北京：人民教育出版社，2015.

[8] 朵琳·克罗宁，哈利·布里斯. 蚯蚓的日记［M］. 陈宏淑，译. 济南：明天出版社，2013.

[9] 恩斯特·杨德尔，诺尔曼·荣格. 第五个［M］. 三禾，译. 海口：南海出版公司，2010.

[10] 方卫平. 儿童文学教程［M］. 上海：复旦大学出版社，2015.

[11] 弗洛伊德. 精神分析引论［M］. 高觉，译. 北京：商务印书馆，1997.

[12] 付祥喜，陈淑婷. 粤派评论丛书大家文存梁启超集［M］. 广州：广东人民出版社，2018.

[13] 洪汛涛. 童话学［M］. 合肥：安徽少年幼儿出版社，1986.

[14] 黄云生. 人之初文学解析［M］. 上海：少年儿童出版社，1997.

[15] 吉姆·崔利斯. 朗读手册［M］. 王文，译. 北京：新星出版社，2016.

[16] 季羡林，译. 五卷书［M］. 北京：人民文学出版社，2001.

[17] 蒋风，杨宁. 中国儿歌理论研究［M］. 杭州：浙江工商大学出版社，2020.

[18] 蒋风. 世界儿童文学事典［M］. 太原：希望出版社，1992.

[19] 蒋风. 中国儿童文学史［M］. 上海：华东师范大学出版社，2018.

[20] 金莉莉. 儿童文学叙事研究［M］. 北京：作家出版社，2020.

[21] 夸美纽斯. 大教学论［M］. 北京：教育科学出版社，1999.

[22] 乐黛云. 中西文学比较教程［M］. 北京：高等教育出版社，1988.

[23] 李红叶，崔昕平，王家勇. 王泉根与中国儿童文学——王泉根教授从教30周年纪念师生论文集［M］. 大连：大连出版社，2016.

[24] 李利安·H. 史密斯. 欢欣岁月［M］. 梅思繁，译. 北京：北京联合出版公司，2022.

[25] 李学斌. 儿童文学应用教程［M］. 北京：中国人民大学出版社，2016.

[26] 李学斌. 儿童文学与游戏精神［M］. 南昌：二十一世纪出版社，2011.

[27] 李学斌. 幼儿文学理论与实践 [M]. 上海：上海交通大学出版社，2016.

[28] 李莹，肖育林. 学前儿童文学 [M]. 上海：复旦大学出版社，2017.

[29] 林崇德. 心理学大词典 [M]. 上海：上海教育出版社，2003.

[30] 刘晓东. 儿童教育新论 [M]. 南京：江苏教育出版社，2008.

[31] 刘绪源. 儿童文学的三大母题 [M]. 上海：复旦大学出版社，2015.

[32] 柳和城. 孙毓修评传 [M]. 上海：上海人民出版社，2011.

[33] 卢梭. 爱弥尔 [M]. 李平沤，译. 北京：商务印书馆，2006.

[34] 罗钢. 叙事学导论 [M]. 昆明：云南人民出版社，1994.

[35] 罗杰. 哈特. 儿童参与——社区环保中儿童的角色与活动方式 [M]. 贺纯佩，等译. 北京：科学出版社，2000.

[36] 马克斯·范梅南，巴斯·莱维林. 儿童的秘密——秘密、隐私和自我的重新认识 [M]. 陈慧黠，曹赛先，译. 北京：教育科学出版社，2014.

[37] 茅盾. 神话研究 [M]. 天津：百花文艺出版社，1981.

[38] 梅子涵，方卫平，朱自强，等. 中国儿童文学5人谈 [M]. 天津：新蕾出版社，2001.

[39] 蒙台梭利. 童年的秘密 [M]. 马荣根，译. 北京：人民教育出版社，2005.

[40] 培利·诺德曼. 阅读儿童文学的乐趣 [M]. 刘凤芯，译. 台北：天卫文化图书股份有限公司，2007.

[41] 裴斯泰洛齐. 裴斯泰洛齐教育论著选 [M]. 夏之莲，等译. 北京：人民教育出版社，2001.

[42] 彭懿. 世界图画书阅读与经典 [M]. 南宁：接力出版社，2011.

[43] 齐亚敏. 中国当代儿童文学关键词研究 [M]. 北京：中央编译出版社，2015.

[44] 瞿亚红，黄轶斓. 中国儿歌理论研究 [M]. 北京：北京大学出版社，2017.

[45] 任钟印. 夸美纽斯教育论著选 [M]. 任宝祥，等译. 北京：人民教育出版社，2005.

[46] 莎拉·麦肯齐. 如何阅读能让孩子受益一生 [M]. 张恩泽，译. 北京：北京科学技术出版社，2020.

[47] 申俊，马汉民. 中国熟语大典 [M]. 上海：上海文艺出版社，1990.

[48] 斯蒂·汤普森. 民间故事分类学 [M]. 郑海，译. 上海：上海文艺出版社，1999.

[49] 斯诺，布恩斯，格里芬. 预防阅读困难 早期阅读教育策略 [M]. 胡美华，潘浩，张凤，译. 南京：南京师范大学出版社，2005.

[50] 童秉国. 梁启超作品精选 [M]. 武汉：长江文艺出版社，2005.

[51] 王杰，杨红霞，周杏坤. 儿童文学 [M]. 北京：北京师范大学出版社，2011.

[52] 王泉根. 儿童文学教程 [M]. 北京：北京师范大学出版社，2009.

[53] 王泉根. 现代中国儿童文学主潮 [M]. 重庆：重庆出版社，2000.

[54] 王泉根. 中国儿童文学概论 [M]. 长沙：湖南少年儿童出版社，2015.

[55] 王泉根. 中国儿童文学现象研究 [M]. 长沙：湖南少年儿童出版社，1992.

[56] 王泉根. 周作人与儿童文学 [M]. 杭州：浙江少年儿童出版社，1985.

[57] 王忠民. 幼儿教育词典 [M]. 北京：中国大百科全书出版社，2004.

[58] 文绍安. 幼学琼林 [M]. 成都：成都出版社，1995.

[59] 吴直雄. 中国谜语概论 [M]. 成都：巴蜀书社，1989.

[60] 杨秀. 民间文学 [M]. 贵阳：贵州人民出版社，2017.

[61] Deborah C T, Jean W. 儿童文学导论：从浪漫主义到后现代主义 [M]. 杨雅捷，林盈蕙，译. 台北：天卫文化图书有限公司，2005.

[62] 尹建莉. 好妈妈胜过好老师（纪念版）[M]. 北京：作家出版社，2014.

[63] 尤塔·鲍尔. 爷爷的天使 [M]. 高玉菁，译. 武汉：湖北美术出版社，2009.

[64] 余耀. 由图画书爱上阅读 [M]. 北京：北京师范大学出版社，2007.

[65] 张莉. 儿童发展心理学 [M]. 武汉：华中师范大学出版社，2006.

[66] 赵景深. 民间文学丛谈 [M]. 长沙：湖南人民出版社，1982.

[67] 郑飞艺. 儿童文学 [M]. 上海：华东师范大学出版社，2014.

[68] 郑素华. 儿童文化引论 [M]. 北京：社会科学文献出版社，2015.

[69] 郑旭旦. 天籁集 [M]. 上海：中原书局，1929.

[70] 中国社会科学院语言研究所词典编辑室. 现代汉语词典 [M]. 7版. 北京：商务印书馆，2016.

[71] 中央教育科学研究所比较教育研究室，编译. 简明国际教育百科全书 人的发展 [M]. 北京：教育科学出版社，1989.

[72] 朱介凡. 中国儿歌 [M]. 昆明：晨光出版社，2021.

[73] 朱自强. 儿童文学概论 [M]. 上海：华东师范大学出版社，2021.

[74] 朱自强. 中国儿童文学与现代化进程 [M]. 杭州：浙江少年儿童出版社，2000.

[75] 祝士媛. 中国学前教育百科全书学科教育卷 [M]. 沈阳：沈阳出版社，1995.

[76] 朱自强. 中国儿童文学与现代化进程 [M]. 杭州：浙江少年儿童出版社，2000.

[77] 庄周. 庄子 [M]. 太原：山西古籍出版社，2003.

[78] 加登纳. 艺术与人的发展 [M]. 兰金仁，译. 北京：光明日报出版社，1988.

[79] Hunt P. International Companion Encyclopedia of Children's Literature [M]. London：Routledge，2004.

[80] Lee S. Shulman. The Wisdom of Practice：Essays on Teaching，Learning，and Learning to Teach [M]. San Francisco：Jossey-Bass，2004.

[81] Todd Parr, Bob Crane. It's Ok to Be Different [M]. New York：Tor Books，1988.

学位论文

[1] 黄佳丽. 论20世纪30年代及前后时期"父爱型"母题的儿童文学 [D]. 合肥：安徽大学，2012.

[2] 李荣秀. 儿童文学的成人阅读 [D]. 上海：上海师范大学，2013.

[3] 刘佳玺. 对儿童图画书的研究 [D]. 上海：上海师范大学，2010.

[4] 马敏. PCK论——中美科学教师学科教学知识比较研究 [D]. 上海：华东师范大学，2011.

[5] 潘虹如. 相同的母题，不同的表述——圣野、林焕彰儿童诗比较研究 [D]. 长春：东北师范大学，2014.

[6] 潘洋. 幼儿园教师的幼儿文学素养研究 [D]. 重庆：西南大学，2014.

[7] 沈其旺. 中国连环画叙事研究 [D]. 上海：上海大学，2011.

[8] 孙亚敏. 老头子做事总不会错——论儿童文学中的老人角色 [D]. 上海：上海师范大学，2007.

[9] 汤致琴. 当代中国家庭道德教育研究 [D]. 武汉：武汉大学，2013.

[10] 王蓓. 死亡在儿童文学作品中的表现 [D]. 上海：上海师范大学，2005.

[11] 尹国强. 儿童数字化阅读研究——基于人·技术·文化的统合视角 [D]. 重庆：西南大学，2017.

[12] 张宁. 儿童的确立——顽童形象及其现代性研究 [D]. 福州：福建师范大学，2009.

[13] 张雨森. "顽童母题"儿童文学作品的教育价值及其教学实践的研究 [D]. 上海：上海师范大学，2018.

期刊论文

[1] 班马. 童话潮一瞥 [J]. 儿童文学选刊，1986（5）：61.

[2] 曹桂平. 亲子阅读活动中绘本运用形式与策略 [J]. 国家图书馆学刊，2014（6）：28-32.

[3] 陈晖. 儿童图画书的故事、主题及文字表达 [J]. 深圳大学学报（人文社会科学版），2009（5）：106-110.

[4] 陈乐乐. "新儿童"的诞生：重思《世界图解》中的儿童立场 [J]. 早期教育（教育科研），2020（4）：2-7.

[5] 陈力勤，白帅敏. 图书馆婴幼儿服务志愿者队伍建设研究 [J]. 图书馆建设，2015（11）：38-41.

[6] 陈力勤. 从"阅读起跑线"（Bookstart）到"悦读宝贝计划"——苏州图书馆特色婴幼儿阅读服务实证研究 [J]. 图书馆理论与实践，2018（5）：88-93.

[7] 陈蒲清. 中国古代寓言的范畴、起源、分期新探 [J]. 求索，1994（4）：81-86.

[8] 陈素园，陈旭霞. 试论幼儿园绘本教学评价的新模式：微评价 [J]. 昌吉学院学报，2014（3）：75-77.

[9] 崔德华，张澍军. 论爱的定义与本质 [J]. 江汉论坛，2007（5）：69-73.

[10] 邓礼红. 试论中国儿童文学及其教育价值 [J]. 文学教育（上），2021（11）：144-145.

[11] 杜文秀. 幼儿园绘本阅读教学实施策略探讨 [J]. 中国教育学刊，2020（S2）：54-56.

[12] 方卫平. 论儿童文学的韵律艺术 [J]. 甘肃高师学报，2015（4）：55-60.

[13] 方卫平. 叙事视角下的儿童文学 [J]. 时代文学（上半月），2015（5）：198-202.

[14] 付伟，张绍波，杨道宇. 以故事说生活：儿童语言教育的本质 [J]. 学前教育研究，2013（1）：49-53.

[15] 高洁. 儿童文学作品中第一人称叙事的魅力 [J]. 太原城市职业技术学院学报，2015（7）：170-171.

[16] 高黎娜，刘黎. 1949—1979年中国儿童文学创作浅析 [J]. 西安文理学院学报（社会科学版），2007（1）：26-28.

[17] 郭红岩. 幼儿园绘本教学实施策略研究探讨 [J]. 中国民族博览, 2021 (11): 170-171.

[18] 韩映虹, 孙静妍, 梁霄. 学前儿童生命认知现状研究 [J]. 天津师范大学学报(社会科学版), 2011 (2): 71-76.

[19] 胡丽娜. 新媒介时代的儿童文学生产与传播 [J]. 当代文坛, 2012 (2): 57-59.

[20] 孔起英. 绘本在"学前儿童美术教育"课程中的运用——以《彩虹色的花》为例 [J]. 早期教育(教育科研), 2019 (12): 25-27.

[21] 李红. 林焕彰的儿童诗研究 [J]. 牡丹江大学学报, 2015 (6): 63-66.

[22] 李玫玫. 少儿读者家庭亲子阅读的现状调查研究——浅析父亲角色的缺位现象 [J]. 内蒙古科技与经济, 2019 (3): 112-113, 116.

[23] 李敏. 西方教育思想史上儿童观的变迁 [J]. 学理论, 2011 (20): 165-166.

[24] 李卫华. 浅谈绘画艺术的节奏与韵律 [J]. 大众文艺, 2012 (18): 35.

[25] 李晔. 绘本亲子阅读在儿童阅读中的问题与对策 [J]. 科技视界, 2022 (9): 157-160.

[26] 林丰民. 阿拉丁是个中国人——《一千零一夜》的中国形象与文化误读 [J]. 国外文学, 2020 (4): 109-116, 156.

[27] 林凤姐. 促进亲子阅读的指导策略 [J]. 学前教育研究, 2014 (3): 70-72.

[28] 刘戈. 笛福和斯威夫特的"野蛮人"[J]. 外国文学评论, 2007 (3): 120-127.

[29] 刘辉. 浅谈幼儿的逆反心理 [J]. 学前教育研究, 1998 (1): 16-17.

[30] 刘丽英, 刘云艳. 关于对儿童进行挫折教育的思考 [J]. 教育理论与实践, 2012 (35): 21-22.

[31] 刘榛. 向着家的方向出走——儿童文学中离家模式作品浅析 [J]. 安徽文学(下半月), 2008 (12): 40-41.

[32] 骆蕾, 谭斌. "彼得·潘写作"视野下儿童的生活与教育——我们如何创作儿童文学, 儿童文学如何塑造我们的儿童 [J]. 教育学报, 2010 (1): 48-56.

[33] 桑翔. 近代少儿报刊与启蒙教育研究 [J]. 中国报业, 2013 (16): 34-35.

[34] 沙振江, 化慧, 卢章平, 刘桂锋. 学前儿童绘本重复阅读的眼动研究 [J]. 图书馆论坛, 2016 (11): 41-47.

[35] 孙晓轲. 学前儿童亲子共读行为模式初探 [J]. 出版科学, 2019 (1): 55-61.

[36] 孙延永, 李心怡. 亲子共读活动对幼儿阅读能力影响的个案研究 [J]. 合肥师范学院学报, 2021 (2): 89-93.

[37] 谭君强. 第二人称叙述者如何叙述?——论小说的第二人称叙事 [J]. 思想战线, 2019 (6): 144-150.

[38] 唐清. 建筑的韵律探究 [J]. 美与时代(城市版), 2016 (11): 13-14.

[39] 田兴江, 李传英, 涂玲. 在绘本教学中促进幼儿深度学习的策略 [J]. 学前教育研究, 2021 (2): 89-92.

[40] 王兵兵. 绘本阅读活动中的问题及分析——基于绘本活动个案《我做哥哥了》[J]. 亚太教育, 2015 (4): 132, 129.

[41] 王彩霞. 洛克"白板说"对儿童教育的启示 [J]. 理论观察, 2012 (3): 10-11.

[42] 王海英. 解读儿童的秘密——基于社会学的分析视角 [J]. 教育研究与实验, 2005 (1): 27-31, 38.

[43] 王泉根. 谈谈儿童文学的叙事视角 [J]. 语文建设, 2010 (5): 47-50.

[44] 王泉根. 中国古代启蒙读物、共享文学与儿童阅读教学研究 [J]. 教育史研究, 2020 (3): 23-33.

[45] 徐鹏鹏. 学前儿童绘本亲子阅读指导策略 [J]. 教育观察, 2021 (48): 46-49.

[46] 徐强. 亲子共读形成家庭和谐关系 [J]. 新阅读, 2021 (10): 47-49.

[47] 宣寅颖. 打造阅读平台, 丰盈七彩童年——上海市闵行区图书馆"闵图妈妈小屋"亲子阅读系列活动案例分析 [J]. 图书馆工作与研究, 2017 (S1): 77-79.

[48] 阎国忠. 柏拉图: 哲学视野中的爱与美——一种神话学的建构 [J]. 北京大学学报 (哲学社会科学版), 2012 (4): 20-31.

[49] 杨汉麟. 弗洛伊德的精神分析学说对现代教育的影响 [J]. 教育研究, 1998 (4): 63-68.

[50] 杨佳, 杨汉麟. 夸美纽斯和他的《世界图解》[J]. 教育研究与实验, 2019 (1): 74-78.

[51] 虞永平. 论儿童观 [J]. 学前教育研究, 1995 (3): 5-6.

[52] 翟理红. 亲子阅读与儿童健全人格发展 [J]. 思想理论教育, 2013 (14): 71-74.

[53] 张锦贻. 论童话的象征 [J]. 内蒙古社会科学 (文史哲版), 1989 (3): 101-105.

[54] 张利娜. 国内幼儿阅读状况、突出问题及促进措施研究 [J]. 图书馆, 2015 (5): 97-101.

[55] 张明红. 关于早期阅读的几点思索 [J]. 学前教育研究, 2000 (4): 17-18.

[56] 张萍. "亲子阅读"指导有效性策略研究 [J]. 上海教育科研, 2006 (10): 91-92.

[57] 张瑞. 绘本教学在幼儿教学中的重要意义 [J]. 幸福家庭, 2022 (1): 79-81.

[58] 张文平. 绘画作品中的节奏与韵律 [J]. 肇庆学院学报, 2010 (1): 52-56.

[59] 章乐. 秘密与儿童独立自我的建构——兼论儿童秘密的教育遭遇及其应对 [J]. 全球教育展望, 2015 (7): 52-60.

[60] 章文. 为成人而作的贝洛童话 [J]. 国外文学, 2020 (1): 134-143, 160.

[61] 赵淑华. 关于20世纪90年代以来儿童小说中的"顽童叙事"思考 [J]. 东岳论丛, 2016 (12): 123-128.

[62] 赵学菊, 王芬莲, 黄志静. 幼儿教师的儿童文学素养: 问题与对策——基于安徽省400名幼儿教师的调查 [J]. 家教世界, 2016 (10): 8-10.

[63] 周倩芬. 少儿图书馆开展亲子阅读推广的思考 [J]. 图书馆, 2012 (4): 122-124.

[64] 朱从梅, 周兢. 亲子阅读类型及其对幼儿阅读能力发展的影响 [J]. 幼儿教育 (教育科学版), 2006 (Z1): 89-94.

[65] 朱翠平. 幼儿园组织和开展高质量游戏的条件 [J]. 学前教育研究, 2011 (8): 58-60.

[66] 朱自强. 民间文学: 儿童文学的源流 [J]. 东北师大学报 (哲学社会科学版), 2013 (5): 108-111.

[67] Justice L M, Pullen P C. Promising Interventions for Promoting Emergent Literacy Skills Three Evidence Based Approaches [J]. Topics in Early Childhood Special Education, 2003, 23 (3): 99-113.

[68] Children's Literature. Library of Congress Collections Policy Statement [J]. Library of Congress, 2022. Retrieved from: https://www.loc.gov/acq/devpol/chi.pdf.

报纸文献

[1] 谭旭东. 什么样的儿童文学叫好又叫座?[N]. 中华读书报, 2004-07-21.

[2] 韩进. 认识中国儿童文学：勿以娱乐性排斥教育性[N]. 中华读书报, 2013-06-12 (12).

[3] 纳杨. 儿童文学：文学性与市场性统一[N]. 人民日报海外版, 2017-08-23 (07).

[4] 翌平. 儿童性：儿童文学批评的坐标原点[N]. 文学报, 2020-10-29 (07).

[5] 惠海峰. 儿童文学的叙事研究应大有可为[N]. 文艺报, 2021-01-15 (05).

[6] 桑霓. 儿童文学，究竟是什么?[N]. 新京报, 2022-03-05.

版 权 声 明

为了方便学校课堂教学，促进知识传播，便于读者更加直观透彻地理解相关理论，本书选用了一些论文、电影、电视、网络平台上公开发布的优质文字案例、图片和视频资源。为了尊重这些内容所有者的权利，特此声明，凡在本书中涉及的版权、著作权等权益，均属于原作品版权人、著作权人等。

在此向这些作品的版权所有者表示诚挚的谢意！由于客观原因，我们无法联系到您，如您能与我们取得联系，我们将在第一时间更正任何错误或疏漏。

与本书配套的二维码资源使用说明

本书部分课程及与纸质教材配套数字资源以二维码链接的形式呈现。利用手机微信扫码成功后提示微信登录,授权后进入注册页面,填写注册信息。按照提示输入手机号码,点击获取手机验证码,稍等片刻收到 4 位数的验证码短信,在提示位置输入验证码成功,再设置密码,选择相应专业,点击"立即注册",注册成功(若手机已经注册,则在"注册"页面底部选择"已有账号立即注册",进入"账号绑定"页面,直接输入手机号和密码登录)。接着提示输入学习码,须刮开教材封底防伪涂层,输入 13 位学习码(正版图书拥有的一次性使用学习码),输入正确后提示绑定成功,即可查看二维码数字资源。手机第一次登录查看资源成功以后,再次使用二维码资源时,只须在微信端扫码即可登录进入查看。